榮國慶 著

# 《詩經》詮釋史

鳳凰出版社

圖書在版編目（ＣＩＰ）數據

《詩經》詮釋史 / 榮國慶著. -- 南京 ：鳳凰出版社，2024.3
ISBN 978-7-5506-4089-4

Ⅰ．①詩… Ⅱ．①榮… Ⅲ．①《詩經》－研究 Ⅳ.①I207.222

中國國家版本館CIP數據核字(2024)第051340號

| | | |
|---|---|---|
| 書　　　　名 | 《詩經》詮釋史 |
| 著　　　　者 | 榮國慶 |
| 責 任 編 輯 | 郭馨馨 |
| 特 約 編 輯 | 莫　培 |
| 裝 幀 設 計 | 陳貴子 |
| 責 任 監 製 | 程明嬌 |
| 出 版 發 行 | 鳳凰出版社(原江蘇古籍出版社) |
| | 發行部電話025-83223462 |
| 出版社地址 | 江蘇省南京市中央路165號,郵編:210009 |
| 照　　　　排 | 南京新洲印刷有限公司 |
| 印　　　　刷 | 安徽省天長市千秋印務有限公司 |
| | 安徽省天長市鄭集鎮向陽社區邱莊隊真武南路168號 |
| 開　　　　本 | 880毫米×1230毫米　1/32 |
| 印　　　　張 | 12 |
| 字　　　　數 | 334千字 |
| 版　　　　次 | 2024年3月第1版 |
| 印　　　　次 | 2024年3月第1次印刷 |
| 標 準 書 號 | ISBN 978-7-5506-4089-4 |
| 定　　　　價 | 98.00圓 |
| | (本書凡印裝錯誤可向承印廠調換,電話:0550-7964049) |

# 目　録

**前　言**…………………………………………………… 001

　一、問題的提出 ……………………………………… 001

　二、《詩經》詮釋史研究路徑 ……………………… 006

　三、研究方法 ………………………………………… 009

**第一章　先秦時代——《詩經》詮釋的發生**………… 013

　一、先秦《詩經》相關文獻與研究 ………………… 013

　二、先秦文獻引《詩》研究成果 …………………… 019

　三、先秦《詩經》詮釋前提 ………………………… 025

　四、從"場景釋義"到"言語釋義"

　　　——春秋《詩》學詮釋的開端 ………………… 037

　五、儒家的《詩》論和《詩》用 …………………… 048

**第二章　漢代《詩經》詮釋思想**…………………… 056

　一、漢代《詩經》詮釋史料整理與研究 …………… 056

　二、史料所見《詩經》詮釋思想的變遷 …………… 059

　三、漢代《詩經》學派概述

　　　——以《史記》《漢書》《後漢書》描述爲中心 ……… 064

　四、漢代《魯詩》學派內部有分歧 ………………… 074

　五、漢代《詩經》詮釋與政治的結合與疏離

　　　——《詩經》經學化路徑考論 ………………… 078

　六、鄭玄《毛詩箋》詮釋思想研究 ………………… 087

**第三章　魏晉——唐《詩經》詮釋的轉折**………… 110

　一、魏晉南北朝《詩經》文獻史料 ………………… 110

二、魏晉南北朝文化話語重構與《詩經》文化地位的下行 ‥‥‥‥ 110

三、魏晉南北朝古學復興與《毛詩》中心化 ‥‥‥‥‥‥‥‥ 122

四、儒、釋、道、玄影響下《毛詩》詮釋新義的發生 ‥‥‥‥‥ 125

五、《毛詩正義》與唐初文化建設 ‥‥‥‥‥‥‥‥‥‥‥‥ 131

六、《毛詩正義》詮釋學思想研究 ‥‥‥‥‥‥‥‥‥‥‥‥ 142

**第四章　宋代《詩經》詮釋思想研究** ‥‥‥‥‥‥‥‥‥‥ 163

一、宋代《詩經》文獻史料 ‥‥‥‥‥‥‥‥‥‥‥‥‥‥ 163

二、宋代《詩經》詮釋思想的變遷

　　——政治哲學、審美經驗到形而上的追求 ‥‥‥‥‥‥ 170

三、朱熹《詩集傳》詮釋思想研究 ‥‥‥‥‥‥‥‥‥‥‥‥ 189

**第五章　元代《詩經》詮釋研究** ‥‥‥‥‥‥‥‥‥‥‥ 226

一、元代《詩經》文獻研究 ‥‥‥‥‥‥‥‥‥‥‥‥‥‥ 226

二、明、清兩代對元代《詩經》文獻的評價 ‥‥‥‥‥‥‥‥ 232

三、元代《詩經》詮釋研究 ‥‥‥‥‥‥‥‥‥‥‥‥‥‥ 234

**第六章　明代《詩經》詮釋研究** ‥‥‥‥‥‥‥‥‥‥‥ 248

一、明代《詩經》文獻述要 ‥‥‥‥‥‥‥‥‥‥‥‥‥‥ 248

二、明代《詩經》詮釋研究 ‥‥‥‥‥‥‥‥‥‥‥‥‥‥ 256

**第七章　清代《詩經》詮釋思想的新突破** ‥‥‥‥‥‥‥ 273

一、清代《詩經》文獻研究 ‥‥‥‥‥‥‥‥‥‥‥‥‥‥ 273

二、清初漢學的追求與清代學術品格的確立 ‥‥‥‥‥‥‥ 290

三、清代"折中"詮釋思想的形成與實踐

　　——以《四庫全書總目·詩經》爲例 ‥‥‥‥‥‥‥‥ 297

四、附論:納蘭容若與《四庫全書薈要》提要 ‥‥‥‥‥‥‥ 314

五、後四庫時代《詩經》詮釋的路徑與方法 ‥‥‥‥‥‥‥‥ 324

六、語文學詮釋方法實踐 ‥‥‥‥‥‥‥‥‥‥‥‥‥‥‥ 342

七、語文學詮釋方法的反正與今文詩學的發生 ‥‥‥‥‥‥ 357

**參考文獻** ‥‥‥‥‥‥‥‥‥‥‥‥‥‥‥‥‥‥‥‥‥ 360

# 前　言

## 一、問題的提出

　　20 世紀初，有學者嘗試用現代學術思想對《詩經》進行多方面的研究。① 胡樸安、張西堂、夏傳才諸先生進行了《詩經》學史方面的探索。胡樸安説："《詩經》一書，溯其原始，只是文章，但經歷代學者之研究，《詩經》之範圍，日愈擴大。""《詩經》既包含有各類之學術，已非詩之一

---

　　① 　林祥征説：(20 世紀)大致以 50 年爲界，分爲兩個不同而又互相聯繫的歷史時期。前 50 年以引進西方文學等相關學科爲其主要特徵；後 50 年以唯物史觀指導爲其主要特徵。前 50 年分爲兩個階段：(一)1900 年—1927 年：引進西方相關學科的起步期：1.用歌謠觀念實現由儒家經典向文學研究對象的轉變；2.對《詩經》詩旨進行了新的詮釋；3.對《詩序》進行清理與批判。(二)1928 年—1949 年：引進相關學科的發展期：1.朝着多元化、綜合型的研究方向發展；2.在堅持科學精神的同時，注重發揚《詩經》中的人文精神，對於人性、人情和人道精神給予相當高的評價；3.對《詩經》的文學藝術給予更多的關注；4.學術思維更爲辨證；5.隨着十月革命一聲炮響，馬克思主義的唯物史觀開始傳入中國，但真正運用唯物史觀進行《詩經》研究是在 1928 年以後。後 50 年《詩經》研究爲以唯物史觀爲主導的新時期，這一時期又分爲三個階段：1950 年—1956 年：《詩經》研究的普及期；1957 年—1977 年：《詩經》研究的低潮期；1978 年—世紀末：《詩經》研究的繁盛期。(林祥征《二十世紀中國〈詩經〉研究述略》，《泰安師專學報》1999 年第 2 期，頁 1—7。)臺灣是《詩經》學研究的另一個重要地方，林慶彰《臺灣近四十年詩經學研究概況》一文，概述臺灣《詩經》學的發展，林慶彰也同時指出就其研究内容、方法及範圍仍有值得反思的地方，其中就方法而言指出："五六十年代的《詩經》研究，比較重視《詩經》基本問題，和詩篇寫作時代的考證。對於詩篇所藴含的思想性和作者寫作的技巧則較少措意。晚近研究方向逐漸改變，對《詩經》學史的研究大爲發皇，可是往往將研究對象孤立起來，而不是把它擺在歷史的脉络中來考量，好像《詩經》的研究，可以自外於時代思潮、經濟社會和政治環境似的。"(林慶彰《臺灣近四十年詩經學研究概況》，《文學遺産》1994 年第 4 期，頁 124。)

字所能該。況吾人研究《詩經》之目的,不僅在於文章一方面,而歷代研究《詩經》者,亦皆不由文章一方面發展。”胡樸安以歷代《詩經》學成果爲研究對象,探尋由此而形成的各類學術思潮,是《詩經》研究史重要著作。他提出“《詩經》一切之學,即歷代治《詩經》者之著作是也”,“搜集關於《詩經》一切學之著作;分別精粗,辨析門類,依類編纂的方法,來實現《詩經》學所述意義之目的”。① 張西堂《詩經六論》是一組《詩經》專題研究論文,提出了《詩經》研究的六個基本問題,即中國古代樂歌總集、思想内容、藝術表現、編訂、體制、關於《毛詩序》,并對這幾個問題進行了深入剖析。夏傳才《詩經研究概論》被日本學者大野圭介稱爲“第一部記述《詩經》研究全部歷史的專著”②。夏傳才提出:“總的説,過去對《詩經》有三種讀法:經學的、歷史的、文學的。”“我們也有三個目的、三種讀法,即:文學的、歷史的、經學批判的。”③夏傳才不同於胡樸安的研究方法,他更多從歷史批判的角度進行研究,對歷代《詩經》研究成果進行了歷史演進的梳理,以其歷史變革和發展爲主綫,開創了新的研究視角。《詩經》學史研究是 20 世紀 80 年代以來《詩經》學研究的新貴,也標志着《詩經》研究方法進入一個成熟時期。

　　林葉連《中國歷代詩經學》,就中國不同時期的社會背景、學術取向、《詩經》學流派、代表作家及其作品逐一推闡,以史學家的嚴謹態度,探討傳統《詩經》學的演進過程。④ 戴維《詩經研究史》重點介紹歷代《詩經》要籍的特點及其在《詩經》研究史上的地位與影響,先秦部分略顯簡易,秦漢以後部分則頗多詳明,對歷代《詩經》典籍的評介極爲熟練詳湛。洪湛侯《詩經學史》以《詩經》學派盛衰消長爲依據,以史料學爲基礎,以史帶論,史論結合的方法;注重《詩經》文學觀開端、延續和發展

---

①　胡樸安《詩經學》,上海:商務印書館,萬有文庫第 1001 種,1926 年,頁 1—2。

②　大野圭介撰,李寅生譯《評夏傳才〈詩經研究史概要〉》,《唐山高等專科學校學報》1999 年第 1 期,頁 75。

③　夏傳才《詩經研究史概要》,鄭州:中州書畫出版社,1982 年,頁 5—7。

④　林葉連《中國歷代詩經學》,臺北:花木蘭文化出版社,2006 年,提要頁。

的軌迹；評論要實事求是，不曲循舊説，不苛求古人。① 這三部作品選取了三個不同視角對《詩經》學史進行了梳理，林葉連注重社會背景與學術取向對《詩經》學的影響，研究重點集中在不同歷史時期《詩經》學的傳承與評介上，以文獻研究代替思想評論。戴維推開《詩經》文學價值的關注，以《詩經》學著作爲研究對象，保留了《詩經》文獻的綫索，但因爲缺少歷史相關文獻的支撐，所論支脉過多。洪湛侯吸取了當代的衆多研究成果，以《詩經》流派消長爲全書展開的主要内容，但因爲只是把《詩經》學限定於經學内部衝突之中，没有展示出經學對於社會其他學科的支持。

20 世紀 80—90 年代以來，《詩經》斷代學史研究也取得了一些重要成就。董志安《先秦文獻與先秦文學》、韓明安《詩經研究概貌》、田中和夫《漢唐詩經研究》、張祝平《朱熹詩經學論稿》、劉毓慶師《從經學到文學——明代〈詩經〉學史論》《從文學到經學——先秦兩漢詩經學史研究》、譚德興《漢代詩學研究》等，對不同時期的《詩經》學成果進行了專題研究。另外，高校、學術機構博士研究生也是《詩經》斷代研究的主力軍。如山東大學孫雪萍《隋與唐前期〈詩經〉文獻研究》、蘇州大學陳國安《清代詩經學研究》、復旦大學張洪海《〈詩經〉評點研究》、四川大學李冬梅《宋代〈詩經〉學專題研究》、西北師範大學朱金發《先秦〈詩〉學思想研究》、西北大學陳戰峰《宋代〈詩經〉學與理學》、華中師範大學何海燕《清代〈詩經〉學研究》等。所有的這些研究都儘可能吸收了近年來最新的研究成果，以文獻發展爲脉絡，以社會制度、學術風尚爲引綫，以文獻分析爲重點，對不同時期《詩經》重要文獻進行了詳細的論證，取得了引人注目的成就。

20 世紀以來還有以文化人類學視角對《詩經》進行研究的成果，如李山《詩經文化研究》、馬銀琴《詩與周代文化》、張建軍《詩經與周代文化考論》等，從《詩經》探求文化形態。還有日本家井真《詩經原意研究》從原始文化形態探求《詩經》的意義，他説："《詩經》中《雅》《頌》正是在

---

① 　洪湛侯《詩經學史》，北京：中華書局，2002 年，頁 3—5。

文學意圖下,有意識地發展先行於韻文形式的銘文而形成的。""《詩經》所收《雅》《頌》諸篇的形成基礎源於西周後期的銘文,特別是明器——鐘鼎銘文的影響非常巨大。""興詞本來是從神聖的咒謠、咒語發展而成的,其構思根源在於古代儀禮和宗教習俗中。"《詩經》"篇中君子均表示佩戴祖靈假面的巫師或尸神"。① 這些成果進一步拓展了《詩經》研究的廣度和深度。

當然在現代人文學科體系的視野下,《詩經》文學研究是 20 世紀以來的主流方向,郭萬金先生指出:"當《詩經》毫無疑問地納入現代文學學科的研究範疇之後,這份古老的文學遺產所必須面對的便是新學科機制下的研究範式。傳統的經學體系因'經'的顛覆而瓦解,新的研究範式則隨'文學的獨立'而日漸呈現出巨大的學科優勢與機制張力。"但是這樣的研究也有着潛在的危機,"六十年的《詩經》研究在起始之時便面臨着一大段的學統空白,千年的經學積纍被一筆抹殺,所餘的只是科學觀念下的史料整理,唯物史觀下的階級評判,服務於政治的文學指向"。② 這段論述值得關注,當下《詩經》研究面臨着學統空白的危機,摒棄了舊經學的傳統,漢唐以來的經學著作成爲文學解釋的注脚和參考文獻。經學和文學固有的間距,我們很難從過去找到更合理的證據來服務於當下的文學研究,致使人們在利用傳統研究資料時或食古不化,或泥於是非之間,難以自拔。因此必須注意到在歷史發展進程中《詩經》的雙重身份。劉毓慶師指出:"我們同時必須清楚《詩經》的雙重身份,她既是'詩',也是'經'。'詩'是她自身的素質,而'經'則是社會賦予她的文化角色。在兩千多年的中國歷史乃至於東方歷史上,她的經學意義要遠大於她的文學意義。作爲'詩',她傳遞的是先民心靈的信息;而作爲'經',她則肩負着承傳禮樂文化,構建精神家園的偉大使

① ［日］家井真著,陸越譯《詩經原意研究》,南京:江蘇人民出版社,2012 年,頁 6、130、354。

② 郭萬金《詩經》研究六十年,《文學評論》2010 年第 3 期,頁 61—69。

命。"①正是其經學與文學的雙重身份，使得《詩經》很容易地被納入了現代文學學科體系範圍内，在文學範疇内理清了困擾《詩經》文本的理論問題。但是如果只關注《詩經》的文學性，忽略其經學性，我們就很難理解它在歷史上所承擔的文化角色。因此有必要回到歷史的文化語境中，發現《詩經》的文化角色和解釋機制，描述一個真實的《詩經》歷史形態。《詩經》詮釋史的研究就成爲應當關注的問題。

　　古代文獻注釋體例的研究也值得關注。雖然没有《詩經》注釋體例專著，但現代學者對古籍注釋體例研究主要有兩個重要研究成果，即汪耀楠《注釋學綱要》和馮浩菲《中國古籍整理體式研究》，其中對《詩經》注釋體例演變多有藉鑒。汪耀楠提出："我們可以從三方面來考慮劃分注釋書的類型：一、從注釋内容上分；二、從注釋性質上分；三、從注釋提供的知識量上分。按注釋内容可以分爲：文字注釋類、章句類、義理類、綜合類。按注釋性質可以分爲：首注自爲類、補述類、辨證類、校訂類、纂集類。按注釋知識量可以分爲：簡注類、詳注類、集注類。"②三類說法基本涵蓋了注釋文本的特點，從内容、性質、知識量三個方面的分類在具體文本特徵分析中能夠提供相應的指導。馮浩菲提出："歷代所出現的各類注釋體著作中所反映出來的注釋方面主要有 16 個，即標點、校勘、作序、釋音、釋詞、解句、翻譯、補叙故實、闡發思想、揭示語法、揭示寫法、考辨疑誤、論述有關問題、疏證舊訓、發凡起例、圖解……因而歷代注釋古籍整理著作呈現出千姿百態的局面，這類體式主要有傳注單用體、傳注合用體、考辨體、通釋體、廣補體、讀本體、韻讀體、表注體、集解體、纂集體等 10 類。"③馮浩菲從注釋作用入手提出相對應的注釋體式，并提出在具體注釋文本使用中更多表現爲綜合運用，給注釋文本分析提供了很好的模式，是對汪耀楠注釋類型的很好補充。藉鑒

---

① 　劉毓慶、郭萬金《從文學到經學——先秦兩漢詩經學史論》，上海：華東師範大學出版社，2009 年，頁 1。

② 　汪耀楠《注釋學綱要》，北京：語文出版社，1997 年，頁 46。

③ 　馮浩菲《中國古籍整理體式研究》，北京：高等教育出版社，2003 年，頁 148。

兩位學者的理論成果，可以分析《詩經》注釋文本的特殊性。就注釋對象而言，有傳注單用體和傳注合用體；從注釋内容上來說，不同對象的文本在具體注釋過程中既表現出獨創性，又表現爲更多的繼承性，多綜采諸家成説，折中以爲注，因此其注釋内容表現出更多的複雜性。

## 二、《詩經》詮釋史研究路徑

中國傳統文化中，詮釋是以注釋文本的形式表現出來的，這些注釋文本以各種形態在其形成的時代文化構建中扮演着重要的角色，每一個注釋文本都有着思想的獨立性、形式的獨立性、發生的規律性。《詩經》詮釋亦是如此，歷代《詩經》注釋文本都是社會政治、文化、思想影響下對《詩經》文本的新詮釋。在歷代文人參與和關照下，在新的歷史條件下，《詩經》文本不斷呈現出種種可能性，持續涌現出新的意義，保持了其作爲經典的恒常存在。洪漢鼎《詮釋學與人文科學·總序》中説："經典的真理和意義的發生及展開是一個密切與人的生存相關聯的永不止息，永不封閉的過程。"①這就是經典詮釋的價值和意義，《詩經》詮釋史的研究就是要找到不同時代，新的詮釋意義生成的過程、方法和路徑。

中國當代關於詮釋學的著作，大多是基於西方詮釋學理論的介紹或是方法的簡單套用，并不能構建出中國詮釋學體系。這裏有着歷史、文化思想的深層次原因，正如深圳大學景海峰先生在《詮釋學的研究現狀及前景》中所説："西方詮釋學是在西方系統哲學理論和方法論研究基礎上出現的，這一點和中國有很大差異。"湯一介先生也指出："中國解釋學"在目前還僅是一個設想，因爲中國傳統哲學中并無系統化、形態化的解釋理論，只是在西文的解釋學傳入以後，這個研究課題纔開始浮現出來。所以對中國經典詮釋的歷史和方法進行系統的梳理，然後歸納出中國傳統的特點，在此基礎上纔有可能建立具有中國特色的解釋學理論。也就是説只有系統研究了詮釋文本的歷史與特點，纔能形

---

① 洪漢鼎主編《詮釋學與人文科學》，上海：上海譯文出版社，2002 年第 2 版。

成基於中國文化背景的《詩經》詮釋學。

　　中國經典詮釋起步很早，《史記》中記録孟子"退而與萬章之徒序《詩》《書》，爲《孟子》七章"，"序"是中國經典詮釋最早的文體。漢代時，學者們以詁訓、傳、箋等來命名自己的作品，言明這些作品是基於"經"而形成的表述方式。而後歷經唐、宋、元、明、清諸朝，其形式迭出，但以"經"爲核心，在具體語境中表述意義的方式没有變化。

　　面對經典詮釋的歷史，20 世紀 70 年代，隨着古典文獻整理的需要，當代人也用現代的學術觀點和學術理論來注解古文獻，在此基礎上提出了"注釋學"的概念。1973 年朱星先生在《中國注釋學概論》中提出注釋學是語言學的一個部門，與語音學、詞彙學、語法學、修辭學、方言學、文字學、篇章學等相并列。韓格平先生則認爲中國古籍注釋學的基本性質，是研究中國古籍（特指漢文古籍）的一般規律和方法的科學，應屬於中國古代文獻學，而非漢語語言或漢語史，甚至認爲可以將傳統訓詁學的詞義研究歸入詞義學，而直接將訓詁學演變成注釋學。許嘉璐先生認爲注釋學研究的課題主要有注釋書的發展史，古代注釋家、注釋書的研究與評價，注釋工作與各個時代政治、文化、思想狀況的關係，注釋與校勘，詞語訓釋與章旨分析的結合，詞語訓釋與串講、翻譯的結合，古人修辭表達方式的揭示，書面含義與言外之意的分析，注釋書各種類型的比較，歧解的原因與評議，等等。這些觀點以注釋作爲一個獨立的元素，啓發我們要認真對待注釋文本。1997 年，汪耀楠先生出版《注釋學綱要》，將文獻學、訓詁學融合爲一體，從注釋文本出發，勾勒了注釋研究的重點。以上這些對"注釋學"研究内容和框架的討論，提高了人們對經典注釋的關注。2003 年，馮浩菲先生出版《中國古籍整理體式研究》，單列"注釋體式"一章，對注釋體例進行了全面研究。這些研究以文獻學爲基礎，以文獻文本和體例研究爲重點，充分論證了注釋體例的自足性特徵和注釋體例的發展過程。這些研究成果把訓詁、語法、修辭融爲一體，以現代知識進論爲基礎，其本質就是詮釋研究。"注釋學"的研究爲新時期《詩經》詮釋研究提供了語言學、語法學、修辭學等方面的理論支持。

　　2001 年，湯一介先生在《論創建中國解釋學問題》中提出："中國有很長的解釋經典的歷史，對此至少有兩個方面的事要我們花功夫去做：一是對中國注釋經典的歷史要作一系統的梳理，如先秦注釋經典爲什麼會有不同的類型？漢朝對經典的注釋爲什麼多采取"章句之學"的方法……二是中國對經典的注釋有'傳''記''説''解''注''箋''疏'等等之不同，我們如何清楚明白地把這些不同的注釋的來龍去脉解釋清楚。又在中國對經典的注釋中常常要運用'訓詁學''文字學''考據學''音韻學''版本學''目録學'等等，還有什麼'通假''形似'之類等等，這些在解釋經典中應給什麼樣的定位，大概也是不能爲我們忽視的。"①湯一介先生提出了將"經學"注本看成是一個獨立系統的解釋學構建方法，擺脱技術化思緒的方式，把注釋文本看成是表現特定環境、特定文化思想和特定作者思維方式的獨特性文本。要真正認識中國"經學"發展的全過程，就必須真正理解這些獨立文本形成的全過程及其意義，這就是詮釋史的研究路徑。

　　臺灣大學黄俊傑教授在《孟子思想史》研究中提出：歷史上《孟子》詮釋者有三種基本形態：一是作爲解經者心路歷程之表述的詮釋，許多儒者是透過注經來表達企慕聖賢境界的心情；二是作爲政治學的儒家思想的詮釋，經典注疏之學成爲其寄寓經世濟民思想的孔道；三是作爲護教的詮釋，歷代儒者以經典注疏爲武器，批佛、老，斥異端，爲儒學正統辯護。黄俊傑所言的詮釋直指注釋文本，而這三種形態基本上代表了儒家經典詮釋的三種傾向。北京大學的湯一介先生在《和而不同》一書中分析了中國注經傳統的一些方法。以先秦時代典籍注釋的不同方式爲例，歸納出中國三代早期經典注釋的三種路向：一是歷史事件的解釋，以《左傳》對《春秋》的注解爲代表；二是整體性哲學解釋，以《繫辭》對《易經》的發揮爲代表；三是社會政治運作型的解釋，以《韓非子》對《老子》的論説爲代表。儘管這裏分析的是先秦時代，但這三種詮釋模式也是後來詮釋文本的主要内容。以此來看，《詩經》詮釋文本也呈現出相應的特點，從

---

　　①　湯一介《論創建中國解釋學問題》，《學術界》2001 年第 4 期。

不同的角度來看待,也符合黄俊傑先生和湯一介先生所言規律。

各種《詩經》詮釋文本在中國思想政治史上從來都占有很重要的地位,其以"經"爲對象,以訓詁、解題、音韻爲學術方法,是中國知識分子構建文化話語權的一種主要形式。歷史上不同時期的知識分子,從不同的角度,運用不同學術方法以"經"爲核心,通過章解、句釋、篇解,形成了相互依存而又相對獨立的文本,我們將這種文本稱爲詮釋文本。這些詮釋文本都是一個獨立的系統,其整體形成了中國知識分子文化話語構建的演變史。不同歷史時期《詩經》詮釋文本的角色不一樣,有時是文化構建的主流,如南宋朱熹的《詩集傳》;有時只是主流文化思想的解説者、迎合者,如漢代《詩經》學思想。不同時期政治文化影響下,其注釋又有很强的趨同性。經典注本中相似内容多,而有爭議的内容主要出現在"歷史"的解釋和相關意義的解釋上。本文以"史"來命名,其實内容也并不如想象中的多,因爲"史"更多關注時代差異性以及差異性原因分析,從一個時代衆多注本中找出"一般"來,并綜合分析,這樣大跨度的研究也就成爲可能。《詩經》詮釋史的研究就是以歷代《詩經》研究的文本爲基礎,深層次解讀不同時代《詩經》的詮釋文本的生成背景及意義。

## 三、研究方法

《詩經》詮釋史的個案研究離不開整個學術史、文化史、政治史的背景,但其研究方法和學術史、文化史、政治史等研究方法又有所不同。目前通行的《詩經》學研究史有夏傳才先生的《詩經研究史概論》、洪湛侯的《詩經學史》、戴維的《詩經學研究史》、張啓成的《詩經學研究論稿》等,這些研究立足於學術史,主要關注不同時期《詩經》研究的重要觀念和重要著作。而基於文化話語構建的《詩經》詮釋史研究,更多關注《詩經》不同時期詮釋文本與整個社會文化思想發展的互動,并探究衆多詮釋文本的意義構建的模式及其在文化構建中的作用。

"要理解文化,就要探究意義是如何在具體的情境中,通過語言符號所指的實踐被生產出來的。"也就是説要理解《詩經》詮釋文本的意義，就要掌握不同時代的話語體系，以此爲基礎來考察詮釋的本質。
"文變染乎世情，興廢繫於時序"，劉勰的文學理論思想也同樣適用於經
學詮釋的發展。經學詮釋是中國古代知識分子立德、立功、立言的最主
要對象和表達方式。《左傳·襄公二十四年》有言："太上有立德，其次
有立功，其次有立言；雖久不廢，此之謂不朽。"立德、立功、立言，這"三
不朽"是中國古代知識分子最高的人生理想。這種人生理想更多的是
藉知識分子"經注"來實現的，因此詮釋文本最易受時序影響。任何詮
釋都是通過對主流思想構建或消解，把握時代特色，迎合時代要求，纔
得以流行。歷代詮釋思想或興或衰，是由於特定的"世情""時序"的影
響。也就是說，當我們把詮釋文本作爲文化話語構建的一個要素時，就
必須把它作爲文化政治的構建因素，作爲文化言說的方式，作爲文化權
力的鬥爭內容，以及與文化的互動形式進行綜合考察。既要理解儒家
學說的規定性，又要關注參與者所處社會話語體系的影響，《詩經》詮釋
是一定的說話人與受話人之間在儒家學說的限定下，在特定社會語境
中通過文本而展開的溝通活動。這個體系，包括說話人、受話人、文本、
溝通、語境等要素。理解和分析這些要素的關係，纔能真正理解詮釋文
本的內涵和產生的意義。

　　考察《詩經》詮釋文本就會發現，在不同時期的文化話語構建中它
都曾發揮過重要的作用。春秋時禮崩樂壞，孔子提出"詩教"說，把"詩"
看成是禮樂的產物，以"興、觀、群、怨"解詩，演義出儒家文化精神和人
格特徵。戰國時群雄并起，社會發展趨勢成爲知識分子思考的主要問
題，孟子光大孔子之學，以"法先王"爲基礎，創建其新學說。朱熹《詩經
集傳序》說："降自昭穆而後，寖以陵夷。至於東遷，而遂廢不講矣。孔
子生於其時，既不得位，無以行勸懲黜陟之政，於是特舉其籍而討論之，
去其重複，正其紛亂。而其善之不足以爲法，惡之不足以爲戒者，則亦
刊而去之；以從簡約，示久遠，使夫學者即是而有以考其得失，善者師
之，而惡者改焉。是以其政雖不足以行於一時，而其教實被於萬世。是
則《詩》之所以爲教者然也。"

　　從漢代開始到清代，各級政府既有本朝的《詩經》官修詮釋文本，還

有更多的私家著述。就作者群而言,形成了一個由官僚、士大夫,以及一般文士共同組成的創作群體。他們以"經學致用"爲主導,試圖通過《詩經》詮釋來構建話語權。正如楊家駱在《四庫全書學典》序言中所說:"統治者感到儒家學説有如此妙用,於是儒家經典尊爲共認的經典,凡對於這些經典有研究者,請他出來作官,因爲這些人比較馴服,且可幫助他行使統治權而無甚危險。結果把這些經典指認爲教科書。"漢興,儒家以經學爲治國之本。漢武帝倡"儒術",章帝、宣帝以經爲國之本,統經義,倡經術,經學注釋文本流行,後稱爲漢學。《四庫全書總目·詩類小序》言:"《詩》有四家,毛氏獨傳。唐以前無異論,宋以後則衆説争矣。然攻漢學者意不盡在於經義,務勝漢儒而已。伸漢學者,意亦不盡在於經義,憤宋儒之詆漢儒而已。各挾一不相下之心,而又濟以不平之氣,激而過當亦其勢然。"僅就學術而言,漢宋之争是一種意識形態和知識分子話語權構建模式之争。漢代知識分子以治國爲本,《詩經》成爲其解説治國思想與方略的底本。

宋代以知識分子爲基礎的"士大夫"階層的出現,"修齊治平"成爲他們追求的人生信條,"理學"就是知識分子實現人生目標的重要工具。朱熹《詩經集傳·序》説:"於是乎章句以綱之,訓詁以紀之,諷咏以昌之,涵濡以體之。察之情性隱微之間,審之言行樞機之始,則修身及家、平均天下之道,其亦不待他求,而得之於此矣。"以修齊治平來詮釋《詩經》,以達到"正情性"的目的。

明代仕途經濟已經滲透到社會生活的方方面面,這一時期,一般士人通過科舉考試進入政壇,實現其立德、立言、立功的理想。商人也把科場應制作爲商業機會,翻印各種詮釋文本。科場應制爲目的和各種活動滲透到社會的各個層面。《詩經》作爲科場考試内容也適時做出了調整。以官修《詩傳大全》爲例,劉毓慶師《從經學到文學》曾做了這樣的概括:"它代表了當時的一種風氣和思潮。"第一,當日正值匯集諸説成風之時。第二,當日正是科舉盛行之時,士子多致力舉業,於經無暇深研。第三,抄襲前人成果,亦爲有明一代之學風所致。

清初傳統知識分子徹底失去了其話語權,正統論的尋求成爲其突破政治禁錮的手段。此時,樸學大興,訓詁、文字、輯佚成爲經學研究的主要内容。《詩經》詮釋也回歸文本。以歷代《詩經》注疏文本爲研究對象,拋棄門户之見,以"實證"爲前提,通過對歷時性注疏文本的再理解、再評價,廓清《詩經》學思路,指導《詩經》學實踐。從這樣的視角來看,清初四庫學者提出了《詩經》解釋的新任務,就是超越歷史語境限制,尋求解決歷時性注疏作品衝突的解釋策略。顧炎武、黄宗羲等大儒也力倡"經世""求是"之學,試圖以經學整理研究而達於"道"。也就是要剥離前人層層叠加在《詩經》上的詮釋意義,回歸經學文本。文獻學、語言學詮釋方法受到普遍關注,《詩經》詮釋學進入了第四次大轉折時期,樸學大興,訓詁、考據、輯佚、辨僞成爲經學研究的主要内容,《詩經》文獻得到了最大程度的整理和研究。中國古代《詩經》詮釋達到一個新的高潮。

關注《詩經》詮釋就不得不關注這樣幾個層次的問題。第一,《詩經》詮釋者的身份、地位及其所處的社會境况;第二,《詩經》詮釋的目的、時間及對當時社會影響狀况;第三,當時社會文化思想與經學思想背景;第四,學術流派背景。從社會文化思想、經學思想和學術流派背景中可以找到其詮釋文本的繼承與獨創性,而從其個體境况和著述目的中可以找到其意義建構的模式。這就需要將《詩經》詮釋文本放回它原有的政治文化的歷史脉絡中重新加以認識,系統而全面地檢討不同詮釋思想的起源、形成、演變及性質。"儒家的理想社會,是有階級、有行爲規範的社會,達到這種理想的方法是希望擁有統治權者,從自身實踐合於其階級的行爲規範,以領導其階級統治下社會的各人實踐合於其身份的行爲規範,大家都不越階級,而都向一種行爲規範上走,那麽,社會的秩序就形成了。"①詮釋是知識分子構建自己話語權的主要方式,這種方式只有將其置身於特定文化話語構建的基礎上纔能真正理解其特色和意義,也纔能把詮釋必須掌握的四個層次内容納入統一的範疇之中。更重要的是,詮釋也是知識分子的行爲方式、思維方式,是思想史的重要組成部分。

① 楊家駱《四庫全書學典》,上海:世界書局,1946 年,頁 15。

# 第一章　先秦時代
## ——《詩經》詮釋的發生

## 一、先秦《詩經》相關文獻與研究

關於《詩經》結集的問題，劉毓慶師提出三段論，以爲宣王時第一次系統整理典禮樂歌，平王東遷後在原有基礎上進行了擴充和增修，孔子最後進行刪訂整理。[①] 這一結論綜合了夏傳才先生"春秋中期說"[②]、馬銀琴的"周康王時第一次結集說""宣王結集說""孔子刪詩說"。[③] 這給我們提供了一個明確的信息，即在孔子之前，《詩經》已經結集過，并且有了一個流行文本。這一點很重要，因爲關乎我們對先秦《詩經》相關文獻的態度。從周宣王到孔子，《詩經》經歷了從禮樂應用到儒家經典的正典化過程，先秦很多文獻都引用《詩經》，通過引詩內容的考索及其時間表，大致可以勾勒出《詩經》進入漢代之前正典化形貌。當然我們應當知道，先秦文獻中引《詩》的主要功用是藉詩言志、藉詩論事、藉

---

① 詳見劉毓慶、郭萬金《從文學到經學——先秦兩漢詩經學史論》，上海：華東師範大學出版社，2009年，頁1—25。

② 夏傳才說："在春秋中期已經結集和流傳一個和今本《詩經》的編次、篇數大體相同的傳本，本名爲《詩》。這個詩集是由貴族階級爲了實際應用而製作和編集的。它們完全是合樂的樂歌，《頌》是廟堂祭祀樂歌，《雅》是朝會和貴族集會的樂歌，《風》是采自民間的歌謠，又配上樂曲在貴族宴會上演唱。"（夏傳才《先秦〈詩經〉研究的幾個問題》，《文學遺産》1984年第1期，頁135。）

③ 馬銀琴論述可參考以下文獻：馬銀琴《西周早期的儀式樂歌與周康王時代詩文本的第一次結集》，《詩經研究叢刊》2002年第1期；馬銀琴《周宣王時代的樂歌與詩文本的結集》，《詩經研究叢刊》2003年第2期；馬銀琴《齊桓公時代〈詩〉的結集》，《文學遺産》2004年第3期；馬銀琴《再議孔子刪〈詩〉》，《文學遺産》2014年第5期。

詩修辭。文獻中言及《詩經》總是隨手拈來以表達作者的觀點、情懷，《詩經》具備通用話語的意義，這同時也是《詩經》詮釋的萌芽。

現存涉及先秦《詩經》引用情況的文獻有四類，一是史部引用《詩經》的文獻；二是經部文獻引用《詩經》的文獻；三是子部引用《詩經》的文獻；四是新出土的《詩經》相關文獻。

## 史部文獻

史部引用《詩經》的文獻主要有三種，即《左傳》《國語》《戰國策》。這三部作品以記事、記言的方式，展示了《詩經》在士階層及上層貴族間使用的情況，側面展示出《詩經》從廟堂專用語言逐漸進入普通民眾生活，以表達個性認知，美化語言的過程。《詩經》在語言層面、政治生活層面的廣泛使用，擴大了《詩經》的使用範圍，成爲其正典化的最初動力。

1.《左傳》，漢代司馬遷以爲魯君子左丘明所作，宋代有學者主張爲戰國時成書，清顧炎武提出非一時一人之作，近代劉逢禄、康有爲以爲是西漢劉歆僞作，當代學者一般以爲是戰國中期以前作品。《左傳》采用編年體形式補充并豐富了《春秋》的內容，采用歷史敘事的方式對過去的時代進行了解釋。該書不僅記魯國的史實，而且還兼記各國歷史；不僅記政治大事，還廣泛涉及社會各個領域的"小事"。

《左傳》引詩有兩種情況，一是歷史人物引詩 221 次，一是《左傳》作者（"君子曰"）引詩 45 次。① 廣泛涉及外交場合（賦詩、誦詩、歌詩、作詩），還有勸諫和敘事時言語引詩。從整體來看，《詩經》是當時外交話

---

① 據清代趙翼《陔餘叢考》統計，《左傳》引詩 217 條；夏承燾説：《左傳》引詩共 134 條。這種差別在於趙翼把逸詩和在語辭中雜用的詩句，都計算在內。（夏承燾《采詩和賦詩》，《中華文史論叢》1962 年第 1 期。）董治安在《先秦文獻與先秦文學》中的統計結果是：引詩 219 條，賦詩 68 處。張林川、周春健在《〈左傳〉引〈詩〉範圍的界定》中的統計結果是：言《詩》之處凡 277 條，涉及《詩》152 篇，其中可以劃歸引《詩》範疇的共 255 條，涉及《詩》132 篇。（張林川、周春健《〈左傳〉引〈詩〉範圍的界定》，《湖北大學學報（哲學社會科學版）》2004 年第 3 期。）

語系統中的關鍵性語義體系,是通用話語,故孔子稱"不學《詩》,無以言"。無論何種情況的引《詩》,《詩經》都表現爲過去時代的經驗對當下社會事件的關照,這種方式把《詩經》置於了一個很高的位置。如果《左傳》記載接近於歷史真實,那麼這一時期當是《詩經》正典化的起點。反之,則是充滿了作者想象的歷史闡釋。但不管怎樣,《左傳》引《詩》的研究能夠讓我們清楚地看到《詩經》最初的應用場合,以及它在整個話語體系中的地位。

2.《國語》是以記言爲主的國別史,其記載周穆王十二年,到周貞定王十六年共五百多年歷史。以史官記錄爲主,言語極具個性。唐以前皆以爲左丘明所作,唐宋以來提出質疑,當代學者提出成書於戰國中期以前。① 三國時期吳國韋昭《國語解》是目前所見最早注本,保存了東漢及三國學者的研究成果。

《國語》引《詩》37 次,據曾小夢統計,其中勸諫場合 11 次,評價、議論場合 7 次,外交宴饗場合 3 次。② 其中有些記載與《左傳》引《詩》相互印證。《國語》記言的整體風格接近於實錄,是語言交際行爲,即言語行爲。就《國語》引《詩》而言,《詩經》作爲其言語行爲的組成部分,主要承擔了兩項任務:一是補充或美化陳述意義;二是充當論據,論證分析事件。這兩項任務都是發話人命題意義的組成部分,命題意義和引詩的關聯,是《詩經》闡釋的最早模式。

3.《戰國策》是戰國時期縱橫家言論,具有强烈的個性色彩。全書引《詩》7 處 9 次。一方面反映了《詩》的話語表述和戰國時期的政治活

① 童書業提出,《國語》是戰國的産品,其成書當早於《左傳》。(童書業《〈國語〉與〈左傳〉問題研究》,浙江圖書館館刊,1935 年第 2 期。)徐中舒認爲,《左傳》定於六國稱王以前,大致範圍爲公元前 375 年到公元前 351 年之間。也提出《國語》成於左傳之前。(徐中舒《左傳選·左傳的作者及其成書年代》,北京:中華書局,1963 年,頁 341。)金毓黻認爲《國語》是春秋時代古書之一,可與《左傳》互證之處甚多。(《金毓黻《中國史學史》,石家莊:河北教育出版社,2003 年,頁 33。)蒙文通以爲先有《國語》,後有《左傳》。(蒙文通《圖書集刊·論〈國語〉〈家語〉皆爲春秋》,四川省立圖書館編輯,1942 年第 3 期。)詳論參考張居三《〈國語〉研究》,東北師範大學博士論文,2008 年,頁 15。
② 曾小夢《先秦典籍引詩考論》,陝西師範大學博士論文,2008 年,頁 75、79。

動話語不相符；另一方面，《戰國策》引《詩》大多出自言其意，無所依傍，是《詩經》意義的重新發現和創造的一個信號，不同於《左傳》《國語》引詩。

## 子部文獻①

1.《論語》是弟子記録孔子言行的著作，其中論詩、解詩、引詩共有19 處。涉及風詩 4 篇，《周南·關雎》、《衛風·淇澳》《碩人》、《邶風·雄雉》；雅詩 2 篇，《小雅·小旻》《大雅·抑》。或陳述《詩》的主旨，或述《詩》的表現手法和學習《詩經》的方法。對比史部文獻中引《詩》的情況，孔子論《詩》從知識論的角度提出《詩經》話語體系的重要性和學習方法，并且用儒家的思想對《詩經》進行詮釋，《詩經》正典化的地位開始確立。

2.《晏子春秋》一書記載了春秋末期齊國大夫晏子的思想和言行。其書多次引《詩》，從中可以看出以晏子爲代表的非儒家派别對《詩》的肯定態度以及《詩》作爲論説依據所發揮的功能、作用。全書共引詩 16 處 24 次（包括次引逸詩），涉及今通行本《詩經》篇目 17 篇。

3.《墨子》一書共引《詩》11 處，包括 3 處引逸詩。涉及《詩經》篇目 7 篇，分别爲《大雅·桑柔》《抑》《皇矣》《文王》、《小雅·皇皇者華》《大東》、《周頌·載見》。

4.《孟子》是記述孟子思想的著作，完成於戰國中後期。《孟子》引用《詩》34 次，是這一時期著作中最多的。孟子把《詩經》看成是史料和儒學思想資料。一方面，孟子以《詩》證史，通過對它的解讀獲得了先王仁政的治國思想和方法；另一方面，孟子把《詩》納入儒家思想的範疇之中，賦予它新的儒家哲學倫理道德内涵。孟子解讀《詩經》的方法和處

---

① 　子部文獻不含《莊子》，《莊子》一書中最早提到儒家"六經"："孔子謂老聃曰：丘治《詩》《書》《禮》《樂》《易》《春秋》六經，自以爲久矣"，"其在於《詩》《書》《禮》《樂》者，鄒魯之士搢紳先生多能明之。《詩》以道志，《書》以道事，《禮》以道行，《樂》以道和，《易》以道陰陽，《春秋》以道名分，其數散於天下，而設於中國者，百家之學時或稱，而道之能明其迹耳，豈所以迹哉"。但其中并無引《詩》、用《詩》，故不論。

理方式,實現了《詩經》儒學化,從此《詩》學研究進入了一個相對閉合的儒學思想之中,純粹成爲儒家思想的代言體和史學資料庫。① 這是《詩經》正典化的一個重要環節,從孔子定六藝到戰國初各家以六經之名命名,再到孟子引《詩》,《詩經》最終實現了詮釋話語和儒家話語的高度同一。

5.《荀子》是荀況的著作集,今存 32 篇。全書引《詩》83 處。所引遍及《風》《雅》《頌》,涉及詩作 47 篇。據曾小夢統計,其中《大雅》32 次,涉及作品 17 篇;其次是《小雅》25 次,涉及作品 17 篇;再次是《風》11 次,涉及作品 8 篇;然後是《頌》8 次,涉及作品 6 篇;引用次數最少的是"逸詩"7 次,涉及作品 6 篇。② 荀子繼承了孟子《詩》學的思想,認爲《詩》可以成爲"齊言行""一天下"的經典工具,是不可多得的歷史文獻。同時,荀子在以儒學思想來考察《詩》時,又兼收道、墨及其他學派思想。這使《詩》又成爲一個開放的課題,對《詩》學的發展產生了更大的影響。可以説,《詩經》詮釋在先秦走過了一條由開放實用到封閉爲儒學理論的注脚,再到開放的路徑,拓展了《詩經》詮釋的影響力。

6.《呂氏春秋》是秦國丞相呂不韋主編的一部類百科全書似的傳世巨著,有八覽、六論、十二紀,共二十多萬言。全書引《詩》16 處,包括引逸詩 4 處。涉及《詩經》篇目 11 篇,其中《風》詩 4 篇:《曹風·鳲鳩》、《鄭風·大叔于田》《褰裳》、《邶風·旄丘》。《雅》7 篇:《大雅》4 篇,《大明》《泂酌》《旱麓》《抑》;《小雅》3 篇:《小旻》《大田》《北山》。《呂氏春秋》引《詩》表明,在秦并六國以前,士階層開始逐漸接受了儒家"以《詩》爲經"的觀念,各家學術思想有融合的迹象。

---

① 陳良運在《中國詩學批評史》中總結説:"孟子繼春秋時代產生的對《詩》的接受觀念,提出了一個比較完備的接受理論綱要,并能以道德仁義去逆詩人之志。由是詩人及其詩皆是道德仁義,且又以倫理關係來規範情感,以忠孝與否判斷詩人情感之價值,這就只是對儒家詩教有功了。"(陳良運《中國詩學批評史》,南昌:江西人民出版社,1995年,頁 48。)
② 曾小夢《先秦典籍引詩考論》,陝西師範大學博士論文,2008 年,頁 139。

## 經部文獻

《禮記》是儒家的重要經典之一。《禮記》引《詩》共計 104 次,涉及《詩經》篇目 64 篇,引《風》18 篇 25 次,《周南》《邶風》《鄘風》《曹風》《衛風》各 3 篇,《齊風》《豳風》《鄭風》《秦風》各 1 篇,被引用次數最多的是《邶風·谷風》和《曹風·鳲鳩》各 4 次,其次是《衛風·氓》2 次。引用《雅》37 篇 67 次,《大雅》16 篇 40 次,被引用次數最多的是《抑》8 次,其次是《文王》6 次,《文王有聲》4 次,《板》《既醉》《烝民》各 3 次,《皇矣》《洞酌》《旱麓》各 2 次;《小雅》21 篇 27 次,被引用詩句次數最多的是《節南山》3 次,其次是《角弓》《正月》《小明》《巧言》各 2 次。引用《頌》詩 9 篇 10 次,《周頌》6 篇,《商頌》3 篇,被引用次數最多的是《周頌·烈文》2 次。引用逸詩 2 次。[①]

## 出土文獻

1. 1993 年湖北荆門郭店一號楚墓(該墓下葬年代約在公元前 4 世紀中期至前 3 世紀初)出土 804 枚竹簡,由文物出版社於 1998 年出版,題名《郭店楚墓竹簡》。郭店楚簡引用《詩經》的文獻有 6 篇:《緇衣》篇引詩 23 條。《五行》篇分 28 章,其中有 7 章用《詩》論《詩》,尤以第 4、第 9 兩章較有意義。《性自命出》篇第 15、16 簡説:"詩、書、禮、樂,其始出皆生於人。詩,有爲爲之也;書,有爲言之也;禮樂,有爲舉之也。"第 38、39 簡又稱:"詩,所以會古今之志也者。"《六德》篇第 23—25 簡説:"故夫夫、婦婦、父父、子子、君君、臣臣,六者各行其職而訕夸無由作也。觀諸《詩》《書》則亦在矣。"《語叢一》《語叢二》,其内容或引《詩》證説,或論述詩意及其功用。廖名春以爲:"郭店楚簡與《詩經》有關的記載……我們不但可以看到戰國時期人們引《詩》用《詩》的真實情況,更可以考察先秦儒家對《詩》義及其社會功能的認識,因此還會獲得對《詩經》一

---

些篇章本旨的新解。"①

　　2. 1994 年上海博物館從香港文物市場中搶購回楚簡,經整理,以《上海博物館藏戰國楚竹書》爲題出版發行,第一册中收錄《詩論》,是先秦時期唯一通論《詩經》的文獻。馬承源先生在《孔子詩論》的《説明》中就指出:"這二十九支簡很多殘斷,有的文義不連貫,因爲没有今本可資對照,簡序的排列就相當困難。局部簡據文義可以排列成序列,但是有的簡有缺失或斷損過多,很難判定必然的合理序列。而且没有發現篇題,雖然所整理的簡文内容和書法相同,但原來也未必是單獨連貫的一本。句讀符不統一,可能分爲若干編,由於殘缺嚴重,只能分類整理,故名爲《孔子詩論》。""我們用的是歸納法,完整的簡序頗難再現。"②《孔子詩論》的發現是《詩經》研究史上一件大事,其主要意義不在於它本身對《詩經》的解釋是否正確,而在於説明了儒家學派對《詩經》的解釋有一個發展過程。③

## 二、先秦文獻引《詩》研究成果

　　對先秦文獻引《詩》考證、分析一直是歷代學者關注的内容,較早的專學研究成果是清人勞孝輿的《春秋詩話》。該書從《左傳》中摘出和《詩經》相關的材料,結集爲五卷,分爲賦、引、解、拾、評五類。"賦詩者,在可以觀其志,可以觀詩矣",取例二十九條,如"秦穆公享晉公子重耳,公子賦六月,趙衰曰:'重耳拜賜。'公子拜稽首。公降一級而辭焉";"解詩者,因詩作解也",引例三十四條;"引詩者,引詩之説以證事也",取例六十九條;"拾詩,傳中多軼詩,在傳皆拾而出之者也",有例子三十五則;"評詩,自談詩者,自有詩品詩",引"吴公子季札來聘"一例。④《左

---

　　①　廖名春《郭店楚簡與詩經》,《文學前沿(第二輯)》,北京:首都師範大學出版社,2000 年。

　　②　馬承源《上海博物館藏戰國楚竹書一》,上海:上海古籍出版社,2001 年,頁 6。

　　③　曹道衡《讀戰國楚竹書〈孔子詩論〉》,《北京大學學報(哲學社會科學版)》2002年第 3 期,頁 52。

　　④　勞孝輿《春秋詩話》,《叢書集成新編》第 56 册,臺北:新豐出版社,1984 年,頁315—329。

傳》是春秋時記錄各國之間政治交往的一部書,從這部書中大量使用《詩》的事實可以看出《詩》在春秋時是一種政治工具、交際工具,藉此可以體現個人素養。這已經完全不同於《詩》最初的功用,詩樂一體在應用中被淡化,其莊嚴的典禮和祭祀功用,及天子威儀的象徵意味開始轉化爲公共信息的載體。勞孝興的結論和史家的觀點是一致的,班固《漢書‧藝文志》説:"古者諸侯卿大夫交接鄰國,以微言相感,當揖讓之時,必稱以諭其志,蓋以別不肖而觀盛衰焉。"①這裏"古者"是指春秋中期以後的一段時間,《詩》成爲外交用語的重要表達方式。

進入 20 世紀,先秦《詩經》研究基本圍繞以上史料展開,形成了以周秦傳記、諸子引《詩》爲研究對象的一系列研究成果。據寇淑慧《二十世紀詩經研究文獻目錄》統計有論文著作 272 種,研究重點以春秋《詩》學理論構建爲重點,其中顧頡剛《詩經在春秋戰國間的地位》(又名《詩經的厄運與幸運》)一文,全文以春秋戰國時關於詩與樂的記載爲研究對象,從傳記材料出發,提出:"《詩經》是爲了種種的應用而產生的,有的是向民間采來的,有的是定做出來的。""他們對於詩的態度,只是一個爲自己享用的態度,要怎麽用就怎麽用。"這是一個很大膽的結論,從諸子引《詩》的材料中,顧頡剛總結出以下幾條。

　　1. 孔子對於《詩》,也只是一個自己享用的態度。他看《詩》的作用,對於自己是修養品性,對於社會是會得周旋上下,推論事物。

　　2. 戰國時一班儒家講《詩》,不得不偏在基本意義一方面,又揣測到歷史一方面,《詩》的基本意義和歷史是春秋時人所不講的;到這時,因爲脫離了實用,漸漸的講起來了。孟子拿它講古代的王道,高子拿它分別作者的君子小人。一部《詩經》除了考古證今以外,沒有別的應用。

　　3. 孟子把春秋時人用《詩》的慣例去説《詩》,進而亂斷《詩》本事,又另換了一個新題目,結果,鬧成了幾千年的迷霧,把《詩經》的

① 　班固《漢書》,上海:上海古籍出版社,1986 年,頁 165。

本來面目蒙蔽得密不通風。①

　　這是一篇開拓性的文章，顧頡剛首先把《詩經》視爲文學，認爲《詩經》從自我享用到揣測歷史，再到以儒學解詩，最終實現了"經學化"的過程，是其文學意義喪失的過程。這是以現代學科體系逆推上古，以爲《詩經》的本質是文學，經學化扼殺了其文學的本質。以後現當代的先秦傳記、諸子引《詩》研究幾乎都圍繞着這個結論展開。

　　夏傳才《中國古代第一次文藝論爭》取諸子引《詩》之説，進一步提出了："中國古代第一次文藝論爭，發生在春秋末期，經過百家爭鳴的戰國時代，延續至西漢前期。這次持續四百餘年的大論爭，主要是圍繞着音樂問題展開的。……這次論爭實際上廣泛討論了文藝的起源、文藝的特點、文藝的内容和形式、文藝的社會作用及其與時代和政治的關係等重要問題。"②夏傳才在顧頡剛的基礎上，把《詩經》理論置於文藝學研究的整體上去探討。這兩篇文章是從現代文科學科分科理論視角對先秦《詩經》理論的總結。

　　立足於史學本來面目，以科學視角來審視先秦《詩經》文獻的代表性著作是劉毓慶師《從文學到經學——先秦兩漢詩經學史論》，該書系統地對《詩經》三次編訂過程進行考訂，提出了《詩經》在先秦時期經歷了從文學到經學的過程。在此思路的引導下，一些年輕學者對先秦文獻引《詩》進行了綜合整理，最有代表性的是吳建偉的《〈左傳〉采詩的結構性繫年》，通過對《左傳》引用《詩經》中的詩題、詩句、詩論，以分類繫年的方法，進行了窮盡式的結構性排列，從而形成了一個用"斷章取義"爲綫索，探求《詩經》本義與旁義的參照系統。③　陝西師範大學 2008 級

---

　　①　顧頡剛《詩經在春秋戰國間的地位》，《古史辯》第三冊，北京：北平樸社，1931年，頁 189—224。

　　②　夏傳才《中國古代第一次文藝論爭》，《詩經語言藝術》，北京：語文出版社，1985年，頁 164。

　　③　吳建偉《〈左傳〉采詩的結構性繫年》，《西北第二民族學院學報》2000 年第 4 期，頁 41—52。

博士曾小夢的《先秦典籍引〈詩〉考論》對先秦典籍引《詩》進行了梳理。

先秦引《詩》用《詩》的情況，還可以發現《詩經》學史中的一些關鍵問題，從胡樸安的《詩經學》開始，到夏傳才的《詩經研究史概論》，形成了先秦《詩經》研究的基本問題的思考：成書（編訂），篇名，孔、孟、荀與《詩經》的傳播與解釋的關係。洪湛侯《詩經學史》進一步把它概括爲十個問題：《詩三百篇》的産生流傳和結集；關於六藝；《詩三百篇》的分類排列及其他，《詩》與合樂；《詩三百篇》的應用；《詩》樂評論的先聲；孔子是《詩》學研究的第一人；孟子論讀《詩》方法；荀子引《詩》證言；戰國末期《詩三百篇》始稱爲經。并提出《詩三百篇》編訂出於樂官之手，《風》《雅》《頌》皆樂調之名，以此立論對先秦《詩經》學發展提出了很多新的看法。①

謝無量《詩經研究》從"史證"入手，開拓了先秦《詩經》研究的另一條路徑，以《詩經的歷史上考證》爲題，從《詩經》史的角度分析了周室的史證，邶、鄘、衛史證等十五《國風》史證，從《詩經》入手研究關於周室及列國史事。當代學者馬銀琴以《兩周詩史》爲題，討論了兩周時代詩歌創作的基本情況以及文本的形成過程：

> 産生於西周初年的與祭祀儀式相關聯的儀式樂歌，在康王三年"定樂歌"的活動中得到整理，以《雅》《頌》命名的《詩》文本産生出來；穆王時代，《雅》《頌》文本的内容擴大，在祭祀樂歌之外，以現實的人與事爲歌頌對象的詩篇成爲《雅》的重要内容，出現了燕享樂歌一類；宣王重修禮樂的活動進一步擴大了儀式樂歌的種類與範圍，同時厲王"變大雅"被納入《雅》，諸侯國風亦在《詩》的名義下得到編輯，《詩》文本服務於儀式的性質開始向服務於諷諫轉變；平王時代，在美刺的名義下大量的諷刺之詩得到編輯，《詩》《雅》《頌》分立的結構被打破，在《頌》仍以獨立的形式流傳時，以《詩》爲名，《風》《雅》合集的詩文本産生；在齊桓公尊王崇禮所帶来的禮樂復興的背景下，發生了第五次整理和編輯《詩》文本的活動，在這次以

---

① 洪湛侯《詩經學史》，北京：中華書局，2002 年，頁 1—106。

諸侯國風爲主要對象的編輯活動中,《周頌》《商頌》被納入《詩》中,《風》《雅》《頌》合集的詩文本出現;至春秋末經過孔子增删詩篇、調整次序的"正樂"《詩》之定本最後形成。《詩》文本的形成過程,不但表現爲一個作品内容不斷擴大、結構形式日趨穩定的過程,同時也表現爲一個儀式色彩不斷弱化,德義成分不斷加强的過程。①

這個結論科學地描述了《詩經》創作與結集的歷史,是史與《詩》的碰撞。這個結論和葉舒憲的《詩經的文化闡釋》可以相互補充、相互論證,葉舒憲從人類學的角度,認爲《詩經》的發生與咒祝、祈禱有關,而其民間詩歌的形成則受到了儀式樂的影響。李山教授以爲:"周代社會是中國文化傳統走向定型的時代,一種文化的成形,又必然表現在這個文化人群在對自然與人、人群内部兩重重要關係問題上有了成熟而穩定的認證;而人群内部關係的確定,又直接影響着該文化人群對與其他相鄰人群關係處理的方式。這一切就基本構成了這個人群可以傳承的精神傳統。"②李山教授從文化角度立論,以先秦相關文獻爲基礎,分析了《詩經》中農事詩、宴飲詩、戰争詩、婚戀詩中所表現出的人與自然、人與人、中原人群與其他人群之間的關係,把《詩經》文化研究推向更高層次。

20世紀的考古新發現,尤其是郭店楚簡、戰國楚竹書,爲新時期《詩經》研究提供了新的資料。《郭店楚墓竹簡》出版後,最有代表的著作是李零《郭店楚簡校讀記》,全書每篇竹簡校讀都分爲釋文、校讀、補注、餘論四部分,對竹簡中包含的儒家思想及意義進行了較爲詳盡的解讀。廖名春則在《郭店楚簡與〈詩經〉》指出:"從這些記載裏,我們不但可以看到戰國時期人們引《詩》、用《詩》的真實情況,更可以考察先秦儒家對《詩》義及其社會功能的認識,由此還會獲得對《詩經》一些篇章本旨的新解。"③曾軍《從〈緇衣〉的三種文本看"引〈詩〉釋禮"的詮釋方法》

① 馬銀琴《兩周詩史》,北京:社會科學文獻出版社,2006年,頁486—487。
② 李山《詩經的文化精神》,北京:東方出版社,1997年,頁278。
③ 廖名春《郭店楚簡與〈詩經〉》,《文學前沿》2000年第1期,頁49。

一文,通過考察該篇的引《詩》内容、釋禮方法和具體運作,以及引《詩》釋禮的内外部條件,提出引《詩》釋禮的詮釋方法是先秦時代的特定産物。①饒宗頤先生結合郭店楚簡,寫下了《詩言志再辨——以郭店楚簡資料爲基礎》指出:"《詩》之爲書,爲篇章的總集,正薈萃着古今人的'志'之所托。'詩以道志'即所以見古今之志。通過這些詩,可以使民變化氣質。儒家對詩的功用,從斷章零簡的語言,略可捉摸到古人立言的大體。"②饒宗頤先生以此立論,進一步提出了"詩言志",在於"定志","志"在於"信"。可以説郭店楚簡爲《詩經》學説提供了新的理論和思想來源。

《上海博物館藏戰國楚竹書》公開發表後,短時間内發表相關論述500 多篇,馬承源先生將《詩經》相關的竹書定名爲《孔子詩論》,他認爲授《詩》者是孔子。李學勤將《孔子詩論》稱爲《詩論》,他認爲這部竹書的内容并非完全出自孔子之手。學者、專家們圍繞這批竹簡展開了多角度、多層次的研究,它不僅涉及簡文的作者、命名、編聯、分章、殘簡綴合等基礎問題,同時也涉及了《詩論》的竹簡制度、文本原型、體例、體裁以及文獻學、考古學、思想史、哲學史等問題。值得關注的有復旦大學2004 級博士曹建國論文《出土文獻與先秦詩學研究》,論文圍繞《詩論》,指出其關注的核心問題是《詩》與禮的關係,《詩》是進業修德的工具;通過和《詩序》,漢代《詩》學理論的比較,提出了子游學派和《詩論》的關係新命題。陳桐生《哲學·禮學·詩學——談〈性情論〉與〈孔子詩論〉的學術聯繫》一文指出:"《孔子詩論》通過近 60 首《詩》作的評論,將子思學派的性情學説和禮學家的禮儀落實到《詩》學研究之中。"③嘗試着把《詩經》和戰國時期哲學、禮學在史學層面關聯起來,提升了《孔子

---

① 曾軍《從〈緇衣〉的三種文本看"引〈詩〉釋禮"的詮釋方法》,《江淮論壇》2007 年第 4 期。

② 饒宗頤《詩言志再辨——以郭店楚簡資料爲基礎》,《郭店楚簡國際學術研討會學術論文集》,武漢:湖北人民出版社,2000 年,頁 9。

③ 陳桐生《哲學·禮學·詩學——談〈性情論〉與〈孔子詩論〉的學術聯繫》,《中國哲學史》2004 年第 4 期。

詩論》的歷史價值。

除了這些直接的出土文獻外，另外還有間接運用青銅器銘文解讀《讀詩》。從宋代開始，朱熹等就開始引用青銅器銘文進行《詩經》文字釋讀，清代學者戴震、馬瑞辰也大量使用金文材料進行《詩經》研究。近代學者以林義光《詩經通解》、于省吾《澤螺居詩經新證》爲典範。當代揚之水女士的《詩經名物新證》，臺灣學者季旭升的《詩經古義新證》利用甲骨文、金文以及戰國文字對《詩經》進行字詞訓詁和名物考證，是代表性的著作。日本學者家井真《詩經原意研究》結合商周鐘鼎文探求中國詩歌的起源問題，也具有重要的參考價值。

## 三、先秦《詩經》詮釋前提

無論《詩經》有過幾次結集，有一點是肯定的，在孔子刪定《詩經》之前，典籍意義和其本來意義已完全不同。侯外廬先生明確提出：“東遷以後，由於反動的氏族內部戰爭漫延，春秋時代的西周文物，已不是有血有肉的思想文物，而僅僅作爲形式的具文，作爲古訓教條，以備貴族背誦，所謂詩書禮樂的思想，在這時好象變成了單純的禮拜儀式……西周的活文化，變做了死規矩。”[1]這裏談論的是春秋時期思想文化的變遷。就《詩經》而言，無論其本來意義是什麼，到春秋時，都成爲周代禮樂文化的特定禮儀，是維護其正統需要的行爲守則，成了“死規矩”。不過我們應當注意一個前提，《詩經》從“活文化”轉爲“死規矩”，這個轉化過程中首先要求“活文化”的《詩經》在周代禮樂文化中具有極重要地位，對政治、思想可以起到指導作用，這是《詩經》詮釋發生的前提。

現代研究表明，詩、樂、舞一體的娛神活動是《詩經》最初的形態，詩的創作必須合於樂、舞。在娛神的情境中，詩具有了“神性”，爲了保證這一點，詩的作者及其意義就都應當有特別的規定。這可以從《虞書·舜典》中找到綫索。儘管現在學術界普遍對《尚書》的真僞持有不同見解，

---

① 侯外廬《中國思想通史》，北京：人民出版社，1957 年，頁 139。

其所録非必爲史實，但我們仍可以將其作爲上古傳説的故事，考證一般事件的存在的可能面目。《舜典》記載：

> 帝曰："咨！四岳，有能典朕三禮？"僉曰："伯夷。"帝曰："俞，咨！伯，汝作秩宗。夙夜惟寅，直哉惟清。"伯拜稽首，讓於夔、龍。帝曰："俞，往，欽哉！"帝曰：夔！命汝典樂，教胄子，直而温，寬而栗，剛而無虐，簡而無傲。詩言志，歌永言，聲依永，律和聲。八音克諧，無相奪倫，神人以和。夔曰：於！予擊石拊石，百獸率舞。

這段論述記載了詩、樂、舞三位一體以娯神的活動，并且特別强調了"詩言志，歌永言，聲依永，律和聲"的規則，這個活動的最終目的是要達到"神人以和"。故《傳》以爲："三禮，天地人之禮。秩，序。宗，尊也，主郊廟之官。正義曰：此時秩宗，即周禮之宗伯也。其職云：掌天、地、人、鬼、地祇之禮。"[1]這是由專職管理郊廟的神職官員，通過詩、樂、舞完成的一次活動，詩在這次活動中要表達"志"，即人與天溝通的思想。可以推論，"詩"是由神職官員來創作的，這賦予了"詩"神聖的地位。也就是説，詩的創作者必須是特定身份，可以進行神人溝通的人。這很重要，在神權統治的社會中，這樣的儀式會反復舉行，詩也會反復咏唱，最終當詩下沉到普通民衆生活中時，它的"神性"的莊嚴會受到重視，"詩"的象徵意義遠遠大於其實際要表達的"志"。這樣的影響直到這種儀式消失之後很久，人們還會重視它。而對於其"神性"的描述，激發了詮釋"詩"的衝動。《詩經・假樂》記録了詮釋的痕迹。

> 保右命之，自天申之。申，重也。箋云：成王之官人也，群臣保右而舉之，乃後命用之，又用天意申敕之，如舜之敕伯禹、伯夷之屬。正義以爲：言王所以能官人者，待群臣相保安素相委知，乃自

---

① 孔安國傳，陸德明音義，孔穎達疏《尚書注疏》，《景印文淵閣四庫全書》第54册，臺北：臺灣商務印書館，1986年，頁70。

佑助而共舉之,成王乃後命用之。既用之爲官,又用天意申重戒敕之。此其所以官人得其宜也。①

正是出於對天意的理解,人們纔有了娛神的"詩",藉助於"詩",又完成了天意的傳達,這就是理解和解釋。儘管到漢末,詩的"神性"已經消失,但鄭玄仍然想通過尋找《詩經》儀禮形式,藉《詩》的"神性"來詮釋詩意,這是詮釋《詩》的前提。《正義》也是如此,它用君臣相安,又用成王例證君臣和天意之間的相應關係的視角,雖然没有强調"神性",但意義的確立却是從這出發的。《鄭箋》立足於"禮"的重構,《正義》立足於"君臣倫理",但都是以"神性"爲解釋的前提。

從《舜典》中還可以看到,《詩經》創作者是得到了王的授權,并代表王進行人神溝通的專門的人。而這樣的人分爲兩類,一類掌管祭祀神廟,叫秩宗;一類掌管典樂,也就是要協助宗廟祭祀活動,且進行宣傳。在西周時期這樣的活動是很煩瑣的。《禮記·禮運》講:

> 故祭帝於郊,所以定天位也;祀社於國,所以列地利也;祖廟,所以本仁也;山川,所以儐鬼神也;五祀,所以本事也。故宗祝在廟,三公在朝,三老在學,王前巫而後史,卜筮瞽侑皆在左右。王中心無爲也,以守至正。此所以達禮於下也。教民尊神,慎居處也。②

這一段記載應當是先周或周代的早期娛神的描述,孔穎達解釋這段内容説:"卜筮主決疑。瞽是樂人,主和也。侑是四輔,典於規諫者也。示不自專,故并置左右也。""既祭祀尊神及委任得人,故中心無爲,

---

① 鄭玄注,孔穎達疏《毛詩注疏》,《景印文淵閣四庫全書》第 69 册,臺北:臺灣商務印書館,1986 年,頁 779。

② 鄭玄注,孔穎達疏《禮記注疏》,《景印文淵閣四庫全書》第 115 册,臺北:臺灣商務印書館,1986 年,頁 472。

以守至正之道也。"①不難看出每一次重大的祭祀活動都要動用很大的人力和物力，分工也非常明確，以王爲中心的一次盛大活動，《詩》的創作就不能是太隨意的事情了。

《周公之琴舞》是《清華大學藏戰國竹簡》第三册中收録的戰國時期竹簡的内容，其中以詩的形式記録了詩和樂舞的配合，以及詩的内容。全文分九段，并有"啓曰""亂曰"的音樂標識，研究者認爲"琴舞"的題目和短序"琴舞九絉(卒)"的提示，都告知今人"頌詩"不同於"風""雅"的只唱不舞(見清華簡《芮良夫毖》)，不僅是配樂演唱的，而且是伴舞演出的。徐正英以爲，這爲研究西周禮樂文明背景下的"頌詩"及其流傳過程提供了珍貴的文本"化石"。② 這一論斷旨在引發人們對《詩》原始形態的關注。《周公之琴舞》全《詩》以祀奉君王和祖先爲主旨，反復申明敬謹之心，可以看成是《詩》以述樂，舞以娛神的原始形態。從現存文獻來看，這是西周早期的崇高的宗教儀式。《逸周書·世俘解》描述説："篇人奏《武》，王入進《萬》，獻《明明》，三終。"三次分别稱爲奏、進、獻，祭祀活動中"舞"爲主，《武》《萬》《明明》，是"王"言"志"，以達到神人溝通的目的。《左傳·宣公十二年》詳細地記載了《武》的内容及創作目的：

> 武王克商，作《頌》曰："載戢干戈，載櫜弓矢。我求懿德，肆於時夏。允王保之。"又作《武》，其卒章曰："耆定爾功。"其三曰："鋪時繹思，我徂惟求定。"其六曰："綏萬邦，屢豐年。"夫武，禁暴、戢兵、保大、定功、安民、和衆、豐財者也。故使子孫無忘其章。

這一段説武王作《頌》《武》，《頌》表達了實現天下太平的願望，《武》要表達的是"禁暴、戢兵、保大、定功、安民、和衆、豐財"的願望，通過祭

---

① 鄭玄注，孔穎達疏《禮記注疏》，《景印文淵閣四庫全書》第 115 册，臺北：臺灣商務印書館，1986 年，頁 472。
② 徐正英、馬芳《清華簡〈周公之琴舞〉組詩的身份確認及其詩學史意義》，《復旦學報(社會科學版)》2014 年第 1 期。

祀活動,想讓子孫不要忘記。娛神和言志在祭祀中實現了完美的統一,這是春秋時期"禮"的源頭。《詩》依於樂,從於禮,是敬天畏神的表達,也就是"詩言志"的本意了。

從上面的例子來看,藉詩實現人神的溝通,言詩的人也是有特殊身份的人。《逸周書》是"王",《左傳》記載是"武王",《周公之琴舞》也是"王",可以推論,周創立之初,祭祀的重大活動是由"王"親自主持,之後主持這一儀式的就交給了國家的重要大臣,這些大臣也就是後來宮廷詩樂的重要創作人。這可以通過《詩經·周頌》來考察,關於《周頌》的年代,鄭玄以爲作於周公攝政,成王即位之初。朱熹以爲:"《周頌》三十一篇多周公所定,而亦或有康王以後之詩。"清代范家相,魏源承朱説。也就是説,《周頌》是周初到穆王時代的祭祀用詩,無異義。

《周頌》的創作目的,鄭玄《詩譜序》以爲:

及成王,周公致太平,制禮作樂,而有頌聲興焉,盛之至也。

又曰:

功大如此,可不美報乎? 故人君必潔牛羊,馨其黍稷,齊明而薦之,歌之舞之,所以顯神明,昭至德也。

孔穎達正義以爲:

以人君法神以行政,歸功於群神,明太平有所由,是故因人君祭其群神,則詩人頌其功德,故謂太平之祭爲報功也。[1]

宋代葉適説:

---

[1]　鄭玄注,孔穎達疏《毛詩注疏》,《景印文淵閣四庫全書》第 69 册,臺北:臺灣商務印書館,1986 年,頁 49—50。

　　古人因詩度樂,後世因樂爲詩,蓋以事合政者,德以致之也,以政求事者具之爾。

　　因詩度樂,頌則不然,有樂必有詩也。[1]

明代周琦説:

　　頌爲四詩之末,蓋宗廟之樂歌,與神明交者,非若"正小雅"之燕鄉賓客、"正大雅"之朝會諸侯,與人交者也。[2]

　　《周頌》的作者雖不可考,但一定是擁有着神人溝通使命的特權人士,故鄭玄以爲周公所定,後世并無疑義。劉毓慶師認爲:"'三頌'中,最爲典型的宗教誦辭是《周頌》,而在《周頌》31篇中,最早最典型的又數《清廟之什》。"[3]日本學者由家井真《〈詩經〉原意研究》中更提出:"《詩經》中《雅》《頌》諸篇的産生,是以鑄刻於宗廟彝器上的銘文爲詩歌母體,在繼承和保持其宗教性的同時,有意識地强化并提煉其文學性的文學化過程。"[4]綜其所論,雖然有脱離周代文化背景的嫌疑,但其所大膽提出的問題,却也直接指向了這一時期《詩經》創作主體的特定作者,以及其權威性的特點。[5]

───────────

　　[1]　葉適《習學記言》,《景印文淵閣四庫全書》第849册,臺北:臺灣商務印書館,1986年,頁372、375。

　　[2]　周琦《東溪日談録》,《景印文淵閣四庫全書》第714册,臺北:臺灣商務印書館,1986年,頁197。

　　[3]　劉毓慶《雅頌新考》,太原:山西高校聯合出版社,1996年,頁1—2。

　　[4]　[日]家井真著,陸越譯《〈詩經〉原意研究》,南京:江蘇人民出版社,2011年,頁41。

　　[5]　錢穆先生論之説:"孔氏正義亦言之,曰:風雅頌者,皆是施政之名。又曰,風雅之詩,緣政而作,政即不同,詩亦異體。其説甚是。惟今詩之編制,先風,次小雅,次大雅,又次乃及頌,則應屬後起。若以詩之製作言,其次第當與今之編制相反;當先頌,次大雅,又次小雅,最後乃及風,始有當於詩三百逐次創作之順序。"(錢穆《讀詩經》,《中國學術思想史論叢》第一册,臺北:東大圖書有限公司,1976年,頁104。)緣政而作,在周代社會中政的核心就是敬天,春秋以來,"政"纔轉移爲政治治理。

　　至此,可以發現詩、樂、舞一體的宗教儀式,已經超越了原始宗教中單一的,以娛神爲目的的活動。周代統治者更多地想藉助於"天意"來實現政治管理,因此加强個人權威及人性的光輝就顯得更爲重要,這一點可能在殷商晚期,周族的君臣就已經認識到了,只是并没有上升爲治國思想和管理社會的價值觀念。

　　周朝建立後,統治者有意識地使用"天""德"兩個概念來宣傳其正統地位。陳夢家説:"周人以天威可畏,恒祈年壽福佑於祖考,而以上帝與天子爲統治邦國之兩重元首,視天子受命於天,故周人之天若上帝,爲政治之主宰。"①此理得到了周王及貴族所擁護,由此在娛神的祭祀活動的"詩"中出現了"天、德、王、神"一組意義關聯的關鍵詞,想藉助《詩》樂的傳播,把天命、德行、文王受命、周德敬誠、周支百世、侯文王孫子等有利於周王朝的命題反復傳播下去,并反復演義。這就是後來儒家所討論的"周公制禮作樂""周德"等命題提出的源頭。肖鷹先生《〈詩經〉"德"範疇的形上義蘊》一文中提出:

　　　　《詩經》中"明德"一頭連着天,一頭牽着人,是貫通天的哲學家範疇。順德擔負的職責就是貫通天道與人事。在此基礎上提出,德性思想的出現:柔、惠、直、恭、温、善等向"德"的滲透,以及德音、德行在道德認知和實踐上的統一。

　　　　《詩經》德論的一個重要特點就是,確立"德"作爲一個哲學和倫理範疇所特有的義蘊,開啓一條從形上意識領域通向活生生的現實世界和人生的道路,同時,許多道德規範和道德條目也漸次產生,德性思想和意識開始形成。"明德""順德""德音"和"德行"這些頗具周代文化特色的哲學概念的出現,進一步把德範疇在哲學家和倫理向度上的發展奠定了基礎。②

①　陳夢家《古文字中的商周祭祀》,《燕京學報》1936 年第 6 期,頁 19、149。
②　肖鷹《〈詩經〉"德"範疇的形上義蘊》,《中國哲學史》2007 年第 2 期,頁 102—108。

這個觀點從哲學角度對《詩經》中"天德"的理解,應當是切近《詩經》產生年代的準確描述。所不同的是,"德"的内涵具有歷時性特點,不是一時一地形成的。

《詩經》中含有"德"字的詩句有 58 條,其中周頌 3 條,魯頌 4 條,大雅 26 條,小雅 17 條,國風 8 條。《周頌·清廟》:"濟濟多士,秉文之德","維天之命,於穆不已","於乎不顯,文王之德之純"。這幾條是對文王的贊美,主要思想是文王受命源於其德行的純正。在天人之間,"德"維繫了其聯繫,這是周人維繫國家正統觀念的重要手段,也是後來歷代王朝維持正統地位的主要藉口。周代中期出土的銘文中也可以佐證,武王時期的《朕簋》説:"文王德在上,丕顯王作省,丕肆王作虞。"唐蘭先生釋文曰:"文王有□□的德行,顯赫的王是察看了,開展的王是有了功勞。"①《大盂鼎》開篇:"王顯文王受天有大命。"

成王初的《何尊銘文》:"唯王恭德裕天,訓我不敏。"康王《大盂鼎銘文》:"於玫王正德,若玫王令二三正。"唐蘭先生意譯爲:"現在我就仿傚文王的正德,像文王那樣命令執政者們。"②

昭王時《作册麥方尊》"冬(終)用周德,妥(綏)多友,亯(享)旋徒(走)令。"意釋:"終用周遍的德,安一切朋友,享旋走的命。"③

穆王時《班簋》:"隹(唯)民亡(無)延(誕),才(在)彝,昧天令,故亡,允才■(哉)顯,隹苟(唯敬)德,亡(攸)違。"意釋爲:"這老百姓沒有欺詐,在常法,不懂天命,所以沒有成就,在明顯,這恭敬德行,沒有違抗。"④《墻盤銘文》:"古文王初……上帝降懿德大曾,匍有上下,迨受萬邦。"徐中舒先生釋曰:"此節叙文王初年周和於政,在政治方面,得到周之臣民普遍的擁護。上帝給以有美好文化的江山,廣有天下臣民,合受萬邦的朝賀。"⑤

---

① 唐蘭《西周青銅器銘文分代史征》,北京:中華書局,1986 年,頁 12。
② 唐蘭《西周青銅器銘文分代史征》,北京:中華書局,1986 年,頁 171。
③ 唐蘭《西周青銅器銘文分代史征》,北京:中華書局,1986 年,頁 250。
④ 唐蘭《西周青銅器銘文分代史征》,北京:中華書局,1986 年,頁 347。
⑤ 徐中舒《西周墻盤銘文箋釋》,《考古學報》1978 年第 2 期。

　　可以看出從周武王時提出文王受命，以德相應。到成王時，文王之德行就等同於天命了，正如《文王》所述，"文王陟降，在帝左右"。到昭王、穆王時，"德行"逐步取得和天命一樣的地位，敬德違亡就成爲常法，而文王則是以美德而受命的君王。周王朝的正統地位在這一系列的傳頌中得到了强化，而文王之德也成爲政治的最高價值標準。這一思想影響了《大雅》以及之後《國風》的創作。從文王之德，而後生發出具體的"德音""德行"。凡於文王之德相適應的則美之，反之則貶之。"德行""天命"的思想也依附於樂舞相應的祭祀活動定型爲一種固定的禮儀，人們在這樣的禮儀中追崇天命、周德。《詩經》藉助這樣的活動成爲社會價值的典型文本。漢末鄭玄試圖通過還原這樣的禮儀形式，進而解釋《詩經》的本義，重構一個文武聖世的想象，大概也是出於這樣的認識吧。

　　但幽、厲之後，共和執政開始，這種情況發生了變化。梁啓超説："周商之際，對於天之寅畏虔恭，可謂至極。如《書》之《高宗肜日》《西伯勘黎》《大誥》《康誥》《多士》《多方》，《詩》之《文王》《大明》《皇矣》等篇，儼然與《舊約》之申命記一口吻。迨幽厲之交，宗周將亡，詩人之對於天，已大表其懷疑態度。"①梁啓超從西周文獻中試圖發現的政治思想，其實就是當時的政治理論家的共識。從最初的敬天畏神到懷疑，周代的政治乃至於思想文化都發生了重大的變化。《左傳·昭公二十六年》："王子朝使告於諸侯曰：'昔武王克殷，成王靖四方，康王息民，并建母弟，以藩屏周……至於厲王，王心決虐，萬民弗忍，居王於彘。諸侯釋位，以間王政。宣王有志，而後效官。'"這裏所説的是"諸侯釋位，以間王政"。張平轍通過對西周共和時期的兩具標準青銅器爲中心提出：周厲王被流於彘，仍然是周之天王；衛武公共伯和行天子事，仍然是諸侯，并不曾即周王位，且要將所行天子事通報居於彘的周厲王。② 此説當

　　①　梁啓超《先秦政治思想史》，北京：北京聯合出版公司，2013 年，頁 32。
　　②　張平轍《西周共和行政真相揭秘——以共和行政時期的兩具標準青銅器爲中心》，《西北師範大學學報》1992 年第 4 期。

引起人們重視,因爲至此開始,西周王室失去了禮樂獨享的資格,諸侯國君們獲得了和周王室一樣的權力。詩、樂、舞一體的娛神行爲,下降爲諸侯貴族之間的特定時間的禮儀活動。因爲原有目的的喪失,詩、樂、舞也漸漸分離。諸侯國出於自己的需要開始創製自己的詩樂,這時的詩樂創作更多是爲了娛樂或是爲某種特定世俗活動而創製,創製者可以表達出對於周王朝的懷疑,甚至是否定。創製者的身份從天、神相應的周天子,變成了公卿列士甚至內臣,於是《詩經》內容中出現了伊吉甫、家父、寺人孟子等人稱謂。

《大雅·崧高》:"吉甫作誦,其詩孔碩。其風肆好,以贈申伯。"《大雅·烝民》:"吉甫作誦,穆如清風。仲山甫永懷,以慰其心。"《小雅·六月》:"文武吉甫,萬邦爲憲。"《箋》云:"吉甫,此時大將也。"《正義》:"王師所以得勝者,以有文德武功之臣尹吉甫,其才略可爲萬國之法。受命逐狄,王委任焉,故北狄遠去也。"①《春秋左氏傳》:"二十有三年尹氏立王子朝。尹氏,周世卿也。書尹氏立子朝,明非周人所欲立。"《正義》曰:"宣王之世,有尹吉甫。春秋以來數有尹子見經,是其食采於尹,世爲周卿士也。以其世爲卿士,宗族强盛,故能專意立朝。不言尹子而言尹氏者,見其氏族强,故能立之也。"②

《節南山》:"家父作誦,以究王訩。"《毛詩序》:"家父刺幽王也。"《毛傳》:"家父,字,周大夫也。"《箋》云:"究,窮也。大夫家父作此詩而爲王誦也。以窮極王之政所以致多訟之本意。"《正義》曰:"作詩刺王,而自稱字者,詩人之情,其道不一。或微加諷諭,或指斥愆咎,或隱匿姓名,或自顯官字,期於申寫下情,冀上改悟而已。此家父盡忠竭誠,不憚誅罰,故自載字焉。寺人孟子亦此類也。"③

①　鄭玄注,孔穎達疏《毛詩注疏》,《景印文淵閣四庫全書》第 69 册,臺北:臺灣商務印書館,1986 年,頁 49—50。

②　杜預注,孔穎達疏《春秋左傳注疏》,《景印文淵閣四庫全書》第 143 册,臺北:臺灣商務印書館,1986 年,頁 454。

③　鄭玄注,孔穎達疏《毛詩注疏》,《景印文淵閣四庫全書》第 69 册,臺北:臺灣商務印書館,1986 年,頁 847。

《詩·小雅·巷伯》："寺人孟子,作爲此詩。凡百君子,敬而聽之。"《毛詩序》："《巷伯》,刺幽王也。寺人傷於讒,故作是詩也。"《鄭箋》："巷伯,奄官。寺人,内小臣也。奄官上士四人,掌王后之命,於宮中爲近,故謂之巷伯,與寺人之官相近。讒人譖寺人,寺人又傷其將及巷伯,故以名篇。"《正義》曰："蓋其官名内小臣,時人以其職號之稱爲巷伯也。與寺人官相近者,寺人亦奄人,其職曰:'掌王之内人及女宮之戒令。'同掌宮内,是相近也。寺人自傷讒作詩,輒名篇爲《巷伯》,以其官與巷伯相近,讒人譖寺人,寺人又傷其將及巷伯,故以'巷伯'名篇。以所掌既同,故恐相連及也。"①

可以推見,從吉甫到家父、寺人,正是歷王經共和到宣王中興這一階段,這一階段的新創作的詩、樂没有了娛神的莊重,而顯示出世俗追崇的快樂及諷刺的美感。甚至表現出對權勢的諂媚,尹吉甫以及而後子孫宗族,因爲權勢日盛而顯示出對周王朝的極大威脅,而其《詩》中藴含的宗室對自己祖宗推崇,也遠遠超出了一個臣子的範圍,這樣的詩歌之所以得以傳誦下來,可能正適合了當時士階層的興起的需要,他們一方面打着濟世的主張,一方面又想建立一個以德行、秩序、自律爲核心的新型的文化關係。士成爲這一時期文化建設的重要參與者、主導者。

《詩經》創作權力的下移和《詩》脱離禮、樂而獨立化,應當是西周中晚期的一次重大文化變革,是從敬天畏神向崇德尚禮文化遷移的最終結果。《詩經》創作和作者的變化正記録了這一變遷的過程。而對於這一過程的解讀也成爲《詩經》詮釋的起點,成爲《詩經》經學化的開端。而且詩體上也發生了很大的變化,從配合祭祀的莊重轉向了游吟詩歌的流暢。《左傳》記載,衛人賦《碩人》,鄭人賦《清人》。這兩首詩前者以比喻的手法,依次對碩人的美麗進行了贊美,韻味節拍非常有意味。而後者則采用重章叠字的手法,在節拍中追求旋律的美。而這一做法,在當時也得到了肯定。《國語》召公曰:

① 鄭玄注,孔穎達疏《毛詩注疏》,《景印文淵閣四庫全書》第 69 册,臺北:臺灣商務印書館,1986 年,頁 569。

故天子聽政,使公卿至於列士獻詩,瞽獻曲,史獻書,師箴,瞍賦,矇誦,百工諫,庶人傳語,近臣盡規,親戚補察,瞽史教誨,耆艾修之,而後王斟酌焉。①

可以看出,此時的周王全然没有了神人相應,代神而治天下的權威,反而呈現出天子與貴族、諸侯共治天下,天下唯賢人而居之的話語内容。因此不難判斷,寺人孟子、家父、伊吉甫都是此時貴族、諸侯的代言人,各諸侯也藉這些言論的傳播來消解周王室的權威,此時的《詩》出現了美刺之聲。故有變風、變雅而作,《詩大序》説:

> 至於王道衰,禮義廢,政教失,國異政,家殊俗,而變風、變雅作矣。國史明乎得失之迹,傷人倫之廢,哀刑政之苛,吟咏情性,以風其上,達於事變而懷其舊俗者也。故變風發乎情,止乎禮義。發乎情,民之性也;止乎禮義,先王之澤也。正義曰:言國之史官,皆博聞强識之士,明曉於人君得失善惡之迹,禮義廢則人倫亂,政教失則法令酷,國史傷此人倫之廢棄,哀此刑政之苛虐,哀傷之志鬱積於内,乃吟咏己之情性,以風刺其上,覬其改惡爲善,所以作變詩也。國史者,周官大史、小史、外史、御史之等皆是也。此承變風、變雅之下,則兼據天子諸侯之史矣。得失之迹者,人君既往之所行也。明曉得失之迹,哀傷而咏情性者,詩人也。非史官也。《民勞》《常武》,公卿之作也。《黄鳥》《碩人》,國人之風。然則凡是臣民,皆得風刺,不必要其國史所爲。②

至此《詩》完全從樂舞中獨立出來,成爲一種新型的文化表達方式。五四以後,疑古派從這一點出發,認爲《詩經》是這一時期的民歌,是文

---

① 韋昭《國語注》,《景印文淵閣四庫全書》第 406 册,臺北:臺灣商務印書館,1986年,頁 7。

② 鄭玄注,孔穎達疏《毛詩注疏》,《景印文淵閣四庫全書》第 69 册,臺北:臺灣商務印書館,1986 年,頁 121。

學自覺時代的到來。但如果從《詩》獨立之後的表現目的和表現形式來觀察，這一方式還不能説是文學自覺時代的到來。首先詩獨立之後，其創作的主體多元化了，但其創作目的還是在於表達統治者的政治目的，是周王室及諸侯、貴族、士之間相互博弈的工具。一方面在通過詩的廣泛傳播來宣傳着自己的政治思想，一方面藉此來實現全社會價值觀的統一。詩儘管從詩樂一體中脱離出來，但仍然藉助了其樂的節奏，和禮的實用，其創作中詩人的個性并没有完全得到肯定，只能算是文學啓蒙的開始了。劉勰《文心雕龍》以爲《詩經》是詩體創作的源頭，是對這一啓蒙的肯定。

　　詩、禮、樂的傳播和周代的政治思想是一個纍世而成的過程，現存《竹書紀年》《逸周書》《尚書》都描述了從周武王建周，封建諸侯，到宣王中興而後國勢漸弱的過程。其後，更是諸侯爭雄，周王室的政治影響力逐漸衰退。《詩經》也是在這樣的背景下纍世創作出來的。西周的禮樂消亡了，而和禮樂相關聯的《詩經》也就脱離了原有的禮樂儀式，但它在娛神、自娛中的社會倫理與道德的影響力已成爲貴族階層的共識，士階層對《詩經》在社會生活中的影響力也表現出極大的關注，因此隨着社會文化生活的需要，人們以《詩經》爲媒介表達自己觀點就成爲言語溝通的重要方式，也就有了《詩經》的經典詮釋。

## 四、從"場景釋義"到"言語釋義"——春秋《詩》學詮釋的開端

　　周朝的没落和大國的興起給春秋時期的政治家、思想家提供了極大的想象空間，他們嘗試從理論上重新闡釋諸侯國與周王朝、諸侯國與諸侯國之間的關係。任何一種理論嘗試或是想象都必須以社會共識爲基礎，都是在社會共識基礎上謀求的新主張。從現存《尚書》《詩經》文獻中可以考見周代社會在這一過渡時期的特有的思想演變的軌迹。

　　《詩經》從最初的娛神到社會價值觀念的宣傳，從詩、樂、舞一體到《詩》的獨立化，幾次删定之後，到春秋初年時，已經成爲各階層維護正

統觀念的典型文本,也成爲諸侯、貴族、士階層進行政治溝通的必備工具。因此孔子有"不學《詩》無以言""《詩》以達政"等觀點。但想要以過去的價值觀念解決春秋諸侯之間的政治衝突,就必須對其進行新的意義重構。也正因爲這樣,《詩經》在春秋時期有着重要的地位。一方面,《詩》與禮的結合,代表着國家的權威,代表着周王朝的尊崇。另一方面,《詩》與樂的結合,代表着世俗的歡樂。更重要的是,《詩》與史的結合,創造出一個典範的理想政治群像。

### (一)歌詩必類——《詩》與禮結合的詮釋思想

《詩》與禮的結合是春秋外交禮儀中的重要規則,《左傳》中所記載的歌詩、賦詩就是在特定的"禮"儀中對"詩"的詮釋,"詩"處於整個活動的中心地位。詩與禮的結合,代表着對周王室的表面的尊崇,代表着對西周舊秩序的保守態度,這種表面上的保守,在春秋時期代表着王朝正義。《左傳》從公元前 624 年到前 525 年記錄了歌詩、賦詩共 25 條。這裏有一個前提,詩、樂、舞并不是一一對應的。在詩樂舞産生之初時,"舞"是整個活動的中心,具有指向性作用,而"樂""詩"只是輔助的作用,它們的組合在一定意義上具有臨時性約定的特點,即"詩""樂",可在不同的"舞"的語境中使用。但是春秋時,當"詩"成爲意義表述中心時,"詩"與"禮"的對應却被賦予了特別的約定性,這種約定性就是"歌詩必類"。

　　(襄公十六年)晋侯與諸侯宴於温,使諸大夫舞,曰:"歌詩必類!"齊高厚之詩不類。荀偃怒,且曰:"諸侯有異志矣!"使諸大夫盟高厚,高厚逃歸。於是,叔孫豹、晋荀偃、宋向戌、衛寧殖、鄭公孫蠆、小邾之大夫盟曰:"同討不庭。"

　　(杜預)注:"歌古詩,當使各從義類。齊高厚之詩不類。齊有二心故。"

　　"齊爲大國,高厚若此,知小國必當有從者。"

　　(孔穎達)正義曰:"歌古詩,各從其恩好之義類。高厚所歌之詩,獨不取恩好之義類,故云'齊有二心'。劉炫云:'歌詩不類,知有二心者。不服晋，故違其令；違其令，是有二心也。'"

　　（孔穎達）正義曰"倨不言齊有異志，而云諸侯有異志，故解之以'高厚若此，故知小國必當有從者'。總疑諸侯有異志，不獨疑齊，故高厚雖逃，猶自諸國共盟也。"①

　　這件事發生在襄公十六年（前 557），晋悼公去世，晋平公剛立，晋國與諸侯盟，爲了顯示霸主不可撼動的形象，②藉"歌詩必類"而采取外交行動，是最典型的藉禮儀而樹權威的事件，所以杜預注曰："齊爲大國，高厚若此，知小國必當有從者。"當然這裏還有一個問題："歌詩必類"，類的標準是什麼？以晋國爲盟，類的標準也必然是晋國所確定的"義類"，這表明在晋國稱霸的階段，試圖藉助於《詩》所建立的價值系統，重構一個諸侯關係的政治話語體系。

　　《左傳》是以魯國國史爲基礎編撰而成的，因此 25 條春秋時期用詩的描述也是以魯國爲核心的政治外交行爲。春秋時魯國是一個有特權的國家，諸侯列國中只有魯國有"宗伯"的名號③，宗伯負責掌管祭祀時神主位置的排列等。其他國家只設"宗人"，替國君掌管祭祀，以向神靈禱告，地位并不太高。魯國的宗伯有時省稱"宗"，或稱"宗人"，但有"宗伯"之名的畢竟只有魯國。④ 周王室在賜給魯國大量文化典籍的同時，還特許魯國享有天子之禮樂。《史記·魯周公世家》説："成王乃命魯得郊祭文王。"⑤《禮記·明堂位》載："魯君孟春乘大路，載弧韣，旗十有二

---

　　①　杜預注，孔穎達疏《春秋左傳注疏》，《景印文淵閣四庫全書》第 144 册，臺北：臺灣商務印書館，1986 年，頁 95。

　　②　關於西周盟會的情形，《左傳》昭公十三年晋叔向説："明王之制，使諸侯歲聘以志業。（杜注：志，識也。歲聘以修其職業。）間朝以講禮，再朝而會以示威，再會而盟以顯昭明。（杜注：十二年而一盟，所以昭信義也。）凡八聘四朝再會，五一巡守，盟於方岳之下。）志業於好，講禮於等，示威於衆，昭明於神。自古以來，未之或失也。"

　　③　《國語·魯語上》"我爲宗伯"，《左傳》文公二年"於是夏父弗忌爲宗伯"。

　　④　楊朝明《魯國禮樂傳統研究》，《歷史研究》1995 年第 3 期。

　　⑤　司馬遷《史記》，《景印文淵閣四庫全書》第 244 册，臺北：臺灣商務印書館，1986 年，頁 38。

旂,日月之章,祀帝於郊,配以后稷,天子之禮也。"①因此楊向奎先生以
爲:"周公及其同僚,建立了禮樂制度,魯國繼之成爲正統。"②魯國因此
在各諸侯國之間也獲得了較爲特别的地位。

但是魯國的這一特殊的文化地位迅速受到諸侯霸主的威脅。魯僖
公二十八年(前632),周王室給予晋國"方伯"的稱號。《左傳·僖公二
十八年》記載:

> 王享禮,命晋侯宥。王命尹氏及王子虎、内史叔興父,策命晋
> 侯爲侯伯,賜之大輅之服,戎輅之服,彤弓一,彤矢百,旅弓矢千,秬
> 鬯一卣,虎賁三百人,曰:"王謂叔父:'敬服王命,以綏四國,糾逖王
> 慝。'"晋侯三辭,從命,曰:"重耳敢再拜稽首,奉揚天子丕顯休命。"
> 受册以出。

隨後成爲霸主的晋文公在温地大會諸侯,此時的晋文公没有像齊
桓公那樣率諸侯朝天子,而是派人把周天子招來,然後再率領諸侯朝
王。《史記·晋世家》云:"晋侯會諸侯於温,欲率之朝周。力未能,恐其
有畔者,乃使人言周襄王狩於河陽。"晋文公不僅是要擁有政治上的霸
權,而且還想占有禮儀上的獨有地位,春秋以來僭越行爲達到了一個
頂峰。

從《左傳》中我們可以看到,至遲到魯文公三年(前624),魯國開始
依附於晋國。

> 《左傳·魯文公三年》:晋人懼其無禮於公也,請改盟。公如
> 晋,及晋侯盟。晋侯饗公,賦《菁菁者莪》。莊叔以公降,拜,曰:"小
> 國受命於大國,敢不慎儀。君貺之以大禮,何樂如之。抑小國之

---

① 鄭玄注,孔穎達疏《禮記注疏》,《景印文淵閣四庫全書》第116册,臺北:臺灣商
務印書館,1986年,頁4。

② 楊向奎《宗周社會與禮樂文明》,北京:人民出版社,1992年,頁277—278。

樂,大國之惠也。"晋侯降,辭。登,成拜。公賦《嘉樂》。

兩國首先用賦,而不用禮樂的方式,從具體歷史語境分析,首先晋國經過長期的内亂外困,國家禮樂文化凋敝,没有禮樂的工具和人才。其次以賦代詩樂,也有尊崇周王室之意。但此處取《小雅·菁菁者莪》《大雅·嘉樂》,都是正雅,用於諸侯相見之樂,禮儀規格也算合理,但《小雅·菁菁者莪》用於宴請賓客,而《大雅·嘉樂》却有贊譽之意在其中,魯文公自稱小國,依附之意明瞭。

衛國爲交好於晋國,就是通過和魯國交好而展開的。文公四年(前605),衛寧武子就到訪魯國,魯國也用天子之禮接見了衛國使臣。

> 衛寧武子来聘,公與之宴,爲賦《湛露》及《彤弓》。不辭,又不答賦。使行人私焉。對曰:"臣以爲肆業及之也。昔諸侯朝正於王,王宴樂之,於是乎賦《湛露》,則天子當陽,諸侯用命也。諸侯敵王所愾而獻其功,王於是乎賜之彤弓一,彤矢百,旅弓矢千,以覺報宴。今陪臣來繼舊好,君辱貺之,其敢干大禮以自取戾?"

寧武子是衛國很有智慧的大夫。面對魯國僭越之禮,假裝没聽懂。他解釋説從前諸侯正月去京師向天子朝賀,天子設宴奏樂,在這個時候賦《湛露》這首詩,那就表示天子對着太陽,諸侯聽候命令。但衛國并不想聽命於魯國。

文公十三年,鄭、衛請魯爲之求和於晋,鄭國派出一個大規格的團隊在棐宴請魯文公,鄭國使用了諸侯國君最高禮樂方式表達了自己的誠意,其間所賦尊尊之意非常明確。《左傳·文公十三年》:

> 鄭伯與公宴於棐。子家賦《鴻雁》。季文子曰:"寡君未免於此。"文子賦《四月》。子家賦《載馳》之四章。文子賦《采薇》之四章。鄭伯拜。公答拜。

　　在這次宴會之後晉國忙於爭戰，晉魯兩國交往也就少了很多，因此在其後長達四十年時間裏，《左傳》沒有記載相應的活動，一直到魯襄公四年（前 569），晉國鷄澤會盟之後，晉悼公施新政，晉國霸權地位得到了進一步的穩定。魯襄公派穆叔如晉，此時東周王室地位已經衰落，禮崩樂壞，諸侯僭越之事已成常態，此次見面，晉國就擺出整套的樂器，把天子詩禮之樂全用上了。

　　　　《左傳·魯襄公四年》：穆叔如晉，報知武子之聘也，晉侯享之。金奏《肆夏》之三，不拜。工歌《文王》之三，又不拜。歌《鹿鳴》之三，三拜。韓獻子使行人子員問之，曰：“子以君命，辱於敝邑。先君之禮，藉之以樂，以辱吾子。吾子舍其大，而重拜其細，敢問何禮也？”對曰：“三《夏》，天子所以享元侯也，使臣弗敢與聞。《文王》，兩君相見之樂也，使臣不敢及。《鹿鳴》，君所以嘉寡君也，敢不拜嘉？《四牡》，君所以勞使臣也，敢不重拜？《皇皇者華》，君教使臣曰：‘必咨於周。’臣聞之：‘訪問於善爲咨，咨親爲詢，咨禮爲度，咨事爲諏，咨難爲謀。’臣獲五善，敢不重拜？”

　　穆叔説“必咨於周”，這是委婉的説法，他對晉國的僭越行爲表達了應有的批評態度。但晉國的霸主地位及其對於周王室的輕蔑也顯露無遺。這樣的行爲，魯國也進行了一次，魯襄公二十九年（前 544），吳國公子札到魯國訪問，請觀於周樂，魯國也藉此秀了一把宗伯的地位，《左傳》雖描述了季札對詩樂的很高的鑒賞能力，但其背後有着對夷狄國家的炫耀。這是《左傳》中僅有的兩次詩樂一體的展示，其他就只有賦詩了。

　　從上面的論述我們不難看出，《詩經》義類的約定性，使得詩成爲特定禮儀中表達思想意志的内容，也就是説這一時期對於《詩經》的解釋，完全脱離了《詩》文本的意義，而是把禮樂所賦予的場景意義作爲解釋的重點，這也爲賦詩斷章的詮釋提供了可能。在外交活動的場景中，詩與禮樂獲得了相對固定的聯繫，士階層甚至把用詩是否恰當看成是一個人的品格和國家的意志表達。反過來，以禮儀場景來釋詩，也使得《詩經》的意義上升爲社會意志和政治倫理的表達，也有後世的學者把這個意義看成是詩的本意，朱熹《詩集傳》中對《雅》詩的詮釋就藉用了這種方式。

### （二）賦詩斷章——藉《詩》表意詮釋思想的發生

隨着周天子地位的衰落，禮樂也失去了原有的制度和品階的特性，諸侯國君也享用天子的禮儀，禮崩樂壞。儘管"詩""禮"的關聯還在廣泛地傳播和被接受，但人們開始試圖從中引申出更多的政治價值和文化内涵，以此來表達自己的觀點。《詩經》成爲一個表意的符號體系，人們試圖藉它來實現多重意義的表達。這些意義和詩之間的聯繫已經全然沒有舞、樂、詩一體時的固定意義，開始變得靈動而豐富，尤其是在百家爭鳴的文化氛圍中。當然，政治價值和文化内涵的理解還不能脱離原有禮儀場景釋義，否則就不可能獲得社會公衆的認可。從這個意義上來講，其實兩種釋義方式是同時開始的，只不過在春秋前期，場景釋義更多地運用在了政治外交場合，顯得更爲突出。而隨着王霸之爭的展開，思辨哲學也開始流行，諸子百家著書立説，游説諸侯，對於《詩經》表意詮釋的關注變得流行起來。

春秋末期，各諸侯國出於軍事政治鬥爭的需要，越來越倚重有識之士，一時間"匹夫有善，得而舉之"。這種社會氛圍，加强了士階層的流動性和言論自由度。士階層一方面著書立説，表達自己的觀點；一方面對社會政治保持着應有的批判。在這個過程中，和王朝政治影響力的衰變不同，《詩經》等上古文化著作作爲文化的代表，其影響力卻越來越大，成爲維繫禮樂正統，諸侯國之間交流的共同媒介。這也是春秋以來，《詩》《書》反復編訂而得以傳播的最主要理由。在百家爭鳴的文化氛圍中，孔子提出"述而不作"的策略，通過對上古經典文獻的整理來傳達儒家復古道、明周禮的政治理念。"述而不作"是一種解釋策略，藉上古文獻來證明自己解釋的合理性，減少了不必要的爭議，但是事實上形成了以《詩》《書》等爲語義標準的新話語系統，便有了因事而解、因人而解、因政治而解詩的諸多可能性，基於相同媒介的不同思想構想，給《詩

經》詮釋帶來無限的可能性。王澤民先生認爲:

> 士階層知識化的過程,實際是他們對《詩》《書》《禮》《樂》等古代文獻和典章制度的占有、整理和保管的過程。對古代文獻的占有、整理和保管,使士階層往往對現實的社會政治持一種理想化的批判態度。①

此論接近春秋時期人們對古代文獻的基本看法,正如《論語》所述,子曰:"詩可以觀,可以群,可以怨,邇之事父,遠之事君,多識於鳥獸草木之名。"孔子的這個命題,就是對《詩經》表意體系的最好解釋,他把《詩經》從場景釋義引申向了社會倫理、家庭倫理和知識體系的建立層面上。雖然不能清晰地描述出《詩經》表意詮釋開始於什麼時間,但襄公二十八年(前545)應當是個標志性的時間。《左傳·襄公二十八年》:

> 齊慶封好田而耆酒,與慶舍政。則以其内實遷於盧蒲嫳氏,易内而飲酒。數日,國遷朝焉。使諸亡人得賊者,以告而反之,故反盧蒲癸。癸臣子之,有寵,妻之。慶舍之士謂盧蒲癸曰:"男女辨姓。子不辟宗,何也?"曰:"宗不餘辟,余獨焉辟之? 賦詩斷章,余取所求焉,惡識宗?"癸言王何而反之,二人皆嬖,使執寢戈,而先後之。

這個故事雖然和《詩經》無直接關係,但盧蒲癸"賦詩斷章,余取所求"的説法,表明在不同表意體系中對《詩經》的不同詮釋已經很流行,而且被人們普遍接受。政治理論家們當然不會放棄對這些資料的開發和利用。正如管子、莊子所講"《詩》《書》義之府也",而孔子則言"罪我

---

① 王澤民《春秋時代士階層的崛起及其社會文化性格》,《西北民族學院學報(哲學社會科學版)》1995 年第 4 期。

者《春秋》乎"。承載着時代思想的《詩經》《尚書》被推上歷史的前臺,成
爲承載了社會價值體系和知識體系的"經"。《詩經》中記載的國家政治
思想看上去是片斷的,但片斷的闡述共同連綴成一個整體的思想共識,
成爲士階層的價值判斷標準和體系。

在《左傳》中有 91 條記録了當時士大夫藉詩表意的詮釋過程,或以
史釋義,通過對《詩經》歷史的重構完成新思想的構建;或是以史爲征,
通過《詩經》和現實的對比,發現有利於現實的意義和觀念。這樣的用
法使詩具有了獨立於樂禮之外的意義。但其本質上是把禮樂的意義附
着在了詩之上,詩兼具了禮樂的意義而獨立表達着重要的價值判斷和
知識體系。

春秋時期,藉《詩》表意,更多地集中在德、敬、誠等價值觀念和知識
體系的構建上,完全放棄了《詩經》所具有的宏大歷史叙述。《左傳·僖
公九年》:

> 公謂公孫枝曰:"夷吾其定乎?"對曰:"臣聞之,唯則定國。
> 《詩》曰:'不識不知,順帝之則。'文王之謂也。又曰:'不僭不賊,鮮
> 不爲則。'無好無惡,不忌不克之謂也。今其言多忌克,難哉!"

《左傳·襄公三十一年》:

> 衛侯在楚,北宮文子見令尹圍之威儀,言於衛侯曰:"令尹似君
> 矣! 將有他志,雖獲其志,不能終也。《詩》云:'靡不有初,鮮克有
> 終。'終之實難,令尹其將不免?"公曰:"子何以知之?"對曰:《詩》
> 云:'敬慎威儀,惟民之則。'令尹無威儀,民無則焉。民所不則,以
> 在民上,不可以終。"公曰:"善哉! 何謂威儀?"對曰:"有威而可畏
> 謂之威,有儀而可像謂之儀。君有君之威儀,其臣畏而愛之,則而
> 象之,故能有其國家,令聞長世。臣有臣之威儀,其下畏而愛之,故
> 能守其官職,保族宜家。順是以下皆如是,是以上下能相固也。
> 《衛詩》曰:'威儀棣棣,不可選也。'言君臣、上下、父子、兄弟、內外、

大小皆有威儀也。《周詩》曰：'朋友攸攝，攝以威儀。'言朋友之道，必相教訓以威儀也。《周書》數文王之德，曰：'大國畏其力，小國懷其德。'言畏而愛之也。《詩》云：'不識不知，順帝之則。'言則而象之也。紂囚文王七年，諸侯皆從之囚。紂於是乎懼而歸之，可謂愛之。文王伐崇，再駕而降爲臣，蠻夷帥服，可謂畏之。文王之功，天下誦而歌舞之，可謂則之，文王之行，至今爲法，可謂象之。有威儀也。故君子在位可畏，施捨可愛，進退可度，周旋可則，容止可觀，作事可法，德行可象，聲氣可樂，動作有文，言語有章，以臨其下，謂之有威儀也。"

從僖公九年（前 651）到魯襄公三十一年（前 542）百年的時間裏，《詩經》漸漸被視爲一個表意體系，人們可以根據表達的需要，靈活地從《詩經》中選擇語詞和句子。僖公九年秦穆公和公孫枝對夷吾是否能治理國家而進行討論，公孫枝没有直接回答而是引用了《詩經·大雅·皇矣》"不識不知，順帝之則"，并解釋説"文王之謂也"，意思很簡單，就是説只有像文王那樣具有德行的人纔可以安定國家，這是一個標準。"唯則定國"就是要順從文王這個標準。百年之後北宫文子引此詩，則援引商紂囚文王的故事，提出"文王之功，天下誦而歌舞之，可謂則之，文王之行，至今爲法，可謂象之"。這個命題裏包含兩個要素，一是則，一是象。文王的功迹受到人們的愛戴是可以"則"，文王的行爲可以"象"，這是從"文王之則"這句詩引申出來的，關於治國思想的思考。《皇矣》贊美文王，這是"則"，後世的君主應當從這裏看到文王之所以受到贊美的原因在於他的行爲，"作事可法，德行可象，聲氣可樂，動作有文，言語有章，以臨其下"。這個是《皇矣》這首詩裏没有的，北宫文子却藉這句詩演繹出法文王之行，可以威儀天下的政治哲學思想，有了儒家法先王思想的價值觀在其中。《詩》成爲一個表意的符號，人們通過構建不同的表意體系對《詩經》做出不同的意義詮釋。陰法魯先生評價説：

　　　　從春秋時期起，《詩》就在上層社會的政治和文化生活中起着重要作用,同時也開始被研究解説,賦予種種不同的意義。《左傳》襄公二十八年記載一個人的話説:"賦詩斷章,余取所求焉。"杜預注:"譬如賦詩者,取其一章而已。"賦詩斷章,是當時貴族社會的一種風俗,取《詩經》中一篇詩的一章或一兩句,宛轉地表達自己的思想感情。他們正在逐漸地造成《詩經》的權威地位,同時也正在曲解《詩經》的内容。孔子整理過《詩經》,在教學時又把它列爲六門主要課程之一。他説:"《詩三百》,一言以蔽之,曰'思無邪'。"認爲作者的思想都是純正的。這就給《詩經》作了結論,都是"温柔敦厚"的作品。孔門弟子和以後的儒生就本着這種認識來解説《詩經》,於是産生了種種牽强附會的説法。但先秦時期解詩者的言論,流傳下來的都是零星的,没有完整的專著。①

陰法魯先生用了"曲解""牽强附會"兩個詞對《詩經》表意詮釋進行了描述,從今天的視角來觀察,可能真相就是這樣。但是在春秋時期應當還有另外一個樣子。當《詩經》脱離禮樂,成爲一個獨立的表意體系時,《詩經》所附着的"神性""正統性""儀禮性"就成爲不同價值體系下的符號。春秋時代的政治家通過斷章取義,在一定意義上對《詩經》周代意義進行消解和重構。

《論語》説:"子夏問曰:'"巧笑倩兮,美目盼兮,素以爲絢兮。"何謂也?'子曰:'繪事後素。'曰:'禮後乎?'子曰:'起予者商也,始可與言詩已矣。'""繪事而後素"就是在兩個不同表意體系中實現意義溝通的可能性。《詩》可以和任何的具體事件、情形相聯繫,《詩》成爲日常事物、個人情感的標準,《詩》的價值意義得到了提升。此時《詩》不僅是類,更多成爲度、權,從象徵符號變成了具體的價值意義,由虛而變實。孔子也是在這樣的方法指導和語境中理解《詩經》的,因此他提出"達之以政"的觀點。

藉《詩》言意是先秦時關於《詩經》詮釋的重要思想,在這一思想的

---

① 楊伯峻、陰法魯等《經書淺談》,北京:中華書局,1984年,頁39。

指導下,《詩經》走出了廟堂生活,下沉到士階層中,成爲他們表達思想,修身正己的指導性文本,實現了《詩經》的經典化。

## 五、儒家的《詩》論和《詩》用

從現存的文獻資料來看,《論語》《孟子》《荀子》在"藉詩言意"的表意詮釋中確定了儒學化詮釋的方法和路徑,致使《詩經》詮釋進入了社會意識形態領域,後世很多詮釋思想都追溯到這三家的學説上。

孔子是《詩》學研究的第一人,孔子的學説體系有兩個重要内容,一是個人修養,一是社會倫理。這兩個體系的源頭是"復禮歸仁",都是要回到周代"德治"體系下。孔子開始,儒家確立了"一以貫之"的認知理念,子曰"一言以蔽之,思無邪"。胡適把這一理念視爲孔子哲學的重要思想,他指出:

> 孔子認定宇宙間天地萬物,雖然頭緒紛繁,却有着系統條理可尋。所以"天下之至賾"和"天下之至動",都有一個會通的條理,可用"象"與"辭"表示出來。"同歸而殊途,一致而百慮",也只是説這個條理系統。尋得出這個條理系統,便可用來綜貫那紛煩複雜的事物。①

胡適對於孔子哲學思想的認識可謂確矣,從《論語》言論來看,孔子對於世界認知和解釋的重要理念就是"一以貫之"。就《詩經》而言,無論是"興、觀、群、怨"論,還是"詩以達政",都可以歸屬到"思無邪"中來,從而構建出一個務實的解釋系統。孔子構建的方式是"推論","只要認定我與人同屬的類,只要認得我與人的共相,便自然推己及人,這是人

---

① 胡適《中國古代哲學史》,《胡適文集》第 6 册,北京:北京大學出版社,1998 年,頁 231—232。

生哲學上的'一以貫之'"。①"思無邪"就是共相，所有詩歌，其所咏雖異，但其皆歸之於正，故邢昺解釋説："此章言爲政之道在於去邪歸正，故舉《詩》要當一句以言之……《詩》之爲體，論功頌德，止僻防邪，大抵皆歸於正，故此一句可以當之也。"②以此爲開端，而後儒學以《詩經》爲共相，引《詩》爲證，引《詩》爲論。但孔子之後，戰國、秦漢中國社會發生了很大的變化，儒學諸子雖以"一以貫之"爲理念，但其"推論"的内涵發生了很大變化，孔子《論語》歸之於正，《大學》《中庸》則歸之於誠，孟子同提出以"性善"（人之本質是同善的）爲内涵，人同具官能，同具善端，同具良知，因此他提出"聖人與我同類者"。由此他拋出兩個詮釋學命題"思無邪"和"樂而不淫"。"無邪"，何晏《集解》引包咸注説："歸於正也。"③也就是《毛詩序》所説："論功頌德，所以將順其美；刺過譏失，所以匡救其惡。"這是從《詩》産生和流傳的源頭入手，賦予《詩》倫理道德意藴，這是孔子詮釋詩的基本思想，是在孔子儒學體系關照下的意義映射方式。

沿着"思無邪"的路子出發，也就有了關於《關雎》詩旨的判斷——"樂而不淫"。《關雎》是"國風"的第一篇，"樂而不淫"表現了孔子重視中和之美，以和爲貴的美學觀點。後來的《詩》説大多承襲這一説法。《毛詩序》認爲它是歌咏"后妃之德"的。朱熹也進一步解釋爲："蓋其憂雖深而不害於和，其樂雖盛而不失其正，故夫子稱之如此。欲學者玩其辭，審其意，而有以識其性情之正也。"

上海館藏楚竹書《孔子詩論》中也有這樣的説法，如第八簡：

> 《十月》，善辟言。《雨無正》《節南山》，皆言上之衰也，王公恥之。《小旻》，多疑矣！言不中志者也。《小宛》，其言不惡，少有危

①　胡適《中國古代哲學史》，《胡適文集》第 6 册，北京：北京大學出版社，1998 年，頁 242。

②　何晏集解，邢昺疏《論語注疏》，《景印文淵閣四庫全書》第 195 册，臺北：臺灣商務印書館，1986 年，頁 542。

③　劉寶楠《論語正義》，北京：中華書局，1986 年，頁 21。

焉。《小弁》《巧言》，則言讒人之害也。

《十月》即今本《十月之交》，詩直斥小人讒害之言，今乃謂其"善爲辨佞之言"，即善於正言，所言合於法度也；"《小宛》，其言不惡，少有危焉"，美詩人處亂衰之世而能戒除恐懼。簡十三"不求不可能"，周鳳五認爲是論《漢廣》的。《漢廣》首章"漢有游女，不可求思"，"簡文蓋美其好色不可得而能自製"。這些解説也是直指孔子論《詩》以"中和"爲美的思想特性。

但是《詩經》的表意體系和後發的孔子學説之間還是有差距的，對此孔子找到了一個解釋途徑和方法——"繪事後素"，爲進一步把《詩經》納入他的學説體系奠定了基礎，孔子談《詩》的言論比較零散，基本上是沿着"繪事後素"的路子來詮釋《詩經》。在儒學基本體系的關照下，《詩經》這一詮釋的基本思想和路徑還是比較明晰的。《論語》説："子夏問曰：'巧笑倩兮，美目盼兮，素以爲絢兮。'何謂也？子曰：繪事後素。曰：禮後乎？子曰：起予者商也，始可與言詩已矣。""繪事後素"就是在兩個不同表意體系中實現意義溝通的可能性。《詩》可以和任何的具體事件、情形相聯繫，《詩》成爲日常事物、個人情感的標準，《詩》的價值意義得到了提升。此時《詩》不僅是類，而更多地是度、權，從象徵符號變成了有具體的價值意義，由虛而變實。正如《論語·陽貨》中所記載的：

> 子曰："小子何莫學夫《詩》，《詩》可以興，可以觀，可以群，可以怨；邇之事父，遠之事君；多識於草木之名。"

這個重要的觀點不是從創作，而是從詮釋的角度來説。歷代經學家對此有不同的解釋：關於"興"，或説"引譬聯類"（孔安國），或説"起情"（劉勰），或説"感發志氣"（朱熹）；關於"觀"，或説"觀風俗之盛衰"（鄭玄），或説"考見得失"（朱熹）；關於"群"，或説"群居相切磋"（孔安國），或説"和而不流"（朱熹）；關於"怨"，或説"怨刺上政"（孔安國），或説"怨而不怒"（朱熹）。所有這些解釋并没有説出這四個觀念的本質内涵。孔子所説實質上已接近了詩的本體特徵："興"，是指詩能激發情意的審美效應，也就是説，詩本身就有着抒情的特質，只有詩的興，纔能引發讀者的興；"怨"本身就有着强烈的情感色彩，詩人的怨就表現在詩中，誘使讀者的心情也隨之而起伏；"觀"，主要是指在詩中具體描寫的形象和風俗景物，是人們日常生活的寫照；"群"就是引起讀者的共鳴，是詩抒情效應的結果。① 由此可以總結出孔子詮釋《詩經》的基本路徑，就是把《詩》和儒家的政治化和道德化思想相映射，從"性情"入手，生發出個體的詮釋思想，這就是"繪事後素"。孔子眼中，《詩》是"法先王"的經典，其"神性"特徵可以約束人的性情，是實現仁政的方法，這就是《詩》教，把《詩經》看成了聖人、聖教、德治的文本。

　　他的弟子中也有不少好《詩》的人，子游、子夏是代表人物。《論語》中提到了子夏和孔子談《詩》，而唐宋以來，更有人把子夏視作儒學傳《詩》的源頭。《經典釋文·序録》引徐整云："子夏授高行子，高行子授薛倉子，薛倉子授帛妙子，帛妙子授河間人大毛公，毛公爲《詩故訓傳》於家，以授趙人小毛公。"②三國時吳國陸璣（約王肅同時代人）《毛詩草木鳥獸蟲魚疏》也進行了《毛詩》傳授譜系的描述："孔子删《詩》，授卜商，商爲之序，以授魯人曾申，申授魏人李克，克授魯人孟仲子，仲子授根牟子，根牟子授趙人荀卿，荀卿授魯國毛亨……"③近人周予同認爲《毛詩》出於子夏，他説："《毛詩》，子夏—曾參—李克—孟仲子—根牟子—孫卿—大毛公。"④劉師培在《經學教科書》中也曾列出《孔子傳經表》，也提出了儒家經學起於孔子，而傳於子夏。這都證明了孔子在《詩》學研究中開拓性的貢獻是没有人可以比及的。

　　到了孟子所處的戰國時代，孔子所創見的"繪事後素"的映射體系

---

① 陳良運《中國詩學批評史》，南昌：江西人民出版社，1995 年，頁 40—43。

② 陸德明《經典釋文》，北京：中華書局，1983 年，頁 10。

③ 陸璣《毛詩草木鳥獸蟲魚疏》，《續四庫全書》第 71 册，上海：上海古籍出版社，2002 年，頁 457。

④ 周予同《從孔子到孟荀——戰國時的儒學傳經》，《學術月刊》1979 年第 4 期。

脱離了春秋"場景釋詩——以禮言詩"的背景後,這種詮釋思想和方法就顯得很難被理解了。孟子在繼承孔子的"思無邪""樂而不淫"的《詩》學理論基礎上,則把《詩經》置於歷史還原的體系中去解釋。孟子提出了新的詮釋命題:"《詩》亡而後《春秋》作""知人論世、以意逆志""不以辭害意"。從三個方面重構了《詩經》與儒家學説的關係。

孟子所處的時代是"王霸"之爭的時代,孟子主張"王道",以"仁政"治天下,他把《詩經》納入儒家學術體系之中。這和孔子不同,孔子是"映射",藉助《詩經》的"神性"來詮釋,孟子則構建了由《書》《詩》《春秋》三部著作支撐的儒學體系,"《詩》亡而後《春秋》作"就是對這個體系的概括。孟子認爲《春秋》是孔子對春秋以來的"爭霸"思想進行否定的著作,從創作年代上講,《春秋》上承《詩經》,因此《詩經》就是"王道"思想的表達。因此他提出要"知人論世"回歸到"王道"時代,尋找解決當下政治困局的方法。爲了讓自己的理論更有説服力,他把儒學理論和人自身的身體、情感聯繫起來,充分演繹"老吾老以及人之老"的推論式詮釋方法,提出"以意逆志"言《詩》的路徑,在歷史語境下發現《詩經》的情感意義。

孟子提出的儒家《詩》學新標準,是"仁"和"中庸"。這一標準的設立,給《詩》學披上了儒學的外衣。之後經荀子推崇,漢代儒家的蕩滌,最終走上了經學道路。[1] 不同於孔子僅就《詩》論其道德倫理意藴的義釋方式,孟子更多的是從歷史追尋的角度來生成新的詮釋模式。這在《詩》學史上是一次大的突破,它不單是爲孟子學説找到了思想的源頭,更爲儒家學説找到了立論的歷史依據,使儒學成爲有源之水,也使《詩》成爲包容儒家思想的載體,使《詩》學經學化成爲可能。同時,孟子也充分發現了《詩》的諷諫和干政功能,及以《詩》證史的方式,完全把《詩》學儒學化了。《詩》學在孟子手中披上了儒學的外衣,開始逐步地走上了神壇。

孟子的《詩》學批評思想具有明顯的客觀性與全面性,無論是"以意

---

① 榮國慶《孟子詩學研究》,太原:山西人民出版社,2014年,頁38。

逆志""知人論世",還是"知言養氣""同樂""同美",都要求把批評對象置於客觀的條件下,實事求是地進行評價、鑒賞與接受,不可加任何主觀的因素。同時,孟子也要求批評家不要片面地進行文學批評,要全面地分析文學作品,"不以文害辭,不以辭害意",不僅要"頌其詩,讀其書",而且還要"知其人""論其世",這纔能達到全面性的要求。孟子《詩》學批評思想對後世的影響很大,魏晋南北朝時出現的許多文學批評範疇,如"志意"説、"文氣"説、"言意"説、"才性"論等,都與孟子的相關《詩》學批評思想有聯繫。

　　荀子説《詩》和孟子大不相同。《孟子》文體是語録體,其文質素樸,用《詩》時多是以《詩》證史,以《詩》言事;《荀子》已是完全成熟的論説文,文章觀點鮮明,多旁徵博引。雖然用《詩》時必言"此之謂也",但大多是直取其句意,而不在意其詩旨和語境。其釋詩的方式也不同於孔孟及後來儒家所沿襲的倫理道德意蘊和歷史追尋的模式,隨意釋詩的成分居多。如《勸學》篇中:

　　　　螾無爪牙之利,筋骨之强,上食埃土,下飲黄泉,用心一也。蟹八跪而二螯,非蛇蟺之穴,無可寄托者,用心躁也。是故無冥冥之志者,無昭昭之明;無惛惛之事者,無赫赫之功。行衢道者不至,事兩君者不容。目不能兩視而明,耳不能兩聽而聰。詩曰:"鳲鳩在桑,其子七兮。淑人君子,其儀一兮。其儀一兮,心如結兮。"故君子結於一也。①

　　《詩·曹風·鳲鳩》是讚美君子表裏如一的修養和德行的。《毛詩序》説:"鳲鳩,刺不一也。在位無君子,用心不一也。"荀子在這裏僅取其"執心於一"的意義,而不涉及其他。不難看出用《詩》只是爲他的論點而服務的。從整章來看,螾、蟹、目、耳、鳲鳩共同構成一個博喻的鏈

---

　　① 荀況撰,楊倞注《荀子》,《景印文淵閣四庫全書》第 695 册,臺北:臺灣商務印書館,1986 年,頁 121—122。

條，共同來論證"用心一也"的論點，《鳲鳩》只是其中一環，單獨拿出來并不能表達一個完整的意義。引《詩》爲論點服務，只取其詩句的字面意義，而不像孔子、孟子那樣有更深的意蘊在其中。

《荀子》中多次專門論述《詩》，歸納起來，主要有五條，即"詩言其志"説、"中聲所止"説、"《國風》好色"説、"《小雅》居下"説、"故而不切"説。荀子的這五條詩説，是把《詩》和《書》《禮》《樂》《春秋》放在一起總體考察的結果。他説：

> 聖人也者，道之管也；天下之道管是矣，百王之道一是矣。故《詩》《書》《禮》《樂》之道歸是矣。《詩》言是其志也，《書》言是其事也，《禮》言是其行也，《樂》言是其和也，《春秋》言是其微也，故《風》之所以爲不逐者，取是以節之也，《小雅》之所以爲《小雅》者，取是而文之也，《大雅》之所以爲《大雅》者，取是而光之也，《頌》之所以爲至者，取是而通之也。①

綜合來説，"詩言其志"説和"中聲所止"説指出《詩》是表現人的情志的，具有入樂的性質和風格，同時揭示了詩樂一體表現樂章的合理性，以及產生的具有感奮人心的重大社會功能。"《國風》好色"説、"《小雅》居下"説則是對《詩》思想特質的描述，其源出於孔子"思無邪"的觀點，而更進一步作了具體的分析。最後值得一提的是"故而不切"説，《荀子·勸學篇》中説："學莫便乎近其人，《禮》《樂》法而不説，《詩》《書》故而不切，《春秋》約而不速。"也就是説學習《詩》最好的方法是接近賢師碩儒，向他們學習求教，不能單單信賴文獻典籍而閉門獨學。因爲古代典籍儘管有豐富良好的教義，但也有它自身的局限性。時過境遷，時移世易，其所載的人物事件、制度風俗和現代生活已相去甚遠，并不一定切近當下的生活（"故而不切"）。這一思想，提出了《詩》學研究的新

---

① 荀況撰，楊倞注《荀子》，《景印文淵閣四庫全書》第 695 册，臺北：臺灣商務印書館，1986 年，頁 156。

的課題，即《詩》的當下應用研究，具有革新的積極意義。

　　從荀子《詩》學中我們看到其學說和孔子一致，分爲《詩》學和《詩》用，并且注重《詩》用的闡釋。可以説是荀子在孟子《詩》學的基礎上，結合百家之所長，結合當下的現實學術狀况和水平，對儒家《詩》學進行了進一步的深入研究，使《詩》的闡釋又得以從儒學的義理分析中走了出來，成爲一個開放的思想載體，爲後世經學研究發展拓展了道路。同時，荀子主張六經配合爲用。所以在他論《詩》時常和其餘五經配合立論。《荀子》書中，《詩》《樂》并論；論歌舞與《樂》《詩》《易》《禮》并舉；《書》《詩》《禮》并舉；《書》《詩》《禮》《樂》并論；《禮》《樂》《書》《詩》和《春秋》并論的例子極多，《書》《詩》《禮》《樂》合論尤爲常見。這些特點，都説明荀子論《詩》時認爲"六藝"配合運用，效果更加圓滿。荀子不僅闡發了《詩》《書》《禮》《樂》組合爲用的意義，而且把"六藝"結合在一起，并賦予它們各自獨立而又相互關聯的意義。

# 第二章　漢代《詩經》詮釋思想

## 一、漢代《詩經》詮釋史料整理與研究

《詩》之爲經肇始於漢，漢文帝時設《詩》博士，立於官學，於是有師承，有文本，有訓詁，有大義。漢武帝時，《詩》學博士師出多門，學術遂興。《詩》學博士由官學而仕途，《詩》義與政見、《詩》義與思想相融合，一時間，官員陳事、奏疏皆以《詩》義表己義。由元帝、章帝兩次統一，《詩》學漸趨同，終有鄭玄取各家之長，成一家之言，漢代《詩》學的概貌約略如此。《漢書·藝文志》收"《詩》六家，四百一十六卷"，今僅《韓詩外傳》十卷存世，《毛詩詁訓傳》《毛詩鄭箋》二十卷散存於《毛詩注疏》中，其餘均亡佚。

漢代《詩經》研究資料有三個來源：一是《史記》《漢書》《後漢書》及其注釋文本。司馬遷、班固、范曄都以儒家思想關注歷史，所采用的史料中充滿了人文關懷與智識主義情懷，著作中保留了很多涉及經學傳承與闡釋的文字。而唐代學者的注釋文本中又大量引用了唐代可見的《詩經》注釋內容，也間接成爲漢代《詩經》注釋文本研究的基本資料。二是唐宋以來學者對漢代《詩經》注釋文本的輯佚與整理。自宋王應麟《詩考》始輯三家佚文、遺說，前輩學人篳路藍縷，至清陳喬樅《三家詩遺說考》，王先謙《詩三家義集疏》，於漢代《詩》學佚文、遺說搜羅畢致。雖名爲"三家"，其實乃漢代《詩》學輯佚集大成之作，爲漢代《詩》學材料之淵藪。三是 20 世紀以來發現和整理的出土文獻，夏傳才先生把它概括爲："過去的重要發現有孔壁藏書、汲冢文字、《魯詩》石經以及若干重要彝器的銘文；現代的發現，主要有甲骨卜辭、敦煌藏本、平山三器、《魯詩》鏡、《魯詩》殘石、阜陽漢簡、西域殘本、郭店

楚簡、戰國楚竹書等。"①

**（一）史料所見《詩經》文本及其留存、傳播情況**

　　《詩經》文本在漢初留存的基本情況，司馬遷以爲："夫齊魯之間於文學，自古以來，其天性也。故漢興，然後諸儒始得修其經藝。"②而班固以爲："遭秦而全者，以其諷誦不獨在竹帛故也。"③兩位史學家觀點雖不同，但都説明漢初《詩經》并無官方文本，《詩經》文本依賴民間儒生私相傳授，因此文本各異。

　　統觀史料可以概括民間流傳的文本存在三個問題：一是三百篇的順序不同，這一問題一直到《鄭箋》纔得以確定。鄭玄《毛詩譜·大小雅譜》説：

　　　　又問曰：《小雅》之臣，何以獨無刺厲王？曰：有焉，《十月之交》《雨無正》《小旻》《小宛》之詩是也。漢興之初，師移其第耳，亂甚焉。既移，又改其目。④

秦火之後，官方文本既絶，民間文本各據師説，因此文本篇章無定序。即便是現存《毛詩》，仍有錯簡問題存在，俞樾、傅斯年、孫作雲諸先生都曾對《毛詩》中錯簡問題做過論述。二是在漢代《詩經》立於官學之前，《詩經》各家傳授者難得全經。劉毓慶師以爲："在武帝建元之前，《詩經》在民間還只是部分傳播，不能得其全經。因爲對秦始皇的焚書，儒生們没有一點精神準備，未能皆全經預先記於胸中或藏於陰密之處。

　　①　夏傳才《〈詩經〉出土文獻和古籍整理》，《河北師範大學學報（哲學社會科學版）》2005 年第 1 期。
　　②　司馬遷《史記·儒林傳》，《景印文淵閣四庫全書》第 244 册，臺北：臺灣商務印書館，1986 年，頁 853。
　　③　班固《漢書·藝文志》，《景印文淵閣四庫全書》第 249 册，臺北：臺灣商務印書館，1986 年，頁 802。
　　④　鄭玄注，孔穎達疏《毛詩注疏》，《景印文淵閣四庫全書》第 69 册，臺北：臺灣商務印書館，1986 年，頁 89。

秦火之後,只能憑記憶背誦。"①劉毓慶師論此引劉歆《移太常博士書》及陸德明《經典釋文・序録》所引鄭玄之言論,并以阜陽漢簡《詩經》爲據,當爲確論。② 三是文字各異,今古文之争所論即是。

### (二) 漢代《詩經》研究成果簡述

陳桐生《史記與詩經》以史學著作結合漢代《詩經》輯佚和整理爲中心,以司馬遷所運用的《詩經》史料爲研究對象,以吸收清人研究成果和唐代《史記》疏證研究成果爲基礎,論證了司馬遷習《魯詩》;以《史記》人物傳爲綫索,形成了孔子删《詩》,正考父校《商頌》等《詩經》發展史觀;以人物言論中所引《詩經》學觀點,輔以唐代《史記》注疏及清代三家詩整理成果,論證了四始、《雅》《頌》、《風》諷等《詩經》學思想,從中可窺漢初詩經學發展的過程及其重要觀點的形成。這一成果,引導了一大批《詩經》研究學者、研究人員從《漢書》《後漢書》中尋找《詩經》研究資料,并取得了較大成果,譚興德《漢代詩學研究》就是其中的代表。

以漢代《詩經》輯佚成果和 20 世紀以來出土文獻相驗證而展開的研究,成果也十分顯著,尤其是《阜陽漢簡》和《戰國楚竹簡・孔子詩論》的出土和發現,激發了一大批學者的靈感。漢簡出土於 1977 年雙古堆 M1 大墓,經過整理得到《詩經》殘簡 170 餘片。這些詩句是目前發現的最早的《詩經》版本。胡平生、韓自强兩位先生對其進行了很好的釋讀,寫成《阜陽漢簡〈詩經〉釋文》,後胡平生又寫成《阜陽漢簡〈詩經〉異文初探》一文,對阜陽漢簡《詩經》(後文簡稱《阜詩》)中的異文進行了深入研究。這兩篇文章後收入《阜陽漢簡詩經研究》一書中。1999 年陸錫興博士的學位論文《〈詩經〉異文研究》梳理了《詩經》從先秦到唐代的異文産生情况,其第一部分"先秦及西漢前期的《詩經》流傳"對《阜詩》異文進行了詳細討論。同時對《熹平石經》之《詩經・碩人》銘銅鏡進行

---

① 　劉毓慶、郭萬金《從文學到經學——先秦兩漢詩經學史論》,上海:華東師範大學出版社,2009 年,頁 186。

② 　劉毓慶、郭萬金《從文學到經學——先秦兩漢詩經學史論》,上海:華東師範大學出版社,2009 年,頁 192—200。

了考證,還對《毛詩》的異文進行了討論。上海古籍出版社出版馬承源主編《上海博物館藏戰國楚竹書(一)》,馬承源、李李勤、裘錫圭、李零、何琳曦、黃錫全、廖名春、濮茅左、董蓮池、朱淵清、范毓周、楊澤生等諸位學者均有論述①,爲《孔子詩論》的研究展開了一個廣大的視野。2002 年于莃的博士學位論文《金石簡帛詩經研究》也對《阜詩》異文進行了較爲全面詳細討論。該文對傳世及出土材料中的《詩經》句子分別進行討論,包括漢《詩經》、郭店楚簡、馬王堆帛書、阜陽漢簡、上博簡等材料。2005 年程燕的博士學位論文《考古文獻〈詩經〉異文辨析》也充分利用出土文獻對漢代《詩經》異文進行了整理研究。這些成果都成爲認識漢代《詩經》詮釋研究的重要資料。

在漢代《詩經》學著作中,綜合運用三種資料對漢代《詩經》學理論進行系統梳理的著作是劉毓慶師、郭萬金《從文學到經學——先秦兩漢詩經學史論》一書,該書系統研究了先秦兩漢《詩經》學發展的脉絡,成爲研究漢代《詩經》學的重要文獻。全書以《詩經》文學意義到經學意義的過程形成立論,利用《史記》《漢書》等史料及清代《三家詩》《毛詩》的重要研究成果,對先秦《詩經》學史中的一些重要問題進行了系統研究。

## 二、史料所見《詩經》詮釋思想的變遷

《史記》《漢書》《後漢書》所引述資料不同,也形成了不同的《詩經》詮釋思想,司馬遷尊崇國史説,班固、范曄尊崇民俗説。

　　古者詩三千餘篇,及至孔子,去其重,取可施於禮義。上采契后稷,中述殷周之盛,至幽厲之缺。始於衽席,故曰:"《關雎》之亂以爲《風》始,《鹿鳴》爲《小雅》始,《文王》爲《大雅》始,《清廟》爲《頌》始。"《三百五篇》孔子皆弦歌之,以求合《韶》《武》《雅》《頌》之

---

　　① 謝維揚、朱淵清主編《新出土文獻與古代文明研究》,上海:上海大學出版社,2004 年,頁 12—49。

音。禮樂自此可得而述,以備王道,成"六藝"。(《史記·孔子世家》)

太史公曰:余以《頌》次契之事,自成湯以來采於書。(《史記·殷本紀》)

周道之興自此始,故詩人歌樂,思其德。(《史記·周本紀》)

《詩》述殷周之世。(《史記·平準書》)

司馬遷以爲孔子是《詩經》定本最後的編撰者。《詩經》的來源是從民間采集而來,孔子定禮樂也多依民間遺響。但對於《詩經》本事,司馬遷以爲《詩》皆史實,司馬遷藉用《詩經》中《頌》《雅》部分彌補商史、周史中史料之不足。司馬遷以《詩》述史是《詩經》脱離樂而成爲獨立文本的標志,自司馬遷之後,《詩》以周代歷史實録的模式進入了漢代學者的視野中,藉《詩》言史,美刺政治的思想也開始流行。

班固則以爲《詩》爲采風之作,其本事則當是民俗民風,藉民俗民風之變,考見政治得失。范曄則在班固基礎上進一步提出"采風之説",經太師比其音律而後聞於天子。班固、范曄的風俗説,代表了漢代《詩經》詮釋的又一種方法。

嗟乎!夫周室衰而《關雎》作,幽厲微而禮樂壞,諸侯恣行,政由强國。故孔子閔王路廢而邪道興,於是論次《詩》《書》,修起禮樂。(《漢書·藝文志》)

古有采詩之官,王者所以觀風俗、知得失、自考正也。(《漢書·藝文志》)

孔子純取周詩,上采殷,下取魯,凡三百五篇,遭秦而全者,以其諷誦,不獨在竹帛故也。(《漢書·藝文志》)

春之月,群居將散,行人振木鐸,以徇於路,以采詩獻之太師,比其音律,以聞於天子。(《前漢紀·卷八》)

司馬遷(前145—?)去世一百多年後班固(32—92年)纔出生,到建武三十年(54)班固修《漢書》時,時間間隔則更長。這就不難理解班固"民俗説"的出現了。從西漢到東漢,王朝的社會結構和整個上層階級都發生了很大變化。

> 後漢王朝的上層階級被限定包括這些人:他們認爲自己是有教養的紳士,他們至少受過起碼的教育,他們熟悉行爲規矩。在社會學上,這個上層階級中最重要的特徵是以他們活動的地域爲根據。①

教育無疑是擴大有教養紳士的影響力最重要的方法,因此以"經"爲教化而擴大其地方文化影響力就成爲重要的手段和方法,民俗論由此而起。關於教化對風俗的影響,可以參考漢代學者桓譚(約前23—56)的説法,他説:

> 惟始元六年,有詔書使丞相御史與所舉賢良文學,語問民間所疾苦。文學對曰:"竊聞治人之道,坊淫佚之原,廣道德之端,抑末利而開仁義,毋示以利,然後教化可興,而風俗可移也。"②

民俗論意味着政治治理的視角從皇權建設轉向了民衆管理,這對學術影響很大,《詩經》詮釋也隨之發生了轉變。

建初四年(79),漢章帝在白虎觀召集諸儒大會,講論五經異同,班固以史臣身份出席會議,"實主其事",會後匯集諸儒奏議撰成《白虎通義》,其中論述説:

> 孔子所以定五經者何? 以爲孔子居周之末世,王道凌遲,禮義

---

① 魯惟一《劍橋秦漢史》,北京:中國社會科學出版社,1992年,頁416—417。

② 桓寬《鹽鐵論》,《景印文淵閣四庫全書》第695册,臺北:臺灣商務印書館,1986年,頁479。

廢壞。强陵弱衆暴寡，天子不敢誅，方伯不敢伐。閔道德之不行，故周流應聘，冀行其聖德。自衛反魯，自知不用，故追定五經，以行其道……經所以有五何？經，常也，有五常之道，故曰五經。《樂》仁，《書》義，《禮》禮，《易》智，《詩》信也。人情有五性，懷五常不能自成，是以聖人象天五常之道而明之，以教人成其德也。五經何謂？《易》《尚書》《詩》《禮》《春秋》也。《禮解》曰："溫柔寬厚，《詩》教也。"①

班固以爲孔子經學思想主要是"冀行其聖德"，"以行其道"。而五經和人情五性是相對的，因此經學教育可以"教人成其德"。《詩經》教育就是"《詩》教"。從司馬遷對《詩經》言行的史學意義和政治意義的發現，到班固以《詩經》教化民衆的《詩》教思想的提倡，《詩》完成了其經學化的轉身，漢代《詩經》學也進入了一個成熟階段。

正是由於這些差異，從西漢到東漢，學者們對於《詩經》的來源和傳播方式也有不同的看法。"孔子刪詩"說由陸賈首倡，董仲舒和之，而後司馬遷時遂爲定論。② 班固一方面同意司馬遷的説法，另一方面對詩歌來源提出"采詩説"，范曄沿襲班固，但又有"獻詩説"。這兩種學説并不兼容，但其是非問題在漢代學者看來似乎并不重要。一直到鄭衆提出質疑，服虔唱和，這個問題纔引起人們的關注。

古而自有風、雅、頌之名，故延陵季子觀樂於魯時，孔子尚幼，未定《詩》《書》……《論語》曰："吾自衛反魯，然後樂正，《雅》《頌》各

---

① 班固《白虎通義》，《叢書集成初編》第 239 册，上海：上海商務印書館，1935 年，頁 248。

② 司馬遷在陸賈關於孔子編定五經六藝説的基礎上，結合董仲舒的孔子觀、《春秋》學、《詩經》學，對孔子編定五經六藝的情況作了進一步的闡述，進而提出"孔子刪詩"説。（張華林、曾毅《孔子"王"化與司馬遷"孔子刪〈詩〉"説的形成》，《文藝評論》2013 年第 6 期。）

得其所。"時禮樂自諸侯出，頗有謬亂不正，子正之。①

　　東漢末，鄭玄《詩譜序》中也有相同的觀點，對"孔子删詩"説提出了質疑，但并没有更多的證據去反駁這一學説。②

　　　　哀公十一年，孔子自衛反魯，然後樂正，《雅》《頌》各得其所。距此十二歲，當時《雅》《頌》未定，"爲之歌《小雅》《大雅》《頌》"者，傳家據已定録之。③

　　從當下學術視角來看，這是一個值得關注的問題。我們把删詩、采詩、獻詩放在一起來看，采詩、獻詩是官方行爲，删詩是對文獻編輯而言，是私學行爲，兩者似乎并不矛盾。但爲什麽司馬遷要提出删詩説這樣的觀點呢？張華林先生提出："司馬遷關於孔子將相關詩篇依據歷史先後順序進行排列的編撰方式正是他自己的文獻編撰學之體現。""司馬遷在《史記》中揭示出'孔子删詩'的目的，可以概括爲觀歷史盛衰、見微知著和成王道義法三點。"④此論以《史記》編撰思想與漢政治語境相結合提出了一個全新的觀點，值得關注。司馬遷把《詩經》和孔子聯繫起來，更主要的原因其實可以歸結爲漢武帝時代的文化話語需求。

　　從漢文帝開始，社會倫理、個人道德的言説就成爲當時士大夫提高自己地位的重要方式。從陸賈到賈誼，構建了一個以秦國爲對立面的未來王朝的想象，仁義、倫理成爲其言論的主要内容。陸賈《新語》全書

---

①　鄭玄注，賈公彦疏《周禮注疏》，上海：上海古籍出版社，1977 年，頁 796。

②　馮浩菲先生提出："據此序（《詩譜序》）意，鄭氏認爲《詩》中正詩定於周初，與孔子無涉；其變風、變雅則爲孔子所録。但《六藝論》云：孔子所録周衰之歌，及衆周賢聖之遺風……凡取三百五篇，合爲國風、雅、頌。又認爲三百五篇皆由孔子定。前後兩説，自相抵牾。……以上所述鄭氏兩説都是不可靠的。"

③　鄭玄注，孔穎達疏《毛詩注疏》，《景印文淵閣四庫全書》第 69 册，臺北：臺灣商務印書館，1986 年，頁 263。

④　張華林、滕興才《從編〈詩〉方式與目的論司馬遷"孔子删詩"説的提出》，《古籍整理研究學刊》，2014 年，頁 13—17。

分爲道基、術事、輔政、無爲、辨惑、慎微、資質、至德、懷慮、本行、明誠、思務十二項，以“仁者道之紀，義者聖之學”爲總論，分述德行倫理在社會事務中的重要性及其意義。賈誼《新書》則把倫理道德價值提升到國家存亡的高度，所有的這些言論同時也應用於皇帝的勸諫和施政綱領的指導上。到漢武帝時代，“儒家著作成了官員和政治家們的文化修養背景，并且勢將繼續起作用……官吏都偏好孔子的教言以及與之有關係的著作”。① 孔子對於《詩經》的闡釋是《詩經》微言大義的關鍵，因此司馬遷立論“孔子删詩”說，迎合了漢初至武帝時《經學》與孔子密切的關聯。到漢元帝時，天命論思想重新取得了新力量，與之相應的讖緯學說成爲學術的新生力量。伴隨着天命論思想，新的宗教學說的思想占了上風，孔子及其道德修養論成爲流行話語的批判對象。班固的父親班彪寫出了有名的《王命論》，文章重申人君統治之術本自天授的原則。皇權——天命論中有着對王朝統治的極端尊崇的意義，因此禮樂征伐皆出於皇權也就是自然之理，因而班固倡民俗說，《詩經》也自然由天子采集而來。當然孔子删詩說也以“詩教”的理由得以保留了下來，本來兩個相互抵牾的觀點也就在這個點上很好地兼容了。

## 三、漢代《詩經》學派概述——以《史記》《漢書》《後漢書》描述爲中心

　　章學誠論漢代學派稱：

　　　　漢氏之初，《春秋》分爲五，《詩》分爲四；然而治《公羊》者，不議《左》《穀》；業韓《詩》者，不雜齊、魯，專門之業，斯其盛也。自後師法漸衰，學者聰明旁溢，異論紛起。②

---

①　魯惟一《劍橋秦漢史》，北京：中國社會科學出版社，1992 年，頁 784。
②　章學誠《文史通義》，上海：上海書店，1988 年，卷四，頁 12。

章氏説法代表了歷代學者對漢代學派的認識,以爲各學派自有師法,學派自立。考察《史記》《漢書》可以知道,三家詩之説,源於《史記·儒林傳》,言《詩》於魯則申培公,於齊則轅固生,於燕則韓太傅。班固《漢書·藝文志》則稱四家詩,齊、魯、韓詩立於學官,《毛詩》晚出未立於學官。師法之説,《史記》無明言,《漢書·張禹傳》記蕭望之因張禹有師法而薦之,《孟喜傳》則録"上聞喜改師法,遂不用喜"。《後漢書·魯丕傳》更把師法之説發揚光大,其上疏言:

> 臣聞説經者,傳先師之言,非從己出,不得相讓;相讓則道不明,若規矩權衡之不可枉也。難者必明其據,説者務立其義,浮華無用之言不陳於前,故精思不勞而道術愈章。法異者,各令自説師法,博觀其義。

陸機《詩疏》對漢代《詩經》傳承説進行考證,描述了漢代《詩經》學傳授的粗綫條,陸德明《毛詩音義》沿其思路也進行了整理,明代朱睦楔據二人説法,繪出《詩經》漢代授經圖,概括如下:

《魯詩》七代而至王扶、許晏,計 33 人,其盛時,申公弟子 11 人,漢武帝時,孔安國、趙縮、繆生皆以儒學而齊名。五傳而至元帝時,韋玄成、張長安、褚少孫等七人,《魯詩》又盛;

《齊詩》八代而傳至後漢陳元,計 22 人,漢宣帝、元帝時翼奉、匡衡、蕭望之同爲后蒼弟子,盛極一時;

《韓詩》七代而傳至發福,計 17 人,雖時有稱《韓詩》學者,但其博士弟子寥寥;

《毛詩》以趙人毛萇起,七代而傳至賈逵,計 11 人,其境遇與《韓詩》同。

可以看出,《詩經》學在漢武帝、漢元帝時達到兩個高峰,《魯詩》學派興起最早,影響最大。元帝時,《齊詩》學派興起,齊魯兩學派并駕齊驅。《韓詩》學派、《毛詩》學派修習者少,且《毛詩》學派傳承模糊,其傳承綫路當爲後人僞説。

縱觀西漢,從漢武帝立五經博士始,其博士官設立在於博通古今以備詢問,并不在發揚學術,而後公孫弘首倡官學,也是爲了提高官員處理政治事務的能力。由此而論,漢代《詩經》學派,其源頭不在學術而在政治。

### (一) 漢代博士官設定的儒學與政治相結合的模式

漢代博士官有一個演進過程,叔孫通任博士設定漢代禮儀,開創了儒學與政治、文化相結合的模式,這種模式成功地改變了人們對儒學的看法。但文景時,竇太后好黄老,博士官只是具官待問,并沒有獲得更高的政治地位。直到漢武帝時,公孫弘上書提出了一個以儒學爲基礎的國家治理的思想,這種局面纔得以改觀。漢武帝下詔説:

> 蓋聞導民以禮,風之以樂。婚姻者,居室之大倫也。今禮廢樂崩,朕甚愍焉,故詳延天下方正博聞之士,咸登諸朝。其令禮官勸學講議,洽聞興禮,以爲天下先。①

這是一個很宏大的設想,希望通過民衆的言行治理以達到國家治理的目的,而民衆治理則通過營造民風民俗,以禮、樂滲透的方式來實現,這就有必要藉助於儒學思想來推進這一宏大的治國理想。可以説,在公孫弘的建議下,由漢武帝實施的勸學講議活動,開創了最具中國皇權專治的民衆治理模式,也是儒學成爲國學,進而獲得獨尊地位的主要原因。當然儒學思想也從此改變了學術追求的方向,開始致力於皇權政治的維護,其學説的獨立性越來越差,逐漸成爲政治的依附。至此,漢代博士官制度及其學官制度得以建立。而博士官的設立主要就是要結合皇權思想,完成禮、樂制度的重建,這也是三家詩學立於學官之後要著重解決的問題。從這個意義上講,《詩》學各流派是一個具有相同政治主張、禮樂文化主張的政治團體,具有極強的政治意識、政治使命感。班彪對這一時期諸儒的評論説:

---

① 班固《漢書·儒林傳》,北京:中華書局,1962 年,頁 3593—3594。

　　漢承亡秦絕學之後，祖宗之制因時施宜。自元、成後學者蕃滋，貢禹毀宗廟，匡衡改郊兆，何武定三公，後皆數復，故紛紛不定，何者？禮文缺微，古今異制，各爲一家，未易可偏定也。考觀諸儒之議，劉歆博而篤矣。[①]

　　班彪的兩個結論值得我們注意：一是漢代儒學自元、成之後始有流派觀點之異，此前雖有異義，但并不會影響政治文化；二是儒學各流派注重禮制建設，觀點上有衝突。考察《詩經》流派其史實記載也幾近於班彪所述。

### （二）三家詩學派的政治、文化主張

　　《魯詩》學派開創者是申培。文帝時，申公在弟子趙綰、王臧的推薦下成爲博士，他所解決的問題是"立明堂"的問題，《漢書·儒林傳》説："綰、臧請天子，欲立明堂以朝諸侯，不能就其事，乃言師申公。"明堂，天子宣明政教的地方，凡朝會及祭祀、慶賞、選士、教學等大典，均於其中進行。我們對明堂制度的認識，大體上可以分爲兩個方面：一是人間與鬼神的關係和人們社會關係的親疏、貴賤等複雜的社會現象，即禮制的象徵；二是布局方式、建築形制。[②] 在這次政治目的不是特別明確的行爲中，最終因爲觀點不同，推薦申公的趙綰、王臧被法辦。[③] 政治觀點衝突在這一事件中可以説是暗潮涌動，趙綰、王臧提倡的是一攬子的宮廷禮儀制度改革，毫無疑問這樣的改革在竇太后眼中就是對其權威的挑戰，最終必以失敗告終。這裏雖然看不出申公的主張，但無疑申公的主張是支持他的兩個弟子的。由此可以看出申公所主張的是

---

　　①　班固《漢書·韋賢傳》，北京：中華書局，1962 年，頁 3130—3131。

　　②　張一兵《明堂制度研究——明堂制度的源流》，吉林大學博士論文，2004 年，頁 2。

　　③　《史記·孝武本紀》："元年，漢興已六十餘歲矣，天下又安，薦紳之屬皆望天子封禪改正度也。而上鄉儒術，招賢良，趙綰、王臧等以文學爲公卿，欲議古立明堂城南，以朝諸侯。草巡狩封禪改歷服色事未就。會竇太后治黃老言，不好儒術，使人微得趙綰等奸利事，召案綰、臧。綰、臧自殺，諸所興爲者皆廢。"

禮儀制度，是儒家最傳統的思想，最具有守舊派、保守派的思想内核。此後他的弟子及其徒衆所參與的所有政治行爲都具有這樣的特點。

《魯詩》學派最有影響的人物是韋賢、韋玄成父子。《漢書》稱自此之後《魯詩》有韋氏學，可見韋氏在專守禮儀制度上有更進一步的創見。韋氏家學從韋孟開始，家族深受《詩經》影響，以詩言志、以詩勸諫，強調君子修身養德的重要性。漢元帝時，韋玄成任丞相，繼貢禹毀宗廟之説，提出了兩個重要的主張：“高帝受命定天下，宜爲帝者。太祖之廟世世不毀，承後屬盡者，宜毀。今宗廟異處，昭穆不序，宜入就太祖廟而序昭穆如禮太上皇。”“宜復古禮，四時祭祀於廟，諸寢園日月間祀，皆可勿復修。”①宗廟迭毀及祭祀制度是當時社會政治生活中的大事，韋玄成把《詩經》中天命及祭祀的觀點提煉成爲宗廟迭毀及祭祀制度，故班固説《魯詩》後有韋氏學，是就其新的具體而有影響的政治主張而言。其論雖不高明，但可以窺見《魯詩》學派復古重禮、以禮節人的《詩經》學思想，而其文本以訓故爲綱目，這和下文論《魯詩》學詮釋特點相吻合，《魯詩》文本以訓故、故典、舊制度爲主。

《齊詩》學派源起於轅固，《史記·儒林傳》言轅固生“爲治者不大多言，顧力行何如耳”，而其弟子也“其治官，民皆有廉節，稱其好學”。轅固是一個堅定的“天命論”的政治家，《漢書·儒林傳》記録其與黄生辯

---

① 《漢書·韋賢傳》言宗廟迭毀制度之源起説：“初，高祖時，令諸侯王都皆立太上皇廟。至惠帝尊高帝廟爲太祖廟，景帝尊孝文廟爲太宗廟，行所嘗幸郡國各立太祖、太宗廟。至宣帝本始二年，復尊孝武廟爲世宗廟，行所巡狩亦立焉。凡祖宗廟在郡國六十八，合百六十七所。而京師自高祖下至宣帝，與太上皇、悼皇考各自居陵旁立廟，并爲百七十六。又園中各有寢、便殿。日祭於寢，月祭於廟，時祭於便殿。寢，日四上食；廟，歲二十五祠；便殿，歲四祠。又月一游衣冠。而昭靈后、武哀王、昭哀后、孝文太后、孝昭太昭、衛思后、戾太子、戾后各有寢園，與諸帝合，凡三十所。一歲祠，上食二萬四千四百五十五，用衛士四萬五千一百二十九人，祝宰樂人萬二千一百四十七，養犧牲卒不在數中。”

“湯武革命”①，强調“天下之心”和“天命”的正統性，轅固的説法是漢初王朝正統説的一種流行的政治觀點。《齊詩》學派政治觀點的形成和成熟，則要到昭、元、成之際的蕭望之、翼奉、匡衡三人。班固《漢書·翼奉傳》：“三人經術皆明，衡爲後進，望之施之政事，而奉惇學不仕，好律曆陰陽之占。”“由是《齊詩》有翼、匡、師、伏之學。”這裏之所以不言蕭望之，究其學説，當是因爲班固時政治與學術分野之勢已經形成，以惇學而論，故輕蕭望之而重翼奉。然西漢時，儒學未立，政治與學術混一，這也是經學成爲重要意識形態的關鍵。

蕭望之深受宣帝重用，所疑皆垂詢以決。《漢書》本傳記録了蕭望之因時便宜提出的幾條政治建議：一，吏治改革，“選同姓，舉賢才，以爲腹心，以參政謀”，“選明經術，温故知新，通於幾微，謀慮之士以爲内臣，與參政事”。這是藉“灾異論”而提出的兩條關於吏治改革的建議，這兩條建議置於宣帝時“一姓擅勢”的背景下，其政治效應顯而易見。二，反對張敞“以差入谷贖罪”的建議，提出“不能去民好之心，而能令其好義不勝其欲利也”。以儒家“天下之心”“義利之辨”，提出國家管理中教化的重要作用。所論皆以儒家“人情”立論，言語多以《詩》爲據，這和轅固生“天命論”“天下之心”論旨相同。

元帝時翼奉屢上封事陳述自己的主張，更進一步明晰了《齊詩》學派的施政理念，翼奉提出的觀點也以灾異論爲背景，集中在知人用人和政治革新兩個方面。《漢書·翼奉傳》記載其以“詩之爲學，情性而已”立論，提出：“以律知人情”，“聖人見道，然後知王治之象……賢者見經，然後知人道之務。”翼奉用人主張“古者朝廷必有同姓以明親親，必有異

---

① 《漢書·儒林傳》：“轅固，齊人也。以治《詩》，孝景時爲博士，與黄生争論於上前。黄生曰：‘湯、武非受命，乃殺也。’固曰：‘不然。夫桀、紂荒亂，天下之心皆歸湯、武，湯、武因天下之心而誅桀、紂，桀、紂之民弗爲使而歸湯、武，湯、武不得已而立。非受命爲何？’黄生曰：‘“冠雖敝必加於首，履雖新必貫於足。”何者？上下之分也。今桀、紂雖失道，然君上也；湯、武雖聖，臣下也。夫主有失行，臣不正言匡過以尊天子，反因過而誅之，代立南面，非殺而何？’固曰：‘必若云，是高皇帝代秦即天子之位，非邪？’於是上曰：‘食肉毋食馬肝，未爲不知味也；言學者毋言湯、武受命，不爲愚。’”

姓以明賢賢,此聖王所以大通天下也……故同姓一,異姓五,乃爲平均"。這種説法比蕭望之的主張更爲明晰,是解決當時王朝政治問題的一劑良方。政治革新則指出"漢家郊兆、寢廟祭祀之禮,多不應古",提出"遷都正本",徹底恢復古制的政治主張。其論雖然過謬,但對漢元帝禮制產生了重要影響,故班固説:"其後貢禹亦言當定迭毀禮,上遂從之。及匡衡爲丞相,奏徙南北郊,其議皆自奉發之。"

《漢書・匡衡傳》記載匡衡爲博士時,以災異爲背景,指出:"今俗吏之治,皆不本禮讓。"提出:"賢者在位,能者布職。朝廷崇禮,百僚敬讓。道德之行,由内及外,自近者始。然後民知所法,遷善日進而不自知。"這是典型的以教化治天下的理論。匡衡爲太子少傅時,則主張"原情性而明人倫",對當時"言事者多進見,人人自以爲得上意"的混亂政局提出自己的看法,强調不以私恩害公義,修正禮文而後可以治國家。漢成帝時,他則進一步提出"疏戒妃匹,勸以學威儀之則""罷諸淫祀"的主張,從"内聖外王"到"禮樂立教",對成帝時的政治時弊提出了一系列的解決辦法。不難看出,《齊詩》學派比《魯詩》學派趨於開放,其立論中藉"陰陽",論"五行",以"人情"爲本,其説雖奇,但其論歸於"内聖外王"之道,故其學説也難以適應西漢王朝政治局勢的變革,成帝之後其説亦便式微。

《齊詩》學派以災異論爲其學説立論的依據,故其學説重微言大義而輕典章故事。故清代陳喬樅説:"《易》有孟京卦氣之候,《詩》有翼奉五際之要,《尚書》有夏侯《洪範》之説,《春秋》有公羊災異之條,皆明於象數,善推禍福,以著天人之應。淵源所自,同一師承確然無疑。孟喜從田王孫受《易》,得《易家候陰陽災變書》,喜即東海孟卿子、焦延壽所從問《易》者,亦是齊學。"①陳喬樅之論抓住了《齊詩》學派的要點,故其輯録的《齊詩》四卷中,《齊詩故》重在象數,以禮學爲根本,重禮學的實用性;《齊詩傳》,微言大義,重陰陽、人情,天人之應。

《韓詩》學派堅持微言大義,以修身明道爲根本,其論比魯齊兩家更

---

① 陳喬樅《齊詩遺説考》,上海:上海古籍出版社,2002 年,頁 397。

趨於保守。非常有意味的是,政治上《韓詩》學派在西漢没有什麼影響,但到東漢時其學説却得到了一些政治家族和宫廷后妃的關注。《後漢書》記梁皇后諱妠治《韓詩》,大義略舉,常以列女圖畫置於左右,以自鑒戒。

《漢書·王吉傳》正面展示了《韓詩》學派王吉的政治觀點,漢宣帝時,王吉爲博士、諫大夫,上書言政事,提出三項重要的政治主張:"謹選左右,審擇所使","述舊禮,明王制","明示天下以儉"。這三項政治主張以"建萬世之長策,舉明主於三代之隆者"爲目標,提出皇帝應當從"簿書""聽訟"這些日常事務中跳脱出來,構建一個具有宏大前景的王朝政治。首先在用人上,要有"濟濟多士,文王以寧"的大胸懷,以宣德正身爲務;其次要"六合同風",復舊禮,反對獨守刑法教條;最後則以世俗民生中的陋習入手,提出皇帝節儉以示天下的理念。這是典型的"聖君"思想的論調。這一論調和《韓詩外傳》所宣傳的思想高度吻合,《韓詩外傳》綜論君臣之義,君子之辭,在衆多篇目中對君主的形象進行了描述,强調對君主自身修養的重視。如:

> 君人者,降禮尊賢而王,重法愛民而霸;好利多詐而危,權謀傾覆而亡。
> 君子居是邦也,不崇仁義,尊賢臣,以理萬物,未必亡也;一旦有非常之變,諸侯交爭,人趨車馳,迫然禍至,乃始憂愁,乾喉焦唇,仰天而歎,庶幾乎望其安也,不亦晚乎![1]

這兩條例證都在講"聖君"自我修養和國家安危的關係,是儒家"仁政而王"思想的再現。"聖君思想"是《外傳》最主要的論調,從現實主義的政治角度來看,這些建議真的是有些"迂闊",難怪漢宣帝不甚寵幸。《韓詩》學派的成員大多都是擔任博士、太傅一類散官,很少接觸現實政治,因此不會像《魯詩》派、《齊詩》派那樣就具體的政治問題提出解決辦

---

[1] 韓嬰撰,許維遹校釋《韓詩外傳集釋》,北京:中華書局,1980 年,頁 6、42。

法,因此他們的政治主張就更理想主義。王吉的言論,以儒家君子修身養德爲皇權政治的出發點,以禮制王道爲中心,對皇帝自身提出更多的道德要求,是儒家君子務本學説的新演義。

昭、宣時,《魯詩》因韋玄成爲相而顯。《齊詩》則因有翼、匡、師、伏之徒,皆至大官,徒衆尤盛。《韓詩》有王、食、長孫之徒。以此而論,漢代《詩經》學成爲當時顯學。昭、宣帝時,漢朝國內相對政治穩定,而掌握政權的是大將軍霍光。霍氏勢力"黨親連體,根據於朝廷"。此時知識分子大多沿襲漢武時期所形成的經學思想,所不同的是,此時知識分子討論的重心由皇權正統轉向了意識形態的構建,凡是適合統治政權需要的經學思想纔能得到官方認可,因此意義含蓄,經義樸實的《詩經》正式走上了前臺,這一時期是《詩經》最輝煌的時期。《詩》雖有三家之分,但三家詩共事一朝,且相安無事,可見詩學內部并沒有出現爭奪話語權問題。三家詩都在盡可能地尋求一種解釋模式,以此來應對這個時代知識分子必須要應對的問題。

《毛詩》學派在漢學中具有獨特的位置,其學派雖晚出,但後經鄭玄箋注,以大一統之勢代三家而獨大,後世論漢學特點,實際是論《毛詩》學之特點。這一學派後雖立於學官,但并沒有顯赫的政治家出現。

《漢書》《後漢書》記錄漢代傳授相對系統的過程如下:

> 毛公,趙人也。治《詩》,爲河間獻王博士,授同國貫長卿。長卿授解延年。延年爲阿武令,授徐敖。敖授九江陳俠,爲王莽講學大夫。由是言《毛詩》者,本之徐敖。(《漢書·儒林傳》)
>
> 初,九江謝曼卿善《毛詩》,乃爲其訓。宏從曼卿受學,因作《毛詩序》,善得《風雅》之旨,於今傳於世。(《後漢書·儒林傳》)
>
> 賈逵字景伯,父徽……學《毛詩》於謝曼卿,逵悉傳父業。(《後漢書·賈逵傳》)
>
> 初,京兆摯恂以儒術教授,隱於南山,不應徵聘,名重關西,融從其游學,博通經籍。融才高博洽,爲世通儒,教養諸生,常有千

數。涿郡盧植，北海鄭玄，皆其徒也。(《後漢書・馬融傳》)

可以看出，《毛詩》傳授可上溯自漢景帝之子河間獻王博士毛萇。關於毛萇，歷史記載很少，但《毛詩》學術淵源仍有迹可尋。《漢書・景十三王傳》記載：

> 獻王所得書皆古文先秦舊書，《周官》《尚書》《禮》《禮記》《孟子》《老子》之屬，皆經傳説記，七十子之徒所論。其學舉六藝，立《毛氏詩》《左氏春秋》博士。修禮樂，被服儒術，造次必於儒者。山東諸儒多從而游。

這一段文字透露出這樣的信息：一，獻王所得書都是先秦舊本，因此從文字上來講異於漢代通行文本。二，關於經典注釋，經、傳、説、記多爲七十子所作，最大程度地保留了先秦儒家諸子注釋思想。因此可以推見《毛詩》派以先秦文字書寫本爲注釋對象，且注釋中保留了先秦儒學舊迹，因此被稱爲古文學。其後雖有謝曼卿《毛詩注》、衛宏《毛詩序》，但無害於其古學形態。《毛詩》古學派注釋以《詩經》文本價值還原爲學術追求目標，游離於漢代政治系統之外，從政治評價角度長期被視爲微學，利禄之徒罕有習者。

可以説，《毛詩》派找到了不同於三家詩所采用的以時文爲書寫方式的文本，他們藉助於文本字體差異來確保其學術思想的獨立性。這也是後來學者論《毛詩》派與三家詩異同多以字異爲研究出發點的原因。更重要的是，三家詩學派只是在古文中尋找當下社會思想存在的憑證與藉口，違背了經學意義系統，使經學成爲社會政治思想的注脚。《毛詩》學派更多地想尋找其歷史本來意義，將詩學本身看成是一個獨立的系統，并將《詩經》作爲歷史文本看待，這是《詩經》在漢末的詮釋傾向。當然，《毛詩》學派的發展也并不如後來所表現的那樣高度統一。《後漢書・儒林傳》記："中興後，鄭衆、賈逵傳《毛詩》，後馬融作《毛詩傳》，鄭玄作《毛詩箋》。"曾樸《補後漢書藝文志并考》曰："韋昭《國語解》

引鄭云《常棣》穆公所作,皆與毛鄭異。余如《周禮·大師》注引司農'古而自有風雅頌之名'一事,韋昭《國語解》引鄭云:'言昊天有所成命,文武則受之。謂修己自勤以成其王功,非謂周成王身也。'雖非釋《詩》之文,亦足征其家法。"①顯然鄭眾雖爲《毛詩》,但和漢末鄭玄所主導的《毛詩》并不相同,其方法和思路并不追求與當下政治關聯,更多追求對歷史事件的評述,這正是《毛詩》不同於三家詩之處。劉毓慶師所論最爲準確,他説:

> 東漢鄭眾傳《毛詩》,著有《毛詩傳》,書雖早佚,而《周禮注》中所保存的他的《詩》學資料,却可以看出與今本《毛詩》的諸多不同。馬融亦曾著有《毛詩傳》,也不"株守毛義",《後漢書·龐參傳》所載馬融上書,以《出車》中南仲爲宣王時人,顯與《毛詩》義相乖違。鄭玄正是秉承了《毛詩》派的這一優秀傳統,故而在箋注《毛詩》時,敢於大膽地采納三家之長,以豐富、完善《毛詩》的詩學體系。②

## 四、漢代《魯詩》學派内部有分歧

漢初没有官學,雖秦始皇廢私學,禁《詩》《書》,但其統治時間只有十四年,且其統治并没有深入影響到社會的各階層,故其雖焚詩書,而詩書不絶,因其民間私學不絶如縷。《漢書·儒林傳》記載:"及高皇帝誅項籍,引兵圍魯,魯中諸儒尚講頌習禮,弦歌之音不絶,豈非聖人遺化好學之國哉?於是諸儒始得修其經學,講習大射鄉飲之礼。"此記載正是對私學之興的真實記載。可見漢初民間私學以其獨有的形態和教育内容保持着頑强的生命力。《詩經》學最初傳授的内容就是民間私學的代表性觀點。

---

① 劉毓慶《先秦—元代詩經著述考》,北京:中華書局,2002 年,頁 55。
② 劉毓慶《〈毛詩〉派興起原因之探討》,《文藝研究》2009 年第 2 期。

故《漢書》記《詩經》凡其立於官學者，皆自成一派，故《魯詩》弟子爲博士十餘人，又有江公之學，韋氏學，張、唐、褚氏，許氏學，以江公、韋玄成、唐長賓、張長安、褚少孫、許晏爲官學博士而論。《齊詩》有翼、匡、師、伏之學，《韓詩》有王、食、長孫之學，此可稱爲官學派。《漢書·儒林傳》：“昭帝時舉賢良文學，增博士弟子員滿百人，宣帝末增倍之。元帝好儒，能通一經者皆復。數年，以用度不足，更爲設員千人，郡國置《五經》百石卒史。”官學派皆有官學選派弟子，故其徒衆較多，皆以其師稱學派。

從現存文獻來看，《魯詩》學派除官學體系外，仍間有私學。申公即爲私學，而後其弟子列爲學官，官學故有《魯詩》各學派。申公再傳弟子王式，免中徐公及許生弟子，因昌邑王事而繫獄，歸家教授。《漢書·儒林傳》曰：“山陽張長安幼君先事式，後東平唐長賓、沛褚少孫亦來事式，問經數篇，式謝曰：‘聞之於師具是矣，自潤色之。’不肯復授。”然後學張長安、唐長賓、褚少孫皆以其弟子稱，而有別於博士江公官學。由此我們可以略論《魯詩》學派内部詮釋的差異。

《漢書·儒林傳》記載《魯詩》申公、王式代表了私學治學方法和其學派觀點：

> 申公獨以《詩經》爲訓故以教，亡傳，疑者則闕弗傳。
> 見上，上問治亂之事。申公時已八十餘，老，對曰：“爲治者不在多言，顧力行何如耳。”
> 太皇竇太后喜《老子》言，不說儒術，得綰、臧之過，以讓上曰：“此欲復爲新垣平也！”[①]
> 式對曰：“臣以《詩》三百五篇朝夕授王，至於忠臣孝子之篇，未嘗不爲王反復誦之也；至於危亡失道之君，未嘗不流涕，爲王深陳之也。臣以三百五篇諫，是以（亡）諫書。”

---

① 新垣平：漢文帝時趙人，以望氣附會人事，詐僞揭露後，下獄誅死。詳見《漢書·文帝紀》與《郊祀志》。

山陽張長安幼君先事式，後東平唐長賓、沛褚少孫亦來事式，問經數篇，式謝曰："聞之於師具是矣，自潤色之。"不肯復授。

申公所傳爲私學，其弟子魯許生、免中徐公皆守學教授，最得其真，再傳弟子王式也是其學最有力的傳承者。統其二人言論及其他人評價可以推見《魯詩》學派申公私學的概貌。首先其治學方法"以《詩經》爲訓故以教，亡傳"，"故"《毛詩正義》釋爲故典，舊的典章；"傳"釋爲傳通其義。也就是説魯學以釋《詩經》故典爲主要内容，而其目的正如王式所言重在諫行得失，并不謀求傳通其義。其次其治學的目標并不在於知識的傳授，更多強調修身。申公曰："爲治者不在多言，顧力行何如耳。"王式則曰："聞之於師具是矣，自潤色之。"兩者都強調知識性的學習并不是《詩經》學習的主要目的，《詩經》學習更主要在於自身的感悟和體會。"三百篇以爲諫"的觀點就是對這一學習目標的最好佐證。正因爲這樣的學習方式和學習目標，使得《魯詩》學派帶有一些神秘的氣息，故太皇竇太后，藉趙人以望氣附會人事來揭其學之弊端，也就是這一學派主要問題在於附會。

《魯詩》官學有很大不同。《漢書·儒林傳》記博士江公和王式之爭，略一考察，其間并不僅是意氣之爭，更主要的是在其詮釋《詩經》思想上的差異。

皆素聞其賢，共薦式。詔除下爲博士。式征來，衣博士衣而不冠，曰："刑餘之人，何宜復充禮官？"既至，止舍中，會諸大夫、博士，共持酒肉勞式，皆注意高仰之。博士江公世爲《魯詩》宗，至江公著《孝經説》，心嫉式，謂歌吹諸生曰："歌《驪駒》。"式曰："聞之於師：客歌《驪駒》，主人歌《客毋庸歸》。今日諸君爲主人，日尚早，未可也。"江翁曰："經何以言之？"式曰："在《曲禮》。"江翁曰："何拘曲也！"式恥之，陽醉逿地。式客罷，讓諸生曰："我本不欲來，諸生強勸我，竟爲豎子所辱！"遂謝病免歸，終於家。

　　顏師古注說:"《驪駒》,服虔曰:'逸《詩》篇名也,見《大戴禮》。客欲去歌之。'文穎曰:'其辭云"驪駒在門,僕夫具存。驪駒在路,僕夫整駕"也。'"①查今本《大戴禮記》不見此篇,也無"客欲去,歌之"之言。

　　《魯詩》學派有此詩,而東漢服虔言逸詩,說明《魯詩》學派的《詩經》文本和今通行《毛詩》有異,同時也說明《魯詩》學派到東漢時其文本就出現了散佚的情況。另外,從這個故事來看,王式是一個講求品行修養的人,"衣博士衣而不冠",就顯示出其治學追求。這件事,班固的觀點是江公"心嫉式","謂……歌《驪駒》"有驅逐之意,但其官學的觀點還是可以看出來的,如淳曰:"其學官自有此法,灑坐歌吹以相樂也。"②不同於王式等以"力行"爲《詩經》詮釋的目的,官學歌吹的舉動,有復古禮樂的意圖,這應當是當時學術追求的另一種對《詩經》詮釋的方式,恢復詩、樂、舞的原始形態,核心是以場景釋詩。西漢戴德《大戴禮記》也記載了古樂存在情況,可以作爲佐證:"凡《雅》二十六篇,八篇可歌,《鹿鳴》《狸首》《鵲巢》《采蘋》《采蘩》《伐檀》《白駒》《騶虞》也。又八篇廢不可歌,其七篇商齊可歌也,三篇閑歌。"③《魯詩》官學和私學的差異非常明確。《漢書·儒林傳》記博士江公和王式之爭後,簡言"張生論石渠",而後有"《魯詩》有張、唐、褚氏之學",魯學分歧漸大。故《漢書·藝文

---

① 班固撰,顏師古注《漢書》,北京:中華書局,1962年,頁3611。
② 班固撰,顏師古注《漢書》,北京:中華書局,1962年,頁3611。
③ 戴德《大戴禮記》,《景印文淵閣四庫全書》第128冊,臺北:臺灣商務印書館,1986年,頁527。對於《大戴禮記》的這段記載,全祖望提出了"五不可解":"《投壺》之文最古,故列於經,而其說不可曉。二《雅》之材一百五,而以爲二十六,不可曉者一也。《白駒》是變雅,今列之正雅,不可曉者二也。八篇之中,《鹿鳴》《白駒》一正一變,《狸首》據康成以爲曾孫侯氏之詩,則亦在雅,而《鵲巢》四詩是南樂,亦列之雅,不可曉者三也。《伐檀》則直是變風,亦列之雅,不可曉者四也。就中分別言之,《南》之溷於雅猶之可也,變雅之溷於正雅不可也;變風之溷於變雅猶之可也,遂溷入於正雅不可也。至若《商》《齊》七篇,不知是何等詩,據《樂記》:《商》者五帝之遺聲,則康成以爲《商頌》者謬,《齊》者三代之遺聲,是皆在雅頌以前,何以《投壺》亦竟指爲雅詩,不可解者五也。是非雅之失所者乎,固不僅如《左傳》所云也。考之漢晉之世,尚仍《投壺》之說用之廟堂,是孔子雖曾正之,而世莫知改,可歎也。"(全祖望《全謝山先生經史問答》,《清刻本》,卷三,頁1—2。)

志》言《魯詩》有《魯故》二十五卷、《魯説》二十八卷,實爲兩家。

漢武帝時,《魯詩》最流行,勢力最大。司馬遷習《魯詩》,在《史記》中零星保留了《魯詩》官學的一些説法:

> 古者《詩》三千餘篇,及至孔子,去其重,取可施於禮義,上采契、后稷,中述殷、周之盛,至幽、厲之缺,始於衽席,故曰:"《關雎》之亂以爲《風》始,《鹿鳴》爲《小雅》始,《文王》爲《大雅》始,《清廟》爲《頌》始。"三百五篇孔子皆弦歌之,以求合《韶》《武》《雅》《頌》之音。禮樂自此可得而述,以備王道,成六藝。(《孔子世家》)
>
> 《大雅》言王公大人而德逮黎庶。(《司馬相如列傳》)
>
> 周道缺,詩人本之衽席,《關雎》作。(《十二諸侯年表》)

這三條很重要,應當是《魯詩》官學的基本框架。"周道缺",與孟子所言"王者之迹熄而《詩》亡,《詩》亡而《春秋》作"的言論正好相反。孟子假設《詩》言王者之迹,是盛世德治之遺音;而《魯詩》以爲《關雎》之作,也就是風詩之作是詩人以詩影射周道的結果,也就是説詩人作詩本意在追聖。故其解《大雅》爲"王公大人而德逮黎庶",其意也在詩意與周道之間的關聯。從這三條可以推論,《魯詩》更多是以關照社會爲前提,通過《詩經》重構來映射當下社會問題的詮釋視角。這正好和竇太后批評其影射政治的手法相應。這應當是《魯詩》官學的主要詮釋思想。王式以《三百篇》爲"諫書"之論,講求《詩經》與自我言行修爲的關聯,是在這一基礎上對《詩經》闡釋的一種引申,是結合政治現實對《魯詩》詮釋思想和方法的改進。

## 五、漢代《詩經》詮釋與政治的結合與疏離——《詩經》經 學化路徑考論

漢代經學解釋理論的核心是"窮事察微,原情立本",其立論全在於陸賈所説:"承天統地,窮事察微,原情立本,以緒人倫。宗諸天地,纂修

篇章,垂諸來世,被諸鳥獸,以匡衰亂,天人合策,原道悉備。"①五經是皇帝承天統地的工具,要施之於人,加之於政事,就必須從經書中考察事物的精微變化,追根溯源,構建一個先知般的話語系統,以此來指導現實政治,這是"法先王"的儒學傳統在漢代政治語境中的表達方式。但《詩經》不是現成的律條,其價值必須經過解釋纔可以獲得,漢代學者創造性地發明了故、訓、傳、說、章句、箋等注經體式,通過獨立的注釋文本、注釋意向、注釋體系,在漢代政治與《詩經》本文之間充當了很好的媒介,也就是說,漢代《詩經》注釋文本并不是爲了深入理解個別作者的精神和傾向而作,而表現爲基於漢代政治文化語境對《詩經》本文價值的重構,并同《詩經》本文所體現出的價值體系作鬥爭。這必然忽視了《詩經》本文固有的政治文化真實,而從中抽象出一個"道",成爲政治文化之"經",成爲對現實政治進行調整或批評的依據,與漢代政治文化達到一定程度的契合。但因爲《詩經》注釋文本的獨立性,一旦書寫成爲話語,又具有了獨立於時代的精神價值,也就難以完全達到與漢代文化的親和統一,也必然會與漢代政治有着不可避免的疏離。這就是《詩經》漢學注釋文本的解釋學特徵,也是經學化的必由之路。

**(一) 漢代《詩經》與政治的結合實現了經學意義的發現與重構**

　　漢之前有《詩》論,多發明大義,引以爲證,《詩》之義不言自明,故孔子歸其於四門學之文學。子夏以文學見長,故後世多以子夏爲聖學的源頭。漢文帝時設《詩》博士,立於官學,於是有師承,有文本,有訓詁,有大義。漢武帝時,《詩》學博士師出多門,學術遂興。《詩》學博士由官學而

---

　　① 陸賈《陸子》,《叢書集成初編》第 518 册,北京:中華書局,1985 年,頁 2。陸賈説:"於是先聖乃仰觀天文,俯察地理,圖畫乾坤,以定人道,民始開悟,知有父子之親,君臣之義,夫婦之別,長幼之序。於是百官立,王道乃生。""禮義不行,綱紀不立,後世衰廢,於是後聖乃定五經,明六藝。承天統地,窮事察微,原情立本,以緒人倫。宗諸天地,纂修篇章,垂諸來世,被諸鳥獸,以匡衰亂,天人合策,原道悉備。智者達其心,百工窮其巧,乃調之以管弦絲竹之音,設鐘鼓歌舞之樂,以節奢侈,正風俗,通文雅。"陸賈認爲先聖觀天地之變而生"王道",後聖定五經而開民智。把天地之道和五經、六藝并立,五經就具有了"承天統地,窮事察微"的先知般意義,經學詮釋以此爲開端。

仕途,《詩》義與政見、思想相融合。一時間,官員封事、奏疏皆以《詩》義表己義,《詩》學漸立。經由西漢和帝、東漢章帝兩次論辯,《詩》義也漸趨同,終有鄭玄取衆家之長,解各家之紛爭。漢代《詩經》學的概貌約略如此。《漢書·藝文志》收《詩》六家,四百一十六卷,劉毓慶師《歷代詩經著述考》錄漢代《詩經》文獻 54 部。今僅《韓詩外傳》十卷存世,《毛詩詁訓傳》《毛詩鄭箋》散存於《毛詩注疏》中,其餘均散佚、失傳。

漢代《詩經》學,學術界多以"今古文""四家詩"而論,注重其注釋視角的差異。然清末魏源提出:"夫三家之於毛,猶左氏公羊之於穀梁,或毛所未備而三家補之,或小異而大同,或各義不妨兩存,在善讀者之間引申而已。"①廖平以爲:"故今古之分,全在制度,不在義理,以義理今古同也。"②結合《詩經》漢學發展歷程,魏源、廖平所論最當。這可以從解釋學的角度得到説明:"全部解釋學目的之一就是同文化間距作鬥爭,這種鬥爭可以用純粹的時間術語理解爲同長期的疏遠作鬥爭,那就是同本文建立其上的價值體系作鬥爭。"③《詩經》是上古政治文化的産物,作爲周王、臣、民思想表達的文本,也一定固着着上古時代價值體系與政治影響。而當漢代儒生們采用訓詁、章句等方式開始對經典進行注釋,并試圖從中發現儒家政治思想的指針,進而影響當下政治文化的取向時,《詩經》本文的理解就發生了變化,新理解的成立就伴隨有新價值體系的産生。班固解釋説:"或取《春秋》,采雜説,咸非本意,與不得已,魯最爲近之。"也就是説,三家詩注釋方法爲"采集史事,搜取雜説,以傳會經義者"。④ 是"窮事察微"的解釋理論的具體運用。采史事,搜雜説,就是爲了發現《詩經》的經學意義,進而通過史實與現實,雜説與政論相互之間的意義衝突,找到現實政治的解決途徑。正如陸賈所説:

---

① 魏源《詩古微》,長沙:岳麓書社,2004 年,頁 183。

② 廖平《今古學考》,《續修四庫全書》第 179 册,上海:上海古籍出版社,2002 年,頁 441。

③ [英]保羅·科利爾《解釋學與人文科學》,石家莊:河北人民出版社,1987 年,頁 163。

④ 張舜徽《漢書藝文志通釋》,武漢:湖北教育出版社,1990 年,頁 33。

"善言古者合之於今，能述遠者考之於近。故說事者上陳五帝之功，而思之於身，下列桀、紂之敗，而戒之於己。"①綜合而言，就是知經義而明古今、考遠近、思於身、戒於己，經義可以用於指導政事、修養自我。因此，漢代《詩經》解釋如果方法運用得當，可以通過闡釋經義而明確自己的政治主張，而且更重要的是漢代政治制度與政治權力運行方式在很大程度上也依賴於經學解釋，在漢代政治語境中，"經"的含義是規範指正政治行爲的依據，從整體上來講，三家詩就是這樣來注釋《詩經》的。正如劉毓慶師指出："三家《詩》學雖在先秦皆有其源，或以爲同出於荀卿，但它們都積極介入了營建漢家意識形態的工程之中，在現實政治的激盪下，迅速褪去了'戰國衣冠'，呈現出了'漢家學術'的風姿。"②所不同的是三家詩在看待《詩經》本文與時代的關係，以及其重構意義話語與漢代政治文化語境結合的方式上不同而已。

　　司馬遷以爲《詩經》是關於歷史事件的描述，因此當其理解《詩》時，注重於事件的叙述與還原。《史記·孔子世家》說："古者詩三千餘篇，及至孔子，去其重，取可施於禮義，上采契后稷，中述殷周之盛，至幽厲之缺。"在司馬遷眼中，《詩經》中的事件核心是禮義，而禮義作爲一種制度建設又是漢代政治文化建設的一個關鍵性問題。司馬遷習《魯詩》，《魯詩》注釋文本價值系統重在"禮義"，重在對社會建設的指導，也就是司馬遷評價孔子的成就所說："禮樂自此可得而述，以備王道，成六藝。"

　　翼奉把《詩經》的内涵確定爲"情性"，這是一個戰國時流行的儒學名詞，他提出解釋《詩經》可以參考六合五行之說，也就是"原情立本"。他說："參之六合五行，則可以見人性，知人情。難用外察，從中甚明，故《詩》之爲學，情性而已。五性不相害，六情更興廢。"顔師古《漢書注》說："張晏曰：'性謂五行也。情謂六情，廉貞、寬大、公正、奸邪、陰賊、貪狼。'"③基於六情五性與六合五行的對應，因此《詩》與"六合五行"說

---

① 　陸賈《陸子》，《叢書集成初編》第 518 册，北京：中華書局，1985 年，頁 8。

② 　劉毓慶《〈毛傳〉的"戰國遺孤"角色及其理性精神》，《文藝研究》，2007 年第 11 期，頁 88。

③ 　班固《漢書》，北京：中華書局，1962 年，頁 3171。

就有了關聯，和《詩》相關的歷史人物興衰成敗也就成爲"六合五行"運行的實證，也就成爲指導政治實踐的樣本。結論全在："《詩》有五際，皆列終始，推得失，考天心，以言王道之安危。"翼奉還提出《齊詩》"四始"説，在亥、寅、巳、申四個關鍵位置上配以反映周王朝歷史進程的四個時期的詩篇，使整個西周歷史的發展趨向一目瞭然。①《大明》言武王伐紂，取革命更新之意。《四牡》言國之將變，周文獨大。《嘉魚》言國之大興，《鴻雁》言國破民流。《齊詩》"四始"實際上展示了西周興起、發展、繁榮、衰落的歷史變化過程。可以説《齊詩》通過將《詩經》本文與鄒衍的"五德終始"説，通過陰陽五行詮釋天人關係與歷史發展，以邏輯推理形式繼續爲神權政治張目，起到了準宗教的作用。皮錫瑞説："漢有一種天人之學，而齊學尤盛……當時儒者以爲人主至尊，無所畏憚，藉天象以示儆，庶使其君有失德者，猶知恐懼修省……漢儒藉此以匡正其主。"②

　　韓詩學派堅持微言大義，以修身明道爲根本，其論比魯齊兩家趨於保守。韓詩學派在解釋《詩經》時，強調詩歌的思想性和教化作用。他們認爲，詩歌不僅是表達情感的工具，更是傳遞道德觀念、弘揚社會正氣的重要載體。在解釋《詩經》時，善於從字裏行間尋找深意和寓意，深入挖掘微言大義。《韓詩外傳》是漢代韓詩學派存世著作，今本計 10 卷 310 章，主題集中於士節、治道、禮治三個方面，有着明確的政治傾向。士節方面，宣導儒士"崇儒尊道"，保持氣節。秦漢以來，"士"的政治地位開始下行，在皇權專制的震懾下，"讀書只爲稻粱謀"的媚俗思想流行。《外傳》講述士行、士節，強調士要堅持儒家德行和立場，"傳曰：不仁之至忽其親，不忠之至倍其群，不信之至欺其友。此三者，聖王之所殺而不赦也。《詩》曰：'人而無儀，不死何爲'"（卷一第三章）。《外傳》堅持"士節"是君子的本色，容貌極度誘惑、進退移步皆要有"節"。"故君子務學，修身端行而須其時也。子無惑焉。《詩》曰：'鶴鳴九皋，聲

---

① 譚興德《〈齊詩〉"四始五際"與漢代政治》，《貴州文史叢刊》2000 年第 5 期，頁 54。
② 皮錫瑞《經學歷史》，北京：中華書局，1959 年，頁 106。

聞於天。'"(卷七第六章)"士節"是君子參與社會治理的根本。這是春秋以來"士"階層爲代表的政治思想的延續。治道方面,遵循儒家以倫理爲基礎的人本主義思想,以孝道爲倫理的基礎,向外擴展出言行的社會規範,乃至於國家治理的準則。"故君子修身及孝,則民不倍矣,敬孝達乎下,則民知慈愛矣,好惡喻乎百姓,則下應其上如影響矣。是則兼制天下,定海内,臣萬姓之要法也,明王聖主之所不能須臾而舍也。《詩》曰:'成王之孚,下土之式。永言孝思,孝思維則。'"(卷五第十一章)不難看出,《外傳》以《詩經》中"永言孝思,孝思維則"爲成王治國的根本,由此引伸出國家治理當以孝治爲根本,而後方可實現仁政。"禮治"突出"經世致用"的治理思想,"人無禮則不生,事無禮則不成,國無禮則不甯,王無禮則死亡無日矣"(卷一第六章)。韓詩學派明確提出禮儀是維繫國家穩定的重要基石,因此君子、明君皆"將修禮以齊朝,正法以齊官,平政以齊下,然後節奏齊乎朝"(卷三第七章)。禮治確保了社會的秩序化,以人倫爲基礎,進而"老吾老以及人之老",向外推演出社會規則與道德。"禮治"成爲了王道政治中重要的一環。以上爲基礎,韓詩學派的王吉、薛漢、張匡等皆引《詩》經論政,堅持"士節",以修身明道爲基礎,宣導禮治,反對獨守刑法教條。

　　《魯詩》質樸,以《詩》爲史,藉以爲諫,探究《詩經》美刺義旨。《齊詩》結合時境,以《詩》爲災異論,以哲理説詩。《韓詩》以《詩》證事,微言大義。羅根澤指出:"漢代便不同了,它使《詩經》的每一首詩有了聖道王功的奇迹,使《詩經》每一句話有了裁判一切禮俗的職責與功能。"①在三家詩學派眼裏,《詩經》是上古聖王治理國家的寫照,其史實,其哲學,其事件,都可作爲后王之法,皆可用於國家政治實踐中。《詩經》注釋者窮事察微,原情立本,確立了可行於當世的價值體系。《詩經》本文與詮釋文本之間形成了特定的構建模式:現實事件(意識形態問題)——《詩經》本文——指稱(意義評價)——詮釋文本,指稱是現實社會語境與《詩經》本文對話的結果,這一話語系統完全與政治現實相結合。《詩經》本文與社

---

① 　羅根澤《文學批評史》,上海:上海書店出版社,2003 年,頁 68。

會客體之間形成一種隱喻關係,詮釋文本成爲其中的媒介,《詩經》中的價值通過指稱的方式從《詩經》本文中剝離出來,作爲和當下政治語境契合的事件被重新理解。"指稱功能是如此重要,以至於它實際上補償了語言的另一個特徵,即記號與事物相分離。"①在這一模式中,詮釋文本實現了《詩經》本文價值的具體化,這就是科利爾所説的占有,"只有當閲讀把文本解釋爲一種事件,一種話語的當下現實境況,解釋纔是有效的。'據爲己有'使解釋本身變成了一個意義揭示的事件"②。和政治的結合成爲漢代各家解釋《詩經》的終極目標,援《詩》論事,以事證《詩》,也成爲兩漢君臣談話中常見的表達方式。

**(二)《詩經》漢學與政治的疏離爲《詩經》經學化提供了契機**

從對《詩經》本文的理解到《詩經》詮釋文本的形成,新的獨立的價值系統與話語系統就產生了,獨立的詮釋文本又必然會表現出與變化着的政治文化的疏離,《詩經》詮釋文本的疏離性就發生了。疏離性主要表現在兩個方面:一是因注重詮釋文本的傳承而偏離現實政治語境;二是對《詩經》本文理解超越了現實政治,而有着別樣的追求。前者就三家詩而言,後者則就《毛詩》而言。

三家詩詮釋文本表現出很强的獨立性。傳、説、記是最早形成的詮釋文本,張舜徽《漢書藝文志通釋》説:"是傳、説、記三者,固與經相輔而行甚早。説之爲書,蓋以稱説大義爲歸,與夫注家徒循經文立解,專詳訓詁名物者固有不同。""傳之爲體,多徵引史實以發明經義,與故稍異而實相輔。"③馮浩菲在《中國古籍整理體式研究》中提出,傳體是見於文獻記載最早的注釋體式之一。主要有三類:一、傳述事實,證發文意。即傳述有關事實,用以印證和發明原文之意。二、傳述師説,正面解釋原文。即根據師説典訓,用連環問答方式,正面解釋所解原文。三、引經證事,藉事明經。④可以看出,當詮釋文本在經文之外形成具

---

① ［法］保羅·科利爾《解釋學與人文科學》,石家莊:河北人民出版社,1987年,頁15。
② 王岳川《現象學與解釋學》,濟南:山東教育出版社,1999年,頁302。
③ 張舜徽《漢書藝文志通釋》,武漢:湖北教育出版社,1990年,頁35。
④ 馮浩菲《中國古籍整理體式研究》,北京:高等教育出版社,2003年,頁67。

有鮮明文體特徵,明確意向性和價值體系的話語之後,詮釋文本便具有了獨立的品格。後來學者守家法、師法,以詮釋文本爲學習對象,逐漸拉開了詮釋文本與現實政治的距離,經學的現實指導意義就變得很微妙了。劉歆意識到了這個問題,他在《移讓太常博士書》云:

> 往者綴學之士不思廢絕之闕,苟因陋就寡,分文析字,煩言碎辭,學者罷老且不能究其一藝。信口說而背傳記,是末師而非往古,至於國家將有大事,若立辟雍、封禪、巡狩之儀,則幽冥而莫知其原。猶欲保殘守缺,挾恐見破之私意,而無從善服義之公心。①

劉歆就詮釋文本的傳承入手,指出因守於師説,則不能適應社會政治變化,這給漢代統治者帶來了不小的麻煩,因爲詮釋文本的疏離,政治制度與法令的合理性就受到普遍的質疑,因此不得不出面來指正這樣的情形。漢孝章帝詔曰:

> 五經剖判,去聖彌遠。章句遺辭,乖疑難正。恐先師微言將遂廢絕,非所以重稽古,求道真也。其令羣儒選高才生,受學左氏、穀梁《春秋》,古文《尚書》,《毛詩》,以扶微學,廣異義焉。②

漢孝章帝以爲詮釋文本構建的價值體系在新政治面前不能算是真道,因爲它完全脱離了經的價值作用和意義。詮釋文本的疏離性,使得《詩經》本文與政治現實的聯繫陷入了困境。爲了破解這一困局,東漢之後很多學者也做了一些努力,如伏黯、伏恭對《齊詩》原有注本進行了改定,作《改定齊詩章句》、《齊詩解説》九篇,杜撫刪定《韓詩》等。他們以家法、師法的注釋文本爲新的解釋對象,通過與詮釋文本價值體系的鬥爭,尋求新的可用於當下新政治的話語,原有注本徹底疏離於現實政治文

---

① 班固《漢書》,北京:中華書局,1962年,頁1970。

② 范曄《後漢書》,上海:上海古籍出版社、上海書店出版社,1986年,頁776。

化了。

　　論"結合"只談三家詩而不論《毛詩》，因爲《毛詩》派有着和三家詩不小的間距，它和漢代政治從一開始就保持着一定的距離。《漢書・藝文志》收録《毛詩》派學著作兩種：《毛詩》二十九卷、《毛詩故訓傳》三十卷。《後漢書》記載《毛詩》派著作五種：謝曼卿《毛詩注》、衛宏《毛詩序》；中興後，鄭衆、賈逵傳《毛詩》；漢末，馬融《毛詩傳》，鄭玄《毛詩箋》。從注本數量和詮釋家的政治影響力來説，整個漢代《毛詩》派都可以説是微學。但正因爲沒有官學的大力推崇，《毛詩》派主要依靠師徒之間傳授，傳承有序，最大程度地保證了詮釋思想的純正，較少受時代政治思想以及學風的影響。從《毛詩序》來看，構建了以王妃、周公、文王、周代諸王、賢者爲關鍵詞的一個政治體系，并將《詩經》文本意義與之進行相應關聯，賦予其諷、美、頌、述的内涵特徵，并盡力藉用歷史事件將看似松散的詩歌整合成一個完整的話語系統，力圖構建一個周代先王、聖賢以德治國的政治圖景。《毛詩序》所設的歷史參照與《詩經》世界相對應，使《詩經》本文具有了歷史原型特徵。《鄭箋》在此背景之下，又用《周禮》注詩，使《詩經》儼然成爲一個周代理想之國風情長卷。《毛詩詁訓傳》訓釋文字、釋名物、言義理，彌補了詩歌文本和周代歷史原型的間距，致力於獨立解釋體系和價值體系的構建，偏離了漢代政治實踐本身，和三家詩試圖在《詩經》解釋中尋找解決社會問題的方法和證據完全不同，而更接近先秦諸子學的思想。劉毓慶師提出："《毛傳》戰國遺孤的角色最主要的并不是體現在它對先秦解經方法的繼承上，而在於它所呈現出的特質。張士元曰：'毛公……其所爲《詩傳》，字寡義精，蓋亦孔門相傳之遺意也。'可以説《毛傳》絶大多數内容，都是先秦儒家的遺意相傳。""在詩篇文字訓釋與詩意的理解上，《毛傳》則體現出了集先秦《詩》説大成的特色。"[①]此論最切近漢代《毛詩》學派的解釋理論和方法。

　　《毛詩》學派試圖從政治話語表達工具向關注文本話語系統轉變，

---

　　① 　劉毓慶《〈毛詩〉派興起原因之探討》，《文藝研究》2009 年第 2 期。

鄭玄在著作《詩譜序》中完全將《詩經》三百篇看成了周代歷時性作品，并將其認作不同時代語境中的産物，其注釋也更多地將詞語意義置於這樣的情境中。在《詩譜序》最後，鄭玄言明其作《箋》的思想模式和方法：“欲知源流清濁之所處，則循其上下而省之；欲知風化芳臭氣澤之所及，則傍行而觀之。此《詩》之大綱也。”這正是對鄭玄《毛詩》派解釋理論和方法的最好繼承，也是對漢代《毛詩》注釋文本與漢代政治疏離的最好闡釋。至此，《詩經》學完成了由“史實”“史證”到經學的華麗轉變，完成了《詩經》經學化歷程。

　　總之，從解釋學視域來看，《詩經》漢學在漢代文化建構過程中成爲儒生用以改造和表達文化思想和政治思想的工具，如果我們把歷史發展過程中形成的詮釋文本看成是獨立的話語系統，這些詮釋文本則充當了媒介的作用，《詩經》漢學就必然表現出與政治的結合與疏離，這也是漢代《詩經》經學化的必由之路。

## 六、鄭玄《毛詩箋》詮釋思想研究

　　統觀鄭玄《毛詩箋》，我們可以從中找到三組關鍵詞，一是以“德”爲標志的政治性詞彙，這些解釋條目，在《詩經》解釋中占有重要地位。考察這些條目，鄭玄以“德”爲核心，發現了《詩經》政治倫理的重要思想，并希望這樣的思想可以施教於當下政治。正如後世學者指出的，鄭玄生於東漢末年，時政衰亂，《箋》中寓有感傷時事之語。[①] 二是以“言”“行”爲標志的叙事性句式，“言”“行”構建了《詩經》經文與歷史事件的關聯，這是一組結構性詞語，基本句式如：

---

　　① 　這一説法源自清陳澧《東塾讀書記》“鄭《箋》在感傷時事之語”，其後學者多有推論。（劉成德《鄭玄箋詩寄托感傷時事之情》，《蘭州大學學報》1990 年第 1 期。）陳寶三以爲：“所言恰與其所處亂世之情境相符，本爲情理之常，似不宜過度穿鑿。《箋》中所指涉漢季之時事。應當説，鄭玄感傷時事，出於政治家的理想，鄭箋中充滿着其改變世事的情懷，雖不必指涉漢季之時事，但皆爲救世治世之良方。”（陳寶三《毛詩注疏之詩經詮釋及其得失》，《臺大中文學報》2004 年第 20 期。）

《關雎》箋云：摯之言至也，謂王雎之鳥雄雌情意至然而有別。
《漢廣》箋云：言此婦人被文王之化，厚事其君子。
《破斧》箋云：此言周公之哀我民人，其德亦甚大也。
《泮水》箋云：芹，水菜也，言己思樂僖公之修泮宮之水，復伯禽之法而往觀之，采其芹也。

鄭玄以個人體驗、歷史常識和《詩經》語境相結合，對《詩經》進行叙事性描述，增強了《詩經》詮釋的可讀性和經驗性特徵。三是以"興"爲標志，對《詩經》語義結構進行重組，構建了三重隱喻結構，增強了對《詩經》文學性的認識，也開創了《詩經》文學解讀的先河。綜合而言，鄭玄通過"德治"思想重構了周代政治歷史，運用叙事的解釋方式完成了個人體驗與政治常識的關聯，又通過三重隱喻結構的構建，把《詩經》中景、物的描述轉換成了個體經驗的產物，在景、情之間構建新的聯通方式，對《詩經》進行了極具個性的詮釋，給中國經學詮釋思想和方法提供了實踐和理論支持。

## （一）《詩經》"德治"的政治倫理發現與詮釋

鄭玄《六藝論》總述自己的解釋思想説："六藝，圖所生也。"皮錫瑞疏證説：

> 據《疏》説，則作《六藝論》當在注《緯》之後，注《禮》之前，故論中多引《緯書》《緯説》。鄭以"六藝，圖所生者"。《易·繫辭》曰："天垂象，見吉凶，聖人象之。河出《圖》，洛出《書》，聖人則之。"①

皮氏所論準確闡釋了鄭玄的思想，正如鄭玄自己所説："《河圖》《洛書》皆天神語，所以教告王者也。"鄭玄把六藝置於神聖的地位："聖人象之，以成六藝"，"聖人則之，以成六藝"。鄭玄試圖通過對於六藝的解釋找到聖人之象、聖人之則，以此來指導后王政治，表現出漢代經學家積

---

① 鄭玄著，皮錫瑞疏證《六藝論疏證》，《師伏堂叢書》，清刻本，頁280。

極入世的思想特徵。

鄭玄把《詩經》放在了"則"的地位，他說：

> 詩者弦歌諷喻之聲也。自書契之興，樸略尚質，面稱不爲諂，目諫不爲謗，君臣之接如朋友然，在於懇誠而已。斯道稍衰，奸僞以生，上下相犯。及其制禮，尊君卑臣，君道剛嚴，臣道柔順，於是箴諫者希，情志不通，故作詩者誦其美而譏其過。①

鄭玄以爲《詩經》是社會政治興衰的産物，其中包含着可以告誡或警示后王的準則，我們可以把鄭玄的這種解釋方式看成是社會政治運作型解釋。② 這種解釋方式，是在戰國諸子積極入世心態推動下，以學干政，故所學皆可以爲政的背景下産生的。在漢代以經學論國事的政治生活中得到了强化。

鄭玄的解釋思想和解釋材料來源以漢代諸子關於政治與經學的陳述爲基礎，《鄭箋》中可以找到統率各種學說的"則"——"爲政以德"。政治運作型解釋在漢代有《魯詩》的風俗說、詩教說，《齊詩》的災異說，《韓詩》的德政說，鄭玄吸收這些詮釋思想，把它統一於"爲政以德"，諷諫爲用的政治倫理下，形成了《詩經》"一以貫之"的理念和解釋思想。

孔子開始，儒家確立了"一以貫之"的認知理念，子曰"一言以蔽之，思無邪"。胡適把這一理念視爲孔子哲學的重要思想，他指出：

> 孔子認定宇宙間天地萬物，雖然頭緒紛繁，却有着系統條理可

---

① 　鄭玄著，皮錫瑞疏證《六藝論疏證》，《師伏堂叢書》，清刻本，頁 280。

② 　湯一介先生指出："在中國先秦時期，已有數種對古代經典注釋的書，這裏我們先取三種不同的注釋方式作爲典型例子。第一種我們把它稱爲歷史事件的解釋，比如《左傳》對《春秋經》的解釋，當然還有《公羊傳》與《穀梁傳》。這兩種對《春秋》的解釋與《左傳》的解釋不同……第二種是《繫辭》對易經的解釋，我們可以把它叫做整體的哲學解釋。第三種是《韓非子》的《解老》《喻老》，我們可以把它叫做實際社會政治運作型的解釋。"（湯一介《再論中國解釋學》，《中國社會科學》2000 年第 1 期。）

尋。所以"天下之至賾"和"天下之至動",都有一個會通的條理,可用"象"與"辭"表示出來。"同歸而殊途,一致而百慮",也只是説這個條理系統。尋得出這個條理系統,便可用來綜貫那紛煩複雜的事物。①

胡適對於孔子哲學思想的認識可謂確矣,從《論語》言論來看,孔子對於世界認知和解釋的重要理念就是"一以貫之"。就《詩經》而言,無論是"興、觀、群、怨"論,還是"詩以達政",都可以歸屬到"思無邪"中來,從而構建出一個務實的解釋系統。孔子構建的方式是"推論";"只要認定我與人同屬的類,只要認得我與人的共相,便自然推己及人,這是人生哲學上的'一以貫之'。"②"思無邪"就是共相,所有詩歌,其所咏雖異,但其皆歸之於正,故邢昺解釋説:"此章言爲政之道在於去邪歸正,故舉《詩》要當一句以言之。……《詩》之爲體,論功頌德,止僻防邪,大抵皆歸於正,故此一句可以當之也。"③以此爲開端,而後儒學以《詩經》爲共相,引詩爲證,引詩爲論。但孔子之後,戰國、秦漢中國社會發生了很大的變化,儒學諸子雖以"一以貫之"爲理念,但其"推論的"内涵發生了很大變化,孔子《論語》歸之於正,《大學》《中庸》則歸之於誠,孟子同提出以"性善"(人之本質是同善的)爲内涵,人同具官能,同具善端,同具良知,因此他提出"聖人與我同類者"。

《鄭箋》吸取了孔子、孟子的"一以貫之"推論的認知理論,把它視爲解決兩漢詩學混亂局面的主要方法。從《鄭箋》來看,《詩經》以"德政"爲核心,因此他在《毛詩序》的歷史性詮釋的基礎上,構建出了兩個德政模式:一是德化,一是詩教。前者以文武之聖治爲背景,以風俗民情之

---

①　胡適《中國古代哲學史》,《胡適文集》第 6 册,北京:北京大學出版社,1998 年,頁 231—232。

②　胡適《中國古代哲學史》,《胡適文集》第 6 册,北京:北京大學出版社,1998 年,頁 242。

③　何晏集解,邢昺義疏《論語義疏》,《景印文淵閣四庫全書》第 195 册,臺北:臺灣商務印書館,1986 年,頁 542。

正,禮樂之節爲根本,考之於史而求其實,述之於事而求其是,構建出人人皆以爲聖的上古三代政治圖景;後者言政治清明,則以詩歌贊美聖治,政治昏庸則刺其失。由此而建立了影響後世儒學的聖人詮釋體系。他在《毛詩譜序》中説:"論功頌德所以將順其美,刺過譏失所以匡救其惡。"

首先看"德化"的構建,在鄭玄的詮釋世界中,"文武之德"是政治治理的最理想形態,也是周代諸王共同努力的結果,是"德化"的最高代表。鄭玄《詩譜序》説:

> 周自后稷,播種百穀,黎民阻饑,兹時乃粒,自傳於此名也。陶唐之末,中葉公劉,亦世修其業,以明民共財。至於太王、王季,克堪顧天。文、武之德,光熙前緒,以集大命於厥身,遂爲天下父母,使民有政有居。其時詩,《風》有《周南》《召南》,《雅》有《鹿鳴》《文王》之屬。及成王,周公致太平,制禮作樂,而有《頌》聲興焉,盛之至也。本之繇此《風》《雅》而來,故皆録之,謂之詩之正經。①

這一段鄭玄論述周代歷后稷、公劉、太王、王季而後有"文、武之德"。"德",即表現爲其個體的政治追求,也表現在爲"天下父母,使民有政有居"的德政行爲中,於是《詩經》"順其美"。其次是對"民"的重視,"黎民阻饑""明民共財""使民有政有居"。在他看來正是周代農業文明的統治者以民爲本的思想促進了禮樂文化的繁榮,促進了詩歌的大發展。這就是鄭玄的基本詩歌理論,詩是表現爲政以德、民安其業的宣傳工具。這也是"正風""正雅"表現的内容。後人言説"風""雅"總是從歷史上進行界説,其實從内容的角度,只要是表現政教得失,人民安居的都是正詩。這一點我們可以從鄭玄引《詩》解《禮》時,引用了《毛詩序》的説法來進一步認識。

---

① 毛亨傳,鄭玄箋,孔穎達疏《毛詩注疏》,《景印文淵閣四庫全書》第 69 册,臺北:臺灣商務印書館,1986 年,頁 49。

　　《儀禮·鄉飲酒禮》：乃合樂，《周南》：《關雎》《葛覃》《卷耳》；《召南》：《鵲巢》《采蘩》《采蘋》。

　　鄭玄注：《周南》《召南》，《國風》篇也，王后國君夫人房中之樂歌也。《關雎》言后妃之德，《葛覃》言后妃之職，《卷耳》言后妃之志，《鵲巢》言國君夫人之德，《采蘩》言國君夫人不失職，《采蘋》言卿大夫之妻能修其法度。昔大王、王季，居於岐山之陽，躬行《召南》之教以興王業，及文王而行《周南》之教以受命，《大雅》云："刑於寡妻，至於兄弟，以御於家邦。"謂此也。其始一國耳。文王作邑於豐，以故地為卿士之采地，乃分為二國。周，周公所食；召，召公所食。於時文王三分天下有其二，德化被於南土，是以其詩有仁賢之風者屬之《召南》焉，有聖人之風者屬之《周南》焉。夫婦之道，生民之本，王政之端，此六篇者其教之原也。故國君與其臣下及四方之賓燕用之合樂也。鄉樂者，風也。《小雅》為諸侯之樂，《大雅》《頌》為天子之樂。鄉飲酒升歌《小雅》，禮盛者可以進取也。燕合鄉樂，禮輕者可以逮下也。《春秋傳》曰："《肆夏》《繁》《遏》《渠》，天子所以享元侯也。"《文王》《大明》《綿》，兩君相見之樂也。然則諸侯相見與燕，升歌《大雅》，合《小雅》。天子與次國小國之君燕，亦如之；與大國之君燕，升歌《頌》，合《大雅》。其笙間之篇未聞。①

　　這段引用很長，對照上文論述，"昔大王、王季，居於岐山之陽，躬行《召南》之教以興王業，及文王而行《周南》之教以受命"，對《詩》的詮釋立足於文、武之德，民順其意而行的"德化"。"夫婦之道，生民之本，王政之端。"從政治倫理上把百姓的社會生活、倫理生活和政治生活緊密聯繫起來，這是對孔子社會倫理、政治倫理思想的繼承。《鄭箋》在《詩經》詮釋中，突出"政治文化"的揭示，從普通人生活中發掘出社會政治生活模式。我們可以從"正《風》""正《雅》"中找到他對這種模式的運

---

　　① 鄭玄注，賈公彥疏《儀禮注疏》，《景印文淵閣四庫全書》第102冊，臺北：臺灣商務印書館，1986年，頁106。

用。如《葛覃》鄭箋：

> 箋：躬儉節用，由於師傅之教，而後言尊敬師傅者，欲見其性，亦自然可以歸安父母。言嫁而得意，猶不忘孝。
>
> 施於中谷，維葉萋萋。箋：葛者延蔓於谷中，喻女在父母之家形體浸浸日長大。
>
> 黃鳥於飛，集於灌木，其鳴喈喈。箋：飛集叢木，興女有嫁於君子之道。和聲之遠聞，興女有才美之稱，達於遠方。
>
> 是刈是濩，爲絺爲綌，服之無斁。箋：云女在父母之家未知將所適，故習之以絺綌。煩辱之士，乃能整治之無厭倦，是其性貞專。①

不論這首詩的本義是什麼，鄭玄找到了“德化”的模式，從女子的成長到她的言行，都透出社會政治生活的影子，故其論詩旨說：“躬儉節用，由於師傅之教，而後言尊敬師傅者，欲見其性。”把個體的性情歸之於“教”，突出政治對個體生活的影響。“飛集叢木，興女有嫁於君子之道。和聲之遠聞，興女有才美之稱，達於遠方。”也就是說，個體生活最終都會從政治生活、倫理生活、道德生活中表現出來，女子的言行也必然要在其婚姻之道中表現出“德”。這個解釋脫離了鄭玄的“德化”模式的思考，就會顯得過於牽強。《鄭箋》釋正《風》、正《雅》皆以“德化”的詮釋爲核心，順其美，頌德政。

其次就是“詩教”。《鄭箋》以“美刺”說爲主體，對這一政治模式進行了探討，即以“法先王”之政爲前提，順則美之，逆則刺之。在這個模式的解釋中“刺”占據了相對重要的位置，《詩》分“美”“刺”，但是“刺”詩的數量還是遠遠超出了“美”詩。《毛詩》中標明“美”的詩有 28 篇，直接表明“刺”的詩則有 129 篇。鄭玄在《詩譜》中標明“正《風》”“正《雅》”的

　　① 毛亨傳，鄭玄箋，孔穎達疏《毛詩注疏》，《景印文淵閣四庫全書》第 69 册，臺北：臺灣商務印書館，1986 年，頁 131—135。

共計 90 篇，"變《風》""變《雅》"206 篇。"刺"與"美"相比更具有勸説和諷喻的教化之功。"刺"能夠一針見血地指出國家衰亡的原因，鄭玄希望以此來喚起最高統治者的警醒，其用意是十分真摯而懇切的。[①] 鄭玄《詩譜序》説：

> 后王稍更陵遲，懿王始受譖亨齊哀公。夷身失禮之後，邶不尊賢。自是而下，厲也幽也，政教尤衰，周室大壞，《十月之交》《民勞》《板》《蕩》，勃爾俱作，衆國紛然，刺怨相尋。[②]

鄭玄"詩教"思想的産生，有着《史記》的影響，《史記·周本紀》云："懿王立，王室遂衰，詩人作刺。"可見怨刺詩産生根源在於士大夫群體對時政的關注和積極參與，在當時除了直接參與政治活動之外，通過作詩"匡救其惡"是政治宣傳和政治表達的一種手段。鄭玄從"德政"的視角，把這時期産生的詩稱爲"變《風》""變《雅》"。鄭玄《詩譜序》説："五霸之末，上無天子，下無方伯，善者誰賞？惡者誰罰？紀綱絶矣！故孔子録懿王、夷王時詩，訖施於陳靈公淫亂之事，謂之變《風》、變《雅》。以爲勤民恤功，昭事上帝。"相對於"德政"，"變"就是匡救其惡。鄭玄説："爲法者彰顯，爲戒者著明。"

從這裏可以總結出鄭玄"詩教"詮釋的基本路徑，詩人感受生活的變化，推論其社會、政治、道德倫理的變遷，以此美、刺政治的得失，其模式和"德政"詮釋模式相同，只是詮釋的方向不同。如《民勞》：

> 《序》曰："召穆公刺厲王也。"《箋》曰："厲王，成王七世孫也。時賦斂重數，徭役煩多，人民勞苦，輕爲奸宄，强陵弱，衆暴寡，作寇害，故穆公以刺之。""民亦勞止，汔可小康。惠此中國，以綏四方。"

---

①　沈薇薇《鄭玄〈詩經〉學研究》，東北師範大學博士論文，2008 年，頁 89。

②　毛亨傳，鄭玄箋，孔穎達疏《毛詩注疏》，《景印文淵閣四庫全書》第 69 册，臺北：臺灣商務印書館，1986 年，頁 50。

《箋》云:"今周民罷勞矣,王幾可以小安之乎? 爰京師之人以安天下。"①

政治失德,人民勞苦,這是鄭玄箋詩的重要理論,由此出發,凡政治失德,必殃及人民,《民勞》的解釋就是從這個視角來分析的。而人民勞苦,則歸於政治,變《風》大都是這樣來解釋的。

## (二) 敘事詮釋方法的使用

"敘事"是中國學術固有的術語,唐劉知幾《史通·敘事》提出"國史之美者,以敘事爲工"②。宋真德秀《文章正宗》專列敘事文類,并提出:"按敘事起於史官,其體有二:有紀一代之始終者,有紀一事之始終者。"③由此楊義先生總結説:

> 序事和敘事二詞使用很早,敘由序字變化而來,序形成的過程中,空間的分割轉換爲時間和順序的安排了。
> 在語義學上,敘與序、緒相通,這就賦予敘事之敘以豐富的内涵,不僅在字面上有講述的意思,而且暗示了時間、空間的順序,以及故事綫索的頭緒,敘事學也在某種意義上是順序學或頭緒學了。④

當然在中國傳統學術視野下,敘事的主要目的并不等同於西方文藝學中的小説虚構之意,仍然要突出的是聖人之學。《文心雕龍·史傳》曰:

---

① 毛亨傳,鄭玄箋,孔穎達疏《毛詩注疏》,《景印文淵閣四庫全書》第 69 册,臺北:臺灣商務印書館,1986 年,頁 798—800。

② 劉知幾《史通》,《景印文淵閣四庫全書》第 685 册,臺北:臺灣商務印書館,1986 年,頁 49。

③ 真德秀《文章正宗》,《景印文淵閣四庫全書》第 1345 册,臺北:臺灣商務印書館,1986 年,頁 6。

④ 楊義《中國叙事學》,北京:人民出版社,1997 年,頁 11。

　　昔者夫子閔王道之缺，傷斯文之墜，静居以歎鳳，臨衢而泣麟。於是就太師以正《雅》《頌》，因魯史以修《春秋》，舉得失以表黜陟，征存亡以標勸戒。褒見一字，貴逾軒冕；貶在片言，誅深斧鉞。然睿旨存亡幽隱，經文婉約；丘明同時，實得微言。乃原始要終，創爲傳體。傳者，轉也。轉受經旨，以授於後，實聖文之羽翮，記籍之冠冕也。①

　　劉勰以《左傳》爲史傳之先體，而傳則在於轉受經旨，因此史籍也以翼經爲宗旨。可以肯定地講《左傳》是以叙事解釋經文最早的著作②，當然叙事是叙本事，論經書之本原。《漢書·藝文志》説："左氏論本事而作傳，明夫子不以空言説經也。"這裏的本其事，是推原事情爲什麽發生，乃至有怎樣的發展。③　可以説，從《左傳》開始，儒家學者就已經開始探索一種新型的歷史叙事方式，注重内在原因的推原，人物、觀點意義的把握。叙事之意重在其意義的發現，在創造意義之所由也。

　　班固以爲漢代學者就是采用叙事來解詩的，《漢書·藝文志》總述西漢《詩經》學著述時説：

　　　書曰："詩言志，歌咏言。"故哀樂之心感，而歌咏之聲發。誦其言謂之詩，咏其聲謂之歌……漢興，魯申公爲詩訓故，而齊轅固、燕韓生皆爲之傳。或取《春秋》，采雜説，咸非其本義。與不得已，魯最爲近之。三家皆列學官。又有毛公之學，自謂子夏所傳，而河間

---

　　①　劉勰《文心雕龍》，《景印文淵閣四庫全書》第 1478 册，臺北：臺灣商務印書館，1986 年，頁 23。

　　②　張素卿提出："《左傳》中的叙事，就内容多依國史實録而言，和'歷史的叙事'同樣信而有征，若就其解經的基本性質而言，則是《春秋》之傳。這樣具有解釋屬性的'叙事'，不妨别稱爲'解釋的叙事'。"（張素卿《叙事與解釋——〈左傳〉經解研究》，臺北：花木蘭文化出版社，2008 年，頁 26。）

　　③　張素卿《叙事與解釋——〈左傳〉經解研究》，臺北：花木蘭文化出版社，2008 年，頁 76。

獻王好之，未得立。①

這一段落中我們可以注意到班固對於漢三家詩派《詩經》解釋學的基本觀點：漢代解《詩》體例有訓詁，有傳體，或取《春秋》，或采雜説。"《春秋》""雜説"正好描述了漢代《齊詩》學、《韓詩》學者以叙事釋《詩經》的路徑和方法。

雖然没有證據表明三家詩以叙述的方式來詮釋《詩經》，也没有史料説鄭玄繼承或是學習了他們的方法，但《鄭箋》中却有着明確的解釋實例。《鄭箋》中句式"言""地""時"是叙事性的標志。"言"，是一個極具個人體驗與個性判斷的詞彙，在《鄭箋》文本中，表現爲"某詞言某事"。把經文、《序》、《傳》和事件相關聯，是《鄭箋》中最常用的叙事方法。這和孟子的"知人論世""以意逆志"説有點相類。在孟子看來，要理解詩，就必須回到詩人生活的年代，找到觸發詩人意志的情境，纔能真正理解詩歌。鄭玄對於《詩經》的解釋，就是在這樣的理論基礎上的嘗試。時，即時間；地，即是空間。鄭玄《箋》詩特別注重時、空的判斷和分析，對於《詩經》的理解和解釋總是在特定時空中展示人物和情節，看上去隨意的箋釋，其整體上却構成了一個完整的叙事結構。以《關雎》爲例：

> 箋云：摯之言至也，謂王雎之鳥雄雌情意至然而有别。箋云：怨耦曰仇，言后妃之德和諧則幽閒處深宫。貞專之善女能爲君子和好衆妾之怨者，言皆化后妃之德不嫉妒，謂三夫人。箋云：左右，助也。言后妃將共荇菜之葅，必有助而求之者，言三夫人九嬪。箋云：言后妃覺寐則常求此賢女，欲與之共己職也。箋云：服，事也。求賢女而不得覺寐，則思己職事當誰與共之乎？箋云：思之哉，思之哉，言己誠思之，臥而不周曰輾。箋云：言后妃既得荇菜，必有助而采者。箋云：同志爲友，言賢女之助后妃共荇菜，其情意乃與

---

① 班固《漢書》，北京：中華書局，1962 年，頁 11708。

琴琴之志同。共荇菜之時，樂必作。箋云：后妃既得荇菜，必有助
而擇之者。箋云：琴瑟在堂，鐘鼓在庭，言共荇菜之時，上下之樂皆
作，盛其禮也。①

　　從這段來看，鄭玄"某詞言某事"，"某句言某時"，爲基本叙事語句，
講述后妃和好衆賢女在"共荇菜之時"的事件。鄭玄采納了《毛詩序》以
時間爲分割點，對《詩經》産生的過程及其形成的觀點進行還原，賦予
《詩經》以史的内涵。② 在對《關雎》的詮釋中，首先他采用類比、隱喻的
手法，在關雎鳥和后妃之間進行了一種轉換。"雄雌情意至然而有别"
先有情意相類，然後可以釋爲后妃的性格特徵，於是在這個空間和時間
中就有了以下的叙事的可能性。接着鄭箋設定了特定的時間——在祭
奠準備之際，而後是特定的空間——幽閑處深宫、情節——后妃感慨，
希望能和好從衆妾，進而能幫助自己做好職事。結果，后妃終得有助，
"共荇菜之時，上下之樂皆作，盛其禮也"。這段叙事中，鄭玄藉"言"這
個極具個性化的詞語，完成了叙事經驗與經文、傳文的結合。應當説，
鄭玄藉助他舉行禮儀的社會經驗，構建了一個事件，完成了對《關雎》的
詮釋。
　　正如前文所述，《詩經》是在天人相應的背景下産生的娱神行爲，除
了用於禮儀之外，也會有參與到國家重大事件中去，具有"史"的性質。
鄭玄《詩經》詮釋，也會藉助歷史叙事，在《詩經》本事和文本的對話中，
完成詮釋的過程，如《公劉》：

---

① 　毛亨傳，鄭玄箋，孔穎達疏《毛詩注疏》，《景印文淵閣四庫全書》第 69 册，臺北：
臺灣商務印書館，1986 年，頁 127—130。
② 　這個觀點容易讓人聯想到"六經皆史"。倉修良、夏瑰琦總結説："六經皆史"早
在先秦的老子就已提出。誠然，老子是説過類似的話，孟子也有這種意思，隋朝王通在
《文中子·中説》《王道》中亦有近似的説法。元代著名學者劉因也説"古無經史之分"，
以爲"《詩》《書》《春秋》皆史也，因聖人删定筆削，立大經大典，即爲經也"。（《静修先生
文集·叙學》）明清之際的學者吸收前人思想，提出"六經皆史"説，并賦予它嶄新的意
義，這時它纔成了離經叛道之論。（倉修良、夏瑰琦《明清時期"六經皆史"説的社會意
義》，《歷史研究》1983 年第 6 期，頁 78。）

　　箋云：厚乎，公劉之爲君也。不以所居爲居，不以所安爲安，邠國乃有疆埸也，乃有積委及倉也。安安而能遷，積而能散，爲夏人迫逐已之故，不忍鬥其民，乃裹糧食於橐橐之中，棄其餘而去，思在和其民人，用光大其道。箋云：公劉之去邠，整其師旅，設其兵器，告其士卒曰：爲女方開道而行，明己之遷非爲迫逐之故，乃欲全民也。箋云：厚乎，公劉之於相此原地以居民。民既衆矣，既多矣，既順其事矣，又乃使之時耕，民皆安今之居而無長歎，思其舊時也。箋云：公劉之相此原地也，由原而升巘，復下在原，言反復之，重居民也。民亦愛公劉之如是，故進玉瑤容刀之佩。箋云：厚乎，公劉之相此原地也，往之彼百泉之間，視其廣原可居之處，乃升其南山之脊，乃見其可居者於京，謂可營立都邑之處。箋云：京地乃衆民所宜居之野也，於是處其所當處者，廬舍其賓旅，言其所當言，語其所當語，謂安民館客，施教令也。箋云：厚乎，公劉之居於此京，依而築宮室，其既成也，與群臣士大夫飲酒以樂之，群臣則相使爲公劉設几筵，使之升坐。箋云：公劉既登堂，負扆而立，群臣乃適其牧群，搏豕於牢中，以爲飲酒之殽，酌酒以匏爲爵，言忠敬也。箋云：公劉雖去邠國來遷，群臣從而君之，尊之，猶在邠也。箋云：厚乎公劉之居也，既廣其地之東西，又長其南北。既以日景定其經界於山之脊，觀相其陰陽寒暖所宜，流泉浸潤所及，皆爲利民富國。箋云：今公劉遷於豳，民始從之，丁夫適滿三軍之數。單者，無羨卒也。度其隰與原田之多少徹之，使出稅，以爲國用。什一而稅，謂之徹。魯哀公曰："二吾猶不足，如之何其徹也？"箋云：度其廣輪，豳之所處。箋云：鍛石，所以爲鍛，質也。箋云：止基，作宮室之功止，而後疆理其田野，校其夫家，人數日益多矣，器物有足矣，皆布居潤水之旁。箋云：公劉居豳，既安軍旅之役止，士卒乃安，亦就潤水之內外而居，修田事也。①

<hr />

　　① 毛亨傳，鄭玄箋，孔穎達疏《毛詩注疏》，《景印文淵閣四庫全書》第69冊，臺北：臺灣商務印書館，1986年，頁781—789。

這完全就是一段叙述公劉德政行爲的"傳記",雖然没有鮮明的叙事句式標志,但每句詩都轉換成了"公劉＋其事""公劉＋其言""公劉＋其行"的陳述句式結構,詩歌中所述的内容,都轉換成了公劉的事件、言語、行爲,所有叙事都直指公劉"德政"的行爲和人民對公劉的贊美。我們可以把這一段和《史記·周本紀》叙事進行比較,《周本紀》説:

> 子公劉立。公劉雖在戎狄之間,復修后稷之業,務耕種,行地宜,自漆、沮度渭,取材用,行者有資,居者有畜積,民賴其慶。百姓懷之,多徙而保歸焉。周道之興自此始,故詩人歌樂思其德。①

司馬遷寫這一段歷史就是從《公劉》篇中獲得的資料,司馬遷以史家簡練的筆法,勾勒出了公劉的基本事迹,是史家的叙事方式。也就是劉知幾所説的:"叙事之工者,簡要爲主,簡要之義大矣哉。"②但是鄭玄并不是要勾勒歷史,而是要從中構建一個"爲政以德""德化"百姓的政治家的形象,因此叙事就充滿了情感,藉陳述性句式的轉換,把一個豐滿的公劉放在了讀者的面前,也給統治者講述了具體的德行、德音,可資政事。把這一段置於現代學科體系下的"小説""傳記"的視野下,《鄭箋》的描述也極具形象感,也能引起人們追崇敬仰之情。

《鄭箋》叙事性詮釋的第三種方式是引用史實以釋詩,最典型的是藉《尚書》和《春秋》所述史實以箋詩。《鄭箋》引尚書19條,其中《風》詩2首,《衛風·木瓜》《齊風·載驅》,都屬於變《風》,這兩處引《尚書》中用字以證其義,在此不論;《小雅》6首,其中正《小雅》2首,變《小雅》4首;《大雅》7首,其中正《大雅》5首,變《大雅》3首;《頌》3首。皆引《尚書》中言論以證其事,言明"法先王"是后王政治運作中應當遵循的規則。如《小旻》箋:

---

① 司馬遷《史記》,北京:中華書局,1962年,頁112。
② 劉知幾《史通》,《景印文淵閣四庫全書》第685册,臺北:臺灣商務印書館,1986年,頁49。

言天下諸侯今雖無禮,其心性猶有通聖者,有賢者。民雖無法,其心性猶有知者,有謀者,有肅者,有艾者。王何不擇焉,置之於位,而任之爲治乎?《書》曰:"睿作聖,明作哲,聰作謀,恭作肅,從作乂。"詩人之意,欲王敬用五事,以明天道,故云然。①

這一段,鄭玄引用《書》的論點,構建出一個"敬用五事,以明天道"的"政事",把《小旻》中對天、對小人、對謀臣的控訴和指責,轉換成一個勸諫的事件。《書》中的論點擴展了詮釋的空間,使得整個怨訴的情緒轉變爲謀求國家發展的訴求。雖引用的是議論的觀點,但推進的是一個事件。這是《鄭箋》叙事詮釋方法有意味的地方。

《春秋》是史實,《鄭箋》藉《春秋》事件以驗其行,《鄭箋》引《春秋》6條,在《詩經》事件和《春秋》事件對比中,把《詩經》事推向一個宏大的歷史背景中,或詮釋事件的性質,或補全事件發展的背景及結果。從而擴展了《詩經》的詮釋視野。如《定之方中》箋:

《春秋》閔公二年冬,狄人入衛,衛懿公及狄人戰於熒澤而敗。宋桓公迎衛之遺民渡河,立戴公,以廬於漕。戴公立一年而卒。魯僖公二年,齊桓公城楚丘而封衛,於是文公立而建國焉。②

《定之方中》首章寫在楚丘營建宮室。二章寫築楚丘的全過程,先是"望",後是"觀"。三章寫躬勸農桑。全文并不涉及具體的歷史事件,《鄭箋》引用《春秋》事件,既解釋了《毛詩序》所確定的歷史事件,更補足了詩歌創作的時空背景,於是這首詩就轉變成了稱頌衛文公營建宮室,振興衛國的歷史事件,有了"德政"的政治倫理的思想在其中。

---

① 毛亨傳,鄭玄箋,孔穎達疏《毛詩注疏》,《景印文淵閣四庫全書》第 69 册,臺北:臺灣商務印書館,1986 年,頁 550。

② 毛亨傳,鄭玄箋,孔穎達疏《毛詩注疏》,《景印文淵閣四庫全書》第 69 册,臺北:臺灣商務印書館,1986 年,頁 235。

### (三) 以"興"爲標志的隱喻結構構建

　　《詩經》作爲上古時期記録人們日常生活經驗的文本,其内容也必然包含着物質文化變遷對人思想精神的影響,因此考察《詩經》,不能簡單地用文學這一後起的概念來解釋物與人之間的情感互動,在文學觀念體察下,名物更多被視爲某種概念的、局部的、片面的生存背景。然而在文學觀念産生之前,名物與人之間的互動可能更爲直接和客觀,更切近日常生活和人的精神世界,這一點可以從《鄭箋》以"興"爲標志的隱喻結構構建來進行綜合考察。徐鼎《毛詩名物圖説序》:"有物乃有名,有象乃知物,有以名名之,即可以象像之。詩人比興類取其義,如《關雎》之淑女,《鹿鳴》之嘉賓,《常棣》之兄弟,《蔦蘿》之親戚,《螽斯》之子孫,《嘉魚》之燕樂,不辨其象,何由知物不審其名,何由知義?"[1]徐鼎所論最爲接近《鄭箋》對名物詮釋的基本策略。《鄭箋》以名物呈現出的"象"爲基礎,在"象"和詩歌的情志間構建了一個隱喻結構,完成了《詩經》意義的詮釋。

　　綜合考察《鄭箋》以"興"爲標志的隱喻結構詩,共有 88 首[2]。根據這些詩歌中名物與人的關聯方式的不同,《鄭箋》有三種表述方式:一是"興者,喻⋯⋯",如《桃夭》"興者,喻時婦人皆得以年盛時行也"。觀名物而及人,名物構建了情志表達的新語境,新語境又使名物超越了其實在性,具有主觀的色彩。二是"興者,⋯⋯,喻⋯⋯",如《谷風》"興者,風而有雨則潤澤行,喻朋友同志則恩愛成"。這種結構由名物而及人,名物的客觀存在構建了人活動的語境,人在限定的語境中完成意義的表達。三是"興者,⋯⋯猶⋯⋯",如《泉水》"泉水流而入淇,猶婦人出嫁於異國"。由人而及名物,不關物境,只關人情,物皆着人情之色彩,在人情的叙述中,名物構建了新的情境,補足叙事主體的情志。這三種結構共同構建了一個物人相應的《詩經》世界,或是物與人的臨時性耦合,或

---

　　① 徐鼎《毛詩名物圖説》,《續四庫全書》第 62 册,1986 年,頁 585b。
　　② 《毛傳》以爲"興"115 首,朱熹以爲興 89 首,其中不同,見下章《朱熹解釋思想研究》,"興"本身就有隱喻的意義在其中。故本文論述直接以《鄭箋》標興詩爲名物隱喻結構的詩。

是人對物的主觀性關照，或是人與物的異質同構，都統一於經驗世界。然而經驗世界的變化也必然帶來意義的新變化，於是因爲日常生活經驗的變遷也就必然使《詩經》的隱喻結構呈現出獨特的開放性。因此《鄭箋》所構建的隱喻結構給《詩經》解釋提供了更大的開放性，爲後來文學詮釋《詩經》奠定了基礎。

　　1. "興者，喻……"的隱喻結構構建與詮釋機制

　　《鄭箋》對《毛詩》標興的詩歌進行了進一步解釋，其中有 60 首詩，《鄭箋》采用了"興者，喻……"的結構。考察這類詩歌，我們會發現，詩中名物和所咏對象之間關係都呈現出非常簡單的對應關係。以《召南·何彼襛矣》爲例：

> 何彼襛矣，唐棣之華。曷不肅雍，王姬之車。
> 何彼襛矣，花如桃李。齊侯之子，平王之孫。
> 其釣維何，維絲伊緡。平王之孫，齊侯之子。

　　《鄭箋》首章說："何乎彼戎戎者乃楊之華。興者，喻王姬顏色之美盛。"又："何不敬和乎王姬往乘車也？言其嫁時，始乘車則已敬和。"二章說："華如桃李者，興王姬與齊侯之子顏色俱盛。正王者，德能正天下之王。"三章云："釣者以此有求於彼，何以爲之乎？以絲之爲綸，則是善釣也。以言王姬與齊侯之子以善道相求。"①

　　《鄭箋》緊扣《毛詩序》所解詩意，但有了更爲豐富的内涵。《毛序》以爲："美王姬也。雖則王姬亦下嫁於諸侯，車服不係其夫，下王后一等，猶執婦道，以成肅雝之德也。"重點在一"德"字，故《毛傳》曰："肅，敬。""雍，和。"②《鄭箋》爲了能把《序》義表現出來，建立了一個"興者，喻……"的結構，藉此把兩個不相關的對象聯繫在一起。鄭玄解釋其首

---

　　①　毛亨傳，鄭玄箋，孔穎達疏《毛詩注疏》，《景印文淵閣四庫全書》第 69 册，臺北：臺灣商務印書館，1986 年，頁 179—180。

　　②　毛亨傳，鄭玄箋，孔穎達疏《毛詩注疏》，《景印文淵閣四庫全書》第 69 册，臺北：臺灣商務印書館，1986 年，頁 178。

章"興"義爲"興者,喻王姬顏色之美盛"。其首章的結構就被描述爲:襛——華,雍——車。"唐棣之華"被置於"襛"的特徵之下,"王姬之車"被置於"雍"的特徵之下。這兩個已經固着的特徵被置於同一語境之中,藉華之"襛"引出車的"雍",是同類相引,從類經驗出發,可以引起相互之間的聯想。"唐棣之華"喻王姬之美盛,從"類"經驗出發,同"類"的經驗很容易被集合在一起,"襛——雍"就有了美盛而平和的意義,王姬之人,王姬之車皆具備此種特徵。於是有了"王姬顏色之美盛","其始乘車則已敬和"的詮釋。《鄭箋》解釋這首詩時,把名物置於了詩人情志的關照之下,名物的特徵即是人的特徵,物與人相類。沿着這個思路,就可以理解第二章中,"興王姬與齊侯之子顏色俱盛","正王者,德能正天下之王"的意義了,顏色盛是正,"齊王之子,平王之孫"也是正,雖然牽强,但仍然以類相從,故鄭玄詮釋説:"興王姬與齊侯之子顏色俱盛。正王者,德能正天下之王。"

《何彼襛矣》藉名物起興,但名物是經過了人情的剪切和選擇的。名物缺乏獨立的特性,很難構建成完整獨立的語境,更多地以隱喻的方式嵌入詩中,既有着創設語境的作用,又有陳述特徵的意義,因此產生了富有意味的隱喻結構。《鄭箋》通過人情與物類相應的結構理念,把名物置於主觀關照、語境關照、情志關照之下,構建了一個以情感意志表達爲中心的語境,在這樣的語境中詩人的情志獲得了表現。鄭玄説:"興者,喻王姬顏色之美盛。""始乘車則已敬和。"因此,孔穎達遂有"言事事皆敬和"①一説。這樣的解釋是置於"德"的情感經驗界定之下,把人們的視角引向了唐棣、車這些名物背後的生活經驗上去了,而生活經驗反過來又提示出名物外在特徵背後的情志。

《鄭箋》"興者,喻……"的結構詮釋方式給《詩經》詮釋提供了更爲開闊的空間,隨着生活經驗的變遷,個體詮釋意圖的變化,就會生發出更多的解釋,這是鄭玄所沒有想到的。儘管詮釋機制相似,但意義卻會

---

① 毛亨傳,鄭玄箋,孔穎達疏《毛詩注疏》,《景印文淵閣四庫全書》第 69 册,臺北:臺灣商務印書館,1986 年,頁 179。

發生很大的變化。朱熹《詩集傳》藉助這一結構,把這首詩進一步向"理學"經驗延伸了一步,說:"故見其車者,知其能敬且和,以執婦道,於是作詩以美之。"①然而當我們把視角轉向婚姻主體——王姬時,人們發出其德是否勝其華貴的質疑,於是詩歌整體意義發生了逆轉。王質《詩總聞》:"肅,無聲而静貌;雍,有聲而和貌。何不如此以觀王姬之車。雖尊無所忌憚,而徒悦其繁矣。'何不'者,亦識者勸使國人何不如此也。是時周已衰,齊又亂,魯桓公爲昏主,又亂,此人所以有媟心也。"②媟心,就是超越現實的夢幻心態。在王質看來,王姬與其華美不相配,故而是詩有反諷的意思。季本《詩説解頤》也説:"初以'棠棣之華'起興,'曷不肅雍'者,諷之之詞。見其無實德也。"③季本更從詩歌隱喻的第一層次結構和第二層次結構中進行對比,認爲兩者的不協調的情感經驗是"諷之之詞"。張次仲《待軒詩記》則更改其詩旨爲:"美王姬,則締姻者,親迎者俱在刺中矣,刺非其倫類也。"④華美的情感經驗應當設定爲聖賢之人,而王姬及齊王孫皆非聖賢,故"不倫",詩旨意在"諷"。

　　2."興者,……,喻……"結構的構建與詮釋機制

　　從"興者,……,喻……"的結構,可以看出這是一個具有完整情境意義的語境,而後引入相應的情志,本來可以藉助於名物的情境與情志相"類",完成意義的表達,但《鄭箋》却反其道而行之,試圖結構出一個"名物——情志"直接關聯的結構,把名物和人處於對等地位,在文中始終平行并進。在這一結構中,名物與情志没有必然的關聯,更多表現爲臨時性的耦合,因此尋求它們之間關聯的"類",是解釋這類詩歌的關

---

① 朱熹《詩經集傳》,《景印文淵閣四庫全書》第 72 册,臺北:臺灣商務印書館,1986 年,頁 757。

② 王質《詩總聞》,《景印文淵閣四庫全書》第 72 册,臺北:臺灣商務印書館,1986 年,頁 453。

③ 季本《詩説解頤》,《景印文淵閣四庫全書》第 79 册,臺北:臺灣商務印書館,1986 年,頁 45。

④ 張次仲《待軒詩記》,《景印文淵閣四庫全書》第 82 册,臺北:臺灣商務印書館,1986 年,頁 61。

鍵。以《小雅·青蠅》爲例：

> 營營青蠅，止於樊。豈弟君子，無信讒言。
> 營營青蠅，止於棘。讒人罔極，交亂四國。
> 營營青蠅，止於榛。讒人罔極，構我二人。

這首詩和《何彼襛矣》的結構上看，似乎相同，都構成了名物與人相類，以引起所咏之物的作用。但觀察名物的描述方式，就有了細微差異，《何彼襛矣》以名物特徵起興，而《青蠅》以名物的情境起興。情境具有相對的獨立性，既可以爲詩歌提供情志發生的背景，又可以升發出情志的特徵。可以肯定地講，在詩的創作者内心是構建了特定關聯的，這種關聯也是其吟唱的主題。

> "營營青蠅，止於樊。"傳：興也。營營，往來貌。樊，藩也。箋：興者，蠅之爲蟲，污白使黑，污黑使白，喻佞人變亂善惡也。言止於藩，欲外之令遠物也。
> "豈弟君子，無信讒言。"箋：豈弟，樂易也。①

《毛傳》言"往來"是把其看成了情境，藉此情境以引起讒人的亂。其釋義方式和《何彼襛矣》相同。但《鄭箋》却改變這首詩的結構方式，放棄了名物與情境相類的隱喻結構，構建了"興者，……，喻……"的結構，在這個結構中，青蠅和讒人相對，故《箋》說"蠅之爲蟲，污白使黑，污黑使白，喻佞人變亂善惡也"。這個解釋放棄"營營青蠅，止於樊"的情境，從蠅的物性入手，轉而求"讒人"的品性。這就可以理解鄭玄對"興"理解的特別之處了。《毛傳》無明言，鄭玄云："興者，托事於物則興起者

---

① 毛亨傳，鄭玄箋，孔穎達疏《毛詩注疏》，《景印文淵閣四庫全書》第 69 册，臺北：臺灣商務印書館，1986 年，頁 633。

也。取譬引類，起發己心，詩文舉草木鳥獸以見意者，皆興辭也。"①鄭玄以爲托事於物，重在"取譬引類，起發己心"，物與事的關聯點在"類"。《春秋》曰："歌詩必類。"類，《説文》："難曉也。"段玉裁注："謂相似難分別也。"②故《毛詩正義》説："興，見今之美，嫌於媚諛，取善事以喻勸之。"此説是對鄭玄"興"義的最好解釋。這首詩，朱熹以爲"比也"并不以爲興。朱熹對"興"的定義是："興者，先言他物以引起所咏之辭也。"③從這個視角來看，朱熹説："詩人以王好聽讒言，故以青蠅飛聲比之，而戒王以勿聽也。"

再回到對"興"的理解上，以朱熹的觀點來看，《關雎》是"興"體，而鄭玄不以爲"興"，雖然"關關雎鳩，在河之洲"和《青蠅》相類，都是創設了名物的情境，但"摯而有別"的關雎和和好衆妾的后妃之德似沒有相類之處，故鄭玄以之爲事件發生的情境，更因爲下有采荇菜以爲祭禮的行爲，水邊之鳥，水中之荇菜，皆成爲事件發生的實際情境。由此，可以理解鄭玄的"興者，……，喻……"結構的構建與詮釋機制。

3. "……猶……"結構及其詮釋機制

如《邶風·泉水》：

毖彼泉水，亦流於淇。有懷於衛，靡日不思。孌彼諸姬，聊與之謀。

出宿於泲，飲餞於禰。女子有行，遠父母兄弟，問我諸姑，遂及伯姊。

出宿於干，飲餞於言。載脂載舝，還車言邁。遄臻於衛，不瑕有害？

---

① 毛亨傳，鄭玄箋，孔穎達疏《毛詩注疏》，《景印文淵閣四庫全書》第 69 册，臺北：臺灣商務印書館，1986 年，頁 120。

② 段玉裁《説文解字注》，鄭州：中州古籍出版社，2006 年，頁 412。

③ 朱熹《詩集傳》，北京：中華書局，2011 年，頁 216。

我思肥泉，兹之永歎。思須與漕，我心悠悠。駕言出游，以寫我憂。

"毖彼泉水，亦流於淇。"傳：興也，泉水始出，毖然流也。淇，水名也。箋：泉水流而入淇，猶婦人出嫁於異國。

"有懷於衛，靡日不思。"箋：懷至靡無也，以言我有所至念於衛，我無日不思也，所至念者，謂諸姬諸姑伯姊。①

《鄭箋》説"泉水流而入淇，猶婦人出嫁於異國"，構建了一個"由物及人"隱喻結構。整首詩語義充滿了"言""行"，是有着明確時空的叙事，而名物的出現是在詩人的叙事中出現的。叙事構建了一個封閉的語境，名物在這一語境中産生了富有意味的隱喻或比喻色彩。其隱喻意義補足了"叙事"主體的情志，補充不可言説或不能言説的情緒，起到渲染情感和補充語義的作用。"毖彼泉水，亦流於淇"以叙述性的語義鋪陳出一個叙事語境，名物點綴其中，使整體結構語義豐滿且富有意味。

《毛傳》標爲"興"，但觀其解釋，只是把"毖彼泉水，亦流於淇"視爲引發詩人情志的語境，見景生情。而《鄭箋》却把它坐實了，藉物景的特徵言婦人所處的情境。故《鄭箋》和《毛詩》對詩旨也有了不同的解釋。《序》曰："《泉水》衛女思歸也。嫁於諸侯，父母終思歸寧而不得，故作是詩以自見也。"《箋》云："'以自見'者見己志也。國君夫人父母在則歸寧，没則使大夫寧於兄弟，衛女之思歸雖非禮，思之至也。"②《毛詩》的意義在於衛女思歸，《箋》的意義在於"思歸非禮""以見己志"，其社會倫理與政教之意非常明確。朱熹也以爲"興"，但他説有異於毛、鄭，《朱傳》説："衛女嫁於諸侯，父母終，思歸而不得，故作此詩，言：毖然之泉水

---

① 毛亨傳，鄭玄箋，孔穎達疏《毛詩注疏》，《景印文淵閣四庫全書》第 69 册，臺北：臺灣商務印書館，1986 年，頁 215—217。

② 毛亨傳，鄭玄箋，孔穎達疏《毛詩注疏》，《景印文淵閣四庫全書》第 69 册，臺北：臺灣商務印書館，1986 年，頁 215。

亦流於淇矣,我之有懷於衛,則亦無日而不思矣。"①朱熹强調流水的特徵和思念的物征相吻合。《毛傳》《詩集傳》以爲興,是從結構上把名物看成是引發系統,故其解釋更近於藉景抒情,而《鄭箋》却以"猶"而論,并不言其是"比",其解釋更多把名物視爲其叙事語義的補充,故其解釋歸於禮。

　　《鄭箋》通過重構隱喻結構以詮釋詩意,這種結構方式以名物的"類"特徵爲核心,爲其以叙事的詮釋方法去發現詩中的政治倫理思想服務,從而構建了一個完整的《詩經》詮釋體系,成爲漢代《詩經》經學思想的集大成者,雖然《鄭箋》釋詩缺乏靈動性,忽視了詩人作爲陳述主體的抒情性特徵,但其經學視野下的名物闡釋,爲後世提供了漢代禮學的規則和形態,也推動了儒學政治倫理和思想文化的進一步發展,拓展了"詩教"的路徑。

---

① 　朱熹《詩集傳》,北京:中華書局,2011 年,頁 31。

# 第三章　魏晉——唐《詩經》詮釋的轉折

## 一、魏晉南北朝《詩經》文獻史料

　　魏晉南北朝是《詩經》學發展的大轉折時期,考察《隋書·經籍志》《經義考》《歷代詩經著述考》,會發現這樣幾個明顯的事實:一是《毛詩》成爲闡釋中心。《隋書·經籍志》收録魏晉六朝《詩經》闡釋文本 35 部,《經義考》收録 60 部,劉毓慶師《歷代詩經著述考》收録 110 部,除杜瓊《韓詩章句》(另有《韓詩圖》十四卷外),皆以《毛詩》爲題。二是闡釋者身份發生了變化。漢代《詩經》闡釋者大多爲博士以及清要之官員,三國以後居博士之位的闡釋者并不多見,國子博士可考者僅有東晉時謝沈、虞喜,梁崔靈恩、顧越,北魏張思伯、沈重,另有太學助教謝曇濟、樂遜。且魏晉以來博士制度也發生了改變,王國維《兩漢博士考》説:"漢博士皆專經教授,魏則兼授五經。……漢博士秩卑而職尊,除教授弟子外或奉使,或議政……中興以後此制漸廢,專議典禮而已。"①三是魏晉六朝《詩經》闡釋完全拋棄了漢代傳、詁、訓的闡釋文體,出現了形式多樣,內容獨異的闡釋文體。姚振宗《隋書經籍志考》將魏晉南北朝《詩經》闡釋文本分爲《毛詩》家傳之屬、音義之屬、詩譜之屬、問難評論雜疏之屬、義疏之屬附以圖業詩共計五類。

## 二、魏晉南北朝文化話語重構與《詩經》文化地位的下行

　　從公元 184 年(漢靈帝中平元年)黃巾起義爆發,到公元 518 年楊

---

　　①　王國維《觀堂集林》,北京:中華書局,1961 年,頁 205。

堅滅周,整個中國在地方長官、軍閥相互攻伐中度過,其間王朝更迭頻繁,君王朝夕相替,政令倏忽而息,史稱魏晋南北朝。在一個没有大而有力的王朝政權發出政治統治聲音的歷史時期,强大漢朝建立的國家政治思想及倫理逐漸消解,世人已經找不到忠於一個王朝的理由。忠於自己、尋找安身立命的精神支柱和生存機會成爲這一時代的主導,引領時代風尚與審美情趣的是這一時代的名人,以及以地域、家族爲中心的文化。前者形成了玄學爲主的文人情趣與文人意味,後者則在一定程度上延續了漢代文化追求與民間審美情趣,成爲影響魏晋南北朝學術的兩種主要思想形態。

　　在這樣的政治生態中,以經學爲特徵的漢代儒學思想顯得很不合時宜。正如《梁書·儒林傳》所描述的:

　　　　洎魏正始以後,更尚玄虚,公卿士庶,罕通經業。時荀顗、摯虞之徒,雖議創製,未有能易俗移風者也。自是中原横潰,衣冠道盡。逮江左草創,日不暇給,以迄宋、齊,國學時或開置,而勸課未博,建之不能十年,蓋取文具而已。是時鄉里莫或開館,公卿罕通經術。朝廷大儒,獨學而弗肯養衆;後生孤陋,擁經而無所講習。大道之鬱也久矣乎![1]

儒學家不得不從皓首窮經中走出來,擺脱“經學偶像”的約束,改變原有經學以周代社會政治原型論爲標準的社會評判,面對社會客觀事理論是非,其思想也隨之有了新的變化。這一時期知識分子關注的重點從天人相應,走向對人倫的探索。儒學家們試圖重新構建新的話語系統來表達其對於現實政治人生的認識,以此來維護他們的社會話語權。“用構建一套價值觀念和知識話語系統的方式來影響甚至決定社會基本格局,乃是歷代士人階層實現其社會干預目的的唯一可行途

　　① 　姚思廉《梁書》,北京:中華書局,1973 年,頁 661—662。

徑。"①他們首先找到了孔子,把孔子從經學的掩蓋中抽離出來。漢代孔子是一個聖人的形象,但其形象是伴隨經學的權威性解釋而出現的,孔子標示着經學的正統。司馬遷説:

> 天下君王至於賢人衆矣,當時則榮,没則已焉。孔子布衣,傳十餘世,學者宗之。自天子王侯,中國言六藝者折中於夫子,可謂至聖矣。②

董仲舒聲稱:

> 《春秋》大一統者,天地之常經,古今之通誼也。……諸不在六藝之科孔子之術者,皆絶其道,勿使并進。邪辟之説滅息,然後統紀可一,而法度可明,民知所從矣。③

王充則提出:

> 孔子不王,素王之業在於《春秋》。④

即使是讖緯之學也將其形象與經學捆綁在一起。《春秋緯・演孔圖》《孝經援神契》等書中,對孔子進行了神化。魏晋儒學家松開了綁在孔子身上的經學,孔子與經學分離,孔學進而經學退。加之孔子六經解釋的話語權,孔學成爲儒學的最高權威,這樣就跨過了漢代以經爲中心的煩瑣之學,得以重建一個新的話語權威與話語系統。

當然,面對漢學餘緒,這一話語系統首先要解決的問題是自漢代延

---

① 李春青《在文本與歷史之間》,北京:北京大學出版社,2009 年,頁 27。

② 司馬遷《史記》,北京:中華書局,1959 年,頁 1938。

③ 班固撰,顔師古注《漢書・董仲舒傳》,北京:中華書局,1962 年,頁 2523。

④ 王充《論衡》,《景印文淵閣四庫全書》第 862 册,臺北:臺灣商務印書館,1986 年,頁 323。

續下來的，專於一經，居家法師法以自重的學術生態現狀。因此，儒學家們試圖通過重新強調通五經的學術意義，將五經首先統一爲一，進而否定一經的專學地位。北齊顏之推《顏氏家訓·勉學篇》中説：

> 學之興廢，隨世輕重。漢時賢俊，皆以一經弘聖人之道，上明天時，下該人事，用此致卿相者多矣。末俗已來不復爾，空守章句，但誦師言，施之世務，殆無一可。故士大夫子弟，皆以博涉爲貴，不肯專儒。①

顏師古所描述的正是魏晉以來學術思潮轉向的史實，從章句、師法轉向博學、經世。這就又回到漢初儒家學者們的思路上來，陸賈、賈誼以五經爲系統，相互補充而得以有效指導社會人生。不同的是，此時的學者們已無力用之去指摘現實政治得失了。他們幾乎很少有機會接近皇權，儘管戰亂之中偶有閑適，王朝統治者就會復官學以明儒，但這只是政治生活的點綴，籠絡知識分子的手段而已。因此他們被迫將目光重新放到現實人生中來，他們想尋找知識分子在亂世得以立身的根本。這就是他們要解決的第二個問題——現實人生中儒學的目標和價值。西晉初魚豢曰：

> 學之資於人也，其猶藍之染於素乎！故雖仲尼，猶曰"吾非生而知之者"，況凡品哉！且世人所以不貴學者，必見夫有"誦詩三百而不能專對於四方"故也。余以爲是則下科耳，不當顧中庸以上，材質適等，而加之以文乎！今此數賢者，略余之所識也。檢其事能，誠不多也。但以守學不輟，乃上爲帝王所嘉，下爲國家名儒，非由學乎？由是觀之，學其胡可以已哉。②

---

① 顏之推《顏氏家訓》，《四部叢刊》本影印江安傅氏雙鑒樓藏明刊本，上海：上海商務印書館，1922 年，卷上，頁 18。

② 陳壽著，裴松之注《三國志·王肅傳注》，北京：中華書局，1959 年，頁 422。

　　魚豢的觀點具有代表性，在他看來，學習的最高目標在於"知"，但"知"并不僅僅是爲了"專對於四方"，而是要"上爲帝王所嘉，下爲國家名儒"，這就要求博學不已。"爲帝王所嘉"的政治環境幾乎不存在，而爲"國家名儒"則成爲當時學者的追求，"名儒"就首推孔子。魏晋儒家試圖重建孔子權威，爲此甚至藉漢代素王之稱，把孔子作爲文化意識的王。素王本指上古帝王，《史記·殷本紀》："伊尹處士，湯使人聘迎之，五反然後肯往從湯，言素王及九主之事。"司馬貞索隱："素王者，太素上皇，其道質素，故稱素王。"漢末有人將此加之於孔子，稱其是有德行而無土地人民之王。魏晋儒學家們很看重這個稱謂，這樣的説法没有把孔子神秘化，而是更爲具體化了、人格化了。在魏晋儒學家眼中孔子就是一個人，是博學經世的典範，是爲學者學習的榜樣。

　　王弼《論語釋疑》[①]，以孔子《論語》中孔子言行的道德指歸及人生啓示爲一切之要務，確立了由聖人、道，言、意，象、意，情、性等幾組關鍵詞組成的話語系統。這些關鍵詞成爲重建之鑰，儒學新話語的構建也從這裏開始。其闡釋內容與方法一改漢代訓詁章句之學風，并被後人誤認爲是玄學之開端。侯外廬先生評價説：

　　　　魏晋人在輕重估量上，退《春秋》而進《論語》與《周易》，以簡御繁。何王新義的"新"，對於解經家的漢儒而言，是"新"的。《四庫全書總目》説："王弼乘其敝而攻之，遂能排擊漢儒，自標新學"，然從時代的變化以及學術的內容而言，却没有本質意義的"新"（如一般人所謂玄學的文藝復興因素）。若以王弼創義之"新"，和墨子由儒者之業出身而別創墨學之"新"，相互比較，則他們之間就不能同日而語。進一步研究何王思想的路徑，不過是復古的途徑在形式上有所改變而已。[②]

---

　　① 王弼《論語釋疑》已亡佚，今有樓宇烈先生《王弼集注·論語釋疑（輯佚）》可供參考。（王弼著，樓宇烈校釋《王弼集校釋》，北京：中華書局，1980 年。）
　　② 侯外廬等《中國思想通史》，北京：人民出版社，1957 年，頁 97。

　　侯外廬先生以爲王弼之學是復古，其意正在於儒學話語重構。何晏、王弼以《論語》、《易》學開始竪立新的話語系統，他們一改原有對於國家主義與周代社會制度的探尋，開始打出人倫旗幟。在他們的著作中形成了以聖人爲中心，以人倫爲基礎，加强人自我修養，重情思而輕道義，重博涉而輕專學的特徵。隨之而後在晋之衛瓘、繆播、樂肇、郭象、蔡謨、袁宏、江淳、李充、孫綽、周瓌、范寧、王珉以及殷仲堪等人的助推之下，儒學開始適應新的社會形勢，營造出一個新儒學的話語結構。以"成聖"爲終極目標的追求替代了經世致用之學，成爲新體系中社會話語的基本元素，"言必稱聖人"成爲一個時代的普遍時尚。聖人在政治王朝更迭中給文化生態帶來了相對的平和，成爲這一時期最高的話語權威。

　　在這一話語結構中沿用了王弼《論語釋疑》中的關鍵詞：聖人、道、象、言、意、情、性。此時儒學終極關懷是人學，聖人是人學的典型代表，道是聖人之學的核心。聖人首先在於有則天之德，其德與道相匹配，是超越了人情世俗的，大公無私的形象。三國時嵇康説：

> 　　聖人不得已而臨天下，以萬物爲心，在宥群生，由身以道，與天下同於自得。穆然以無事爲業，坦爾以天下爲公。雖居君位，饗萬國，恬若素士接賓客也。雖建龍旗，服華袞，忽若布衣在身也。故君臣相忘於上，蒸民家足於下。豈勸百姓之尊己，割天下以自私，以富貴爲崇高，心欲之而不已哉！①

這一段專論君道的一段，陳述了一個"至人"的典範，希望君臨天下但不"割天下以自私"。在先王之上，又抬出了更理想，却也更虛幻的政治領袖的典型人物，以壓倒一切。其次，就聖人而論，并非僅指孔子一人，而是人人皆可能爲聖。晋葛洪《抱朴子·博喻》："是以能立素王之業者，

---

　　①　嵇康著，崔富章譯《新譯嵇中散集》，臺北：三民書局，1998年，頁200。

不必東魯之丘。"①提出人人可爲素王的理論。這就有了對於現實人生的解釋，人重在有德行，追求至道，皆可成爲素王。個人德行追求成爲新的時尚。

當聖人追求成爲學術話語的關鍵，而人人皆可爲聖人的立論成立，則以道、象、言、意爲品質的話語就成爲新的學術追求。聖人最高追求是道，而道無形，其表現則必藉於言、象以表意。由此就可以從聖人之學轉而論"道"，王弼注《論語》"志於道"，説："道者，無之稱也，無不通也。況之曰道，寂然無體，不可爲象。是道不可爲體，故但志慕而已。"②王弼以道爲聖人之學的終極關懷，是存在於萬物之中，而普通人又不可體察的。但聖人超人之處在於對於細微的體察，并能從情性的體察中悟出人生的道。"蓋人物之本，出乎情性。情性之理，甚微而玄；非聖人之察，其孰能究之哉？"③這些解釋拋開了儒道之分，統而論道。

儒學、道學、佛學相互滲透，并最終統一起來，產生了新的學術追求，這就是玄學。《世説新語》講述故事説："王輔嗣弱冠詣裴徽，徽問曰：'夫無者，誠萬物之所資，聖人莫肯致言，而老子申之無已，何邪？'弼曰：'聖人體無，無又不可以訓，故言必及有；老、莊未免於有，恒訓其所不足。'"④這個故事假王弼言論而言道，超越儒道的界限。梁代昭明太子蕭統曾組織過一次規模頗大的專題討論，在《解二諦義令旨并問答》一文中展示了討論的內容，把佛教置於儒學聖人話語系統中，在聖人與凡人的對立世界中，描述出一個出世者所知的真理世界和一個世人所知的生滅世界。《廣弘明集》則以聖人爲的，極言佛學與聖人之言無違，以此來宣傳佛教教義。此時聖人非爲專人，而指所有有道之人，聖人成爲道的代名詞。以聖人爲則，闡釋佛教義理。雖然和儒學的詮釋方法不同，但却説明了"聖人"這一話語已成爲當時普遍使用的語義表述

---

① 葛洪《抱朴子》，《四部叢刊》初編影印明魯藩刊本，上海：商務印書館，1922年，外篇，頁8。

② 王弼著，樓宇烈校釋《王弼集校釋》，北京：中華書局，1980年，頁624。

③ 劉劭著，李子熹譯《人物誌全譯》，北京：大百科全書出版社，1994年，頁12。

④ 劉義慶著，余嘉錫箋疏《世説新語箋疏》，北京：中華書局，1983年，頁199。

系統。

　　在新的話語系統構建過程中，儒學家們希望從經學中獲得更多的支持，因此有必要在新話語構建中重構五經系統，也就是要用聖人話語來重新解釋五經的意義的内涵。三國時魏國大儒陳禧曰：

　　　　欲知幽微莫若《易》，人倫之紀莫若《禮》，多識山川草木之名莫若《詩》，《左氏》直相斫書耳，不足精意也。①

　　陳禧從社會政治現實出發，當國家處於動亂時期，儒學原有的崇高想象都没有任何意義。"天下兵戈尚猶未息，如之何?"因此，從對未來社會發展的探尋角度來講，《易》學最有意義，其術數與哲學對現實人生有着深切的關懷，正好表現了聖人察微而知著，明道而成聖的規則。其次爲《禮》，在國家重建來講是國家秩序，漢末學者反復强調，國家危急，《禮》爲五經中最爲急切者，在人來講則是行爲規則，這些規則是道，是聖人制定以示人的道。再次爲《詩》，因爲《詩》的知識性，是人認知社會，瞭解社會的基本。體察萬物而知聖，山川草木之名在《詩經》中正是聖人體察的結果。劉勰《文心雕龍·宗經》曰：

　　　　夫《易》惟談天，入神致用，故《繫》稱旨遠辭文，言中事隱，章編三絶，固哲人之驪淵也。《書》實紀言，而話訓茫昧；通乎《爾雅》則文意曉然。故子夏歎《書》：昭昭若日月之明，離離如星辰之行，言昭灼也。《詩》主言志，話訓《周書》，風裁興，藻詞譎喻，温柔在誦，最稱衰矣。《禮》以立體據事，章條纖曲。執而後顯，采擬生言，莫非實也。《春秋》辨理，一字見義，玉石六益，以詳備成文，雅門兩觀，以先後顯旨，婉章志晦，原已遂矣。《尚書》則覽文如詭，而尋理則暢；《春秋》則觀辭立曉，而訪義方隱。此聖文殊致，表裏之異體

---

①　陳壽著，裴松之注《三國志·王肅傳注》，北京：中華書局，1959 年，頁 422。

者也。①

　　劉勰從文體論的角度，分析五經的特點及其意義構建，提出新的五經系統。以《易》爲首，因爲其以天爲中心，入神致用；《書》則如日月，紀言致用；《詩》以人爲中心，言志明心；《禮》立體據事；《春秋》辨理顯用。在這個五經系統中，劉勰竭力推崇道、聖、文是三位一體，所謂"道沿聖以成文，聖因文而明道"，而其歸宿則在於説明聖人之文（即《五經》）是文章的楷模。② 天、人、事理成爲社會中心的表達，其中聖人爲最高，文以明道，最終歸於道的認識。五經成爲解釋天人相應到人情事理各方面的言論的書。相比於漢學政治思想的五經系統，劉勰矮化《詩經》，將其置於明心的地位，完全没有了歷史的宏大語境。

　　劉劭以品評人物爲意，也以《易》爲首，象涵萬物。他説：

　　　　是以聖人著爻象，則立君子小人之辭；叙《詩》志，則别風俗雅正之業；制《禮》《樂》，則考六藝祇庸之德。

　　在聖人系統的關照之下，劉劭以爲，《易》明天理，别人物，《詩》明風俗雅、正之别，和劉勰《詩經》表達個人心理情志的發現一樣。這是《詩經》注釋史上的重要轉折，《詩經》從經學轉向了人學，從儒家政治原型論轉向了教化論，同時更加關注其審美特性，主要標志有兩點，一是重視情感的表達，二是重視作品的形式美。表明了《詩經》已從社會意義的發現轉向了情志的表達，轉向了人的意義表達。劉勰《文心雕龍》則以詩爲基本的表達方式，傳遞出《詩經》其實是情志之祖，是最具文學審美特性的上古文本，也揭示出其文本審美性似乎是隨着華夏民族産生之初就有的。

　　《詩經》表情言志，多識於草木之名的定位，使《詩經》只能放棄對於

　　①　劉勰著，黄霖編《文心雕龍匯評》，上海：上海古籍出版社，2005 年，頁 19。
　　②　王運熙《〈文心雕龍〉的宗旨、結構和基本思想》，《復旦學報》1985 年第 5 期。

政治社會想象的表達方式,《詩經》漢學受到普遍質疑。一直到唐,《詩經》降而爲中經,幾乎定性爲經學入門讀本,其意義僅在於瞭解歷史,瞭解草木蟲魚的知識,名物訓詁之學遂興。陸機《毛詩草木鳥獸蟲魚疏》截取漢以來《詩經》所涉名物言論,言名物品特性,立意全在事理。在聖人話語的關照下,人人皆以博涉爲務,循通達之道,義疏之學開始發生。義疏之體多博采先儒異同,自爲義疏。諸儒如權會、李鉉、刁柔、熊安生、劉軌思、馬敬德之徒多出義疏。

　　魏晋六朝的文人有理由相信,漢代人夸大了《詩經》的社會功用,因此有必要整理《詩經》研究成果,重構其語義系統,發現《詩經》背後隱含着的聖人之道,這是過去世界的經驗總結,對現實世界的關照。"聖人之門方壅不通,孔氏之路枳棘充焉,豈得不開而辟之哉? 若無由之者,亦非予之罪也,是以撰經禮,申明其義,及朝論制度,皆據所見。"[1]魏晋六朝逐步把《詩經》參照目光從社會政治回歸至事理、情理、情性。我們可以想象,魏晋六朝的士子們是用一種辯證的甚至是嘲諷的眼光來看待《詩經》漢學的成果。他們從聖人話語中尋找到一種更貼近他們當下文化語境的釋經方式,這種方式被認爲是儒學復古。正如王肅《孔子家語·序》所言:"鄭氏學行五十載矣,自肅成童,始志於學,而學鄭氏學矣。然尋文責實,考其上下,義理不安,違錯者多,是以奪而易之。"公元281 年,晋武帝立官學取王肅駁鄭玄之意,正是出於淡化政治制度建設的爭議開始的。王肅以鄭玄情志爲禮的思想不正統,且鄭玄之學起於私學,而後流行,故王肅取之以爲的,試圖清源正本以復古。故王肅作《毛詩注》二十卷、《毛詩義駁》八卷、《毛詩問難》二卷、《毛詩奏事》一卷凡四種。宋黃震《黃氏日抄》曰:"愚謂鄭以制度言詩,不若王以人情言詩也。"胡承珙深得其味,釋之曰:"鄭玄深究三《禮》,故常以制度言詩。而王肅則以人情論詩,王以人情言詩也。"[2]

　　從公元220 年開始,官學基本以王肅的觀點爲主,而鄭門之徒反復

---

① 　王肅《孔子家語·序》,廣州:廣州師範大學出版社,1998 年,頁 1。

② 　胡承珙《毛詩後箋》,合肥:黃山書社,1999 年,卷 21。

辯駁，鄭王之學爭於一時。駁王肅者有鄭玄弟子孫炎、劉獻之①，爲之作注者有徐整、王基、陳統之流。與王肅相爲朋者有李譔、韋昭、孫毓、郭璞等。② 另爲隱逸者之作，有謝沈、袁淮、周續之、雷次宗之流，其《詩經》注疏立足於經義疏通，并及音義標注，有傳播經學思想之功。雖與官學無緣，但行官學之政。故一旦王朝得以休養生息，必立官學，取其有影響者立爲博士。《詩經》雖不周世用，但仍爲利祿之途，故雖無名家并興局面，但訓詩立說者世代相隨，家學雖絕，師徒相授，代有新興之家。此時《詩經》學已了無漢代之盛世，訓詁章句没有人在意，儒學出現了新的旨趣。在這樣的背景下，《詩經》學漸漸從繁複的社會政治解讀走向了以集注爲能，以五經旁通，集五經意於一經解的新形勢。

但不可以忘記的是這一時期的政治生態——戰爭，戰爭在展示生命脆弱的同時，也大大加快南北民族融合進程，各民族、地域方言交匯，對於經書音義的關注也因此提到了一個較高的關注點。加之佛經音譯及解讀方式也給經學者以啓示，更有佛教徒直接參與到經文音注工作中，《一切經音義》等著作問世，而後研究《詩經》的學者周續之、雷宗次等的也參與其中，其弟子沿襲其思想私相傳授，一時間《詩經音義》著作出現了十幾種，最有名的是劉炫、劉焯的著作，因後來陸德明的引用得以保存，并成爲《詩經》中古標準注音。

唐朝建立後，公元 642 年（唐貞觀十六年）孔穎達奉敕編撰《毛詩正義》，以劉炫《毛詩述義》、劉焯《毛詩義疏》爲底本，其正義内容，盡括魏晉六朝諸家評說，統王肅《詩》說、崔靈恩《集注》之說，將當時可見以情思爲基本，以倫理爲基本出發點的《詩經》義疏相關内容囊括其中，最大程度地包容了當時可藉鑒文獻。其義疏不以理論評述爲主，而以經義

---

① 《北史·儒林傳》云："通《毛詩》者，多出於魏朝劉獻之，獻之傳李周仁，周仁傳董令度、程歸則，歸則傳劉敬和、張思伯、劉軌思。其後傳詩者多出二劉之門。"（李延壽撰《北史》，北京：中華書局，1974 年，頁 2713。）

② 《三國志·蜀書》本傳曰："著古文《易》《毛詩》等，皆依賈、馬，異於鄭玄，與王氏殊隔，初不見其所述，而意歸多同。"《經典釋文序録》說："孫毓爲《詩評》，評毛鄭王肅三家同異，朋於王。"

發揮及經義在春秋諸子及史書中意義爲主,把《詩經》文本從禮教説道中脱離出來,更多地賦予了史學内涵,把《詩經》文本人倫、文教、道德突現出來,突出其情性論。可以看成是魏晋《詩經》學與《詩經》漢學的對話,最大程度地表達了魏晋"聖人"話語結構對《詩經》新義發生的影響。以《周南·召南譜》爲例:

　　《鄭箋》説:其得聖人之化者謂之《周南》,得賢人之化者謂之《召南》,言二公之德教自岐而行於南國也。

　　《正義》曰:文王將建王業,以諸侯而行王道,大王、王季是其祖、父,皆有仁賢之行,已之聖化未可盡行,乃取先公之教宜於今者,與已聖化,使二公雜而施之。又六州之民,志性不等,或得聖人之化,或得賢人之化,由受教有精粗,故歌咏有等級。大師曉達聲樂,妙識本源,分别所感,以爲二國其得聖人之化者謂之《周南》,得賢人之化者謂之《召南》,解大師分作二《南》之意也……以聖人宜爲天子,賢人宜作諸侯,言王者之風是得聖人之化也,言諸侯之風是得賢人之化也。[1]

　　鄭玄立説之意在於《周南》《召南》爲政治樣板,其政治圖景可以描述爲聖人之爲,後世君主應法先王而爲政。而《正義》義疏,則將聖人與六州之民同稱,聖人之化則是一種情性、事理,有等級之分,這正是聖人話語結構的重要表現。正如《正義》所説:"王者必聖,周公聖人,故係之周公。"《正義》又説:"禮者,稱人之情而爲之節文,賢者俯而就之,不肖者企而及之,是下民之所行,非聖人之所行也。聖王亦取賢行以教不賢,舉得中以裁不中。"[2]將禮納於情理之中分析,擺脱了漢代《詩經》的廟堂之氣。

---

　　① 毛亨傳,鄭玄箋,孔穎達疏《毛詩注疏》,《景印文淵閣四庫全書》第 69 册,臺北:臺灣商務印書館,1986 年,頁 54—55。
　　② 毛亨傳,鄭玄箋,孔穎達疏《毛詩注疏》,《景印文淵閣四庫全書》第 69 册,臺北:臺灣商務印書館,1986 年,頁 54—55。

在聖人話語結構中,《詩經》成爲夫妻之道、朋友之道、男女之道、家庭之道的表達者,成爲上古時期人們情性、情理生活樣本。道、心性、情理等詞成爲解釋詩經的關鍵詞。突出個人情志倫理情性,可以看出是魏晉六朝《詩經》學的新意義。這些新意義的表達使《詩經》學走上了一條經學文學相間的路子,極大地拓展了《詩經》的意義空間,後來《詩經》宋學的發生,從一定意義上說,也是在魏晉六朝基礎上開始的。

## 三、魏晉南北朝古學復興與《毛詩》中心化

漢代《毛詩》傳授始自漢景帝之子河間獻王博士毛萇。《漢書·景十三王傳》記載:"獻王所得書皆古文先秦舊書,《周官》《尚書》《禮》《禮記》《孟子》《老子》之屬,皆經傳說記,七十子之徒所論。其學舉六藝,立《毛氏詩》《左氏春秋》博士。修禮樂,被服儒術,造次必於儒者。山東諸儒多從而游。"①《毛詩》學術淵源由此可尋:一,獻王所得書都是先秦舊本,因此從文字上來講異於漢代通行文本;二,最大程度上保留了先秦儒家諸子闡釋思想。因此可以推見《毛詩》以先秦文字書寫本爲闡釋對象,且闡釋中保留了先秦儒家諸子學舊迹,這爲其漢晉之際的復興提供了可能。《漢書·藝文志》收錄《毛詩》學著作兩種:《毛詩》二十九卷、《毛詩故訓傳》三十卷。《後漢書》記載《毛詩》著作五種:謝曼卿《毛詩注》,衛宏《毛詩序》;中興後,鄭衆、賈逵傳《毛詩》;漢末馬融作《毛詩傳》,鄭玄作《毛詩箋》。從注本數量和闡釋家的政治影響力來說,整個漢代《毛詩》都可以說是微學,但《毛詩》始終致力於傳承儒家諸子思想,這與漢代三家《詩》官學有很大的區別。三家《詩》立於官學,故其學說多以政治干預思想爲主:魯《詩》學派以"古學"立論,重在循舊典章,以治天下;齊《詩》興於元、成時代,以災異論爲背景,以天人感應爲基礎,力陳政治倫理、社會倫理規則;韓《詩》傳承簡明,遵儒學正統,所論皆明君德政。三家《詩》所論皆切近時務,故隨着漢朝的崩潰,其論無所依

① 班固《漢書》,上海:上海古籍出版社、上海書店出版社,1986年,頁221。

附,遂漸次消亡。然而魏晉南北政治、思想的變革却給《毛詩》發展提供了巨大的機遇。

賀昌群《魏晉清談思想初論》總結漢魏之間學術變化時指出:"漢末,因内憂外患之嚴重……在學術思想上,六經章句之學,多者或乃百餘萬言,勞而少功,疑而莫正。於是窮則變,而爲之啓導其端倪者,則先秦諸子學之復興。古今一切學術思想之創立,政治革命之鼓吹,莫不憑藉過去,以推進現實,前者謂之托古,後者謂之改制。漢晉間諸子學之重光,正所以促進其時代思想之解放也。"①此説與《隋書·經籍志》所論相同:"魏代王肅,推引古學,以難其義。王弼、杜預,從而明之,自是古學稍立。"②王肅注《孔子家語》《孔叢子》,其主旨正在於追求古學的復興。王弼、何晏注《論語》《周易》,杜預注《左傳》,都明確以古學復興爲中心。孔穎達評價杜預《春秋經傳集解》以爲:漢代以來傳《左氏》者"張蒼、賈誼、尹咸、劉歆……等各爲詁訓,然雜取《公羊》《穀梁》以釋左氏。……晉世杜元凱又爲《左氏集解》,專取丘明之傳以釋孔氏之經"。孔穎達以爲漢代今文經學以時文解經是方鑿圓枘,不合時宜,而晉代杜預復古學,纔真正能够傳達孔子經學意義。清代紀昀也有這樣的看法,他在《論語注疏提要》中説:"晏所采孔安國而下凡若干家,皆古訓。昺復因皇侃所采諸儒之説爲之疏,於章句、訓詁、名器、事物之際詳矣。《朱子集注》出義理更爲精深,亦實始基於此。"③在清代學者看來,何晏復古學影響很大,甚至朱子義理之學都受到他的影響。

湯用彤以爲魏晉時代思想界頗爲複雜,大體上可以看出兩個方向:一方面是守舊的,即以漢代主要學説爲中心;另一方面是趨新的,即魏晉玄學。就玄學而言,東漢與魏晉最大的不同在於,魏晉"棄物理之追

---

① 賀昌群《魏晉清談思想初論》,北京:商務印書館,1999 年,頁 8。

② 魏徵等《隋書·經籍志》,上海:上海古籍出版社、上海書店出版社,1986 年,頁116。

③ 紀昀等《論語注疏提要》,何晏《論語義疏》,《景印文淵閣四庫全書》第 195 册,臺北:臺灣商務印書館,1986 年,頁 1。

求，進而爲本體之體會"①。經學演變與玄學發展基本相類，且在魏晋時期受玄學影響而亦漸玄遠，其中最具有代表性的學術流派是荆州學派，湯一介在《魏晋玄學論稿導讀》中分析荆州學派説："儒生中最有影響者爲宋衷，宋氏曾撰立五經章句，被稱爲後定。其學異於鄭玄，開輕視章句之路，守故之習薄，創新之意厚，大開喜張異義的荆州學風。"②王粲《荆州文學記官志》也有論述："乃命五業從事宋衷所作文學……遂訓六經……《詩》主言志，詁訓周書，摘風裁興，藻詞譎喻，溫柔在誦，最稱衰矣。"③王粲指出，就《詩》而言荆州學派承《毛詩大序》"詩以言志""主文而譎諫"的詩理思想和《禮記·經解》"溫柔敦厚"的詩教思想。可見荆州學派雖喜張異義，但其本質是循復古之風，輕漢經學冗餘之氣，務實簡易，重義理。

王肅師承荆州學派，作《毛詩義駁》八卷、《毛詩奏事》一卷、《毛詩問難》二卷，旗幟鮮明地反對鄭玄的詩學思想："鄭氏學行五十載矣，自肅成童，始志於學，而學鄭氏學矣。然尋文責實，考其上下義理，不安違錯者多，是以奪而易之。"④魏晋以來諸家承王肅等學者影響，在闡釋實踐中熟練運用孟子"以意逆志""不以辭害義"的闡釋方法，以修身教化爲《詩經》本文的前理解，重歷史，重王道，重諸子學説，廣異義之論，秉承《毛傳》言簡意明的風格，力駁鄭玄之偏學，摒棄讖緯之學，張諸子務實之本。這樣的思想必然會和融今文經學入《毛詩》學的鄭玄發生衝突，鄭學中與傳統儒家諸子特色的《毛詩》不同的部分必然會受到關注。在這樣的背景下考察，王肅申毛駁鄭，不能簡單歸結爲爭强好勝，其本質是古學復興的學術背景下，爲保證《毛詩》思想的純净性，其内部必然進行的一次論爭。

三國時，在《毛詩》内部攻擊鄭玄的除王肅外，還有劉璠、徐整、韋

---

① 湯用彤《魏晋玄學論稿》，上海：上海古籍出版社，2001年，頁111、44。
② 湯用彤《魏晋玄學論稿》，上海：上海古籍出版社，2001年，頁6。
③ 嚴可均輯《全後漢文》，北京：商務印書館，1999年，頁921。
④ 王肅《孔子家語》，廣州：廣州師範大學出版社，1998年，頁1。

昭、朱育等。吳徐整（約王肅同時代人）作《毛詩譜暢》。《經典釋文·序錄》引徐整云："子夏授高行子，高行子授薛倉子，薛倉子授帛妙子，帛妙子授河間人大毛公，毛公爲《詩故訓傳》於家，以授趙人小毛公。"①徐整是第一個補足漢之前《毛詩》傳承譜系的人，通過歷時性描述，徐整旨在説明《毛詩》七十子後學的性質，通過有序傳承，描述《毛詩》古學的意義。三國時吳國陸璣（約王肅同時代人）《毛詩草木鳥獸蟲魚疏》也進行了《毛詩》傳授譜系的描述："孔子删《詩》，授卜商，商爲之序，以授魯人曾申，申授魏人李克，克授魯人孟仲子，仲子授根牟子，根牟子授趙人荀卿，荀卿授魯國毛亨……"②這是兩種完全不同的傳承譜系，其歷史真實性已不可考，但兩人譜系表達了魏晉學術思想對於古學復興的渴望。希望通過古學系統建立，重建儒學純正闡釋系統。有助於建構以《毛詩》爲中心的《詩》學體系，完成了《毛詩》中心化最後一個關鍵環節。

## 四、儒、釋、道、玄影響下《毛詩》詮釋新義的發生

古學復興學術影響的結果是《毛詩》中心化，同時也給當時學者們打開了經學多元闡釋的大門。這既有魏晉以"本體之體會"爲目標的學術旨趣的影響，也是《毛詩》學派固有的内在開放性的必然結果。加之三國時期三曹對文學的推崇，晉王弼、何晏、郭象等援道釋儒的闡釋實踐，儒、釋、道、玄相互影響，拓展了闡釋思想與闡釋方法。《詩經》闡釋者也多儒、道、佛、玄學兼修，經師門户之見漸漸被人所抛棄，綜各家之所長成爲魏晉六朝學人的追求。《中論·序》説："君子之達也，學無常師。有一業勝己者，便從學焉，必盡其所知，而後釋之。有一言之美，不令過其耳，必心識之，志在總衆言之長，統道德之微。"③正如徐幹所言，

---

① 　陸德明《經典釋文》，北京：中華書局，1983 年，頁 10。

② 　陸璣《毛詩草木鳥獸蟲魚疏》，《續四庫全書》第 71 册，上海：上海古籍出版社，2002 年，頁 457。

③ 　徐幹《中論》，《景印文淵閣四庫全書》第 696 册，臺北：臺灣商務印書館，1986 年，頁 467。

魏晋以來,學無常師,故其思想較漢代固守師門開放了許多。這促進了《詩經》詮釋新義的發生。細察魏晋六朝《毛詩》詮釋家名單會發現文學、佛學、道學、玄學代表人物都對《毛詩》提出了自己的看法,并且大多數進行了詮釋實踐。

魏晋文學之士游走於《詩經》本文與文學之間,以五經爲文學之源,尤重《詩經》與當下詩歌文本的聯繫。皇甫謐《三都賦序》:"故孔子采萬國之風,正雅頌之名,采而謂之詩。詩人之作,雜有賦體。子夏序詩曰:'一曰風,二曰賦。'故知賦者,古詩之流也。"①摯虞《文章流別論》則説:"賦者,敷陳之稱也。比者,喻類之言也。興者,有感之辭也。頌之所美者,聖王之德也。"并且指出:"夫詩雖以情志爲本,而以成爲節。然則雅信之韻,四言爲正。其餘備曲折之體,而非音之正也。"②皇甫謐認爲《詩經》是古詩體之總稱,其創作時受到當時王教思想影響,創作目的在於勸戒,孔子稱之爲《詩》。《詩經》六義之一的賦就是一種古體詩,漢代獨立爲一種文體。摯虞則從文體角度認爲《毛詩序》六義之中賦、比、興、頌都是一種表達方式,進而獨立成文體;《詩經》四言詩體,是詩歌正體,其他詩體都是從四言詩演變而來的。經過文學家的鼓動,人們也開始用文學視域來考察《詩經》本文,不再拘泥於其通經致用的思想,提高了《詩經》情感意義認知,從總體上提升了《詩經》本文理解水平。束晳《嫁娶時月議》有這樣的論述:

> 《桃夭》篇叙美婚姻以時,蓋謂盛壯之時,而非日月之時,故灼灼其華,喻以盛壯,非爲嫁娶當用《桃夭》之月。其次章云:其葉榛榛,有葉其實,之子於歸。此豈在仲春之月乎?又《摽有梅》三章,注曰:夏之向晚,迨冰未泮,正月以前,草蟲喓喓,未秋之時,或言嫁娶,或美男女及時,然咏各異矣。《周禮》以仲春會男女之無夫家者,蓋一切相配合之時,而非常人之節。《曲禮》曰男女非有行媒,

---

① 蕭統編,李善注《文選》,上海:上海古籍出版社,1986 年,頁 2037。
② 嚴可均輯《全晉文》,北京:商務印書館,1999 年,頁 819。

不相知名。故日月以告君，齋戒以告神。若萬人必在仲春，則其日月有常，不得前邦，何復日月以告君乎。①

這裏束皙提出了和《鄭箋》完全不同的主張，鄭玄以爲《桃夭》《摽有梅》等詩景物描寫和古代禮制有關聯，據此提出婚嫁之禮必須在仲春至秋季這樣的論斷。束皙不以爲然，他指出："凡詩人之興，取義繁廣，或舉譬類，或稱所見，不必皆可以定時侯也。"他從文學的角度提出，《詩經》中《桃夭》《摽有梅》等篇章的景物描寫，只是比喻盛壯之時，或美男女及時，是詩人的興會體驗和藝術表現的需要，并不是一種時間的真實描述，更非歷史實錄。

魏晉南北時，佛教教義的流佈與佛經的翻譯十分興盛。此時一些佛教傳承者，爲了解釋教義，常援儒釋佛，其中不乏對經學的精闢認識。釋道安《摩訶鉢羅若波羅蜜經鈔序》説：

若夫以《詩》爲煩重，以《尚書》爲質樸，而删令合今，則馬鄭所深恨也。近出此撮，欲使不雜，推經言旨，唯懼失實也。其有方言古辭，自爲解其下也。於常首尾相違，句不通者，則案如合符，厭如復析，乃見前人之深謬，欣通外域之嘉會也。②

釋道安指出了當時《詩經》闡釋的一個共同傾向，即要言不煩，推言經旨，唯懼失實。同時也指出，在闡釋過程中，方言古辭成爲解釋的難點。釋僧祐《梵漢譯經音義同異化》説：

夫神理無遠，因言辭以寫意，言辭無迹，緣文字以圖音，故字爲言蹄，言爲理筌。音義合符，不可偏頗。

① 杜佑《杜氏通典》二百卷，嘉靖十八年刊本，卷 59，頁 10—11。
② 釋道安、釋僧祐《出三藏記集·摩訶鉢羅若波羅蜜經抄序》，北京：中華書局，1995 年，頁 290。

案:中夏彝典,誦詩執禮,師資相授,猶有訛亂。詩云:"有兔斯首,斯當作鮮。"齊語音訛,遂變詩文,此桑門之例也。①

僧祐則結合佛經翻譯提出了"字爲言蹄,言爲理筌"的理論,并指出俗儒在《詩經》闡釋中音訛、改字的陋習,這些言論在一定程度上有利於促進《詩經》音義理論的發展,有助於提高經學闡釋的水平。游走於儒佛之間的學者,在《詩經》闡釋方面有影響的有釋惠遠《毛詩義》、周續之《詩序義》《毛詩注》、雷次宗《毛詩義》。在佛教翻譯理論與《詩經》闡釋互動中,《詩經》闡釋理論、方法都有新的發現。

道學家郭璞《毛詩拾遺》、顧歡《毛詩集解叙議》、陶弘景《毛詩序注》也都在道學與《詩經》闡釋中找到了自己的一席之地。《玉函山房輯佚書·毛詩拾遺一卷》輯録郭璞注七條,標注古説二條、方言一條、俗説二條,另標音義二條。可以看出,道學闡釋多取奇説異聞,以廣異義。正如郭璞《山海經序》説:

疏其壅閟,辟其茀蕪,領其玄致,標其洞涉,庶幾令逸文不墜於世,奇言不絶於今。②

魏晋玄學之士的闡釋文本有殷仲堪《毛詩雜議》四卷、何偃《毛詩釋》一卷、關康之《毛詩義》,其言論頗與正宗儒學之士不同。《隋書經籍志總論》説:

晋世重玄言……無復師資之法,學不心解,專以浮華相尚,豫造雜難,擬爲仇對,遂有芝角、反對、互從等諸翻競之説。③

---

① 郁沅、張明高《魏晋南北朝文論選》,北京:人民出版社,1999 年,頁 318。
② 郭璞注《山海經》,影印北京圖書館宋淳熙七年池陽郡齋刻本,北京:中華書局,1985 年,頁 4。
③ 魏徵等《隋書》,上海:上海古籍出版社、上海書店出版社,1986 年,頁 116。

玄學之士不講師承，都喜談玄，以玄學理論爲指針，對《詩經》本文難解之處，多有論述。荀粲曾提出"言不盡意論"：

> 蓋理之微者，非物象之所舉也，今稱立象以盡意，非通於意外者也，繫辭焉以盡言，此非言乎繫表者也。斯則象外之意，繫表之言，固蘊而不出矣。[①]

湯用彤《魏晉玄學論稿》分析玄學思想對闡釋文本影響時指出："魏晉名士鄙薄章句，或其注疏之要言不煩，自抒己意，學術思想之清通簡要，均因此種方法論流行甚廣。""章句多隨文釋説，通者會通其義而不以辭害義。"[②]説明了玄學家一方面以名理研求爲中心，另一方面，博采衆長，不拘家法，探求義理貴有心得。玄學家的《毛詩》闡釋文本雖不可考，但其真實面貌距此論一定不遠。

儒家學者受當時學風影響，闡釋風格也發生了很大變化，加之戰爭影響，南北分立，遂南北《詩》學殊途。《北史·儒林傳》説："南學約簡，得其英化。北學深蕪，窮其枝葉。"南朝學者，《詩經》闡釋首推劉瓛。梁元帝《金樓子·興王篇》稱："沛國劉瓛，當時馬、鄭。每析疑義，雅相推挹。"[③]劉瓛經義爲當世所推重，可惜今其書不傳。《經典釋文》引劉瓛《毛詩序義疏》二條：

> 劉氏云：動物曰風，托音諷。崔云：用風感物則謂之諷。
> 《緇衣》第三十三，鄭云：善其好賢者之厚，故述其所稱之詩以爲其名也。《緇衣》，鄭詩，美武公也。劉瓛云：公孫尼子所作也。[④]

---

①　嚴可均輯《全晉文》，北京：商務印書館，1999 年，頁 162。

②　湯用彤《魏晉玄學論稿》，上海：上海古籍出版社，2001 年，頁 27。

③　梁孝元帝《金樓子》，《景印文淵閣四庫全書》第 848 册，臺北：臺灣商務印書館，1986 年，頁 802。

④　陸德明《經典釋文》，影印宋元遞修本，上海：上海古籍出版社，1985 年，頁 203、803。（馬國翰《玉函山房輯佚書》録此條爲："動物曰諷。"諷，當爲風之訛。）

劉瓛藉“諷”釋“風，風也”，就是感於物的意思。孔穎達以爲：“風訓諷也，教也，諷謂微加曉告，教謂殷勤誨示。”正是對劉瓛説法的進一步解釋。而把《緇衣》作者歸於公孫尼子，是北朝把《詩經》和公孫尼子《樂記》聯繫在一起的新提法。劉毓慶師以爲：“孔子後學子夏、子思、公孫尼子之輩，出於修復世道人心的目的，便要大力强調《詩》《樂》的道德意義，希圖振興詩教，使人心返古，歸於淳厚。”①此論更切近劉瓛對《緇衣》的判斷。

馬國翰輯佚《甘棠》詩一條：

> 箋云：衰亂之俗微，貞信之教興。若當武王時，被召南之化久矣，衰亂之俗已銷，安得云微？ 云此文王時也。②

此論足與《毛傳》相發明。其弟子何胤有《毛詩總集》六卷，爲世所重。

北朝學者則以劉獻之爲宗。《北史·儒林傳》稱：“通《毛詩》者，多出於魏朝劉獻之。獻之傳李周仁。周仁傳董令度、程歸則。歸則傳劉敬和、張思伯、劉軌思。其後能言《詩》者，多出二劉之門。”③劉獻之有《毛詩序義注》一卷、《毛詩章句疏》三卷，史稱所標宗旨，頗異舊義。其書已佚，但其闡釋思想從《北史》本傳中約略可見：

> 時人有從獻之學者，獻之輒謂之曰：“人之立身，雖百行殊涂，準之四科，要以德行爲首。子若能入孝出悌，忠信仁讓，不待出户，天下自知。儻不能然，雖復下帷針股，躡屨從師，正可博聞多識，不過爲土龍乞雨，眩惑將來。其於立身之道，有何益乎？”④

---

①　劉毓慶、郭萬金《從文學到經學——先秦兩漢詩經學史論》，上海：華東師範大學出版社，2009 年，頁 132。

②　馬國翰輯《玉翰山房輯佚書》第 2 册，長沙娜嬛館補校刊，光緒九年版，頁 2。

③　李延壽《北史》，上海：上海古籍出版社、上海書店出版社，1986 年，頁 289。

④　李延壽《北史》，上海：上海古籍出版社、上海書店出版社，1986 年，頁 290。

也就是説,劉獻之闡釋文本更多注重德行,善於發現《詩經》本文在修身立德方面的隱義。劉汝霖在《漢晋學術編年》中總結之言論可爲旁證:"自以中央統一的勢力崩壞,從前盛極一時的學問,到此没有升官發財的利益去引誘人。所以研究學問的人,不再受固定的師説拘束了,精神一變而爲自由。因爲時勢已變,舊日的倫理,不再適用,所以這時期人對於道德問題的批評,頗有獨到的見解。"①

魏晋六朝《詩經》學是以古學復興開始的,置身於戰亂的魏晋六朝時期,世俗的混亂,使得《詩經》有了多層次闡釋的可能性,學者棄經師舊説,援引諸子廣爲異論,闡釋思想在争議與對話之中不斷有新的創見,文學、哲學、道學等多層次意義都被嘗試性地發掘了出來,提高了《詩經》本文的延展性和多元闡釋的可能性,《詩經》闡釋進入經典詮釋的階段,爲《詩經》宋學、清學廓清了思路。

## 五、《毛詩正義》與唐初文化建設

《毛詩正義》是唐代初年官方組織編輯完成的《詩經》詮釋典範之作,以《毛傳》《毛詩序》《鄭箋》爲詮釋對象,以劉焯的《毛詩義疏》、劉炫的《毛詩述義》爲底本,吸納魏晋南北朝以來衆家學説編撰而成。它不是以獨斷的權威對《詩經》做出非理性的解説,而是用相關歷史文獻去補充和證實解釋者的述説,進而在解釋對象、解釋者、解釋意圖之間建立解釋模型,探究《詩經》、詩人、解釋者之間的關聯。它完全不同於在此之前頒行的顏師古校勘統一的《定本》,《定本》重在正經、傳異文,而《正義》的編撰意義就不限於此了,其注釋是唐初的文化政策與實踐相呼應的必然結果。考察《毛詩正義》的編撰過程,我們不禁會有這樣的疑問:爲何唐初對五經情有獨鍾? 在唐初的文化語境中,應該怎樣認識統一後的詮釋文本? 五經詮釋統一對唐代文化建設起到了怎樣的作用? 因此有必要從詮釋語境及預設語義産生的角度來探討《毛詩正義》

---

① 劉汝霖《東晋南北朝學術編年》,上海:華東師範大學出版社,2010 年,頁 181。

和唐初文化建設的關聯,尋找詮釋文本所表達出的政治文化建設的實踐意義和價值。

**(一) 唐初政治文化建設構想與《毛詩正義》文本的規劃**

戰亂初定,唐初國家政治思想尚處於混亂之際,"暨乎王道即衰,頌聲不作,諸侯力爭,禮樂陵遲"①。唐初統治者有着通過經學編撰重振政治的期待。高祖李淵頒《令諸州舉送明經詔》曰:

> 六經茂典,百王仰則;四學崇教,千載垂範。是以西膠東序,春誦夏弦,説《禮》敦《詩》,本祖仁義,建邦立極,咸必由之。②

在李淵看來,經學建設是國家政治建設的必由之路,并且提出"仁義"思想是國家政治建設的根本。太宗李世民《頒示禮樂詔》則進一步提出了由經學而加强國家政治建設的途徑:

> 傷大道之既隱,懼斯文之將墜,故廣命賢才,旁求遺逸,探六經之奧旨,采三代之英華。古典之廢於今者,咸擇善而修復;新聲之亂於雅者,并隨違而矯正。莫不本之人心,稽乎物理,正情性而節事宜,窮高深而歸簡易。③

李世民提出經學建設要"采三代之英華",做好"擇善而修復,隨違而矯正"兩項工作。經學編撰的思想"要本之人心,稽乎物理",起到"正""節"的作用。也就是説,在唐初的兩個皇帝眼中,經學建設是關乎國家民心,關乎政治文化建設的大事,因此有必要下大力氣去做好。在《五

---

① 董誥《欽定全唐文》,《續四庫全書》第 1634 册,上海:上海古籍出版社,2002 年,頁 116。

② 董誥《欽定全唐文》,《續四庫全書》第 1634 册,上海:上海古籍出版社,2002 年,頁 1116。

③ 董誥《欽定全唐文》,《續四庫全書》第 1634 册,上海:上海古籍出版社,2002 年,頁 155。

經正義》編撰之前,李世民爲推進政治文化建設進行了三方面的嘗試。

一是廢周公而進孔子。唐朝武德七年(624),唐高祖李淵尊周公爲先聖,尊孔子爲"先師",詔"宜令有司於國子學立周公、孔子廟各一所,四時致祭"。這樣做的目的只有一個,就是"欲敦本息末,崇尚儒宗,開後生之耳目,行先王之典訓"①。這就是試圖以經學建設推動政治建設的思想。在李淵的政治字典中,周公就是政治建設的終極目標,正如他在《令國子學立周公孔子廟詔》中描述的:"爰始姬旦,匡翊周邦,創設禮經,大明典憲。啓生人之耳目,窮法度之本源。"②也就是說在唐高祖李淵看來,儒學目標在於"行先王之典訓",而其源頭在於周公所創設的禮經、典憲。但是這一思想到唐太宗貞觀二年(628)發生了變化,"詔停周公爲先聖,始立孔子廟堂於國學,稽式舊典,以仲尼爲先聖,顏子爲先師,兩邊俎豆干戚之容,始備於兹矣"。③ 唐太宗李世民尊孔子爲"先聖",這背離了隋至初唐《釋奠禮》以周公爲先聖,孔子爲先師的傳統,廢周公而進孔子。尊奉誰爲先聖絶不是一個簡單的問題,背後一定有着政治思想建設的考量。在漢代文化中,周公是"經學偶像",是上古社會政治理想的代言人,《尚書》《詩經》《周易》《禮記》中都充斥着他的形象,因此儒學解釋在一定程度上就是圖解周公"經學偶像"的意義和價值。在這樣的語境中孔子被認爲是成功解釋周公"經學偶像"價值和意義的第一人,删《詩》《書》、正《周禮》、寫《春秋》就是周公政治形象的想象和描述。五經系統的構建也是試圖通過五經的解釋來完成經學偶像的重塑,可以稱爲先師。但這一思想在魏晉南北朝受到了普遍的質疑,儒學家改變了以周代社會政治原型論爲標準的經學評判方式,開始直面王朝倏忽而替的政治現實,産生了新的話語系統來重構經典。"用構建一

---

① 董誥《欽定全唐文》,《續四庫全書》第 1634 册,上海:上海古籍出版社,2002 年,頁 117。

② 董誥《欽定全唐文》,《續四庫全書》第 1634 册,上海:上海古籍出版社,2002 年,頁 117。

③ 吴兢《貞觀政要》,《四庫全書薈》第 205 册,長春:吉林出版集團有限公司,2005 年,頁 159。

套價值觀念和知識話語系統的方式來影響甚至決定社會基本格局,乃是歷代士人階層實現其社會干預目的的唯一可行途徑。"①儒學家從皓首窮經中走出來,走出"經學偶像"的約束,開始在《論語》《孟子》等儒家先師言論中尋找五經詮釋新路徑。"事必以仲尼爲宗","去其華而取其實,欲使信而有征"。② 孔子被視爲新時期的聖人。李世民隨後在唐朝貞觀十一年(637)《封孔德綸爲襃聖候詔》中似乎解釋了這樣做的理由:"宣尼以大聖之德,天縱多能。王道藉以裁成,人倫資其教義,故孟軻稱生人以來,一人而已。自漢氏馭歷,魏室分區,爰及晋朝,暨於隋代,咸相崇尚,用存禋祀。"孔子是王道的發明者,而王道是漢朝以來政治建設尊崇的目標,唐代自然也不例外。以孔子大聖之德爲新時期儒學精神和代表,抛棄了漢代的周公"經學偶像"的追崇,成爲唐初意識形態建設的轉折。廢周尊孔,也使初唐經學思想從經典還原轉向經典解釋。

二是明確儒學傳承的綫路和學習的範圍。漢魏晋南北朝以來,家學林立,衆儒各師其師,各言其說,不利於儒家自身的發展,更不利於國家統一政治思想的要求。因此貞觀二十一年二月壬申詔:

> 以左丘明、卜子夏、公羊高、穀梁赤、伏勝、高堂生、戴聖、毛萇、孔安國、劉向、鄭衆、杜子春、馬融、盧植、鄭康成、服子慎、何休、王肅、王輔嗣、杜元凱、范寧等二十一人,代用其書,垂於國胄,自今有事於太學,并命配享宣尼廟堂。③

細審這份名單,不難發現這些人都是漢魏晋儒學主要傳承者,經學大家,多有五經傳疏傳世。就《詩經》而言,這一份名單中有卜子夏、毛萇、鄭衆、馬融、鄭康成、王肅,這些人都是魏晋以來《毛詩》學派的代表人物,他們以儒學理論釋《詩經》,實現了《詩經》義理的儒學化,把《詩經》

---

① 李春青《在文本與歷史之間》,北京:北京大學出版社,2005 年,頁 29。
② 孔穎達《周易正義》,北京:北京大學出版社,1999 年,頁 1。
③ 吳兢《貞觀政要》,《四庫全書薈》第 205 册,長春:吉林出版集團有限公司,2005 年,頁 160。

視爲上古三代德政文化的産物。因此從這個名單中也可以看出，唐太宗對於國家文化建設的“德政”設想，即以孔子儒學思想爲主導，承“仁政”，明“王道”，以推動唐代政治文化統一。唐初文化建設也從五經整理和經學總結開始，貞觀七年（633）十一月丁丑，頒新定《五經》，十一年甲寅，房玄齡等進所修《五禮》，詔所司行用之。

　　因此就有了初唐文化實踐第三方面的嘗試——經典重構。在廢周公而進孔子和儒學傳承綫路和學習範圍的推動下，初唐學者們表現出了不同於漢魏晋南北朝的學風，他們大膽嘗試，遵從太宗的倡導，“旁求遺逸，探六經之奥旨，采三代之英華。古典之廢於今者，咸擇善而修復；新聲之亂於雅者，并隨違而矯正”①。一時間類書、叢書、五經著述、史學著作層見叠出。其中最大的變化是唐初學者們打破原有著述模式，大膽創新著述方法，重構儒學經典。李世民對這些創新表現出極大的贊賞，《獎魏徵編注戴氏禮詔》説：“乃依聖所記，更事編録；以類相從，別爲篇弟；并更注解，文義粲然。”②在衆説不一，著述觀點各異的境況中，更事編録，以類相從的著述方法無疑是經典重構最好的方法。顔師古《漢書叙例》總結自己的著述時説：“近代注史，競爲該博，多引雜説。”“今之注釋，翼贊舊書，一遵軌轍，閉絶歧路。”而其采用的方法，“普更詳釋，無不洽通”，并且“上考典謨，旁究《蒼》《雅》，非苟臆説，皆有援據”。③ 魏徵《群書治要·序》也説到自己的方法：“采摭群書，剪截淫放，光昭訓典，聖恩所存，務乎政術，綴叙大略，咸髮神衷，雅致鈎深，規摹宏遠。”④可見在《五經正義》編撰之前，唐初學者們找到了匯聚群書而解釋一經的方法，這就是：采摭群書，以類相從；務乎政術，綴叙大略；

---

①　董誥《欽定全唐文》，《續四庫全書》第 1634 册，上海：上海古籍出版社，2002 年，頁 155。

②　董誥《欽定全唐文》，《續四庫全書》第 1634 册，上海：上海古籍出版社，2002 年，頁 195。

③　顔師古《漢書注》，《四庫全書薈》第 90 册，長春：吉林出版集團有限公司，2005 年，頁 3。

④　魏徵《群書治要》，四部叢刊本，上海：商務印書館，1936 年，頁 2。

普更詳釋，雅致鈎深。

　　就《毛詩正義》而言，就是要利用這樣的方法把歷史上的詮釋成果納入官方主觀構想中，對詮釋成果進行再解釋，重構一個符合"本之人心，稽乎物理"的精神世界。這就要求唐代學者必須去解決一個很大的難題，即雖漢學聲寢，《毛詩》獨存，但鄭玄創新學頗異於毛，王肅崇毛而駁鄭之失於後，魏晉儒學雜老莊，糅玄、釋，異説并起。解決這個問題，其一必須確定一個明確的師承和底本，集衆説於一體，確定一個疏義的體例；其二要有統一注釋主題和方法。

　　確定師承和底本看來并不難，孔穎達以其師承爲正宗，從自己的兩個老師劉焯、劉炫處找到了兩個相對成熟的底本：劉焯的《毛詩義疏》、劉炫的《毛詩述義》。之所以選擇這兩個底本，除了師承原因之外，還有其文本的形態的因素，因爲這兩個底本的形態是集《經》《傳》《箋》爲一體的。孔穎達以爲："然則後漢以來始就經爲注，未審此《詩》引經附傳是誰爲之，其鄭之箋當元在經傳之下。"[1]這就明確了師承和底本，以及釋《經》《傳》《序》《箋》一體的文本形態。孔穎達提出這樣的觀點，《序》爲"詩之大綱"，《傳》在於"申通其義"，《箋》則是"表明毛意，記識其事"。也就是説，孔穎達以爲《序》《傳》《箋》意義相互依存，是《毛詩》發展中圍繞一個中心形成的整體，這是整個解釋工作的前提。在這一理論的支持下，《毛詩正義》形成以經義爲類，《序》《傳》《箋》分而釋之，合而爲一的注釋體例。從現存唐代古鈔本來看，潘重規先生據巴黎倫敦所藏敦煌《詩經》卷子所論最爲切近："此卷《傳》《箋》起止朱書，《正義》墨書，當爲唐代《正義》原書之本來面目，殆無疑義。"[2]日本現存富岡本、天理本唐古鈔本《毛詩》《秦風正義》殘卷，存《小戎》《蒹葭》凡六十七行，前後斷損，但可以看出其形態和巴黎所藏《詩經》卷子注釋體例相近。

　　但毛《詩》內部爭議頗多，且二劉義疏也與當時諸家思想不合，因此

---

　　①　毛亨傳，鄭玄箋，孔穎達疏《毛詩注疏》，《景印文淵閣四庫全書》第 69 册，臺北：臺灣商務印書館，1986 年，頁 48。

　　②　潘重規《敦煌詩經卷子研究論文集·巴黎倫敦所藏敦煌〈詩經〉卷子題記》，香港：新亞研究所，1970 年，頁 169。

統一解釋主題顯得尤爲重要。且《序》《傳》《箋》自身體例也不同，其意義也頗多不合之處，這就必須從中調停，重建一個符合各方思想的解釋主題。孔穎達綜合《序》《箋》之意提出："人君以政化下，臣下感政作詩，故還取政教之名以爲作詩之目。風、雅、頌同爲政稱，而事有積漸。教化之道，必先諷動之，物情既悟，然後教化，使之齊正。"[①]"政教之名以爲作詩之目"的觀點綜合了《毛詩》學派的解釋思想，也符合唐初經學建設的基本目標。以政教爲解釋主題，統一《序》《傳》《箋》於政教之下，求其所同，別其所異的詮釋方法也就形成了。

### (二)《毛詩正義》的政治理想表達與叙事模式

正如本文開頭提到的，唐太宗李世民對於經學建設提出了兩個要求："正情性而節事宜，窮高深而歸簡易。""正情性""節事宜"是《毛詩正義》進行經典重構的指南，"情性""事宜"，屬於個性化的範疇，"正""節"則是要把其引向社會化的範疇中。《毛詩正義》要想通過個性化色彩明確的詩的分析，實現其經學的價值，就必須在兩個範疇之間建立一個轉化的媒介，於是孔子關於禮的描述進入了解釋的視野之中。孔子《論語》是通過知禮、學禮、克己復禮的方式實現社會化的轉變，禮起到的就是"正""節"的作用。陳來先生總結説：

> 從個人的行爲來説，孔子教導人們在日常生活和政治領域都必須依照禮而行事，而且必須以虔敬的態度行禮之事。在落實到行爲時還必須以"禮"進行規範，纔能實現善。禮是保證行爲爲善的重要環節，從德性的善到現實行動的善，必須遵行禮的規則。[②]

陳來先生所論，正好可以注解唐初孔穎達的設想。因此在《毛詩正義》中，最主要的内容就是要找到"禮"，并以之爲注釋的核心。孔穎達

---

① 毛亨傳，鄭玄箋，孔穎達疏《毛詩注疏》，《景印文淵閣四庫全書》第 69 册，臺北：臺灣商務印書館，1986 年，頁 120。
② 陳來《〈論語〉的德行倫理體系》，《清華大學學報》2011 年第 1 期，頁 135。

藉禮之名,廣引文、史、經學各類著述,對禮的"物""儀"形態及其演化進行了解釋。其思路和當代沈文倬先生總結周禮的思想幾乎吻合:

> 其一,禮家稱之爲名物度數,就是將等級差別見之於舉行禮典時所使用的宮室、衣服、器皿及其裝飾上,從其大小、多寡、高下、華素上顯示其尊卑貴賤。我們把這種體現差別的器物統稱之爲"禮物"。其二,禮家稱之爲揖讓周旋,就是將等級差別見之於參加者按其爵位在禮典進行中使用着禮物的儀容動作上,從他們所應遵守的進退、登降、坐興、俯仰上顯示其尊卑貴賤,我們把這些稱之爲"禮儀"。①

《毛詩正義》《經》《序》《傳》《箋》找到相應"禮物""禮儀",凡涉宮室、衣服、器皿及着裝之處,多詳論其差別;凡涉揖讓周旋之舉,多釋其法度。其中直接解釋"禮"的篇目至少一百零五篇,言禮之用,言禮之興,言禮之由。② 由詩之禮"物""儀"而論禮教,由禮教而論政教之意義。胡樸安《詩經學》指出:"《詩經》之禮教學的説法,即則凡國家之組織、社會之維持、家庭之集合、個人之修養,無不聽禮教之命令,而止於至善之域。"③可以説《毛詩正義》對《詩經》的解釋,幾乎篇篇都用到"禮"。

"禮"的"正""節"作用,在政治家眼中就成爲治世的法則,於是"禮法"一詞成爲唐初各類著作中的高頻詞。《毛傳》不言禮法,《鄭箋》雖以禮釋詩,但多言禮"物""儀",藉以言政治之興,王道之由。只有《蒹葭》《沔水》《巧言》《楚茨》《桑扈》《采菽》《都人士》《假樂》八篇言禮法,但其禮法只有兩個含義:一是周公之禮法;二是道。大道、治國之禮法,統而言之仍是周公"經學偶像"的兩種説法而已。而《毛詩正義》則言禮法49 次,其禮法意義也與《鄭箋》完全不同,有四種含義:

一是度。《皇皇者華》篇説:

---

① 沈文倬《宗周禮樂文明考論》,杭州:杭州大學出版社,1999 年,頁 22。
② 江林《詩經與宗周禮樂文明》,浙江大學博士論文,2004 年,頁 16。
③ 胡樸安《詩經學》,萬有文庫第 1001 册,上海:商務印書館,1929 年,頁 143。

此四者，諏、謀、度、詢俱訪於周，而必屬此次者，以咨是訪名，所訪者事，故先諮諏。事有難易，故次諮謀。既有難易，當訪禮法所宜，故次咨度。所宜之內，當有親疏，故次諮詢。因此附會其文爲先後耳。

二是禮與法的統稱。《小旻》：

國言禮，民言法，一也。

三是成文的禮法。《桑扈》：

不自斂以先王之法，即動無禮文也，故《序》箋云：“動無禮文者，舉事而不用先王禮法威儀。”是先王之法爲禮文也。

四是法制。《皇矣》篇引《論語》云：

“且知方也。”謂知禮法。此則亦法也，故以“方”爲“則”也。

因此禮法的作用很大，可以治國，可以移風俗，可以教化其民。

《毛詩正義》關於禮法的論述是從漢到唐初儒家“禮法合治”的必然結果，和唐初律令的制定有着很大程度的相似性。湯一介先生指出：

中國歷朝歷代都是把“禮法合治”用於社會的治理……離開了“禮”“法”是無法合理地建立和起作用的。這就是說，“禮”可以包括“法”，它是規範社會存在的一種根本制度，或者說它可以是指導“法”的根本原則。“禮”與“法”從制度上說雖是兩套，但有着互補的相聯關係，因此從精神上說則是一貫的。[1]

---

[1]　湯一介《論儒家的“禮法合治”》，《北京大學學報》2012 年第 5 期，頁 7。

唐朝統治者認爲法律是"禁暴懲奸，弘風闡化"的重要工具，"安民立政，莫此爲先"。但是他們對於法的思想更多地來源於禮的社會功能的理解和認識。魏徵説："設禮以待之，執法以御之，爲善者蒙賞，爲惡者受罰，安敢不企及乎？安敢不盡力乎？"①在這一治國思想的指導下，禮法并用思想在唐律中得以全面貫徹。貞觀十一年（637），房玄齡在修訂律令時，首先是從禮制内容考慮的。就在《貞觀律》頒定的三個月後，房玄齡又會同魏徵修訂《新禮》138 篇頒行，此可謂同《貞觀律》對應的《貞觀禮》。其後禮典同法典一樣不斷修訂，與《永徽律》對應的《顯慶禮》，與《開元律》對應的《開元禮》。清代《四庫全書總目提要》也指出："論者謂唐律一準乎禮，以爲出入得古今之平，故宋世多采用之。"②法制與禮制制度的逐步完備爲禮法結合提供了制度前提。以"德禮爲政教之本，刑罰爲政教之用"的政治思想的唐律，禮的核心——三綱五常便自然成爲其立法依據。③

"禮"象徵着儒家倫理綱常，人們在遵守躬行這些禮儀禮節時，也就完成了某種象徵意義，從而也起到了對儒家倫理綱常的教化作用。④ 這是國家政治文化建設語境的需要，也是《毛詩正義》追求宏大社會叙事的必然要求。但詩畢竟是個人情志的表達，於是禮和情又有必要放在一起來討論。"孔子的禮是自然的，非人爲的，情之於禮具有内在性情，構成了禮的深層底蘊。從日常生活的禮節到大的祭祀之禮，都是人們情的表現。"⑤《毛詩正義》發現《詩經》《序》《傳》《箋》中所包孕的情感和禮的關聯。《詩大序》正義説："是王者采民情制禮樂之意。禮

---

① 吳兢《貞觀政要》，《四庫全書薈》第 205 册，長春：吉林出版集團有限公司，2005年，頁 205。

② 永瑢《四庫全書總目提要》，北京：中華書局，1956 年，頁 712。

③ 張西恒《淺析〈唐律疏議〉"禮法結合"完成的原因及其歷史影響》，《長春工業大學學報》2013 年第 1 期，頁 73。

④ 郝虹《從"陽儒陰法"到"禮法之治"的中間環節：漢末社會批判思潮》，《山東大學學報》2011 年第 1 期，頁 132。

⑤ 秦尚偉《〈論語〉中"禮"的道德意藴探析》，《湖北社會科學》2009 年第 12 期，頁 103。

樂本出於民，還以教民。"也就是説，情是禮樂達於政教的途徑。《毛詩正義》中使用"情"字有 300 餘次，大多指具體的情感：如《凱風》的母親"慈愛之情"，《木瓜》的男女"思情"，《宛丘》的"淫情"，《株林》的"放恣情欲"等。通過對於這些情感的認同或批判，在情性與禮法之間建立關聯，進而進入政教這一中心議題。正如《節南山》正義曰："作詩刺王，而自稱字者，詩人之情，其道不一。或微加諷諭，或指斥愆咎，或隱匿姓名，或自顯官字，期於申寫下情，冀上改悟而已。此家父盡忠竭誠，不憚誅罰，故自載字焉。寺人孟子亦此類也。"自稱其字，是詩人情感表達的方式，這在《詩經》中多次出現，而其方式不同，詩人的情感傾向也不同，但總體上是要用情感來達到實現政教的目的。

　　《毛詩正義》以"禮"正"情"的模式創建了一個新型的經學文本，實現了儒家傳統文化視野和唐初政治文化建設視野的融合。在《毛詩正義》中具體表現爲兩種叙事模式的構建。一是對周民族史詩及大量反映戰爭生活詩歌的構建，以《文王》爲例：《毛詩正義》解釋《文王》叙事的目的在於建立一個法先王的價值體系，《序》正義説："經五章以上皆是受命作周之事也。六章以下，爲因戒成王，言以殷亡爲鑒，用文王爲法。言文王之能代殷，其法可則於後，亦是受命之事，故序言受命作周以總之。"因此在注釋中反復論證文王代殷的時間和理由，循事迹之所由，述後世之所效。全文引文述事最後落脚到"法先王之道，聖賢之道"，詩由此上升爲抽象的政治訴求，而不是一個簡單的政治楷模、樣板。凡後世所論史詩類作品皆類此。《正義》用勾陳史實的方式，再現了事件發生的相對完整的情節，從中呈現出人情、禮法，其政教功能與諷諫相同。二是抒情詩的叙事構建。《毛詩正義》首先注意到抒情主體不同，其抒情的叙事内容也有差異。論"風"，《正義》説："《二南》之風，實文王之化。而'美后妃之德'者，以夫婦之性，人倫之重，故夫婦正則父子親，父子親則君臣敬。是以詩者歌其性情，陰陽爲重。所以詩之爲體，多序男女之事，不言'美后妃'者。"《正義》試圖從詩歌抒情主體情感再現中喚起讀者夫婦、父子的情性。因此《毛詩正義》在"風詩"的解釋中引入風俗民情，把詩中的情性置於特定的政教環境，藉助孔子的詩教理論，給抒情詩抹上了厚厚的道德的脂粉。述"雅",《正義》引鄭玄對二雅的判斷說:"二雅逆順雖異,其致一也,皆要在於極盡先祖賢聖之情,著明天道符命之助而已矣。"把二雅的内容與史料中記載的政事相聯通,叙述賢聖的情理,言明天人相應的價值觀。述"頌",則指出:"此言聖王之政,法象天地群神之爲而爲之政,政成而神得其所。神得其所,則事順人和而德洽於神舉矣。"都是藉政教的叙事對詩"理義"的解釋,而這也是唐初李世民政治治理的思路:"爲君之道,必須先存百姓,若損百姓以奉其身,猶割股以啖腹,腹飽而自斃。若安天下,必須先正其身,未有身正而影曲,上治而下亂者。"①

總之,《毛詩正義》在唐代政治文化語境中完成了從經典還原到經學解釋的轉變,而其詮釋實踐,以禮爲核心,以情爲關注點,以建設政教理想爲中心的詮釋思想,也啓發了唐代政治文化建設,爲唐代政治建設提供了思想保障,隨後在科舉中的應用,對於歷代統一知識分子思想也起到了一定的作用。

# 六、《毛詩正義》詮釋學思想研究

孔穎達奉旨編撰《毛詩正義》,首要功績在於總結了魏晋南北朝以來的《詩經》詮釋學成果。今天看來,《毛詩正義》在很多地方都呈現出資料匯編的特點,但是非常有意味的是,這些詮釋學成果如何統一於一章之内,其實這是一個重點。衆多資料匯編一書中時,選擇和篩選本身就體現了編撰者的解釋思想,任何一個編撰者都是以自己的解釋思想對材料進行有目的的處理。

## (一)《毛詩正義》對漢魏以來解釋學成果的繼承

孔穎達等人注意到了漢魏以來《詩經》詮釋的差異,也注意到了文本的差異。因此他選擇了以毛序、傳、箋爲注釋對象,并且以訓詁、傳、

① 吳兢《貞觀政要》,《四庫全書薈》第 205 册,長春:吉林出版集團有限公司,2005年,頁 8。

章句爲解釋方法，以注疏名篇，旨在"言爲之解説，使其義著明也"。這是一個偉大的創舉。多種解釋方法并行，通過系統地對漢魏以來的訓詁學説、文體學説、章句學説的綜合分析，構建了適應唐代政治文化需要的新詮釋方法。

1. 歷代訓詁學説的總結

訓詁，今天學術界又稱詁訓、訓故。《漢書·藝文志》："漢興，魯申公爲《詩》訓故，而齊轅固、燕韓生皆爲之傳。或取《春秋》，采雜説，咸非其本義。"①《蜀志·來敏傳》説："涉獵書籍，善《左氏春秋》，尤精於《倉》《雅》訓詁，好是正文字。"②《魏書·左思傳》："中書著作郎安平張載，中書郎濟南劉逵，并以經學洽博才章美茂，咸皆悦玩，爲之訓詁，其山川、土域、草木、鳥獸、奇怪珍異，僉皆研精所由，紛散其義矣。"③

從這幾條可以考見，漢初時學者解釋《詩經》就已經開始采用"訓故"這種方法了，取《春秋》或雜説以解釋《詩經》。訓故，更傾向於本事還原。魏晋時，引進了一個新名詞"訓詁"，訓詁主要是正文字、釋名物的解釋方法。從"訓故"到"訓詁"有着由漢至魏晋解釋重點的轉移。《毛詩正義·國風·周南關雎詁訓傳第一》解釋説：

"詁訓傳"者，注解之別名。毛以《爾雅》之作多爲釋《詩》，而篇有《釋詁》《釋訓》，故依《爾雅》訓而爲《詩》立傳。傳者，傳通其義也。《爾雅》所釋十有九篇，獨云詁、訓者，詁者古也，古今異言，通之使人知也。訓者道也，道物之貌以告人也。《釋言》則《釋詁》之別，故《爾雅序》篇云："《釋詁》《釋言》通古今之字，古與今異言也。《釋訓》言形貌也。"然則"詁訓"者，通古今之異辭，辨物之形貌，則解釋之義盡歸於此。《釋親》已下，皆指體而釋其別，亦是詁訓之義，故唯言詁訓，足總衆篇之目。今定本作"故"，以《詩》云"古訓是

---

① 班固《漢書》，北京：中華書局，1962年，頁1708。
② 陳壽撰，裴松之注《三國志·蜀書》，北京：中華書局，1962年，頁1025。
③ 房玄齡《晋書》，北京：中華書局，1962年，頁2376。

式",《毛傳》云"古,故也",則"故訓"者,故昔典訓。依故昔典訓而爲傳義,或當然。①

　　這個總結把漢代"訓故"和魏晋"訓詁"進行了解釋實踐和方法上的辨析,指出"'故訓'者,故昔典訓。依故昔典訓而爲傳,義或當然"。而魏晋以來却全然不同,以《爾雅》這部訓詁的專著爲例,雖都是完成"通古今之字,古與今異言"的詮釋任務,但"詁訓"有三種含義:"詁","古今異言,通之使人知也";"訓","道物之貌,以告人也";"指體而釋其別"。這個結論值得關注,"詁訓"對象不同,其釋義的方法也不同,"詁"重在"古今異言","訓"重在"道物之貌";而"指體而釋其別",從《爾雅·釋親》以下各篇看,是釋宫、器、樂等同類事物之別,所以重在解釋名物。可以看出《詩經》詮釋學是從語言詮釋開始的,漢代"訓故"是因爲隨着歷史的演變,《詩經》中所記載的典訓意義發生了改變,以至作品原來固有的意義不爲後人所理解,爲此漢代"訓故"從語詞變遷中還原其本事意義。雖然以語詞爲中心,但其意義的發現還是以"整體"爲解釋機制的。而魏晋,則從"整體"轉向了語詞本身,是對語詞的客觀描述。語詞本身的意義是客觀的、約定俗成的,因此纔有《爾雅》專門以語詞辨析爲中心的詮釋專著。語詞在語境中的使用意義是具體的,《爾雅》實爲先秦古書注釋材料的匯編。這個轉變表明漢代釋經,主要是構建"一以貫之"的理念。魏晋放棄了整體,而追求個體意義的理解,語詞意義和其變遷的描述更爲準確。但對《詩經》詮釋而言,整體的放棄,就面臨着瑣碎、孤立、篡改的危機。不同思想觀點指導下,對文獻語言會有不同的詮釋,這就是魏晋《詩經》文本意義多元的原因。

　　2. 是對《詩經》句、章劃分及其詮釋策略的總結

　　《毛詩正義》很準確地找到了漢魏晋以來詮釋策略的另一個變化,就是對詩歌文體、句、章、篇的認識。

————————

　　① 毛亨傳,鄭玄箋,孔穎達疏《毛詩注疏》,《景印文淵閣四庫全書》第 69 册,臺北:臺灣商務印書館,1986 年,頁 108。

　　自古而有篇章之名，與詩體俱興也……。句則古者謂之爲言。
《論語》云："《詩》三百，一言以蔽之，曰：思無邪。"則以"思無邪"一
句爲一言。

　　秦、漢以來，衆儒各爲訓詁，乃有句稱。

　　句必聯字而言，句者局也，聯字分疆，所以局言者也。

　　章者明也，總義包體，所以明情者也。篇者遍也，言出情鋪，事
明而遍者也。①

　　這是首次從詩歌結構角度提出的解釋理論，這一理論爲魏晋以來
的解釋方法提供了理論支持。句釋的方法，就是"聯字而言"，單個字是
無法進行解釋的，因爲"句者聯字以爲言，則一字不制也"，"以詩者申
志，一字則言蹇而不會，故《詩》之見句，少不減二，即'祈父''肇禋'之類
也"。句釋則主要分析其在意義構成中的主要作用，也就是"聯字分
疆"。② 即從句意入手做整體訓釋，注重詩歌整體意義的構建。

　　由整體入手而訓釋句意的語言解釋學，源自孟子的"不以辭害志"
説。這樣的語言解釋方法在鄭玄的詮釋實踐中又得到了加强，在其駁
許慎《五經異義》中使用的就是這樣的方法，這也是鄭玄在《毛詩箋》釋
詞、釋句的主要策略。如《五經異義·百雉》條曰：

　　（異義）《戴禮》及《韓詩》説八尺爲板，五板爲堵，五堵爲雉。板
廣二尺，積高五板爲一丈。五堵爲雉，雉長四丈。古《周禮》及古
《春秋左氏》説一丈爲板，板廣二尺。五板爲堵，一堵之牆長丈、高
丈。三堵爲雉，一雉之牆，長三丈，高一丈。以度其長者，用其高

---

　　①　毛亨傳，鄭玄箋，孔穎達疏《毛詩注疏》，《景印文淵閣四庫全書》第 69 册，臺北：
臺灣商務印書館，1986 年，頁 130。

　　②　毛亨傳，鄭玄箋，孔穎達疏《毛詩注疏》，《景印文淵閣四庫全書》第 69 册，臺北：
臺灣商務印書館，1986 年，頁 130。這種説法和清代以來離句析字、就字而言意的做法
形成了鮮明的對比。應當説這是兩種完全不同的詮釋策略，清代的離句析字，由字音、
字義而推論詞義，注重的是詞語意義的構建。

也。百雉爲長三百丈,方五百步。諸説不同。鄭辨之云:"《左氏傳》説鄭莊公弟段居京城,祭仲曰:'都城過百雉,國之害也。先王之制,大都不過三國之一,中五之一,小九之一。今京不度,非制也。'古之雉制,《書》《傳》各不得其詳,今以《左氏》説,鄭伯之城方五里,積千五百步也,大都三國之一則五百步也。五百步爲百雉,則知雉五步,五步於度長三丈,則雉長三丈也。雉之度量,於是定可知矣。"①

　　不難看出公叔段所居京地城墻關於"百雉"的長度,許慎單純從詞義訓詁材料探求,忽略詞義的歷史變化,所以對《戴禮》《韓詩》與《周禮》《左氏春秋》的説法不同,雉長四丈或是長三丈,無法辨析是非。鄭玄則從"百雉"所處的語境出發,通過比較《左傳》"鄭伯之城方五里,積千五百步"與"大都不過三國之一"所體現的度量關係,推斷出"雉長三丈","百雉"長三百丈。《駁五經異義》一文中所有論題都是從這兩種不同的考證方法入手的。《毛詩正義》繼承了鄭玄的考證方法,故其行文中對於語言的解釋皆隨文釋義,字不離句,句不離章。如《關雎》篇,《鄭箋》釋"琴瑟友之"之"友"説:"同志爲友。言賢女之助后妃共荇菜,其情意乃與琴瑟之志同。共荇菜之時,樂必作。"《毛詩正義》闡發《鄭箋》曰:人之朋友,執志協同。今淑女來之,雍穆如琴瑟之聲和,二者志同,似於人友,故曰"同志爲友"。鄭玄以句意而推論詞義,指出"友"爲志同道合者。《毛詩正義》進而闡明《鄭箋》"同志爲友"的理由,并揭示"淑女"助"后妃"與琴瑟相和的比擬關係,其方法同出一轍。

　　章句體式始於東漢,是漢代《詩經》注釋體式之一,其特點爲離章析句,即以句爲單位解詞釋句,將一篇分爲若干章,概括章旨。《毛詩正義》則進一步總結漢魏晉以來章句學的成果,提出《詩經》整體詮釋的基本路徑。

----

　　①　許慎異義,鄭玄駁《駁五經異義》,《景印文淵閣四庫全書》第 182 册,臺北:臺灣商務印書館,1986 年,頁 309—310。

章者，積句所爲，不限句數也。以其作者陳事，須有多少章總一義，必須意盡而成故也。

采立章之法，不常厥體，或重章共述一事，《采蘋》之類；或一事疊爲數章，《甘棠》之類；或初同而末異，《東山》之類；或首異而末同，《漢廣》之類；或事訖而更申，《既醉》之類；或章重而事別，《鴟鴞》之類。《何草不黃》，隨時而改色；《文王有聲》，因事而變文；“采采芣苢”，一章而再言；《賓之初筵》，三章而一發。或篇有數章，章句衆寡不等；章有數句，句字多少不同，皆由各言其情，故體無恒式也。《東山·序》云一章、二章、三章、四章，不謂末章爲卒章。

《六藝論》云“未有若今傳訓章句”，明爲傳訓以來，始辨章句。或毛氏即題，或在其後人，未能審也。①

《毛詩正義》提出一個觀點，章必須“意盡而成”。也就是説，《詩經》的章不受句數的限定，積句成章，總是表達一個完整意義。也就是説，章是一個完整的意義單元。在《詩經》文本中，其表現常常有不同，或重章共述一事，或一事疊爲數章。這個觀點和劉勰的觀點幾乎同出一轍，劉勰《文心雕龍·章句》篇説：

夫設情有宅，置言有位；宅情曰章，位言曰句。故章者，明也；句者，局也。局言者聯字以分疆，明情者總義以包體。區畛相異，而衢路交通矣。夫人之立言，因字而生句，積句而成章，積章而成篇。②

對比一下，“積句成章”就是從劉勰這裏拿過來的。這個觀點是漢魏晉以前《詩經》詮釋中所没有的，儒學理論指導下的《詩經》詮釋，更多集中在經旨和意義的構建上，正如上文所述鄭玄《詩經》詮釋思想所提

---

① 毛亨傳，鄭玄箋，孔穎達疏《毛詩注疏》，《景印文淵閣四庫全書》第 69 册，臺北：臺灣商務印書館，1986 年，頁 130—131。

② 劉勰《文心雕龍》，《景印文淵閣四庫全書》第 1478 册，臺北：臺灣商務印書館，1986 年，頁 48。

到的,爲了表達意義,鄭玄甚至要變更詩體結構。《毛詩正義》提出"事"的陳述和章之間"不常厥體",并沒有一定的規則,這是對鄭玄結構詮釋思想的批評和反正。"意盡"而成章,但可以"重章共述一事",也可以"一事叠爲數章",這種結構理論更多來自詩歌創作實踐和詩歌理論。王運熙先生指出:

> (魏晋南北朝)由於儒家思想削弱,使這時期的文學更能擺脱過去學術著作的束縛而獨立發展。在内容上不像漢賦那樣偏於歌頌帝王功德,而傾向抒寫個人的情懷。加以隱逸思想的流行,促進了山水寫景文學的繁榮。文學體裁更豐富,語言技巧更講究了。文學創作的這種新現象,推動了文學批評注意文學特點、寫作方法、文體風格這類問題的探討。①

魏晋以來儒學思想的削弱不單單促進了文學發展的新現象,也給《詩經》詮釋帶來了新思想,在魏晋南北朝以來詩歌創作實踐和詩歌理論的影響下,人們也開始注意《詩經》的文學特點、文體風格了。《毛詩正義》對章句的關注就是魏晋以來文學創作實踐和文學理論成果在經學解釋中的應用。當然也有着一種經學詮釋和文學理論之間相互促進的意義在其中。

劉勰《文心雕龍》從經學對文學創作影響的角度提出宗經的概念,進而提出了文章結構的理論,其《章句》篇説:

> 章總一義,須意窮而成體。其控引情理,送迎際會,譬舞容迴環,而有綴兆之位;歌聲靡曼,而有抗墜之節也。尋詩人擬喻,雖斷章取義,然章句在篇,如繭之抽緒,原始要終,體必鱗次。啓行之辭,逆萌中篇之意;絶筆之言,追媵前句之旨。故能外文綺交,内義脉注,跗萼相銜,首尾一體。若辭失其朋,則羈旅無友;事乖其次,

_____

① 王運熙、顧易生《中國文學批評史》,上海:上海古籍出版社,1981年,頁84。

則飄寓而不安。是以搜句忌於顛倒，裁章貴於順序，斯固情趣之指歸，文筆之同致也。①

這裏所提出的創作結構論、文章結構的章句論已經被《毛詩正義》成功運用到了《詩經》對本文結構的分析中。也就有了下文以"勢"釋《詩經》的新發明。

3.《毛詩正義》也注意虛詞的使用

《毛詩正義》説：

> 然字之所用，或全取以制義，"關關雎鳩"之類也。或假辭以爲助，者、乎、而、只、且之類也。②

以詞性爲標準，把詞分成"義類"和"非義類"兩大類。"全取以制義"的是義類，即實詞；"假詞以爲助"的是非義類，即語助類。當然，這并不是《毛詩正義》的獨創，這是在吸取前人成果基礎上的一次發現。《毛傳》就明確提出"歎辭"的語法概念：

> 於嗟麟兮：於嗟，歎辭也。(《麟之趾》)
> 猗嗟昌兮，頎而長兮：猗嗟，歎辭。(《猗嗟》)
> 於昭於天：於，歎辭。(《文王》)
> 於穆清廟：於，歎辭。(《清廟》)
> 猗與那與：猗嗟，歎辭。(《那》)

毛傳的"歎辭"是指句首、句尾沒有實在意義的語氣詞或詞頭詞尾。劉勰從文學創作實踐的角度，也注意到這一語言現象，他説："夫惟蓋故

---

者，發端之首唱；之、而、於、以者，乃句之舊體；乎、哉、矣、也，亦送末之常科。"①劉勰從詩人創作時常用"兮"入手，認爲是"兮字承句，乃語助"，進而把虚詞分爲三類：首唱詞、舊體詞、送末詞。是從詩歌創作角度發現虚詞的作用。這是漢語詞法虚、實兩大分野的源頭。《毛詩正義》把這些發現運用到《詩經》詮釋中，并形成了一些規律性的認知，如：

> 之子於歸，言秣其馬。箋云：之子，是子也。正義曰：《釋訓》云："之子，是子也。"李巡曰："之子者，論五方之言是子也。然則'之'爲語助，人言之子者，猶云是此子也。《桃夭》傳云'嫁子'，彼說嫁事，爲嫁者之子，此則貞絜者之子，《東山》之子言其妻，《白華》之子斥幽王，各隨其事而名之。"②

這一段中，《毛詩正義》注意到"之子"一詞中"之"是語助詞，這個詞在不同的詩中都出現過，其意義"隨其事而名之"。語助詞的提出科學地解釋了《詩經》中很多句子中的難點。同時，孔穎達也注意到助詞的存在也影響了對《詩經》韻律的判斷，他提出："詩之大體，必須依韻，其有乖者，古人之韻不協耳。之、兮、矣、也之類，本取以爲辭，雖在句中，不以爲義，故處末者，皆字上爲韻。"此類對虚詞在詩歌語句結構中的作用判斷，爲清代詮釋方法以及詩歌語言韻脚的確立提供了理論支持。

### （二）《毛詩正義》"勢"的内涵和詮釋方法

在《詩經》詮釋中引入"章""句"的概念很重要，可以從文學創作的角度準確把握《詩經》作者本來的意思，而且《毛詩正義》以爲"章"總括一個完整的段落。分章則以文法爲基礎，維護詩歌整體"事義"的完整。這就要求在詮釋《詩經》時，站在創作者的角度，去理解"事義"的發展脉絡和方向。爲了能够更好地解釋這一點，《毛詩正義》引入"勢"，通過對

---

① 劉勰《文心雕龍》，《景印文淵閣四庫全書》第 1478 册，臺北：臺灣商務印書館，1986 年，頁 48—49。

② 毛亨傳，鄭玄箋，孔穎達疏《毛詩注疏》，《景印文淵閣四庫全書》第 69 册，臺北：臺灣商務印書館，1986 年，頁 146。

詩歌"義勢""事勢""文勢"的把握,從整體上對《詩經》進行詮釋。

　　"勢",秦漢時期諸子藉以論哲學、軍事與政論,表氣勢、形勢之意。而後劉勰的《文心雕龍·定勢》把它引入文學評論中說:

　　　　夫情致異區,文變殊術,莫不因情立體,即體成勢也。勢者,乘利而爲制也。[1]

黄侃釋之說:

　　　　言形勢者,原於臬之測遠近,視朝夕。苟無其形,則臬無所加,是故勢不能離形而成用。言氣勢者,原於用臬者之辨趣向,決從違,苟無所奉以爲準,是故氣勢亦不得離形而獨立。文之有勢,蓋兼二者之意而用之。知凡勢之不能離形,則文勢亦不能離體也。[2]

　　黄侃認爲"勢"有形,有體,文章的"勢"要形、體兼備。也就是說,"勢"屬於作品的形式範疇,文章應當根據情感、情趣、情理的"勢"來確定體式。[3] 可以說劉勰以"勢"而論文,使"勢"成爲古代文論的一個重要範疇。劉焯、劉炫以及孔穎達接受了劉勰的"勢"的觀點,并把它運用

----

　　①　劉勰《文心雕龍》,《景印文淵閣四庫全書》第 1478 册,臺北:臺灣商務印書館,1986 年,頁 43。

　　②　黄侃《文心雕龍札記》,北京:中國人民大學出版社,2009 年,頁 107。

　　③　吳建民說:"先秦時期,論'勢'就已作爲一個哲學、軍事學和政治學術語而經常被運用於哲學、兵法及政論中,如《孫子兵法》中有《勢》篇,《孫臏兵法》中有《勢備》篇,《管子》有《形勢》篇,《吕氏春秋》有《慎勢》篇等。老子、商鞅、韓非等也屢屢論及'勢',諸子論勢爲後世的'文勢'理論提供了一個重要的思想背景。"(吳建民《中國古代"文勢"》,《學術論壇》2012 年第 3 期,頁 46。)他還說:"勢"是《文心雕龍》較難理解的術語之一,研究者對於它的看法主要有:黄侃《文心雕龍札記》認爲是指"法度";劉永濟《文心雕龍校釋》認爲是指"姿態、勢態";羅根澤《中國文學批評史》認爲是指"文體修辭";陸侃如《劉勰和文心雕龍》認爲是指"格局""局勢"。當今大多數學者則認爲是指"風格",如王運熙、王元化、周振甫、祖保泉等。(吳建民《〈文心雕龍·定勢〉篇述評》,《江蘇大學學報》2004 年第 2 期,頁 61。)

到《詩經》的解釋理論中去,在《毛詩正義》中提出了"義勢""事勢""文勢",并以之來解釋《詩經》形式與内容相互關聯的整體意蕴。

1.《毛詩正義》"勢"的内涵與意義分析

(1)《毛詩正義》"義勢"條有五:

《關雎·毛詩序》:"哀窈窕,思賢才,而無傷善之心焉。"箋云:"'哀'蓋字之誤也,當爲'衷'。'衷'謂中心恕之,無傷善之心,謂好逑也。"正義曰:"毛既以哀爲義,則以下義勢皆異於鄭。"

《雄雉》:"我之懷矣,自詒伊阻!"毛傳:"伊,維。"箋云:"'伊'當作'繄',繄猶是也。"正義曰:"伊訓爲維,毛爲語助也。鄭唯以伊字爲異,義勢同也。"

《伐木》:"伐木丁丁,鳥鳴嚶嚶。"毛傳:"嚶,驚懼也。"箋云:"嚶,兩鳥聲也。其鳴之志,似於有友道然,故連言之。"正義曰:"言嚶兩鳥者,以相切直。若一鳥,不得有相切。故郭璞曰:'嚶,兩鳥鳴,以喻朋友切磋相正。'是以義勢便爲兩鳥,其實一鳥之鳴亦嚶也,故知'嚶其鳴矣'是一鳥也。又解鳥鳴與伐木文連之意,以文王相切直之時,此兩鳥共鳴,亦似朋友之相切磋。及其遷處高木,嚶鳴相求,又似朋友之相求。故下觀之以爲喻,此鳴之志,似於有朋友之道,故連言之。"

《采緑》:"予發曲局,薄言歸沐。"箋云:"言,我也。"正義曰:"此'我'義勢所加,非經言也。"

《桑柔》:"民靡有黎,具禍以燼。"毛傳:"黎,齊也。"箋云:"黎,不齊也。"正義曰:"箋以黎爲不齊,但義勢當然,言無有不齊被兵寇加者耳。"

《關雎》篇,鄭玄以爲《毛序》"哀"爲"衷",言后妃衷心念恕在窈窕幽静之善女,思使此女有賢才之行,欲令宫内和諧而無傷害善人之心。餘與毛同。《毛詩序》既以"哀"爲義,則以下義勢皆異於鄭。思賢才,謂思賢才之善女也。無傷善之心,言其能使善道全也。據此可知,此處"義勢"指對"思賢才而無傷善心"含義的理解。《雄雉》篇,毛以假借字之義解之,而鄭玄以爲"伊"是"繄"的假借,代詞,"是"的意思,對"自詒伊阻"進行解釋。《伐木》《采綠》二篇的"義勢"都指詮釋者對句意的理解。《關雎》篇"義勢"指的是詮釋時意義上的統一性;《雄雉》指《毛傳》《鄭箋》對詮釋的路徑;《伐木》指詩歌表現的意義;《采綠》《桑柔》指詮釋時的意義。可見"義勢"應當是意義詮釋中,表達本文意義和詮釋意義之間關係的一個詞。《尚書正義》《春秋公羊傳疏》也藉這個詞來分析文本意義和詮釋意義的關係。

> 　　《公羊傳注疏》卷一"傳不足"至"眾也"。解云:傳若鄉者足其文句,云道爲其始與公盟之時,義勢即盡矣,道理不得復言。
> 　　《公羊傳注疏》卷二注"傳道"至"無福"。解云:直言弑隱公,義勢已盡,而必言於鍾巫之祭焉者,以起淫祀之無福故也。
> 　　《春秋左傳》卷二十九注"稱宋"至"宋志"。正義曰:此與隱元年"謂之鄭志",義勢同也。
> 　　《尚書正義》卷二十九傳"能考"至"之道"。正義曰:以聖人爲能饗帝,孝子爲能饗親,考德爲君,則人治之,已成民事,可以祭神,故考中德,能進饋祀於祖考。人愛神助,可以無爲,故大用逸之道,即上云"飲食醉飽之道"也。鄭以爲助祭於君,亦非其義勢也。以下然并亦惟天據人事,是惟王正事大臣,本天理,故天順其大德,不見忘在於王家,反覆相成之勢也。

　　由此可以推出,唐代經學詮釋中,"義勢"是一個詮釋專用詞,表達在本文與詮釋意義之間的統一性。蔣方先生以爲:"其'義勢'之'勢'是指闡釋過程中意義的理解,'義勢'即義理。'事勢'之'勢',是指讀者在理解詩文時會結合或融入自己在日常生活中的觀察與感受,'事勢'即事理。'文勢'之'勢',是指表達中語辭所構成的邏輯聯繫,即文理。"①這

---

①　蔣方、張忠智《試論〈毛詩正義〉之"文勢"》,《北方論叢》2003 年第 4 期,頁 73。

一結論正與上文分析是一致的。就《毛詩正義》而言，在《詩經》詮釋過程中要根據作者的表達意圖，而不是簡單地解釋一個詞、一句詩，而應當注意其意義的整體趨勢。這裏的義勢，類似於作者的意圖。《關雎》篇《毛詩序》引《論語》"哀不至傷"，舉其一而簡言之，旨在表達后妃在後宮之中性情中正，思得賢才共佐文王，不妒忌。此爲正解。因此毛傳表意趨向於表達女子中正和樂的情懷。而鄭箋改爲衷，指女子喜樂之情，其意義情趣於《毛詩序》完全不同。毛既以哀爲義，則以下義勢皆異於鄭。《毛序》《毛傳》是以儒家性情中正解詩，是聖人話語體系關懷的思想。鄭玄以人情（常理）解詩，是政治倫理話語體系的詮釋。

唐代文學理論中也用"義勢"這個詞，但和《毛詩正義》詮釋學意義完全不同，只用以表達文章創作中意義的連貫性。唐代日本僧人遍照金剛（空海）《文鏡秘府論·句端》説："屬事比辭，皆有次第。每事至科分之別，必立言以間之，然後義勢可得相承，文體因而倫貫也。"[1]這裏指出，叙事都有次序，在事件發生轉折時，就需要以言辭來起到相承的作用，這就是義勢，這樣纔能實現文章整體意義的連貫。也就是《文心雕龍·章句》篇所言"外文綺交，内義脉注，跗萼相銜，首尾一體"。

(2)《毛詩正義》"事勢"三條：

《定之方中》：升高能賦者，謂升高有所見，能爲詩賦其形狀，鋪陳其事勢也。

《出車》：言阜螽之從草蟲，天性然也。西方諸侯之美南仲，事勢然也。故諸侯未見君子南仲之時，憂心忡忡然，以西戎爲患，恐王師不至，故憂也。既見君子南仲，我心之憂則下矣，因即美之，此赫赫顯盛之南仲，遂薄往伐西戎而平之。

《角弓》：既不親九族，則疏遠賢者，自然而好讒佞，事勢所宜

---

① 遍照金剛《文鏡秘府論》，北京：人民文學出版社，1975年，頁229。或以爲此書鈔録唐杜正倫《文筆要訣》，王利器先生以之爲言虛字最早之專書，著有《文筆要訣校箋》。此書兩《唐書》本傳及兩《唐志》均未見著録。今傳日本平安末期手鈔本，昭和十八年（1943）據五島慶太郎藏本影印。

言,於文無所當也。

這三處例文,皆類比以推其理。《定之方中》言《傳》"建國卜九事,升高能賦"的詮釋是藉此種情形推見君子德音之事例。《出車》則藉草蟲之必然以推論南仲之必然。《角弓》則就已發生的事推見其事理。可見"事勢"也是《詩經》詮釋的一個專門用語,從詩歌所述而推論事理。這是"推論"的詮釋策略,藉此可以擴大詮釋的視野。

《春秋正義》引杜預《釋例》曰:

> 諸若此類,事勢相接,或以始致,或以終致,蓋時史之異也。此事當由公至自告廟,所告不同,史依告而書,不爲義例。
> 正義曰:劉炫云:"杜《釋例》自言事勢相接,或以始至,或以終致。是時史異辭,何爲此注而云'不果侵伐'?"今知劉説非者,凡云"或以始致,或以終致",皆據實有伐事。今據傳文云"觀兵於鄭東門",是則實無伐事,故云"不果侵伐"。劉不達此意而規杜,非也。[①]

《春秋正義》反復以杜釋例云事勢相接而分析事件,評價史實,即指明史書并沒有對其事進行描述,而是依據已發生的事實,可以推見其事理,或事件發展之必然。"事勢"引申爲依據事理而表現出的事件的必然趨向。其義和《毛詩正義》相同。

(3)《毛詩正義》"文勢"26 條。

"文勢"一詞,使用最多,《風》8 條,《小雅》8 條,《大雅》6 條,《周頌》4 條,共使用 26 條,今《風》《小雅》《大雅》《頌》各取一條以論述其義。

> 《葛覃》:正義曰:以言"害浣害否",明其無所偏否,故知公私皆

① 杜預注,孔穎達疏《春秋左傳注疏》,《景印文淵閣四庫全書》第 144 册,臺北:臺灣商務印書館,1986 年,頁 61。

浣，常自潔清也。若如傳言"私服宜浣，公服宜否"，則經之"害浣害否"乃是問辭，下無總結，殆非文勢也。豈詩人設問，待《毛傳》答以足之哉！且上言污私、浣衣，衣、私別文，明其異也。

《皇皇者華》：正義曰：如是，則《烝民》亦云"征夫捷捷，每懷靡及"，《箋》為仲山甫戒之，與此不同者，彼非君遣使臣之歌，述美仲山甫之德，觀其文勢，故與此異耳。

《大明》：正義曰：以文勢纍之，任，姓；仲，字，故知摯為國也。以下言"大任"，婦人稱姓，故知任為姓。仲者，中也，故言"之中女"。

《閔予小子》：此及《小毖》四篇，俱言嗣王，文勢相類，則毛意俱為攝政之後，成王嗣位之初，有此事，詩人當即歌之也。鄭以為，成王除武王之喪，將始即政，則是成王十三，周公未居攝。於是之時，成王朝廟，自言敬慎，思繼先緒。

《葛覃》"非文勢也"是指《傳》言"私服宜浣，公服宜否"和經文"害浣害否"相比，經文是問句，和《傳》所說不一樣，故"殆非文勢也"。《皇皇者華》"觀其文勢"是指和經文"征夫捷捷，每懷靡及"相比，并不相同。《大明》"文勢纍之"，纍，連及，推求，在此指"摯國任姓之中女也"一句意義是從這句中推論出來的。《閔予小子》"文勢相類"指和《小毖》四篇相比。四篇之中《葛覃》和《大明》指句子結構，《皇皇者華》《閔予小子》指全文結構。可見"文勢"是一種依據結構方式對《詩經》進行詮釋的方法。

唐代五經正義皆有用"文勢"之法對經傳予以解釋的例子，《春秋公羊注疏》卷二十六解"公會晉師於瓦。公至自瓦"，說"今此文勢與彼正同，故此何氏取彼傳文以解之"[1]，就是通過比較的方法來解釋經義。比

---

① 《春秋公羊注疏》：卷二十六公會晉師於瓦。公至自瓦。"解云：正以下經云'晉趙鞅帥師侵鄭，遂侵衛'，故知此言公會晉師，是趙鞅之師矣。宣元年秋，'趙盾帥師救陳'，宋公以下'會晉師於斐林，伐鄭'，傳云'此晉趙盾之師，曷為不言趙盾之師？君不會大夫之辭也'。今此文勢與彼正同，故此何氏取彼傳文以解之。"（公羊高撰，何休解詁，徐彥疏《春秋公羊傳注疏》，《景印文淵閣四庫全書》第 145 册，臺北：臺灣商務印書館，1986 年，頁 484—485。）

較兩句話,宣公元年,經云"會晋師於斐林,伐鄭"和"公會晋師於瓦。公至自瓦",兩句話結構相同,表達的意義相近,故何休就拿對上文的解釋來解釋這句經文。"文勢與彼同",也就是行文結構相同。"文勢"詮釋方法的使用,是在《毛詩正義》對《詩經》篇、章、句結構論的總體上展開的。

2.《毛詩正義》"勢"的詮釋策略

綜合而論,"勢"是《毛詩正義》中重要的詮釋概念,"義勢"重在强調本文意義與詮釋意義的統一;"事勢"則是其"推論"詮釋策略的表達;"文勢"則從結構入手來分析意義。因此有了以下幾種詮釋策略:

(1)經文同而義同。從"詩有定體,體有定勢"的文學理論出發,認爲結構相同的詩歌就應當有着相同的意義,因此《毛詩正義》中大量引詩解詩。

> 《常武》:"三事就緒。"正義曰:"立三有事之臣,與《十月之交》'擇三有事'文同。"①

并且《毛詩正義》以爲,如果結構相同,在詩的整體解釋中意義一致,其解釋就是成立的,不必非明是非。

> 《烝民》:"征夫捷捷,每懷靡及"箋云:"袓者,將行犯軷之祭也。懷私爲每懷。仲山甫犯軷而將行,車馬業業然動,衆行夫捷捷然至。仲山甫則戒之曰:'既受君命,當速行,每人懷其私而相稽留,將無所及於事。'"正義曰:"'每懷靡及',在'征夫'之下,而與《皇皇者華》文同,故亦依彼取《外傳》而徑破之云:懷私爲每懷。"

(2)引他書之結構相同者以釋詩。

---

① 《皇矣》"是伐是肆,傳曰:肆,疾也。箋云:肆,犯突也。正義曰:肆與《大明》'肆伐大商'文同,故以肆爲疾"。輕此以爲《鄭箋》謬誤。

《公劉》:"徹田爲糧。"正義曰:"且徹與《孟子》'百畝而徹'文同,故知徹之使出税以爲國用。"

(3) 同一首詩中使用相同的字,其意義也當相同。

《小明》:"念彼共人。"箋云:"共人,靖共爾位以待賢者之君。"正義曰"下云'靖共爾位',與此'共人'文同。"

(4) 文同而義異。

《泉水》:"女子有行,遠父母兄弟。"箋云:"婦人有出嫁之道,遠於親親,故禮緣人情,使得歸寧。"正義曰:"此與《蝃蝀》《竹竿》文同而義異者,以此篇不得歸寧而自傷,故爲由遠親親而望歸寧。"《蝃蝀》刺其淫奔,故爲禮自得嫁,何爲淫奔;《竹竿》以不見答,思而能以禮,故爲出嫁爲常,不可違禮。詩者各本其意,故爲義不同。

《毛詩正義》以爲詩結構因爲叙事表意不同而有變化,因此"各言其情","體無恒式"。這一結論和劉勰的"定勢"論相同,劉勰説:"夫情致異區,文變殊術,莫不因情立體,即體成勢也。勢者,乘利而爲制也。"[1]"因情立體""即體成勢",劉勰從情、體、勢三個方面,討論的文體、風格、文氣三者的關係。《毛詩正義》則從文勢、情感、風格逆推而詮釋詩意,是文學理論對經學詮釋思想影響的結果。

當然,文學理論中"文勢"更多指一篇文章的布局、順序、節奏意義,唐代日本僧人空海説:

凡制於文,先布其位,猶夫行陳之有次,階梯之有依也……然

---

① 劉勰《文心雕龍》,《景印文淵閣四庫全書》第 1478 册,臺北:臺灣商務印書館,1986 年,頁 43。

句既有異，聲亦互舛，句長聲彌緩，句短聲彌促，施於文筆，須參用焉……準可以間其文勢，時時有之。至於四言，最爲平正，詞章之內，在用宜多，凡所結言，必據之爲述。①

空海以爲文勢就是語言表意的順序，節奏，意義的大小，決定着文體、旨趣、文意、文詞。代表唐代文學理論中"文勢"最典型的思想。

《毛詩正義》把"勢"這樣的文學結構理念引入經學詮釋中，以"結構分析法""類比推理"的方法，實現詮釋意義和文本之間的統一性，是在綜合利用漢魏晉以來的詮釋成果和文學理論基礎上形成的新型解釋思想和策略。當然我們應當注意到，儘管《毛詩正義》把文學結構理論引入《詩經》詮釋體系中，但這一時期的文學理論與經學理論仍有着很大的差異，整個社會話語體系以儒學理論爲核心，聖人之學仍是社會思想的主流。因此《毛詩正義》仍然以宗毛爲主，"疏不破注"。然而從解釋策略和解釋思想而言，《毛詩正義》已全然與漢學無關，而是代表着新的《詩經》詮釋思想的形成，這也是終唐一代，幾乎無異議的重要原因。

**(三) 餘論**

除了以上論述，《毛詩正義》還有兩個重要貢獻："名無定目"和經、傳、箋異義的發現。

1. "名無定目"的發現及解釋策略。

《毛詩正義》對經文結構首先提出"名無定目"的觀點："篇名皆作者所自名，既言爲詩，乃云名之，則先作詩，後爲名也。名篇之例，義無定準，多不過五，少才取一。或偏舉兩字，或全取一句。偏舉則或上或下，全取則或盡或餘。亦有舍其篇首，撮章中之一言；或復都遺見文，假外理以定稱……豈古人之無常，何立名之異與？以作非一人，故名無定目。"

名無定目的原因，《毛詩正義》歸結於"以作非一人"。作者不一樣，故定篇名的方式不同，而篇名的命名方式并沒有明確的意義在裏面。而且提出"先作詩，後爲名"。趙沛霖以爲："在我國，最早給詩歌加上固

---

① 遍照金剛《文鏡秘府論》，北京：人民文學出版社，1975 年，頁 155。

定的正式題目的,始於《詩經》。"并且他認爲:"《詩經》在命題上有着共同特點,這充分説明題目是統一加上去的。"而後屈原創造了新的命題方式,即"以意立題",有四種情況:一是以"情"名篇,這樣的名篇方式可以直接表述作者的情志和思想;二是以事名篇;三是以物名篇;四是以天神、地祇、人物名篇。① 這個結論迎合了《毛詩正義》的觀點,説明以此立論,更便於廣泛吸收當下研究成果,而采用更好的詮釋策略。

這裏有一個解釋的策略在裏面,也就是説,只要理解了詩作的内容,自然也就能够理解篇題,故《毛詩正義》棄詩題而不釋。解釋篇名是漢代以來的一個解釋傳統,王逸的《楚辭章句》開創解題的解釋模式,其於每篇名之後都要解釋篇名含義及作者的創作意圖。而後魏晋經注解題之法流行,《毛詩正義》説:"鄭《六藝論》文,注《詩》宗毛爲主,其義若隱略,則更表明,如有不同,即下己意,使可識别也。然此題非毛公、馬、鄭、王肅等題,相傳云是雷次宗題,承用既久,莫敢爲異。又案:周續之與雷次宗同受慧遠法師《詩》義,而續之釋題已如此,又恐非雷之題也。疑未敢明之。"這裏引用陸德明《毛詩音義》的説法,説明釋題是魏晋南北朝時人的常用的解釋方法。可以推論這也是魏晋以來文人創作中的兩種傾向而言,一是以意命題,一是因題而命名。明馮惟訥《古詩紀·樂府命題》:"齊梁以來文士喜爲樂府辭,然沿襲之久,往往失其命題本意。"

然而此方法在《詩經》解釋時因爲詩有詩序,其序重在闡釋主旨,因此釋題於詩序之間很難區别開來,故《毛詩正義》"以先作詩,而後名篇"避開了篇名解題的難點。

2. 經、傳、箋異義的發現

《毛詩正義》放棄了漢魏晋以來煩瑣的名物訓釋和以儒家政治倫理釋詩的路徑,更多地從文學理論中汲取養分,尊重詩體的獨異性和作者

---

① 　趙沛霖、王振德《先秦詩歌命題方式論考》,《河北大學學報》1980 年第 1 期,頁 109—114。(韓宏韜則進一步提出:"《詩經》以詩首名篇的約爲 93.5%,占絶大多數。" "是時代風氣與統一加工使然。……無論是作者自爲名,還是樂師所加,篇首取題是簡單易行的辦法。其次,《詩經》的題目當是經過樂師在編訂時加上去或者修改的。"韓宏韜《〈詩經〉篇名正變》,《唐都學刊》2005 年第 4 期,頁 87。)

的原創特徵，因此從《詩經》結構入手，以"勢"的詮釋策略，構建了一個新型詮釋體系。但《毛詩正義》并没有直接通過詩的表意順序、節奏、意義來推論文體、旨趣、文意與文詞的意義，而是以新的詮釋方法來反觀《毛序》《毛傳》《鄭箋》的詮釋和差異，因而發現了《毛序》和經文的差異，提出"於經無所當"共計 42 條。如：

> 《葛覃》正義曰：作《葛覃》詩者，言后妃之本性也。謂貞專節儉，自有性也。叙又申説之，后妃先在父母之家，則已專志於女功之事，復能身自儉約，謹節財用，服此澣濯之衣而尊敬師傅。在家本有此性，出嫁修而不改，婦禮無愆，當於夫氏則可以歸問安否於父母，化天下以爲婦之道也。
>
> 　　先言后妃在父母家者，欲明尊敬師傅，皆后妃在家時事，説其爲本之意，言在父母之家者，首章是也。志在女功之事者，二章治葛以爲絺綌是也。躬儉節用服澣濯之衣者，卒章污私澣衣是也。澣濯即是節儉，分爲二者，見由躬儉節用，故能服此澣濯之衣也。尊敬師傅，卒章上二句"言告師氏"是也。可以歸安父母者，即卒章下一句"歸寧父母"是也。化天下以婦道者，因事生義，於經無所當也。

《毛詩正義》發現《毛詩序》"因事生義"的詮釋方法，因此通過經文與序義一一對應的方式來闡釋《詩序》。《葛覃》首章言在父母家，治女功；二章"爲絺綌"，是自儉約；三章"澣濯即是節儉"。獨"化天下之婦道"在詩中并與經文可以對應。但是這句話却是從詩所叙述事件中自然生發出來的。

《毛詩正義》"於經無所當"的發現，是對《毛詩序》釋義方法的研究，通過這一方法，可以發現《毛詩序》意義生成的路徑，進而生發出其儒學意義。《毛詩正義》總結爲："因事生義""申述所致之美""叙……之由""叙（言）……之意""……故連言之"等。如：

> 《桃夭》：國無鰥民焉，申述所致之美，於經無所當也。

《小星》：既荷恩惠，故能盡心述夫人惠下之美，於經無所當也。此賤妾對夫人而言，則總指衆妾媵與姪娣皆爲賤妾也

《定之方中》：建成市，經無其事，因徙居而始築城立市，故連言之。

《碩人》：經無弟而言弟者，協句也。

《黍離》："周大夫行役至於宗周"，叙其所傷之由，於經無所當也。

《緇衣》："以明有國善善之功焉"，叙其作詩之意，於經無所當也。

《園有桃》：由無德教，數被攻伐，故連言國小而迫，口以侵削，於經無所當也。

# 第四章 宋代《詩經》詮釋思想研究

## 一、宋代《詩經》文獻史料

宋代《詩經》文獻呈現出三大特點：

一是著述豐富。《宋史·藝文志》收録 67 部，清代朱彝尊《經義考》收録 183 種，集宋代《詩經》文獻之大成。近些年，學界又作了較爲系統的考察，20 世紀 80 年代，陳文采撰《兩宋詩經著述考》，收録相關著述 207 種，對部分著述進行了分類描述。21 世紀初，劉毓慶師撰《歷代詩經著述考》收録宋代著述 299 種，并對多數著述進行了全面考察。稍後，李冬梅編《現存宋代詩經學著述目録》《宋代詩經學著述佚目》《未見目》，收録相關著述 325 種，對部分著述也進行了簡要分析。

二是改漢唐以《毛傳》《鄭箋》爲主體的解釋，轉向《詩經》文本爲主體的解釋。《詩經》學研究以"人情"爲關鍵詞，尋求《詩經》文本和新儒學的融合，最終形成以"理"解《詩》的風尚。其内部又形成尊序派和廢序派，一派尊《毛詩序》爲儒家不朽言論，立説多回護《序》對《詩經》的解釋；另一派力主廢全部舊説，以"理"釋詩。

三是在經學、文學、諸子學互動中，形成以議論爲主的言説方式。宋代《詩經》學研究棄漢唐義疏舊體，轉而多用"論""説"之體，著作多以"論""説""傳""義""解""記"爲題，"傳""義"雖是漢以來《詩經》著作舊體，但宋代學者棄其訓詁之學，專以義解詩，代表作有歐陽修《毛詩本義》、朱熹《詩經集傳》。"論""説"之體，本爲漢以來新興的散文體，《文心雕龍》説："原夫論之爲體，所以辨證然否。窮於有數，追於無形，鑽堅求通,鈎深取極。"①宋代學者以"論"爲體在於陳明大意,用其詮釋《詩經》,其立意全在推求《詩經》背後的道理,代表作有吳大昌《詩論》,朱熹《詩序辨説》。這是文學文體對經學詮釋滲透的結果。反過來經學文體也影響了文學文體,明代吳納《文章辨體序説》中對於"説"體的描述就有了幾分宋代經學詮釋的意味了:"説者,釋也,述也,解釋義理而已意述之也。"②"解",則注重解釋某類問題或書中的某些語句,代表作蘇轍《詩經集解》。"記",則記事、記物,以理義雜説叙述對於《詩經》的理解,代表作吕祖謙《吕氏家塾讀詩記》。以"論""説""傳""義""解""記"爲題的著作在同時代的目録學著作中也得到了重點推介③,議論爲主的言説方式,也加速了經學的普及滲透。總體而言,宋代《詩經》學形成了以《詩經》文本解釋爲主體,以議論爲主要言説方式,探討《詩經》現實思想意義的格局。

## (一) 宋代《詩經》學分期與宋代社會文化發展

統觀宋代《詩經》學發展,我們發現《詩經》詮釋著作主要集中在北宋仁宗、神宗,南宋高宗、孝宗、寧宗、理宗統治時期。其著述人幾乎全是進士出身,即使如鄭樵、高元之不事舉業,潛心著述,但仍以各種名目參與了國家政治建設,這也是間接對其經學致用思想的認可。從這一角度來看,宋代《詩經》著述是知識分子階層學術思想和國家意識形態建設融合的産物,其内容更多的是知識分子階層創造性思維和官方意識形態相互解釋和認可。"政府在統治上取得成功的最後一個理由是文化上的理由,儒家經典中所固有的和宋代理學所鼓吹的宇宙秩序是精神領域與自然領域在其中的融合的,互相聯繫,互相依存的統一

---

① 劉勰《文心雕龍》,《景印文淵閣四庫全書》第 1478 册,臺北:臺灣商務印書館,1986 年,頁 27。

② 吳納著,于北山點校《文章辨體序説》,北京:人民文學出版社,1962 年,頁 43。

③ 鄭樵《通志·藝文略》收 11 部(共 16 部);《郡齋讀書志》收 5 部(共 5 部);《直齋書録解題》收 20 部(共 22 部,另兩部爲董逌《廣川詩故》《王氏詩總聞》);尤袤《遂初堂書目》收 12 部(共 13 部,别一部爲吳棫《毛詩補音》)。

體。"①這是對於經學和國家意識形態相互影響的恰當描述。宋代之所以在知識分子和官方之間能够形成很好的溝通，最重要的原因就是宋代對於科舉考試的改革了，這些改革促進了整個社會階層的流動性，也刺激了更多創造性思維的產生。

　　夏傳才先生以爲宋代《詩經》學分爲四個時期②，而其分期正好和宋代科舉考試内容的變革是一致的。宋代科舉考試内容變革有四次，北宋初、慶曆新政、宋神宗熙寧改制、理宗新政。每一次考試内容的變化都帶來了《詩經》解釋思想的變化，都有新作品問世。

　　宋朝前期（宋太祖至仁宗慶曆之前）沿襲舊制，《文獻通考》描述說："宋朝禮部貢……凡進士試詩、賦、雜文各一首，策五道，帖《論語》十帖，對《春秋》或《禮記》墨義十條。"③北宋前期進士科重詩賦，尤以賦爲決科關鍵。"御講武殿覆試合格人，進士加論一首，自是常以三題（詩賦論）爲準。"④科舉考試中經義考察顯得并不重要，這一時期經義沿用唐代舊例。宋太祖、太宗、真宗、仁宗慶曆前，歷時八十餘年，《詩經》學承漢唐經學風氣没有多少變化，《詩經》學著作僅有六部，可觀者有胡旦《毛詩演聖論》十卷，周式《毛詩傳箋辨誤》二十卷，皆以《毛詩正義》爲根本。

　　宋仁宗慶曆新政之後，倡經學新義。紹興五年（1135），主張："省試舉人程文許用古今諸儒之說，并自出己意。文理優長，并爲合格，令試院榜諭。"⑤劉敞《七經小傳》作於此時。仁宗嘉祐四年，歐陽修著成《詩本義》。《四庫全書提要》說："至宋而新義日增，舊說幾廢，推原所始，實

<hr />

　　①　賈志揚《宋代科舉》，臺北：東大圖書股份有限公司，1995 年，頁 31。

　　②　夏傳才《詩經研究概要》，鄭州：中州書畫社，1982 年，頁 131。

　　③　馬端臨《文獻通考》，《景印文淵閣四庫全書》第 610 册，臺北：臺灣商務印書館，1986 年，頁 653。

　　④　司馬光《溫國文正司馬公文集·貢院定奪不用詩賦狀》，上海：商務印書館，1919 年，卷 28。

　　⑤　李心傳《建炎以來繫年要錄》，《景印文淵閣四庫全書》第 326 册，臺北：臺灣商務印書館，1986 年，頁 280。

發於修。"①自是而後《詩經》學著作倍增,仁宗朝進士出身學者《詩經》著述達四十多部,廢《序》之説漸起,且愈演愈烈,《詩經》學進入一個大轉折時期。其中最可稱道者蘇轍的《詩經集傳》,明確提出對《詩序》作者的懷疑,僅留《詩序》首句,其餘盡廢。

　　神宗熙寧二年(1069),變革貢舉法,而"頒貢舉新制",提出"進士罷詩賦、貼經、墨義,令各占治《詩》《書》《易》《周禮》《禮記》一經,兼《論語》《孟子》之學,試以大義"。②熙寧四年,根據王安石的建議,神宗頒布《貢舉新制》,對進士科考試內容作出重大改革:罷詩、賦,只考經義,同時罷明經科,并規定"中書撰大義式頒行",即以王安石的《三經新義》與《字説》作爲統一教材和考校試卷的標準。③關於《詩經新義》,宋唐仲友説:"雖知本《詩序》,至於比興,穿鑿苟碎。學者由此拘牽,小文勝而大義隱。"④元梁益説:"惟宋歐陽公、王荆公諸先生出,卓然有見,高視千古之上,舍序舍傳而研究經旨,理明義精,犂然有當。"⑤當代學者程元敏以爲,《詩經新義》"以《詩序》乃詩人自作,尊同本經,《序》義關乎詩旨甚大"⑥。也就是説王安石《詩經新義》以己意釋詩,思想更自由和開放,爲尊、廢序雙方都提供了相應的支持。更主要的是《三經新義》自熙寧八年頒行,一直行於場屋,影響很大。

　　儘管元祐初,朝臣議更科舉法,於是決議《新義》和劉摯、吕公著、韓維等諸儒并行。紹政初,又專取《新義》。王應麟説:"自紹政以來,家以

---

　　①　永瑢、紀昀等《四庫全書總目》,《景印文淵閣四庫全書》第1冊,臺北:臺灣商務印書館,1986年,頁325。

　　②　徐松輯《宋會要輯稿》,北京:中華書局,1957年,頁4283。

　　③　李燾《續資治通鑒長編》,《景印文淵閣四庫全書》第317冊,臺北:臺灣商務印書館,1986年,頁662。

　　④　章如愚《群書考索》,《景印文淵閣四庫全書》第938冊,臺北:臺灣商務印書館,1986年,頁108。

　　⑤　梁益《詩傳旁通卷》,《景印文淵閣四庫全書》第76冊,臺北:臺灣商務印書館,1986年,頁977。

　　⑥　程元敏《三經新義輯考匯評·詩經新義體制探原》,上海:華東師範大學出版社,2011年,頁332。

荆舒爲師，人以章蔡爲賢。"程元敏先生以爲："自熙寧下迄靖康，《三經新義》始終行於場屋。""建炎二年……《三經新義》仍準與衆説并行，以迄宋亡。""《三經新義》又不復專行於場屋，然經義轉盛於民間。"①高太后、哲宗、徽宗、高宗、孝宗、寧宗諸帝後統治期間，王安石《詩經》新義占據了重要位置。但反對王學的聲音也很大，《詩經》學進入了一個更自由的時期。各種學術思潮并起，有尊漢學派，有反序派，有理學派，有心學派，各派紛紛著書立説，羽翼自己的觀點。《詩經》學著作大約有 160 餘部問世，宋學各派的代表性著作都完成於這一時期。

　　到宋理宗時，思想多元的局面被終結。淳祐元年(1241)，宋理宗崇獎理學，圈定周敦頤、張載、程顥、程頤、朱熹從祀孔子，詔："朕惟孔子之道，自孟軻後不得其傳，至我朝周敦頤、張載、程顥、程頤，真見實踐，深探聖域，千載絶學，始有指歸。中興以來，又得朱熹精思明辨，表裏混融，使《大學》《論》《孟》《中庸》之書，本末洞徹；孔子之道，益以大明於世。朕每觀五臣論著，啓沃良多。今視學有日，其令學官列諸從祀，以示崇獎之意。"②宋理宗確立了二程、朱熹等創立的道學在宋學中的主流地位，從而開闢了以宋明理學爲標志的新儒學時代。③　自是而後，程頤《伊川詩説》、朱子《詩集傳》成爲科考的主要内容，而《詩經》學著作也以羽翼程氏、朱子學説爲主。雖王應麟等人承前朝餘緒，承漢學派思想，作《詩考》《詩地理考》等著作，但在當時并没有産生很大的影響，直到清代漢學興起，王應麟的學術成就才得以重新受到重視。

　　縱觀宋代《詩經》學發展，官方對於六經多解的傾向，表現出極大的寬容，間接刺激了《詩經》學多元發展的傾向，鄭樵説："《詩》雖一書，而有十二種學，有訓詁學、有傳學、有注學、有圖學、有譜學、有名物

---

①　程元敏《三經新義輯考匯評·三經新義與字説科場顯微録》，上海：華東師範大學出版社，2011 年，頁 363—364。

②　脱脱《宋史·宋理宗本紀》，北京：中華書局，1962 年，頁 821—822。

③　龔延明《論宋代皇帝與科舉》，《浙江學刊》2013 年第 3 期。

學。"①楊萬里説："有六經則有異説……蓋諸儒各出臆見，以其私説簧鼓世俗之觀聽，而聖人之六經，化爲諸儒之六經矣。"②鄭樵從《詩經》中拓開博物學，楊萬里直指宋儒離經而言《詩》，造成了學風淡漠，隨意解《詩》的現象，但都從一個側面展示出宋代《詩經》學的多元化傾向。

### （二）尊、廢《序》之争

宋學在發展的過程中，逐漸找到了自己的方向，轉向了漢代學者的反動。王應麟説："自漢儒至於慶曆間談經者守訓故而不鑿，《七經小傳》出而稍尚新奇矣。至《三經義》行，視漢儒之學如土梗，古之講經者，持卷而口説，未有講義也。"③歐陽修開始對漢學提出了疑問，他以《詩》本文意義爲主體，考察《序》《傳》《箋》與《詩》本義不合之處。而蘇轍則立足於詩意義構建，考察《詩序》是否有利於建立《詩經》本文意義。他提出《小序》首句和後句的問題，認爲《詩序》首句從意義構建的角度提供了更多的變化和包容，而後句過於泥，不利於《詩經》詮釋意義構建。尊序、廢序都是在這樣的背景下發生的。

尊序派的程頤提出："《詩大序》其文似《繫辭》，其義非子夏所能言也。分明是聖人作此以教學者。蓋聖人慮後世之不知詩也，故序《關雎》以示之，學詩而不求《序》，猶欲入室而不由户也。"并進一步明確説："序中分明言國史明乎得失之迹，如非國史，則何以知其所美所刺之人。使當時無小序，雖聖人亦辨不得。"④正如張壽林《伊川詩解》提要説：

> 伊川之學，以窮理居敬爲本，以《大學》《論》《孟》爲標旨，而達

①　鄭樵《通志》，《景印文淵閣四庫全書》第 372 册，臺北：臺灣商務印書館，1986年，頁 9。

②　朱彝尊《經義考》，《景印文淵閣四庫全書》第 680 册，臺北：臺灣商務印書館，1986 年，頁 784。

③　朱彝尊《經義考》，《景印文淵閣四庫全書》第 680 册，臺北：臺灣商務印書館，1986 年，頁 788。

④　程顥、程頤撰，朱熹編《二程遺書》，《景印文淵閣四庫全書》第 698 册，臺北：臺灣商務印書館，1986 年，頁 185。

於六經。故其説詩，一以聖人爲師，謂《三百篇》皆夫子之所删訂，皆止於禮儀，可以垂世立教，故深信《詩序》美刺之説。①

南宋李樗《毛詩解》遵循了這樣的解釋方式，詳觀《毛詩解》，先鈔寫大小《序》，并爲之作注，鈔寫經文并作解釋，從説解的形式看，一方面對前人學説多有繼承，另一方面也時出己意。②

南宋袁燮《絜齋毛詩經筵講義》提出有補於今之治道人君的思想。受陸九淵心學思想影響，在其解詩過程中增加了"人心""民"等關鍵詞，構建了更爲全面的政治倫理思想。故侯外廬在《宋明理學史》中指出：

> 袁燮和楊簡不同，不是沿着哲學的方向進一步發展陸九淵的主觀唯心主義，而是沿着政治和倫理的方向，把陸九淵的心學運用於社會，得出一些政治哲學的結論。③

范處義《詩補傳》，吕祖謙《吕氏家塾讀詩記》，戴溪《續詩記》，三者對《詩序》進行了更深入的分析，藉《詩序》而言己意，試圖通過對《詩序》歷史語境的重構完成經典還原。范處義《詩補傳》追求純儒的意義，是南宋以己意解詩的學風下儒學解釋思想的回歸。吕祖謙則吸收宋以來儒學的新成就，對《詩經》成果進行了一次大總結，尊《序》，但并不泥《序》，對於序中的人名、關鍵詞，都做出了更貼近宋代儒學思想的解釋。戴溪以吕祖謙的思想爲源頭，其《續詩記》對《小序》進行了修正。後學林岊、魏了翁、嚴粲則在遵從《詩序》的基礎上，更大膽地以儒學新義對《詩序》進行了總結，書中或取《序》而新解，或補足其歷史語境而言《序》，都是儒學意義預設下的新學説。嚴粲《詩緝》以集解體形式説詩，廣采漢宋學者成説，也偶出新義。魏了翁《毛詩要義》被李霖視爲《毛詩

---

① 中國社會科學院編《續四庫全書總目提要》，北京：中華書局，1993 年，頁 313。

② 郝桂敏《宋代〈詩經〉文獻研究》，北京：中國社會科學出版社，2006 年，頁 39—42。

③ 侯外廬等編《宋明理學史》，北京：人民出版社，1984 年，頁 599。

正義》的知音。①

　　廢序派,歐陽修、蘇轍有開拓之功,而鄭樵首倡,程大昌和之,王質、楊簡、朱熹及其後學則盡廢《序》,以新儒學思想重建一種新型的解釋模式,宋代《詩經》學的新特點更多體現於此了。當然,雖都以廢《序》爲目的,但其解釋學思想而言却各言其説,這也是宋學以己意解詩的學風表現。

　　鄭樵、程大昌抛棄了以儒學解詩的桎梏,全然用一種審美經驗體驗來分析《詩經》給人帶來的美的體驗,以及審美經驗對人類心靈的影響。他們更多從文學的靈動性入手,在文學與經學互動中找到了《詩經》解釋新模式。王質部分接受了鄭樵思想,因此把《詩經》看成是解釋主體,從每首詩的語義表達入手,從音、義、物入手,直接解釋《詩經》意義所在。楊簡以心學,朱熹以理學,給《詩經》詮釋思想和模式帶來了新的變化。

## 二、宋代《詩經》詮釋思想的變遷——政治哲學、審美經驗到形而上的追求

　　毫無疑問,宋代學者面臨着《詩經》接受的困境,宋太祖至仁宗慶曆前八十餘年,《詩經》學著作只有六部,可觀者有胡旦《毛詩演聖論》十卷、周式《毛詩傳箋辨誤》二十卷,皆以《毛詩正義》爲根本,論述《詩》旨。漢唐舊學的解釋模式在宋人眼中變得有點奇怪了,歐陽修《周召分聖賢解》説:

　　　　《二南》之作,當紂之中世而文王之初,是文王受命之前也。世人多謂受命之前則太姒不得有后妃之號,夫后妃之號非詩人之言,先儒《序》之云爾。考於其詩,惑於其《序》,是以異同之論争起,而

---

　　① 李霖、喬秀岩《南宋刊單疏本〈毛詩正義〉序》,北京:人民出版社,2012 年,頁 11。

聖人之意不明矣。①

　　歐陽修覺得漢唐舊學充滿了矛盾，漢唐《詩經》詮釋文本的經學意義和經學權威受到極大挑戰，因此漢唐舊疏不可以再作爲經學解釋的前理解，應當重新尋找《詩經》解釋的新思想。

　　程頤有着和歐陽修一樣的困惑，但他似乎比歐陽修更進一步，找到了解決這一癥結的關鍵，他說：

　　　　爲道不明於天下，故不得有所成就。且古者興於《詩》，立於《禮》，成於《樂》。如今人怎生會得古人於《詩》，如今人歌曲一般。雖閭巷童稚皆習聞其說而曉其義，故能興起於《詩》。後世老師宿儒尚不能曉其義，怎生責得學者是不得興於《詩》也。②

　　程頤非常明確地表達了自己的擔心，他指出古人"興於《詩》"，因爲《詩》和相關聯的"道"能夠通曉於天下，聞之於閭巷。但是隨着社會變遷，口頭叙事的消失，《詩序》中很多内容都變得難以理解，因此必須重新定位《詩》和"道"之間的關聯，并在通曉經文的基礎上形成新的《詩經》學解釋。這幾乎可以看成是整個宋代《詩經》解釋的基本路徑了。但有意味的是，在尋找"道"的路徑上，宋儒出現了分歧。程頤棄禮而言理，放棄了宏大政治叙述的企圖，以人爲核心，把孟子及《四書》中關於人心的學說發揮到極致，試圖重建一種形而上的"道"；王安石爲代表的政治家們選擇向外求，棄禮而追聖，他們放棄了《傳》《箋》以"禮"釋詩，而把《序》視爲聖人之言，詩人之意，力求在《序》的指導下，在三代政治的陳述中找到當下政治建設的思想和理路，重建新型政治哲學；歐陽修選擇了"人情"說，以"緣人情以制禮"爲立論的基礎，試圖棄禮而言"人

---

①　歐陽修《詩本義》，上海：商務印書館，1936 年，卷 15。

②　程顥、程頤撰，朱熹編《二程遺書》，《景印文淵閣四庫全書》第 698 册，臺北：臺灣商務印書館，1986 年，頁 161。

情",追求"聖人之志""詩人本義";受歐陽修思想的啓迪,鄭樵則從"人情"出發,追求《詩經》文本産生之初的審美經驗及其感染力;朱熹上承二程學説,綜各家之所長,"吟咏性情",以體驗爲路徑,"存天理,滅人欲",把《詩經》文本變成了理學思想的注脚。學者們圍繞《詩經》本文相關聯的"道"的追求,形成了宋代《詩經》詮釋的三種理論形態,這就是政治哲學詮釋、審美詮釋和形而上的"理學"詮釋。

### (一) 宋代《詩經》接受的困境和王安石政治詮釋思想的發生

"漢儒多言禮,宋儒多言理。"①這是皮錫瑞對漢、宋經學宗旨的論斷,漢末至唐,儒學宗旨在於"禮"的社會化構建,對於《詩經》解釋而言,就是形成了以天道爲核心的禮樂教化解釋思想,實現歷史視野和政治視野的融合,立論正如陸賈所説:"承天統地,窮事察微,原情立本,以緒人倫。宗諸天地,纂修篇章,垂諸來世,被諸鳥獸,以匡衰亂。天人合策,原道悉備。"②五經要達到承天統地的作用,要施之於人,加之於政事,就必須從經書中發現至高無上的先知般的意義。《詩經》詮釋各家非常注重這種意義的發現,并且最終把發現的寓意上升到獨立的富有意味的社會精神價值的高度,高懸於時代的上空,成爲漢室政權建設中必須遵循的經,與天道同一。在這一理論背景下,漢代《毛詩》派以《毛詩序》爲中心,形成以後妃、周公、文王、周代諸王、賢者爲關鍵詞的一個政治體系,并將《詩經》文本意義與之相關聯,盡力把看似松散的詩歌整合成一個完整的話語系統,《詩經》成爲周代聖教的代言體,以此可以教化天子、民衆。《鄭箋》又把《詩經》和《周禮》聯繫起來,使其代言内容進一步具體化爲禮,實現以禮樂教化達於天下的解釋目的。正如歐陽修著《新唐書·禮樂志》説:

> 由三代而上,治出於一,而禮樂達於天下。
>
> 古者,宫室車輿以爲居,衣裳冕弁以爲服,尊爵俎豆以爲器,金

---

① 皮錫瑞《經學通論》,北京:中華書局,1954 年,頁 25。
② 陸賈《陸子》,《叢書集成初編》第 518 册,北京:中華書局,1985 年,頁 2。

石絲竹以爲樂，以適郊廟，以臨朝廷，以事神治民……此所謂治出
於一，而禮樂達天下，使天下安習而行之，不知所以適善遠罪而成
俗也。①

　　這段文字是對上古禮樂教化和政治關係的描述，上古政治已經穌
民衆生活起居融爲一體，禮樂是這方面的代表，而《詩經》則用樂歌的形
式記錄下了這一政治盛景，因此鄭玄以禮釋詩，就是要從禮樂的闡釋中
發現樂歌的政治意義。

　　趙翼《廿一史札記》言："唐人之究心《三禮》，考古義以斷時政，務爲
有用之學，而非徒以炫博也。"②此語最得初唐儒學要領，孔穎達《毛詩
正義》承繼漢學思想，藉禮之名，廣引文、史、經學各類著述，對禮的"物"
"儀"形態及其演化進行了解釋，以禮的古義來達到影響時政的目標，達
到正情性、節事宜的政治目標。這符合唐初儒家學者對於詩教的理解，
詩教就是要藉助《詩經》中所表達的禮，教導人們在日常生活和政治領
域都必須依照禮而行事，以"禮"爲規範，進而實現全社會的善，"禮"是
保證爲善的重要環節。但經歷唐末五代戰亂，三代的禮已經破壞殆盡，
成爲經典著述中凝固的音符。程子曰："行禮不可全泥古，須視當時之
風氣自不同，故所處不得不與古異。如今人面貌自與古人不同，若全用
古物，亦不相稱，雖聖人作須有損益。"③禮對於宋代世俗生活的影響力
已見式微，使得漢代以來基於"禮"學的《詩經》詮釋面臨着接受困難。

　　　古禮既廢，人倫不明，以至治家皆無法度，是不得立於《禮》也。
　　古人有歌咏以養其性情，聲音以養其耳，舞蹈以養其血脉，今皆無

---

　　①　歐陽修《新唐書》，北京：中華書局，1962 年，頁 307。
　　②　程顥、程頤撰，朱熹編《二程遺書》，《景印文淵閣四庫全書》第 698 册，臺北：臺
灣商務印書館，1986 年，頁 24。
　　③　趙翼《廿二史札記》，《續修四庫全書》第 453 册，上海古籍出版社，2001 年，
頁 421。

之是不得成於《樂》也。古之成材也易,今之成材也難。①

漢代《詩經》注釋中所記載的上古禮樂教化的解釋無法和現實生活相融合,因爲政治和禮樂已經分而爲二,禮樂更多是一種虛名。歐陽修《新唐書·禮樂志》指出:

> 及三代已亡,遭秦變古後之有天下者……其爲政,朝夕從事則以簿書、獄訟、兵食爲急。曰:"此爲政也,所以至名。"至於三代禮樂具其名物而藏於有司,時出而用之郊廟,朝廷日此爲禮也所以教民。此所謂治出於二,而禮樂爲虛名。②

隨着"禮樂"和政治的疏離,以"禮"爲核心的詩教思想走到了盡頭,從此以後《詩經》解釋史上很長時間都不再有《鄭箋》的聲音,一直到清代漢學思潮再起。

在這樣的文化思潮推動下,漢唐以"禮"爲基礎的國家政治想象被宋代嚴格的文官體系的官僚制度所代替,"禮"也自然就讓位於"法度"。法度的制定和實施也是宋代仁宗到真宗時期重要的國是。王安石以一個改革家的眼光認爲:"今天下之財力日以困窮,風俗日以衰壞,患在不知法度,不法先王之政故也。"③其中法度和先王之政的關聯是宋代改革的關鍵,王安石在《上仁宗皇帝言事書》中説:

> 今朝廷法嚴令具,無所不有,而臣以謂無法度者何哉?方今之法度多不合乎先王之政故也。孟子曰:"有仁心仁聞而澤不加於百姓者,爲政不法於先王之道故也。"以孟子之説觀方今之失,正在於

---

① 程顥、程頤撰,朱熹編《二程遺書》,《景印文淵閣四庫全書》第 698 册,臺北:臺灣商務印書館,1986 年,頁 161。

② 歐陽修《新唐書》,北京:中華書局,1962 年,頁 308。

③ 脱脱《宋史·王安石傳》,北京:中華書局,1962 年,頁 10542。

此而已。①

"法先王之政"是王安石的政治理想,而先王之政的根本在於"仁"且"加之於百姓",這是一個很有意思的拼接,藉儒家的"仁"政加上"法"先王之政,"法"是核心,這是一種新型的政治哲學。要想讓這樣的政治哲學成爲王朝的意識形態,就必須使它言之有據。這大概是整個封建時代儒家學者的通病,他們很多創新的思想都要置於舊經典之中,并且試圖讓這些新思想看起來似乎是在舊經典中就天然地存在着,從而讓它的出現變得自然,這也就有了中國式的經學詮釋學,一種在新思想和舊經典之中構建關聯,以新思想爲前理解,從而讓舊經典產生新學説的解釋方法。

王安石解釋《詩經》就是要讓"仁"加之於法的政治哲學看起來是天然地存在於《詩經》文本中的。他要做的,就是發現并從中找到指導現實政治的實效,以此來作爲他實現其政治主張的宣講書。在《詩義序》中他肯定一説:《詩》上通乎道德,下止乎禮義。放其言之文,君子以興焉。循其道之序,聖人以成焉。"②這一説法比《詩序》具體了很多,《詩序》只説"詩言志",而王安石則説"道德""禮義",并且指出"循道之序,聖人以成焉",似乎在暗示着上古三代之治就是這樣實現的,反過來如果以聖人之道爲序,"一道德,明法度",當下的國家政治也可以實現像上古三代一樣的盛況。當然所有這些都必須藉助從經典中發現這樣的思想和説法,這是王安石解釋《詩經》的前提,他要藉《詩經》詮釋來推行新法,表達自己的政治主張。

因此,王安石腰斬漢唐以"禮"釋《詩》的舊疏,徹底放棄了禮樂教化之論,想從《詩序》所確立的三代先王之政中尋求政治理想,從王道政治

---

①　王安石《臨川文集》,《景印文淵閣四庫全書》第 1105 册,臺北:臺灣商務印書館,1986 年,頁 282。

②　王安石《臨川文集》,《景印文淵閣四庫全書》第 1105 册,臺北:臺灣商務印書館,1986 年,頁 700。

和内聖外王的儒學構建中,尋求《詩經》本文與當下政治的新融合。《詩序》被看成了儒家政治思想的代言體。這就等於給《詩經》一個政治哲學的新身份,《詩經》是先王之政的產物。王安石説:"蓋序《詩》者不知何人,然非達先王之法言者,不能爲也。故其言約而明,肆而深。要當精思而熟講之爾,不當疑其有失也。"①王安石以爲《序》不可疑,因爲它最接近先王之禮法。在《詩序》所提供的三代之治的歷史指向和前理解中,王安石找到了可以濟世的良方,通過對歷史原型的追溯,抽象出一個政治治理的模式:一道德,明法度。他在《周南詩次解》中提出:"王者之治,始之於家;家之序,本之夫婦正;夫婦正者,在求有德之淑女。爲后妃以配君子也,故始之以《關雎》。"②王安石描述了王者之治的途徑,以儒家"修齊治平"爲核心,治家本於"夫婦正","序""正"就是"法",而"正"又起於"德",把《詩經》詮釋置於儒家社會政治、道德倫理的視野下。

王安石大膽賦予《詩經》以道德和法度的意義,在解釋中首先保留了《詩序》所設定的三代政治系列形象,同時又賦予這些政治形象以相應的道德關懷。《詩經》成爲王者之化、君子之德、聖人之志的儒家王道政治的思想文本。"法先王",是他們向世人提供的一個王道政治的典範,一種樣式。因此王安石解釋《詩經》文本時就是要把詩人歌咏、後世對聖人的贊美和傳頌看成是先王之政的行爲和影響。如:

> 《卷耳》説:"今也采采卷耳,非一采而乃至於不盈者,以其志在進賢,不在於采卷耳也。"
> 《樛木》説:"南,明方;木,仁類者;蓋南方者喻后妃之明也。"③

---

① 王安石《臨川文集》,《景印文淵閣四庫全書》第 1105 册,臺北:臺灣商務印書館,1986 年,頁 596。

② 王安石《臨川文集》,《景印文淵閣四庫全書》第 1105 册,臺北:臺灣商務印書館,1986 年,頁 541。

③ 程元敏《三經新義輯考匯評》,上海:華東師範大學出版社,2011 年,頁 12、13。

這裏把詩人的志歸結爲德,歸結爲政治追求。《詩經新義》雖已亡佚,但從後人的輯佚中仍能找到許多這樣的解釋。同時爲了結合政治建設的需要,他把法治思想也滲透到了《詩經》的解釋中。如釋《羔羊》:

> 所謂文王之政者,非獨躬行之教,則亦有慶賞刑威存焉。

文王之政,有德亦有法,這就是王安石的解釋,這也是王安石以法改制的思想。因此法度、號令也成爲其解釋《詩經》的關鍵詞。如釋《殷其雷》:

> 雷喻號令。"在南山之陽",謂宣明君之號令。

從現存程元敏《詩義輯考匯評》輯本來看,王安石《詩經新義》中大凡《序》中稱爲后妃、夫人、賢人之政治形象,其要歸之於德。凡《序》以爲文王之治、諸侯之失,禮儀教化荒廢,其要歸之於法。以賢人、君子、德行、女功爲喻道德之名詞,以法度、號令、儀禮爲法度的名詞。這樣的詮釋在政治之外抽象出一個超越君王、國家、個人的規則,可以"一道德,同風俗"。這和葛兆光先生的結論相同,葛先生以爲:"在宋代思想史上,我們看到被特別凸顯的是天下與太平,道與理,心與性這樣一些超越具體君主、國家和個人的語詞。"[①]也就是要尋求一種立足於當下的終極關懷的體系,要超越現實又能指導現實。

王安石以"仁"爲體,以"法"爲用的政治哲學的詮釋思想在宋代頗受統治者歡迎,《三經新義》自熙寧八年(1075)頒行,隨其後的高太后、哲宗、徽宗、高宗、孝宗、寧宗諸帝後,王安石《詩經》新義占據重要位置,一直到宋理宗淳祐元年(1241),一直行於場屋。程元敏先生以爲:"自

---

① 葛兆光《七世紀至十九世紀中國的知識、思想與信仰》,上海:復旦大學出版社,2000 年,頁 274。

熙寧下迄靖康,三經新義始終行於場屋。"①儘管元祐初,朝臣議更科舉法,於是決議《新義》和劉摯、呂公著、韓維等諸儒并行。但是紹政初,又專取《新義》。

**(二) 歐陽修的"人情説"及以"審美經驗"爲核心的審美詮釋思想的産生**

歐陽修《詩本義》的解釋思想是很明確的,他在《女曰鷄鳴》中提出:"不近人情,以此求詩,何由得詩之義。""人情",是歐陽修解釋詩經的一個關鍵詞,綜合起來看,歐陽修同時代的學者也都引用"人情"來論理,其含義差異不大。宋王堯臣等撰《崇文總目》釋刑部説:

> 法家之説,務原人情,極其真僞,必使有司不得銖寸輕重出入。則其爲書,不得不備歷世之治,因時制法。緣民之情,損益不常,故凡法令之要皆著於篇以下。②

張子曰:

> 鄭衛之音,自古以爲邪淫之樂,何也? 蓋鄭衛之地濱大河,沙地,土不厚,其間人自然氣輕浮;其地土苦,不費耕耨,物亦能生,故其人偷脱怠墮,弛慢頹靡,其人情如此,其聲音同之,故聞其樂,使人如此懈慢。③

二程曰:

---

① 程元敏《三經新義輯考匯評·三經新義與字説科場顯微録》,上海:華東師範大學出版社,2011 年,頁 363—364。

② 王堯臣、王洙、歐陽修撰《崇文總目》,《景印文淵閣四庫全書》第 674 册,臺北:臺灣商務印書館,頁 42。

③ 張載《張子全書》,《景印文淵閣四庫全書》第 697 册,臺北:臺灣商務印書館,1986 年,頁 158。

聖人緣人情以制禮，事則以義制之。①

很顯然，宋人接受了司馬遷的觀點。"觀三代損益，乃知緣人情而制禮，依人性而作儀，其所由來尚矣。"②在司馬遷看來，"禮"的製作是社會風俗、人性出發而制定的，"人情"就是超越個體私人情性，高於個體的人類共識、情理。王堯臣等的"人情"指"情理"，張載的"人情"指"民情，民俗"，二程的"人情"指"常情""情理"，基本都不脫司馬遷的説法，而且把它更普及化了，從"禮"轉向了更爲廣大的社會認知領域。正因爲宋人對"人情"的深刻認知，就使得他們有理由對於"以禮釋《詩》"的漢唐舊疏説"不"，因爲如果"禮"解釋《詩》不符合"人情"，不能被當下的人們理解，就一定是錯了。

歐陽修以"人情"爲媒介，對《毛詩》《鄭箋》和《詩經》本文進行了意義分析，凡是三者有衝突即以"人情"定奪。歐陽修《定風雅頌解》説：

> 《詩》之息久矣，天子諸侯莫得而自正也。古詩之作，有天下焉，有一國焉，有神明焉。觀天下而成者，人不得而私也；體一國而成者，衆不得而違也；會神明而成者，物不得而欺也。不私焉，《雅》著焉；不違焉，《風》一焉；不欺焉，《頌》明矣。③

歐陽修把《詩》視爲"觀天下而成者"，因此"人不得而私"，這是他分析《詩》的出發點。這一觀點接近隋代大儒王通"詩出於民之情性，情性其能無哉？"的論斷。因此晁公武説："歐陽公解詩，毛鄭之説已善者因之不改；至於質諸先聖則悖理，考於人情則不可行，然後易之。故所得

---

① 程顥、程頤撰，朱熹編《二程遺書》，《景印文淵閣四庫全書》第 698 册，臺北：臺灣商務印書館，1986 年，頁 74。
② 司馬遷《史記·禮書》，北京：中華書局，1962 年，頁 1157。
③ 歐陽修《詩本義》，《四部叢刊》本第三編，上海：商務印書館，1936 年，卷 15。

比諸儒最多。"①此論最接近於歐陽修詮釋《詩經》的基本思想。

"人情"替代"三代之禮"成爲《詩經》詮釋的前理解,隨之而來的自然是詮釋主體由漢唐注疏之作轉向《詩經》本文。這也是中唐以來學術思潮與思想發展的必然,葛兆光指出:

> 在中唐以來所萌生的多種意向中,最重要也是最有力量的,還是將人生理想的追求方向由向外轉爲向内的意向,而這種意向表現在傳統經學向思孟學派轉化、早期佛教向禪宗演變與道教向老、莊歸復這三大思潮中。②

這段描述了思想史向内轉的結論,正好可以解釋歐陽修"人情"説解釋的由來。

歐陽修在《野有死麕》篇中提出,《詩經》詮釋應當立足於《詩經》本文,而不能以一章一句進行解釋。他説:

> 《詩三百篇》,大率作者之體不過三四爾。有作詩者自述其言,以爲美刺;有作者録當時人之言,以見其事;有作者先自述其事,次録其人之言以終之者;有作者述事與録當時人語雜以成篇。然皆文意相屬以成章,未有如毛鄭解《野有死麕》,文意散離不相終始。

歐陽修以爲《詩經》本文事言相雜,但文意相屬,因此詮釋《詩經》應當從本文整體出發,從"詩者"意義追述開始,於是《詩經》就成爲"詩者"之"言"。就"言"來説,自古"人情"常理相似,其"言"相類,這就是詮釋《詩經》的路徑,以"人情言詩"。據此而論,解《詩》者也有"人情",故歐陽修又提出《詩經》詮釋有詩人之意、聖人之意、經師之意、説詩者之意。

---

① 晁公武《郡齋讀書志》,《景印文淵閣四庫全書》第 674 册,臺北:臺灣商務印書館,1986 年,頁 168。

② 葛兆光《道教與中國文化》,上海:上海人民出版社,1987 年,頁 219。

這樣的分析，把宋代詩學從漢代煩瑣的訓詁章句之學中解脫出來，直追詩人之意、詮釋者之意，把《詩經》從《詩序》所確立的三代先王之政的政治理想，以及王道政治、内聖外王的儒學構建中解脫出來，還原出《詩經》"人情"本質。

當然歐陽修也注意到《詩經》多假借名物以起興，但他認爲《詩經》名物也是有"人情"意味在其中。他在《匏有苦葉》篇中説：

> 《春秋》《國語》所載諸侯大夫賦詩多不用詩本義，第略取一章或一句，假借其言以苟通其意，如《鵲巢》《黍苗》之類，故皆不可引以爲詩之證。至於鳥獸草木諸物常用於人者則不應謬妄，苦匏爲物當毛鄭未説詩之前其説如此，若穆子去詩時近，不應謬妄也。今依其説以解詩，則本義得矣。

因此在《詩本義》中，涉及名物解釋時，歐陽修多取《爾雅》，述物之最古義。同時他也繼承毛鄭比興之説，提出"詩人取物比興，但取其一義以喻意爾"（《鵲巢》），而其喻義的取得又以"人情"爲重。在《東方之日》中説："毛鄭皆以喻君，以詩文考之，日月非喻君臣，毛鄭固皆失矣。"由此可以看出《詩本義》以《詩經》本文爲解釋主體，以人爲解釋本體，以人事物理考察之法，試圖溝通古今，達於事理的一個《詩經》世界。

受歐陽修"人情"論影響，鄭樵首倡，程大昌、王質和之，他們徹底拋棄了漢代歷史主義詮釋學的桎梏，全然用一種審美體驗來分析《詩經》。他們更多從文學的審美體驗入手，在文學與經學互動中找到了《詩經》詮釋新模式。當然他們審美經驗理論仍不能跳脱出儒學的圈子。

鄭樵首先把《詩序》定位爲："《毛詩》之詩，歷代講師之説，至宏而悉加詮次焉。今觀宏之《序》，有專取諸書之文至數句者，有雜取諸家之説而辭不堅決者，有委曲宛轉附經以成其義者。"①明確提出《序》出於漢

---

① 鄭樵《六經奧論》，《景印文淵閣四庫全書》第 184 册，臺北：臺灣商務印書館，1986 年，頁 68—69。

衛宏之手，辯子夏之説皆是僞説，從方法論和實證論的角度否定《序》的詮釋思想的權威性，這也就否定了聖人之意是《詩經》主旨的神聖命題。進而鄭樵把《詩經》意義的表達追溯到《詩經》産生之初的源頭——"詩樂一體"，并且認爲就《詩》而言，除了樂之外，《詩》中名物作爲象也是理解的關鍵。他説："夫詩之本在聲，而聲之本在興，鳥獸草木乃發興之本。"《昆蟲草木略》記録了他的成果，他説："大抵儒生家多不識田野之物，農圃人又不識《詩》《書》之旨，二者無由參合，遂使鳥獸草蟲之學不傳。"①鄭樵提倡實地考察，通過觀察昆蟲草木來體會《詩經》的含義。也就是説，鄭樵把《詩經》看成是情感先驗的結果，聲、樂、名物的自然存在就是情感先驗産生的源頭，這是《詩經》詮釋的"經驗預設"。這正如堯斯《審美經驗論》中所提到的：

> 在天才美學産生之前，人的藝術産品也總是形成一種自然的經驗作爲限制的和理想的標準，藝術家不可能耗盡，更不必超越這個標準，他們只能模仿，或者最多在自然留下不完善模型的地方去完成它。②

此論接近鄭樵的詮釋思想，他以爲《詩經》記録了聲音、草木昆蟲，并藉以言志，因此"感知"是理解的關鍵，他指出"鄭所以不如毛者，以其書生家，太泥於三禮刑名度數"，也就是説鄭玄舍本逐末了。當然審美經驗并不是簡單等同於西方理論中的審美經驗，這裏只是藉用這個詞彙來解釋這種現象。鄭樵認爲"感知"是儒家《詩經》詮釋的一個預設前提，就是儒家經學思想更多地藉詩之聲表達出來，并具體化。這樣的研究方式，是試圖回到儒家《詩經》學的出發點，重新審視《詩經》和儒學交流溝通的狀況，是孔子"繪事後素"理論的拓展。

---

① 鄭樵《通志》，《景印文淵閣四庫全書》第374册，臺北：臺灣商務印書館，1986年，頁560。

② ［德］漢斯·羅伯特·堯斯著，朱立元譯《審美經驗論》，北京：作家出版社，1992年，頁36。

王質接受了鄭樵的觀點,并將審美經驗詮釋理論更向前推進了一步。王質《詩總聞》説:

> 古事安可容易推尋,但先平心静意,熟玩本文,深繹本意。然後即其文意之塼,探其事實之迹。雖無可考,而亦可旁見隔推,有相需帶,自然顯見。①

這是典型"感知"論,把作品的理解置於人具體的感知之下,用自我感知來取代作品的客觀意義。當自我感知無法完成時,就通過探其事實之迹,來彌補"感知"的缺憾。因此《詩經》字、物、用、音、義都可以看成是解釋主體,完全走向了審美經驗主義的路子。"因爲是知覺把作品變成審美對象,從而作品得以自我完成并顯示自己真正的意義。""所以要想使作品的分析有意義,必須始終參照可能的知覺,從而表明作品是爲知覺而存在的。"②因此王質在詮釋《詩經》時創造了十個類別,分別從音、物等具體事物類別的角度來分析給人帶來的可能感知或是知覺,并通過知覺形成一個意象群。《總聞》説:"説詩當即辭求事,即事求意,不必縱橫曼衍,若爾將何時而窮。"③即辭求事,即事求意是王質的解釋策略,因此在王質解詩過程中更加注重知覺,即閱讀主體可感知的對象及對象的感知意義。如其在釋《草蟲》説:

> 古風俗簡,滋味薄,筋力勞,采蕨采薇,非專寄興也。草木之

---

①　王質《詩總聞》,《景印文淵閣四庫全書》第 72 册,臺北:臺灣商務印書館,1986年,頁 436。

②　〔法〕米·杜夫海納著,韓樹站譯《審美經驗現象學》,北京:文化藝術出版社,1996 年,頁 267、268。

③　王質《詩總聞》,《景印文淵閣四庫全書》第 72 册,臺北:臺灣商務印書館,1986年,頁 440。

　　實,飲食可資,雖婦人皆然,美况男子,習熟以爲當然爾。①

釋《甘棠》説:

　　　　不必聽訟甘棠之下,當是出行偶爾憩息,睹景懷人,後世遂指
爲佳師,古今如此甚多。②

　　王質以爲“蕨”是“飲食可資”之物,人們把生活中常見的“物”視爲
“當然”,這就是來自生活的審美經驗。“甘棠”和“聽訟”這個史實并没
有必要關聯起來,但人們在“甘棠”樹下偶爾憩息,自然會“睹景懷人”。
所論全從“知覺”“感覺”經驗出發。王質把“知覺”列爲解詩的關鍵環
節,在其整體解釋過程中聞字、聞物、聞義相互補充,更多注重其直觀、
客觀的知覺意義,總聞則揭示其事、其意。在“即事以求理”的解釋方法
指導下,王質形成了富有意味的詮釋策略。其聞字、聞物、聞用、聞音皆
言詩歌中的某一個方面,但串聯起來却直指詩歌整體的意義。當然,王
質的“理”是知覺,和後來朱熹的“理”完全不同,故《四庫全書提要》以
爲:“雖廢序説詩與朱子同,而其説則各異。”
　　值得注意的是,鄭樵、王質在詮釋《詩經》時以“感知”“體驗”爲基
礎,以審美經驗的重構來詮釋《詩經》,但并没有過多地表現出對個體情
感的傾向性,而是詮釋出意義主體對知覺表達的依賴。王質説:“近有
講此詩者,觸事解辭,及之因以感動,不知此談經之大病也。”③也就是
説,在他們眼中《詩經》并不是以情感表達爲最終目標和出發點的文學
文本,而是通過普遍的審美經驗的喚起,可以影響他人、民俗,進而影響

────────────

　　① 王質《詩總聞》,《景印文淵閣四庫全書》第 72 册,臺北:臺灣商務印書館,1986
年,頁 448。
　　② 王質《詩總聞》,《景印文淵閣四庫全書》第 72 册,臺北:臺灣商務印書館,1986
年,頁 449。
　　③ 王質《詩總聞》,《景印文淵閣四庫全書》第 72 册,臺北:臺灣商務印書館,1986
年,頁 440—441。

整個社會的儒家經學文本。

### (三) 以"道"爲目標的形而上的"理學"詮釋思想

不同於王安石學派的政治哲學構想和鄭樵的審美經驗論的理解，程頤、朱熹超越了個體而進入了社會精神領域，以"道"爲最高目標，努力構建意識形態的新動力。宋理宗淳祐元年(1241)詔令學官列周敦頤、張載、程顥、程頤、朱熹從祀，以示崇獎，確立了二程、朱熹等創立的道學在宋學中的主流地位，從而開闢了以宋明理學爲標志的新儒學時代。宋理宗認爲，程朱理學是孔子儒學思想的繼承和發展，因程朱的解釋，孔子儒家思想得以發揚光大。自是而後，程頤《伊川詩説》、朱子《詩集傳》成爲科考的主要内容，而《詩經》學著作也多以羽翼程氏、朱子學説爲主。

程頤立論是從"道"開始的，程頤的道，是儒家之道，而且一定是社會普世價值的追求，"爲道不明於天下，故不得有所成就"。據此，程頤提出：

> 《詩大序》其文似《繫辭》，其義非子夏所能言也。分明是聖人作此以教學者。蓋聖人慮後世之不知詩也，故序《關雎》以示之，學詩而不求《序》，猶欲入室而不由户也。
>
> 《序》中分明言國史明乎得失之迹，如非國史，則何以知其所美所刺之人。使當時無《小序》，雖聖人亦辨不得。[1]

可以看出，程頤尊《序》并不是簡單地以《序》爲前理解的行爲，而是把《序》看成是有着王道的思想、聖人言辭的歷史解釋文本。由《序》可上溯至聖人原教旨意義，尋求内聖外王的路徑，因此他反對從《詩》本文中求解詩義。他説：

> 作詩者未必皆聖賢當時所取者，取其意思止於禮義而已，其言

---

[1]　程顥、程頤撰，朱熹編《二程遺書》，《景印文淵閣四庫全書》第 698 册，臺北：臺灣商務印書館，1986 年，頁 250。

未必盡善，如比君以《碩鼠》《狡童》之類。

《皇華》送之以禮樂君不能自行，故遣使以諭誠意於四方，若無忠信，安得誠意，言此詩是如此，不必詩中求。①

這兩段論述都直指"《詩》外之意"，把《詩序》美刺説作爲內修心理，外求正道的途徑。

《伊川詩説》多藉《序》的歷史叙述，通過《詩經》比興手法的分析，强調政教思想、聖人之意是《詩經》的主旨。如程頤解釋《蒹葭》説："蘆葦衆多而强，草類之强者，民之象也。葭待霜而後成，猶民待禮而後治，所以興也。"把植物龢民衆關聯，天象變化指向社會禮治，充滿對於儒學聖典的誠、敬之意。在反思社會政治的前提下，抽象出一個聖教王綱，成爲超越社會現實的指導性綱領。漆俠《宋學的發展和演變》指出：

> 洛學把敬字，亦即內心反省工夫，放在絕對重要位置，因爲它是實現儒生們（更明確地説理學家們）最高理想——內聖外王之道的根本。而蘇學則没有把內心反省工夫看得多麽重要……把內心反省的工夫放在首位，脱離社會現實的實踐，以静、誠敬等向自己身上使勁，這大概是理學之異於宋學的一個基本點。②

也就是説程頤解釋《詩經》的模式是言在此而意在彼，以《序》爲解釋預設，但并不試圖還原史實以諷喻當下政治，而是要抽象出一個"道"來，這就變更了《詩經》解釋的方向，形成了新儒學思想下的新詩學。

二程的《詩經》詮釋理論啓發了朱熹，《詩集傳》中引"程子"説 16 條，多以決宋儒之紛争言《詩經》之主旨。但同時朱熹也同意鄭樵"詩之本在樂"的觀點："三百五篇，皆可協之音律而被之弦歌已乎，誠既得之

---

① 程顥、程頤撰，朱熹編《二程外書》，《景印文淵閣四庫全書》第 698 册，臺北：臺灣商務印書館，1986 年，頁 285。

② 漆俠《宋學的發展和演變》，保定：河北大學出版社，2009 年，頁 29。

則所助於詩多矣,然恐未得爲詩之本也,況未必可得。"但是他認爲:"凡聖賢之言詩,主於聲者少,而發其義者多。"因此"得其志而不得其聲者有矣,未有不得其志而能通其聲者也"①。朱熹試圖用《論》《孟》諸家儒學之意和《詩》本文進行對比,要從本文中發現出"道"來,也就是《詩經》所帶來的隱性意義,即其中所包含的儒學本質的追求。因此其更多地運用歷史主義、哲學主義的解釋思想來解詩,其本質并不在於《詩》,而在於"道"。朱熹最後綜二者而成《詩集傳》,以理釋詩,以體驗式方式解詩,把"道"的尋求作爲詩旨,成爲《詩經》宋學的終結者和集大成者。

朱熹解釋《詩經》以體驗的方式爲主,倡導吟咏情性,以求自通。他在解釋《詩經》時,把《詩經》分成了四類:

其一是正情性之詩,如《二南》。朱熹解釋《關雎》説:

> 愚謂此詩者,得其性情之正,固可以見其一端矣。……學者姑即其辭而玩其理,以養心焉,則亦可以得學詩之本也。

藉辭言理而養心,正是社會意識形態構建的重要途徑,《二南》詩中多言德,明身修家齊之教。

其二是淫詩,如《鄭風·出其東門》:

> 人見淫奔之女而作此詩,以爲此女雖美,且衆非我思之所存,不如己之室家,雖貧且陋,而聊可以自樂也。是時淫風大行,而其間乃有如此之人,亦可謂能自好而不爲習俗所移矣。蓋惡之心,人皆有之,豈不信哉!

以淫奔爲穢行,以自足爲德,通過對比而倡人倫之教。

其三是聖人教化之詩,如《齊》《唐》諸國之詩(衛鄭之外)。朱熹總

---

① 朱熹《晦庵集·答陳體仁》,《景印文淵閣四庫全書》第 1144 册,臺北:臺灣商務印書館,1986 年,頁 62。

論《陳風》説：

> 曰有天地然後有萬物，有萬物然後有男女，有男女然後有夫婦，有夫婦然後有父子，有父子然後有君臣，有君臣然後有上下，有上下然後禮儀有所措。男女者，三綱之本，萬事之先也。正風之所以爲正者，舉其正者以勸之也，變風之所以爲變者，舉其不正者以戒之也。道之升降，時之治亂，俗之污隆，民之死生，於是乎在。

藉三綱之本而論詩之“正變”，指明“正”在勸，而“變”在戒，着眼點全在意識形態。

　　其四是王道教誨之詩，如《大雅》諸篇。統其言而論，全向社會意識形態領域招呼，求净化社會風俗，諷放縱人欲，贊遵循天理。這是朱熹對於《詩經》解釋的最終目的。正如其在《前序》言中所論：

> 《詩》之爲經，所在人事浹於下，天道備於上，而無一理之不具也。……本之二南以求其端，參之列國以盡其變，正之於雅以大其規，和之於頌以要其止，此學《詩》之大旨也。

　　朱熹解釋這四類詩，基本上采用了道德意義的體察方式：自我——詩歌——情性——天理。把《詩經》的學習和認知看成是自我改變，升華而成爲至聖，達於大道的方法。《詩集傳》序：

> 察之情懷隱微之間，審之言行樞機之始，則修身及家平均天下之道，其亦不待他求而得之也。

　　通過自我反思把社會心理的説明轉化成爲尋求大我的途徑。其解釋《蝃蝀》篇時説：

> 言此淫奔之人但知思念男女之欲，是不能自守其貞信之節，而

不知天理之正也。程子曰:"人雖不能無欲,然當有以制之,無以制之而惟欲之從,則人道廢而入於禽獸矣,以道制欲則能順命。"

在這樣的解釋模式中實際上有兩個要素:自我的行爲標準是以社會整體的合理性爲基礎的;人生存的前提在於提升自我的道德性,摒棄個人私欲纔可以最終獲得社會的認可。"存天理、滅人欲"的理學基本綫條在朱熹的《詩集傳》中得到了完美的呈現。朱熹《詩集傳》在獲得官方認可後,也成爲宋以後國家意識形態的主要組成部分。

經過幾代人的努力,宋代學者終於突破了《詩經》接受的困境,最終建立了以政治哲學解釋的"王學";追求情理,注重審美體驗的"歐、鄭之學";追求形而上的"程朱之學"。不同解釋思想各因其道,以己意釋詩,開創了《詩經》宋學。隨着宋元政治思想範式的變遷,明代皇權意識的進一步強化,政府把經學教育看成是管理民衆的一種手段,對經學教育的干涉和管理越來越強硬,經學已經很難在政治和學術之間獲得一種平衡,於是漸漸脱離了政治,僵化成爲一種純學術、純修養的行爲,其政治的宏大叙述也徹底消失了。王學,歐、鄭之學漸漸失去了其存在的語境,只有程朱形而上的"理學"詮釋思想,因爲其抽象含蓄的表達,走上了修養純正、正心誠意的内聖外王之學的路子上,成爲元明《詩經》學解釋的主流思想。這也是清人視明代爲經學衰落時期的最大原因,也是清代學者以經學復興尋求民族振興的理由吧。此爲後論,兹不贅述。

## 三、朱熹《詩集傳》詮釋思想研究

隨着王安石《詩經新義》的廢立,宋代《詩經》學陷入了解釋的危機。王安石"一道德"的解釋方式一開始就面臨着哲學上的風險,即如何在上古的《詩經》中發現和找到適用於當下政治需要的同一性問題。王安石以"法先王"之政而言説,而又不遵漢學,首鼠兩端,故失之於"穿鑿"。隨着《詩經新義》的廢立,出於王安石經説的反動,引發了宋代經學"兼

取注疏及諸家議論,或出己見"①的現象,《詩經》宋學又走向了另一個極端。朱熹概括他之前《詩經》學成果說:

> 《詩》自齊、魯、韓氏之說不傳,而天下之學者盡宗毛氏。毛氏之學,傳者亦衆,而王述之類,今皆不存。則推衍毛說者,又獨鄭氏之箋而已。唐初諸儒爲作疏義,因訛踵陋,百千萬言,而不能有以出乎二氏之區域。至於本朝劉侍讀、歐陽公、王丞相、蘇黄門、河南程氏、橫渠張氏始用己意,有所發明。雖其淺深得失有不能同,然自是之後,《三百五篇》之微詞奧義,乃可得而尋繹,蓋不待講於齊、魯、韓氏之傳,而學者已知《詩》之不專於毛、鄭矣。及其既久,求者益衆,說者愈多,同異紛紜,爭立門户,無復推讓祖述之意,則學者無所適從,而或反以爲病。②

　　朱熹同意宋初各家學說在《詩經》解釋思想和方法上的突破,但對同異紛紜、爭立門户的學派之爭表現出了擔心,僅以己意說詩,對於《詩經》學乃至於儒學發展來說也是一件很危險的事,其結果是"無復推讓祖述之意,則學者無所適從,而或反以爲病"③。朱熹吸取了歐陽修、鄭樵審美體驗詮釋的思想,吕祖謙事功學派以史解詩路徑,并加以批判,構建了形上而的以"道"爲核心的哲學詮釋思想,使得《詩經》完全陷入了道德、性命的儒學範疇。《詩集傳》就是其詮釋思想的集中表現,在《詩集傳》中朱熹構建了兩個《詩經》的世界,抽象世界和世俗世界,通過

---

　　①　蘇轍奏說:"臣欲乞先降指揮,明言明年科場一切如舊,但所對經義,兼取注疏及諸家議論,或出己見,不專用王氏之學,仍罷律義。"(李燾《續資治通鑒長編・卷三百七十四》,《景印文淵閣四庫全書》第 320 册,臺北:臺灣商務印書館,1986 年,頁 392。)

　　②　朱熹《吕氏家塾讀詩記序》,《景印文淵閣四庫全書》第 73 册,臺北:臺灣商務印書館,1986 年,頁 322—322。

　　③　漆俠先生說:"程氏貶低文學,朱熹連史學也一概摒斥,把經學、史學割裂開來,使經學走上了狹隘的道路。"此論很有意味,對研究朱熹《詩經》解釋學的路徑和方法都有很多提示。(漆俠《宋學的發展與演變》,保定:河北大學出版社,2009 年,頁 3。)

兩個世界的衝突,實現正情性、尊德行的詮釋目標,以此爲基礎,確立了情性、德性的核心概念,開創了理學的詮釋路徑和方法。

## 《詩經》詮釋體系的構建

關於經學解釋的思想和方法,朱熹有着成熟的思考和策略。朱熹從解經的方法、內容及目的三方面進行了多角度的分析和陳述,僅選代表性的幾條加以概述:

> 漢儒解經,依經演繹;晉人則不然,舍經而自作文。解書,須先還他成句,次還他文義。添無緊要字却不妨,添重字不得。今人所添者,恰是重字。

> 凡解經文字,不可令注脚成文,成文則注與經各爲一事,人唯看注而忘經,不然即須各作一番理會。

> 傳注惟古注不作文,却好看。只隨經句分説,不離經意最好。疏亦然。今人解書,且圖要作文,又加辨説,百般生疑,故其文雖可讀,而經意殊遠。①

> 解經謂之解者,只要解釋出來,將聖賢之語解開了庶易讀。

> 解説聖賢之言,要義理相接去,如水相接去,則水流不礙。

> 今之談經者,往往有四者之病:本卑也,而抗之使高;本淺也,而鑿之使深;本近也,而推之使遠;本明也,而必使至於晦,此今日談經之大患也。〔蓋卿〕

> 經之有解,所以通經。經既通,自無事於解,藉經以通乎理耳,理得則無俟乎經。今意思只滯在此,則何時得脱然會通也。且所貴乎簡者,非謂欲語言之少也,乃在中與不中爾,若句句親切,雖多何害? 若不親切,愈少愈不達矣。某嘗説讀書須細看,得意思通融

---

① 朱熹撰,李光地、熊賜履編《御制朱子全書》,《景印文淵閣四庫全書》第 721 册,臺北:臺灣商務印書館,1986 年,頁 62。

後，都不見注解，但見有正經，幾個字在方好。①

首先，解經的形式上，朱熹反對脱離《詩經》本文而自作文，解經一定要緊扣經文，"只隨經句分說，不離經意最好"。解經的内容，重在"聖賢之言"，也就是要從經文中找到和發現聖人傳經的義理，不能穿鑿成文。解經的目的在於"藉經以通乎理"，因此不可"本卑也，而抗之使高；本淺也，而鑿之使深；本近也，而推之使遠；本明也，而必使至於晦"，導致經"理"難明。以此爲基礎，朱熹構建了《詩經》詮釋體系。

## （一）詮釋目標的確立

朱熹在吸取程氏洛學思想的基礎上，對《詩經》做了定位，從儒學傳統而言，朱熹說：

> 古之聖人作爲六經以教後世，《易》以通幽明之故，《書》以紀政事之實，《詩》以導情性之正，《春秋》以示法戒之嚴，《禮》以正行，《樂》以和心，其於義理之精微，古今之得失，所以該貫發揮，究竟窮極，可謂盛矣。②

朱熹把六經的解釋定位在政教之上，分論六經各有其職，總論則在明天理、行教化、正情性，以達和諧。朱熹把《詩經》定位於"導性情之正"，這是宋學在儒學發展史上的一個哲學的突破。

漢唐學者以聖人言，從董仲舒提出的"天、地、人三才論"入手③，構

---

① 朱熹撰，李光地、熊賜履編《御制朱子全書》，《景印文淵閣四庫全書》第 720 册，臺北：臺灣商務印書館，1986 年，頁 144—148。

② 朱熹撰，李光地、熊賜履編《御制朱子全書》，《景印文淵閣四庫全書》第 720 册，臺北：臺灣商務印書館，1986 年，頁 144。

③ 董仲舒說："天、地、人，萬物之本也。天生之，地養之，人成之。天生之以孝悌，地養之以衣食，人成之以禮樂，三者相爲手足，合以成體，不可一無也。無孝悌則亡其所以生，無衣食則亡其所以養，無禮樂則亡其所以成也。"（董仲舒《春秋繁露》，《景印文淵閣四庫全書》第 181 册，臺北：臺灣商務印書館，1986 年，頁 733。）

建了以太極爲中心的哲學模型，圍繞天道、地道、人道探索自然、社會、人三者的發展規律，爲儒學發展提供了更大空間。但漢唐之學把《詩經》視爲聖人之志，以之爲天人相應的被動感應位置，失之於固。朱熹的政教論把《詩經》置於了人的地位，作用在於正情性、和禮樂，共同構建儒學人本思想的整體。在“人”的描述中，朱熹有意識地把“情”和“性”，“心”和“行”對立起來，這種對立和朱熹理學思想的整體是一致的。馮友蘭把朱熹哲學分成兩種叙述，他説：“按照程朱學派的看法，事物分門别類，并非每一類都有‘心’，即‘情’，但各類事物都有其特性，就是它們的‘理’。”①馮友蘭認爲朱熹理學的成功在於思辨思想和學問的結合，是一種柏拉圖式的哲學思想。這個觀點把理學在儒學發展中哲學的突破描述得很精確。“情”和“性”，“心”和“行”的對立就是按各類事物特性的分類的結果。但在理學中，性即是理，而情、心則是性的表現，也就是説：“朱熹認爲現實包含有兩個世界，一個是抽象的，另一個是具體的。”②抽象的世界就是理的世界，是人“性”；而具體的世界是“理”的表現，是人的情、心。這是朱熹理學和陸王心學區别，也是理學思想中的重要概念。朱熹把《詩經》置於了一個情、性衝突的世界中，一個抽象的理性世界和現實世界的衝突之中，通過“涵泳”“玩味”，而達到正情性的目的。

《朱子語類》記載其説《詩》言論曰：

　　問學者：“誦《詩》，每篇誦得幾遍？”曰：“也不曾記，只覺得熟便止。”曰：“便是不得。須是讀熟了，文義都曉得了，涵泳取百來遍，方見得那好處，那好處方出，方見得精怪。”③

---

① 馮友蘭著，趙復三譯《中國哲學簡史》，天津：天津社會科學出版社，2005 年，頁258。
② 馮友蘭著，趙復三譯《中國哲學簡史》，天津：天津社會科學出版社，2005 年，頁269。
③ 黎靖德編《朱子語類》，《景印文淵閣四庫全書》第 701 册，臺北：臺灣商務印書館，1986 年，頁705。

今欲觀《詩》,不若且置《小序》及舊説,只將元詩虛心熟讀,徐徐玩味。候仿佛見個詩人本意,却從此推尋將去,方有感發。①

"涵泳""玩味"是朱熹詮釋的重要詞語,據陳才統計,《朱子語類》中,"涵泳"一詞凡 43 見,"玩味"一詞凡 97 見。② 之所以反復强調,就在於由此才能實現"正情性"的詮釋目標。

要實現《詩經》由"涵泳""玩味"而"正情性"目標,在解釋《詩經》時就必須遵循三個原則,解釋的目的"則修身及家,平均天下之道,亦不待他求而得之於此矣";解釋的原理在於"人生而静,天之性也,感於物而動,性之欲也","心之所感而邪正,故言之所形有是非";解釋的方法是"察之性情隱微之間,審之言行樞機之始"。③ 朱熹在《詩集傳序》一開頭就用自己的理學哲學思想提出"心之所感有邪正"的命題。他認爲,人性都是善的,但是人情却有善有惡,性是心之静,情是心之動,情感物而發動,就有善惡的不同,所以發而爲思、爲言,爲《詩》也就有邪正的差異。他巧妙地引用了《樂記》"人生而静,天之性也;感於物而動,性之欲也"來附會自己這一思想,得出"心之所感有邪正,故言之所形有是非"的結論。就是要從《詩經》中所表現出的自然而動的性情中分辨出邪正、是非,而後考察性情隱微的差異,最終達到"正性情"的目的,以至於修身及家,平天下之道。從這樣的視角來看,《詩經》就不能像漢學中所描述的成爲具體的歷史事件,它必須抽象出來成爲一種類現象,纔能藉此發現人的普遍的性情,才能實現理學的解釋目標和解釋思想。這是一種哲學解釋思想,也注定是要反對《詩序》,反對以史釋詩的漢學傳統。

---

① 黎靖德編《朱子語類》,《景印文淵閣四庫全書》第 701 册,臺北:臺灣商務印書館,1986 年,頁 703。

② 陳才《朱子於〈詩經〉之涵泳、玩味析論》,《古代文學理論研究》第 39 輯,2014 年,頁 173。

③ 朱熹《詩經集傳·序》,《景印文淵閣四庫全書》第 72 册,臺北:臺灣商務印書館,1986 年,頁 748—749。

朱熹反對詩序有三個理由：首先，客觀上史書上的記載與《詩序》存在衝突。其次，朱熹以爲"風"本身是古之樂，如今之歌曲，而《序》把它歸結於具體的歷史事件和人物是不恰當的。[①] 最后，他認爲如果以史解詩，便會把《詩》和具體的歷史事件固着在一起，這是違背了《詩經》的本義的。他説：

> 《詩》纔説得密，便説他不着。國史明乎得失之迹這一句也有病，《周禮》《禮記》中史并不掌詩，《左傳》説自分曉。以此見得《大序》亦未必是聖人做，《小序》更不須説。他做《小序》不會寬説，每篇便求一個實事填塞了，他有尋得着底，猶自可通。不然便與詩相礙，那解底要就詩却礙《序》，要就《序》却礙詩。[②]

這三個理由比歐陽修的"人情説"高明了許多，歐陽修爲了能够以當下的思想來解釋詩經，提出人情説——古今人之常情。而朱熹則通過對重構《詩經》體例發現《詩》本文與《詩序》的衝突，提出"詩序多是後人妄意推想"的觀點，徹底消解了漢學以詩爲政治圖景描述，以美刺爲根本的觀點，把《詩經》視爲平常人的心志的表達，也就是文人詩或詩歌。而朱熹以爲，詩創作的目的在於明"道"，《詩經》就是明道的代表。《詩經》的扁平化處理，也使得《詩經》成爲某類事的普遍寫照，具有代表性的、普遍性的存在，也就是一個事，有這事便有這理。朱熹説：

> 問以詩觀之，雖千百載之遠，人之情僞，只此而已。更無兩般。曰以某看來，須是別換過天地，方別換一樣人情。釋氏之説固不足據，然其書説盡百千萬劫，其事情亦只如此而已。況天地無終，窮

---

①　黎靖德編《朱子語類》，《景印文淵閣四庫全書》第 701 册，臺北：臺灣商務印書館，1986 年，頁 692。

②　黎靖德編《朱子語類》，《景印文淵閣四庫全書》第 701 册，臺北：臺灣商務印書館，1986 年，頁 702。

人情安得有異。①

　　《詩經》解釋正是要解出其中超越了歷史、現實的普遍的情性，從而實現對情性的理解，達到"正情性"的目的。

## （二）《詩集傳》中的兩個世界

　　《詩集傳·原序》②這樣描述《詩經》的世界：

　　　　曰："然則國《風》《雅》《頌》之體，其不同若是，何也？"曰："吾聞之，凡詩之所謂風者，多出於里巷歌謠之作。所謂男女相與咏歌，各言其情者也。惟《周南》《召南》，親被文王之化以成德，而人皆有以得其性情之正，故其發於言者，樂而不過於淫，哀而不及於傷，是以二篇獨爲風詩之正經。自《邶》而下，則其國之治亂不同，人之賢否亦異，其所感而發者，有邪正是非之不齊，而所謂先王之風者，於此焉變矣。若夫《雅》《頌》之篇，則皆成周之世，朝廷郊廟樂歌之詞，其語和而莊，其義寬而密，其作者往往聖人之徒，故所以爲萬世法程而不可易者也。至於雅之變者，亦皆一時賢人君子，閔時病俗之所爲；而聖人取之，其忠厚惻怛之心，陳善閉邪之意，猶非後世能言之士所能及之。此《詩》之爲經，所以人事浹於下，天道備於上，

―――――

　　①　黎靖德編《朱子語類》，《景印文淵閣四庫全書》第 701 册，臺北：臺灣商務印書館，1986 年，頁 702。

　　②　今本依然保留的所謂"舊序"，事實上并非特別爲《詩集傳》所作，而是朱熹的舊有之作。束景南先生《朱熹年譜長編》有過下述判斷：此序乃是其早年作主《毛序》之《詩集解》之序，而非其後來作黜《毛序》之《詩集傳》之序。《詩傳遺說》編於端平二年（輝按：即公元 1235 年），既云"遺說"，乃是搜輯朱熹《文集》《語類》中論詩之語編成，而凡《詩集傳》中說均不錄；朱鑒既將此序亦采入《遺說》，足證至端平二年此序尚不在《詩集傳》中，其原爲《詩集解》之序顯然可見。朱熹乃是在是年序定《詩集解》以後開始作《詩集傳》的。張輝先生以爲：《詩集傳序》置於今本《詩集傳》之首，更有可能是後代編者而非朱熹本人所爲。但恰恰是由於《詩集傳序》這一文本在時間上的承繼性和過渡性特徵，它無形中提示我們需要將'存序'甚至'宗序'時期的朱熹與'去序'或'疑序'時期的朱熹聯繫起來，使我們看到轉變中的朱熹，也使我們看到轉變中的《詩經》學史。"（張輝《朱熹〈詩集傳序〉論說》，《文藝理論研究》2013 年第 2 期。）

*而無一理之不具也。"*①

朱熹以爲《詩經》中有"出於里巷""各言其情"的詩歌,有"被文王之化以成德"的詩歌,有"萬世法程而不可易者"的詩歌。這是完全不同的兩個世界,一個具象的世界(世俗的世界),一個抽象的世界(理念的世界)。世俗世界"各言其情",抽象的世界"親被文王之化以成德,而人皆有以得其性情之正"。一個自然,一個理性。自然的世界中"其所感而發者,有邪正是非之不齊"。理念的世界,"若其語和而莊,其義寬而密,其作者往往聖人之徒,故所以爲萬世法程而不可易者也"。"萬世法程",《中庸》所謂"苟不至德,至道不凝焉",是就"德"而言。聖人之徒皆據德而行,這是理想國家的想象。這種類別化的處理方式,把《詩經》内化爲個體内部道德倫理的衝突,這是朱熹《詩經》詮釋體系的核心意義。

縱觀《詩集傳》,朱熹從構建兩個世界出發來詮釋《詩經》。具體的世界,以人情爲體系,在這個體系裏,不同的人就有不同的情感表現,情感表現有是非,有邪正,感於物而辨析其情,每一種情感表現都在傳達着一種理,即性。抽象的世界,聖人賢人的世界,在這個世界裏"純一之德"是最高表現,聖人賢人各有其德。也就是説,朱熹的《詩經》詮釋構建的是一個獨特的情性之理的世界,走上了形而上的哲學解釋學的道路。朱熹的解釋思想回到了儒家性情之論的核心,提出《詩經》以修德性的解釋目的,以此立論,朱熹就必須清除《詩經》所具有的個别性。而理解朱熹的解釋思想就必須理清這兩個世界中包含的哲學内涵和在《詩經》解釋中的表現方式。

### 1. 抽象世界——理念世界的構建

朱熹從《頌》和《雅》中找到了一個由賢人聖人治理的德治的世界,這是《詩經》的抽象的世界。在這個世界中,政治的治理除了法治、仁政外,還提供了政治正統的依據,這是歷代皇權最關心的問題。在朱熹眼中,

---

① 朱熹《詩經集傳·序》,《景印文淵閣四庫全書》第 72 册,臺北:臺灣商務印書館,1986 年,頁 748—749。

《詩經》是三代政治治理的寫實，即政治家言志的產物，藉此政治家構建了一個可以依賴的政治秩序。這樣的解釋要有別於歷史的解釋。現代也有學者認爲，朱熹詮釋《雅》《頌》基本遵循了《小序》的説法，此論有失精準。朱熹取《小序》的成説，并不表明朱熹是以《小序》的思想來解釋《詩經》的，朱熹更看重的是《小序》中對於《雅》《頌》中歷史人物或是歷史事件性質的把握，就人物來講有聖賢，有失德之君；就事件來講，有遵行禮樂而天下大治之事，也有失之禮樂而怨聲載道的事件。這是超越了具體政治世界的抽象出來的標準化政治，通過味其得失而追求社會治理的深層次的理論綫索，而不是像漢學，僅僅停留在對具體事件美刺的表層。

在對《詩經》政治世界的解釋中，朱熹藉《周頌》構建了一個政治治理的最高模式，就是以德而治的"文武成周"之道，并以之爲不可易的萬世法程。這是儒學"仁政"思想的寫照，在德治的世界中，治國、平天下理想的實現，全在於德行、德思、德政的哲學思想的認知上。

在朱熹的詮釋世界中，《周頌》與《魯頌》《商頌》完全不同。朱熹以爲《魯頌》是從禮樂的角度上來確立的。他説：

> 成王以周公有大勛於天下，故賜伯禽以天子之禮樂，魯於是有頌，以爲廟樂。其後又自作詩以美其君，亦謂之頌。

也就是説，《魯頌》從禮樂角度來體味即可，算不上是政治理想的叙述。故朱熹甚至以爲，《魯頌》其實也可以算作是"魯風"了。當然《魯頌》中規中矩的叙述方式，雖不能成爲政治理想，但從朱熹的解釋思想中來看，也是要高於《雅》《風》之詩的。故朱熹説："然因其實而著之，而其是非得失，自有不可揜者，亦春秋之法也。"《商頌》亦從禮樂上講，藉經文無以考見商代政治思想得失，故朱熹以存疑之法，避開了這個不太好面對的話題，他説："然其存者多闕文疑義，今不敢強通也。"故其釋《魯頌》和《商頌》僅揭示其爲祭祀之樂的特徵，對其内在意義保持謹慎的態度。對於《魯頌》和《商頌》的含糊態度，間接可以證明，在《頌》的解釋中，朱熹是有着自己的想法的。他不想用簡單的歷史對照之法來論《頌》，在

《頌》的世界中,有着他想追求的周道——儒家政治理想,他想找到周道的政治理想和想象。

《周頌》三十一篇,從内容上看,是周代後裔在宗廟中祭祀鬼神和贊美祖先功德的樂曲,以及春夏之際向神祈求豐年或秋冬之際酬謝神的樂歌。朱熹藉《詩大序》言語説:"大序所謂美盛德之形容,以其成功告於神明者也。"這不是簡單地贊同《大序》的解釋思想,《詩大序》重在表述,頌者容也,《毛詩注疏》説:

> 《易》稱"聖人擬諸形容,象其物宜",則形容者,謂形狀容貌也。作頌者美盛德之形容,則天子政教有形容也。可美之形容,正謂道教周備也……《頌》詩直述祭祀之狀,不言得神之力,但美其祭祀,是報德可知。此解頌者,唯《周頌》耳,其商、魯之頌則異於是矣。

孔穎達《毛詩注疏》以爲,《頌》重在述祭祀之狀,其重點在解釋"形容",也就是"頌"就是"容"的意思。但朱熹釋《周頌》重在盛德的構建上。朱熹和其弟子討論《頌》詩時這樣説:

> 或疑《清廟》詩是祀文王之樂歌,然初不顯頌文王之德。止言助祭諸侯,既敬且和。與夫,與祭執事之人,能執行文王之德者。何也? 某曰文王之德,不可名言。凡一時在位之人,所以能敬且和,與執行文王之德者,即文王盛德之所在也。必於其不可容言之中,而見其不可掩之實,則詩人之意得矣。讀此詩,想當時聞其歌者,真若洋洋乎,如在其上,如在其左右,又何待多着言語,委曲形容,而後足之哉。妄意如此,不知是否。此説是。①

朱熹同意自己弟子的陳述,讀《頌》詩的關鍵,重在體味詩歌中没有

---

① 朱熹《晦庵集·答潘子善》,《景印文淵閣四庫全書》第 1145 册,臺北:臺灣商務印書館,1986 年,頁 98。

說明的内容,這一内容就是文王的盛德。"盛德"是朱熹政治哲學中的一個重要詞彙,朱熹在給弟子解答《大學》"新民與德化"的意義時,提到盛德之義,他説:

> 盛德至善,民不能忘此言。聖人之事,蓋渾然一體,不可得而分焉者也。但以人言,則曰德。以理言,則曰善。又不爲無辨耳。今曰:體至善,以成德,則乃學者之事,而非傳文所指矣。然體而成德,以至於盛,而無思勉之纍焉,則亦聖人而已矣。①

朱熹以爲盛德是聖人政治的産物,是聖人治理過程中自然而然形成的結果,是至善,至善是理。學者就是要從至善的理中體味出盛德的"理"來。這裏雖然不就詩言,但這是朱熹對於德治思想的表達。朱熹用"盛德"一詞對周頌進行解釋,在《周頌》中,盛德表現爲文王之德。朱熹釋《維天之命》首章説:

> 此祭文王之詩。言天道無窮,而文王之德純一不雜,與天無間,以贊文王之德之盛也。

文王之德,純一不雜。正因爲純一不雜,纔可以與天無間。這是朱熹所構建的政治哲學的最高原型,是政治治理的終極標準。如果説朱熹"理"學中的"太極",至高無上,無所不包,是一切理的概括,那麼文王之德也是一切政治盛德的概括。故朱熹釋《我將》的章旨説:

> 明堂而曰帝,所以親之也。以文王配焉,文王親也。配文王於明堂,亦以親文王也。尊尊而親親,周道備矣。然則郊者古禮,而明堂者周制也。周公以義起之也。東萊吕氏曰:"於天維庶其饗

---

① 朱熹《晦庵集・答陳體仁》,《景印文淵閣四庫全書》第 1144 册,臺北:臺灣商務印書館,1986 年,頁 304。

之，不敢加一辭焉。於文王則言儀式其典，曰靖四方。天不待贊，法文王，所以法天也。卒章惟言畏天之威，而不及文王者，統於尊也。畏天，所以畏文王也。天與文王一也。"

應當説，儘管呂祖謙尊漢學，以史釋詩，但是其釋詩的重點也受朱熹的影響，與漢學相去也遠矣。朱熹同意呂祖謙的説法，把文王之德置於和天同一的位置，當然要注意的是，呂祖謙説文王和天同一指的是祭祀的地位，重點在祭祀之形容。而朱熹放在了德上，文王與天同一，就在於其德純一不雜，與天無間。

德還表現爲武王之德。《執競》釋武王説："言武王持其自强不息之心，故其功烈之盛，天下莫得而競，豈不顯哉。"武王繼承文王之德，能夠滅殷而興周，也是有盛德的表現，故《昊天有成命》贊美成王能夠繼承文武之德，"是能繼續光明文武之業，而盡其心"，"成王能明文昭，定武烈者"。在朱熹看來，文王是最高標準，其下武王"定烈者"，而後成王，能夠"安静天下，而保其所受之命也"，也是有德者。所以其在《雝》篇釋"宣哲維人，文武維後。燕及皇天，克昌厥後"時説："此美文王之德，宣哲則盡人之道，文武則備君之德。故能安人以及於天，而克昌其後嗣也。"這不同於鄭玄《箋》和孔穎達《注疏》之説，《鄭箋》以爲："文王之德，安及皇天，謂降瑞應，無變異也。又能昌大其子孫，安助之以考壽與多福禄。"孔穎達闡釋説："子孫既蒙其福，今祭而得禮，故文王之神安我孝子以壽考，予之以福禄。"可見漢唐之學不脱"形容"二字，始終拘謹在一個"禮"字上。而朱熹能夠從《詩經》文字中跳脱出來，從整體上去尋找這樣陳述的理由是什麽，從具體的現象入手，抽象出一個"理"來。在《頌》詩中，突出的就是對文武之"盛德"的把握，"盛德"而歸於至善，這就是周道，是上古三代政治的最凝練的概括，更是最高的道德規範。藉此，朱熹最終完成了其政治哲學解釋的核心。

回到政治哲學的描述，《頌》詩構建了一個最高的道德標準和行爲模式，而《雅》詩則是聖人、賢人在修齊治平理想追求中的種種表現。所以朱熹用極簡短的文字來解釋《雅》，他説：

　　　　雅者,正也,正樂之歌也。其篇本有大小之殊,而先儒説又各
　　　有正變之別。以今考之,正小雅,燕饗之樂也。正大雅,會朝之樂,
　　　受釐陳戒之辭也。故或歡欣和説,以盡群下之情;或恭敬齊莊,以
　　　發先王之德。詞氣不同,音節亦異,多周公制作時所定也。及其變
　　　也,則事未必同,而各以其聲附之。其次序時世,則有不可考
　　　者矣。①

　　朱熹把《雅詩》分爲正雅和變雅。他以爲雅詩都是宮廷用的樂歌,但無
論是正小雅、正大雅,都是政治群像的展示,"盡群下之情","發先王之
德",都是追求"盛德"的表現。這個説法很有意味,把《雅》詩從漢唐以
來具體政治事件解説的氛圍中解脱了出來,也放棄了以"一人之事言一
國之政"的宏大叙事追求,且把所有的詩都歸於樂,以樂的普遍審美性
和教化性來取代其具體事件,形成了類型化解釋模式,在這樣的解釋模
式中,朱熹更看重的是教化特徵,這樣便於從中發現修齊治平的哲學
理念。

　　"變雅"之作,不同於"正雅",只是以聲附於雅樂而已,有可能是後
人纂入的。對於"變雅",朱熹强調"事",正雅燕享、會朝,皆有政事。其
變,事未必同。也就是説,"變雅"爲亂世之音,"雅"作爲教化的功能已
經減弱,而詩人藉助雅樂之音來叙事,其事雖皆政事,但其普遍性、教化
性的特徵已經没有了,再加上詩寫作時背景已經不可考證,這些詩的意
義已很難説清楚了。朱熹這樣的説法,再一次把有可能干擾其德政思
想的詩歌摒棄在自己解釋的範圍之外。

　　我們可以簡單列舉朱熹對《雅》詩主旨的解釋來進行具體的分
析,如:

　　　　《鹿鳴》,此燕饗賓客之詩也。蓋君臣之分,以嚴爲主;朝廷之

---

①　朱熹《詩經集傳·序》,《景印文淵閣四庫全書》第 72 册,臺北:臺灣商務印書
館,1986 年,頁 810。

禮，以敬爲主。然一於嚴敬，則情或不通，而無以盡其忠告之益。故先王因其飲食聚會，而制爲燕饗之禮，以通上下之情。而其樂歌又以鹿鳴起興，而言其禮意之厚如此，庶乎人之好我，而示我以大道也。

《六月》，成、康既没，周室寢衰。八世而屬王胡暴虐，周人逐之，出居於彘。玁狁内侵，逼近京邑。王崩，子宣王靖即位，命尹吉甫帥師伐之，有功而歸。詩人作歌以叙其事如此。司馬法："冬夏不興師。"今乃六月而出師者，以玁狁甚熾，其事危急，故不得已，而王命於是出征，以正王國也。

從這裏不難看出，朱熹對"正雅""變雅"采取了不同的解釋方法，"正雅"據樂而釋，重在發掘作爲禮樂固着下來的審美和教化思想。他從《鹿鳴》詩中"和樂"的審美氣氛入手，探尋燕饗之禮中所包含的"理"，從君臣之道，到臣子心態，着墨全在"示我以大道"。故其對《詩序》中僅論其樂而不尋求其中所包含的意義，表達了自己的不滿。這段論述可以和朱熹對《文王》主旨分析相對比來看："《文王》，其於天人之際，興亡之理，丁寧反覆，至深切矣。故立之樂官，而因以爲天子、諸侯朝會之樂，蓋將以戒乎後世之君臣，而又以昭先王之德於天下也。"朱熹從文王朝會之樂中，抽象出其"戒後世，昭先王之德"的意義。在《詩序辨》中，他對於漢儒以"五行讖緯"論天命表示了懷疑，提出"天之所以爲天者，理而已矣，理之所在衆人之心是矣"的命題，把文王受命，解釋爲天下人心向背，把他對"正雅"德治的解釋思想推向極致。

《六月》論"出師"之法，朱熹對宣王在六月出兵這件事似乎覺得有所不妥，但這件事背後的"理"却是存在的："以玁狁甚熾，其事危急，故不得已，而王命於是出征，以正王國也。"朱熹分析周宣王出兵的事實，并對這一事件進行了合"理"的解釋。《六月》之後詩爲"變小雅"，皆歸之於"事"；"事"無可考，則略論其詩意。如《鶴鳴》説："此詩之作，不可知其所由，然必陳善納誨之詞也。蓋鶴鳴於九皋，而聲聞於野，言誠之不可揜也。……由是四者引而伸之，觸類而長之，天下之理，其庶幾乎。"從詩意入手,觸類而長之,體會詩中所包含的"理",就成爲朱熹解釋"變雅"的基本路徑。對於其"事"可考者,朱熹表現出很强的叙事言理的傾向。這是一種實用主義的叙事哲學。

> 然而實用主義可以説,他心裏想的東西與此完全不同。在他看來,對於超越他自己時代的局限性,用歷史的眼光來看待事情而言,其分析覆蓋了一個相當大的時間跨度的歷史學家比其他任何人都處於更優越的位置。他能够將現在解釋爲一種進化,一種歷史變化的漸進過程的結果。這種長遠的觀點使他能够對他同時代人提出有用的政治和社會行動的建議。①

這一段論述最適合朱熹解釋把"變雅"歸之於"事"的想法,歸於事,但并不注重事件本身的考證,而是采用超然於事件之上的態度,從中尋求此類事件存在的"理",并把它轉化爲有用的政治和社會行動的建議。朱熹分析《民勞》主旨時説:"《序》説以此爲召穆公刺厲王之詩,以今考之,乃同列相戒之詞耳,未必專爲刺王而發。然其憂時感事之意,亦可見矣。"朱熹反對《小序》泥於史實的解釋。相反,他超然於事外,只是從事件相類的視角提出,這是"同列之間感時憂世的勸戒之言"。故朱熹解釋《民勞》重在"詭隨"兩個字。詭隨,訓爲"不顧是非而妄隨人也",提出三點建議:"無棄爾之前功"(無棄而勞);"女雖小子,而其所爲甚廣大,不可不謹也"(戎雖小子,而式弘大);"小人之固對其君也"(以謹繾綣)。朱熹認爲未必專爲刺王而發,更像是同事之間的勸戒之言,其重點正在於把事件解釋爲超越時空的建議,這是朱熹對於"變雅"的最根本解釋思想。

論述到此,重新回頭來看,在德治思想的背景下,"雅詩"就成爲具體的一個個鮮活的政治實例,"雅詩"中所寫的政治事迹的描述是放置

---

① 〔荷〕F. R. 安克施密特著,田平原理譯《叙述邏輯》,大象出版社、北京出版社,2012 年,頁 33。

於周道之行,教化天下的背景之下。然而,在周文武成王之後,無論是
周朝歷代君主,還是諸侯國君,皆有賢、有不肖子孫,故其政事或發先王
之德,或悖逆而無所取。於是就可以把《詩經》從具體的歷史背景中解
脱出來,呈現爲類事件,從中抽象出一個"理"來。這種解釋方式和"風
詩"是一樣的。當然,我們會注意到"雅詩"更注重事件的叙述的成分大
大增强,這樣也使得《詩經》的類事件的劃分并不像"風詩"那樣簡單。

在朱熹的詮釋中,以"德治"爲核心的抽象世界的理解是關鍵,這是
每一首《雅》《頌》詩理解的總的背景。當我們閱讀具體的詩歌時,就會
處於"德治"世界和具體事件的衝突或是融合之中,詩變得有了張力,讀
者會被這種張力引導,最終陷入"德治"的想象中。這也是朱熹所説的,
由此可以達到"齊家治國平天下"理想。如朱熹釋《小雅·車攻》首章:

> 周公相成王,營洛邑爲東都,以朝諸侯。周室既衰,久廢其禮。
> 至於宣王,内修政事,外攘夷狄,復文武之竟土;修車馬,備器械,復
> 會諸侯於東都,因田獵而選車徒焉。故詩人作此以美之。

這裏詩人不僅是事件的親歷者,更是事件意義的發現者和引領者,
在這一章中,朱熹把詩人設定爲一個理想叙事者,理想叙事是在其中
(含蓄地或明晰地)對所有可以想象得到的關於相關主題可能發生的問
題給出答案的叙事。[①] 從實用主義者的角度來看,這個設定包含了兩
個要素:一是宣王"内修政事,外攘夷狄,復文武之竟土;修車馬,備器
械,復會諸侯於東都,因田獵而選車徒焉",這是一個充分準備的過程,
充分展示了周宣王的治國才能。二是周宣王的事件,在周室既衰之際
具有極高的政治價值,值得贊美。通過詩人的介入,政治評價内化成爲
詩歌的動力,促使讀者去追求更高的情懷。所以朱熹論孔子"《詩三
百》,一言以蔽之,曰思無邪"時説:"詩之言,有善有惡,而讀者足以爲勸

---

① [荷]F. R. 安克施密特著,田平原理譯《叙述邏輯》,大象出版社、北京出版社,
2012 年,頁 29。

戒,非謂詩人爲勸戒而作也。但其言或顯,或晦,或偏,或全,不若此句之直截而該括無遺耳。"①詩人作詩時并不表現出勸戒,而其叙事中必然包含着評價,而這個評價的發現就是讀者内心的升華。這就回到涵泳玩味的詮釋方法上去了。

2.《詩經》具體世界——世俗世界的描述

朱熹這樣描述具體的《詩經》世界:

> 曰:"然則《國風》《雅》《頌》之體,其不同若是,何也?"曰:"吾聞之,凡《詩》之所謂《風》者,多出於里巷歌謡之作。所謂男女相與咏歌,各言其情者也。惟《周南》《召南》,親被文王之化以成德,而人皆有以得其性情之正,故其發於言者,樂而不過於淫,哀而不及於傷,是以二篇獨爲《風》詩之正經。"②

從這一段論述中我們可以找到具體的生存的世界。"風","男女相與咏歌,各言其情"。這裏朱熹找到了一個關鍵——"男女相與歌咏",也就是詩歌創作者的世俗生活。朱熹試圖通過詩歌創作者"感於物而動"所描摹的具體世俗的世界來解釋《詩經》。《詩集傳》中,朱熹給178首詩設置了詩人。應當承認,朱熹對詩人身份的確定從表現上看是混亂和隨意的,有統稱,詩人、婦人;有特指,流民、織婦;有具體的歷史人物,周公、成王、衛武公;也有抽象身份的賢人、國人、士人。但當我們把這些詩人和他所描述的世界相統一起來之後,似乎可以發現其統一性。孔子把儒家學者分爲君子儒、小人儒,漢、魏晋則依從《孔子家語》把人分爲庸人、士人、君子、賢人、聖人。朱熹的分類并没有遵從儒家以道德指歸爲依據的起點,他從生活現象出發,把《詩經》的創作者歸之於具體的生活處境,根據"有這事,便有這理"的原則,詩人的生活處境和其志

---

① 　朱熹《晦庵集》,《景印文淵閣四庫全書》第 1144 册,臺北:臺灣商務印書館,1986 年,頁 573。

② 　朱熹《詩經集傳·序》,《景印文淵閣四庫全書》第 72 册,臺北:臺灣商務印書館,1986 年,頁 748—749。

向表達，是他之所以成爲這樣的人的依據。於是便有了生活中據理可分的不同層次的人，普通的世俗生活中的人（民間）、政治人物、聖賢。朱熹説：

> 《詩》有是當時朝廷作者，《雅》《頌》是也。若《國風》，乃采詩者采之民間，以見四方民情之美惡。《二南》亦是采民言，而被樂章耳。程先生必要説是周公作以教人，不知是如何，某不敢從。若變《風》又多是淫亂之詩，故班固言男女相與歌咏，以言其傷是也。聖人存此，亦以見上失其教，則民欲動情，勝其弊至此，故曰《詩》可以觀也。①

也就是説民間詩人的創作表達了民情的美惡，《二南》也是民言。《雅》《頌》作者則是官方的代言人。這種簡單的分類方式，在表達上却可以出現很多變化，也可以突出其解釋文本的基本思想。

在《詩集傳》的世俗世界裏，朱熹構建了各種男女之情，并以不同的態度進行了解讀，最終要藉世俗世界不同情性的詮釋達到"正情性"目標。《詩集傳》把男女之情分爲：淫者之情、男女相悦之情、夫婦思念之情。

朱熹標爲淫者之情的詩被稱爲淫詩，共 22 首。淫奔者之詩 10 首：《邶風·静女》《鄘風·蝃蝀》《王風·采葛》《王風·大車》《鄭風·將仲子》《鄭風·有女同車》《鄭風·風雨》《鄭風·子衿》《鄭風·出其東門》《鄭風·溱洧》。淫女之詩 4 首：《山有扶蘇》《蘀兮》《狡童》《褰裳》（皆出於《鄭風》）。淫者之詩 1 首：《鄭風·東門之墠》。淫婦爲人所棄 2 首：《衛風·氓》《鄭風·遵大路》。淫亂之詩 5 首：《邶風·匏有苦葉》《鄘風·墙有茨》《衛風·桑中》《衛風·鶉之奔奔》《陳風·株林》。多在

---

① 黎靖德編《朱子語類》，《景印文淵閣四庫全書》第 701 册，臺北：臺灣商務印書館，1986 年，頁 688。

《鄭》《邶》《鄘》《衛》諸風之中。①

　　這裏首先要對"淫"字有一個解釋，朱熹所謂"淫詩"在《讀吕氏詩記〈桑中〉篇》及《詩序辨説》諸文中辨之甚明，他説：

　　　　至於《桑中》《溱洧》之篇，則雅人莊士有難言之者矣。孔子之稱"思無邪"也，以爲《詩》三百篇，勸善懲惡，雖其要歸"無不出於正"，然未有若此言之約而盡者耳。非以作詩之人所思皆無邪也。②

"淫"和"思無邪"相對，孔子以"思無邪"來表達《詩經》創作的目的在於"勸善懲惡"，并不是説詩人的創作心理。這個觀點把世俗世界從理想描述中解脱出來，可以使詮釋者更貼近生活本身去理解詩意。當然，朱熹并不以爲詩歌因此就可以自由地去表達任何思想，這有悖於經典的意義。在《詩集傳·行露》中，朱熹解釋説："南國之人遵召伯之教，服文王之化，有以革其前日淫亂之俗。故女子有能以禮自守，而不爲强暴所

————————

　　①　後人據宋代王柏《詩疑》擬删的詩篇總共 32 篇，故多以爲朱熹淫詩説有 30 餘篇。程元敏《王柏之詩經學》，認爲朱熹指爲淫詩者有 30 篇。莫礪鋒《朱熹文學研究》亦認爲朱熹解作淫詩者，數量多達 30 首。考察王柏《詩疑》而所列篇目有 31 篇。兹據中華書局 1985 年版叢書集成初編本《詩疑》所制目録形式鈔録如下：《野有死麕》（《召南》），《静女》（《邶風》），《桑中》（《鄘風》），《氓》《有狐》（《衛風》），《丘中有麻》（《王風》），《將仲子》《遵大路》《有女同車》《山有扶蘇》《籜兮》《狡童》《褰裳》《東門之墠》《豐》《風雨》《子衿》《野有蔓草》《溱洧》（《鄭風》），《大車》（《王風》），《晨風》（《秦風》），《東方之日》（《齊風》），《綢繆》《葛生》（《唐風》），《東門之池》《東門之枌》《東門之楊》《防有鵲巢》《月出》《株林》《澤陂》（《陳風》）。檀作文以爲：王柏删淫詩是在朱熹淫詩的基礎上增删而成的。在朱熹認定的 28 首詩中，王柏削去了《衛風·木瓜》《王風·采葛》《鄭風·揚之水》，而補入了《召南·野有死麕》《衛風·有狐》《秦風·晨風》《唐風·綢繆》《唐風·葛生》《陳風·株林》。（檀作文《朱熹詩經學研究》，北京：學苑出版社，2003 年，頁 90—91、101。）此論似有所據，但其所述 28 首淫詩也并非朱熹所謂淫詩，其中把朱熹男女相悦之詩一并混入，所失同王柏。

　　②　朱熹《晦庵集》，《景印文淵閣四庫全書》第 1145 册，臺北：臺灣商務印書館，1986 年，頁 379。

污者,自述己志,作此詩以絕其人言。"這裏"淫亂之俗"和"以禮自守"相對,是"俗"與"禮"的相對,"淫"指在民俗風情中超越了禮法的行爲。是否做到"以禮自守"是淫詩判斷的標準,超越禮法則爲淫詩。今天的文化語境中,我們認爲這是男女之間情愛的自然現象,但朱熹卻要從這種自然現象中找到一個"理"。朱熹有一個基本思想,淫行必然會使其得不到福澤。

> 禍福善淫,亦自然之理而已。(《小雅·正月》)
> 言瑟然之玉瓚,則必有黃流在其中,豈弟之君子,則必有福祿下。其躬明寶器,不薦於褻味,而黃流不注於瓦缶,則知盛德必享於祿壽,而福澤不降於淫人矣。(《大雅·旱麓》)

這就是朱熹對於淫行的價值判斷。"禍福善淫",是自然存在的,但"福澤不降於淫人"。故朱熹陳明淫詩的目的,就是要把這種行爲及其後果公之於衆,讓民衆自覺抵制"淫",而趨於"天理"。

要真正清楚朱熹對淫詩歸因的解釋,就有必要認識和區別清楚朱熹是如何分別"欲"這種自然的追求和"理"的界限的。在解釋《鄘風·蝃蝀》時,朱熹説:

> 婚姻謂男女之欲。程子曰:"女子以不自失,爲信命正理也。"言此淫奔之人,但知思念男女之欲,是不能自守其貞信之節,而不知天理之正也。程子曰:"人雖不能無欲,然當有以制之,無以制之,而惟欲之從,則人道廢,而入於禽獸矣。以道制欲,則能順命。"

朱熹以爲,婚姻的追求是正當的生活需求,但是如果超出禮的約束,即不能自守其貞信之節,則就陷入"淫欲"。他很好地區別了"天理"與"人欲",符合道德規範的需求就是"理",超出了則"淫"。

對於淫詩的體味,朱熹是很下了一番功夫的。這不是後學王柏之流所能理解的,王柏刪詩以純正"理",豈不知,刪去之後,世人再不知

"欲"和"理"的區别,也無從知道"理"的重要了。朱子云:

> 讀《詩》正在於吟咏諷誦,觀其委曲折旋之意。如吾自作此詩,自然足以感發善心。今公讀《詩》,只是將己意去包籠他,如做時文相似。中間委曲周旋之意,盡不曾理會得,濟得甚事?①

將心比心,以創作者的心態去玩味感悟《詩經》的作品,纔能真正理解詩的意義。此論是朱熹詮釋的基本路徑。

正因爲如此,朱熹肯定了男女相悦之情等正常的情欲的表達,并不將其列入淫詩,後學王柏之流却冠之以淫詩之名,王柏之後,學者皆從其説,違背朱熹原意,很是怪異。如解釋《唐風·綢繆》篇"今夕何夕,見此良人。子兮子兮,如此良人何",朱熹説:

> 國亂民貧,男女有失其時,而後得遂其婚姻之禮者。詩人叙其婦語夫之詞曰……喜之甚而自慶之詞也。

朱熹全篇解釋不涉"淫"字,相反却對男女之間的正常情感表現出"喜之甚"。與此相類,朱熹對男女相悦的行爲也表示認可,只要不超越禮法,都是人類正常欲望的表達,朱熹并没有苛責之詞。《陳風·月出》篇,朱熹解釋説:

> 此亦男女相悦,而相念之辭。言月出則皎然矣,佼人則僚然矣,安得見之,而舒窈糾之情乎,是以爲之勞心而悄然。

這是對男女之間美好情感的肯定。在《衛風·伯兮》中,朱熹總述説:

---

① 黎靖德編《朱子語類》,《景印文淵閣四庫全書》第 701 册,臺北:臺灣商務印書館,1986 年,頁 704。

范氏曰："居而相離則思，期而不至則憂，此人之情也。文王之遣戍役，周公之勞歸士，皆叙其室家之情，男女之思以閔之，故其民悦而忘死。聖人能通天下之志，是以能成天下之務。兵者，毒民於死者也，孤人之子，寡人之妻，傷天地之和，召水旱之灾，故聖王重之。如不得已而行，則告以歸期，念其勤勞，哀傷慘怛，不啻在己。是以治世之詩，則言其君上閔恤之情；亂世之詩，則録其室家怨思之苦，以爲人情不出乎此也。"

此處引用范處義的説法，正在指"人情"之正，詮釋《詩經》就是要利用人情，從而實現情感共鳴，涵泳其中，達到正人心、明禮樂的作用。

相比於"淫詩"和男女之情的詩，朱熹尤其看重思念父母、男女相戀之情，他以之爲中心，描述了一個符合"理"的情感世界。他解釋《邶風・泉水》篇説：

楊氏曰："衛女思歸，發乎情也；其卒也不歸，止乎禮義也。聖人著之於經以示後世，使知適異國者，父母終無歸寧之義，則能自克者，知所處矣。"

朱熹指出，發乎情，止乎禮義，能自克，這樣的情感表達方式纔是正確的。而且情感表達方式，也代表着一個人，乃至於一個國家的氣質。其在《召南・漢廣》首章解釋説：

文王之化，自近而遠，先及於漢江之間，而有以變其淫亂之俗。故其出游之女，人望見之而知其端莊静一，非復前日之可求矣。因以喬木起興，江漢爲比，而反復咏歎之也。

這一段論述正和"淫詩"《王風・大車》中的解釋可以進行一個比較，朱熹説："周衰，大夫猶有能以刑政治其私邑者，故淫奔者畏而歌之如此。然其去二南之化則遠矣。此可以觀世變。"（《詩集傳・王風・大車》)比較這兩處的解釋,可以看到朱熹對男女之間情感所表現出的狀態是很敏感的,他甚至認爲,男女私情關乎國家興廢。而從《漢廣》一詩的解釋中,還可以看出朱熹對違背禮法的情感表現出極大的擔心。

我們應當注意的是,在朱熹對淫詩、男女相悅之詞進行解釋時,其實背後有一個理想的模式,就是"得情性之正"的夫婦之情,也就是在一個世俗的世界之外,還有一個理想的情性世界。這個世界的代表人物是后妃,以及和后妃相似有德行的夫人,大夫之妻,甚至是普通的婦女。這是一群有德行,其情感表達合乎禮義,情性之正的群體。《詩集傳》中解釋爲后妃的作品有 3 篇,夫人(南國夫人、許穆夫人、宋桓公夫人)的詩有 12 首,而歸於婦人的詩有 13 首。在《關雎》篇中,朱熹盛贊后妃的品行,引用匡衡説詩稱其"可謂善説詩矣",匡衡曰:"'窈窕淑女,君子好仇',言能致其貞淑,不貳其操。情欲之感,無介乎容儀;宴私之意,不形乎動静。夫然後可以配至尊而爲宗廟主。此綱紀之首,王教之端也。"在朱熹看來,情感的表達方式要克制私欲,堅貞爲一。更主要的是他認同匡衡所説:"後夫人之行不侔乎天地,則無以奉神靈之統而理萬物之宜。……自上世以來,三代興廢,未有不由此者也。"匡衡是漢代《齊詩》學派代表人物,其本意在於審好惡、理情性説,以情性之正而論得失,以此而推論詩之用,所以統天地之心,著善惡之歸,明吉凶之分,通人道之正,使不悖於其本性者。而朱熹取其性情之正,強調性情之正是修身的正道,由此可以爲"著明先王風俗之盛,而使天下後世之修身、齊家、治國、平天下者,皆得以取法焉"。

以此爲代表,大夫之妻乃至一般的婦人,皆能以禮自防。《召南·采蘩》《采蘋》,朱熹用同樣的話來進行詮釋:"南國被文王之化,大夫妻能奉祭祀,而其家人叙其事以美之也。"《唐風·葛生》中,朱熹對於普通婦女的理解則放在"婦人專一,義之至情之盡"一句之中。可以説朱熹對於情感世界的認知是理解《詩集傳》世俗世界的關鍵。

除此之外,朱熹從《詩經》中發現了幾乎世俗世界所有情感的類型,這些詩有流氓、士人、國人、鰥寡孤獨者之詩等,合於性者則"情",失於禮者則"蕩"。

# 朱熹《詩經》詮釋的基本方法和路徑

在《詩集傳》的詮釋過程中，朱熹通過兩個世界的構建，把讀者帶入了道德倫理與情感的衝突之中，通過涵泳而最終實現"情性之正"。爲了能够展示出這種衝突，朱熹藉助於"詩人"角色和視角，通過重構《詩經》結構，賦予"賦、比、興"以新的內涵，實現了以"理學"釋《詩經》的詮釋思想。

## (一) 詩人群體的發明

宋之前《詩經》不言作者，論"詩教"，着重其微言大義的掌握。故劉勰論詩，以《詩經》爲宗，注重《詩經》"感於事而發"的意義發掘，是經學與文學互動的最早理論總結。唐宋以後，隨着詩歌文體的成熟，詩歌創作中詩人個體風格的形成，詩人成爲唐宋詩歌理論中重要的主題。這給陷入困境中的宋代《詩經》帶來了新的生機，被詩用、詩教遮蔽的作者進入了經學理解的視野。可以説宋初對於《詩經》作者的個體風格及其思想表達的關注，爲《詩經》的理解開拓了新路徑。

歐陽修認爲《詩經》中意義的表現有四種：詩人之意、太師之職、聖人之志、經師之業，而且以爲詩人之意就是《詩經》的本義。他説：

> 詩之作也，觸事感物，文之以言，善者美之，惡者刺之，以發其揄揚怨憤於口，道其哀樂喜怒於心，此詩人之意也。①

歐陽修對詩人之意的發現，使得《詩經》得以從"人情"入手，走出了宏大歷史消失後的詮釋困境。這樣的解釋思想徹底拋開了漢唐以來，以詩教、詩政爲中心的內容，轉而從詩人的角度尋求個體經驗的普遍化。以詩人視角來考察《詩經》，給經學解釋帶來了新的思路，是文學與經學互動中，文學對經學的反哺。

---

① 歐陽修《詩本義》，上海：商務印書館，1936 年，卷 47。

於是從宋代歐陽修始，《詩經》的解讀中多了一個人物——詩人。
歐陽修提出：

> 《詩三百篇》大率作者之體不過三四爾。有作詩者自述其言以
> 爲美刺；有作者録當時人之言以見其事；有作者先自述其事，次録
> 其人之言以終之者；有作者述事與録當時人語雜以成篇。然皆文
> 意相屬以成章。①

歐陽修以爲《詩經》中詩人自作的詩歌有十之三四，這些詩歌從詩
人親歷、親見、親聞的視角出發，文意相屬。然而這裏有個矛盾的問題
不好解決，就是詩人創作的詩歌，其神聖性又何以保證？於是歐陽修説
《詩經》解釋有詩人之意、聖人之意、經師之意、説詩者之意。這樣的分
析兼容了詩人之意、聖人之意，維護了《詩經》文本的神聖，但又使得詩
人的形象變得模糊了很多。

朱熹繼取了歐陽修詩人創作的視角，但他眼中的詩人有着和歐公
不同的描述。他説：

> 然則詩者，豈復有工拙哉？亦觀其志之所向者，高下如何耳。
> 是以古之君子，德足以求其志，必出於高明純一之地，其於詩固不
> 學而能之。②

朱熹有着完全儒學化的詩歌創作理論，以德求志，以志言詩。朱熹
以爲不需要在詩人之外再尋找一個詮釋者，通過詩歌自然可以"觀其志
之所向者"。朱熹對於《詩經》的解釋也采用了這一方法，就是要通過考
察詩人的德，以求證其志向的純一。詩人成爲朱熹解釋《詩經》主要媒

---

① 歐陽修《詩本義》，上海：商務印書館，1936 年，卷 2。

② 朱熹《晦庵集》，《景印文淵閣四庫全書》第 1144 册，臺北：臺灣商務印書館，
1986 年，頁 110。

介,這遠遠超越了孟子"以意逆志"説的方法論。朱熹的基本方法是: "察之情性隱微之間,審之言行樞機之始,則修身及家平均天下之道,其亦不待他求而得之於此矣。"[1]這是從詩人創作之始逆推其志,不是簡單地以學者(自己)之意去迎取作者的志,詩人是學者、詩歌之間的媒介,三者構建了一個互動式解釋模式。

可以取具體實例來看,朱熹《周南·關雎》中説:

> 孔子曰:"關雎樂而不淫,哀而不傷。"愚謂此言爲此詩者得其性情之正,聲氣之和也。蓋德如雎鳩,摯而有別,則后妃性情之正固可以見其一端矣。至於寤寐反側,琴瑟鐘鼓,極其哀樂而皆不過其則焉。則詩人性情之正,又可以見其全體也,獨其聲氣之和,有不可得而聞者。雖若可恨,然學者姑即其詞而玩其理以養心焉,則亦可以得學詩之本矣。[2]

初看這一段論述,似乎和前人的理解并没有什麽不同。但結合全詩來看,則完全不同了。朱熹對這首詩有個場景預設,他説:"周之文王生有聖德,又得聖女姒氏以爲之配。宮中之人於其始至,見其有幽閑貞静之德,故作是詩。"(《詩集傳·周南·關雎》)於是,給我們呈現出一個詮釋這首詩的兩個關鍵人物,一個是詩人,一個是后妃。朱熹把詩人置於后妃的身邊,也就是説,詩人是此時后妃身邊的觀察者,詩人把他所觀察到的后妃的言行,甚至於思想整體呈現在我們面前。詩人假想: "言彼關關然之雎鳩,則相與和鳴於河洲之上矣。此窈窕之淑女,則豈非君子之善匹乎。言其相與和樂而恭敬亦若雎。"(《詩集傳·周南·關雎》)后妃穿越了時空,從《詩經》中浮現出來。詩人作爲過去與現在空間的連接點,把我們和詩歌的表象聯繫起來。朱熹指出,在這個場景

---

[1]　朱熹《詩經集傳·序》,《景印文淵閣四庫全書》第 72 册,臺北:臺灣商務印書館,1986 年,頁 748—749。

[2]　朱熹《詩經集傳》,《景印文淵閣四庫全書》第 72 册,臺北:臺灣商務印書館,1986 年,頁 750。

中,詩人因爲和后妃都有"性情之正"的品質,因此可以"見其全體"。這是一個很有意味的命題,如果我們注意到了詩人,也就會注意到詩人觀察的對象,我們便成爲后妃的新觀察者,介入詩歌表象中去了。我們(學者)即其詞(表象)而"玩其理以養心焉",這樣便完成了一次解釋的過程。

這裏整體的描述接近福柯《詞與物》中藉油畫《宮中侍女》完成了表象世界的解釋,個人對於空間的關係可能不是我們所看到的景象,有扭曲、有折射。人們對表象世界的認識來自對相似性法則的崇拜。爲此,福柯歸納了與相似性知識聯繫在一起的四種形式:適合、仿傚、類推、交感。① 朱熹解釋《詩經》也藉助了"相似性"法則,詩人與后妃相似,"則詩人性情之正,又可以見其全體也,獨其聲氣之和,有不可得而聞者";學者和詩人也具有相似性,都是這一場景的觀察者,學者可以藉助詩人的描述,"涵泳存養",而最終可以理解《詩經》的內容,也就是朱熹所説的讀詩之法:"讀《詩》之法,只是熟讀涵泳,自然和氣從腸中流出,其妙處不可得而言。不待安排措置,務自立説,只您平讀着,意思自足。"②"涵泳",是朱熹教導學生讀《詩經》時使用最多的一個詞,是基於《詩經》表象而深入其中,基於知識結構的相似性,對表象進行的體驗與認同的方法。③

---

① ［法］米歇爾・福柯著,莫偉民譯《詞與物》,上海三聯書店,2001年,頁23—35。

② 黎靖德編《朱子語類》,《景印文淵閣四庫全書》第701册,臺北:臺灣商務印書館,1986年,頁704。

③ 當代學者多角度提出了他的審美價值和意義,吳正嵐提出:《詩經》須以涵泳爲主,原因之一,在於詩具有令人興起感發的特點。朱熹指出《詩經》的這一獨特之處曰:"善可爲法,惡可爲戒,不特詩也,他書皆然。古人獨以爲'興於詩者',詩便有感發人底意思。"(《朱子語類》卷八十)《詩》的感發作用,與《詩經》的情感本質密切相關。(吳正嵐《朱熹涵泳〈詩經〉的方法論意義》,《江蘇社會科學》2001年第4期。)吳功正説:"'涵泳'便成爲理學所鑄合的新範疇,'它既是一種心理表達',又是一種體認方式和心態表現。"［吳功正《説"涵泳"》,《福建論壇(人文社會科學版)》2006年第6期。］鄒其昌説:朱熹認爲"諷誦涵泳"主要有"虛心静慮""玩味體驗""悟道融通"三個基本心理流程。［鄒其昌《論朱熹"諷誦涵泳"的心理流程》,《湖北大學學報(哲學社會科學版)》2005年第6期。］

　　"詩人"在朱熹《詩經》詮釋中占有很重要的地位,詩人是詩歌表象得以呈現出規定映象的關鍵,《詩集傳》泛稱詩人之詩 43 首,朱熹把《詩經》的理解置於詩人的觀感之下,或見,可述其事,或刺,或美。泛稱婦人之詩 13 首,設定了專門身份的詩人,衛人、鄭人、國人、秦人,行者、流民、軍士、適異國之民、君子、賢人,以及具體的歷史人物,周公、文王、衛武公等。述所見,感時傷懷,自傷其亂離之感。通過體察詩人所描述的表象世界,從而達於道——理念世界。通過詩人與詮釋者相似性的構建,虛擬出一個體驗式的理念世界,也就是朱熹的解釋世界。

　　"詩人"是朱熹"理"和"氣"溝通的橋梁,通過"詩人"這個媒介,實現了《詩經》"理學"意義的發明。朱熹在解釋《詩經》之前,已經構建了他完整的哲學體系,它通過"理"與"氣"的對比,提出"氣"是"生物之具","理"是形而上者之"道",生物之本,整個宇宙也就有了一個終極的標準"太極"。馮友蘭認爲在朱熹的思想體系中,"太極不僅是宇宙萬有之理,同時還內在於每類事物的每個個體之中。每個事物繼承了它這類事物的理,在這個個別的理之中,又有太極整體之理"①。而對於人來講,則有着"心"與"性"的差異,"心"是具體的,是"氣";而"性"是抽象的,是"理"。在這樣哲學體系的指導下,六經被賦予新的含義,朱熹説:

　　　　古之聖人作爲六經以教後世,《易》以通幽明之故,《書》以紀政事之實,《詩》以導性情之正,《春秋》示法戒之嚴,《禮》以正行,《樂》以和心,其於義理之精微,古今之得失,所以該貫發揮,究竟窮極,可謂盛矣。

---

　　①　馮友蘭著,趙復三譯《中國哲學簡史》,天津社會科學院出版社,2005 年,頁259。

這完全不同於春秋以來聖人話語體系構建的學説①，朱熹把六經置於社會教化視角之下，綜合起來構成社會義理的總體，即理念世界的整體。而六經的學習過程，就是突破表象世界，不斷學習理念的過程。這是一個很複雜的過程，在《詩經》的詮釋中，朱熹藉"詩人"這一角色，巧妙地把理念世界與具體世界聯繫在一起，將讀者帶入一個衝突的境遇中，從而實現"藉經以通乎理"，"通經正爲講明聖賢之訓，以爲終身踐履之資耳"的詮釋目標。

### （二）藉"比""興"新義，重構《詩經》結構

劉毓慶師在論述漢代《詩經》學史時曾説："《毛傳》及先秦兩漢學者所説的'興'，嚴格地説是一種'解經'方式，是探討《詩經》深意的一條途徑，而不是單純的詩歌修辭手段。其意義在於豐富'經'之意義世界，使《詩經》超越一般文獻而體現出其神聖性來。"②此論是《詩經》詮釋的重

---

① 在春秋以來的聖人話語體系中，《詩經》被置於一個非常重要的地位，稱之爲"詩以言志，詩以道志"。也就是説《詩經》是聖人"志"的表達的結果。於是所有對《詩經》的解釋追求無限接近於聖人之志、先王之志。於是對於志的理解的不同，也產生了不同的解釋思想。在宋代歐陽修《詩本義》中，志被泛化成爲人的思想或意志，《詩本義·關雎篇》説："吾之於詩有幸有不幸也，不幸者遠出聖人之後不得質吾疑也。幸者詩之本義在爾，詩之作也，觸事感物，文之以言，善者美之惡者刺之，以發其揄揚怨憤於口，道其哀樂喜怒於心，此詩人之意也。古者國有采詩之官，得而録之以屬太師播之於樂，於是考其義類而別之，以爲風雅頌而次比之，以藏於有司而用之宗廟朝廷下至鄉人聚會，此太師之職也。世久而失其傳，亂其雅頌，亡其次序，又采者積多而無所擇，孔子生於週末方修禮樂之壞於是正其，雅頌刪其煩，重列於六經著其善惡以爲勸戒，此聖人之志也。周道既衰，學校廢而異端起，及漢承秦焚書之後，諸儒講説者整齊殘缺以爲之義，訓詁於不知，而人人各自爲説，至或遷就其事以曲成其己學，其於聖人有得，有失，此經師之業也。惟是詩人之意也，太師之職也，聖人之志也，經師之業也。"以此爲基礎，我們可以找到一個《詩經》解釋外向可能性，或是可以被認可的意域空間。這是整個宋代經學解釋的理論開端。在詩—聖人之間的解釋空間中，詩可以被解釋的意域空間是很大的。對間距的占有形成了不同的意義。統而論之，大義即是對聖人意志、儒家倫理的占有與解釋；正義則是以詩人、詩義向聖人之意的探尋。這是兩個方向不同，却在同一個意域尋求立意的本質。

② 劉毓慶、郭萬金《從文學到經學——先秦兩漢詩經學史論》，上海：華東師範大學出版社，2009 年，頁 438。

要觀點，也正基於此，我們纔能來論述朱熹通過"比""興"所構建出的新的詮釋思想。

　　《詩集傳》中朱熹不是把"比""興"看成單純的詩歌修辭手法，而是一種解釋方法和思想表達的重要工具。當朱熹以兩個世界的構建及其衝突來解釋《詩經》時，鄭玄所構建的隱喻結構體系得到了極大的挑戰。原有的隱喻結構體系試圖展示的是一個政治圖景的描摹，其重視的是外在政治世界的存在。而在朱熹形而上的解釋思想中，形成了理、事，性、情，德、欲，相對立的事物，他把《詩經》視爲形而下的具象，而要從中找到形而上的理、性、德，因此就必須構建一個新的聯繫的通道。朱熹把"比、興"的運用，視爲《詩經》創作之初就存在的聖人思想表達的管道，是《詩經》中現實物景與抽象的理之間聯繫的橋梁。因此，朱熹對"興""比"進行了重新定位和解釋。藉"比""興"的新解釋，朱熹對《毛傳》《鄭箋》所構建的《詩經》結構進行了三方面的改造：一是對毛、鄭視爲"興"的作品進行了意義改造；二是把毛、鄭以爲"興"的作品和句子改爲"比"；三是把原來毛、鄭視爲"興"的作品和句子改爲"賦"。這不是簡單修辭意義的修改，而是對作品解釋思想和解釋方法的重構。

　　據劉毓慶師《從文學到經學——漢代詩經學史研究》中附表《毛詩標興表》①統計。《毛傳》標"興"的詩歌有 115 首，其中《鄭箋》同樣標"興"的 89 首，而朱熹標"興"的 62 首（其中 17 首鄭玄不標）。《毛傳》以爲"興"，而朱熹以爲"比"的詩有 30 首（其中鄭玄以爲"興"的有 24 首）。《毛傳》以爲"興"，而朱熹以爲"賦"的詩有 18 首（其中鄭玄以爲"興"的 9 首）。《毛傳》《鄭箋》以爲"興"，朱熹以爲"興而比"（"比而興"）3 首。《毛傳》以爲"興"，朱熹以爲"賦而興"1 首，以爲"賦而興又比"1 首。

　　蔡守湘以爲："古人'比、興'説詩的兩個理論系統，一是從對宣傳政教的作用着眼講比興的理論系統。這個系統以毛《傳》、鄭《箋》、孔《疏》爲代表；二是從對詩歌的表現作用着眼講比興的理論系統。摯虞、歐陽

---

　　①　劉毓慶、郭萬金《從文學到經學——先秦兩漢詩經學史論》，上海：華東師範大學出版社，2009 年，頁 438—448。

修、蘇轍、鄭樵持此論。"①此論值得關注，考察毛、鄭"興"義和朱熹"興"義的差異，我們可以找到一個基本的思路和方法。毛、鄭的"比興"系統和宋學的"比興"系統完全不同，漢學構建的是基於漢代"天人相應"哲學的隱喻體系，而宋學則是基於理學的修辭體系。

漢學《詩經》解釋是以政治釋史、以史釋詩、以風俗釋詩、以五行釋詩，這就需要把詩中所述的名物、景象和政治、歷史、風俗、五行對應起來，才能構建一個宏大的外在世界圖景，這樣的解釋方法和漢代天人相應的哲學是一致的。在《詩經》中，表現為天、名物和人的情感相應、相生，與人的情感之間有着密切的互動。《詩經》中人的所作所為，自然應當順應天，也就是順應自然名物、景象的樣子。漢代《詩經》正是通過這樣的解釋，完成了儒家政治社會哲學和經學的結合。鄭玄說"興"是"象似而作"，孔穎達解釋說"興必取象以興"，也就是在自然存在和詩人的情志之間建立聯繫，"興"有比附的意義。因此在《毛傳》《鄭箋》中纔有了很多如解釋《葛覃》所說的："葛延蔓於谷中，喻女在父母之家，形體浸浸日長大也。"這完全以人和自然景物的相應為基礎。因為對漢代的天人相應的哲學的忽視，今天的人們對這樣的解釋表現出普遍的質疑，這是應當注意的問題。董仲舒把這一哲學觀點引申到人，他認為，天地由陰陽二氣組成，人是天地的復製品，人心也有兩種因素，就是性和情。性就相當於陽，情相當於陰。聯繫到儒家哲學，他提出了著名的"王教論"，他以禾、米設喻說：

> 性雖出善，而性未可謂善也。米與善，人之繼天而成於外也，非在天所為之內也。天所為，有所至止。止之內謂之天，止之外謂之王教。王教在性外，而性不得不遂。（《春秋繁露·實性》）

馮友蘭解釋說："這是說，天之所為，有其所止。在這範圍內是天的作為，超過這一範圍，則要靠聖王教化。聖王的教化，在人性之外，但若

---

① 蔡守湘《試評古人的比興說》，《山西大學學報》，1989 年，頁 22、44—47。

没有聖王的教化，人性便得不到充分的發展。"①通過馮友蘭的解釋，我們可以基本搞清楚漢代《詩經》解釋的路徑和方法了，就是把自然名物視爲天，讀《詩經》首先要找到"天之所爲"，而超出這一範圍的就要通過教化，也就是三代的政治圖景的描述。"比""興"手法的運用更多的是天人相應哲學體系在《詩經》中的運用，鄭玄集漢《詩經》學之大成，最終以這一哲學理論爲基礎，構建了三重結構隱喻系統，很好地解決天、人、王教的問題。當然我們應當注意到，從漢代哲學和經學解釋的路徑上看，是很容易走向讖緯和玄學的，魏晉玄學的發展也是漢學發展的自然結果。

　　理學與此完全不同，宋代理學以爲"有這事，便有這理"，一切事物，無論是自然的，或人爲的，都自有其理。這是非常有意味的説法，自然、人、物具有對等的地位，"理"是所有事物的終極標準。因此《詩經》解釋便不會輕易認同漢學的隱喻體系，而需要重新來確定《詩經》中天、人、物描述的關係。當然，這一理論的突破最早是出現在文學理論中的，經學與文學的互動是經學史一個很重要的現象。西晉摯虞説："比者，喻類之言也；興者，有感之辭也。"他在《文章流別論》中把"興"視爲"喻類之言"，指以兩物的類似點打比方；視爲"有感之辭"，是對景物的感觸而引發情思。摯虞從文學創作的角度，指出比、興是一種修辭方法，詩人創作是感於物而發，藉物來喻難言之意。也就有了陸機《文賦》中的名句："詩緣情而綺靡，賦體物而瀏亮。"其重點也是從創作論角度來談詩賦中的情、物關係的。這些文學創作理論在唐宋詩歌創作的高潮時期，成爲文人的共識。朱熹自然也不例外，而且這一創作理論和理學思想表現出高度的契合，也自然成爲朱熹《詩經》解釋學的重要理論來源。

　　朱熹把文學理論中"比""興"修辭手法引入《詩經》結構分析中，做出了不同於毛、鄭的解釋，朱熹以爲：

---

　　①　馮友蘭著，趙復三譯《中國哲學簡史》，天津：天津社會科學院出版社，2005 年，頁 171。

興者,先言他物以引起所咏之詞也。周之文王,生有聖德,又得聖女姒氏以爲之配,宮中之人於其始至,見其有幽閒貞静之德,故作是詩,言彼關關然之雎鳩,則相與和鳴於河洲之上矣。此窈窕之淑女,則豈非君子之善匹乎? 言其相與和樂而恭敬,亦若雎鳩之情,摯而有別也。後凡言興者其文意皆放此。①

朱熹用一個"引"字來描述"興"的修辭作用,也就説:"興,則引物以發其意,而終説破其事也。"②引,有托物言志的意思。這就必須和"比"區別開,故朱熹説:"比則取物爲比,興則托物興辭。"而"托物興辭"是"初不取義"。這樣意思就很明確了,"興"就是托物言志,并不會把"物"的意義帶入其中來,這和"比"完全不同。這樣的説法把鄭玄的隱喻結構一下子就推翻了。"興"就成爲激發詩人情懷的語境。池昌海有這樣一段論述:

"興"是指一種手法,也是指這種手法構成的一個結構整體,雖然一般是將詩歌開頭的兩句(或一句)看做"興"的標記,因此,"興"的結果是産生了這樣一個詩歌話語結構體:"他物＋所咏之詞"。更爲可貴的是,朱熹在《朱子語類》中還談及了這兩者之間的形式關聯:"興,是藉彼一物以引起此事,而其事常在下句。"這一思想得到了現代著名學者錢鐘書的認同:"觸物,似無心湊合,信手拈起,復隨放下,與後文附麗而不銜接。"筆者認爲,朱氏的看法第一次觀察到了"興"的結構特點,也正是基於這一認識,《詩集傳》纔能第一次對《詩經》中每首詩進行逐章標注,清晰地勾勒出了這些詩歌的構成方式(當然,其中也不乏少量的標注是不妥的)。但僅僅有了這樣的認識還是不夠的,因爲他没有更進一步説明"他物"與"所咏

① 朱熹《詩經集傳》,《景印文淵閣四庫全書》第72册,臺北:臺灣商務印書館,1986年,頁750。

② 黎靖德編《朱子語類》,《景印文淵閣四庫全書》第701册,臺北:臺灣商務印書館,1986年,頁183。

之詞"的各自特徵以及兩者之間的意義關聯,我們也就難以判斷如何才能稱爲"他物","所咏之詞"是什麼面目。①

池昌海的解讀應當是符合朱熹本意的,朱熹就是看破了《詩經》漢學太多的附會之意,當其解釋語境消失之後,很多附會變得難知其意。鄭玄所構建的隱喻結構就更難理解了。朱熹用宋代詩人的視角和創作理論來看,《詩經》就沒有了漢學特有的神秘意義,"物"和詩人"志"的關係更加文學化了,似無心湊合,但却又是詩人情志的引發物,物與所咏之詞的關聯,更多要靠讀者來涵咏體味了。可以這樣説,朱熹對"興"的解釋使得《詩經》中名物與所咏之詞之間産生了張力,這種張力釋放出一個詩意的空間。也難怪後人從朱熹的解讀中找到了文學詮釋的意味,當然朱熹藉用這一理論要表達的是純粹的經學意義。"興"的結構,最終的落脚點在下句的事上,而事都要歸於理。藉用上句言物正在於明理,實現事、物、理的貫通。理解物的理,也就能解事的理。

朱熹給弟子講學,常常是"興""比"共論。我們再看一下"比"的解釋。他在解釋《螽斯》時説:"比者,以彼物比此物也。后妃不妒忌而子孫衆多,故衆妾以螽斯之群處和集而子孫衆多比之,言其有是德而宜有是福也。後凡言比者放此。"

朱熹明確提出"興"和"比"的差異,他説:"比,是以一物比一物,而所指之事,常在言外。興,是藉彼一物以引起此事,而其事常在下句。"②從結構上講,以一物比一物,所言的事在言外,也就是上一句言物,下一句也言物,通過二者之間的關聯去探索詩的意味;而"興"的結構正如上文所説,上一句言物,下一句言事,而通過下句所言之事,可以體會詩的意味。朱熹説:

---

① 池昌海《新論〈詩經〉中"興"的特點與類型》,《浙江大學學報(人文社會科學版)》2010 年第 9 期,頁 100。

② 黎靖德編《朱子語類》,《景印文淵閣四庫全書》第 701 册,臺北:臺灣商務印書館,1986 年,頁 690。

問《詩》中說"興"處多近"比"? 曰：然。如《關雎》《麟趾》相似，皆是"興"而兼"比"，然雖近"比"，其體却只是"興"。且如"關關雎鳩"本是"興"，起到得下面說"窈窕淑女"，此方是入題。說那實事，蓋"興"是以一個物事，貼一個物事說。上文"興"而起下文，便接說實事。如《麟之趾》下文，便接"振振公子"，一個對一個說。蓋公本是個好底人子也，好孫也，好族人也。好，譬如《麟趾》也。好，定也好，角也好。及比則却不入題了，如比那一物說，便是說實事，如《螽斯》"羽詵詵兮，宜爾子孫。振振兮，螽斯羽"一句便是說那人了，下面"宜爾子孫"依舊是就螽斯羽上說，更不用說實事。此所以謂之比。大率詩中"比""興"皆類此。①

　　這一段完整呈現了朱熹藉"比""興"對詩意義的重構和釋義的過程。朱熹以爲，"興"中物、事關聯比較遠，因此意義不容易獲得；"比"中兩物是切近的，其意味容易體會。以《關雎》和《螽斯》爲例，《關雎》先言物，而後言淑女，而詩的意義在淑女上落脚，朱熹藉用第三人的視角，宮中之人來看，上句的物恰是爲了引出淑女，而淑女和雎鳩之間似無關聯，但細體味，宮中之人應當是看到后妃"摯而有別"的品性聯想到雎鳩摯這種"物"，於是以此起興，而陳述后妃。可以簡單推出，朱熹以爲"興"就是一種解釋方法，引用這"物"是引發下句的"事"，"事"是解釋的主體，但要解釋清楚"事"，還是得回到上句的"物"，物理即事理。《螽斯》中，子孫衆多，螽斯之群處，都有多的特性，因此藉用螽斯的特性來言后妃。比，直接藉"物"的特性，不管"物象"整體特徵。因此朱熹用這樣的話來概括："但比意雖切而却淺，興意雖闊而味長。"②因此朱熹把所有從"物"而不能言"理"的詩全改爲"比"。"比"，類於比喻、暗喻、象徵。

---

　　①　黎靖德編《朱子語類》，《景印文淵閣四庫全書》第 701 册，臺北：臺灣商務印書館，1986 年，頁 690。
　　②　黎靖德編《朱子語類》，《景印文淵閣四庫全書》第 701 册，臺北：臺灣商務印書館，1986 年，頁 690。

言"比,興",也要兼"賦",《葛覃》篇説:

> 賦者,敷陳其事而直言之者也,蓋后妃既成絺綌,而賦其事,追叙初夏之時,葛葉方盛,而有黄鳥鳴於其上也。後凡言賦者放此。①

這裏繼承了《毛傳》《鄭箋》關於賦的基本觀點,只是按照孔穎達《毛詩正義》的解釋,把"敷陳其事"和"直言之"連言。朱熹的突破在於,把毛鄭以爲"興"的詩看成"賦"。這裏就有一個問題,即如何處理"事"與"物"的問題,"物"如何融入"事"之中。《葛覃》篇給了一個很好的處理方式,全篇所叙述的是后妃成絺綌的事,而葛覃和這件事之間没有共同的理,也没有相同的特性,而把其看成是后妃自己賦其事,追叙初夏之景,更符合詩本義,也避免陷入取譬引類而附會其理的麻煩。可以説朱熹對此類詩的解釋更具有超越性。

綜合起來看,朱熹利用"興、比、賦"的新解釋方法,對《詩經》結構進行了重新建構,於是《詩經》中"事""物"都自然地呈現出"理"的特徵。當然"事、物、理"的關聯在每首詩中并不相同。儘管朱熹花了很大力氣在其中,仍有很多詩無法獲得完整的解釋。朱熹只好提出"涵咏其中,義理自現",以補其理解的差異。

朱熹《詩經》詮釋思想受到了文學與經學互動的影響。他的詮釋思想吸收了宋代文學理論,并且把文道合一的思想運用在《詩經》解釋的過程中,給《詩經》以文學的關照。但朱熹并不想改變《詩經》的經學特質,他以理學關照《詩經》,對《詩經》進行了新的改造,使之成爲新儒學構建的重要内容,在《詩經》解釋中形成了以"理"解詩,尋求詩中詩人和讀者兩個主體間的衝突與融合,同時又立足於"情"與"理"、"事"與"理"的分析,構建了完整的《詩經》詮釋思想和方法。

---

① 朱熹《詩經集傳》,《景印文淵閣四庫全書》第 72 册,臺北:臺灣商務印書館,1986 年,頁 751。

# 第五章　元代《詩經》詮釋研究

## 一、元代《詩經》文獻研究

　　據劉毓慶師《詩經著述考》,元代可考文獻 77 種,現存 19 種,清人輯本 2 種。《四庫全書》收錄 7 種,許謙的《詩集傳名物鈔》、劉瑾的《詩傳通釋》、梁益的《詩傳旁通》、朱倬(附趙真)的《詩經疑問》、劉玉汝的《詩纘緒》、梁寅的《詩演義》。《續修四庫全書》收錄 6 種,胡一桂的《詩集傳附錄纂疏》、朱公遷的《詩經疏義會通》、羅復的《詩集傳名物鈔音釋纂輯》、李公凱的《直音傍訓毛詩句解》、劉貞仁的《類編歷舉三場文選詩義》《文獻詩考》。另外,還有一部馬端臨的《文獻通考》在元代《詩經》學史上也占有重要地位。

　　元代科舉考試多次興廢,在文化建設層面,文人處於極被動的地位,經學的學習處於自覺的狀態。不同地域文化傳承的影響遠遠超過了官方文化的倡導,因此《詩經》的學習和傳承也表現出很強的地域特徵。宋代經學發達的江浙地區,仍是《詩經》學者最多的地方。現據《詩經著述考》《元史》《大清一統志》,大致可以描繪出元代《詩經》學者的地域分佈如下:

### 表 5.1　元代《詩經》學者籍貫統計表

| 江西 | 浙江 | 安徽 | 河南 | 江蘇 | 廣西 | 湖北 | 福建 | 河北 | 山西 | 無考 |
|---|---|---|---|---|---|---|---|---|---|---|
| 28 | 16 | 4 | 3 | 3 | 1 | 1 | 1 | 1 | 1 | 5 |

　　另外,根據這些學者活動的時期,又可以分爲三個時期,一是宋末元初(1279—1314);二是元中期(1314—1341),元仁宗皇慶二年實行科舉考試;三是元順帝至正元年到元亡(1341—1368)。據此,可以從時、

空兩個角度切入，概述元代《詩經》文獻基本情況。

第一時期是宋末元初，《詩經》著述主要集中在元世祖忽必烈時期，作者大多爲宋代進士、鄉賢，入元不仕，有 15 人，其著述大多出於學術自覺，有着强烈的宋學遺緒。代表人物有胡一桂《詩集傳附録纂疏》，陳櫟《詩經句解》(佚)、《讀詩記》(佚)，馬端臨《文獻詩考》，許謙《詩集傳名物鈔》。

胡一桂《詩集傳附録纂疏》謹守家法、師法，羽翼《朱傳》。前列《詩傳纂疏姓氏》87 人，從大小毛公、鄭玄，到南宋詩學諸君子。誠如江揭祐其書前序所説，有"隱括前漢，鎪剔衆説"①的意圖。

馬端臨《文獻詩考》、許謙《詩集傳名物鈔》則代表了元初《詩經》學思想的另一種傾向。《文獻詩考》是《文獻通考·經籍門·詩類》中摘録出來的，上卷辯説采詩、删詩、四家《詩》源流、《詩序》真偽；下卷考歷代注《詩》，略陳諸家之説。馬端臨自序説"經部"著述："所録先以四代史志列其目，其存於近世而可考者，則采諸家書目所評，并旁搜史傳文集雜説詩話。凡議論所及可以紀其著作之本末，考其流傳之真偽，訂其文理之純駁者，則具載焉。"②也就是説，馬端臨以史家之法，對《詩經》之流傳、真偽進行考略。許謙《詩集傳名物鈔》采用陸德明《釋文》及孔穎達《正義》，不株守一家之學，《鄭堂讀書記》説：

　　白雲受學於王魯齋，爲朱子四傳弟子。以朱子《詩集傳》猶有未備者，因旁搜博采，以成是書……正音釋，考名物度數，粲然畢具，足以羽翼《朱傳》於無窮矣。③

①　胡一桂《詩集傳附録纂疏·序》，《續修四庫全書》第 57 册，上海：上海古籍出版社，2001 年，頁 276。

②　馬端臨《文獻通考·自序》，《景印文淵閣四庫全書》第 610 册，臺北：臺灣商務印書館，1986 年，頁 20。

③　周中孚《鄭堂讀書記》，《續修四庫全書》第 924 册，上海：上海古籍出版社，2001 年，頁 89。

　　第二時期是元中期(1314—1341)，元仁宗皇慶二年實行科舉考試，到元順帝至正元年之前，是元代皇權更迭，政治衝突較爲强烈的時期。這一時期舉辦了六次科舉考試。在科舉考試的號召下，當時有學者通過科考，或是鄉薦進入了元朝主流社會，儘管大多是末流小吏，但其學術以科舉考試所提倡的官學爲主綫，是元代學術思想集中表現時期。這一時期《詩經》學者共有 21 人，可惜文獻大多不存。代表作品有蘇天爵《讀詩疑問》、林泉生《詩義矜式》。

　　蘇天爵《滋溪文稿》今存《讀詩疑問》十五條。"閱朱子《詩集傳》，吕氏《讀詩記》，偶有所疑，輒筆録之。"①蘇天爵，字伯修，真定(今河北正定)人，元代文學家，國子學出身。少時從安熙學習，後又以吳澄、虞集等爲師。安熙是金末元初的學者，入元以《詩》中選，屬儒籍，有《詩傳精要》(佚)。安熙代表了北方學者的《詩經》學態度②，蘇天爵秉其師傳，故其論有異於元一代學者。《讀詩疑問》以"《詩》三百十一篇皆古樂章"爲首，對淫詩説提出了質疑，説："《詩》《三百篇》，婦人女子作者居十之三，夫以淫邪婦人而能爲此，豈聖人潤色之歟？不然後世老師宿儒反有不能及者，何也？"③這一疑問對朱熹及其後學"淫詩説"提出質疑，婦人可以作詩，聖人潤色之，但爲什麼後世人却不能理解其詩中的意義。

　　林泉生《詩義矜式》代表了南方學者尊朱學以從俗的典範，專爲科場制義。林泉生是元代名吏，林泉生《詩義矜式》是孫鼎《詩義集説》所

---

　　①　蘇天爵《滋溪文稿》，《景印文淵閣四庫全書》第 1214 册，臺北：臺灣商務印書館，1986 年，頁 295。

　　②　劉毓慶師以爲："安熙亦尊朱學者。……《詩傳精要》當即其'發明朱子所傳微意'之一種，特就朱子《詩集傳》而發其精要言者。"(劉毓慶《歷代詩經著述考》，北京：中華書局，2002 年，頁 350—351。)同時，也不可忽視，北方士人自有其學術基礎，在金代學者心中對南宋力尊之五子并無特别尊崇，而且對歐、蘇、王、司馬等人似乎更爲重視。

　　③　蘇天爵《滋溪文稿》，《景印文淵閣四庫全書》第 1214 册，臺北：臺灣商務印書館，1986 年，頁 293。

采元代諸家《詩經》注本中唯一完整保存下來的注本。①《新元史·循
吏傳》載：

> 　　林泉生字清源，興化莆田人，父士霆，興化録事判官。泉生幼
> 精敏嗜學，天曆二年進士，授同知福清州事……改翰林待制，出爲
> 福建理問官。廉訪使郭興祖妒其能，以飛語誣之，泉生乃自免歸。
> 尋擢郎中，使招撫亂黨，遷漳州路總管，復召爲翰林直學士，知制誥
> 同修國史。至正二十一年卒，年六十三，賜諡文恪。著有《春秋論
> 斷》及詩文集。②

　　林泉生《詩義矜式》，北京圖書館存元刻本十卷。《文淵閣書目》卷
一《地字號第二厨書目·詩》："林泉生《詩義矜式》，一部一册。"黄虞稷
《千頃堂書目》卷一録："林泉生《詩義矜式》十卷，字清源，三山人。"朱彝
尊《經義考》卷一百十一録："林氏泉生《詩義矜式》十二卷，存。繆泳曰：
'此專爲科舉而設，無足存也。'"③今考其書，正文多以"股體"演義經
意，如《七月·首章》曰："按：此題兩股相停，上股就'無衣無褐，何以卒
歲'上發意；下股在'田畯至喜'上發意。"可見，林氏著作以閲程文之法
讀詩，爲科舉而設，非爲講經而設，旨在爲舉業者指點門徑。
　　元代參與科試的江西廬陵人彭士奇著《詩經主意》、曹居貞著《詩義
發揮》、謝升孫著《詩義斷法》等都倡導并作"股體"，《詩經》經義，體現了
解經與科舉制義的密切關係。④

---

　　①　阮元《詩義集説四卷提要》云："《詩義集説》四卷，明孫鼎撰。鼎字宜鉉，廬陵
人，永樂中領鄉薦任松江教授，擢監察御史，提督南畿學政。是編凡四卷，蓋采取《解頤》
《指要》《發揮》《矜式》等書，擇其新義，匯爲一編，仍分總論、章旨、節旨各類，展帙厘然，
頗屬精備。"（阮元《研經室外集》，《四部叢刊》清道光本，卷5。）
　　②　柯紹忞《新元史》，上海：開明書店，1935年，頁7037。
　　③　朱彝尊《經義考》，《景印文淵閣四庫全書》第678册，臺北：臺灣商務印書館，
1986年，頁437。
　　④　張祝平《八股文探源——〈詩義集説〉中元代"股體"詩義著者考略》，《歷史檔
案》2012年第1期，頁81。

　　第三時期是元順帝至正元年到元亡(1341—1368)。這是元代學術集中呈現的時期,這一時期科舉考試最多,這一時期舉行了十次科舉考試。科舉考試刺激了經學的發展,《詩經》學成果取得了較高水平,代表人物和代表作品有劉謹《詩傳通釋》,梁益《詩傳旁通》,朱公遷《詩傳義疏》。

　　劉謹《詩傳通釋》,楊士奇以爲:"其采録各經傳及諸儒所發要義,又考求世次源流,至明且備,蓋會通之書。"①《四庫總目》曰:"其學問淵源出於朱子,故是書大旨在於發明《集傳》,與輔廣《詩童子問》相同。"②今觀其書,大致以朱子《集傳》爲主,遍采經、史、小學以輔翼朱説。兼取《毛傳》、《鄭箋》、《史記》、《漢書》、《列女傳》、《説文》、《廣韻》、陸機《草木疏》、郭璞《爾雅》注、陸德明《釋文》、《本草》等數十家之説。劉謹是元代學者輔翼朱子最有力的學者,雜取數十家之説,以漢學之説佐朱子詩學,一改宋末以來空疏學風。明代胡廣取其全書而編撰《詩經大全》,可間接確立其地位。

　　梁益《詩傳旁通》,翟思忠序説:"旁通者,引用群經,兼輯《詩》説,不泥不僻。"③《四庫總目》説:"朱子《詩傳》,詳於作詩之意,而名物訓詁僅舉大凡。益是書仿孔、賈諸疏證明注文之例,凡《集傳》所引故實,一一引據出處,辨析源委。"④梁益以《集傳》所引"故實"爲目標,引據出處,對後世歪曲朱子之處,多有辯證。

　　朱公遷《詩傳義疏》,《經義考》録其自序曰:

---

　　①　楊士奇《東裏集·續集》,《景印文淵閣四庫全書》第1238册,臺北:臺灣商務印書館,1986年,頁580。

　　②　永瑢、紀昀《四庫全書總目》,《景印文淵閣四庫全書》第1册,臺北:臺灣商務印書館,1986年,頁339。

　　③　梁益《詩傳旁通》,《景印文淵閣四庫全書》第76册,臺北:臺灣商務印書館,1986年,頁791。

　　④　永瑢、紀昀《四庫全書總目》,《景印文淵閣四庫全書》第1册,臺北:臺灣商務印書館,1986年,頁339—340。

朱子取法孔子，又取法孟子，又取法於程子。少以虛辭助字發之，而其脉絡皎然自明，《三百篇》可以讀矣……間因輔氏説而擴充之，剖析傳文，以達經旨。而於未發者必究其藴，已發者不美其辭，庶幾乎顯微闡幽之意，而因傳求經不難也。①

朱公遷沿用了元代前期學者的研究方法，遵朱子而取史傳諸子之學以闡釋其義。《四庫總目》曰："是書發明朱子《集傳》而作，如注有疏，故曰義疏。其後同裏王逢及逢之門人何英，又采衆説以補之，逢所補題曰《輯録》，英所補題曰《增釋》，雖遞相附益，其宗旨一也。其説墨守朱子，不逾尺寸，而亦間有所辨證。"②此論與其序所言相同，確切描述了朱公遷的詩學思想，代表了元後期學者的學術傾向。

可以看出，元末學者以羽翼朱傳爲主，但不同於南宋朱熹後學"以己意説詩"的傳統，開始多層次收集資料，并多角度對朱子學進行旁證。故《四庫總目提要·經部總序》評價這一時段的學術特點時説："學脉旁分，攀緣日衆，驅除異己，務定一尊，自宋末以逮明初，其學見異不遷，及其弊也黨。"③"黨"，即以程朱理學爲中心，形成了强有力的學術流派，這一學術流派在科舉推動下，影響很大。因此皮錫瑞以爲元代經學是經學積衰時代，元代經學不如宋代經學，且在宋代科舉考試制度的影響下，經學以追求新義爲能事，故經學進入一個新的時期。④ 這是經學的總體特徵。如《四庫總目》論朱倬《詩疑問》説："其書略舉詩篇大旨發

---

① 朱彝尊《經義考》，《景印文淵閣四庫全書》第 678 册，臺北：臺灣商務印書館，1986 年，頁 433—434。

② 永瑢、紀昀《四庫全書總目》，《景印文淵閣四庫全書》第 1 册，臺北：臺灣商務印書館，1986 年，頁 340。

③ 永瑢、紀昀《四庫全書總目》，《景印文淵閣四庫全書》第 1 册，臺北：臺灣商務印書館，1986 年，頁 53。

④ 皮錫瑞《經學歷史》説："科舉取士之文而用經義，則必務求新異，以歆動試官；用科舉經義之法而成説經之書，則必創爲新奇，以煽惑後學。經學宜述古而不宜標新；以經學文字取人，人必標新以别異於古。一代之風氣成於一時之好尚，故立法不可不慎也。"此論對科舉考試對經學影響的判斷最爲切近。

問,而各以所注列於下,亦有缺而不注者";論劉玉汝《詩纘緒》《四庫總目》説:"其大旨專以發明朱子集傳,故名曰纘緒。體例與輔廣《童子問》相近,凡《集傳》中一二字斟酌,必求其命意所在。或存此説而遺彼説,或宗主此論而兼用彼論,無不尋繹其所以然"。① 當代學者趙需霖以爲:"由於理學家的介入,南宋開始,出現了對《詩經》及其研究的神聖化,并以直接、間接承繼集理學之大成的朱熹詩學爲榮耀。有元一代緊承宋後,自然也就形成朱熹一家之學獨擅的局面。元代詩學唯宗朱傳,少見異説,嚴重流於封閉化和狹隘化,極大地束縛了元代學者的創造性和開拓精神,最終導致千人一面、千部一腔,少有創新。"②此論從經學視野出發,對元代經學的衰落背景下《詩經》詮釋進行了分析,值得關注。

劉成群先生以元代新安理學派爲關注對象,指出:元代前期的新安理學家們以"唯朱是宗"爲治學宗旨,在經學研究上,他們以"羽翼朱子"爲指向,普遍采取了"附録纂疏"式的解經方法。到了元代中後期,新一代的新安理學家成長起來,他們都已經不再虔誠或盲目地唯朱熹之注是從了。鄭玉以"闕疑"爲治經原則;朱升則以"旁注""求真是之歸";趙汸綜合考據向上推校而"一切以實理求之"。在這些治經方法中,展現出一種追求"真是"的新傾向。③ 此論可以間接證明元代學術的獨特性。

## 二、明、清兩代對元代《詩經》文獻的評價

明代對元代學者的研究成果呈現出前後矛盾的態度,這和明代社會變遷是一致的。英宗即位之初(宣德十年,1435),以吳澄從祀孔子。明初七八十年中,對元代的好感始終未變。到明永樂十二年(1414),胡

---

① 永瑢、紀昀《四庫全書總目》,《景印文淵閣四庫全書》第 1 册,臺北:臺灣商務印書館,1986 年,頁 341。

② 趙沛霖《〈詩經〉學的神聖化與元代〈詩經〉研究》,《中州學刊》2002 年第 7 期。

③ 劉成群《元代新安理學從"羽翼朱子"到"求真是"的轉向》,《江漢論壇》2012 年第 1 期,頁 73。

廣等奉敕編纂《詩經大全》，并將《詩經大全》作爲科舉考試的官方指定教科書。《詩經大全》乃是全部鈔襲元代劉瑾《詩傳通釋》而成，只是將《詩傳通釋》中的"愚按"改爲了"安成劉氏曰"，稍微改動了一下體例。但《詩經大全》在明代的影響，遠遠超過了劉瑾《詩傳通釋》在元代《詩經》學上的影響，可見明初學者受元代學風影響較大。正如《四庫全書總目》評價明代朱善《詩解頤》，稱其完全繼承了元人尊崇朱熹《詩集傳》的傳統，并保持了元代《詩》家務實的學風，"蓋元儒篤實之風，明初尤有存焉，非後來空談高論者比也"①。

正統十四年（1449），英宗爲韃靼所虜，當係明人對外思想的轉換點，到弘治間，這種排外反蒙的民族主義思想，已經大盛。嘉靖七年（1528）湛若水任南京禮部侍郎時作《格物通》對宋代理學進行研究，論及元代學術，他説：

> 言忠信，行篤敬，雖蠻貊之邦可行也……夫學校盛於三代，衰於漢唐宋，大壞於元代。聖諭所謂先王衣冠禮樂之教幾於盪然，夫所謂壞者，道之壞也。②

湛若水稱元代爲蠻貊之邦，并説元代學校大壞。這些説法代表了明代中後期學者對元代學術的基本態度。從此而後，元代《詩經》學成果也鮮有明人提及和研究。

至清代《四庫全書總目提要》説："有元一代之説詩者，無非朱傳之箋疏，至延祐行科舉法，遂定爲功令。"③清代全祖望《宋元學案·序錄》説："有元立國，無可稱者，惟學術尚未替，上雖賤之，下自趨之，是則洛、

---

① 永瑢、紀昀《四庫全書總目》，《景印文淵閣四庫全書》第 1 冊，臺北：臺灣商務印書館，1986 年，頁 342。

② 湛若水《格物通》，《景印文淵閣四庫全書》第 716 冊，臺北：臺灣商務印書館，1986 年，頁 538、545。

③ 永瑢、紀昀《四庫全書總目》，《景印文淵閣四庫全書》第 1 冊，臺北：臺灣商務印書館，1986 年，頁 343。

閩之沾溉者宏也。如蕭勤齋、同矩庵輩,其亦許、劉之徒乎?"①這代表了清代學者對元代學術的基本態度。

## 三、元代《詩經》詮釋研究

### (一) 元代學者的社會地位與文人品格

《劍橋遼金元史》從社會結構變遷與文化衝突的視角描述了元朝成立後對漢人的影響,頗有新意,鈔錄如下:

> 蒙古人和色目人組成的兩級特權階層,壟斷了通過社會地位與權力而獲得的利益,這直接衝擊了舊的具有學問與修養的漢人精英階層的存在,衝擊了他們在政治與社會上作爲領袖的傳統。對此,他們的反應不盡相同,從初建的抱怨與蔑視,到猶豫或被動接受⋯⋯在漢人儒士適應調整過程中一個有趣的現象是,外族上層掌握真正權力的現實,既沒有消除中國社會對文人的崇尚,也沒有摧垮被征服者中原來上層那些人的經濟實力,漢人士大夫仍舊被看作地方社會的領袖。②

這個觀點很有意味。在傳統文化視野中,元代的漢人儒士始終處於一個屈辱的社會地位,但這個結論却給人一個全新的視角,因爲元人并沒有摧垮原來上層人的經濟實力,"漢人士大夫仍舊被看作地方社會的領袖"。抛開社會整體對漢人士大夫的打壓,在局部和地方,這樣的形態應當是真實存在的。當然,此時漢人士大夫儘管仍是地方領袖,却也已經不可能像宋朝時一樣追求張揚的個性和自由了。因此他們需要通過特定的方式來表現其精英的品質,藉此重新來定位其社會作用和

---

① 黄宗羲、全祖望《宋元學案》,杭州:浙江古籍出版社,1992 年,頁 46—48。

② 傅海波、崔德瑞編,史衛民等譯《劍橋中國遼西夏金元史》,北京:中國社會科學出版社,1998 年,頁 722。

其存在的社會意義，這是儒家學者第一次要在廟堂之外的地方來尋找其價值標杆。

　　從"達則兼濟天下，窮則獨善其身"的儒學傳統來看，此時，"獨善其身"之學的追崇與探究成爲其新價值理論的來源，因此在元代有着繼承宋代理學固有師承傳統的強烈願望。《宋元學案》中黄宗羲、全祖望把這一傳統視爲唯一的原因，把元代學術全部歸之於宋代的傳承。從今天的文化視角來看，這種簡單的歸納忽視了元代學術發展的獨特性。因爲程朱理學仍然是經學致用之學，其核心仍然在於以道治天下，這就使得漢人學者陷入了一個新的矛盾之中。正如傅海波描述的一樣："漢人中的許多文化精英對元朝統治給他們所崇尚的社會與政治生活模式所帶來的中斷是痛苦的，但與此同進，他們又強烈地傾向於將注意力集中到理想的形式與中國歷史的連續性上，從而忽視或低估這種中斷的纍積性後果。"①元代漢人學者處於科舉考試被取消之後，仕進無門的痛苦和儒學理想繼承的矛盾之中，漢人學者也開始從經學致用的實用主義思想走向了專注儒學發展的内在體系建設上來。

　　當然，到這裏我們必須澄清一個問題，即元代政治對於漢人學者只是阻斷和改變了遼金宋時期的政治生活模式，而并沒有對其價值觀和文化生活進行否定和摧毀。《元史·耶律楚材傳》記載：

　　　　太祖時期，楚材請遣入城，求孔子後，得五十一代孫孔元措，奏奉"衍聖公"，付以林廟地。命收太常禮樂生，及召名儒梁陟、王萬慶、趙著等，使直釋九經，進講東宮。又率大臣子孫，執經解義，律知聖人之道。置編修所於燕京、經籍所於平陽，由是文治興焉。②

忽必烈還制定了一系列的文教方針，至元四年(1338)正月詔令修

　　①　傅海波、崔德瑞編，史衛民等《劍橋中國遼西夏金元史》，北京：中國社會科學出版社，1998年，頁717。

　　②　宋濂、王禕《元史》，北京：中華書局，1962年，頁3459。

繕曲阜孔廟，五日"敕上都重建孔子廟"。在"尊孔崇儒"的驅動下，元朝逐漸恢復了各級各類學校，忽必烈詔書："諸路學校久廢，無以作成人材。今擬選博學洽聞之士以教導之。凡諸生進修者，仍選高業儒生教授，嚴加訓誨，務要成材，以備他日選擢之用。仍仰各路官司常切主領教勸。"①《續文獻通考·學校考》記載："元世學校之盛，遠被遐荒，亦自昔所未有。"至元二十五年(1288)，大司農司上報的學校已達二萬四千四百餘所。元朝按路、府、州、縣的行政區劃，建立了路學、府學、州學、縣學以及諸路小學的儒學系統。至元七年，忽必烈規定農村中五十家爲一社，作爲地方的基層組織。在立社的一百一十四條法令中，有這樣的規定："今後每社設立學校一所，擇通曉經書者爲學師，於農除時分各令子弟入學。"社學擴大了儒學學習的範圍，對士族專習有着很大的影響。②

　　除此之外，在學校教學内容上，元政府也有明確規定。延祐二年(1315)用集賢學士趙孟，禮部尚書元明善的建議，國子學爲六齋教學，"下兩齋左曰游藝，右曰依仁，凡誦書講説、小學屬對者隸焉。中兩齋左曰據德，右曰誌道，講説《四書》，課肄詩律者隸焉。上兩齋左曰時習，右曰日新，講説《易》《書》《詩》《春秋》科，習明經義等程文者隸焉"。學生入學先修《小學》《四書》，進而修習《易經》《書》《詩》《春秋》等，學生功課有對屬、詩章、經解、史評等内容。③

　　從以上論述中可以看出，從尊孔崇儒，到全國學校教育系統的建立，元統治者對漢文化環境不僅没有破壞，而且還得到了加強。但是元統治者對於人才的選用和學校教育，與前朝有很大的不同。元之前學校是科舉之士的訓練所，學校與科舉一直有密切的聯繫，通過科舉是漢人士族進入仕途的主要途徑。但是，元代的學校，相對來説跟科舉關係并不那麽密切。蕭啓慶總結説："元代儒士雖仍以古典學養爲學術專

　　① 　不著撰人《廟學典禮》，《景印文淵閣四庫全書》第 648 册，臺北：臺灣商務印書館，1986 年，頁 326—327。

　　② 　郭德靜《元代官學研究》，雲南師範大學，碩士研究生論文，2004 年，頁 35。

　　③ 　宋濂、王褘《元史·耶律楚材傳》，北京：中華書局，1962 年，頁 2029。

業,但在延祐二年科舉恢復之前,學術和政治失去傳統的連鎖,即在科舉恢復以後,平均每年也不過錄取二十三人(其中僅有一半爲漢人,南人),遠少於宋、金,故在解決儒士的出路問題上,不過是杯水車薪而已。"①即使是通過科舉,除一些名士外,其他人也無緣國家政治,大多充任中小級官員。科舉之外,儒士的出路還有就是擔任胥吏和教官。儒學學術體系面臨着很大的挑戰,鄭介夫説:"今之隸名儒籍者,不知壯行本於幼學,而謂藉徑可以得官,皆曰'何必虛費日力'? ……但求遷轉之速,何問教養之事,學校遂成廢弛,言者皆歸咎差役所致。"②求學不能仕進,儒學學習體系有了潛在轉向的可能。

當時江浙名士劉壎説:"儒者職分不在於作文,而在於講學。講學不在於章句,而在於窮理。窮理不在於外求,而在於存心。"③劉壎是元初江西頗有名氣的儒生,他還是元代文學批評家,其《隱居通義》列舉了前代許多著名的詩人。他對於儒者職分的描述雖透出陸學的理解,但將其置於《隱居通義》之前,却有統率全篇之意,言明儒士重在修心而非經學致用。他在"徐侍郎悟學"條説:

> 　　諸儒雖争爲性命之學,然而固滯於語言,播流於篇末,多茫昧景響而已。及公以悟爲宗,懸解昭徹,近取日用之内,爲學者開示修證所緣。至於形廢心死,神視氣聽,如静中震霆,霄外朗日,無不洗然,自以爲有得也。參玩兹語似亦近禪而,當時諸儒學術亦因可見。④

————————

①　蕭啓慶《元代史新探・元代的儒户》,臺北:新文豐出版公司,1983年,頁26。

②　楊士奇、黄淮編《歷代名臣奏議》,《景印文淵閣四庫全書》第434册,臺北:臺灣商務印書館,1986年,頁867。

③　劉壎《隱居通議》,《景印文淵閣四庫全書》第866册,臺北:臺灣商務印書館,1986年,頁23。

④　劉壎《隱居通議》,《景印文淵閣四庫全書》第866册,臺北:臺灣商務印書館,1986年,頁29。

可以看出,此時期學術立意仍在追求一種淡泊的心誠,這樣的心態支持元代漢人學者在面對戰亂和社會地位不公時,仍能保持學術權威,有强烈的精神領袖的意志。元代漢人學者代表劉祁自述説:

> 思嚮日二十餘年間,所見富貴權勢之人,一時烜赫如火烈者,迨遭喪亂皆煙消灰滅無餘。而吾雖貧賤,一布衣猶得與妻子輩完歸,是亦不幸之幸也。由是以其所經涉憂患,與夫被攻刼之苦,奔走之勞,雖飯疏飲水,橐中無寸金,未嘗蒂諸胸臆。①

這是一種戰亂之後超越生死的從容,也可以看成是對人生看破之後的感悟,代表了元代漢人儒士的普遍心理。應當説元代的學校教育和科舉考試制度造就的元代文人獨特的品格,這些品格讓元代學者面對社會地位的不公以及社會動盪保持了讓人驚服的淡泊心態。

### (二)元代《詩經》詮釋研究

據劉毓慶師《歷代詩經著述考》,元代《詩經》研究學者其經歷可考者 51 人,結合《元史》及地方誌,按照元代儒士的出路,大致分類下表:

**表5.2　元代《詩經》學者出路統計表**

| 類別 | 名儒 | 科舉 | 山長 | 學官 | 隱士 |
|------|------|------|------|------|------|
| 人數 | 2 | 21 | 5 | 9 | 14 |
| 比例 | 3.9％ | 41.2％ | 9.8％ | 17.6％ | 27.5％ |

從上表中可以看出,在元代形成了五大《詩經》詮釋群體,名儒、山長、科舉之士、學官、隱士。其大致可以歸爲三類:名儒,以其獨有的文化地位,享有極高的文化影響力;科舉之士、山長、學官,以科舉爲務,參加科舉不及弟者,録爲學官,故以科舉解題法而釋《詩經》;隱士"高蹈的性格",注定其以"聖學"論《詩》,其義多有不同。

---

① 劉祁《歸潛志·原序》,《景印文淵閣四庫全書》第 1040 册,臺北:臺灣商務印書館,1986 年,頁 225。

1. 王惲、蘇天爵的《詩經》學思想管窺

王惲、蘇天爵都是北方名儒。宋金元時期，南北長期分裂的政治格局，在學術上也有明確的分野，雖然元初朱學北漸，但北學還保持着較獨立的風貌，兩位名儒的《詩經》學就具有這樣的特點。

王惲，《元史》本傳記：

> 王惲，字仲謀，衛州汲縣人。曾祖經。祖宇，仕金，官敦武校尉。父天鐸，金正大初以律學中首選，仕至户部主事。惲有材干，操履端方，好學善屬文，與東魯王博文、渤海王旭齊名。①

王惲受當時大儒姚樞推薦，最終成爲元世祖忽必烈、元裕宗真金和元成宗皇帝鐵穆耳三代著名諫臣。現存《商魯頌次序說》一篇。

蘇天爵少從安熙學，爲國子學生，得吳澄、虞集、齊履謙先後爲之師。是元代後期著名儒臣的代表。《元史》本傳：

> 蘇天爵，字伯修，真定人也。父志道，歷官嶺北行中書省左右司郎中，和林大饑，救荒有惠政，時稱能吏。天爵由國子學生公試，名在第一，釋褐，授從仕郎、大都路薊州判官。丁内外艱，服除，調功德使司照磨。泰定元年，改翰林國史院典籍官，升應奉翰林文字。至順元年，預修《武宗實録》。二年，升修撰，擢江南行臺監察御史。②

蘇天爵篤信理學，時時以倡明理學自命，著有《讀詩疑問》一卷。

王惲、蘇天爵都有着自己對《詩經》的獨特理解，王惲《商魯頌次序說》：

> 二生問：“《魯》繼《周頌》，《商》次《魯頌》之後，何居?”余曰：“三百篇皆周詩，魯則列國，蓋周之後裔僖公，又魯之賢君，天下無王，

---

① 宋濂、王禕《元史·王惲傳》，北京：中華書局，1962 年，頁 3932—3933。

② 宋濂、王禕《元史·卷一百八十三》，北京：中華書局，1962 年，頁 4224—4225。

盪蕩板板而周禮盡在於魯。故孔子曰：'如有用我者，吾其爲東周乎！'諸侯不與，將疇歸，恐亦《書》終，以《秦誓》繼之之義也。若《商頌》次之《魯》下，殷周之先代前後不叙意者，孔子殷後，又當斯文之主……"①

王惲論《魯頌》，首先把《詩經》都歸於周詩，給《詩經》一個宏大的背景，其次列出兩個理由，一是僖公賢，二是周禮盡在魯。把王惲的結論和漢、宋之際的流行觀點相比較，會得出一個有意思的結論，《毛詩序》説：

《駉》頌僖公也，僖公能遵伯禽之法，儉以足用，寬以愛民，務農重穀，牧於坰野，魯人尊之。於是季孫行父請命於周，而史克作是頌。

鄭玄《魯頌譜》：

國人美其功，季孫行父請命於周，而作其頌。

歐陽修《毛詩本義·魯頌解》：

大抵不列於《風》，而與其爲《頌》者，所謂憫周之失，貶魯之强是矣。

朱熹《詩集傳》：

成王以周公有大勳勞於天下，故賜伯禽以天子之禮樂，魯於是乎有頌，以爲廟樂。其後又自作詩，以美其君，亦謂之頌。

--------

① 王惲《秋澗集》，《景印文淵閣四庫全書》第 1200 册，臺北：臺灣商務印書館，1986 年，頁 615。

從《序》《毛詩譜》中可以看出，漢學以史論詩，故其言《魯頌》歸之於史，言辭鑿鑿。而宋歐陽修則以"人情"論詩，以爲三代之禮衰，故有《魯頌》，"憫周""貶魯"。朱熹以"理"言詩，以"道德"論政治，從春秋"成王賜伯禽以天子之禮樂"論，所以有《魯頌》。而王惲所論則以"道統"論，"天下無王，盪蕩板板而周禮盡在於魯"，孔子又有周代之治的理想，所以有《魯頌》。這個論述承接韓愈道統論，有着鮮明的金代北方學者的理念。王明蓀説："在金代學者所論及之北宋學者是全面的，而且尚可發現其心目中對南宋所力尊之五子并無特別尊崇，范、歐、蘇、王、司馬等人似乎較爲重視。"①王明蓀所論接近史實，金代學者受南宋影響較少，其學更近於中晚唐、北宋。王惲以"道統"論《魯頌》，有着鮮明的北方學者氣派，同時在異族統治之下，言道統，也顯示出士大夫地方文化的精英追求。

蘇天爵《讀詩疑問》則從《朱傳》及歷代注疏入手，對比經文而提出一些思考，他也提到《魯頌》問題，他説：

> 魯，侯國也。詩之有頌，著其僭也。獨稱魯侯者，何也？或曰魯人因其請王而作，故稱其君爲魯侯。夫既知尊王而請之，又僭王以作頌，何也？或曰成王以周公有大勛勞於天下，故賜伯禽以天子禮樂，魯於是乎有頌。今考之頌，皆爲僖公而作，曾無一詩及於周公，何也？②

蘇天爵提出的命題較王惲的道統論更遠，直接指出《魯詩》之有頌，"著其僭也"，這是對違反社會倫理的指責，并且對《序》《箋》，以及朱熹的觀點都進行了反問。他還對鄭玄以來"正風"説提出質疑，他説："《詩》有'變雅''變風'之文，先儒以二南二十五篇爲《正風》，自《邶》迄

---

①　王明蓀《元代士人與政治》，臺北：臺灣學生書局，1992年，頁266。

②　蘇天爵《滋溪文稿》，《景印文淵閣四庫全書》第1214册，臺北：臺灣商務印書館，1986年，頁294。

《豳》一百三十五篇爲變風,然則成周盛時,齊晋陳衛所得之'正風',孔子編詩皆棄而不取,何也?"①這個疑問初看似無理,但把其置於"道統"的背景和元代政治文化背景下,凸顯出北方學者反思的氣質和品性。

并且蘇天爵也從更廣的社會學視角提出了對《詩序》及《朱傳》的疑問,他説:

> 《漢廣》之詩言文王之化及於江漢之間,而有以變其淫亂之俗,故其出游之女人,望見之知其端莊静一,非復前日之可求矣。《行露》之詩,言南國之人服文王之化,有以革其前日淫亂之俗,故女子有能以禮自守,而不爲强暴之所污矣。《摽有梅》之詩,言南國被文王之化,女子知以貞静自守,懼其嫁不及時而有强暴之辱也。夫文王之化既能變南國前日淫亂之俗,而其婦人女子亦皆有端莊静一之德,獨其男子反不能被文王之化,革其强暴之性何也。②

這一段文字有兩個視角,一是遵從《小序》對朱熹廢序而自言表現了懷疑,但同時對《小序》之説從更宏大的社會學角度提出了質疑。"文王教化"能行於女子,也應能行於男子,何獨言女性"端莊静一",而男子"强暴之性"不收斂,用子之矛攻子之盾。即是對朱熹理性世界的懷疑,也有着對元代以來,政教宣傳、學術思想上言行不一的不滿。可以説蘇天爵是元代詩學的另類,代表北方學者思辨的傳統。

兩位大儒的北方學風和氣派在整個元代雖然微不足道,但他們對《詩經》學的點滴感悟也是元代學風和其政治語境相結合的最好例證。

2. 科舉出身儒士及學官的《詩經》詮釋思想

科舉出身的儒士是元代《詩經》詮釋作品人數最多的。元代研究《詩經》的儒士科舉及第者占比例最大,這有兩個原因,一是《詩經》著述

---

① 蘇天爵《滋溪文稿》,《景印文淵閣四庫全書》第 1214 册,臺北:臺灣商務印書館,1986 年,頁 296。

② 蘇天爵《滋溪文稿》,《景印文淵閣四庫全書》第 1214 册,臺北:臺灣商務印書館,1986 年,頁 293。

以傳世者，皆當有所得，也有所成就，可以爲鄉學楷模，科舉及第者是這方面的代表。二是《詩經》學習較他經爲易，張祝平引泰定丙寅湖廣鄉試考官彭士奇云：“來本房得卷近百，書卷四十，詩且半之。”證明元代考試五經科目中近一半考生考《詩經》。并且指出：“《詩》易懂好記，而且可出題者僅占三分之一，所以習之者更多。元人認爲《詩三百》中，可作爲試題的詩篇約占三分之一，其餘詩篇是不宜出題的。”①張祝平以元代科舉試卷的實際分析，提出“易記好懂”“可出題者僅三分之一”，所以吸引了很多人學習，這個結論值得關注。從這個觀點出發，就能够理解，元中期元仁宗皇慶二年實行科舉考試，到元順帝至正元年之前，出現了以科舉“程文”的方法解釋《詩經》的一系列著作。

如朱倬，元順帝至正二年（1342）進士，曾爲遂安縣尹，著有《詩疑問》。劉錦文跋曰：“朱君以明經取科第，凡所辨難，誠足以發朱子之蘊而無高叟之固，然其間有問答者，豈真以爲疑哉？在乎學者深思而自得之耳。”②納蘭性德序其書說：“其論經義大抵發朱子《集傳》之蘊，往往微啓其端，而不竟其說，蓋欲使學者心思自得，不欲遽告以微辭妙義。”③以此爲例，科舉出身的儒士雖然人數衆多，但其論《詩經》皆以明經取科第爲義，對於經學發展，可稱道者甚微，可略而不論。

學官是元代《詩經》詮釋的一支重要力量，人數雖不及科舉及第者，但他們獨特的人生經歷和感悟，給《詩經》詮釋帶來了新的活力。學官大多有參加科舉而未及第者充任。元世祖中統二年（1261）就要求“選博學洽聞之士以教導之……提舉學校官凡諸生進修者仍選高業儒生教授”。延祐二年（1315）恢復科舉後，提出可從落第學子中選教職，“下第舉人六十以上者與教授。元有出身者，於應得資品上稍加優之。無出身者，與山長、學正，受省札”。泰定二年（1325）規定，下第舉人中漢人、南人“年五十以上并兩舉不第者與教授，以下與學正、山長”。元順帝至

---

① 張祝平《蔡燕蔣玲元代科舉〈詩經〉試卷檔案的價值》，《中國典籍與文化》，2007年，頁81。
② 朱倬《詩疑問》，《通志堂經解本》，康熙19年刻本，卷首。
③ 納蘭性德《通志堂集》，上海：上海古籍出版社，1979年，頁488。

正三年規定，"下第者悉授以路、府學正及書院山長。又增取鄉試備榜，亦授以郡學教授及縣教諭"。① 元朝政府也明確了學官的品階和待遇，規定"儒學教授一員，秩九品。諸路各設一員，及學正一員、學錄一員。其散府、上中州，亦設教授一員，下州設學正一員"②。落第者充教職之後，則應滿足學校教育的功能，醇化世行，推行教化。然學官多居縣學、鄉學，其教學對象注定其教學内容之所用，非致力於科舉之途，所以這類人的《詩經》著作和科舉士子的經學思想當有差異。

梁益是這些人的代表。《元史‧儒學傳》說："博洽經史，而工於文辭。其教人，以變化氣質爲先務，學徒不遠千里從之。"③《四庫總目》說："嘗舉江浙鄉試，不及仕宦，教授鄉里以終。"元代州、縣官學，學生入學先修《小學》《四書》，進而修習《易經》《書》《詩》《春秋》等，學生功課有對屬、詩章、經解、史評等内容，雖有參加科舉的路徑，但弟子鮮有科舉成名之士，因此學官教授更重修心、教化。梁益有《詩傳旁通》十五卷，翟思忠序稱：

> 有宋文公朱先生爲之《集傳》，闡聖人之微言，指學者之捷徑，上以正國風，下以明人倫，豈但場屋之資而已哉？三山梁先生友直，號庸齋，撏撏於此，昧必欲聞，懵必欲解，參諸先正，問之老宿，遇有所得，手纂成帙，曰《詩傳旁通》。旁通者，引用群經，兼輯諸說，不泥不僻。如《易》之六爻，發揮旁通，周流該貫也。用功懋矣，淑人多矣。嗚呼！先生可謂温柔敦厚，深於《詩》之教者歟。④

這段論述雖不能盡明梁益說《詩》的成果，但對《詩傳旁通》詮釋《詩經》的目的"闡聖人之微言"，詮釋方法"引用群經，兼輯諸說"這兩點描

① 宋濂、王禕《元史‧選舉志》，北京：中華書局，1962 年，頁 2027。
② 宋濂、王禕《元史‧百官制》，北京：中華書局，1962 年，頁 2316。
③ 宋濂、王禕《元史‧儒林傳》，北京：中華書局，1962 年，頁 4345。
④ 梁益《詩傳旁通》，《景印文淵閣四庫全書》第 76 册，臺北：臺灣商務印書館，1986 年，頁 791。

述是準確的。梁益不關注經文,僅選取歷代《詩經》詮釋的關鍵詞爲對象,輯引群經以爲説,對《詩經》聖人微言多有創見。如《關雎》篇,取"興也""關雎一名王雎""《毛傳》""乘居匹處""摯至通""漢康衡""妃匹"七個詞,對《詩經集傳》中隱微之意進行進一步研究。對比朱熹《詩集傳》來看,這幾個詞正是這首詩難解的關鍵。梁益釋"關雎一名王雎"條,取《爾雅》李巡注,郭璞注,陸機疏,揚雄、許慎及張衡等人的言辭、詩賦,輯諸説以釋名物,體例繁複;釋"《毛傳》""漢康衡"兩條,取漢代史籍所言,補《詩集傳》所不言;釋"乘居匹處""摯至通""妃匹"三條,分別取《列女傳》《尚書》和司馬貞《史記注》而言漢唐釋意的本原,爲朱子釋意張本。其最可論者爲"興者"條,梁益説:"賦、比、興者作詩之體,風、雅、頌者作詩之名"有別於前人所論,和《毛詩注疏》説相類。"然則風雅頌者,詩篇之異體;賦比興者,詩文之異辭耳。"指出了朱熹所説的興,是指《詩經》的一種結構方式,藉此可以詮釋朱熹《詩經》詮釋的方法,最有創見。總體而言,這幾個關鍵詞正是朱熹詮釋的着力點,也是朱熹沒有言明的地方,梁益的解釋正是發聖人之微言的典範,代表了學官群體的"博洽經史,而工於文辭"的學術品質。

戴表元《菁菁者莪四章》是學官《詩》學的另一種追求。《菁菁者莪》,朱熹以爲"此亦燕飲賓客之詩"雖言興,但興義不明。而戴表元棄朱學而論《序》"育人才之詩",以"興"立義,言明四章名意章旨,但其立論却不在詩,而在藉此而論教育,他説:

> 此四章,非先王學校全盛,不足以當之。吾徒生長於二千年後,不宜妄自菲薄。何代無賢,十室之邑,必有忠信。一卷之書,必立之師。自今以往,相與講明探索,求古人居學校所樂者何道? 所以得者何業? 所以欲用者何才? 必有異於後世之汲汲而求,求之不得則悒悒而困者矣。[①]

---

① 戴表元《剡源文集》,《景印文淵閣四庫全書》第 1194 册,臺北:臺灣商務印書館,1986 年,頁 315。

這是藉釋詩而言時務，相比於文章、事對之學，戴表元更強調爲學本身應當修身。正如《元史》稱其："故其學博而肆，其文清深雅潔。化陳腐爲神奇，蓄而始發，間事摹畫，而隅角不露。施於人者多，尤自秘重，不妄許與。至元、大德間，東南以文章大家名重一時者，唯表元而已。其門人最知名者曰袁桷，桷之文，其體裁議論，一取法於表元者也。"①

3. 隱士群體的詮釋思想

第三類就是隱士，胡一桂、劉謹、許謙等是其中的代表，皆有《詩經》傳注見世。

胡一桂、陳櫟是新安理學的代表人物。新安理學是朱熹身後一直到宋末，徽州（古稱新安）地區理學學派。入元以來，新安理學家以創辦書院投身教育事業安身立命。元代新安理學的突出特點是一方面推崇朱熹，固守朱學本旨；另一方面力排異説，維護朱學純潔性。這兩方面相結合，使得元代新安理學的門户之見極深。其積極意義在於，在當時全國範圍内朱子學歧解紛出的情況下，新安理學獨能堅守朱學正傳，維護朱學純潔性。② 胡一桂《詩集傳附録纂疏》就是這一學派的代表。

《詩集傳附録纂疏》前列《詩傳纂疏姓氏》87 人，從大小毛公、鄭玄到南宋詩學諸君子，江揭祐其書前序所説，有"隱括前漢，鎪剔衆説"③的意圖。《續修四庫全書》影印元刻本目録後有劉君佑記曰：

> 文場取士，詩以朱子《集傳》爲主明經也。新安胡氏編入《附録纂疏》羽翼《朱傳》也。增以浚儀王内翰韓魯齊《三家詩考》，求無遺也。今以《詩考》謹鋟諸梓，附於《集傳》之後合而行之，學詩之士潛心披玩，蜚英聲於場屋間者，當自此得之矣。泰定丁卯日長至後學

---

① 宋濂、王禕《元史・儒林傳》，北京：中華書局，1962 年，頁 4336。

② 李霞《論新安理學的形成、演變及其階段性特徵》，《中國哲學史》2003 年第 1 期，頁 95。

③ 胡一桂《詩集傳附録纂疏・序》，《續修四庫全書》第 57 册，上海：上海古籍出版社，2001 年，頁 276。

建安劉君佑謹識。①

　　元代《詩集傳附録纂疏》在正文之後，另附王應麟《詩考》，録爲一册。《詩集傳附録纂疏》正文是《詩集傳》原文；其次是"附録"，也就是將朱熹《文集》和《語録》中涉及《詩經》的内容附在《詩集傳》正文之後；再次則是"纂疏"，取諸儒有關於《詩經》的文字纂之於"附録"之後，文中以"纂疏"二字標記。元初的新安理學家們如胡一桂、陳櫟、胡炳文等人普遍用力於經纂、訓釋。其經學研究在一定程度上出現瑣碎支離的毛病，甚至可以説已經陷入了"博而不能返約"的泥淖當中。②

　　《元史》所載，這類隱士之學與官學教授之儒士又有不同，可用"致力於聖人之學，涵濡玩索，貫穿古今"一句來別其差異。雖以朱子《集傳》爲對象，但以聖人之學爲務，故其注釋必不泥於朱子之學，既能洞見《詩經》傳疏古今異同，又有補於世人，是對朱子學説的進一步拓展。

---

　　①　胡一桂《詩集傳附録纂疏·序》，《續修四庫全書》第 57 册，上海：上海古籍出版社，2001 年，頁 284。

　　②　劉成群《元代新安理學從"羽翼朱子"到"求真是"的轉向》，《江漢論壇》2012 年第 1 期，頁 75。

# 第六章　明代《詩經》詮釋研究

## 一、明代《詩經》文獻述要

劉毓慶師《歷代詩經著述考》收録明代《詩》學著作 740 餘種,其中尚存者約 220 餘種。劉毓慶師提出:

> 明代《詩經》學從縱向上可自然分爲兩大塊,一是經學的研究,一是文學的研究。
>
> 明代《詩經》學的主要貢獻有兩個方面:一是在考據訓詁上,一是在詩旨探討上……但明代《詩經》學最突出的貢獻還不在此,而在於這個時代第一次用藝術心態面對這部聖人的經典,把它納入了文學研究的範疇。①

據此可以把明代《詩經》學發展的軌迹描述爲:明代前期朱熹《詩》學的獨尊與衰微,明中後期《詩經》漢學的復興。劉毓慶師尤其看重的是在這兩股學術潮流推動之下的明中晚期《詩經》考據學的興起和立異派《詩經》學的高揚,推崇"明萬曆以後七十年是《詩經》文學研究的繁榮與高峰期"。因此《詩經》學著作大致可分爲:朱子《詩》學詮釋的延續;復古思潮影響下,《詩經》漢學的復興;考據學興起;立異學派;文學研究派别。

楊晉龍《明代詩經研究》對不同流派與書籍刊刻、流傳情況進行分

_____

① 劉毓慶《從經學到文學——明代〈詩經〉學史論》,北京:商務印書館,2001 年,頁 11—14。

析,把明代《詩經》學分成前中後三個時期。前期洪武到永樂《詩傳大全》頒行(1368—1415),這段時期朱子《詩集傳》開始風行,但解《詩》所參考觀點仍以毛鄭爲主。但因爲科舉把《詩集傳》確定爲考試唯一定論,朱傳也漸成獨尊之勢。中期是永樂中期至正德六年(1425—1511),這段時間,大多數著作追隨朱子《詩集傳》觀點,但質疑之聲也由之而起。正德到明亡(1511—1644),隨着萬厲刊刻《十三經注疏》,開啓了漢學的興盛期,折中漢宋之學者漸多。

劉毓慶師、楊晋龍都力斥晚明以來對明代《詩經》研究的負面評價,提出要重視明代《詩經》學在整個經學發展過程中的重要貢獻。[①] 劉毓慶師指出:"可以説,《詩經》學從漢唐迄宋元的一千多年間,都迷失在了經學與理學的迷霧之中,只是明代《詩》學走出了這迷霧,尋回了自己的路。"這個評價引起了學術界的關注,明代《詩經》學重新引起學術界重視。

綜合而論,明初百年遵宋學,故胡廣《詩經廣大全》抄元劉謹之成説;明中期學者多雜取漢學、宋學其他各家之説而成書;明正德之後,學術又爲一變。張壽林以爲:

> 有明一代,自正德嘉靖以還,學者治經,多力摧舊説,別樹新意,既無取於漢儒章句之法,復不滿於宋人義理之學,蓋自餘姚王陽明倡致良知之説,而學風一變。降及隆萬,公安竟陵兩派,更推衍其説。[②]

①　當代學者中也有堅持負面評價的學者,林葉蓮《中國歷代詩經學》中説:"明人《詩經》學,多附和朱子,或申或補而已;如朱善《詩解頤》四卷之類也。其有不爲朱所囿者,不過寥寥數家:季本《詩説解頤》、李先芳《讀詩私記》、朱謀㙔《詩故》、姚舜牧《詩經疑問》、何楷《世本古義》、郝敬《毛詩原解》、吕柟《毛詩説序》、袁仁《毛詩或問》、馮復京《六家詩名物疏》、陳弟《毛詩古音考》。"(林葉蓮《中國歷代詩經學》,臺北:花木蘭文化出版社,2006 年,頁 216。)

②　中國社會科學院整理《續修四庫全書總目提要》,北京:中華書局,1993 年,頁329。

此說同劉毓慶師、林慶彰先生相同,都指出正德嘉靖時期是明代《詩經》學大發展時期,從此時到明末,《詩經》學專著產生了四百餘種,而且形成了各種不同流派。劉毓慶師概括爲五大流派,即講意派、評點派、評析派、匯輯派、詩話派。① 洪湛侯《詩經學史》按《詩經》著述文本的主題,把明代《詩經》學分爲五種:輔翼《詩集傳》詩家;雜取漢宋無所主;考證名物諸家;僞學的產生;爲科舉所用的讀本。

據此,可以理出明代《詩經》研究的幾個熱點,綜合各學者的研究成果纍述如下:

明朝前期,以梁寅的《詩演義》爲代表,該書成於洪武十六年(1383)。《四庫全書總目提要》說:

> 是書推演朱子《詩傳》之義,故以《演義》爲名。前有自序,云此書爲幼學而作,博稽訓詁以啓其塞,根之義理以達其機,隱也使之顯,略也使之詳。今考其書,大抵淺顯易見,切近不支。元儒之學,主於篤實,猶勝虛談高論,橫生臆解者也。②

此論中肯,總觀全書,此書總體繼承朱子,試圖把朱熹的以理釋詩進一步推向社會實踐層面,實現朱傳通俗化。不足之處在於,雖提出"根之義理以達其機"的解釋思想,但究其實,對於朱熹"義理"的解釋并不全面。

朱善《詩解頤》是一部教學隨感錄,《詩傳大全》《詩義集說》曾引用了其觀點。丁隆跋言說:"先生得家學之傳,經籍無不考讎。至古詩三百篇,尤博極其取,每授諸弟子,於發明肯啓處輒錄之……不數年成集。"③書中不錄原文,只以《詩》之篇目標題,大抵推演"朱傳",也有缺

<hr />

① 劉毓慶《從經學到文學——明代〈詩經〉學史論》,北京:商務印書館,2001年,頁11—14。

② 永瑢、紀昀《四庫全書總目》,《景印文淵閣四庫全書》第1冊,臺北:臺灣商務印書館,1986年,頁342。

③ 永瑢、紀昀《四庫全書總目》,《景印文淵閣四庫全書》第1冊,臺北:臺灣商務印書館,1986年,頁342。

而不説者。多議論闡發之言，少考據之論。《四庫全書總目》也説："其説不甚訓詁字句，惟意主藉《詩》以立訓。故反覆發明，務在闡興觀群怨之旨，温柔敦厚之意，而於興衰治亂，尤推求源本，剴切著明。在經解中爲別體，而實較諸儒之爭競異同者爲有神於人事。"① 夏傳才在《詩經要籍提要》中説："朱善開創了藉説《詩》以抒發自己政治見解的新形式。這種藉題發揮式的説法是對春秋時代《詩經》斷章取義的一種發展。清代王夫之藉鑒這種手法寫出了著名的哲學著作《詩廣傳》。"②

胡廣《詩經大全》亦永樂中所修《五經大全》之一也。《四庫全書總目》説：

> 有元一代之説《詩》者，無非朱《傳》之箋疏。至延祐行科舉法，遂定爲功令，而明制因之。廣等是書，亦主於羽翼朱《傳》，遵憲典也。然元人篤守師傳，有所闡明，皆由心得。明則靖難以後，著儒宿學，略已喪亡。廣等無可與謀，乃剽竊舊文以應詔。此書名爲官撰，實本元安城劉瑾所著《詩傳通釋》而稍損益之。

明朝中後期，突破朱學，有所創見的著作時有出現。如吕柟《毛詩序説》，林慶彰指出：從宋以來，研究《詩經》的著作，大多不以"《毛詩》"爲名，以示與漢學有別。吕氏之書是明代較早以"《毛詩》"爲名者，從此之書名，可看出當時經學發展的動向。吕氏書以《詩序》爲主，藉與門人之問答來闡發《毛詩》之義。可看出吕氏對朱子《詩集傳》頗多批評，是宋學轉向漢學的風向球。③ 這是個很有意思的提法，劉毓慶師也認爲，吕氏對於毛、鄭之説，基本上是肯定的；其説詩之法，一遵漢儒，以史附《詩》，將《詩》政治化。④

---

① 夏傳才、董治安《詩經要籍提要》，北京：學苑出版社，2003 年，頁 136。
② 蔣見元、朱傑人《詩經要籍解題》，上海：上海古籍出版社，1996 年，頁 61。
③ 林慶彰《吕柟〈毛詩説序〉研究》，《詩經研究叢刊》2008 年第 1 期，頁 321。
④ 劉毓慶《從經學到文學——明代〈詩經〉學史論》，北京：商務印書館，2001 年，頁74、75。

郝敬《毛詩原解》，黃宗羲稱其爲"疏通證明，一洗訓詁之氣。明代窮經之士，先生實爲巨擘元代儒學有篤實之風"①。《四庫全書總目》以爲："敬以朱子務勝漢儒，深文鍛煉，有以激後世之不平，遂即用朱子吹求《小序》之法以吹求朱子。是直以出爾反爾示報復之道耳，非解《經》之正軌也。"蔣秋華以爲："郝敬説《詩》的重點，仍在義理部分，其中有不少獨到的識見，只是這種個人的體會，見仁見智，并非任何人都有接受……因此，在明末希望突破傳統的風潮下，郝敬敢於提出新見的注經方式，自然容易受到稱譽。而清代乾嘉時期興起的考據學風，解經重尚實據，對於抒發一己之見，以義理見長的經解，便很難受到他們的青睞。"②

李先芳的《讀詩私記》，《四庫全書總目》説："《讀詩私記》二卷，明李先芳撰……是書成於隆慶四年，所釋大抵多從毛、鄭。毛、鄭有所難通，則參之吕氏《讀詩記》、嚴氏《詩緝》諸書。"李先芳的《讀詩私記》，僅得二卷，篇幅不多，且是筆記形式，但不能因此就以爲用力不深，對《詩經》研究的影響不大。李家樹以爲："是書力主《小序》不可廢，并質疑朱熹'淫詩'之説，挑戰了宋學在《詩經》研究方面的權威性，爲清代漢學的復蘇鋪路可説貢獻良多。"③

朱謀㙔《詩故》，林慶彰説："就明代《詩經》學的演變來説，明中葉以前，可説是'述朱'的時代，至明中葉，楊慎開拓新的研究方向，從詩句的字義、音韻、名物入手研究，開後代以考證方法研究《詩經》的先導。楊慎對朱子廢《詩序》，説他太'崛强''非平心折中之論'。朱謀㙔《詩故》則將《詩序》首句恢復過來，以《詩序》首句作爲思考、詮釋詩旨的起點。如果朱子廢《詩序》是一種創舉，則朱謀㙔恢復《詩序》，也應該是《詩經》研究另一個階段的開始。""《詩故》既不偏袒漢學，也不刻意攻擊宋學，對漢、宋《詩經》學家都有客觀的評斷。是宋學轉變爲清代漢學的

---

① 黃宗羲《明儒學案》，北京：中華書局，1985 年，頁 1314。

② 蔣秋華《郝敬的詩經學》，《中央文哲研究集刊（臺灣）》1983 年第 12 期，頁 291。

③ 李家樹、明李先芳《讀詩私記》，《詩經研究叢刊（第一輯）》，2001 年，頁 115。

過渡橋梁。"①林慶彰先生定位極高,但據此也可以梳理出明代《詩經》學發展的流變。

楊慎《升庵詩説》,劉毓慶先生以爲:"《經説》共十四卷,其中關於《詩經》的有三卷。量不算甚多,而意義却很大,因爲他結束了有明一代學者承宋人餘緒、不明訓詁、空論義理的學風,開創了一種新的詩學研究風氣。"②楊慎大抵從兩方面入手,一是字義的考訂;二是字音的厘定。

馮復京的《六家詩名物鈔》立足於漢代經學,精於考據,群征博引,將名物分爲三十二個門類進行細緻考辨,對名物疏解作了校正和補遺。吳師道説:"每篇則定其人之作,每章則約以賦、比、興之分。葉音韻以復古,用吟哦上下,不加一字之法,略釋而使人自悟。"③在疏解自然名物的同時,細緻考辨人工名物,拓寬了《詩經》名物疏解的領域。其次,群征博引并能詳加考辨各種説法之不足,從而部分廓清了籠罩在《詩經》名物上的誤解。最後,自覺運用傳統文獻考證學方法,於清代乃至近代《詩經》考證學風的興盛有推動之功。④

何楷《詩經世本古義》,崇禎十四年刻本。《四庫全書》所收當是據此本鈔録。何楷自序説:"先循之行墨以研其義,既證之他經以求其驗,既又考之山川譜系以摭其實,既又尋之鳥獸草木以通其意,既又訂之點畫形聲以正其誤,既又雜引賦詩斷章以盡其變。諸説兼詳,而詩中之爲世爲人、若禮若樂,俱一一躍出。"⑤劉毓慶師把他列爲立異派,指出:

---

① 林慶彰《朱謀㙔〈詩故〉研究》,《明代經學研究論文集》,臺北:文史哲出版社,1994年,頁250、286。

② 劉毓慶《從經學到文學——明代〈詩經〉學史論》,北京:商務印書館,2001年,頁122。

③ 馮復京《六家詩名物鈔》,《景印文淵閣四庫全書》第76册,臺北:臺灣商務印書館,1986年,頁3。

④ 韓立群、周小艷《〈六家詩名物疏〉:〈詩經〉名物疏集大成之作》,《河北學刊》2013年第6期,頁246。

⑤ 何楷《詩經世本古義》,《景印文淵閣四庫全書》第81册,臺北:臺灣商務印書館,1986年,頁4。

"《詩經世本古義》專主孟子知人論世之旨,而其最大的問題則出在過於穿鑿,一是將《三百篇》全部按其認定的時代先後重新編排……其斷代的根據也十分荒唐,僅僅是典籍中的隻言片語,便捕風捉影,牽強附會。""二是將詩義隨意與史實附會,不講根據。"但他不依從漢宋,自辟蹊徑的作風,則爲清儒姚際恒所繼承。① 也出於同樣思考,林慶彰則提出:"何氏書到至少反映了晚明《詩經》研究的一種新趨向。其意義有下列數點:1. 它是《詩經》學史上內容最龐大,體例最特殊的一本著作。2. 它反映晚明亟欲突破宋學研究傳統,另創新學風的企圖心。3. 它是朱子《詩》學傳統勢力衰微,和漢學傳統興起的一坐標。"②兩位學者所論,給《晚明》詩經學研究提供了很好的思路。

另外,值得關注的是以文學思想詮釋《詩經》類的著作。徐光啓《毛詩六帖》開其先河。徐氏《六帖》在當時并非一種孤立的存在,稍前及同時的一些《詩經》研究著作已開其端倪。如季本《詩經解頤》、李先芳《讀詩私記》依從《毛傳》《鄭箋》,毛、鄭有所難通,則參之以呂祖謙《呂氏讀詩記》、嚴集《詩輯》諸書,不再專主一家。與徐光啓約略同時的郝敬,其《毛詩原解》則批駁《朱傳》改序之非。這些著作的先後出現,從一個側面表明了明代中後期一些有識見的學者不再爲《朱傳》所束縛而企欲有所突破的研究傾向。③ 劉毓慶師以爲:

> 《詩經》的文學研究就出現了十分繁榮的局面,而且還出現了孫月峰、沈守正、徐光啓、戴君恩、鍾惺、陸化熙、萬時華等一批卓有成就的《詩經》文學研究專家。其間影響最大,也最能代表這個時代最高水平的就是徐光啓。徐光啓的《詩經》研究,其最大的貢獻

---

① 劉毓慶《從經學到文學——明代〈詩經〉學史論》,北京:商務印書館,2001 年,頁202—203。

② 林慶彰《何楷〈詩經世本古義〉析論》,《明代經學研究論文集》,臺北:文史哲出版社,1994 年,頁 300。

③ 沙先一《〈毛詩六帖講意〉與明代詩經學》,《中國典籍與文化》2004 年第 1 期,頁26。

在於他較早地以清醒的文學意識，面對這部聖典，於漢儒"美刺"
"比興"説，與宋"綱常""義理"説之外，針對《詩經》的文學藝術，提
出了"《詩》在言外説"的詩歌理論。極大地推動了《詩經》研究由經
學向文學轉變的運動。①

　　戴君恩《讀風臆評》，《四庫全書總目提要》説："是書取《詩經·國
風》加以評語，又節録朱《傳》於每篇之後。烏程閔齊伋以朱墨版印行
之。纖巧佻仄，已漸開竟陵之門。其於《經》義，固了不相關也。"在清朝
四庫館臣看來，戴君恩解釋《詩經》的方式，完全和經義無關，漸開竟陵
之門。并且他們在《詩經偶箋》解題時也提到了同樣的問題："是編成於
崇禎癸酉。大旨宗《孟子》'以意逆志'之説，而掃除訓詁之膠固，頗足破
腐儒之陋。然《詩》道至大而至深，未可以才士聰明測其涯際，況於以竟
陵之門徑掉弄筆墨，以一知半解訓詁古經？其《自序》有曰今之君子知
《詩》之爲經，不知《詩》之爲詩，一蔽也。……蓋鍾惺、譚元春詩派盛於
明末，流弊所極，乃至以其法解經。《詩歸》之貽害於學者，可謂酷矣。"
也就是説，在清代學者看來，用文學的方式來解釋《詩經》是違背了經學
道義的。他們以爲這種解釋思想的出現是受到了竟陵詩派的影響，故
對鍾惺的兩部《詩經》著作——《詩經圖史合考》《毛詩解》表現出同樣不
屑的態度。但不管怎樣，以文學解釋《詩經》是明代中晚期最有特色的
解釋思想和方法。
　　明代《詩經》學解釋思想發生了很大變化，并不像大多數經學史所
描述的那樣是一個經學衰落時期，這一點劉毓慶師、楊晋龍、林慶彰諸
先生已有明確結論。諸先生也都從明代社會政治、科考、作者個人經歷
不同的角度論述了明代經學的特點。

---

　　①　劉毓慶《論徐光啓〈詩〉學及其貢獻》，《中國典籍與文化》2004 年第 1 期，頁 71、
72。

## 二、明代《詩經》詮釋研究

清代學者章學誠説:

> 性命之説，易入虛無。朱子求一貫於多學而識，寓約禮於博文，其事繁而密，其功實而難。雖朱子之所求，示敢必謂無失也。然沿其理者，一傳而爲勉齋（黄干）、九峰（蔡沈）；再傳而爲西山（真德秀）、鶴山（魏了翁）、東發（黄震）、厚齋（王應麟）；三傳而爲仁山（金履詳）、白雲（許謙）；四傳而爲潛溪（宋濂）、義烏（王禕）……則皆服古通經，學求其是，而非專己守殘，空言性命之流也。"①

章學誠以爲朱熹的經學詮釋思想以"性命"説而論，其"一貫"思想是建立在"多學而識"的基礎上，此論最接近朱學的本質。就《詩經》詮釋思想而言，朱熹以訓詁、章句爲基礎，以"事類"分析的方法，構建了一個以"德性"爲最高標準的精神世界，讀者"涵泳"其間而實現"正情性"的目的。朱熹的詮釋世界，正如章學誠所説，"其事繁而密，其功實而難"，因此朱熹後學多圍繞"理"來理解朱學，忘却了"事類"分析方法，故其理解必然有漏洞和缺陷。章學誠以爲朱學四傳而至元仍然"學求其是"，言過其實了。到明初，"空言性命"表現得更爲突出。

### （一）明初對朱熹思想的誤讀與修正

容肇祖提出明初的朱學走向了兩條路：一是緊接着朱熹以後的學者真德秀、魏了翁、黄震、王應麟、金履詳、許謙等的源頭而產生的，由博學致知而更趨向踐履的切實方面去了；二是受到明代皇帝提倡理學的影響，和明初緊接宋元致知派而來的學者不同，更強調朱學中的涵養或躬行，依托於復性與躬行，而不事著作，不做學問，對朱學進行了簡陋

---

①　章學誠著，葉瑛校注《文史通義校注》，北京：中華書局，1985 年，頁 264。

化、腐化。① 容肇祖所論比章學誠所論更爲具體。不難看出，明代朱學
并不是金科玉律式的條令，而是經過變化的朱學。於是朱學傳承中存
在的問題和缺陷也被發現，并力求改變。薛瑄倡躬行，他提出："千古爲
學。要法無過於敬，敬則心有主，而諸事可爲。""學在不多方，亦顧力行
何如耳。"②提出學問都在於心性上用功，把朱學以來"用敬""致知"兩
條，歸并到力行一條路上了。吳與弼則在"涵養須用敬"上下功夫，一心
注重身心的管束，他説："觀《近思録》，覺得精神收斂，身心檢束，有歉然
不敢少恣之意，有悚然奮拔向前之意。"③胡居仁"較之薛瑄'進學在致
知，明此性耳'不同，較之吳與弼以爲'聖賢所言無非存天理去人欲，所
行亦然'專去説涵養的，更進步了"④。他主張治學要窮理致知，國家教
育就要以國家之事爲窮理的標準，不空談。這些觀點應當是切於"理
學"思想，更強調"格物致知"和"踐行"的重要意義和價值。這些思想導
致明初《詩經》朱學詮釋出現了新動向。我們可以略述幾個篤實的學者
於下：

　　梁寅《詩演義》，劉毓慶師稱梁寅爲"是一位在元朝就已成名的學
者"⑤，《詩演義》"本以申朱子《集傳》之義，非敢違異"⑥。梁寅的學説
是對朱子《集傳》的再詮釋，至力於把朱子詮釋思想拓展到格物致知與
實踐中去。其自序説："博稽訓詁以啓其塞，根之義理以達其意，於其隱

---

① 容肇祖《明代思想史》，濟南：齊魯出版社，1992 年，頁 7—13。
② 薛瑄撰，谷中虚輯《薛文清公要言二卷》，《續修四庫全書》第 935 册，上海古籍
出版社，2001 年，頁 441、448。
③ 吳與弼《康齋集》，《景印文淵閣四庫全書》第 1251 册，臺北：臺灣商務印書館，
1986 年，頁 569—570。
④ 容肇祖《明代思想史》，濟南：齊魯出版社，1992 年，頁 25。
⑤ 劉毓慶《從經學到文學——明代〈詩經〉學史論》，北京：商務印書館，2001 年，
頁 41。
⑥ 梁寅《詩演義》，《景印文淵閣四庫全書》第 78 册，臺北：臺灣商務印書館，1986
年，頁 3。

也闡而使之顯,於其略也推而使之詳。"①顯然是在博學致知上下功夫,主要表現在下列三個方面:

> 《詩》中鳥獸草木之名,吾夫子以爲可資多識,今以韻會遍考而詳注之,其中雖未必一一可信,姑并存之以廣異聞。
>
> 傳中或引先儒格言,或朱子自立論精粹者,於《演義》中仍全段引之,庶讀者可入心熟記。
>
> 凡《詩》精微處,言及性命之旨,德行之要,必詳說之。一依程朱之言,或有師其意不師其辭,下語恐差,卓識之士必有以正其失者。②

這三個方面要求全在博學上下功夫,因此,在對《詩集傳》進行解釋時,對於先儒格言或朱子自立論精粹的内容,全部引用,不厭其煩。而對於《詩集傳》中解釋清楚的名物略而不論。對解釋較少的名物,反復訓釋,如:

> 《樛木》篇"葛藟",朱注:"藟,葛類。"梁氏引《本草》說:"藟,一名千秋藥,一名蘽蕪,蔓延木上,葉似蒲萄而小。"③
>
> 《碩鼠》篇"三歲貫女",朱注:"三歲,言其久也;貫,習。"梁氏則曰:"三歲貫女,言歲歲恣其求取,不敢違拒,故習貫以爲常也。"④

---

① 梁寅《詩演義》,《景印文淵閣四庫全書》第 78 册,臺北:臺灣商務印書館,1986 年,頁 2。

② 梁寅《詩演義·自序》,《景印文淵閣四庫全書》第 78 册,臺北:臺灣商務印書館,1986 年,頁 3—4。

③ 梁寅《詩演義》,《景印文淵閣四庫全書》第 78 册,臺北:臺灣商務印書館,1986 年,頁 7。

④ 梁寅《詩演義》,《景印文淵閣四庫全書》第 78 册,臺北:臺灣商務印書館,1986 年,頁 71。

其整體以《詩集傳》爲依托,反復陳明朱熹未言之物。這兩種做法,保證了"博學致知"的追求。

朱子"即其詞而玩其理以養心"是一條明確的解釋路徑的描述,也就是通過涵咏其詞,體味其事而達其理,最終達到休養身心的目的。但是由於學養不同,對於詞義的理解很容易陷入游談無根、臆解其理的困境中。正因爲如此,梁寅提出了"根之義理以達其意"的再解釋的思想,通過對朱熹理學思想的學習,深入理解朱熹解釋思想的真正含義。這類似於施萊爾馬赫提出的解釋學循環,即在對文本進行解釋時,理解者根據文本細節來理解其整體,又根據文本的整體來理解其細節的不斷循環過程。但細考《詩演義》,我們會發現,梁寅其實對朱熹理學整體意義的認知并不清晰。《四庫提要》説:"此書爲幼學而作,博稽訓詁以啓其塞,根之義理以達其義。隱也使之顯,略也使之顯。今考其書大抵淺顯易見,切近不支,元儒之學篤於實,猶勝虛談高論,橫生臆解者。"[①]此論切近,此書整體上試圖藉世俗事件以化解朱子理學意義,然而多難勝其理。如《鴻雁》,朱熹以爲流民自言,《詩演義》據此而論曰:"然其歌者非謂歌此詩也,蓋小民群聚爲鄙俗之歌,而不成文理者乃其常態,是之謂民謠者也。"藉用世俗事件分析,以加強對朱子詩理的理解,但其結果差強人意。

《詩集傳》是在對《詩經》整體認知基礎上,以詩言事,以事明理,明理自然可以洗心。明代儒學把博物致知與道德實踐混一,失去了朱熹"涵泳"的功夫,於是有了梁寅的"根之義理以求其心"的説法,這是對朱熹《詩經》理論的誤讀。應當説梁寅也意識到了這其中的差異,故其在自序中説:"其間與《傳》牴牾,蓋或時有焉,而以求其是也。"把"義理"置於詩歌理解之前,因此造成了朱熹《詩經》學理論的碎片化,朱熹《詩》學理論被消解了,只剩下了一篇篇説教式的結論,完全沒有了"涵泳"的美學意義。如《出其東門》,朱熹注:

---

① 永瑢、紀昀《欽定四庫全書總目》,《景印文淵閣四庫全書》第 1 冊,臺北:臺灣商務印書館,1986 年,頁 342。

> 人見淫奔之女而作此詩，以爲此女雖美且衆，而非我思之所存，不如己之室家，雖貧且陋，而聊可以自樂也。是時淫風大行，而其間乃有如此之人，亦可謂能自好，而不爲習俗所移矣。羞惡之心，人皆有之，豈不信哉。①

朱注是把各種超越禮制的行爲稱爲淫，而通過對其事的敘述求其理，進而達到洗心的目的。朱熹要求讀詩要從整體上去把握，就這首詩而言，是把越禮的女子的行爲作反面的事例，以引起人們的"羞惡之心"。梁寅顯然沒有理解朱熹的觀點，他解釋説：

> "有女如雲"，蓋淫蕩之女結伴游戲，美而且多也。"匪我思存"，言己之存想不在於是也。"縞衣綦巾，聊樂我員。"縞衣者，衣之黑，白色綦巾者，艾色之巾，乃女服之貧陋者。員與雲同語，辭也。梁鴻見其妻孟光服作事之服，喜曰：真梁鴻妻也。此人者不以美色爲悦，而以陋妻爲悦，亦可謂有志操者矣。②

從字面意義上看，梁寅似乎和朱熹的説法是一致的，但朱熹立論在"事"，味其"事"而有"心"，這是一個"淫風大行"而獨能存其志的"事"，讀詩者由此而味其"理"——羞惡之心。梁寅顯然簡單化了，直接以"義理"説詩，把詩歌當成了純粹的道德説教。他也知道説教不足，只好舉梁鴻事例來論證，與詩意全不相當，只是爲證明這個"理"。簡單化甚至腐化的解釋使朱子之學漸漸失去了其理論的光輝。

朱善《詩解頤》是其教學隨感録，是爲士子學詩而作的，推衍朱傳，多議論闡發，少考據訓詁。劉毓慶師總結其特點説："最要者約有二：一

---

① 朱熹《詩經集傳》，《景印文淵閣四庫全書》第 72 册，臺北：臺灣商務印書館，1986 年，頁 784。

② 梁寅《詩演義》，《景印文淵閣四庫全書》第 78 册，臺北：臺灣商務印書館，1986 年，頁 60。

是藉詩立訓，以見志懷；二是闡發義理，不遺餘力。"①也就是說，朱善只是想藉詩來表達自己的道德實踐，在他解詩之前，早有義理在其胸中，雖藉朱子立論，但已全然沒有了朱子學說的影子。如《大學衍義》釋《卷阿》：

> 朱熹曰：此詩召公從成王游，歌於《卷阿》之上，因王之歌而作此，以爲戒。首一章總叙以發端，次章言王既伴渙優游矣，又呼而告之言，使爾終其壽命，似先君善始而善終也。
>
> 臣按：本朝學士朱善曰：天下之可樂者，莫如泰和盛治之時，而可慮者亦莫如泰和盛治之時。曷爲其可樂而又可慮也，蓋泰和盛治之時，以三光則得其明，以四時則得其序，以庶類則得其所是，誠可樂也。然治極而不戒，則亂亦於此乎。兆天地盈虛，與時消息而謂治，可保其常不亂乎。此其所可慮也。夫惟慮之於極治之時，此有虞，所以有皋陶之《賡歌》，有周所以有召公之《卷阿》也。

朱熹以爲《雅》詩"皆成周之世，朝廷郊廟樂歌之詞，其語和而莊，其義寬而密，其作者往往聖人之徒，固所以爲成世法程，而不可以易也"②。解釋的重點放在聖人之德、聖人之法上。從這個視角切入進行解釋，朱熹從《卷阿》中描述出一個上古聖人之治的和樂景象。朱善從和樂起，却不言詩，却以治亂興衰爲論點，引出一番"治天下"的道理，離詩而言理，解釋全向政治道德實踐上說。故周中孚《鄭堂讀書志》評述朱善說："雖亦闡明集傳，而意主於垂世立教，姑藉以發之，務求合於興觀群怨、事父事君之旨。於治亂興衰之際，尤三致志焉。"③此論最爲切近朱善學說，在很大程度上，他就是懷着一種政治理想撰寫此著作的。

---

①　劉毓慶《從經學到文學——明代〈詩經〉學史論》，北京：商務印書館，2001 年，頁 53。

②　朱熹《詩經集傳·序》，《景印文淵閣四庫全書》第 72 冊，臺北：臺灣商務印書館，1986 年，頁 748。

③　周中孚《鄭堂讀書志》，北京：中華書局，1965 年，頁 128。

但是這種離詩而言理的解釋方式，其實是藉詩以言説的方式，雖然采用的還是朱熹的理學思想，但其實却是把"義理"抽出來，作爲放之四海而皆準的真理，謬誤由此而生發出來。朱善的學説在當時很有代表性，明清很多著述中都引用他的觀點，胡廣《詩傳大全》引用最多。當然朱善《詩解頤》是爲士子學《詩》而作，這種解釋方式在科舉考試中最爲實用。

朱熹的《詩經》詮釋是在"性命之學"和"文以明道"兩個理論支持下展開的，從《詩經》作品整體中抽象出一個"理"來，又藉助詩人爲媒介，以"賦、比、興"爲解釋方法，而最終完成了《詩經》的解釋。在解釋過程中不符合其語義系統的作品，有意識地闕而不論。這樣的解釋以《詩經》三百零五首詩爲整體，以其同類型詩爲"事"，以求其同"理"，這樣的理解是没有問題的。但是朱善解朱子《詩經》詮釋思想，往往每首詩以"理"爲前提，這就使得朱熹的整體化解釋一下子顯得没有了力量，更没有了"涵泳"的意味了。脱離了朱熹整體詮釋思想，簡單以"理"而言道德，造成了《詩經》解釋的隨意化，以無根之談爲己意，經學解釋陷入了危險的境地。

還有蔣悌生、薛瑄對朱子《詩》學的補充和修正。蔣悌生認爲："説詩謂《小序》因有紕繆而朱子疾之太甚，於諸篇同異，務持兩家之平，在元明之間可謂屹然獨立，無依門傍户之私。"①蔣悌生以爲："苟無小序以識其所由，則後之讀者貿貿然，又孰知其爲何等之言而述何時何人之何事哉。"朱熹反對《詩序》，擺脱其以"史"釋《詩》的影響，抽象出一個不受歷史影響的"類"的世界，以此構建了它的"理"。這一原理後學很少能够參透，但他們却試圖回到歷史語境中，藉史義修正和補充朱子學説。蔣悌生就是這方面的代表，他提出：

案古者史掌書，矇誦詩，《朱傳》據此以明國史，二字之失，固爲允當。然細推之，史掌文書，則凡文書皆當屬史氏所掌。意者，采

---

① 永瑢、紀昀《欽定四庫全書總目》，《景印文淵閣四庫全書》第 1 册，臺北：臺灣商務印書館，1986 年，頁 670。

詩之時，皆歸國史條其篇類，明其義理，然後轉授瞽矇，使誦於王之左右，不然則矇乃無目之人，若非他人相而詔之，又何從知其條類義理而誦之邪。①

《邶風·柏舟》序辯説：

> 《朱傳》謂非男子不得於君之詩，今以類推之，則《序》説亦無害理，愚故謂凡若此類，從《序》説亦通，別立説亦通，則莫若從之爲穩，特舉此而詳言之。②

蔣悌生看上去是和朱熹唱反調，尊《序》而言史，其實統觀全書，我們可以看到，他的説法完全遵照朱子的説法，只是在朱熹説不清楚的地方，藉用《序》説來補充朱子。正如張豈之先生指出的：

> 有朱熹的理論體系中，“理”在人心之外，因此要“即物”而求，這就是格物致知。但“即物”二字作爲一種方法論原則，顯得過於籠統，實際上，在“物”中如何體認出“理”，朱熹并沒有講説清楚。③

如果把《詩經》看成是一個具體的事，或是表象，孤立出來可以表達更多的理，而且不同事件、不同表象可以言相同的理。蔣悌生所論，以己意論詩，試圖修正和補充朱熹説不清楚的内容，但是也因此陷入了另一個困局，臆斷《詩》意，游談無根。

## （二）明代中期對《詩集傳》詮釋思想的改鑄

張豈之先生以爲：“崇奉朱學而又改鑄朱學，是明初思想史上一個

---

① 蔣悌生《五經蠡測》，《景印文淵閣四庫全書》第 184 册，臺北：臺灣商務印書館，1986 年，頁 477。
② 蔣悌生《五經蠡測》，《景印文淵閣四庫全書》第 184 册，臺北：臺灣商務印書館，1986 年，頁 478。
③ 張豈之《中國思想史》，西安：西北大學出版社，1989 年，頁 417。

值得注意的事實。就注重對‘心’的探討這一點來説，固然與明初思想家强調道德踐履與修養密切相關，同時還應當看到，這也是朱熹的格物致知論在付諸實踐中所得到的一個必然結果：由於朱熹的格致論在實質上不是求知識之真，而是明道德之善，所以，沿着朱熹的格致論去求知，并不能走入科學的實證道路，而只能走入舍外而求内的歧途。”①這是對明代思想發展最切近的描述，明代思想重心學，并不是反對朱熹的結果，相反是在朱學發展過程中對其崇奉和改鑄的結果。就《詩經》學而言，明代中期詮釋思想的發展也最切近這一結論。

明代中期“理學”的轉向，始於陳獻章，成於王守仁。陳獻章是吳與弼的學生，注重踐履的功夫，提出“論道、論我、論修養”。但是他認爲“道”出於“心”，他説：“君子一心，萬理具備，事物雖比，莫非在我。”②陳獻章這個説法很有意思，從朱熹的“理”學實踐出發，却走向了心學，以爲“理”出於心，并進一步提出：“天地我立，萬化我出，而宇宙在我矣。”③張豈之先生以爲，陳獻章的心學觀和陸九淵的“心即理”相比，是在吸收了朱子後學論心的觀點，由承認理，到承認心具理，最後又以心吞噬理。陳獻章强調認識的過程，强調心的知覺作用是決定萬事萬物的樞紐，不同於陸九淵以仁義道德爲心之本。④

陳獻章的觀點對王守仁影響很大，王守仁《別湛甘泉序》中説：“夫求以自得，而後可與之言聖人之道。”⑤“自得”正是王守仁心學與白沙思想的吻合之處。在此基礎上，王守仁進一步明確“心即是理”，“理”即是天理，强調它的道德性質。“夫心之本體，即天理也，天理之昭明靈

① 張豈之《中國思想史》，西安：西北大學出版社，1989 年，頁 412。
② 陳獻章撰，湛若水校定《陳白沙集》，《景印文淵閣四庫全書》第 1246 册，臺北：臺灣商務印書館，1986 年，頁 34—35。
③ 陳獻章撰，湛若水校定《陳白沙集》，《景印文淵閣四庫全書》第 1246 册，臺北：臺灣商務印書館，1986 年，頁 34—35。
④ 張豈之《中國思想史》，西安：西北大學出版社，1989 年，頁 413。
⑤ 王守仁撰，錢德洪編《王文成全書》，《景印文淵閣四庫全書》第 1625 册，臺北：臺灣商務印書館，1986 年，頁 187。

覺,所謂良知也。"①并且提出,天理在心中,所以致知不必外求,構建了一個"至良知""知行合一"的心學體系。

明代中期理學的轉向,影響了對經學的認知和解釋。對比朱熹理學"格物致知"的認知過程,陳獻章、王守仁的學説則把"格物"内化爲"自得",把知"天理"内化爲個體的"良知",從外在世界的探求,轉向了個體修身。經學解釋也就完全放棄了萬事萬物"類"的"理",都成爲"心"的產物。這樣的解釋方式解決了朱熹學説的支離、碎片化的傾向,但是陷入了主觀主義的泥潭。劉毓慶師以爲從哲學角度來看,王守仁的言論自然有其特有的意義,但就學術研究而言,導致了束書不觀,游談無根的結果。② 此論最精當,把握了明中期經學研究中出現的新動向。

王守仁《稽山書院尊經閣記》説:

> 六經者非他,吾心之常道也。故《易》也者,志吾心之陰陽消息者也;《書》也者,志吾心之紀綱政事者也;《詩》也者,志吾心之歌咏性情者也;《禮》也者,志吾心之條理節文者也;《樂》也者,志吾心之欣喜和平者也;《春秋》者,志吾心之誠僞邪正者也。③

這是一篇宣言式的論述,我們不難看出,這一説法上承漢學,并吸收《莊子》對六經的觀點:"《詩》以道志,《書》以道事,《禮》以道行,《樂》以道和,《易》以道陰陽,《春秋》以道名分。"在這基礎上用"吾心"統率,是對朱子經學的反思。應當注意到,正是在王陽明心學對朱學的消解與重

---

① 黄宗羲《明儒學案》,《景印文淵閣四庫全書》第 457 册,臺北:臺灣商務印書館,1986 年,頁 138。

② 劉毓慶《從經學到文學——明代〈詩經〉學史論》,北京:商務印書館,2001 年,頁 181。

③ 王守仁撰,錢德洪原編《王文成全書》,《景印文淵閣四庫全書》第 1625 册,臺北:臺灣商務印書館,1986 年,頁 205。

構的基礎上，明代中期還出現了輯錄漢學資料以言《詩》的研究著作，①試圖藉用《詩經》漢學的資料的"實"，藉此以反對朱子學說的"虛"，仍然只能屬於陽明"致良知"的道德實踐派別，代表作有李先芳《讀詩私記》、朱謀㙔《詩故》、郝敬《詩經原解》等。這類著作，正如《四庫全書總目》論及朱謀㙔《詩故》說："謀㙔博極群書，學有根柢，要異乎剿竊陳言。"讚揚其"研究遺文，發揮古義"的治學態度。②

我們略舉王守仁及其弟子《詩經》詮釋於下，探究其對朱學的改鑄。王守仁著有《五經臆說》四十六卷，今僅存殘卷。他說："蓋不必盡合於先賢，聊寫其胸臆之見，而因以娛情養性焉耳。"③可以看出其解釋的目的在於合於心，解釋的路徑則以胸臆之見，也就是藉六經來注我，發現自我內心的良知。這一點從殘稿僅存的五則《詩經》條目中看得很清楚。

> 《時邁》十五句，武王初克商，巡守諸侯，朝會祭告之樂歌。言我不敢自逸，而以時巡行諸侯之邦。我勤民如此，天其以我爲子乎？今以我巡行之事占之，是天之實有以右序夫我有周矣。何者？我之巡行諸侯，所以興廢舉墜，削有罪，黜不職者，亦聊以警動震發其委靡頹惰者耳。而四方諸侯莫不警懼修省，敦薄立懦，而興起夫

---

① 洪湛侯指出明中期復興漢學的原因是："主觀因素是，朱熹《集傳》自南宋末葉至明代初期，經過衆多詩家的發揮、闡述和訂補，似已剩義無多，不可能再有多少新的作爲。於是治詩之家，遂轉而上溯古義，復宗毛鄭；客觀因素則是受到當時'前、後七子'提倡'文必秦漢、詩必盛唐'復古號召的影響，於是《詩經》研究，也開始改弦易轍、復宗漢學。"（洪湛侯《詩經學史》，中華書局，2002 年，頁 426。）此論有以漢學爲朱學的復古，并以之與明復古思想相結合，有很強的說服力，但《詩經》漢學立足於構建三代政治理想，鄭玄歸之於禮，宋以後所謂漢學只是以史解詩，其實已不再屬於漢學範疇。明中期，只是藉用《詩經》漢學的資料的"實"，以反對朱子學說的"虛"，仍然只能屬於陽明致良知的道德實踐派別。

② 永瑢、紀昀《欽定四庫全書總目》，《景印文淵閣四庫全書》第 1 冊，臺北：臺灣商務印書館，1986 年，頁 344。

③ 王守仁撰，錢德洪編《王文成全書》，《景印文淵閣四庫全書》第 1625 冊，臺北：臺灣商務印書館，1986 年，頁 638。

維新之政，至於懷柔百神，而河之深廣，岳之崇高，莫不感格焉。則信乎天之以我爲王，而於以君臨夫天下矣。於是我其宣明昭布我有周之典章，於以式序在位之諸侯；我其戢斂夫干戈弓矢，以偃夫武功；我其旁求懿德之士，陳布於中國，以敷夫文德。則亦庶乎可以爲王，而能保有上天右序我有周之命矣。①

　　王守仁遵循了朱熹《詩集傳》詩旨："此巡守而朝會祭告之樂歌也。言我之以時巡行諸侯也，天其子我乎哉？蓋不敢必也。"句式的解釋也基本以《詩集傳》爲本。但朱熹釋詩，是以文王爲最高德行標準，通過《周頌》構建了一個"德治"而"平天下"的模式。王守仁則在每個句式的解釋之前加上了"我"，强調自我的意志和主觀能動性，自我就是理，就是良知，於是每首詩都會呈現出獨立的解釋思想，而不需要從整體上來求。在解釋的過程中爲了保證其思想的連貫性，抛棄了訓詁、考證的内容，走上了朱熹反對的"離經而言道，解經而自作文"的路子上了。朱熹說："今人解書，且圖要作文，又加辨說，百般生疑，故其文雖可讀而經意殊遠。"②朱熹雖指的是宋人，但這個毛病却是明代人的通病。可以說陽明的《詩經》解釋，全是以自我良知的覺醒爲目的，離經而言道，自述胸臆，凑泊成文的模式，既有着對經學的理解，又有讀者的感悟在其中，是藉詩論道，《詩經》解釋成爲論道的引子。

　　陽明弟子季本《詩說解頤》是明中期又一有影響的著作，《四庫全書提要》說：

　　　　本師事王守仁，著書數百萬言，皆發其師說，是書其一也。凡爲總論二卷，正釋三十卷，字義八卷，大抵多出新意，不肯剽襲前人，而徵引該洽，足以自申其所見。凡書中改定舊說者，必反復援

---

　　①　王守仁撰，錢德洪編《王文成全書》，《景印文淵閣四庫全書》第 1625 册，臺北：臺灣商務印書館，1986 年，頁 717—718。

　　②　黎靖德編《朱子語類》，《景印文淵閣四庫全書》第 700 册，臺北：臺灣商務印書館，1986 年，頁 174。

據，務明着其所以然。……雖間傷穿鑿，而義多征實，究非王學末流，以空談求勝者比也。①

這個評價還算中肯，肯定了王陽明心學解釋思想并非一味追求主觀臆解，而是自發胸臆多有所據。但是我們要注意這樣的細節："王陽明自己并非不考證的……但他的考訂却是從屬於他的理論的，他認定的事實在前，而考訂則從於其後，并不是在考訂舊文的基礎上作深入的思考。因而有很大的主觀臆斷性。"②季本雖"反復援據"，但主要目的還在於"自申其見"。

季本《詩説解頤·自序》簡評歷代詩學得失，自陳解釋思想時説：

　　漢初言《詩》者，齊、魯、韓、毛四家，而毛氏之《傳》，自謂出於子夏，著之爲《傳》，始露萌芽。至於鄭玄力主毛説而爲《箋》，以發其意，於是毛《詩》行，而三家之説廢矣。自兹迄宋，莫不宗毛《小序》之言，據爲定案。謂學《詩》而不求《序》，猶入室而不由户也。故雖大儒如程子，嘗以己見發明其意，而亦不以其説爲非，則若其傳真出於子夏者矣。惟鄭夾漈作《辯妄》以詆《小序》，而朱子取之亦爲《辯説》，一洗《序》説之陋，而又爲《集傳》以詳解之，可謂有功於《詩》學矣。特其所見猶泥舊聞，而《詩》之大意不能超然悉會於言表，則反有以起人復尋毛舊，如東萊呂氏之《讀詩記》者矣。夫東萊朱子之同志也，而猶不能信從，則何以俟聖人於百世哉。隋王通以諸侯不貢詩，天子不采風，樂官不達雅，國史不明變，而作《續詩》，是經尚可續，而況於傳乎。張子曰：置心平易，然後可以言《詩》，涵泳從容則忽不自知，其解頤矣。此説《詩》者，以意逆志之宗旨，而《詩傳》之所以可續也，苟得其意，而於《詩》學少補分毫，則其爲説，

---

① 永瑢、紀昀《欽定四庫全書總目》，《景印文淵閣四庫全書》第 1 册，臺北：臺灣商務印書館，1986 年，頁 343。
② 劉毓慶《從經學到文學——明代〈詩經〉學史論》，北京：商務印書館，2001 年，頁 179。

雖朱子亦當謂其能繼志矣。①

　　這段論述對漢以來經學發展定位基本準確,後世《詩經》學史多沿用其説。他指出朱子《詩》學的問題在"《詩》之大意不能超然悉會於言表",一語道出明代《詩經》學存在的問題,而他的解決方案則是以"心"解詩,"以意逆志",即以自己的心來逆聖人之志,以達啓發良知的目的。正如其《總論》中所説:

> 　　《風》《雅》《頌》之次,先後亦有義焉?《風》以感發人之良心也,人心正而後有正論,故《雅》次於《風》。朋友正而後君臣正,故《大雅》次《小雅》。君德正而後成功,故《頌》次《大雅》,然皆起於《風》。②

　　季本以"良心"立論,并把它視爲《詩經》的解釋根本,這個解釋路徑也必然産生與王陽明完全不同的解釋結果。劉毓慶師以爲,季本《詩經解頤》有三方面的創見:一是認爲《國風》與《國風》之間,《風》《雅》《頌》之章,《大雅》與《小雅》之間,都有相互錯亂;二對《詩經》主旨多有新見;三對經文訓釋上也多有新意。③ 此論最爲準確。

### (三)"漢學"詮釋方法的回歸和以時文解經的出現

　　爲了校正朱熹經學傳承所出現的問題,漢學的回歸,以訓詁、考證爲基礎的新的學説必然會出現,這些學説并不是反對朱學,而是想藉助訓詁學、文學,重新唤起經學的影響力。但是沿用舊説,客觀上否定了朱熹的哲學解釋思想,原有整體解釋思想,又重新回到具體詩歌、詩人

---

① 季本《詩説解頤》,《景印文淵閣四庫全書》第 79 册,臺北:臺灣商務印書館,1986 年,頁 2—3。

② 季本《詩説解頤》,《景印文淵閣四庫全書》第 79 册,臺北:臺灣商務印書館,1986 年,頁 9。

③ 劉毓慶《從經學到文學——明代〈詩經〉學史論》,北京:商務印書館,2001 年,頁 187—201。

的意義考察上。知人論世、以意逆志的《詩經》解釋重新占了上風,漢學回歸成爲必然。

楊慎是"漢學"詮釋方法運用的代表,《明史》本傳評價他"明世記誦之博,著作之富,推慎爲第一"。楊慎所處的時代,學術思想開始出現棄朱學即物窮理、博學審問之學而走向躬行實踐之學的傾向,楊慎對此表現出審慎的態度,他説:

> 近日學禪士夫,乃束書不觀,口無雅談,手寫訛字,寧不愧於僧徒乎。(遠公文藻條)
>
> 今之淺學,舍經史子集而勸小説,以爲無根之游談。(李泰伯條)①
>
> 可問楊子曰:子於諸經多取漢儒而不取宋儒,何哉? 答之曰:宋儒言之精者,吾何嘗不取,顧宋儒之失在廢漢儒而自用己見耳。(日中星鳥條)②

楊慎明確指出了明初"空談義理,踐行道德",所出現的"束書不觀"的學術風氣,并且認爲是因爲宋學本身只談義理而輕訓詁的結果。於是楊慎奉行"博物致知"的理念,開創了以"訓詁"爲主要方法的《詩經》詮釋實踐。劉毓慶師評價説:"他結束了有明一代學者承宋人餘緒,不明訓詁,空談義理的學風,開創了一種新的《詩》學研究風氣。"③劉毓慶師所論甚詳,兹不贅述。林慶彰以爲:"用修之説《詩》,并不專主一家,於毛、鄭時有駁正,對《朱傳》也頗有微言。其論詩序,以朱子之廢序爲矯枉過正,非平心折中之論。論大小雅,則采嚴粲之説,以爲純乎雅之體者爲雅之大,雜乎風之體者爲雅之小。篇中又多録諸書所引詩經之異文,然

---

① 焦竑編《升庵外集》,臺北:臺灣學生書局,1971 年,卷 13,頁 11、20。
② 焦竑編《升庵外集》,臺北:臺灣學生書局,1971 年,卷 26,頁 3。
③ 詳見劉毓慶《從經學到文學——明代〈詩經〉學史論》,北京:商務印書館,2001 年,頁 120—131。

用力最多者,應推詩義之闡釋與語音之釐定二項。"①不難看出,兩位明代《詩經》研究大家都把楊慎看成是反朱學倡考據學的先鋒,這一結論也得到了學術界的普遍認同。

明代中晚期在科舉時文的影響之下,開始出現以時文解經、"離經而自作文"的解經方式,這一方式以王陽明心學爲理論基礎,以文學、文章學爲解釋方法,形成了評點派、講意派、評析派的《詩經》解釋新模式,甚至以名物訓詁、考證爲對象,也出現了小品文式的訓詁、考證作品。

文學、文章學與經學的互動從唐《毛詩正義》到朱熹《詩集傳》都有着明顯的印迹。尤其詩歌與《詩經》的互動,隨着詩歌創作、接受理論新發明,對《詩經》的認識也得到了進一步的提升。明代中晚期,文學、文章學與經學的互動達到了一個新的高峰。

有一個問題應當引起學界的關注,雖然從形式上來講,和明中晚期朱學、王學簡單化、腐化的趨勢相比較,以時文解經,完全把理學和心學混一,藉助於朱學、王學,甚至漢學固有成説,以表述時文制義的寫作思路和方法,其觀點完全無關經義。但無論是以時文解經的評點派、評析派,還是以文學解經的解析派、文學派,其本質都不離經學的範疇,始終追尋着朱熹《詩集傳》和王陽明"心學",詮釋思想,以儒學的道德關懷、性命之學爲主題,突出"情性之正"(王陽明稱致良知)和"修齊治平"的目標。這導致兩種傾向。一種是藉朱子涵泳性情之説,利用文學創作和欣賞解釋《詩經》,其重點走向了宗經的路子上了。以《詩經》爲詩歌創作的典範,藉評點言詩歌創作理論。孫鑛《批評詩經》是以"格調"論《詩經》的;徐光啓《詩經六帖》強調"詩在言外";戴君恩《詩風臆評》提"格法"説;鍾惺《詩經》評點主張"詩活物"説。雖言詩意,無關經旨,多以詩歌理論申正詩歌創作之法。另一種以文章學及批點八股文的方法移植於《詩經》的評點和批評。如魏浣初《詩經脉》大致拘文牽義,鈎剔

---

① 　林慶彰《明代考據學研究》,臺北:臺灣學生書局,1983 年,頁 57。

字句，模仿語氣，不脱時文之習。[①] 宋景雲《毛詩微言》説：“大抵以批點時文之法推求經義耳。”[②] 錢天錫《詩牗》説：“是編大抵推敲字義，尋求語脉，爲程式制藝之計。”[③]完全爲八股文服務，已經不屬於《詩經》詮釋的範疇了。

---

　　① 　永瑢、紀昀《欽定四庫全書總目》，《景印文淵閣四庫全書》第 1 册，臺北：臺灣商務印書館，1986 年，頁 372。

　　② 　永瑢、紀昀《欽定四庫全書總目》，《景印文淵閣四庫全書》第 1 册，臺北：臺灣商務印書館，1986 年，頁 372。

　　③ 　永瑢、紀昀《欽定四庫全書總目》，《景印文淵閣四庫全書》第 1 册，臺北：臺灣商務印書館，1986 年，頁 374。

# 第七章 清代《詩經》詮釋思想的新突破

## 一、清代《詩經》文獻研究

　　梁啓超《論中國學術思想變遷之大勢》中提出清代學術變遷有三次:一自明永歷(即清順治),訖康熙中葉,宋明學的絶迹與考據學的開端;二是乾嘉間,考據學全盛;三是近世今文經學的興起。[①] 王國維也以爲:"我朝三百年間,學術三變:國初一變也,乾嘉一變也,道咸以降一變也。順康之世,天造草昧,學者多勝國遺老,離喪亂之後,志在經世,故多爲致用之學。求之經史,得其本原,一掃明代苟且破碎之習,而實學以興。雍乾以後,紀綱既張,天下大定,士大夫得肆意稽古,不復視爲經世之具,而經史小學專門之業興焉。道咸以降,涂轍稍變,言經者及今文,考史者兼遼金元,治地理者逮四裔,務爲前人所不爲。雖承乾嘉專門之學,然亦逆睹世變,有國初諸老經世之志。故國初之學大,乾嘉之學精,道咸以降之學新。"[②]王國維的説法可以説是對梁啓超言論的精當概括,都以國運變遷而論,以爲學術思潮與國家命運緊密相連。

---

　　①　梁啓超《清代學術概論·論中國學術思想變遷之大勢》,北京:中國人民大學出版社,2009 年,頁 92—124。學術變遷脉絡綿延,很難有清晰的時代劃分,梁啓超取其最盛者爲界,如近世今文經學起自乾嘉學者莊存與,道、光間,其學浸盛,最著名的是龔自珍、魏源,而後康南海爲近世思想最有代表的人物。可以看出近世則指道光以來的清代晚期。其後在《清代學術概論》梁啓超提出,清代學術分期分爲啓蒙、全盛、蜕分、衰落四個時期,但他提出在清代,清代蜕分期,同時即衰落期,究其實,仍與其初所論相同。

　　②　王國維《觀堂集林·沈乙庵先生七十壽序》,《民國叢書》第 293 册,上海:上海書店,1948 年,卷 23,頁 25—26。

　　清代《詩經》文獻史料隨着其國運變遷，也有着明確的三期特色。① 啓蒙期(清初至乾隆編《四庫全書》以前百餘年間)宋明學的絕迹與考據學的開端；全盛期(乾嘉時代)考據學全盛；蛻分、衰落期(道、咸至清末)今文經學的興起。

### (一) 啓蒙期《詩經》文獻史料

　　啓蒙期(清初至乾隆編《四庫全書》以前百餘年間)是宋明學的絕迹與考據學的開端，這一時期《詩經》學的重要文獻主要是對明學的反動。梁啓超列舉此一時期學術變遷時說："於期間承舊學派之終者得六人，曰孫(夏峰)、李(二曲)、陸(桴亭)、二張(蒿庵、楊園)、吕(晚村)；爲新舊

---

　　① 夏傳才《詩經研究史概論》提出，清代新漢學大致可分三個時期：一，康熙時代是開創時期，漢學與宋學未完全分開，漢學由萌芽而逐漸取得壓倒地位；二，乾隆、嘉慶時代是全盛時期，考證古代典章制度和文字、音韻、訓詁、名物的考據學極爲發達，在延續一百年的長時期中，治學講究考證，形成學術史上有重大影響的考據學派；三，道光以後是衰落時期，考據學越來越陷入煩瑣哲學，學術思想的統治地位逐漸爲今文學所代替，但純古文學仍然占有自己的陣地。(夏傳才《詩經研究史概論》，清華大學出版社，2007 年，頁 142。)這個分期以考據學的出現和發展爲依托，以康熙朝爲開創期，分期方式和梁、王二先生的學術分期有差異。洪湛侯《詩經學史》也把清代《詩經》研究分爲前期、中期、後期三個大段落來叙述。前期指清初至乾隆編《四庫全書》以前百餘年間，實際上是"詩經宋學"到"清學"的轉型期；中期指乾嘉時代"詩經清學"形成和發展時期；後期指道、咸至清末數十年間，是"詩經清學"的繼續發展，今文三家詩派復興。(洪湛侯《詩經學史》，北京：中華書局，2002 年，頁 457。)此論基本以梁、王二學者所論爲依托，學界基本以此爲詩經清學的分期。陳國安則以清初至"文革"400 年間學術視爲"自成面目"者，稱之爲清學，由此把清代詩經學分爲 4 期，清初發軔期，包括順、康、雍三朝(1644—1735 年)90 年；清中葉鼎盛期爲乾嘉二朝(1736—1820 年)亦近 90 年；道光朝(1821—1850 年)30 年，承乾嘉樸學餘緒，孕育近世學風，爲轉折斯；晚近嬗變期，包括咸、同、光、宣以迄"五四"前(1851—1919 年)近 70 年。若以近 400 年詩經學作一整體考察，則當將"革新期：現代詩經學"附於其後，以"五四"(1919 年)起始，斷至"文革"結束後新時期前(1976 年)爲止，近 60 年。(陳國安《論清代詩經學之發展》，《江蘇大學學報(社會科學版)》2008 年第 4 期，頁 50。)此論有兩個問題，一是對清代《詩經》學分期以皇帝年號爲簡單分期界限，違背了學術發展的規律，而且清代皇權政治對學術的影響也非皇帝本人意志直接左右，而是整體政治風向發展的結果。二是擴大了清學的範圍，把"五四"至"文革"視爲清學的延續，不太妥當。"五四"以來，學術界以擺落舊風氣，開創新學風爲己任，以西學思想研究中國問題，所論與清學已然不同。

派之過渡者五人，曰顧（亭林）、黃（梨洲）、王（船山）、顏（習齋）、劉（繼莊）；開新學派之始者得五人，曰閻（百詩）、二萬（充宗、季野）、胡（東樵）、王（寅旭）……凡爲大師十有六人。其爲學界蟊賊者四人，曰徐（昆山）、湯（睢州）、毛（西河）、李（安溪）。"①這是一串很長的名單，可以視爲清初學術啓蒙時期各種學術思潮的代表人物，清初《詩經》學發展也依托這些大師的思想而有所發展。對照這些大師及其弟子，分述啓蒙期《詩經》學研究成果如下：

1. 承舊學派者

孫、李、陸、二張、呂各承其學，殊途同歸，致力於理（心）學意義的發明，②可惜他們對《詩經》學并不留意，僅有呂留良《三元堂詩經匯纂詳解》八卷。查《四庫檔案》，乾隆四十四年九月初六，閩浙總督三寶奏繳有《詩經詳解》"一部，刊本，是書呂留良著，計八卷"。江西巡撫郝碩也曾奏繳《呂晚村詩經詳解》一部二本。又據《禁書匯考》查，乾隆四十三年五月二十九日奏準，貴州巡撫圖恩德奏繳有《呂留良詩經匯纂詳解》，是書爲康熙年間呂氏家塾刻本。③ 此書康熙刻本今存復旦大學、福建師範大學圖書館。錢穆先生論述道："自朱子卒至是四百餘年，服膺朱子而闡述其學者衆矣，然絕未有巨眼深心用思及此者。自此以往，朱學益發皇，然無慮皆熟軟媚上，仰異族恩威之鼻息，奉以爲古聖先賢之淵

---

① 梁啓超《清代學術概論・論中國學術思想變遷之大勢》，北京：中國人民大學出版社，2009 年，頁 92。

② 孫、李、陸、二張、呂各承其學，梁啓超把他們歸爲承舊學派很有意味。孫齊逢與東林黨諸學人交游甚密，其學以陸象山、王陽明爲根本，以慎獨爲宗旨，以體察認識天理爲要務，以日常所用倫常爲實際。李顒主張"明體適用"，即"明道存心以爲本，經世宰物以爲用"。他所說的"明體"，指的是弄通理論問題，就是要精心研習程、朱、陸、王的心理之學，取舍其間，明道存心。兩人以修正王陽明後學之弊，融合朱學、王學思想，爲宋明理學思想的繼承後果。陸世儀、張爾岐、張履祥則師從劉宗周，劉宗周他對朱熹、陸九淵、王陽明等人都進行了批評：朱子惑於禪而辟禪，故其失也支；陸子入於禪而避禪，故其失也粗；文成（即王陽明）似禪而非禪，故不妨用禪，其失也玄。因此這一派也以窮理明道爲學術宗旨，和孫、李無差異。

③ 游師《呂留良著述考論》，河北大學碩士研究生論文，《中國古典文獻學》2014 年第 12 期。

旨。窺帝王之意向,定正學之南針。極其能事,尚有愧夫吳、許,更無論晚村所云云矣。然則晚村良不愧清初講朱學一大師,於晦庵門墻無玷其光榮。"①呂留良《詩經》學以"尊朱辟王"爲根本出發點,提倡朱子之學,對於程朱理學的説經之意做出進一步闡釋。當然歷清初啓蒙思想影響,已不可能像宋元一樣堅守朱學不逾,大多數名家,名爲宗朱,實則自抒己見。

　　然而,清初之學,承明代舊學,有遵鑄補朱子學説,也有反朱子學説者。張尚瑗《陸堂詩序》中略述清初《詩經》學思潮如下:"近日大可毛氏摧鋒陷堅,好與朱子爲難,議者病其已甚。吾師朱愚庵先生作《詩經通義》,以康成《正義》多悖《小序》之指,旁證諸經説,融會以通之,與昆山顧亭林先生往復考證。而吾友平湖陸君聚緶自爲《陸堂詩學》,相去四十餘年,各不相蒙,其持平則略相等。"②這段論述中可以看出,清初毛奇齡力抨朱子,有學者響應,也有學者有不同學説,清初學風可見一斑。陸奎勛《陸堂詩學》十二卷,此書以闡述微言大義爲主旨。《四庫全書總目》説:"是編雖托名闡發朱子《集傳》,而實則務逞其博辯,大抵自行己意,近王柏《詩疑》。牽合古事,近何楷《世本古義》。"③陸奎勛以鑄補朱子學説爲能事,其論多襲取明代諸儒成説。朱鶴齡《詩經通義》則兼采衆説,言廢序之非,《四庫全書總目提要説》:"是書專主《小序》,而力駁廢《序》之非。所采諸家,於漢用毛、鄭,唐用孔穎達,宋用歐陽修、蘇轍、呂祖謙、嚴粲,國朝用陳啓源。其釋音,明用陳第,國朝用顧炎武。……要其大致,則彬彬矣。鶴齡與陳啓源同里,據其《自序》,此書蓋與啓源商権而成。"④這裏提到的陳啓源曾著《毛詩稽古編》,書前有朱鶴齡

　　①　錢穆《中國近三百年學術史》,北京:九州出版社,2011年,頁87—88。
　　②　張尚瑗《陸堂詩學序》,《四庫未收書目》第77册,濟南:齊魯出版社,1997年,頁193。
　　③　永瑢、紀昀《四庫全書總目》,《景印文淵閣四庫全書》第1册,臺北:臺灣商務印書館,1986年,頁382。
　　④　永瑢、紀昀《四庫全書總目》,《景印文淵閣四庫全書》第1册,臺北:臺灣商務印書館,1986年,頁350。

《序》,又有康熙辛巳其門人趙嘉稷《序》,言其著作"篇義一準諸《小序》,
而詮釋《經》旨,則一準諸毛《傳》,而鄭《箋》佐之。其名物則多以陸璣
《疏》爲主。題曰《毛詩》,明所宗也。曰《稽古編》,明爲唐以前專門之學
也。所辨正者惟朱子《集傳》爲多,歐陽修《詩本義》、吕祖謙《讀詩記》次
之,嚴粲《詩緝》又次之。所掊擊者惟劉瑾《詩集傳通釋》爲甚,輔廣《詩
童子問》次之。其餘偶然一及,率從略焉"①。可見清初舊學雖宗朱子
學,其實采取駁采諸家之成說,雜取漢宋,斷以己意,清初宋學之風概略
如此。

### 2. 新舊派之過渡者

顧(亭林)、黃(梨洲)、王(船山)、顔(習齋)、劉(繼莊),梁啓超以爲
"自得而深造者",開一代學術新風氣。五人中有《詩經》著述者有顧炎
武《音學五書》、王夫之《詩經稗疏》等著作。

顧炎武倡"舍經學無理學"之說,擺脱宋明理學的束縛,直接求之於
經學文本,以經世爲根本的學術追求。《音學五書》包括《音論》三卷、
《詩本音》十卷、《易音》三卷、《唐韻正》二十卷、《古音表》二卷。清代研
究古韻分部者皆以此書爲準,對江永、戴震、段玉裁、孔廣森之研究和分
析古韻,曾有很大的啓迪作用。②

王夫之"感於明學之極敝而生反動;欲挽明以返諸宋,而於張載《正
蒙》,特推尚焉"③。王夫之的《詩經》學,總結明代經學積弊,以切實致
用爲宗旨,開清學之先河,著有《詩廣傳》五卷、《詩繹》一卷、《詩經稗疏》
四卷、《詩經考異》不分卷、《詩經叶韻辨》一卷。《詩繹》是一部《詩》話類
著作,"以詩解《詩》",頗具現代文藝觀。《詩廣傳》則是王夫之《詩經》學
"影響最大"最具代表性的著作。他以廣傳《詩經》的形式,"用引申發揮
的方法,宣傳自己的哲學、政治、經濟、倫理等觀點,發揮社會改良主

---

①　永瑢、紀昀《四庫全書總目》,《景印文淵閣四庫全書》第 1 册,臺北:臺灣商務印
書館,1986 年,頁 350。

②　洪湛侯《詩經學史》,北京:中華書局,2002 年,頁 464。

③　梁啓超《清代學術概論・論中國學術思想變遷之大勢》,北京:中國人民大學出
版社,2009 年,頁 148。

張"，"其學以切實致用爲主"①。納秀艷博士論文《王夫之〈詩經〉學研究》很有心得，其總述其貢獻説："王夫之的時代，《詩經》學史已經過近兩千年的發展。他處在宋明《詩經》學向清代《詩經》學的轉型期，在深受漢學與宋學滋養的同時，對開啓清代《詩經》學頗有貢獻。"②此論深得王夫之學術的精髓。

　　除了顧、王之外，在清初新舊學術思想過渡中還有一個重要的人物，就是錢澄之。錢澄之與同期的顧炎武、吳嘉紀并稱江南三大遺民詩人。"清代學術真正開新風氣的其實正是明遺民，他們生活在歷史的夾縫中，對明朝滅亡的悲憤和深重反思激發出他們'破壞''變革'的勇氣和決心，使清代的學術從宋明義理之學轉變回歸到考據之學、復古之學。"③此論從人生際遇出發而論學術的過渡與變遷，雖然并不能描述學術變遷的全貌，但把錢澄之學術思想和顧炎武、王夫之相提并論，是值得關注的一個觀點。毫無疑問的是錢澄之在清初《詩經》研究成果上，也是有開創性的。華東師範大學周挺啓博士論文《錢澄之〈田間詩學〉研究》總結清代學人對王夫之的評價如下：清人徐元文於清康熙二十八年所作序由對《田間詩學》説："我獨善夫飲光先生之《詩學》，非有意於攻《集傳》也，凡以求其至是至當而已。與漢、唐、宋以來之説者，亦不主一人也。無所主，故無所攻矣；無所攻、無所主，而後可以有所攻、有所主也。"張英《田間詩學序》也對它推崇備至："余反復細繹，既歎先生《詩學》之精微博大，能見聖人删定之心於千載之下，發漢、唐、宋元諸儒所未發，又深幸吾黨宗本《小序》之意，不期與合。"《四庫提要》亦贊賞《田間詩學》篤實的學風："持論頗爲精核""考證之切實"。唐鑒《國朝學案小識》贊賞《田間詩學》："考之靈，辨之精。""可謂實事求是。"④周挺啓博士匯集歷代評述，以清代文獻相參校，對《田間詩學》的研究頗有貢

①　林葉連《中國歷代詩經學》，臺北：花木蘭文化出版社，2006年，頁223。
②　納秀艷《王夫之〈詩經〉學研究》，陝西師範大學博士研究生論文，2014年，頁21。
③　林紅《錢澄之〈田間詩學〉研究——以王夫之、孫承澤爲參照視野》，暨南大學碩士研究生論文，2010年，頁12。
④　周挺啓《錢澄之〈田間詩學〉研究》，華東師範大學博士論文，2013年，緒論。

獻。《田間詩學》確有其獨特價值,同爲明遺民的吳肅公《詩問》有兩處稱引《田間詩學》。朱彝尊《經義考》引述錢氏自言其《詩》學主旨,并引錢金甫所論《田間詩學》的漢宋兼采主張,"擇衆説而和調之,頗具苦心。近代之説者,莫有過焉者也"。《田間詩學·詩學凡例》中對明郝敬《毛詩原解》、何楷《詩經世本古義》的評價,基本爲《四庫提要》所承襲。胡承珙《毛詩後箋》對《田間詩學》也有引用。

同爲遺民的《詩經》學者,值得關注的還有賀貽孫《詩觸》六卷、尊信《小序》,但只取發端一語,謂漢儒於《古序》之外,往往牽合附會,有害《詩》之原意。

3. 開新學派之始者

梁啓超曰閻(百詩)、二萬(充宗、季野)、胡(東樵)、王(寅旭),開新學派之始者。閻若璩《古文尚書疏證》、胡渭《禹貢錐批》以科學精神,辨僞存真,爲經學界開一新紀元。"蓋三百年來,學者以晋、唐以後之經説不足倚賴,而必求徵信於漢,此種觀念,實自彼二書啓之。而其引證之詳博周密,斷案之確實犀利,尤足使學者舌撟心折,而唤起其尊漢蔑宋之感情。"[1]

萬斯大、萬斯同以禮學立論,清代禮學研究以二萬爲祖。黄宗羲在《萬充宗墓誌銘》中總結萬斯大的治學方法云:"斯大治經,以爲非通諸經不能通一經,非悟傳注之失則不能通經,非以經釋經則亦無由悟傳注之失。何謂通諸經以通一經,經文錯互,有此略而彼詳者,有此同而彼異者,因詳以求其略,因異以求其同,學者所當致思考者也。何謂悟傳注之失學者,入傳注之重圍,其於經也無庸致思,經既不思,則傳注無失矣,若之何而悟之。何謂以經解經,世之信傳注者,過於信經……充宗會通各經,證墜輯缺,聚訟之議渙然冰伴。"[2]這段所論治學方法,也爲清代學者所采納,代表清代經學解釋的主要路徑和方法。閻若璩《毛朱

① 梁啓超《清代學術概論·論中國學術思想變遷之大勢》,北京:中國人民大學出版社,2009年,頁105。

② 黄宗羲《南雷文定》,《續修四庫全書》第1397册,上海:上海古籍出版社,2011年,頁345。

詩説》一卷、胡渭《詩箋辨疑》二卷是開新學派的《詩經》代表著作。

閻若璩《毛朱詩説》,《四庫全書總目提要》存目曰:"此書泛論毛、朱兩家得失,《小序》不可盡信,朱子以《詩》説《詩》則矯枉過正。"①明確提出毛、朱都不可盡信,其書前有張潮題辭説此書:"特取諸家之論毛朱者,萃爲一編,而定以己意,詳説反約不第,可爲讀詩之法,即以此施之他經,變無難得其所折中矣。"②統觀全書,閻氏以《尚書》之法考證《詩經》,共有 18 則,引《左傳》《公羊傳》等史籍,考證《詩經》文本、《小序》傳承之真僞,以爲:"《詩》專爲美刺,而作者不可信一,《詩》編次後先有一定之時,世者不可信二。"③對《詩序》美刺之説提出質疑。又以知人論世,以及清初流行詩歌創作理論泛論《詩集傳》之得失,指出:"朱子以《詩》求《詩》,是就《詩》之字面文意以得。是《詩》而何爲而作? 正孟子'以意逆志',須的知某詩出於何世,與所作者何等人,方可施吾逆志之法。近日吳喬先生共予讀李商隱《東阿王詩》……蓋原知義山之人之事,方得是解,不然空空而思,冥冥以決,豈可得乎? 縱得之,恐亦成郢書燕説而已矣,《詩集傳》病多坐此。"④閻氏對朱子及後學以己意斷《詩》的指正,表明清學開始對宋學提出質疑,而解決這一問題的方法就應當是以考據之法,辨僞存真的思想,直擊文本的本意。在閻氏推動之下,以考據、辨僞之法詮釋《詩經》之風開始流行,而且他運用以史考《詩》的方法,對其後學影響甚大。

閻氏後學以閻氏之法探求詩旨的有嚴虞惇《讀詩質疑》、姜炳璋《詩序補義》、顧鎮《虞東詩學》。劉師培在《經學教科書》中説:"國初説《詩》之

① 永瑢、紀昀《四庫全書總目》,《景印文淵閣四庫全書》第 1 册,臺北:臺灣商務印書館,1986 年,頁 383。

② 閻若璩《毛朱詩説》,《叢書集成續》第 5 册,上海:上海書店出版社,1994 年,頁953。

③ 閻若璩《毛朱詩説》,《叢書集成續》第 5 册,上海:上海書店出版社,1994 年,頁956。

④ 閻若璩《毛朱詩説》,《叢書集成續》第 5 册,上海:上海書店出版社,1994 年,頁960。

書,如錢澄之《田間詩學》、嚴虞惇《讀詩質疑》、顧鎮《虞東學詩》,咸無家法。"①洪湛侯以爲此爲雜取漢、宋一派。今取嚴虞惇、顧鎮之學簡論如下。

嚴虞惇《讀詩質疑》先取史籍論《列國世譜》《國風世表》;以《小序》、史家諸子之説差異述《詩指舉要》;而後以辨僞、考證之思想論《讀詩綱要》,論述經文。"每篇之首,冠以《序》文,及諸家論序之説;每章之下,各疏字義,篇末乃總論其大旨,與去取諸説之故,皆以推求詩意爲主。"②也就是説整體既注重以史論《詩》,務求真實;也以文論釋《詩》,追求詩意會通。如論"子夏問曰巧笑倩兮"條説:

> 虞惇按:此二章聖人言詩之妙也。鳶、魚言道,素絢言禮,切磋琢磨言貧富,衣錦尚絅可以言下學,緡蠻黃鳥可以言止善。不離詩亦不執詩,人心至靈,物情善變,情由事感,理以境遷,風雅寄乎其區,比興觸乎其類,引而伸之,天下之道畢出於此矣。後儒謂六義截然判隔,不得相通,又謂鳥獸草木寄托都無取義,或失則滯,或失則愚,是皆不免於高子之爲詩也已。③

這一段論述在前面以史釋《詩》的基礎上,又以文論釋《詩》,把孔子"繪事而後素"的分析路徑和方法展示出來。其方法、路徑都有着閻若璩的影子,是《詩經》言意派的重要代表。

殷衍韜碩士論文《顧鎮〈虞東學詩〉文獻學研究》總結顧鎮《詩》學思想説:經學爲本,兼顧文學;《詩經》六義,體格具存;正變美刺,不相等

---

① 劉師培《經學教科書·中國中古文學史講義》,北京:中國人民大學出版社,2011年,頁237。

② 嚴虞惇《讀詩質疑》,《景印文淵閣四庫全書》第87册,臺北:臺灣商務印書館,1986年,頁50。

③ 嚴虞惇《讀詩質疑》,《景印文淵閣四庫全書》第87册,臺北:臺灣商務印書館,1986年,頁75。

同;作《詩》無邪,迹息《詩》亡;知人論世,以意逆志。① 這個結論正和閻、嚴二人相似,可以説是采用了相同的經世思想、方法和路徑。然殷衍據此而説顧鎮歸於漢宋雜采一派,迎合舊説,有失偏頗。

### 4. 其爲學界蟊賊者

梁啓超從民族氣節上對徐乾學、湯斌、李光地頗有微辭,以爲三人:"即微論大節,其私德不足表率流俗矣。而皆竊附程朱、陸王,以一代儒宗相扇耀,天下莫或非之。"②抛開微辭不談,梁啓超以爲清初依附皇室者,在康、乾兩帝的影響下,依附程朱、陸王之學,這個論點還是準確的。徐乾學是顧炎武的外甥,其學多本顧炎武,以經世致用爲學術宗旨,編寫《大清一統志》用力頗多。湯斌師從孫奇逢,著有《洛學編》,是一部梳理洛學師承的學術傳記,"篤守程朱,亦不薄陸王",以記述程朱派理學家爲主,而又兼顧陸王派理學家,主張"朱王合一,返歸本旨",淡化了學者們的理學宗派意識,從而避免學派偏見所帶來的學術弊端。

李光地在經學上用力甚勤,對清初經學的發展有較大的影響。王寅博士論文《李光地與清初經學》詳述李光地的經學思想和經學貢獻,指出李光地構建出"求理於經"的學術理路,認爲"六經"有"理","理"即"性"。而要想求得"理""性",就要藉助"六經","求理"的目的又是爲了"明道"。③ 其學説是顧炎武"經學即理學"的延續。就《詩經》而言,他主張孔子删《詩》説,并總結出孔子删《詩》的原則與目的。他總結宋儒的詩説,把朱熹與吕祖謙的詩説融會貫通。《四庫全書總目提要》曾評其曰:

> 光地之學,源於朱子,而能心知其意,得所變通,故不拘墟於門户之見。其詁經兼取漢唐之説,其講學亦酌采陸王之義,而於其是

① 殷衍輯《顧鎮〈虞東學詩〉文獻學研究》,廣西大學碩士論文,2013 年,頁 20—24。

② 梁啓超《清代學術概論·論中國學術思想變遷之大勢》,北京:中國人民大學出版社,2009 年,頁 108。

③ 王寅《李光地與清初經學》,南開大學博士論文,2013 年,摘要。

非得失，毫釐千里之介，則辨之甚明，往往一語而決疑似。①

此論立足於折衷漢宋之學的視角，對李光地評價甚高："一語而決疑似"，有一代宗師之位。洪湛侯先生以爲："在清代前期，李光地、楊名時的《詩》學論著，曾經形成一個小小的流派。光地撰《詩所》八卷，大旨不注重訓詁名物，而主於推求詩意，又主於涵咏文句得其美刺之旨而止，亦不旁徵事迹，必求其人以實之。這個態度，大致與朱熹相似或且過之。"②這個結論是以乾嘉學派爲背景而反推李光地的學術地位和學術價值，雖然非必爲學派，但的確在李光地弟子楊名時，再傳弟子夏宗瀾的推動下，"求其人以實之""推求詩意""循文衍説"的説《詩》方法在清初也有別於其他《詩經》學者。

這一研究群體的代表作品如下：楊名時《詩經札記》一卷，以李光地《詩所》爲宗，斟酌於《詩序》《集傳》之間。夏宗瀾《詩義記講》四卷，以筆記之體，略記名時論《詩》之辭，或二人問答之語。徐世沐《詩經惜陰録》意循《詩所》，顧昺《詩經序傳合參》多采《詩所》成説以爲斷，徐鐸《詩經提要録》則兼采李、楊二家。

毛奇齡以經學傲睨一世，挾博縱辯，務欲勝人。毛奇齡的早年曾著《毛詩續傳》三十八卷，因故散佚。據其自述，後重行追憶，次第編成《國風省篇》一卷、《毛詩寫官記》四卷、《詩札》二卷，都是考證《詩經》篇名和名物典故的專著。《續詩傳鳥名》三卷，是其和門人共輯綴的作品，意在續《毛詩》而正《集傳》。另有《白鷺洲主客説詩》一卷，"大旨洪才主朱子淫詩之説，而奇齡則謂《鄭風》無淫詩；洪才主朱子《笙詩》無詞之説，而奇齡則謂《笙詩》之詞亡。故是書所論，惟此二事"③。《詩傳詩説駁議》五卷，專考明代僞《子貢詩傳》《申培詩説》。也抨擊朱熹《四書集注》，撰

———————

①　永瑢、紀昀《四庫全書總目》，《景印文淵閣四庫全書》第1冊，臺北：臺灣商務印書館，1986年，頁351。

②　洪湛侯《詩經學史》，北京：中華書局，2002年，頁472。

③　永瑢、紀昀《四庫全書總目》，《景印文淵閣四庫全書》第1冊，臺北：臺灣商務印書館，1986年，頁379。

《四書改錯》。阮元很推崇他，以爲其有開乾嘉學術之功。周懷文博士論文《毛奇齡研究》以爲："繼黃、萬之後，毛奇齡治經反對宋儒疑經、删經、改經，主張以經證經，不以傳釋經，提倡以諸經爲宗，博引諸子百家及漢後儒説爲旁證的注經方法。"①此論肯定了毛奇齡的注經方法，評價公允。但綜論毛氏學，雖以攻擊朱子爲主，於訓詁多有創見，但其研究水平不及乾嘉胡承珙、馬承瑞、陳奐，且其論也有不確定、妄議之處。

**（二）乾嘉時期主要《詩經》文獻**

梁啓超論乾嘉間清學之確立説：

> 自康、雍間屢興文字獄，乾隆承之。周納愈酷。論井田封建稍近經世先王之志者，往往獲意外遣；乃至述懷感事，偶著之聲歌，遂罹文網者，趾相屬。又嚴結社講學之禁，晚明流風餘韻，銷匿不敢復出現。學者舉手投足，動遇荆棘，懷抱其才力智慧，無所復可用，乃駢轇於説經。昔傳内廷演劇，觸處忌諱，乃不得已，專演《封神》《西游》，牛鬼蛇神種種詭狀，以求無過。本朝之治經術者亦然，銷其腦力於故紙之叢，苟以迋死而已。②

梁氏以政治對學術思想的影響入手，言明了乾嘉學派"由演繹的進於歸納的，饒有科學之精神"的原因。但他又以爲除了政治影響之外，學術發展也自有其規律，故其略舉惠棟、戴震，列吳、皖兩派爲學術正統。

但考察《詩經》學史，却呈現出另一種情況，就乾嘉時期而言，政治不但影響了《詩經》解釋趨勢，也劃定了學術路徑和方法。這一點，洪湛侯《詩經學史》描述最爲切近："爲了糾正宋學的空虚，復古考據之風日起，《詩》家雜采漢宋，預示着漢學有復興的契機。在這樣的社會背景下，自康熙末年至乾隆前期，短短三四十年間，清王朝連續頒佈了《欽定

---

① 周懷文《毛奇齡研究》，山東大學博士論文，2010年，緒論。
② 梁啓超《清代學術概論·論中國學術思想變遷之大勢》，北京：中國人民大學出版社，2009年，頁109。

詩經匯纂》《欽定詩義折中》兩部大書,這在中國文化史上是非常罕見的事例。兩部官書的出現,預示着學術轉型的重要信號。"①這個結論值得關注,《欽定詩經匯纂》集朱學之大成,采漢唐舊説,訓釋與《集傳》合而存之,嚴格遵循朱子的《詩》學體系,又以訓詁補足其意義表述的缺失。《欽定詩義折中》從宗朱返回尊崇毛鄭,不僅針對《集傳》所釋《鄭風》諸篇,而且對於其他詩篇也與《集傳》不同。規定"分章多準康成,徵事率從《小序》""根據毛鄭訂正其訛"的方針,成爲乾嘉詩學研究的指導思想。我們順着這個思路向下,在這兩部大書的影響下,就有了清代四庫館評定《詩經》時的標準,而四庫《詩經》學思想也爲乾嘉學者劃出了一個方法、路徑。

以吳派代表人物惠棟爲例,董家興以爲:"在《四庫》提要中,惠棟共出現了 24 次,雖遠不及位居第一的王士禎和屈居第二的毛奇齡,但其以考據爲主而宗漢學的治學態度,則大抵可説是開創吳派之祖,亦與《提要》中崇漢反宋之表現暗合。"②24 次評價有褒、有貶、有折中。"而四庫提要之折中如下:進要於惠氏之批評,大抵評書,多先貶後褒,故近折中。而至於評惠氏其人其治學則尊,或爲其辯……對於惠氏於考證上有識天,四庫亦中肯折中矯正之,此於提要中皆有明言。"③董家興的這個研究很有意思,我們還可以藉此來考察毛奇齡以及其他《四庫提要》中所提到的清代經學研究者,其結論大致相同。也就是說,四庫館臣對吳派代表人物惠棟的解讀直接給吳派後來《詩經》學者規定了一個路徑、方法。

吳派《詩經》學代表著作有惠棟《毛詩古義》。從惠周錫《詩説》、陳啓源《毛詩稽古編》、朱鶴齡《毛詩通義》到惠棟《毛詩古義》,在學術方面是有繼承關係的,再到後來戴震《毛鄭詩考證》、胡承珙《毛詩後筆》、馬

　　①　洪湛侯《詩經學史》,北京:中華書局,2002 年,頁 477。

　　②　董家興《惠棟在〈四庫全書總目〉中的地位初探》,《第二屆青年經學演討會論文集》第 87 期。

　　③　董家興《惠棟在〈四庫全書總目〉中的地位初探》,《第二屆青年經學演討會論文集》第 105 期。

瑞辰《毛詩傳箋通釋》、陳奐《詩毛氏傳疏》,在學緣上當有賡續關係。而惠棟的《毛詩古義》在此學術脈絡中處於承前啓後的作用。①

這一時期《詩經》著作成果豐富的還有丁晏,著有《鄭氏詩譜考正》《毛鄭詩釋》《詩考補注補遺》《毛詩陸疏校正》《詩集傳附釋》。田漢雲先生從學術史的角度對丁晏的經學研究成果做了以下評價:

> 丁晏經學研究的豐産時節在道、咸之時。其學術思想的發展變化,亦以道、咸之交最著。當時的學術思潮是:考證學在經學界依然較有活力,從學術統緒上認識,此時的考證學可以説是乾嘉以迄道光朝樸學的流風餘韻。②

戴震是皖派的代表人物。曾師福建邵武、程詢,又向江永問學,後游學京師,與錢大昕、朱筠、紀昀、王昶、盧文弨等人交往論學。盧文弨後爲《戴氏遺書》作序稱:

> 吾友新安戴東原先生,生於顧亭林(顧炎武)、閻百詩(閻若璩)、萬季野(萬斯同)諸老之後,而其學足與之匹。精詣深造,以求至是之歸。胸有真得,故能折衷群言,而無徇矯之失。五十歲,秋天《四庫全書》館正總裁於敏中以紀昀、裘日修之言,向乾隆帝推薦戴震,特召入京爲四庫館纂修官。③

戴震的《詩經》學代表著作有《詩經考》《杲溪詩經補注》《毛鄭詩考正》。戴震通過扎實的訓詁功夫去考鏡學術源流,他曾言:

> 至若經之難明……誦《周南》《召南》,自《關雎》而往,不知古

① 孫向召《乾嘉〈詩經〉學研究》,揚州大學博士論文,2013年,頁45。
② 田漢雲《中國近代經學史》,西安:三秦出版社,1996年,頁125。
③ 戴震《戴氏遺書十五種·序》,乾隆曲阜孔氏微波榭刊本,頁1—2。

音，徒强以協韻，則齟齬失讀……不知鳥獸蟲魚草木之狀類名號，則比興之意乖。而字學、故訓、音聲未始相離，聲與音又經緯衡縱宜辨。①

在戴震看來，就《詩經》而言，古音，文字訓詁、名物制度考證是登堂入室的第一步，否則，欲讀不能，比興之意也難解，甚至“有一字非其的解，由於所言之意必差，而道從此失”。

段玉裁《詩經小學》，首列《國風》十五卷，下面依次列《小雅》七卷，《大雅》三卷，《周頌》三卷，《魯頌》《商頌》各一卷，共三十卷。正如書名一樣，本書對《詩經》的形、音、義進行了詳細研究，并把訓詁、音韻學研究的理論成果運用於《詩經》考證，旁征博引，細緻校勘，取得了傑出成績，爲後來胡承珙、馬瑞辰、陳奐中興鋪平了道路。梁啓超説：“二百年來諸大師，往往注畢生之力於一經，其疏注之宏博精確，誠有足與國學俱不朽者。”“於《詩》則有馬氏之《傳箋通釋》，胡氏之《後箋》，陳氏之《傳疏》。”②

梁啓超對胡、馬、陳推崇甚高，視他們爲清代乾、嘉間學術之正統，《詩經》學的代表，值得關注和研究。

### （三）晚清今文詩學

清代今文經學在漢學復興的背景下興起，而後常州學派莊存與《春秋正辭》，其弟子劉逢禄《公羊釋例》奠定了今文經學的學術風向，一直到道、光間，龔自珍和魏源的出現，把今文經學推向高潮。魏源《詩古微》爲晚清今文經學代表。

在今文經學的推動下，乾、嘉後期，三家《詩》輯佚著作大量涌現。房瑞麗《清代三家詩研究》對其進行了專題研究，提出三家《詩》輯佚是在宋代王應麟《詩考》示範作用指導下開始的，從形式和内容上各有

---

① 戴震《戴震全書》，《足仲論學書》，《戴震全書》第 6 册，合肥：黄山書社出版社，1991 年，頁 371。

② 梁啓超《清代學術概論·論中國學術思想變遷之大勢》，北京：中國人民大學出版社，2009 年，頁 113。

差異。

從形式編排上看,有三種情况:一是三家合輯。如范家相的《三家詩拾遺》十卷,在體例上就王氏《詩考》有較大改進,它以三百篇爲序,齊、魯、韓三家《詩》遺説一并搜輯。二是分輯三家,并詳爲論證。這種齊、魯、韓三家《詩》的遺説,分開編排,以陳壽祺、陳喬樅父子的巨著《三家詩遺説考》爲代表。三是輯佚一家,單獨成書。主要指專門的《韓詩》輯佚成果,這種方式由宋綿初的《韓詩内傳征》開創,後有邵晋涵、沈清瑞、錢玫、陶方琦、顧震福等繼之。

從内容上分,也可以分爲三類:一是專收三家《詩》遺説,而不作進一步考證或很少考證,如阮元的《三家詩補遺》、王初桐的《齊魯韓詩譜》等。二是專門異文異字的綜合研究,如周邵蓮的《詩考異字箋餘》、馮登府的《三家詩異字話》、李富孫的《詩經異文釋》、馮登府的《三家詩異文疏證》、黄位清的《詩異文録》等。三是輯佚研究與發揮大義并重,這種著述是在三家《詩》遺説搜集的基礎上,探求三家《詩》義,如徐傲的《詩經廣話》和徐堂的《三家詩述》。另外還有圍繞《詩考》而展開的三家《詩》輯佚研究,如盧文弨增校《詩考校注》、嚴蔚《詩考異補》、胡文英《詩考補》、臧庸《詩考》、丁晏《詩考補注》、楊晨《詩考補訂》等。[①] 房瑞麗的研究從《詩考》對晚清三家《詩》的研究入手,結合乾嘉學派、晚清政治文化等影響,提出:"晚清三家《詩》今文學的發展,承繼着漢代三家《詩》今文經學的政治使命,和當時的社會思潮結合在一起,已經構成了社會運動的一部分,成爲推動社會前進的一種力量。"[②]

其中最值得關注的是魏源《詩古微》和王先謙《詩三家義集疏》。梁啓超推崇魏源《詩古微》説:"前此治今文者,則《春秋》而已。至魏默深乃推及它經,著《詩古微》《書古微》。"[③]江瀚以爲:"是書與源所著《書古

---

① 房瑞麗《清代三家〈詩〉研究》,復旦大學博士論文,2007 年,頁 46—48。

② 房瑞麗《清代三家〈詩〉研究》,復旦大學博士論文,2007 年,頁 171。

③ 梁啓超《清代學術概論·論中國學術思想變遷之大勢》,北京:中國人民大學出版社,2009 年,頁 116。

微》同一用意,雖主張今文,實多自立新意義。"①現代學者齊思和評價道:"以前輯三家《詩》者,扶微搜遺,多嫌片斷。至魏氏始組織成一系統,以攻毛、鄭而張三家,扶微繼絶,厥功甚偉。"②梁啓超、江瀚、齊思和都把《詩古微》視爲晚清重要的今文學著作,建立了晚清"今文學"的重要系統。

對王先謙《詩三家義集疏》,學者評價不一。劉錦藻評價説:

> 先謙排斥毛氏,推尊三家。如程大昌曰:"齊、魯、韓皆未見古序也。"鄭樵曰:"《毛詩》與經傳諸子合而三家,無證也。"姜炳璋曰:"《毛序》出子夏、孟、荀,而三家無考也。"其矯誣三家,不外此三端,是書一一抉其疑而破之,此可與魏氏《詩古微》并駕齊驅矣。③

江瀚批評其對《毛詩》的攻擊説:

> 是書搜緝三家遺説,誠卓然可傳,其序例竟謂毛之訓詁,非無可取。而當大同之世,敢立異説,疑誤後來……其言似亦稍過。使無《毛詩》,則三家之説除見傳記外,并其經文,作何字尚不可知,安得還爲完籍邪? 即先謙是編亦不能作也。蓋三家於《詩》無説者甚衆,故先謙之書,仍不能不采取序説及《毛傳》《鄭箋》。④

房瑞麗也持兩家之説,但仍以爲:"王先謙《詩三家義集疏》集今古

---

①　江瀚《詩古微提要》,《續修四庫全書總目提要·經部》,北京:中華書局,1993年,頁392。

②　齊思和《魏源與晚清學風》,楊慎之、黃麗墉編《魏源思想研究》,長沙:湖南人民出版社,1987年,頁38。

③　劉錦藻《皇朝續文獻通考·卷二百五十八》,《續修四庫全書》第819冊,上海:上海古籍出版社,2001年,頁165。

④　江瀚《詩三家義集疏提要》,《續修四庫全書總目提要·經部》,北京:中華書局,1993年,頁439。

文《詩》學之大成,既總結了清代三家《詩》研究成果,又加以融會貫通的運用,是清代三家《詩》研究的總結性成果。"①此論似乎有過於誇大的嫌疑。

## 二、清初漢學的追求與清代學術品格的確立

羅檢秋先生提出"漢學"一詞的出現,目前學術界的説法有二:多數論著認爲"漢學"一詞最早見於惠棟的《易漢學》;此外,劉師培曾説,康熙年間"武進臧琳樹漢學以爲幟,陳義淵雅,雖間流迂滯,然抱經以終,近古隱佚"。② 有學者因此認爲臧琳最先提出"漢學"。實際上,臧琳和惠棟只是加强了經學領域"唯漢是好"的趨向。"漢學"一詞至遲在南宋已較常見,而且均指兩漢時期的學術思想。③ 這個説法值得關注,作爲一個學術詞彙,"漢學"的確最早出現在南宋。

南宋劉克莊在《季父易稿序》中評論漢、魏學術説:

> 《易》學有二,數也、理也。漢時京房、費直諸人皆舍章句而談陰陽灾異,往往揆之前聖而不合,推之當世而少驗。至王輔嗣出,始研尋經旨,一掃漢學,然其弊流而爲玄虚。④

這段論述提到了一個對等的概念,"漢時京房、費直皆舍章句而談陰陽灾異",而後是王弼出,一掃"漢學",也就是説,劉克莊所指"漢學"是"京房皆舍章句而談陰陽灾異"之學。劉克莊尊崇朱熹理學,理學以章句之

①　房瑞麗《清代三家〈詩〉研究》,復旦大學博士論文,2007 年,頁 103。

②　劉師培《清儒得失論》,《中國現代學術經典・黄侃、劉師培卷》,石家莊:河北教育出版社,1996 年,頁 768。

③　羅檢秋《晚清漢學的源流與衍變》,《光明日報・理論週刊》,2006 年 6 月 5 日,第 11 版。

④　劉克莊《後村集》,《景印文淵閣四庫全書》第 1180 册,臺北:臺灣商務印書館,1986 年,頁 250。

學而求義理，正好和漢代讖緯説相反。而魏晋時王弼以情、性論經義，更接近理學的思想，故有"始研尋經旨，一掃漢學"的説法。同時劉克莊也注意到魏晋以玄學釋經，有"玄虛"的弊端，"玄虛"也是和朱熹以事言理相對而言的。也就是説，劉克莊提到的"漢學"是有着特定內涵的，是相對於"理學"而言的在漢代時所采用的詮釋思想、方法和路徑。朱彝尊引南宋末章如愚的觀點説：

> 漢承秦火之餘，禮廢而樂尤甚。制氏世爲樂官，但能記其鏗鏘鼓舞，而不能言其義。所得於竇公者，惟《周官‧大司樂》一章。而河間雅樂之獻，又特采諸子之言以爲《樂記》，漢學之述古者，止於此而已。[①]

章如愚所説的"漢學"是指漢代制氏爲樂官"但能記其鏗鏘鼓舞，不能言其義"的行爲，言語間對漢學頗有不屑。可見，"漢學"一詞雖宋代既已產生，但其內涵并沒固化，多數情況下是指在某種語境中漢代的某種學術趨向或方法。

　　隨着朱子學的流傳，宋明理學的碎片化，空談義理的問題也被放大，一些學者開始回溯兩漢經學思想。在宋代理學的視野下，漢代經學的方法和路徑逐漸被發現出來，"漢學"纔被賦予了漢代經學的內涵。宋末元初的戴表元説：

> 儒者欲求漢學，惟齊魯諸生訓注猶近古哉！[②]

戴表元認爲，兩漢學者的方法和路徑很多，可以藉鑒的只有齊魯諸生的訓注，原因是近古。這個論斷正是宋末學者試圖校正"空談義理"問題

---

① 朱彝尊《經義考》，《景印文淵閣四庫全書》第 679 册，臺北：臺灣商務印書館，1986 年，頁 287。
② 戴表元《剡源文集》，《景印文淵閣四庫全書》第 1194 册，臺北：臺灣商務印書館，1986 年，頁 93。

時的普遍想法。元初著名學者吳萊有着和戴表元相同的看法，他們基本是同時代的人。吳萊反溯漢代學術特點説：

> 自西漢學者，專門之習，勝老儒經生。世守訓詁不敢少變，繼而舊説日以磨滅，新傳之後出者，獨傳於今。①

雖然和戴表元出發點不同，但論漢學方法和途徑，都概括爲“守訓詁不敢少變”。這一論斷發清代學者“漢學”思想之先河。

至明代，崔銑反對陽明心學，推原儒學思想而矯其失。《四庫提要》説：“銑力排王守仁之學，謂其不當舍良能而談良知。故持論行己，一歸篤實。”②崔銑從篤實的視角上溯儒學，概括出了“漢學”的重要特徵，他説：

> 孔門之才嘗列四科，此計成之辭，非教使然也。自先聖殁，立教靡準，人就其資之所便，遂有篤行而闇，敏聞而鮮守者。夫先王之禮，六德、六行、六藝以端蹈迪，以周泛應。春秋教以《禮》《樂》，冬夏教以《詩》《書》，所謂餘力學文也。兩漢學者，力於孝弟忠信，謹於貧富進退。及宋，禪氏行。元老鴻儒向溺空教，混而入於儒，鄙謹禮爲爵木，病堅操爲滯着，雖程氏之徒亦曰：“先静坐求未發之中。”③

崔銑從先聖設教的最初設計談起，比較先秦、兩漢、宋學術思想的差異，指出先聖設教，重在教化，而漢學重在社會人倫。但歸於宋學，則

---

① 吳萊撰，宋濂編《淵穎集》，《景印文淵閣四庫全書》第 1209 册，臺北：臺灣商務印書館，1986 年，頁 207。

② 永瑢、紀昀《四庫全書總目》，《景印文淵閣四庫全書》第 4 册，臺北：臺灣商務印書館，1986 年，頁 534。

③ 崔銑《洹詞》，《景印文淵閣四庫全書》第 1267 册，臺北：臺灣商務印書館，1986 年，頁 565。

以禪混儒,只求個體虛静,儒學的品格相差已經很大了。雖然此論以陽明學説爲批評對象,但也是最早對兩漢學者和宋代學者品格的關注,并且明確提出兩漢學者以社會人倫爲核心的學術。

明代高攀龍的學術思想兼取朱陸兩家之長,也以篤實爲學術追求,但是他和崔銑對漢學品格的認識完全不同,他説:

> 朱夫子之言俱是用上説,使人可知可行。孔子教人亦只是説用,所謂吾無行,而不與二三子者。孔子後孟子方説出心性,孟子後秦漢學者,俱在訓詁上求,更不知性命爲何物。至宋周、程夫子出,才提出性命。到微妙矣,朱夫子出,不得不從躬行實踐上説。若知孟子之言,便知孔子句句精妙。若知得朱子之言,便知周、程語語着實。①

在高攀龍看來,儒學繼承孔孟之學,把言説的重點放在"用"上。這個觀點值得關注,清初顧炎武、黄宗羲的"經世"説其實也是從"用"着手的。然而,儒學演變過程中,"用"的意義也在不斷變化着,在高攀龍看來,孔子説"用",而到孟子提到"心性",到秦漢"俱在訓詁上求",忽視了儒學的根本。宋代學者復歸於性命,而朱子又把性命之學歸結到了躬行實踐上了。這段論述在明代尊朱子學的背景下,處處維護朱子學説,把朱子學抬高到儒學的本質上去説,而對秦漢學者概括爲"訓詁上求",表現出對秦漢學術成就的輕視。可以推見此時秦漢學術漸漸成爲相對於宋代學理思想的反動,而其最大的特點是"在訓詁上求"。

梁啓超在《中國學術思想之變遷》中提出,清代學術第一次變遷自明永歷(即清順治),迄康熙中葉,是宋明學的絶迹與考據學的開端。這一階段是整個學術界發起的對宋明之學的一次大反動。顧炎武首倡"經學即是理學",提示人們不必一味泥於朱子學説,而要回歸到經學文

---

① 高攀龍撰,陳龍正編《高子遺書》,《景印文淵閣四庫全書》第 1292 册,臺北:臺灣商務印書館,1986 年,頁 420。

本,以此明道。顧炎武特別注重學術的社會價值,他説:

> 不習六藝之文,不考百王之典,不綜當代之務,舉夫子論學、論
> 政之大端一切不問,而曰一貫,曰無言,以明心見性之空言,代修己
> 治人之實學,股肱惰而萬事荒,爪牙亡而四國亂,神州蕩復,宗社
> 丘墟。①

顧炎武對明末"明心見性"的空言,表現出强烈的質疑,提出真正的夫子
之學,應當是習六藝之文,考百王之典,綜當代之務。這和黄宗羲對理
學的看法是相同的。黄宗羲也批評説:

> 今之言心學者,則無事乎讀書窮理;言理學者,其所讀之書不
> 過爲經生之章句,其所窮之理,不過字義之從違,薄文苑爲詞章,惜
> 儒林於皓首,封己守殘。②

　　理學致命的缺點就是和社會實際脱節,這個結論是清初學者的共
識。因此清初學者强調,研究學問必切於實際,也就是要"經世",要有
"用"的品格。如果説顧炎武的"經世"正合於漢學的訓詁,而黄宗羲的
"經世"正合於漢學的社會人倫的品格,"漢學"這個詞的特定學術内涵
幾乎可以脱口而出了。在顧、黄的倡導下,閻若璩《古文尚書疏證》、胡
渭《禹貢錐指》兩本經學著作應運而生,梁啓超説:

> 夫二書者,各明一義,至爲區區,而經學新紀元之名譽,不是不
> 歸之者何也? 蓋三百年來,學者以晋、唐以後之經説爲不足倚賴,
> 而必求徵信於兩漢,此種觀念,實自彼二書啓之。而其引證之詳博

---

① 顧炎武《日知録·夫子之言性與天道》,《景印文淵閣四庫全書》第 858 册,臺
北:臺灣商務印書館,1986 年,頁 541。
② 黄宗羲《南雷文定前集·留别海昌同學序》,《續修四庫全書》第 1397 册,上海
古籍出版社,2001 年,頁 270。

周密,斷案之確實犀利,尤足使讀者舌撟心折,而喚起其尊漢蔑宋之感情。①

梁啓超以爲在閻氏和胡氏的經學實踐的努力下,"求徵信於兩漢"的觀點成爲新的學術追求。這種觀點和此前對"漢學"一詞的含義基本契合。清四庫館臣最終把這樣的學術追求概括爲漢學。《四庫全書總目提要》卷一《經部總叙》稱:"自漢京以後,垂二千年……要其歸宿,則不過漢學、宋學兩家。"《四庫全書總目〈四書章句集注〉提要》亦稱:"蓋考證之學,宋儒不及漢儒;義理之學,漢儒亦不及宋儒。"四庫館臣以偏重於考證,或是偏重於義理,來區分漢學與宋學。關於這點,張舜徽先生説:

> 始乾、嘉諸經師宗尚古注,精研許、鄭,亦特以求是而已,初未嘗樹一"漢學"之幟以炫異於世也。其標立名義且述爲專書以張之者,則自江藩《漢學師承記》始。②

這個結論可以證明在四庫館臣之前没有人以"漢學"來標榜清初學術轉變中形成的學術追求,但我們要注意到,江藩提到"漢學"時説:"本朝三惠之學,盛於吳中,江永、戴震諸君,繼起於歙,從此漢學昌明。"又説:"本朝爲'漢學'者,始於元和惠氏。"這説明江藩以清代古文經學爲漢學,内涵較四庫館臣之説又小了好多。③

---

①　梁啓超《清代學術概論・論中國學術思想變遷之大勢》,北京:中國人民大學出版社,2009 年,頁 105。

②　張舜徽《清人筆記條辨・蒿盦隨筆》,北京:中華書局,1986 年,頁 391—392。

③　戚學民以爲:"《漢學師承記》中多處文字也可以印證這個成書時限的確切。該書收録的人物大體是按照生年先後爲序的(卷八是例外),其中大多已經去世。而這些人物很多卒年都在嘉慶十年左右,如錢大昕逝於嘉慶九年,紀昀、王昶卒於嘉慶十一年,《漢學師承記》始撰時間當不早於此。而洪亮吉、凌廷堪去世時間最晚。洪氏卒於嘉慶十四年五月十二日,凌氏卒於嘉慶十四年六月初二日,《漢學師承記》均記載其身後事,可證修撰時間當不早於嘉慶十五年。"(戚學民《"儒林列傳"與"漢學師承"——〈漢學師承記〉的修撰及漢宋之爭》,《清華大學學報》2007 年第 1 期。)

　　嘉慶四年(1799)，錢大昕對"漢學"的學術思想進行了較爲切近的概括，他説：

　　　　余嘗謂六經者聖人之言，因其言以求其義，則必自詁訓始。謂詁訓之外別有義理，如桑門以不立文字爲最上乘者，非吾儒之學也。詁訓必依漢儒，以其去古未遠，家法相承，七十子之大義猶有存者，異於後人之不知而作也。三代以前文字聲音與訓詁相通，漢儒猶能識之。以古爲師，師其是而已矣，夫豈陋今榮古，異趣以相高哉！①

　　從清初到錢大昕，間隔近百年，清代學者形成了清晰的漢學學術品格和學術思想的認知。在錢大昕看來，"因其言以求其義""詁訓必依漢儒"是"以古爲師，師其是而已矣"。此時的"漢學"已不是漢代之學，而是師"漢學"之法，而求義理之真。這裏所言"漢學"本質就是清學了。"漢學"是清代學術品格與學術追求濃縮的代名詞。故梁啟超説：

　　　　本朝學派，以經學考據爲中堅，以爲欲求經義，必當假途於文字也，於是訓詁一派出。以文字與語言相聯屬，於是音韻一派出，又以今所傳本之文字，或未可信據也，於是校勘一派出。②

　　這一段指出了清代"漢學"確立之後，經學的方法和路徑有了新的變化，一改朱子理學意趣，有訓詁，有音韻，有校勘，乾嘉學術由此而興。漢學非漢代學術之總稱，而是清代經學學術品格的描述。

---

　　①　閻若璩《五經雜義序》，《續修四庫全書》第 172 册，上海：上海古籍出版社，2001年，頁 287。
　　②　梁啟超《清代學術概論·論中國學術思想變遷之大勢》，北京：中國人民大學出版社，2009 年，頁 104—105。

## 三、清代“折中”詮釋思想的形成與實踐——以《四庫全書總目·詩經》爲例

隨着清初“理學反動”學術思潮的興起,政治學術環境的變化[1],傳統經學解釋觀念内在的衝突也漸漸成爲束縛經學發展的重要障礙,梁啓超概括爲:

> 自康雍以來,皇帝都提倡宋學——程朱學派,但民間——以江浙爲中心,“反宋學”氣勢日盛,標出“漢學”名目與之抵抗。到乾隆朝,漢學派殆占全勝。[2]

---

① “理學反動”就是反對“遵德性”的經學思想,是對離經言道的反思。梁啓超和胡適從思想啓蒙的角度對清初學術思想提出了最新的看法,他們把這種風氣視爲宋明以來的理學反動,視清初的樸學運動爲新的學術的開端。也就是說,清初所倡導的經學活動是一種全新的經學解釋活動。梁啓超《明清之交思想界及其代表人物》一文中對清代學術背景提出四個方面的特徵:一是“理學反動”,二是西學東漸,三是政學分離,四是清初文化政策。梁啓超說:“這一時期,若依政治的區劃,是應該從 1644 年起的,但文化史的年代,照例要比政治史先走一步,所以本講所講的黎明時代提前二三十年,大約和歐洲的十七世紀相當。想知道這個黎明時代思想界變遷之動機,要注意那時候‘時代背景’如下四點。第一點就是前段所講的理學反動。……第二點那時候有外界的一椿重大事件,是耶穌教士之東來……第三點清初因爲滿州人初進來,統治者非我族類,第一流學者對於他們,或采積極的反抗態度,或采消極的不合作態度,這些學者,都對於當時的政治不肯插手,全部精力都注在改良學風作將來預備,把以有許多新穎思想自由發揮,而且因積久研究的結果,有許多新發明。第四點那時候康熙帝真算得不世之英雄。”(梁啓超《中國哲學思想論集》,臺北:水牛圖書出版事業有限公司,1976 年,頁 1—5。)胡適也認爲:“十七八世紀是個反理學的時期,第一流的思想家大都鄙棄談心説性的理學。風氣所趨,形成了一個樸學時代……‘樸學’是做實事求是的工夫,用證據作基礎,考訂一切古文化,其實這是一個史學的運動,是中國古文化的新研究,可算是中國的文藝復興時代。”(胡適《反理學的思想家——戴東原〈中國哲學思想論集〉》,臺北:水牛圖書出版事業有限公司,1976 年,頁 229。)

② 梁啓超《中國近三百年學術史(新校本)》,北京:商務印書館,2011 年,頁 25。

　　梁啓超的説法描述了清初經學研究的基本面貌,學者泥於傳統經學是非之論,"各挾一不相下之心,而又濟以不平之氣,激而過當"。較他經而言,《詩經》學的衝突顯得尤爲尖鋭。康熙皇帝在《欽定詩經傳説匯纂序》中説:"自説《詩》者以其學行世,解釋紛紜而經旨漸晦。朱子起而正之,《集傳》一書參考衆説,探求古意,始獨得精義。"故其書《凡例》云:"朱子表章聖經,惟《詩集傳》與《周易本義》爲成書,尤生平精義所屬,今標以爲宗。"[①]然而到了乾隆二十年(1755),乾隆在《御纂詩義折中序》又提出:"因先從事《毛詩》,授以大指。"[②]康、乾兩帝,一以朱子《詩》學爲宗,一試圖光復漢學,兩帝尚且如此,太學、民間《詩經》學之争議就更多了。《四庫全書》編撰需想辦法避開這一衝突,因此在《凡例》中確定叢書編選目標時提出:"至於闡明學術,各擷所長。品騭文章,不名一格,兼收并蓄,如渤澥之納衆流,庶不乖於全書之目。"[③]這樣的編選目標有消融衝突,重建學術標準的意圖,也必然會在皇權主導下生發出一個新的學術語境。就《詩經》類著作而言,把衆多歷時性注疏匯集於叢書之中,編者、讀者就不能僅把它當成是《詩經》學成果匯集,而必然要謀求在歷史語境的差異性背後,抽象出普遍適用的新的解釋標準,以此來指導當下《詩經》學。因此從《詩經》類作品的解題目録入手,能夠考察清初《詩經》學的重大變化。

### (一)《詩經》學解釋任務的變化及解釋策略的提出

《四庫全書總目·詩經》小序説:

　　　　今參稽衆説,務協其平。苟不至程大昌之妄改舊文,王柏之横删聖籍者。論有可采,并録存之以消融數百年之門户。至於鳥獸

---

　　① 王鴻緒《欽定詩經傳説匯纂》,《景印文淵閣四庫全書》第83册,臺北:臺灣商務印書館,1986年,頁1、8。

　　② 傅恒《御纂詩義折中》,《景印文淵閣四庫全書》第84册,臺北:臺灣商務印書館,1986年,頁1。

　　③ 永瑢、紀昀《四庫全書總目》,《景印文淵閣四庫全書》第1册,臺北:臺灣商務印書館,1986年,頁39。

草木之名,訓詁聲音之學,皆事須考證,非可空談。①

這是一個非常有意義的提法。"消融數百年門户之見""事須考證,非可空談",具體來説,就是以歷代《詩經》注疏文本爲研究對象,抛棄門户之見,以"實證"爲前提,通過對歷時性注疏文本的再理解、再評價,廓清《詩經》學思路,指導《詩經》學實踐。從這樣的視角來看,清初四庫學者提出了《詩經》解釋的新任務,就是超越歷史語境限制,尋求解決歷時性注疏作品衝突的解釋策略。

從"經學致用"的解釋傳統來看,任何一個時代的《詩經》學著作都是特定歷史語境中《詩經》文本與時代對話的産物。漢代《詩經》學是在聖人話語體系下的政治學説,其經學解釋的任務是在《詩經》中發現和解釋出"法先王"之政。鄭玄概括爲:

> 《詩》者,弦歌諷喻之聲也。自書契之興,樸略尚質,面稱不爲謅,目諫不爲謗,君臣之接如朋友然,在於懇誠而已。斯道稍衰,奸僞以生,上下相犯,及其制禮,尊君卑臣,君道剛嚴,臣道柔順。於是箴諫者希,情志不通,故作詩者以誦其美而譏其過。②

從這個視域來看,讀《詩經》就是要讀出詩中所表達的政治生態,君臣之情志。宋代《詩經》學則是在"尊德性,道問學"的儒學話語體系下的君子學説,其解釋的任務在於構建自我修養之學,無論是程朱理學、陸王心學,其立論全在"修身而爲聖"。朱熹《詩經集傳》序説:

---

① 永瑢、紀昀《四庫全書總目》,《景印文淵閣四庫全書》第 1 册,臺北:臺灣商務印書館,1986 年,頁 320。

② 皮錫瑞《六藝論疏證》,《續四庫全書》第 171 册,上海:上海古籍出版社,2001 年,頁 270—287。

　　　章句以綱之，訓詁以紀之，諷咏以昌之，涵濡以體之。察之情
性隱微之間，審之言行樞機之始，則修身及家，平均天下之道，其亦
不待他求而得之於此矣。①

　　朱熹把《詩經》詮釋確立在"吟咏性情之正"上。比較鄭玄和朱熹的
觀點，兩人都關注到了產生解釋意義的社會需求，而解釋的本質就是把
它當作是某些社會文化需求的表達和對某些處於具體時空的困惑的反
映。② 這就是《詩經》學歷時性著作的意義，也是一種歷史意識。歷史
意識有兩個致命的缺陷，伽達默爾在《真理與解釋》概括爲："歷史意識
在過去的他物中并不找尋某種普遍規律性的事件，而是找尋某種歷史
一度性的東西。由於它在對他物的認識中要求超出它自己的一切條
件，所以它被束縛於一種辯證的假象中，因爲它實際上試圖成爲過去的
統治者。"③按照伽達默爾的觀點，清初學者從歷時性注疏文本中并不
是要尋找某種普遍規律，而是要尋找其當下解釋問題的條件。④ 非常
有意味的是，清初四庫學者也正是這樣認爲的，《總目提要・詩經》小
序說：

　　　《詩》有四家，毛氏獨傳，唐以前無異論，宋以後則眾說爭矣。

---

　　① 　朱熹《詩經集傳原序》，《景印文淵閣四庫全書》第 72 册，臺北：臺灣商務印書
館，1986 年，頁 1。

　　② 　保羅・利科爾(Pauli Rcoeur)提供了以下的描述：19 世紀中期以來的文學研究
和聖經研究的普遍趨向就是將文學作品和文化文獻的內容與作品所產生的社會狀況
（或所指爲對象的社會狀況）相連接。解釋一篇文本，在本質上就是把它當作是某些社
會文化需求的表達和對某些處於具體時空的困惑的反映。（[法]保羅・利科爾著，陶遠
華等譯《解釋學與人文科學》，石家莊：河北人民出版社，1987 年，頁 83—84。）

　　③ 　[德]伽達默爾著，洪漢鼎譯《真理與方法》，上海譯文出版社，1999 年，頁 463。

　　④ 　這正是伽達默爾所提醒我們的意思："進行理解的主體再怎麼反思也永遠脫離
不了其所處於診釋狀況的歷史參與性而使他自己的解讀本身不成爲有關主題的一部
分。"林格將這意思表達如下："這樣的視野形成了釋義者自己在某些傳統中的直接參
與；這些傳統本身并不是理解的對象，而是理解賴以發生的條件。"轉引自[澳]梅約翰
《早期中國文本診釋的折衷方式以〈論語〉爲例》，《中國哲學史》2004 年第 2 期，頁 116。

然攻漢學者意不盡在於經義,務勝漢儒而已。伸漢學者意亦不盡
在於經義,憤宋儒之詆漢儒而已。各挾一不相下之心,而又濟以不
平之氣,激而過當,亦其勢然歟!

這裏忽略了漢學、宋學的普遍意義,而僅指出漢學、宋學發生的歷
史性衝突的存在,并強調漢學、宋學之爭并不是經義之爭,而是義氣之
爭。這樣的結論雖然武斷,但使得清初學者可以凌駕於歷時性注疏文
本之上,避開具體歷史事件的參與,直接回歸到《詩經》文本。可以説,
這一論述提出了清初學者《詩經》學解釋的新任務——文本解釋學,一
種旨在探討文本原義的解釋思想。

當然,任何釋義者都離不開歷時性注疏、歷史語境以及先入之見的
影響。我們在追求文本原義時,也很難把文本原義和歷時性意義區別
開來。梅約翰在審視《論語》的歷時性注疏時做了這樣的描述:"文本的
原先意義被'恢復'了,也根本沒有一個獨立標準或視角能讓我們將此
原先意義和歷時意義區別開來。這就是因爲:(1)當文本被書寫下來
時,它立即開始有隔離於作者意圖的獨立命運;(2)我們所接受的《論
語》是經過傳統的積纍傳嬗過程才傳達到我們的;(3)我們恢復歷史脉
絡的能力與條件是極有限的。"①這段話準確地描述了中國經學歷時性
注疏的解釋學特徵,清初學者們從積纍下來的歷時性注疏中去探尋經
文原義的困惑是很容易想象到的。幸運的是,康熙和乾隆皇帝率先做
了一些嘗試,這也是梁啓超把康熙皇帝視爲清代學術大變化之動因的
理由吧。康熙皇帝指導學者李光地編撰了《周易折中》,并親撰《序》
文説:

宋元明至於我朝,因先儒巳開之微旨,或有議論巳見,漸至啓
後人之疑……特命修《周易折中》,上律河洛之本末,下及衆儒之考

---

① 〔澳〕梅約翰《早期中國文本詮釋的折衷方式:以〈論語〉爲例》,《中國哲學史》
2004年第2期,頁119。

定，與通經之不可易者，折中而取之。

這裏提出了一個很有意味的解釋策略——折中，就是要在上古以來"河洛"之圖到歷代各家學説中，找出所有"經"的理解的學説，匯而成秩，以形成對文本的理解。正如書前提要所概括的："其諸家訓解，或不合於伊川、紫陽而實足發明《經》義者，皆兼收并采，不病異同。"①乾隆皇帝沿襲了這一説法，他在《詩義折中》序中説：

> 今言詩者衆矣，自《小序》而下《箋》《疏》《傳》《注》各名其家，各是其説，辨難糾紛幾如聚訟……因先從事《毛詩》，授以大指，命之疏次其義，凡舊説之可從者從之，當更正者正之，一無成心，唯義之適。

這兩本左右四庫館臣編撰思想的著作都用到了一個詞"折中"，亦作"折衷"，是宋代以來所發明的認知判斷事物的方法。朱熹《楚辭集注》釋《惜頌》："令五帝以折中兮，戒六神與向往。折中，謂事理有不同者，執其兩端而折其中，若《史記》所謂六藝折中於夫子是也。"這裏，朱熹談論的是中正之道，正如其對中庸的解釋："中庸者，不偏不倚、無過不及，而平常之理，乃天命所當然，精微之極致也。惟君子爲能體之，小人反是。"所以朱熹對於認知判斷事物的理解就是君子要"時中"，就是《中庸集注序》中所提的："其曰'君子時中'，則執中之謂也。"也就是要時刻遵循不偏不倚、平常之理。"君子時中"其實并不容易做到，南宋末學者葉適《題西溪集》："夫欲折中天下之義理，必盡考詳天下之事物而後不謬。"葉適發現了"折中"并不是簡單謀求不同事理、義理之間的融合，也不是簡單的合二爲一，而是在理解事理各種變化之後，發現并抽象出的普遍適用的理論，其途徑就在於"必盡考詳天下之事物而後不

---

① 李光地等《御纂周易折中》，《景印文淵閣四庫全書》第 38 册，臺北：臺灣商務印書館，1986 年，頁 1。

謬",也就是說,折中是在博學(掌握歷時性文本)而後所獲得的,超越個體事物的普遍適用的理。清初黃宗羲有着和葉適相似的觀點,他提出:"博粗而約精,博無定而約執其要,博有過不及,而約適中也,此爲學心法。世儒乃曰:'在約而不在博。'嗟乎! 博惡乎雜者斯可矣! 約不自博而出,則單寡而不能以折中,執一而不能以時措,其不遠於聖者幾希!""執中"就是"約",然而"約"離不開"博",即對事物的充分占有和瞭解。① 由此可見,"折中"是基於文本,對歷時性注疏的再考察,兼收并采發明經學文本意義的解釋策略。皇帝的實踐和倡導必將成爲四庫編撰的金科玉律,折中的解釋策略也就成爲《詩經》著作提要中的重要内容。這一解釋策略試圖避開歷史主義文本的缺陷,以匯集衆本的方式,正經義,別異同。但是我們很容易發現,忽略了歷史語境的差異及其解釋意義相關的歷史事件後,文本解釋容易陷入歷史虛無主義。

### (二)"和氣"的前見理念和"持平之論"的解釋方法

以文本爲本體,以追求經文原義爲目標,以"折中"爲解釋策略,有兩個難點必須解決:一是如何在歷時性文本中確定"正確"經義的標準,經文原義具有什麼樣的特徵? 二是有什麼樣的方法可以恰當地消弭歷時性文本經義的衝突,從而很好地完成"折中"這一解釋策略。

《經部總序》説:"消融門户之見而各取所長,則私心袪而公理出,公理出而經義明矣。蓋經者非他,即天下之公理而已。"《總序》給出了這個標準:"私心袪而公理出","公理即經義"。但如何做到這兩個標準呢?《毛詩本義》提要論曰:"修作是書,本出於和氣平心,以意逆志。故其立論未嘗輕議二家,而亦不曲循二家。其所訓釋,往往得詩人之本志。後之學者,或務立新奇,自矜神解。至於王柏之流,乃并疑及聖經,使《周南》《召南》俱遭删竄。"《絜齋毛詩經筵講義》提要曰:"其中議論和

---

①　《明儒學案·卷五十》"博粗而約精,博無定而約執其要,博有過不及,而約適中也,此爲學心法。世儒乃曰:'在約而不在博。'嗟乎! 博惡乎雜者斯可矣! 約不自博而出,則單寡而不能以折中,執一而不能以時措,其不遠於聖者幾希!"(黃宗羲《明儒學案》,《景印文淵閣四庫全書》第 457 册,臺北:臺灣商務印書館,1986 年,頁 843。)

平，頗得風人本旨。於振興恢復之事，尤再三致意。"這兩段都提到了得"詩人之本志（風人本旨）"，也就是經文原義，而實現達到原義都有相同的前提"和氣平心（議論和平）"。在四庫館臣看來，得經義之正，必須"和氣平心"。從解釋學視角來看，"和氣平心"就是經義之正的前見，就是"祛私心"的方法，由此纔可以生出經義、公理。

和氣，是儒家哲學中描述人與自然關係的一組詞彙。漢代王符説：

> 清濁分別，變成陰陽。陰陽有體，實生兩儀。天地一鬱，萬物化淳。和氣生人，以理統之。是故天本諸陽，地本諸陰，人本中和。三才異務，相待而成，各循其道，和氣乃臻，機衡乃平。①

這是王符天道論的核心思想，天、地、人都有道存乎其間，而道生於氣，氣有和有乖。聖人能和氣，統理其道。氣，是萬物的本原，和氣就是感應天、地、人之道，形成天人相應的過程。到了朱熹，則把"和氣"看成是人的本質，他提出："'人皆有不忍人之心'，人皆自和氣中生。天地生人物，須是和氣方生。要生這人，便是氣和，然後能生。人自和氣中生，所以有不忍人之心。"②這句話雖然不是對王符"和氣生人"的解釋，但也是講感應天地自然之道，進而纔能自然而然地理解萬物。正如孟子所講的"人皆有不忍人之心"，皆由人心自然而生出來的，也是人內心存在的"理"。也就是在這個基礎上，朱熹把"和氣"與修身，以及宋代"內聖外王"的經學追求聯繫起來，他説：

> 讀《詩》之法，只是熟讀涵泳，自然和氣從胸中流出，其妙處不可得而言。不待安排措置，務自立説，只恁平讀着，意思自足。須是打迭得這心光蕩蕩地，不立一個字，只管虛心讀他，少間推來推去，自然推出那個道理。所以説以此洗心，便是以這道理盡洗出那

---

① 王符著，汪繼培校《潛夫論校正》，北京：中華書局，1985 年，頁 365。
② 黎靖德編《朱子語類》，北京：中華書局，1986 年，頁 1280。

心裏物事,渾然都是道理。①

　　"和氣"就是感應人内心的道理,讀詩就是要把自己内心所有的私欲、願景放空,自然就能在《詩經》和自我内心之間相互感應,進而理解《詩》中的道理,而《詩》中的道理也最終能够影響讀者的内心,理解《詩經》和理解自我是同一的。清初王夫之説:"盡天下之理,皆太虚之和氣必動之幾也。"②在王夫之眼裏,"氣"是理解萬物的邏輯起點,可以説從整體上繼承了朱子以來關於"感應"的觀點,這也是清初把"和氣"看成是文本解釋前見的理論根源。

　　平心、和平,則是"和氣"的結果,是"和"的具體要求。程子説:"學莫大於平心,平莫大於正,正莫大於誠。"③程頤以"誠"爲認知世界的最高境界,但平心是理解的最高境界和通道。故朱熹説:"觀書,當平心以觀之。大抵看書不可穿鑿,看從分明處,不可尋從隱僻處去。聖賢之言,多是與人説話。若是嶢崎,却教當時人如何曉。"④平心就是理解的途徑,聖人的言論給人以啓迪,總是要人讀懂的,因此不要把自己主觀的觀念帶進去,更不能固執於某種先見的理解。"和氣"和"平心"的觀念,類似於法國哲學家保羅·利科爾提出的"間距與占有":"意義的客觀化是作者和讀者之間的一種必然中介,但是作爲中介,它需要有一種我稱作意義的占有,具有更多存在的特徵的補充行爲……占有意味着把最初異化了的東西當作自己看待。"⑤平心就是通過"感應""和氣"而最終超越歷史事件的限定,從經文中找到自己的意見,形成對《詩經》的理解,這就是"折中"而後發現經文原義的過程。《讀詩私記》提要説:

---

　　①　黎靖德編《朱子語類》,北京:中華書局,1986 年,頁 2086。

　　②　王夫之《張子蒙正注》,北京:中華書局,1975 年,頁 326。

　　③　程顥、程頤撰,朱熹編《二程遺書》,《景印文淵閣四庫全書》第 698 册,臺北:臺灣商務印書館,1986 年,頁 254。

　　④　黎靖德編《朱子語類》,北京:中華書局,1986 年,頁 180。

　　⑤　[法]保羅·利科爾著,陶遠華等譯《解釋學與人文科學》,石家莊:河北人民出版社,1987 年,頁 191。

"蓋不專主一家者,故其議論平和,絶無區別門户之見……雖援據不廣,時有闕略,要其大綱,則與鑿空臆撰者殊矣。"議論平和,也就是其理解《詩經》并不從主觀出發,不泥於一家之學,而是尋求本文意義和解釋者前見的重合,看上去其解釋結果似出於主觀,然并非臆斷。故《詩經》以"和氣平心"爲前見,本質上是把《詩經》看成是天人之本的哲學。解釋《詩經》必須以此爲觀念,以客觀爲標準,才能彌合解釋者、經文之間的間隙,實現對經文充分的占有,最終實現經文原義自解。這和顧炎武所説"讀《九經》自考文始,考文自知音始"①意義相同。讀經首重文字,而治文字必始於知音聲,看重的就是其消除經文與解釋者之間間隙的作用。由此可見,因爲清初《詩經》解釋以"感應"作爲解釋的前見,所以對以"天人感應"立論的漢學有天然的親近,而對"空談心性"的宋學表現出了排斥。客觀的標準和充分占有經文的思想,使得訓詁和名物考證之學成爲解釋者和經文之間溝通的重要手段。《總目提要》以"平心"解釋《詩經》著作的有 18 部,以"和氣平心"論《詩本義》,以"務持其平"論蘇轍《詩集傳》,以"平易求古人之心"論《詩補傳》。

以此爲標準,《四庫全書》把李光地、毛奇齡②視爲清初《詩經》影響最大者,不僅録其本人著述,其弟子後學著述也多有徵引。《詩所》提要評李光地説:

> 是編大旨不主於訓詁名物,而主於推求《詩》意。其推求《詩》意又主於涵泳文句,得其美刺之旨而止,亦不旁徵事迹,必求其人以實之。……其所詮釋,多能得興觀群怨之旨。
> 其言皆明白切實,足闡朱子未盡之義,亦非近代講章揣骨聽聲者所可及也。

---

① 顧炎武《亭林文集》,上海:商務印書館,1937 年,頁 224。
② 毛奇齡是位有很大影響但争議也很多的人。全祖望作毛氏《别傳》貶斥其學説,而阮元則推崇其爲"實學"的開山人物。

這段評價正是從"和氣平心"發出，表現出對"涵泳文句""求其人以實之"兩種義理之法的推崇。毛奇齡是《四庫全書》詩經類收錄著作最多之人，一人獨錄 4 部，存目 2 部，其弟子後學著述豐富。

《毛詩寫官記》提要曰："徵引詳博。"

《詩札》提要："毛、韓異義，齊、魯殊文，漢代專門，已不限以一說。兼收并蓄，固亦說經家所旁采矣。"

《詩傳詩說駁義》提要："明代說《詩》諸家，以其言（豐坊《魯詩世學》）往往近理，多采用之，遂盛於時。奇齡因其托名於古，乃引證諸書以糾之⋯⋯奇齡是書，不以其說爲可廢，而於依托之處則一一辨之，亦可謂持平之論矣。"

《續詩傳鳥名》提要："惟以考證爲主，故其說較詳。"

四篇提要極力推崇毛奇齡訓詁與名物之學，視其"詳博""兼收并蓄""引證諸書"等考證之法爲創舉，雖然"瑕瑜并見"，仍爲"考據"學的代表。惠棟、戴震爲代表吳皖二學派也受到極大關注，二人治《詩經》，重小學考證，文字、音韻、名物、訓詁均有精審之識斷。張之洞總結爲"由小學入經學者，其經學可信；由經學入史學者，其史學可信"[1]，代表了乾嘉《詩經》學共同路徑，即《詩》小學——《詩》經學——《詩》史學。

這種解釋理論很大程度上和清初新哲學思想又是同步的。黃宗羲以"先王之法"已失，後世所傳皆"非法之法"立論，提出創建新型法制社會的理想。"法先王"是儒學立論的依據之一，黃宗羲以此立論，倡導重新回到起點，從哲學的源頭探求建立新世界的方法。這一說法，完全否定了宋元以來《詩經》解釋的基本原則，而且黃宗羲十分推崇萬斯大的治經之法："非通諸經，不能通一經；非悟傳注之失，則不能通經；非以經

---

[1]　張之洞撰，范希曾補正《書目答問補正》，上海：上海古籍出版社，2001 年，頁258。

釋經,則亦無由悟傳注之失。"其論正和"折中"之義相同。朱彝尊對"道學"提出了質疑,他指出經學"正名分"傳統罔顧歷史:"何以正之?正之以天子之命而已。先儒往往從中推求所謂微言大義,皆由學聖人之過。謂聖人可以意予奪之,進以書褒,黜以示貶。測之愈深,離之愈遠矣。"①正名分,這是天人感應哲學立論的原則,其意指向聖人話語體系的正確性。然而唐宋以來,儒學沉溺於微言大義,雖有聖人之名,而實無聖人之意,因此必須破除所謂聖人微言大義的崇拜。這是清初思想界的一大進步,把儒學從亦步亦趨的泥潭中解放出來,獲得了新的進步的空間。哲學上的突破帶來了學術上的進步,《詩序》提要:"今參考諸說,定《序》首二語爲毛萇以前經師所傳,以下續申之詞爲毛萇以下弟子所附。"這種折中的做法,從根本上把漢學、宋學之爭化爲烏有,爲《詩經》新解程學的出現提供了理論上的支持。正如費密提出的:"聖人之道,唯經存之。舍經無所謂聖人之道,鑿空支蔓,儒無是也。"②以經爲聖,經傳等只是學聖人之道。而宋學以來離經而言道,其實違背了儒學的本質。另外,清初以"實學"爲主導哲學觀點,也推動了經學疑古、考證之法的施行。清初經學和哲學運動相互影響,相互促進。可以說文本解釋思想雖不是一個哲學體系,但顯然受到了清初哲學的影響。

**(三) 消弭歷時性文本的差異,構建文本解釋新模式**

《四庫全書總目·詩經》提要提出要以"和氣平心"爲前見,以"折中"爲方法,就要充分占有歷代《詩經》注疏,通過對過去成果的考論,從而達到解讀經文原義的目的。這就必須消除歷時性注疏文本的時間間距與差異,通過發現文本意義的同一性,纔可能闡釋經文的原意。四庫學構建了兩個同一:一是歷時性注疏文本的同一,即所有的《詩經》闡釋都要有師承,或尊毛《序》,或尊朱《傳》,或兩者兼融,因此諸多文本其源

<hr>

① 　朱彝尊《曝書亭集》,《景印文淵閣四庫全書》第 1318 册,臺北:臺灣商務印書館,1986 年,頁 306。

② 　費密《費氏遺書》,成都怡蘭堂刊本,1920 年,頁 116。

皆出於一；二是無論漢學、宋學，其本質具有同一性，即漢學、宋學其實同源。從根本上否定其衝突的存在，從而完成漢學、宋學相互之間的兼收并采，也就是"折中"。

《詩經》歷時性注疏文本形成有着時間性和空間性的差異，其解釋思想的形成必然也是歷史、文化、思想差異的產物，文本必然表現出獨異性。從這個角度來看，通過充分占有歷時性注疏從而達到真正理解經文原義是不可能的。然而清初《四庫全書》編撰時，他們找到了解決歷時性注疏文本同一性的方法——傳承的譜系化。經學傳承譜系是史學創建以來的一個重要內容，《史記》《漢書》對漢代經學傳承及其譜系進行了較翔實的描述，唐陸德明《經典釋文》繼承了史學家四家詩學譜系的描述，而後陸機寫入《鳥獸蟲魚疏》中，經學譜系化方法由史學而入經學。明代朱睦㮮著《授經圖義例》："乃因章氏舊圖而增定之。首叙授經世系，次諸儒列傳，次諸儒著述，歷代經解名目卷數。"重續經學譜系名錄。黃宗羲《明儒學案》更立明代學術譜系。《四庫提要》吸收了這些史學成果，在其《詩經》提要中構建了漢學和宋學兩個譜系。漢、魏晉《詩經》學書籍無存，故漢、魏晉、唐《詩》學傳承譜系僅在《毛詩正義》提要中略論，提出漢學三個基本特徵：宗《詩序》，《傳》《箋》之義時有異同，其亡於明代。宗《詩序》雖有首句和其下之句爭議，然都歸於漢學。成伯璵"明先王陳《詩》觀風之旨，孔子刪《詩》正雅之由"等，其論不出漢學範圍。蘇轍取《詩序》首句，其餘皆刪汰，"於毛氏之學亦不激不隨，務持其平者"。其學也源出於漢學。故《詩集傳》提要說："朱翌《猗覺寮雜記》乃曰：'蘇子由解《詩》不用《詩序》。'亦未識轍之本志矣。"其後"王得臣、程大昌、李樗皆以轍說為祖"，故此三人也歸於漢學。《呂氏家塾讀詩記》提要說"博采諸家，存其名氏。先列訓詁，後陳文義。"《續呂氏家塾讀詩記》提要說："溪以呂氏《家塾讀詩記》取毛《傳》為宗，折衷從說，於名物訓詁最為詳悉。"故呂祖謙、戴溪雖非盡守古義，亦遵漢學。林岊《毛詩講義》提要："大都簡括《箋》、疏、依文訓釋，取裁毛、鄭而折衷異同。"段昌武《毛詩集解》提要："大致仿呂祖謙《讀詩記》而詞義較為淺顯。"王應麟《詩考》《詩地理考》"考三家之詩"，"錄鄭氏《詩譜》"。至此，漢學譜系完備。譜系化後的漢學諸家，其《詩》學著述，即可概括爲，或刪選《詩序》，或遵《傳》《箋》之義，間有己意，但其義不出漢學聖人話語體系，其論也以名物訓詁爲方法。宋學譜系嚴密，歐陽修棄《小序》而求詩之本義，其學有首倡之功，而朱熹最終成宋學之大成。宋學棄毛鄭、《小序》，是《詩經》解釋學的一次重大突破，但其解釋任務在於"理學""心學"的發現，故《詩補傳》提要總結《詩經》宋學説："宋人學不逮古，而欲以識勝之，遂各以新意説《詩》。其間剔抉疏通，亦未嘗無所闡發。而末流所極，至於王柏《詩疑》，乃并舉《二南》而删改之。儒者不肯信《傳》，其弊至於誣《經》，其究乃至於非聖，所由來者漸矣。"這個評論也算中肯。宋代學者解《詩》不受毛鄭、《小序》的束縛，追求《詩》中之理，《詩》中之義；其釋經追求微言大義，篇内微旨，詞外寄托，故其解釋多以己意取勝。其學師承嚴密，多宗朱《傳》。譜系化的歷時性注疏文本的獨特性被相同意旨、相同解釋方法所取代，歷時性注疏文本成爲某種思想、方法延續的結果。抽取出某種思想、方法，歷時性注疏文本便同一了，同一便是折中。

歷時性注疏文本的譜系化消解了文本的獨異性，從而抽象出了經學的"常"義，然而畢竟漢學、宋學有着本質的不同，因此必須完成漢學、宋學的同一性，才最終可以達到兼收并采之目的。漢學與宋學的差異最早提出的是劉克莊，其在《季父易稿序》中説："易學有二：數也，理也。漢時如京房、費直諸人，皆舍章句而談陰陽災異，往往揆之前聖而不合，推之當世而少驗。至王輔嗣出，始研尋經旨，一掃漢學，然其弊流而爲玄虚。"[1]朱彝尊《經義考》引袁桷序曰："五經專門之説不一，既定於石渠、鴻都。嗣後學者靡知有異同矣。易學以辭象變占爲主，得失可稽也。王輔嗣出，一切理喻，漢學幾於絶息。"[2]從劉克莊到袁桷，都把王弼易學視爲漢學的終結，因此也就有了基於理學爲主

① 劉克莊《後村集》，《景印文淵閣四庫全書》第 1180 册，臺北：臺灣商務印書館，1986 年，頁 250。

② 朱彝尊《經義考》，《景印文淵閣四庫全書》第 680 册，臺北：臺灣商務印書館，1986 年，頁 277。

的宋代經學。漢學與宋學的分别在經學史上有着重要的意義,展示出了經學發展過程中其理論變遷與時代的關聯,也展示出了經學意義的多元性。

在漢學、宋學的同一性問題上,《四庫提要》顯得有些不足,但仍提出了解決的方案。《詩序》提要吸取朱彝尊《經義考》的研究成果,提出了漢宋之争在《詩序》,宋學内部之争也在《詩序》,故其輯録《毛詩序》并録朱子之《辨説》爲合訂本,"著門户所由分"。雖然看上去是"分門户之見",但兩書合訂本身就有彌合其差異的含義在其中,而且考其差異,後世學者也認爲,朱子遵《序》之義較其廢《序》之説其實要多很多。而且《毛詩正義》提要又説:

> 然朱子從鄭樵之説,不過攻《小序》耳。至於詩中訓詁,用毛、鄭者居多。後儒不考古書,不知《小序》自《小序》,《傳》《箋》自《傳》《箋》,哄然佐鬥,遂并毛鄭而棄之。是非惟不知毛鄭爲何語,殆并朱子之《傳》亦不辨爲何語矣。

這一段有意把朱子《詩》學與漢學同一化的目的很明顯,除了《小序》中明顯的差異,對其訓詁内容方法同一性的描述,已經使得漢學和宋學在很多内容上可以放在一起來陳述了。因此在《詩經集傳》提要中又做了這樣的描述:

> 注《詩》,亦兩易其稿。凡祖謙《讀詩記》所稱"朱氏曰"者,皆其初稿,其説全宗《小序》,後乃改從鄭樵之説,是爲今本。……楊慎《丹鉛録》謂文公因吕成公太尊《小序》,遂盡變其説,雖意度之詞,或亦不無所因歟?

這段描述抛開朱子釋《詩》的具體思想,以其早期遵《小序》,側面論證其與漢學相同,而將其晚期的學説歸爲意氣之争,并間接論證其本質是相同的。這種解釋完全消滅了歷時性文本中歷史語境的差異,從而

確定了漢學爲《詩經》學原義，宋學只是漢學的變體，這也成爲當代學者
詬病其學説的口實。[①] 但不管怎樣，《四庫提要》通過對宋學、漢學解釋
間隙的分析和占有，實現了歷時性注疏文本的同一，也爲其折中其義、
兼收并采，提供了理論上的支持。

　　與此同時，四庫館臣對非經學類解釋思想也保持了應有的警惕，這
一點可以從其對明代《詩經》學譜系的描述和評論看出來。《四庫提要》
描述了明代《詩經》學四個譜系：一是朱學譜系，元以後至明代萬曆之
前，朱善、胡廣等以朱《傳》爲闡釋核心，其學歸於宋學，故其雖有發明而
不脱宋學窠臼。二是雜采漢宋派，季本、李先芳、朱謀㙔、馮應京、何楷、
張次仲等，多以"以意逆志"爲宗旨，自立新義。三是文學派，全書不録，
僅存目以標識。四是以時文解《詩》者，許天贈《詩經正義》提要云："蓋
全爲時文言之也。經學至是而弊極矣。"四類之中，朱學譜系爲宋學，此
不贅述。雜采漢宋派爲消弭漢學和宋學的對立提供了可能，雖己意説
《詩》者，但仍多存贊許。唯有文學譜系和以時文解經者，四庫館臣表現
出猛烈批判。

　　　　袁仁《毛詩或問》提要説："觀其書，一知半解，時亦有之。然所
執者乃嚴羽《詩話》不涉理路、不落言詮、純取妙悟之説。以是説漢
魏之詩尚且不可，況於持以解《經》乎？"
　　　　戴君恩《讀詩臆評》提要説："漸開竟陵之六，其於經義，固了無
相關。"
　　　　沈守正《詩經説通》提要則曰："純以公安、竟陵之派竄入

---

　　① 余嘉錫《四庫提要辨證》"詩集傳八卷"條説："嘉錫案：成蓉鏡《駉思堂答問》云：
'《提要》謂《集傳》廢《序》成於東萊之相激。'遍考語類文集，并無此説，蓋本之《丹鉛録》，
此升庵臆度之詞，元以前無言此者。夫考亭《詩序辨説》，後儒以負氣求勝譏之，固所不
免。然謂'成於東萊相激'，亦考之未審耳。庚子凡三答吕伯恭書，玩其辭氣，皆無彼此
相激之語。"（余嘉錫《四庫提要辨證》，北京：科學出版社，1958 年，頁 36。）余先生此論確
矣，楊慎此説的確缺少證據，然四庫學者刻意引此説爲據而置《朱子語類》《文集》内容不
顧，也必有其用意。

《經》義。"

劉毓慶師總結説："明代《詩經》學從縱向上可自然分爲兩大塊，一是經學的研究，一是文學的研究。"經學研究"基本上是衍義'朱傳'，向理學的方向傾斜，没有什麽創造"。文學研究"雖然没有出現像鄭玄、朱熹那樣的《詩》學大家，但他們却以群體的力量改變了《詩經》學原初的經學研究方向，開創了《詩經》文學批評的新航綫"。① 劉毓慶師所論準確，然而從經學意義來講，文學解釋學對《詩經》意義的發明，使《詩經》解釋走向了感性化道路，抛棄了其"至上法典"，指導政治、社會、人生的功能。② 當代學者以《詩經》爲文學，故解《詩》注重詩人内心情感的變化，以"物色之動，情以摇焉"爲立論標準。上溯其源，則始於明代文學解《詩》譜系。《四庫提要》對文學解《詩》保持應有警惕，在於其要維護經學政治意義、文化意義的權威性，確保經學仍然是清代社會重要的意識形態工具。

此外，四庫學者對"名物多泛濫以炫博"（《毛詩類釋》提要）的考證之學進行了批評。

> 《詩識名解》提要説："其中考證辨駁，往往失之蔓衍。……至於鳳凰神物，世所罕睹，而連篇纍牘，辨其形狀之異同，則與《經》義

---

① 明萬曆七十年之後，明代詩學進入文學解釋的繁榮時期，由此開創了詩經解釋的新方向和新趣味。然而以經學固有的理、義，以及層層叠加在其上的政治意識形態來看，明代中後期以文學釋經，顯示了詩經文學特質的靈動，（詳見劉毓慶師《從經學到文學——明代〈詩經〉學史論·自序》，北京：商務印書館，2003 年，頁 2—5。）但在經學家眼中則有些怪異。賀貽孫《詩觸》提要曰："每曲求言外之旨，頗勝諸儒之拘腐。而其所從而其所從入，乃在鍾惺《詩評》。故亦往往以後人詩法詁先聖之《經》，不免失之佻巧。" "貽孫所説，似是而非。蓋迂儒解詩，患其視與後世之詩太遠。貽孫解詩，又患其視與後世之詩太近耳。"

② 蒙文通《論經學遺稿》丙篇説："由秦漢至明清，經學爲中國民族無上之法典，思想與行爲，政治與風習，皆不能出其軌範。"選自陳壁生編《國學與近代經學解體》，南寧：廣西師範大學出版社，2010 年，頁 158。

無關矣。"

　　《詩傳名物集覽》提要説:"其中體例未合者,如釋'鶉之奔奔',則《莊子》之鶉居、《列子》之性變以及朱鳥爲鶉首、子夏衣若懸鶉之類,無所不引。釋'鷄栖於塒',則《列子》之木鷄,《吕氏春秋》之鷄跖,《漢官儀》之長鳴鷄,亦無不備載。皆體近類書,深乖説經之旨。"

　　綜合而言,《四庫全書總目·詩經》類提要,通過對漢學、宋學譜系的構建,達到了消弭歷時性文本時空間距的目的,與此同時又盡力把漢學、宋學進一步同一化,從而構建了以文本爲本體的新的解釋思想。其解釋以"和氣"爲前見觀念,以"折中"爲方法,兼收并采,通過涵泳經文,從而實現詩人與讀者的感應,達到經義自現的目的,經義即真理。因此對本文名物訓詁的考證就成爲最突出和最緊要的任務,清代《詩經》解釋新模式初具雛形。

# 四、附論:納蘭容若與《四庫全書薈要》提要

　　《四庫全書薈要》經部共收書 173 種,其中以内府藏《通志堂經解》爲底本的著作共 86 種。《通志堂經解》是納蘭容若康熙十二年(1673)主持編纂的儒學匯編,收録先秦、唐、宋、元、明經解 138 種,納蘭容若自撰 2 種。其中 37 種前有納蘭容若撰述書序。其《經解總序》説"鈔得一百四十種,自《子夏易傳》外,唐人之書僅二三種,其餘皆宋元諸儒所撰述,而明人所著間存一二,請捐貲經始,與同志雕版行世……遂略叙作者大意與各卷之首,而復述其雕刻之意如此。"[1]納蘭容若(1655—1685 年),原名納蘭成德,字容若。《清史稿》本傳曰:"性德,納喇氏,初名成德,以避太子允礽嫌名改,字容若。滿洲正黄旗人。明珠子也。"[2]《通志堂經解》各書前序及校點,皆題名納蘭成德或成德。納

---

①　納蘭成德《經解總序·子夏易傳》,《通志堂經解本》,康熙十九年刻本,頁 2。

②　趙爾巽等《清史稿》,北京:中華書局標點本第 44 册,1977 年,頁 13361。

蘭容若在編校《通志堂經解》過程中,得到了徐乾學、朱彝尊、嚴繩孫、顧湄、陸元輔的悉心指導和幫助,這些人皆一代大儒,因此這部叢書在清初最爲權威。這也是乾隆三十八年(1773)五月修《四庫全書薈要》時受到了當時撰修者關注的原因。統考《通志堂經解》叢書中納蘭容若題序,我們發現四庫館臣在編寫《四庫全書薈要總目提要》時也受到納蘭容若的影響。現以納蘭容若《通志堂集·經解序》與《四庫全書薈要總目提要》相校,參以康熙十九年版《通志堂經解》諸本、《攡藻堂四庫全書薈要》、《景印文淵閣本四庫全書》諸本提要、《四庫全書總目提要》,得四庫薈要館臣以納蘭容若序爲主,略加增删而撰寫提要 3 種,截取其説以爲提要内容 16 種,取其例概述如下。

**(一) 四庫薈要館臣《詩疑問序》《易數鈎隱圖》《文公易説序》3 種提要,可以確定是取納蘭容若成説而略爲增删而成**

1.《通志堂集卷十一·朱孟章詩疑問序》:

> 《詩疑問》七卷,元進士朱倬孟章著。《朱氏授經圖》,焦氏《經籍志》皆作六卷,今本七卷,末附南昌趙悳《詩辨説》一卷。始予得是書稱盱黎進士朱倬,莫知爲何如人。考之《漢書地理志》:"豫章郡下有南城縣,注云:'縣有盱水。'"《圖經》云:"在縣東二百一十步,一名建昌江,亦名盱江。"《名勝志》云:"縣之東境有新城,縣立於宋紹興八年,就黎灘鎮置縣,因號黎川。"然後知倬爲建昌新城人。及考近所爲《建昌志》僅於科第中有倬姓名,載其爲遂昌尹而已,他無所見。眼讀《新安文獻志》載明初歙人汪叡仲魯所爲《七哀辭》,蓋録元季守節服義者七人,而倬與焉。因得據其《辭》而考定之。《辭》言"倬以辛巳領江西鄉薦登壬午第",考龔氏《歷代甲子編年》,辛巳爲順帝至正元年,壬午其二年,而《志》載倬以至順元年登第,考至順爲文宗紀元,歲在庚午。仲魯之交倬當辛卯、壬辰間,倬自言登第十年,壬午至辛卯恰如其數,則《志》所云至順者誤也。豈以順帝至正二年遂僞而爲至順邪。《辭》言:"初授某州同知,以憂家居,服闋授文林郎。"遂安

縣尹則已爲官矣,而倬之言於仲魯者曰"登科十年,未沾寸祿",仲魯《哀辭》亦有"十年未祿,奚命之屯"語,殊不可解,豈兩任皆試職,故不授祿邪?《哀辭》言:"壬辰秋,寇由開化趨遂安,吏卒逃散,倬大書於座,有生爲元臣爲元鬼語,遂坐公所以待盡。寇焚廨舍,乃赴水死。"遂安爲嚴州屬邑,壬辰爲至正十二年。考《元史》是年七月饒徽賊犯昱嶺關陷杭州路,當是其時。蓋蘄黃餘黨由衢而至嚴者也。《哀辭》言:"後竟無傳其事者,豈非以邑小職卑。時方大亂,省臣以失陷,郡邑自飾不遑,遂掩其事而不鳴於朝邪。"《哀辭》又稱其"下車興學誦詩,民熙化洽",蓋倬固當時良吏,不僅以一死自了者。而《元史》既不爲之立傳,郡人亦不載其行事,於志苟非仲魯是辭,幾與荒燐野蔓同盡哉,誠可哀也矣。《辭》稱歲庚寅,倬同考江浙鄉試始識仲魯於葛元哲家,因見仲《魯詩》義,而惜其不遇,蓋倬以同經閱卷,則其著是書無疑。其爲是書也,當在未爲縣尹之前。其論經義大抵發朱子《集傳》之蘊,往往微啓其端而不竟其說,蓋欲使學者心思自得,不欲遽告以微辭妙義也。趙惪者,故宋宗室,舉進士,入元不仕,隱居豫章東湖,於諸經皆有辯説,詩其一耳。嗟嗟倬以義烈著,惪以高隱稱,雖無經學皆可表見,况著章章若是乎? 是不可以無傳也已。①

《四庫全書薈要總目提要·詩經疑問》:《詩經疑問》七卷附編一卷,元知遂昌新城朱倬撰,常熟趙惪編。今依內府所藏通志堂刊本繕録恭校。

臣等謹案:《詩疑問》七卷,元朱倬撰。倬字孟章,建昌新城人,至正二年進士。明初歙人汪叡仲魯所作《七哀辭》,元季守節服義者七人,倬其一也。其稱倬爲遂安縣尹,興學誦詩,民熙化洽。壬辰秋,寇由開化趨遂安,吏卒逃散,倬獨坐公所以待盡。及寇焚廨

---

① 納蘭性德《通志堂集》,上海:上海古籍出版社,1979 年,頁 448—452。

舍,乃赴水死。其人蓋與城存亡,能不失守土之職者,惜《元史》之
佚其名也。是書略舉詩篇大指發問,而以其說條例於下,亦有發問
之下竟闕不注。或傳寫佚之,或未成之書也。其書雖義蘊未深,然
昔儒論讀書之道,先在善疑,存之亦足以啓學者之致思。況其人立
身有本,不愧通經,而遺文歷歷在此,尤宜寶而録之者也。末有趙
惠《詩辨説》一卷。惠,宋宗室,舉進士。入元隱居豫章東湖。倬之
《疑問》蓋師其意而廣之。斯卷殆倬所録以附入己書者,與倬書共
爲八卷。朱睦㮮《授經圖》、焦竑《經籍志》皆作六卷,殆字畫之僞,
相仍未改歟。乾隆四十一年三月恭校上。①

　　按:兩篇相校,去除納蘭容若考證之辭,《薈要提要》皆收録之,只是
調整句序以使其符合《薈要提要》之凡例。此外《薈要提要》删去"大抵
發朱子《集傳》之蘊"之語,而轉寫"是書略舉詩篇大指發問,而以其説條
例於下,亦有發問之下竟闕不注。或傳寫佚之,或未成之書也。其書雖
義蘊未深,然昔儒論讀書之道,先在善疑,存之亦足以啓學者之致思"。
此皆臆斷之辭,乃乾隆抵宋學而倡漢學在前,館臣倡和,遂使《薈要提
要》貶宋學之語處處可見。《景印文淵閣四庫全書·詩經疑問》書前提
要則改寫爲:"其書略舉詩篇大指發問,而各以所注列於下,亦有闕而不
注者。"②此提要爲乾隆四十一年(1706)十月館臣上奏,引劉錦文序以
證之。其餘全同《薈要提要》。考康熙十九年《通志堂經解·詩疑問》、
《攟藻堂四庫全書薈要·詩疑問》前皆有劉錦文序,已闕文。中有"凡所
辯難,誠足以發朱子之(缺文)而無高叟之固然,其間(缺文)無答者真以
爲疑哉,在乎學者深思而自得之耳"③數語,缺文之處亦非一字可補,
《文淵閣四庫全書》以内府藏本爲底本,書前序文何得以全? 序文已删,

　　①　江慶柏等整理《四庫全書薈要總目提要》,北京:人民文學出版社,2009 年,頁
149。
　　②　朱倬《詩經疑問》,《景印文淵閣四庫全書》第 77 册,臺北:臺灣商務印書館,
1986 年,頁 1。
　　③　朱倬《詩疑問》,《通志堂經解本》,康熙十九年刻本,頁 531。

無從考證。綜合所論，館臣以納蘭容若之序增删而爲提要，確鑿無疑。
没有納蘭容若考證於前，也就没有館臣言辭鑿鑿於後。

2.《通志堂集卷十·三衛劉氏易數鈎隱圖序》：

《三衛劉氏易解》，晁氏《讀書志》一十五卷，《崇文總目》載新注
十一卷。今存者，《易數鈎隱圖三卷》及《遺論九事》一卷而已。劉氏
之《易》傳於范諤昌，諤昌自謂其學出於李處約、許堅二子，實本於種
放者也。其爲圖采摭天地奇耦之數成之，釋其義於下，凡五十有五，
李覯删之，止存其三，以爲彼五十二皆疣贅穿鑿破碎，鮮可信用。然
當慶曆初吴秘獻之於朝，有詔優獎。當其時，田況序其書，秘之《通
神》，黄黎獻之《略例隱訣》，徐庸之《易緼》，皆本劉氏。逮鮮於侁稍
辨其非，其後論易者交攻之。而以九爲《河圖》，十爲《洛書》，宋之群
儒，恒主其說，自蔡元定之論出，朱子取之，於是人不敢異議。然朱
子之言曰：安在《圖》之不可爲《書》，《書》之不可爲《圖》。朱子蓋未
嘗膠執己見也。然則劉氏之書固宜并存焉而不可廢者已。①

《四庫全書薈要總目提要》：《易數鈎隱圖》三卷，《遺論九事》一
卷。今依内府所藏通志堂本繕録恭校。

臣等謹案：《易數鈎隱圖》三卷，附遺論九事一卷……牧之學出
於種放，而以九爲河圖，十爲洛書……其學盛行於仁宗時，黄黎獻
作《略例隱訣》，吴秘作《通神》，程大昌作《易原》，皆發明牧說……
李覯復有《删定易圖論》。至蔡元定則以爲孔安國、劉歆所傳者不
合，而以十爲河圖，九爲洛書。朱子從之，著《易學啓蒙》。……乾
隆四十一年二月恭校。②

按：兩篇相校，相同部分如上，言明學術傳承之醇疵，本書之得失及

---

① 納蘭性德《通志堂集》，上海：上海古籍出版社，1979 年，頁 364—365。
② 江慶柏等整理《四庫全書薈要總目提要》，北京：人民文學出版社，2009 年，頁
124。

其後世影響,而《薈要提要》據提要凡例又增加劉牧之爵裏及其版本流行。《擴藻堂四庫全書薈要·易數鈎引圖》前有劉牧題序。《文淵閣四庫全書》采用浙江吳玉墀家藏本,書前有歐陽修序,故書前提要增加考證歐陽修序之僞,并羅列《遺論九事》之名目於後,題爲乾隆四十四年八月恭校。其他内容全遵《薈要提要》。可見是此書提要編撰,也是館臣取納蘭容若成説而增益之。

　　3.《文公易説序》納蘭容若其述也詳,館臣簡述其義也明,其内容陳述之體例、排列之先後完全一致,雖語句各異,但兩者之間相承關係明確。故略而不論。

**（二）《周易義海撮要序》等十五種,可證四庫館臣編撰提要截取納蘭容若成説,納蘭容若之説足以發提要之未發**

　　1.《通志堂集卷十·周易義海撮要序》:

　　　　宋熙寧間,蜀人房審權集漢鄭康成以下,至王介甫《易》説凡百家,擇取專明人事者編爲百卷,曰《周易義海》。至紹興中江都李衡刪其重疊冗瑣,又益以伊川、東坡《漢上易傳》爲《撮要十卷》……唐李鼎祚合三十五家《易》説爲《集解》,遺文墜簡籍之得見指歸,而《義海》一編克能表章百家之説,惜乎全書不可復睹也。①

《四庫全書薈要總目提要》:

　　　　《周易義海撮要》十卷,宋李衡輯,衡彦平,江都人,先是熙寧間蜀人房審權病談《易》諸家,或泥陰陽,或拘象數,或推之互體,或失之虛無,乃斥去雜學異説,摘取專明人事者,編爲一集名曰《周易義海》,共一百卷。衡因其義意重複,文詞冗瑣,刪削而爲此書故名曰《撮要》。其所收自鄭康成至王安石外……李鼎祚《周易集解》合漢

---

　　①　納蘭性德《通志堂集》,上海:上海古籍出版社,1979 年,頁 370—371。

後三十五家之説，略稱叢備，繼之者審權《義海》而已。①

按：《薈要提要》增"房審權病談《易》諸家，或泥陰陽，或拘象數，或推之互體，或失之虛無，乃斥去雜學異説"爲該書原序李衡自語。《薈要提要》取其語而遺納蘭容若之粹言，論述多有不得其書旨之外，故《文淵閣四庫全書》（兩淮馬裕家藏本）書前提要於其語後補曰："上起鄭元下迄王安石編爲一集，仍以孔穎達《正義》冠之，其有異同，疑似則各加評議附之篇末，名曰《周易義海》，共一百卷。衡因其義意重複，文詞冗瑣，删削而定以爲此書，故名曰《撮要》。"②仍取納蘭容若陳述，遂成定論。《四庫全書總目提要》沿用其説。

2.《通志堂集卷十一·今文尚書纂言序》：

有宋諸儒始疑其文體不協，朱子亦曰："孔書至東晉方出，前此諸儒皆未見，可疑之甚。"又曰："《孔傳》及《序》不類，西京文字則疑古文者，非一人矣。"③

《四庫全書薈要總目提要》曰：

宋人稍疑之，朱子尤三致意焉。④

按：《薈要提要》曰"朱子尤三致意"，當是據納蘭容若"朱子亦曰""又曰"而言，但納蘭容若僅列舉二説，而非三致意，館臣撰述有誤。故

---

① 江慶柏等整理《四庫全書薈要總目提要》，北京：人民文學出版社，2009 年，頁106。

② 李衡《周易易海撮要》，《景印文淵閣四庫全書》第 13 冊，臺北：臺灣商務印書館，1986 年，頁 275。

③ 納蘭性德《通志堂集》，上海：上海古籍出版社，1979 年，頁 436。

④ 江慶柏等整理《四庫全書薈要總目提要》，北京：人民文學出版社，2009 年，頁139。

《文淵閣四庫全書》（內府藏本）書前提要改其語爲："朱子語録亦疑其偽。"①無納蘭容若之説則不知《薈要提要》所述何義，《四庫全書提要》有修正之功。

　　3.《通志堂集卷十一·詩傳遺説序》：

　　　　子明於《易説》外復取文集、語録論《詩》者爲書六卷，一、二卷《綱領》及《序辯》，三卷《六義》與《思無邪問答》，四、五、六卷論四詩之旨，末附以《逸詩》《詩樂譜》《叶韻》皆《集傳》所不載者，名曰《詩傳遺説》。時爲端平乙未，子明官承議郎權知興國軍事所成也。②

《四庫全書薈要總目提要》：

　　　　是編爲理宗端平乙未，鎜以承議郎權知興國軍事時所成。蓋因重鎜朱子《集傳》而取文集、語録所載論《詩》之語，足與《集傳》相發明者數十百條，匯而編之，故曰《遺説》。其書首《綱領》，次《序辨》，次《六義》，繼之以風、雅、頌之論斷，終之以《逸詩》《詩譜》《叶韻》之義。③

　　按：兩條相校，納蘭容若説："末附以《逸詩》《詩樂譜》《叶韻》"而《薈要提要》則："終之以《逸詩》《詩譜》《叶韻》之義。"考《通志堂經解·詩傳遺説》《攤藻堂四庫全書薈要·詩傳遺説》《文淵閣四庫全書·詩傳遺説》，其後附皆爲《逸詩》《詩樂》《叶韻》。納蘭容若加"譜"以明其內容，故稱《詩樂譜》，館臣誤訛爲《詩譜》，當是不見其書而以納蘭容若之説臆度而成。《薈要提要》另據《通志堂經解·詩傳遺説》書後自序而稱"蓋

　　①　吳澄《書纂言》，《景印文淵閣四庫全書》第 61 冊，臺北：臺灣商務印書館，1986年，頁 1。
　　②　納蘭性德《通志堂集》，上海：上海古籍出版社，1979 年，頁 441—442。
　　③　江慶柏等整理《四庫全書薈要總目提要》，北京：人民文學出版社，2009 年，頁148。

因重鋟朱子《集傳》",《文淵閣四庫全書》(兩江總督采進本)置《自序》於書首。

其他《朱氏漢上易傳并易圖叢説序》《趙氏復齋易説序》《周易啓蒙通釋序》《周易玩辭序》《東谷鄭先生易翼傳序》《三易備遺序》《石澗俞氏大易集説序》《周易本義集成附録序》《鄱陽董氏周易會通序》《雷思齋二種易序》《新昌黃氏尚書説序》《梅浦五氏尚書纂傳序》《涪陵崔氏春秋本例序》,館臣多襲其成説,或取其爵裏、仕履,或取其著作大旨,學術醇疵,并及書序編撰提要。由此似可推論,四庫館各書提要當是各撰修分纂其稿,後由總纂官裁之,最終成於一書,乾隆三十八年(1773)四庫全書擬辦章程中之第三則可以佐證,其云:"現有之纂修三十員,僅救校辦《永樂大典》,其餘各種書册,并需參考分稽,需員辦理……選得侍講鄒弈孝……左周等十員,令其作爲纂修,分派辦理。至各書詳檢確覈,撮舉大綱,編纂總目,其中繁簡不一,條理紛繁,必須斟酌綜覆,方不致有參差罣漏。"①各分纂稿人或綜其書原有題序,或集書録解題、學人論述匯成提要,非必成於一人,也非必爲原創。當然各提要分纂稿材料來源有待考證,不敢妄論。

余論:以《涪陵崔氏春秋本例序》考館臣之未取,以證館臣倡漢學而貶宋學,拘於實證而無法接受納蘭容若之學術思想及其學術成就。

《通志堂集卷十二·涪陵崔氏春秋本例序》:納蘭容若首列"以例説春秋著於録者"自鄭衆、劉寔之《牒例》始,到家鉉翁之《序例》終,共舉66 種例説,并兼及梁簡文帝等人之《例苑》《例序》《例宗》《爲例》等四種集説。而後以爲其書:

> 其説以爲聖人之書編年以爲體,舉時以爲名,著日月以爲例,《春秋》固有例也。而日月之例蓋其本,乃列一十六門。皆以日月時例之。其義約而該,其辭簡而要,可謂善學春秋者也。②

① 吳哲夫《四庫纂修研究》,北京:國立故宮博物院,1980 年,頁 74。
② 納蘭性德《通志堂集》,上海:上海古籍出版社,1979 年,頁 466。

《四庫全書薈要總目提要》：

> 其爲是書也，以爲聖人之書編年以爲體，舉時以爲名，著日月以爲例，而日月之例又其本也，乃列一十六門，皆以日月時例之。說《春秋》者，《公》《穀》二家專言例，唐以前儒者皆守之，啖、趙二家始廢例，宋以來儒者益暢之。平心而論，使聖人筆削漫無定準，而但隨事以起義，則《春秋》之法何其固。故執列、廢例，皆偏見也。是書吳興陳氏頗譏其墨富士康《公羊》，未始不中其失。然於舉世廢例之時，獨硜硜乎先儒之舊説，雖所言不必盡合，亦究愈於無所師承而放言高論者。①

按：館臣除截取關於其書概説外，學術觀點和納蘭容若完全不同。納蘭容若以爲漢代經學之弊在於各尊一家，拘於成説。唐以來專家之學雖廢而其書難存，因此宋學以來的學術值得關注。他在《通志堂經解總序》中説：“至宋二程、朱子出，始刊落群言，覃心闡發，皆聖人之微言奧理，并以各家創新之言爲的。”②納蘭容若推崇宋學，并不是因爲義理之學，而是因爲其學説創新之言，破除了學術藩籬，學人得以自述心得，不必拘於師承之説。這樣的學術思想超越了學術流派的拘泥，給清代學術研究吹進了一縷新鮮氣息。他又説：“要其歸趨，無非發明先儒之精蘊，以羽衛聖經，斯固後世學者之所宜取衷也。”因此他對涪陵崔氏《春秋本例》十分推崇，稱其“可謂善學《春秋》者也”。但納蘭容若的觀點并不被四庫館臣所接受，四庫館臣受“明體達用”思想影響，嚴格遵守《四庫全書總目提要》凡例所云：“聖賢之學主於明體以達用。凡不可見諸實事者，皆屬卮言。”③以此爲標準，在館臣眼裏，宋學的弊

---

①　江慶柏等整理《四庫全書薈要總目提要》，北京：人民文學出版社，2009 年，頁161。

②　納蘭成德《經解總序·子夏易傳》，《通志堂經解本》，康熙十九年刻本，頁2。

③　永瑢、紀昀《四庫全書總目》，《景印文淵閣四庫全書》第 1 册，臺北：臺灣商務印書館，1986 年，頁 38。

端正是納蘭容若推崇的創新，"洛閩繼起，道學大昌，擺落漢唐，獨研義理，凡經師舊説，俱排斥以爲不足信，其學務別是非，及其弊也悍"，而其編撰的最終目的要"消融門户之見各取所長，則私心袪而公理出，公理出而經義明"。① 在這樣的思想主導之下，《薈要提要》凡納蘭容若所論書旨推崇創新之語皆廢去，館臣重撰新語。四庫館臣認爲："故説經主於明義理，然不得其文字訓詁，則義理何自而推？"館臣之提要偏於實證，虛言以代義理，而對於納蘭容若所推崇之作者創新之義、發明之説多匿而不論。《四庫全書》編撰而後，清代經學完全走向了乾嘉學派的路子。

## 五、後四庫時代《詩經》詮釋的路徑與方法

《四庫全書》編撰以來，經學詮釋及其規則進入了一個新階段。在"博約而精"的"折中"詮釋思想的影響下，基於學術譜系化的一系列努力，發展形成了文獻學、目録學、校勘學、文獻注釋學，而且同一文獻不同版本也進入學術視野。經學家嘗試運用文獻學方法對經文進行新的詮釋，在文獻整理實踐中形成一些理論條例。以《説文》《爾雅》爲基礎的語文學理論也漸漸成熟，語言文字學研究成果豐富，爲經學詮釋拓展了新的路徑。

《四庫全書》編撰也爲後四庫時代學術轉向提供了支持。一是培養了語文學、文獻學研究的人才，《四庫全書》編撰十二年内，集中了四百多位學者行走四庫館，這些學者中段玉裁、王引之、王緒之、阮元等成爲當時一代宗師，爲學術研究提供了成熟的方法。二是四庫編撰激發了學者文獻整理的熱情，《四庫全書》完成之後，不斷有學者進行校補，文獻輯佚、校勘、匯考成爲學術的主流。三是語文學方法論爲經學詮釋提供了理論支持。後四庫時代形成了經學詮釋的新路徑和方法。

---

① 永瑢、紀昀《四庫全書總目》，《景印文淵閣四庫全書》第 1 册，臺北：臺灣商務印書館，1986 年，頁 53。

　　後四庫時代，文本成爲文獻研究的核心，六經體系被束之高閣。學者試圖從這些文獻中完成兩個任務，一是從文獻整理與研究中找到經學文本的歷史原貌，并研究其傳承中所負載的歷史信息與儒家詩教的關聯，以段玉裁《毛詩詁訓傳定本》、阮元《毛詩校勘記》爲代表。二是從文字學、音韻學中確定經學文本本義，并研究文字詮釋、文字改易中的歷史信息，以馬瑞辰《毛詩傳箋通釋》、陳奐《詩毛氏傳疏》爲代表。雖然缺乏詳盡的理論陳述，但從他們的詮釋實踐中可以考見文獻學詮釋方法和規則。

## （一）段玉裁《毛詩故訓傳定本》的文獻學詮釋條例

　　段玉裁在《與諸同志書論校書之難》一文中説：

> 　　校書之難，非照本改字不僞不漏之難也，定其是非之難。是非有二，曰底本之是非，曰立説之是非。必先定其底本之是非，而後可斷其立説之是非。[1]

由此他確定了《毛詩詁訓傳》文獻整理的基本路徑——由定本而立説，最終求其義理之是非。段玉裁《毛詩故訓傳定本》三十卷主要做了兩方面的工作，一是恢復古時經傳舊貌，二是訂正《毛傳》衍誤。爲了實現這樣的目的，段玉裁把目錄學、文獻學、校勘學的方法引入文本詮釋中。形成了以目錄學、版本學知識定體明目的詮釋條例。

　　段玉裁《毛詩故訓傳定本》首先提出一個命題："治《毛詩》，而所治者乃《朱子詩傳》，則非《毛詩》也。"這個命題以《毛詩》與《朱子詩傳》文本混一爲前提，説法直指宋學弊端——文本不明，名實相乖。這是清代詮釋思想的一個重要命題，第一次把文本的還原作爲詮釋對象。從義理詮釋到文本詮釋，詮釋對象的轉向，帶來了詮釋思想和詮釋方法的變化。爲了能够通過文本還原實現經學自我詮釋的目的，段玉裁采用了

---

[1]　段玉裁《經韻樓集》，《續修四庫全書》第 1435 册，上海古籍出版社，2013 年，頁187。

剥離的方法,剥去層層積壓在現有文本上的信息。這種方法是從他的老師戴震那裏繼承過來的,梁啓超、胡適把這種方法稱爲"剥皮"。[①] 在剥離的過程中,文獻學、歷史學、目録學的知識也就自然地進入了詮釋的視野,成爲新型的詮釋方法。正如段玉裁説:

> 《故訓傳》與《鄭箋》久與經文相雜厠。曷爲每篇先經後傳也?還其舊也。週末漢初《傳》與經必各自爲書也。然則《漢志》云:"《毛詩》經二十九卷,《詩故訓傳》三十卷。"本各自爲書。今厘次《傳》文還其舊,而每篇必具載經文與前者,亦省學者兩讀也。[②]

段玉裁這一條例設定并不是出於臆想,而是研究目録學總結而來的成果。《毛詩故訓傳文本》的文本形態,《文獻通考》《直齋書録解題》《經義考》陳述基本相同,都稱《毛詩故訓傳二十卷》。唐孔穎達《毛詩注疏》亦云:"漢初,爲傳訓者皆與經別行,三《傳》之文不與經連,故石經書《公羊傳》皆無經文。《藝文志》云:'《毛詩》經二十九卷,《毛詩故訓傳》

---

　　① 梁啓超論清代學術説:"本朝二百年學術,實取前此二千年之學術,倒影而繰演之,如剥春笋,愈剥而愈近裏,如啖甘蔗,愈啖而愈有味,不可謂非一奇異之現象也。此現象誰造之? 曰社會周遭種種因緣造之。"(梁啓超《清代學術概論》,北京:中國人民大學出版社,2009年,頁122。)梁啓超用一個"剥"字概括清代學術的"奇異之現象",是非常準確的描述,而這種現象造成了"古學復興時代"。"剥"在這裏有"去蔽"意味在其中。可能受梁啓超的影響,胡適也用了這個詞來描述清代的學術現象,在《戴東原的哲學》一文中評價戴震後學阮元的學術思想時,他説:"阮元是有歷史眼光的,所以指出古經中的性字,與《莊子》的性字不同,更與佛書中的性字不同。這種方法用到哲學史上去,可以做到一種'剥皮'的功夫。剥皮的意思,就是拿一個觀念,一層層地剥付出後世隨時染上去的顏色,如剥芭蕉一樣,越剥進去,越到中心。"并且,胡適進一步指出:"這個剥皮主義也可説是戴學的一種主要的精神。《孟子字義疏證》的宗旨只是取哲學上的重要觀念,逐個剥去後人加上去的顏色,而回到原來的樸素的意義。"(胡適《戴東原的哲學》,歐陽哲生編《胡適選集》,吉林人民出版社,2005年,頁532。)梁啓超和胡適都用"剥"來描述清代學術的重要現象,而這個"剥"最後造成了"古學的復興"和"今文經學的興起",可以説是後四庫時代清代學術的重要思想和理念。

　　② 段玉裁《毛詩故訓傳定本》,《續修四庫全書》第64册,上海:上海古籍出版社,2013年,頁57。

三十卷。是毛爲詁訓亦與經別也。’”

也就是説，唐代時《毛詩故訓傳》已失去其原本的面目。而且其書名也因流俗改“故”爲“詁”。到了宋代《毛詩故訓傳》在《毛詩注疏》的文本的影響下，又發生了新的變化，陳鱣《經籍跋文》收《宋本毛詩跋》説：

> “《毛詩》二十卷，宋刻本。”首題“監本纂圖重言重意互注點校《毛詩》卷第一”，低二格題“唐國子博士兼太子中允贈齊州刺史吳縣開國男陸德明釋文附”。又次頂格“周南關雎詁訓傳第一”，又次低一格夾注釋文。後接“《毛詩》《國風》”，夾注釋文，接“《鄭氏箋》”，夾注釋文。次提行“關雎，后妃之德也”起，每葉十二行，行十八字。凡“重言”“重意”“互注”俱用規識。凡釋文與《傳》《箋》相連，不加識別。《經義考》載有《宋刻纂圖互注毛詩》當即此本，惟彼前有“《毛詩舉要》二十五圖”，但存《毛詩圖譜》，并不知何人所刻。宋時各經諸字皆有重言重意，蓋經生帖括之書。“此本刻畫工整，紙墨精良，且源於監本，斯爲可貴。”①

據陳鱣的推測，宋代監本中，就已經雜糅陸德明《釋文》爲二十卷。這本書改變了漢代三十卷本《毛詩故訓傳》的本來面目，首先附録了陸德明的《毛詩音義》；其次接入“鄭氏箋”；第三釋文與《傳》《箋》相連，不加識別；第四即是出於經生幟括的需要，增加“重言”“重意”“互注”。此當爲宋代通行本。段玉裁雖没有如後學陳鱣的版本學的實踐，但他憑藉史志目録與清代前期目録學成果，推論朱熹注釋《詩經》時，文本即已不是漢學的原本。而朱熹學説也多是據唐宋流行版本進行詮釋。因此要校正“以理釋詩”的朱學，就必須回歸漢代《毛詩故訓傳》原本。

最終，段玉裁據目録學、版本學綫索，完成《毛詩故訓傳定本》三十卷，包括十五《國風》各一卷，《小雅》七卷，《大雅》三卷，《周頌》三卷，《魯頌》《商頌》各一卷。馬瑞辰認爲此本最宜，他説：“古蓋合《邶》《鄘》《衛》爲

---

① 陳鱣《經籍跋文》，《叢書集成》第 50 册，上海：商務印書館，1935 年，頁 9。

一篇,至毛公以此詩之簡獨多,始分《邶》《鄘》《衛》爲三,故《漢志》魯、齊、韓皆二十八卷,惟《毛詩故訓傳》分《邶》《鄘》《衛》爲三,始爲三十卷耳。"①

《定本》除恢復舊觀外,還兼取諸版本考辨經文文字,以"正其訛踳,補其脱落"。如《漢廣》:

> 《毛傳》:"五尺以上曰駒。"段氏曰:"經、傳,駒字依《株林》《皇皇者華》正之,皆當作驕。"

另外,更取歷代名家著述以刊正字義,如《山有扶蘇》:

> 《毛傳》:"扶蘇、扶胥,木也。"段云:"此從《釋文》無小字爲長,《正義》作小木,乃淺人用鄭説增字,非也……《吕覽》及《漢書》司馬相如、劉向、揚雄傳,枚乘《七發》、許氏《説文》皆謂扶疏爲大木。"

此書一出,受到當時學界肯定。《皇清經解》本後有錢塘嚴傑識語,謂"後之人有專爲《毛傳》作疏者,宜以此書爲定本云",②其後陳奐作《詩毛氏傳疏》,果多從之。

但是非常有意味的是,在其章句體例的問題上,段玉裁却取唐代著文通例而明之,其在"《關雎》"條説:

> 各本章句在篇後,今案:孔穎達云:"定本章句在篇後。"然則孔氏《正義》本章句在前,可知也。杜甫以"曲江三章章五句"爲題,書於前,知唐本多如此。

最終,段玉裁確定了章句列在最前,之後列《詩序》,經文之後列《毛

---

傳》,相關校語則小字雙行夾注於所釋字句之下的體例。可以推論,段玉裁及清代諸儒雖力復其舊,但并不復其古,而是立足於當時文本閱讀習慣,求文本義例之舊,非求文本面貌之舊,是從文獻學視域對經學文本的詮釋,成爲經學詮釋的通例。

**（二）阮元《毛詩注疏校勘記》版本遞修譜系與文獻歷史信息的理解**

宋代岳珂《九經三傳沿革例》第一次以文獻差異爲關注對象,列出書本、字畫、注文、音釋、反之類、句讀、脱簡、考異8個門類,對文獻差異進行了描述。應當説,從版本的關注到校勘學的出現,結合史志目錄學,在折中詮釋方法的推動下,以文本校勘爲詮釋對象,是文獻學詮釋方法的基本路徑。文獻傳承中的歷史信息包括三個方面:版本遞修譜系,不同時期俗字替代及文字消亡所產生的文字之訛,輯一代遺説。

阮元《毛詩注疏校勘記》實際有兩個版本系統。第一個版本是文選樓本,成於嘉慶十三年。第二個版本是南昌府學本,刻成於嘉慶二十一年(1816)。前者只是《校勘記》的彙刻,而後者是經、注、疏、釋文、校勘記五者的合刻。① 阮元南昌府學本《毛詩注疏校勘記》共有校記3665條,其中徵引浦鏜《十三經注疏正字》735次,徵引山井鼎《七經孟子考》472次,分居徵引諸家的第一、第二。②

阮元《毛詩注疏校勘記》對《十三經注疏》版本遞修譜系做了這樣的描述:

> 《五代會要》:"後唐長興三年,始依石經文字刻《九經》印板。"經書之刻木板實始於此。逮兩宋刻本浸多,有宋十行注疏者,即南宋岳珂《九經三傳沿革例》所載"建本附釋音注疏"也,其書刻於重刻者。宋南渡之後,由元入明遞有修補,至明正德中其板猶存,是

---

① 詳細論述見李玲《阮刻〈毛詩注疏(附校勘記)〉研究》,華東師範大學博士論文,2008年,頁91—98。

② 李慧玲《試論阮元〈十三經注疏校勘記〉得以問世的客觀條件》,《東南學術》2013年第1期,頁210。

以十行本爲諸本最古之册。此後有閩板，乃明嘉靖中用十行本重刻者。有明監板乃明萬曆中用閩本重刻者。有汲古閣毛氏板，乃明崇禎中用明監重刻者。

自 7 世紀唐貞觀發明雕版印刷術以來，千三百年始終是中國印刷業的主要方法，活字本數量不多，在印刷中屬於次要地位。[1] 九經印板，從唐長興三年依石經刻印後，宋代又有建本，建本是唐九經印板的重刻版，明用十行本（建本）重刻，後汲古閣本沿用明監本。這個遞修譜系并不是特別清晰，但大致可以看出，從唐至清，最少重刻了六次，每一次雕版都會出現一些新問題。阮元《毛詩注疏校勘記》自序云："自唐後至今，鋟版盛行，於經，於傳，於疏，或有意妄更，或無意僞脱，於是繆亂莫可究詰。"這些問題都可以通過追溯版本遞修譜系去發現。版本遞修譜系即明，不同版本還原及義理的差異就進入了詮釋的視野。今考阮元《十三經注疏校勘記》，引經本二，《唐石經》二十卷、《南宋石經殘本》；引經注本三，《孟蜀石經殘本》二卷、《宋小字本》二十卷、《重刻相台岳氏本》二十卷；引注疏本四，《十行本》七十卷、《閩本注疏》七十卷、《明監本注疏》七十卷、《汲古閣毛氏注疏》七十卷。引衆本匯成一本，既要追求文本體例的一致，又要力求文字之嚴謹，是文獻學詮釋方法的重要目標。

面對不同譜系的版本，相校之後即會形成文本中字體訛變的理解。阮元采用《唐石經二十卷》爲底本，錢大昕描述此版本説：石經避諱改字，石經用俗體字。并且舉例説："唐石經俗體字如'雝'作'雍'（《詩》）。"[2]阮元對此不着一詞，應當是同意錢大昕的説法。他描述《南宋石經殘本》時説："書凡遇避諱字皆本字缺筆。"這是和唐石經不同的地方。

對經注《孟蜀石經殘本二卷》，阮元説：

① 張秀民《中國印刷術》，杭州：浙江古籍出版社，2006 年，頁 7。
② 錢大昕《十駕齋養新録》，《續修四庫全書》第 1151 册，上海：上海古籍出版社，1993 年，頁 133。

　　書中凡淵、民、世字皆缺筆,避唐諱。察字缺筆避害家諱也。
今考經文如《日月》篇"乃如人之今",《谷風》篇"不以我能愒",非誤
倒即誤衍。

俗體字、諱字、缺筆等用字現象的發現,使文獻歷史特徵和信息得以呈
現,成爲文獻年代鑒別的重要方法。

　　通過版本遞修譜系的構建,很容易能夠對同一版本譜系中字體訛
變進行準確判定,對文獻流傳的歷史信息進行準確分析,此條例成爲古
文獻研究理解的基本條例。版本遞修譜系明晰,文本詮釋不言自明。
如阮元對注疏《十行本七十卷》的分析:

　　日本山鼎所云宋版即此書,其源出於《沿革例》所云。建本有
音釋,注疏遞加修改。至明正德時,山井鼎云與正德刊本略似。不
知其似二而實一也。是爲各本注疏之祖。

《閩本注疏七十卷》用十行本重雕,分卷同,即山井鼎所云嘉靖本也。
《明監本注疏七十卷》用閩本重雕,分卷同,即山井鼎所云萬曆本也。《汲
古閣毛詩注疏七十卷》用明監本重雕,分卷同,即山井鼎所云崇禎本也。

### (三)阮元《詩經注疏校勘記》詮釋方法與條例

阮元說:

　　考異與《毛詩》,經有齊魯韓三家之異。齊、魯《詩》久亡,韓
《詩》則宋以前尚存,其異字之見於諸書可考者。大約毛多古字,韓
多今字。有時必互相考證而後可以得毛義也。毛公之傳《詩》也,
同一字而各篇訓釋不同,大抵依文以立解,不依字以求訓,非孰於
周官之假借者,不可讀《毛傳》也。毛不易字,《鄭箋》始有易字之
例,顧注《禮》則立說以改其字,而詩則多不欲顯言之。亦或有顯言
之者,毛以假借立說,則不言易字,而易字在其中。鄭又於《傳外》
研尋,往往《傳》所不易者而易之,非好異也,亦所謂依文立解,不如

此則文有未適也。孟子曰："不以文害辭,不以辭害志。"孟子所謂文者,今所謂字,言不可泥於字而必使作者之志昭著顯白於後世。毛鄭之於詩,其用意同也。《傳》《箋》分而同一。《毛詩》字有各異矣,自漢以後轉寫滋異,莫能枚數。至唐初而陸氏《釋文》、顏氏《定本》、孔氏《正義》先後出焉,其所遵用之本不能盡一。自唐後至今,鋟版盛行,於《經》,於《傳》,於《箋》,於《疏》,或有意妄更,或無意僞脫,於是繆鑿莫可究詰。因以臣舊校本授元和生員顧廣圻,取各本校之,臣復定是非。於以知《經》有經之例,《傳》有傳之例,《箋》有箋之例,《疏》有疏之例,通乎諸例而折衷於孟子"不以辭害志",而後諸家之本可以知其分,亦可以知其一定不可易者矣。①

這一段略述了《毛詩義疏》中經、傳、箋、疏各部分的體例,提出"《經》有經之例,《疏》有疏之例,《傳》有傳之例"。經文有今古文之異;《毛傳》依文以立解,多用假借,同一字而各篇訓釋不同;《鄭箋》有易字之例,重在依文立解,使意義顯白,《傳》《箋》分而同一;唐代陸氏、顏氏、孔氏所用底本不同,意義差異也不同;唐以後因爲版本差異,且不明各家之定體,所以在校讎中各本差異很大。

阮元從文獻和文本解釋兩個視角審視了《毛詩義疏》的定體,由此體例出發,在《毛詩注疏校勘記》中確定了不可易的內容。由此可以分析阮元文獻學詮釋方法若干條例如下。

1. 經文用字,例不畫一

《詩經》結集和最終定本經過了相當長的一段時間,在整理過程既受到了時間和地域的挑戰,又有隨時間變化而形成文字的消亡與創造,還有着地域傳承中造成的文字的差異。從文獻校勘的視域發現《毛詩》用字,例不畫一,對《詩經》文本的理解有着重大的意義。阮元提出,就經文文字而言有同音字、假借字、古今字等用字方法,這些發現爲正確

---

① 阮元《毛詩注疏校勘記》,《續修四庫全書》第 180 册,上海古籍出版社,1993 年,頁 481。

理解經文提供了有利的條件。

阮元以爲，經文用字有同音相通的情況，如《關雎》校勘記"怨耦曰仇"條：

> 凡毛氏《詩經》中之字，例不宜一。如或用"害"，或用"曷"，而同"何"，或用"肩"，或用"豜"，而同訓"獸三歲"，其類衆矣。（《毛詩注疏校勘記》卷一）

搞清楚何種情況下會出現同音相類的情況，對於《詩經》理解至關重要，否則會造成詮釋的混亂。如《二子乘舟》"不瑕有害"，《毛傳》解釋爲："言二子之不遠害"。《箋》："有何不可而不去也？"《經典釋文》曰："害，毛如字，鄭音曷，何也。"這裏就産生了兩種截然不同的解釋。段玉裁、胡承珙、陳奂據《毛傳》釋爲"害"。馬瑞辰則據"瑕與遐"通用説而釋爲"曷"，他説："瑕，遐通用，遐之言胡也。胡無一聲之轉，故胡寧又轉爲無寧。凡詩言'遐不眉壽''遐不黃考''遐不謂矣''遐不作人''遐不猶雲''胡不信之'之詞也，易其詞則曰不瑕。凡詩'不瑕有害''不瑕有衍''不瑕猶云''不無疑之'之詞也。《傳》訓瑕爲遠，《箋》訓遐爲過，皆不免緣詞生訓矣。"①雖然這裏，馬瑞辰没有明確提出"《毛詩》用字，例不畫一"的主張，但這條在證明"害""曷""何"通用的情況下，也指出了"瑕""遐"二字通用，也符合阮元所説的情況。《詩經》中"害"字出現 14 次，除了"灾害"之義外，其中多次表達"何"的意義，如《葛覃》"害浣害否"，《毛傳》："害，何也。"《鄭箋》："我之衣服，今者何所當見浣乎？何所當見否乎？"

經文用字，又有假借之例。章太炎對假借有着不同於段玉裁的看法，他説："揆其初意，蓋以經典相承，文有音訛，不敢指斥其非，故造同音通用之説飾之。自漢以來久有此説，而不可以解六書之假借。余謂假

---

① 馬瑞辰《毛詩傳箋通釋》，《續修四庫全書》第 68 册，上海：上海古籍出版社，1993 年，頁 408。

借云者，意相引申，音相切合，義雖稍變，不爲更制一字，如令、長之類，托其事於命令之令、長短之長，引申其義，不別爲一字，然後文字不至過繁。此與轉注之例，相爲正負，乃文字繁省之大法也。"①顯然在假借字出現的原因上，章太炎以爲假借字并不是文有音訛的結果，而是"意相引申，音相切合"，因此"不別爲一字，然後文字不至過繁"。此論適合經文用字，例不畫一的情況，在《詩經》創作、傳播的不同階段，利用假借字來表達不同或相同的意義是文字繁省的好辦法，但隨着新的文字被創造出來，於是就出現了同音假借相互通用的例子。如《卷耳》"云何吁矣"條校勘記：

> 唐石經小字本、相臺本同。案《爾雅》注："詩曰'云何吁矣。'邢疏云："《卷耳》及《都人士》文也。"考《釋文》《石經》，此作"吁"，而《都人士》及《何人斯》作"盱"者，"盱"爲正字，"吁"爲假借。經中用字，例不畫一也，例見前。

馬瑞辰説："《爾雅·釋詁》：'盱，憂也。'《説文》：'盱，張目也。''忓，憂也，讀若吁。''吁，驚詞也。'是盱、吁皆忓字之假借。《爾雅·釋文》：'盱本作忓，從正字也。'《何人斯》'云何盱矣'，無傳者，義同。此詩訓憂也。"②陳奐《詩毛氏注疏》同。

經文用字，還有古今字之例。古今字之名，漢代已有。《漢書藝文志》録《古今字》一卷"，章學誠以爲："古今字，篆隸類也，主於形體。"③古今字是字形體變化而後產生的文字現象，宋代林駉著《字文》篇，論字形之變遷，説："古者蟲書鳥迹，象形、指事。凡假借、轉注，姑以代結繩記遺忘耳。故其字有省文，有藉用後世，皓首點畫，勞心偏傍。好異過奇，往往以己見合古文，故其字有篆隸之變，有傳寫之訛，此古今字文之所以異歟。'彊'可爲'强'，則如記'南方之强'……'匹'可爲

①　章太炎《國學演講録》，北京：中華書局，2013 年，頁 51—52。

②　馬瑞辰《毛詩傳箋通釋》，《續修四庫全書》第 68 册，上海：上海古籍出版社，1993 年，頁 358。

③　章學誠《校讎通義》，《續修四庫全書》，上海：上海古籍出版社，1993 年，内篇三。

‘鴠’，則如‘軻書之匹雛’。”①這是最早從理論的視角對古今字的形成及其意義分析的一篇論文，古今字首先是書寫之變，也有傳寫之訛。阮元把這一文獻學方法運用到《詩經》詮釋中，提出經文古今字説，此説給我們提供了一個大時空的視野，能够通過經文中古今字的差别與統一，把不同篇章的經文聯繫起來，從而正確分析和詮釋經義。如《氓》“無食桑葚”條：

唐石經小字本、相臺本同。案：此《釋文》本也。《釋文》云："葚"本又作"椹"，音"甚"。考《正義》本是"椹"字，見下。《五經文字》云"椹"，詩或體以爲"桑葚"，字亦其證。《泮水》經作"黮"，即用字不畫一之例。（《毛詩注疏校勘記》卷二）

以《詩經》中“桑葚”一詞出現兩次，《氓》“無食桑葚”，《泮水》“食我桑黮”。經文中兩次出現而其字并不“畫一”。阮元把葚、椹、黮視爲古今字，他説：“言吁嗟鳩兮，無食桑椹。明監本毛本椹誤葚，閩本不誤。案《正義》椹字凡八見。十行本皆從木，閩本亦然。是《正義》本作椹也。此藉椹爲葚，而《正義》不易爲葚，而説之者即以椹爲正字，不以椹、葚爲古今字也。考文及補遺皆不載，亦如郭忠恕佩觿謂桑葚，字不當用鈇椹字耳。凡山鼎物觀以爲誤者，則不載，其例如是。”通過這一段描述，我們基本可以掌握古今字的關係，從而能够對經文做出正確解讀。

2.《毛傳》依文以立解，多用假借

《毛傳》在文獻傳播中有訛文，有衍文，有倒文，有缺文，文本相校，取其表義完整爲定本，或死校或理校，都會影響文獻理解。如《卷耳》“而今云何乎”校勘記：

小字本，相臺本同。考文古本“乎”字亦同。閩本、明監本、毛

---

① 林駟、黄履翁《古今源流至論》，《景印文淵閣四庫全書》第942册，臺北：臺灣商務印書館，1986年，頁301。

本“乎”誤“吁”。

校勘記根據閩本、明監本，更正毛晉汲古閣本，這是死校法。王引之《經傳釋詞》的語言學理論可以驗證其校勘結果的可信，他説，“乎”字有三種用法：

> 《説文》：“乎，語之餘也。”《禮記·檀弓》正義曰：“乎者，者，疑辭。皆常語。”“乎、於也。”“乎，狀事之詞也。”“吁”字有兩種用法：“吁，歎聲也。常語也。”《説文》曰：“吁，驚語也。”①

“而今云何乎”是鄭玄《箋》語，是對經文“我馬瘏矣，我僕痡矣，云何吁矣”，以及《毛傳》“吁，憂也”的進一步解釋。這裏用“乎”就是疑問的語義，用“吁”則表達歎聲。《吕氏家塾讀詩記》釋曰：“鄭氏曰：‘僕馬皆病，而今云何乎？其亦憂矣，深閔之辭。’朱氏曰：‘極道勤勞，嗟歎之狀，諷其君子當厚其恩意，無窮已之辭也。’”②吕祖謙對這兩種説法都認可，但此外引用鄭玄的説法，説明宋本鄭玄的本義是“深閔之辭”而不是朱熹後來所説的“嗟歎之狀”。一字校正，全篇意義皆明晰。

“《毛傳》釋字，多依文立解”，這是阮元、顧千里、段玉裁形成一種共識。他們認爲，毛《詩》學派中多用假借字，并把這一方法確定爲《傳》之凡例，因此提出“《毛傳》依文以立解，多用假借，同一字而各篇訓釋不同”的理解原則。

漢代許慎《説文解字》把假借作爲一種造字方法：“本無其字，依聲托事。”清代學者把這種造字方法視爲古文經典理解與詮釋的關鍵，朱駿聲説：“不知假借者，不可與讀古書，不明古音者，不足以識假

---

① 王引之《經傳釋詞》，黃侃、楊樹達批本，太原：岳麓書社，1982年，頁93、96。
② 吕祖謙《吕氏家塾讀詩記》，《四部叢刊續編經部》第34册，上海：商務印書館，1936年，卷2—14。

借。"①充分説明了假借對解讀古書的重要意義。與章學誠把假借看成是文字使用過程中的減法不同，段玉裁更多地把假借看成是詮釋中産生的詮釋方法或現象。在《説文解字注·序》中，他解釋"假借"説：

> 托者，寄也。謂依傍同聲而寄於此，則凡事物之無字者，皆得有所寄而有字。
>
> 至於經、傳、子、史不用本字而用假借字，此或古古積傳，或轉寫變易，有不可知。而如許書每字依形説其本意，其説解中必自用其本形、本義之字，乃不至矛盾自陷。
>
> 許之爲是書也，以漢人通藉繁多，不可究詰，學者不識何字爲本字，何義爲本義。雖有《倉頡》《爰歷》《博學》《凡將》《訓纂》《急就》《元尚》諸篇，揚雄、杜林諸家之説，而其篆文既亂雜無章，其説亦零星間見，不能使學者推見本始，觀其會通。故爲之依形以説音義，而制字之本義昭然可知。本義既明，則用此字之聲而不用此字之義者，乃可定爲假借。本義明而假借亦無不明矣。②

這些結論都指向了經書本來的面目，假借是經書古古積傳，或轉寫變易的結果。正因爲如此，明確經書中的假借字就成爲理解和詮釋經書的重要途徑。通過掌握假借的本字，最終能夠理解經書的含義。古文經學中字義的理解并不能直接使用字的本義來解釋，一定要瞭解本義，并由此掌握餘義、引申義、假借之義。重要的是字形、字聲、字義之間的關聯，"用此聲之字而不用其義"。因此阮元確定的詮釋方式就是"依文立解"，由字形、字音之異同而定假借，從而由本字確定其引申義、餘義，結合上下文形成對經文的準確解釋。這是文獻學詮釋與語文學詮釋相結合的典型例子。當然在《毛詩注疏校勘記》中更多關注的是字

---

① 朱駿聲《説文通訓定聲》，《續修四庫全書》第 221 册，上海：上海古籍出版社，1993 年，頁 92。

② 許慎撰，段玉裁注《説文解字注》，上海：上海古籍出版社，1981 年，頁 1322。

形、字音而定假借。而後胡承珙、馬瑞辰、陳奂皆以此説爲根本,從語文學視域對經文意義進行分析,更注重語文學在詮釋中的運用。

另外,《毛傳》文體結構中有一特例:"《毛傳》篇末總發傳,以此明全篇之意。"《椒聊》"言聲之遠聞也"條校勘記:

> 小字本、相臺本同。案段玉裁云:"聲"當作"馨",此欲以"馨"訓"條"也。今考此章"條"與上章同,皆訓"長",爲"脩"字之假借,非有異也,不宜更爲之訓。此傳言聲之遠聞聞也,乃篇末總發一篇之傳,謂此《椒聊》詩乃言桓叔聲之遠聞也。篇末總發傳,毛氏每有此例,如《采蘋》《木瓜》之屬是矣。①

從《椒聊》全詩來看,《詩序》説:"《椒聊》刺晋昭公也。君子見沃之盛强,能修其政,知其蕃衍盛大,子孫將有晋國焉。"晋昭公,當爲晋昭侯,晋國第十二世封君,公元前 745—前 740 年在位。晋昭侯元年(公元前 745),晋昭侯將叔父成師封於曲沃(今山西省曲沃縣),世稱曲沃桓叔,晋國分裂由此開始。《史記·晋世家》説:"昭侯元年,封文侯弟成師於曲沃。曲沃邑大於翼。翼,晋君都邑也。成師封曲沃,號爲桓叔。靖侯庶孫欒賓相桓叔。桓叔是時年五十八矣,好德,晋國之衆皆附焉。

---

① 這一條非常有意思,可以追溯《毛詩注疏校勘記》中初校顧千里、二校段玉裁、覆校阮元三人對《毛傳》的理解有所不同。初校顧千里明確批評段玉裁"聲"當作"馨",此欲以"馨"訓"條"也的觀點。二校段玉裁重申了自己的觀點,三校阮元遵從段玉裁。顧千里《與段大令論〈椒聊〉經傳書》據理力爭。提出:"毛以'長'訓'條'者,謂'條''脩'同字,其義兼包'條鬯'在内矣。兩章爲字既同,訓自無異。古本之'脩'正依此爲之耳。至於章末之傳云'言聲之遠聞也',乃毛總發全詩,非别爲次章'遠條且'一句更發傳也。"(顧廣圻《思適齋集》,清道光二十九年刊本,卷 6—2。)兩人争議的焦點集中在對《毛傳》"聲"字的理解上,段玉裁以爲"聲"當爲"馨";顧千里以爲"聲"無異義。從"馨"字入手,阮元補充説:"按:《説文》云:'馨,香之遠聞也。'正與上合,蓋上章作'脩'此章作'條',後人亂之耳。'條'取芬芬條暢之義。"阮元引述正是段玉裁的解釋,兩人都認爲《毛傳》從結構把經文分成兩章,上章藉"條"表達"脩"的意義,而下章用"條"的本義。顧千里則指出"條""脩"同字,因此章末"言聲之遠聞"是總傳全詩,"聲"字無異義。

君子曰：'晋之亂其在曲沃矣。末大於本而得民心，不亂何待！'"和《詩序》不同，司馬遷從國家正統的視角以爲"晋之亂其在曲沃矣"，但所論都是同一件事，即曲沃桓叔"好德"。《詩序》的詮釋視角從"好德"入手，藉詩以刺晋昭侯。《毛傳》在梳理經文的意義時，遵從《詩序》，但經文意義中無"刺"之事，藉椒聊的蕃衍，只能言説桓叔"好德"之譽遠，故於文末總傳全詩，以別其意。這個發現很重要，表明《詩序》《毛傳》其釋義大體一致，《詩序》更重整體邏輯意義的構建，而《毛傳》更遵從經文本義。這是對《毛傳》結構的新發現，阮元明確提出"《毛傳》多隨文釋義，依文立解"的方法，也是從這個視角來切入的。

《毛傳》末句總發全篇之例頗多，再如《采蘋》文末，《毛傳》曰："少女，微主也。古之將嫁女者，必先禮之於宗室，牲用魚，芼之以蘋藻。"《詩序》説："大夫妻能循法度也。能循法度，則可以承先祖也。"兩者對比，《毛傳》從經文入手，認爲文中所述，皆爲少女，而不是大夫妻，而且經文中"禮"是嫁女者，禮之於宗室。鄭玄箋注同《詩序》，強行插入了"主婦"一職，説："主設羹者季女，則非禮也。女將行，父禮之而俟迎者，蓋母薦之，無祭事也。祭禮主婦設羹，教成之祭，更藉季女者，成其婦禮也。"鄭玄《箋》，兼顧《毛傳》《詩序》的不同，藉禮而言詩。孔穎達同意鄭玄看法，以爲《毛傳》"傳以教成之祭與禮女爲一，是毛氏之誤，故非之"。這些觀點的衝突已經完全不能探究是非了，但其中解釋觀點的衝突，正揭示了在《詩經》詮釋過程中，視域不同，理解也不一樣。

《毛詩注疏校勘記》從文獻學視角對這一問題的發現，有助於我們今天正確理解不同時期、不同作者，對《詩經》理解的差異，從而抛開是非的爭論，認識詮釋的本質。李慧玲博士另總結《毛傳》之例説：毛傳破字例；毛傳以本字爲訓例；傳例簡嚴，復者甚少例。[1] 從文獻學視角歸納了《毛傳》的詮釋文本的特點，對《注疏校勘記》的理解提供了更準確的視角。

---

①　李慧玲《阮刻〈毛詩注疏校勘記〉研究》，華東師範大學博士論文，2008 年，頁128—130。

3.《鄭箋》有易字之例

《毛詩注疏校勘記·關雎》"怨耦曰仇"條説：

> 凡《箋》於經字以爲假借者，多不言"讀爲"，而顯其爲假借有二例焉：一則仍用經字，但於訓詁中顯之。……一則於訓釋中竟改其字以顯之。……二者皆不言"讀爲"也。於訓釋中竟改其字者，人每不提其例，今隨條説之，以云其癥結。

鄭玄的《毛詩箋》以《毛傳》爲主，但在具體釋義時却時有不同，還有很多地方對經文或《傳》的文字做了改動。李世萍總結《毛詩箋》改字訓釋方式有兩種：一是運用訓釋術語校正誤字，包括：某當作某；某當爲某；某字譌作某；某字誤，某書作某。一是不用訓釋術語直接改字。[①] 此論從校勘學成就入手，對鄭玄《箋》詩的體例和方法進行了分析，切中關鍵。但《毛詩注疏校勘記》除發現其校勘學方法外，也注意到了這種體例對理解和解釋的影響。校勘記"怨耦曰仇"條：

> 小字本、相臺本同。案：《釋文》云"好逑音求"，毛云"匹也"，本亦作仇，音同。鄭云"怨耦曰仇"，是《釋文》本《經》《傳》作"逑"，《箋》作仇也。《正義》本《箋》字未有明文，當亦與《釋文》本同。

這是《校勘記》所言"於訓釋中竟改其字"例，"改其字"并不是直接改變經文，而是通過對另一個字的直接分析，實現對經文中字的解釋。從這一段來看，"逑"就是"仇"，是怨耦的意思。詞語之間的對應關係是没有錯。但《校勘記》提出"仇"只是《箋》注，《經》《傳》并没有這樣的説法。注釋學已使我們習慣於這樣一些觀念，文本的意義是從歷史或文字的意義中轉換而來的，"逑"轉換爲"仇"，既是意義呈現，也是意義的限定。

---

① 李世萍《鄭玄〈毛詩箋〉校勘成就初探》，《古籍整理研究學刊》2007 年第 9 期，頁 52—54。

胡承珙則從文獻學視角指出：

> "君子好逑"，《傳》："逑，匹也。"訓本《爾雅》。今《爾雅》作"仇，匹也"。郭注引詩"君子好仇"，孫炎注云："相求之匹。"是孫所見本作"逑"。《衆經音義》引李巡注云："仇，讎怨之匹。"是李所見本又作"仇"。可見《爾雅》古有兩本，"逑""仇"異字，以"逑"爲"仇"之假借。如《左傳》"怨耦曰仇"，而《説文》"逑"下云"怨匹曰逑"，亦以"逑"爲"仇"之假借也。據《釋文》《毛傳》作"逑"，又別有作"仇"之本。臧玉林《經義雜記》曰："《後漢書·邊讓傳》注，《文選·景福殿賦》《琴賦》《嵇康贈秀才從軍詩》注，皆引《毛詩》曰'君子好仇'。知《毛詩》之不作'逑'。"承珙案：《後漢書·皇后紀》論《詩》美好"逑"，章懷注引《詩》"君子好逑"，并引《毛傳》爲"君子好匹"，可見《毛傳》自有作"逑"之本，不得定以"仇"者爲毛氏舊文也。[①]

胡承珙以爲，《毛傳》本就有兩種版本，不能認爲"仇"就是毛氏舊文。而且從假借字來看，"仇""逑"兩個字的意義差別很大。這一説法是沿襲了段玉裁的觀點，段玉裁説："仇，讎也。讎猶應也。《左傳》曰：'嘉耦曰妃，怨耦曰仇。'按'仇'與'逑'古通有。辵部，怨匹曰'逑'，即怨耦曰'仇'也。'仇'爲怨匹，亦爲嘉偶。如亂之爲治，苦之爲快也。《周南》'君子好逑'與'公侯好仇'義同。"[②]段玉裁也認爲"仇"有兩種含義，既可爲怨匹，也可爲嘉偶，這是從贊美后妃之德的視角的調和之論。《校勘記》把"仇"視爲《鄭箋》的特例，和《毛傳》區別開，應當是以毛、鄭不同爲前提的。而後世以爲文本差異也多源自《鄭箋》改經。但是"仇""逑"意義是有差別的。黃焯《毛詩鄭箋平議》提出："大凡鄭易毛之處，多本三家。其所以取三者，必據《經》與《序》爲説，顧往往不自知其立

---

① 胡承珙《毛詩後箋》，《續修四庫全書》第 67 册，上海：上海古籍出版社，1993 年，頁 15。

② 段玉裁《説文解字》，鄭州：中州古籍出版社，2006 年，頁 382。

義之拘泥也。至毛訓'述'爲'匹',鄭訓爲'怨偶'者,當由鄭所見本'述作仇'。又緣誤解篇義'無傷善之心'之誤,遂援左氏'怨偶曰仇'之文。"①黃氏所論更切近文本傳承真相。《校勘記》有着明顯廓清毛、鄭差異的詮釋思想。

# 六、語文學詮釋方法實踐

## （一）語文學詮釋方法論的理論準備

乾嘉以後,學者好"漢學",以"漢學"爲原典,對於經學的理解就是復漢學之意。復漢學之意,就要剥離歷史發展過程中層層纍積在其上的詮釋。顧炎武以爲:"讀九經自考文始,考文自知音始,以至諸子百家之書亦莫不然。"②這個命題抛開了歷代詮釋學著作,從古今字音、字義的演變入手,指出漢代以後著作存在着被遮蔽的現象。而要解決這個問題,最好的方式就是研究經籍本身,把經籍詮釋建立在文字、音韻、訓詁的基礎上。汪耀楠先生指出這一方法"從根本上解決了注釋學的指導思想問題,有清一代的學術的極盛在乾嘉時代,乾嘉漢學之鼻祖則是亭林先生"③。究其實,這是由古音而求其義,還原漢學原典意義的詮釋方法。

《詩經》古音研究自宋代吴棫的《韻補》開始,其書據《廣韻》注明"古通某""古轉聲通某""古通某或轉入某"。宋元之際的戴侗在古音學基礎上,又對聲義關係進行了研究,他說:"夫文,生於聲音也。有聲而後形之以文,義與聲俱立,非生於文也。"因此,他主張"因聲求義"。④ 明代陳第、方以智及黄生在因聲求義理論上有所發揮,陳第提出"時有古今,地有南北,字有變革,音有轉移,亦勢所必至"的命題,爲古音研究提供了理論支持。顧炎武承陳第之說,知有本音,乃就古人文章韻脚以求古人韻部,將古韻分爲十部。史榮《風雅遺音》辨正今本《集傳》音讀,着

① 黄焯《毛詩鄭箋平議》,武漢:武漢大學出版社,2008年,頁5。
② 顧炎武《亭林文集》,北京:中華書局,1959年,頁72。
③ 汪耀楠《注釋學綱要》,北京:語文出版社,1997年,頁341。
④ 戴侗《六書故·六書通釋》,上海:上海社會科學院出版社,2006年,頁10。

重分析與《經典釋文》的異同。紀昀進一步審定,明確提出六類音讀之誤:音與傳義背、用舊訓義而無音、《集傳》有異義而不別爲之音、音切之誤、誤音爲葉、誤葉爲音。其中着重分析了"音"與"義"的關聯,如《小雅·天保》》"如月之恒"條:

> 《集傳》:"恒,弦月也,上弦而就盈。"按:《毛傳》云:"恒,弦也。"《鄭箋》云:"月上弦而就盈。"《釋文》云:"恒,本亦作'緪'。同古鄧反。沈古恒反,弦也。"觀此是"恒"字通作"緪",兼去平二音。若讀"古恒反"則韻益諧,而義亦不失矣。今《集傳》并用毛鄭而無音,切不可曉。①

史榮試圖利用聲義關係來解決《集傳》流傳過程中存在的問題。在此例中,史榮認爲"恒"有去、平兩個音,而兩個音對應的是毛、鄭兩種解釋,而《集傳》并用,是不通其音而誤用其義造成的。雖不能清楚史榮、紀昀此論影響有多大,却是清代較早嘗試用聲義關係來解決實際問題的著作。

婁毅先生從方法論角度研究訓詁學指出,聲義關係理論解決文獻語言的實際問題都面臨着同樣的難題,"如何解決語音因時、地而發生轉變的規律及其與詞的關係問題",而因聲求義則是探討聲音轉變內在規律的主要途徑。② 這個發現很有價值,正是從這個角度,可以更切近乾嘉語言學解釋方法的形成過程。戴震是從古音學、聲義學理論走向語言學解釋方法的重要一環。他提出聲音通訓詁的聲訓方法,對稍後的段玉裁、王念孫都有很大啓發。戴震二十幾歲就嘗試"於聲音求訓詁",在對古韻分部研究的基礎上③,提出"韻轉"説。根據語音的歷史轉變規律,解決了"因聲求義"訓詁方法中古今音變的問題,從而使這一方法得以具體化,對訓詁方法來説是一個開拓性的進展,對於整個訓詁

---

① 史榮《風雅遺音》,《續修四庫全書》第 62 册,上海:上海古籍出版社,2001 年,頁 508。

② 婁毅《從方法論看戴震的訓詁研究》,《河北大學學報》,2006 年,頁 1—115。

③ 戴震《古韻表》分古韻爲九類十五部,以陰、陽、入三聲相配。他的這一發現,被王國維稱爲自明以來古韻學的三大發明之一。(婁毅《從方法論看戴震的訓詁研究》,《河北大學學報》,2006 年,頁 1—115。)

學史來説,具有里程碑的意義。①

戴震《毛鄭詩考正》嘗試運用這一理論進行詮釋實踐。如《墓門》"可以訊之,訊予不顧"條:

> "訊"乃"誶"字轉寫之訛。《毛詩》云:"告也。"《韓詩》云:"諫也。"皆當爲"誶"。"誶"音"碎",故與"萃"韻。"訊"音"信",問也。於詩文及音韻咸扞格矣。

《墓門》一詩,章兩韻,共四韻。首二句以"之"字脚,前加韻字,構成兩字韻脚。二章中"有鴞萃止""歌以訊之","萃""訊","止""之"兩字韻。"萃,集也",無疑義。而"訊"不押韻,據此"韻轉"理論,戴震認爲當爲"誶"。《説文解字》言:"誶,讓也,從言卒聲。《國語》曰:'誶申胥。'""訊,問也,從言卂聲。"段玉裁注説:"《釋詁》《毛傳》皆云:'誶,告也。'許云:'讓也',專言之也。"②不難看出,戴震從聲義理論找到了流行文本詮釋中存在的不合理現象,并對此做出最合理的解釋。安徽阜陽漢墓出土《詩經》竹簡,正作"歌以誶□"。王力《詩經韻讀》據此而改"訊"爲"誶"。

在對戴震的語言學研究中,需特別提出的是他對於語言的系統性認識。他在整個學術領域裏所堅持的分與合相結合的研究方法,實際上已經是把他的研究對象作爲一個系統來加以整體把握,而這尤其體現在他的古韻學研究中。他所確立的音聲相配原則,使他能夠超出以往的研究者只依據古人用韻來分合韻部的方法,而把聲音作爲一個系統,由其整齊相配的規律來確定韻部的分合。③ 此論最切近戴震語言學詮釋方法,正是在聲義理論系統的哲學考量的基礎上,才能對文本進行正確的詮釋。

由此戴震提出了:"經之至者道也,所以明道者其詞也,所以成詞者

---

① 婁毅《從方法論看戴震的訓詁研究》,《河北大學學報》,2006 年,頁 1—116。

② 段玉裁《説文解字注》,鄭州:中州古籍出版社,2006 年,頁 100。

③ 婁毅《從方法論看戴震的訓詁研究》,《河北大學學報》,2006 年,頁 1—118。

字也。由字以通其詞，由詞以通其道，必有漸。"①李暢然先生分析説：
"'經之至者道也'使經學詮釋的邏輯預設得以顯題化，揭示了經學詮釋
始於文本認知、終於道德義理的過程，暗示了戴震專取'通經求道'的權
威主義策略。'由字以通其辭，由辭以通其道'則既體現出戴震以簡馭
繁的一貫策略——以文字統攝經文、以經統攝世界觀，又囊括了語義解
釋和語用解釋兩大課題。"②這個論斷值得學術界關注，從詮釋學視角
來看，戴震的這一命題包含了三重含義：詮釋的目標是"道"，詮釋的方
法路徑是"由字以通其詞，由詞以通其道"，而字、詞的規律化與系統化
則是理解的前提。正是基於此，在《詩經》語文學詮釋方法的發展中字、
詞的規律化與系統化發現與重構是語義解釋的關鍵，而由此發現與重
構經典意義則是需要語用詮釋來完成。

**（二）語文學詮釋方法的實踐**

　　戴震的語文學詮釋方法是乾嘉學者理論研究的中心，其後學段玉
裁、王念孫、王引之相互發明，完成了字、詞規律化與系統的構建。馬瑞
辰、陳奐則進行了經典意義重構的詮釋實踐。黃侃論清代小學理論體
系發展時指出：

　　　　至東原戴氏，小學一事遂確立楷模。段氏、王氏爲戴氏弟子，
　　段氏則以聲音之道施之文字，而知假借、引申與本字之分别。王氏
　　則以聲音貫穿訓詁，而後知聲音訓詁之爲一物……然由聲韻以貫
　　串訓詁，王子韶實發其端。至高郵王氏則極其用。若由聲韻訓詁
　　以推求文字演變之迹，則自太炎師始。蓋古人所謂音，即聲韻也，
　　不能離聲而言韻，亦不能離韻而言聲，此聲韻不能分也。訓詁者，
　　文字之義也，不知義無以明其謂，不知音無以得其讀，此王氏所以
　　聲韻串訓詁也。文字者，形之有變遷，猶音之有方俗時代之異，而

---

①　戴震撰，張岱年主編《戴震全書》第 6 册，合肥：黃山書社，1995 年，頁 370。

②　李暢然《戴震解經方法論發微——以〈與是仲明論學書〉爲中心》，《文史哲》，
2014 年，頁 4—135。

義之有本假分轉之殊，合三者以爲言，譬之束蘆，同時相依，而後小學始得爲完璧。故自明以至今代，其研究小學所循途徑，始則徒言聲音，繼以聲音貫串訓詁，繼以聲音訓詁以求文字推衍之迹，由音而義，由義而形，始則分而析之，終則綜而合之，於是小學發明已無餘蘊，而其途徑已廣乎其爲康莊矣。①

黃氏勾勒出了清代小學發展的進程和路徑，提出段氏"知假借、引申與本字之分別"，王氏極其用。章太炎以"聲韻訓詁推求文字演變之迹"，至此，完成了語文學理論的構建，也爲經學詮釋提供了新的詮釋方法。正如黃侃所論，"有系統條理始得謂之小學"。小學就是"中國語言文字中研究其正當明確之解釋，藉以推求其正當明確之由來，因而得其正當明確這用法者也"②。據黃氏之所論，可以描述語文學理論完善之過程，及其不同階段的語文學詮釋方法。

從語言學視角對經學進行詮釋時，段玉裁注意經學與語言學的相互獨立，他的詮釋基本理論是：

訓詁必就其原文而後不以字妨經，必就其字之聲類而後不以經妨字。不以字妨經，不以經妨字，而後經明，經明而後聖人之道明。點畫謂之文，文滋謂之字，音讀謂之名，名之分別部居謂之聲類……不習聲類，欲言六書，治經難矣。③

段玉裁強調語言獨立性，其實就是強調對經文的原典意義的保護，他害怕因個人主觀因素而造成原典意義的消失。而語言意義分析則要歸結到聲類，即語言創造之初。也就是段玉裁所説"治經莫重乎得義，得義莫切於得音"，這是一種純客觀的詮釋學方法。完全抛棄了朱熹以

---

① 黃侃《文字聲韻訓詁筆記》，上海：上海古籍出版社，1983 年，頁 4—5。
② 黃侃《文字聲韻訓詁筆記》，上海：上海古籍出版社，1983 年，頁 1。
③ 段玉裁《周禮漢讀序》，《續修四庫全書》第 80 冊，上海：上海古籍出版社，1983年，頁 261—262。

來"玩味"説，一種通過對文字所包含的東西進行處理的個人藝術和技巧。這種純客觀的語言學詮釋方法需要具體的語言學規則才能進行操作。因此段玉裁試圖找到語言學體系與規則，以便對語詞和内容進行準確解釋。這很重要，正如阿斯特所提出的："對語詞和内容的解釋是以語言知識和考古學爲前提，換句話説，就是以古代的語法知識和歷史知識爲前提。關於語言，它發展的不同階段正如它的不同形式和説話方式一樣，是被規定了的，因爲每一作者用他的時代的語言和他的人民的説話方式來著述的。"①這個論斷正好可以解釋段玉裁在保持語言獨立性前提下，對文本意義的追求。

胡奇光先生以爲，段玉裁語言學思想的特點集中在三個方面：文字起於聲音；形音義綜合觀；以聲爲義，可以窺上古之語言。② 這是從語言學史的視角進行的描述，但也間接揭示了其語言學詮釋的追求。當然段玉裁并没有形成完整的詮釋體系，雖然他從經典文獻出發，找到了古代語言學和修辭學的一些解釋規則，但大多還是片斷零碎的。

### (三) 段玉裁《詩經小學》的語言學詮釋條例

虞萬里評價《詩經小學》説，它的出現是《詩經》研究在文字的形音義和校勘等方面進入乾嘉考據時期的標志。第一是恢復漢代《詩》經、傳分行思想的開始。第二，注釋文字，辨別正字，俗字、假借字以及本義、引申義等成果，爲以後的《傳疏》《通釋》《後箋》等幾部有影響的《詩經》研究著作所吸取，爲正確理解《詩經》提供了參考資料。第三，它的許多校勘成就體現在《詩校記》中，隨着阮本《十三經注疏》，在《詩》的校勘史上有其貢獻。第四，從《詩考》對異文的搜輯，到李富孫、馮登府等人的《詩經》異文的專門著作的興起，《詩經小學》是紐帶，它在《詩經》研究轉化到漢語語言研究上起了一定作用。③ 當然不可否認的是《詩經小學》是段玉裁《毛詩詁訓傳定本》研究中的産物，故兩者應當并論。段玉裁在這兩本書中，除了上面所論

---

① 阿斯特《詮釋學》，洪漢鼎《理解與解釋》，北京：東方出版社，2001年，頁13。

② 胡奇光《試論段玉裁語言學思想的特點》，《復旦學報（社會科學版）》1981年第6期。

③ 虞萬里《〈詩經小學〉研究》，《辭書研究》1985年第5期。

的知識體系和詮釋史的傳承之外，更主要的是發明了"尋求本字"説及其"就音以説形義"的詮釋條例，和"文字起於聲音説"及"聲與義同源"的詮釋條例，這兩個語言學詮釋條例，完成了語言學與詮釋學的融合。

1. "尋求本字"説及其"就音以説形義"的詮釋條例

吴根友先生指出："段玉裁繼承了戴震語言哲學思想中的語言學研究方面的内容，深化并細化了其語言學研究，在聲音與意義的關係，經典中'本字'的考訂，漢人注經原則的發明等古典語文學（Philology）方面，做出了突出的成就。"應當説段玉裁將戴震的"由字通、由詞通道"的一般語言哲學思想，細化爲"由字音通字義，由字義再通道"，以及通過"尋求本字"而實現對經典原意把握的語言哲學思想。① 從這個論點出發，段玉裁首先是完善了語言學理論，提出了本義和詞學概念，傅毓鈐先生概括説，段玉裁着眼於詞在語言實際中的運用來確定本義，注重對一個詞所表示的事物的研究，因此能夠以充分的證據來把握詞的本義和餘義，這是最根本的一點，同時，段玉裁也注意到詞義的概括性，以及詞與詞在詞義方面的區别。② 本義及詞的確定，在清代語言學體系中是重要觀點，這是判斷詮釋結果標準的重要依據。

段玉裁"尋求本字"依然回歸到漢學，他説：

　　凡治經，經典多用假借，其本字多見於《説文》，學者必於《爾雅》、傳、注得經義，必於《説文》得字義，既讀經注，復求之《説文》，則可知若爲假借字，若爲本字。此治經之法也。

也就是説，《説文》所録即是"本字"，在經學詮釋過程中有經義，有字義，兩者對比可以知道本字、假借字，也就能夠準確理解經義的準確内容了。段玉裁著《詩經小學》就是其"尋求本字"説實踐的典範文本。

---

① 吴根友《在"求是"中"求道"——"後戴震時代"與段玉裁的學術定位》，《陝西師範大學學報（哲學社會科學版）》，2011 年，頁 1—60。

② 傅毓鈐《試論段玉裁研究詞義的方法》，《辭書研究》1986 年第 4 期。

全書以詩句標目，不列經文，專於《詩經》字義考證。明晰所考字詞古體、通假，或以聲訓，或以語法考校，分條陳述文字的假借，及其與本字的關係，是語文學詮釋的基本範式之一。

段玉裁語文學詮釋主要方法是由"就形以說音義"轉變到"就音以說形義"，更切於語言學的本質。① 如《詩經小學·關雎》"輾轉反側"條曰：

> 按古惟用展轉。《詩·釋文》曰："輾，本亦作展，吕枕從車、展。"知輾字起於《字林》。《説文》："展，轉也。"

段玉裁認爲《毛詩》古本"輾"當作"展"，"輾"字後出，故《毛詩故訓傳定本》作"展轉反側"。從本義出發可以推見"展、轉"同義，在具體語境中描述詩人形態，故《鄭箋》釋曰"臥而不周曰輾"。至宋代朱熹《詩集傳》解釋爲："輾者，轉之半。轉者，輾之周。反者，輾之過。側進，轉之留。皆臥不安席之意。"相比《説文》字之本義，朱熹的詮釋并沒有什麼根據。受段玉裁影響，胡承珙《毛詩後箋》提出："朱傳析四字各爲一義而語無所本，故不可從。"那麼從本義說出發到底應當怎麼來解釋這句詩呢？馬瑞辰《毛詩傳箋通釋》給出一個很符合段玉裁路徑的詮釋，他說："輾字始見《字林》，《説文》惟曰：'展，轉也，從裹省聲。'又云：'夗轉，臥也，從夕卩，臥有卩也，與展音近而義同。'《説文》又曰：'騕，馬轉臥土中。'馬之轉臥曰騕，猶人之轉臥曰展矣。……詩'展轉反側'爲臥而不周，反側爲臥而不正。"首先需要說明，騕，《説文解字》中本無其字，段玉裁因《藝文類聚》中有此字，而根據《玉篇》列字的次序而補充入《説文解字》注。馬瑞辰直接引爲《説文》，有失當之處。但也間接證明，馬瑞辰全盤接受了段玉裁的觀點，并把"本字"説運用到《詩經》詮釋中，取得了重要的成果。就這一段而論，馬瑞辰以段玉裁"就音以說形義"的詮釋路徑，對"展轉反側"進行詮釋，證明了《毛詩》本字爲"展"，且《鄭箋》的詮釋更接近詩的本義。

---

① 劉新民《段玉裁的小學思想和"段學"書目》，《圖書情報工作》2001 年第 1 期，頁 86。

2. "文字起於聲音"説及"聲與義同源"的詮釋條例

段玉裁《説文解字注》中總述《六書説》時明確地指出：

> 文字起於聲音，六書不外諧俗。六書以象形、指事、會意爲形，以諧聲、轉注、假借爲聲。又以象形、指事、會意、諧聲爲形，以轉注、假借爲聲。……六書，猶五音，十七部，猶六律。不以六律，不能正五音，不以十七部，不能分別象形、指事、會意、諧聲。四者文字之聲韻，而得其轉注、假借。故十七部曰音均。均者，匀也，偏也。一部之内，其音匀圓如一也。均、韻，古今字。轉注異字同義，假借異義同字，其源皆在音均。①

胡奇光先生解釋這段時説，這正是段玉裁的語言學思想的基點。"文字起於聲音"，就是説有聲語言先於文字。據此可知，文字不是直接標指概念的，而是先於文字的"聲音"與意義同時產生。② 這個解釋正好可以引導我們正確理解轉注、假借在詮釋學中的應用。段玉裁在《説文解字注》中提出："轉注異字同義，假借異義同音。"③又在《古異部假借、轉注説》中提出："古六書假借以音爲主，同音相代也。轉注以義爲主，同義互訓也。作字之始，有音而後有字，義不外乎音，故轉注亦主音也。"④這成爲清代由字而通詞，由詞而通義的基本詮釋路徑。段玉裁之後，馬瑞辰以此爲理論基礎，創作《毛詩傳箋通釋》，踐行了語言學詮釋方法在《詩經》詮釋中的成果。

---

① 段玉裁《説文解字注》，鄭州：中州古籍出版社，2006 年，頁 833。

② 胡奇光《試論段玉裁語言學思想的特點》，《復旦學報（社會科學版）》1981 年第 6 期。

③ 《詩經小學》是段氏早期著作，而《説文解字注》是他最後一部著述。雖然《詩經小學》著成，即作《説文解字注》，但若以《説文解字注》著成之年計算，前後相隔三十餘年，這期間，段氏思想的變化發展是顯然的，而這種變化發展必然會在《説文解字注》中反映出來。

④ 段玉裁《説文解字注》，鄭州：中州古籍出版社，2006 年，頁 833。

段玉裁發明"轉注、假借"同音論詮釋條例來解決詮釋過程中"由聲求義"的問題。在《古假借必同部説》《古轉注必同部説》中,他提出"自《爾雅》而下,詁訓之學不外假借、轉注二端"的命題。這個命題把古今異義的字放在一個語言創作的語境中去考量,根據聲與義同源的理論,"從某爲聲者,必同是某義"。於是便有了卷一"害浣害否"條云:

> 《毛傳》:"曷,何也。"玉裁按:古"害"讀爲"曷",同在第十五部。《葛覃》藉"害"爲"曷"。《長發》則"莫我敢曷",《毛傳》:"曷,害也。"是又藉"曷"爲"害"。

所謂"同部假借""異部音近相假"等,就是《六書均音表》理論在《詩經》詮釋中的運用。

**(四) 馬瑞辰語言學詮釋實踐與新條例的發明。**

馬瑞辰《毛詩傳箋通釋》,既不盡從《傳》,亦不盡從《箋》,而是利用乾嘉考據成果,對《詩經》的形、音、義和名物、典制、天文、地理的綜合考證。書中時時徵引段玉裁語言學詮釋成果,或以爲是,或以爲非,或引而申發之。馬瑞辰在段玉裁"聲同義必同"的基礎上,從詮釋實踐的角度,提出了"詩人義同字變例""《毛詩》古文假借説"。前者從《毛詩》語用結構角度,提出了用字之法,後者則是段玉裁以聲説義的延續。

1. "詩人義同字變之例"

馬瑞辰説:"阮宮保《揅經室文集》'進退維谷解'曰:'案"谷"乃"穀"之假借字,本字爲"穀"。"進退維穀","穀",善也。以其近在"不脊以穀"之下,嫌其二"穀"相并爲韻,即改一假借之"谷"字當之。此詩人義同字變之例也。'此例前人無言之者,言之自宮保始。今由宮保之説考之《三百篇》中,引伸觸類如此例者甚夥。有上用本字而下改用假借字者,如《王風·君子於役》詩'羊牛下括'之'括',即'曷其有佸'之'佸',故《韓詩》於佸訓至,《毛詩》於佸亦訓至,乃上用本字爲括,下則假借佸字矣。"①

　　這裏，馬瑞辰提出"詩人義同字變之例"，也就是説在經文中或是經解詮釋中，當意義相同時，可以藉用同音字，或是假借字來表達意義。反過來，當詮釋經文或是經解時，只要能夠發現這種通例，便能藉此規則準確解釋詞義、句意。馬瑞辰汲取阮元校勘記成果，進一步發現了《毛詩》"義同字變"的語用現象。

　　除阮元發現之例，馬瑞辰還羅列了"下用正字，而上改用假借字者""一字則用其本字，兩字并用則改用俗字"之例《毛詩傳箋通釋》"進退維谷"條曰：

　　　　《韓詩外傳》引詩"進退維谷"，以證石他之進盟以免父母，退伏劍以死其君，皆處兩難善全之事以見進退，皆"谷"爲"善"。其説甚確，足正毛鄭之誤。今按以《韓詩外傳》引詩證之，則訓"谷"爲"善"，蓋本《韓詩》之説。②

---

　　①　馬瑞辰《毛詩傳箋通釋》，《續修四庫全書》第 68 册，上海：上海古籍出版社，1993 年，頁 346。

　　②　馬瑞辰《毛詩傳箋通釋》，《續修四庫全書》第 68 册，上海：上海古籍出版社，1993 年，頁 764。關於此條，錢鐘書《管錐編》亦有不同見解："《外傳》卷六論石他之死曰：《詩》："人亦有言，進退維谷"，石先生之謂也！'（參見《呂氏春秋・高義》《史記・循吏傳》《新序・節士》）即引《大雅・桑柔》之什，以示羝羊觸藩之困，《毛傳》《鄭箋》均訓'谷'爲'窮'，正悲劇中負嵎背水之絕地窮境（limit-situation）也。阮元《揅經室一集》卷四《進退維谷解》深非《傳》《箋》，以爲：'"谷"乃"穀"之假借字……穀，善也。……謂兩難善全之事而處之皆善也，歎其善，非嗟其窮也。'因謂'漢人訓《詩》，究不如周人訓《詩》之有據'，舉《晏子春秋》叔向語及《韓詩外傳》石他節爲證。《晏子》吾不知，若《韓詩》此節，則韓嬰亦'漢人訓《詩》'，似與毛、鄭無異。石他固可謂不'舍君'而又'全親'矣；然仍一死自了，則'全親'而終'舍親'也，進盟而後伏劍，則雖死而不得爲'死君之事'，不免於'舍君'也。蓋折中斟酌，兩不能完，左右爲難，此所以悲進退皆窮。他之言曰：'嗚呼！'曰：'悲夫！'曰：'不得正行！不得全義！'非'嗟其窮'而何？彼自痛'不得全義'，途窮而就死路，傍人引詩歎之，阮氏遽謂意乃美其'善全兩難'。有是哉！經生之不曉事、不近情而幾如不通文理也！"（錢鍾書《管錐編》，北京：中華書局，1979 年，頁 135。）

段玉裁没有發現這種語用現象,故其在《説文解字注》引用此條釋曰:"《詩》進退維谷,假谷爲鞫。《毛傳》曰:'谷,窮也。'即《邶風》傳之'鞫,窮也'。"①段玉裁以假借來詮釋"谷",遵從《毛傳》。馬瑞辰則從整部文獻語用現象中發現了阮元所描述的"義同字變"語用現象。雖然不能證明,其從語用現象入手對詞、句的理解是否準確,但這種語用現象的揭示,却可以對同一首詩中意義相同,而用詞不同的問題進行準確把握。以此條爲例,《桑柔》共十六章,其中第九章"谷""穀"(屋韻)協韻,且詞義相同的情况。第九章後四句:"朋友已譖,不胥以穀。人亦有言,進退維谷。"《鄭箋》:"穀,善也。"谷,《毛傳》釋"谷,窮也",《鄭箋》同。馬瑞辰根據"谷""穀"同部同韻的現象,認爲阮元所述正確,即兩個詞同義。并把這句詩置於石他的故事語境中去分析,石他與人盟來保證父母不受傷害,退則自殺以證清白,是面對兩難問題時,個體内心的追求。從語用分析來看,"谷"就是内心善的意思,也就是"穀、谷同義"。這是馬瑞辰對詞語抽象意義分析常用的手法。陳奂《詩毛氏傳疏》兼取段玉裁、馬瑞辰的説法,并没有斷定是非,可見陳奂并没有理解馬瑞辰的語義構建方式。當然,對於其語境意義明確,指向具體時,馬瑞辰并不簡單套用這種規律,如《桑柔》第十二章前四句:"大風有隧,有空大谷。維上良人,作爲式穀。"馬瑞辰則釋曰:"有隧者,形容之詞;有空亦形容大谷之詞。"通過構建語用結構來詮釋《詩經》,通過相類的語用現象,能够迅速判定詞語的假借關係,并對其意義進行分析,是馬瑞辰獨有的創舉,此後也没有人繼承。

2. "《三家詩》與《毛詩》各有家法,實爲異流同源"論

馬瑞辰爲了更好地詮釋清楚假借,他采用了《三家詩》與《毛詩》互證假借,以聲求義存其假借,以句法結構以明其假借的方法。馬瑞辰提出"《三家詩》與《毛詩》各有家法,實爲異流同源"的命題,在《毛詩傳箋通釋》《凡例》中提出:"《三家詩》與《毛詩》各有家法,實爲異流同源。凡三家遺説可與《傳》《箋》互相證明者,均各爲引證,剖析是非,以歸一

---

① 段玉裁《説文解字注》,鄭州:中州古籍出版社,2006年,頁570。

致。"這個認識是基於馬瑞辰對假借這一語言學理論在《毛詩》詮釋中的作用而提出的。他說：

> 《毛詩》爲古文，其經字類多假借。《毛傳》釋詩有知其爲某字之假借，因以所假借之正字釋之者，有不以正字釋之而即以所釋正字之義者，説《詩》者必先通其假借而經義始明。齊、魯、韓用今文，其經文多用正字，經傳引《詩》釋《詩》亦多有用正字者，正可藉以考證《毛詩》之假借。①

這個論點在一定程度上摒除了門户宗派之見，通過古文與今文對比，巧妙識別經文的正字，有助於對《詩經》做出更合理的詮釋。如《邶風·谷風》"中心有違"條：

> 《傳》："違，離也。"《箋》云："徘徊也。"《釋文》："《韓詩》云：違，很也。"瑞辰按：《廣雅·釋詁》："怨、悻，很也。"《韓詩》蓋以違爲悻之假借，故訓爲很，很亦恨也。《書·無逸》"民否則厥心違怨"，違與怨同義。"中心有違"猶云中心有怨。……《毛傳》訓違爲離，《箋》以違、回通用而訓爲徘徊，均非詩義。

馬瑞辰認爲《毛傳》《鄭箋》都没有準確解釋"中心有違"的準確含義，主要原因是没有認識清楚經文中"違"爲"悻"的假借。《韓詩》以今文釋詩，訓"違，很也"，而"怨、悻、很"同義相訓，可以肯定"違"爲"悻"的假借，因此"違"即"怨"的意思。馬瑞辰通過今古文的對比，構建了詞語演變過程中的語用特徵，賦予了特定詞語準確意義，進而形成了更接近經文的解釋。

3. "以古音古義證其訛互，以雙聲叠韻别其通藉"説

馬瑞辰在接受段玉裁"本字説"的詮釋方法基礎上，進一步把"本字

---

① 馬瑞辰《毛詩傳箋通釋》，《續修四庫全書》第 68 册，上海：上海古籍出版社，1993 年，頁 346。

説從《説文解字》的固定範式中解脱出來,構建了"以古音古義證其訛互,以雙聲叠韻別其通藉"求出本字本義的詮釋路徑。

雙聲叠韻説是段玉裁之后王念孫《廣雅疏證》中提出的語言學理論。楊静剛總結説:

> 《廣雅疏證》一書的通假條例,可歸納爲以下數類:一、兩字聲音相同,字義可以互通。所謂聲音相同,包括聲、韻、調三者。《疏證》裏的通假,以這類最多,其中又以諧聲字爲最。二、兩字聲音相近,意義可以互通。所謂聲音相近,包括以下幾種:(一)兩字聲韻俱同,而調值不同,可以通假。(二)兩字雙聲(聲母相同),義可通假。(三)兩字叠韻,義可通假。所謂叠韻,是指韻腹(主要元音)、韻尾相同,韻頭(介音)可同可不同。(四)兩字發聲部位相同,但一送氣,一不送氣(即所謂旁紐);或一清,一濁,這時,義可通假。又有時兩字清濁既不相同,一送氣,一不送氣,或均送氣或不送氣,亦可通假。(五)兩字同韻,但一有介音,一無介音,或都有介音,但介音不同,則它們的分別只在等別,對上古韻部并無影響。在這種情況下,二字可以通用。(六)兩字陰陽對轉,義可通假。所謂陰陽對轉,是以相對入聲字爲樞紐,所以入聲可配陰聲,亦可配陽聲。①

馬瑞辰很好地掌握學習了王念孫的語言學理論,從"假借説"中找到了判定本字本義的更科學的方法。如:

> 《鄘風·柏舟》"實爲我儀",《傳》:"儀,匹也。"瑞辰按:《傳》本《爾雅·釋詁》。《説文》:"儀,度也。"訓匹者,儀於偶雙聲,同在疑母,蓋以儀爲偶字假借。猶獻與疑雙聲,而獻即可假爲儀也。

---

① 楊静剛《王念孫〈廣雅疏證〉通假釋例》,《人文中國學報》2012 年第 18 期,頁 163—194。

這是從聲韻兩方面着手，探求本字。這成爲馬瑞辰詮釋的重要方法，藉助這些理論，馬瑞辰還發現了《詩經》用字的"省藉"現象，即形聲字有省形和省聲的情況。如：

> 《小雅·巧言》"聖人莫之"，《傳》："莫，謀也。"《釋文》："莫，如字。又作漠，同。本又作謨。《爾雅》漠、謨同訓謀。莫協韻爲勝。"瑞辰按：《説文》："議謀也。"《毛傳》謂莫即謨之省藉……《廣雅》："莫，漠也。"又以莫爲漠之藉字。

省聲就是把作聲旁的字省寫了一部分。馬瑞辰在《毛詩傳箋通釋》中分析假借字，發現有一些假借字將其本字的形旁省略，保留表音的部件來表示本字的意思，這一批假借字稱作省藉字。學者程瑩對此進行了綜合研究，所述值得參考。①

略晚於馬瑞辰的陳奐，是嘉道《詩經》學的又一大家。陳奐本江沅弟子，後轉師段玉裁，撰《詩毛氏傳疏》，將《小學》《定本》之精華盡行采錄。② 陳奐繼承了段玉裁、王念孫的語文學理論，綜合各家成説，歷28 年匯成一書。臺灣學者林慧修總結説："陳奐的訓釋觀念上承王氏父子，故或有據王氏説以釋毛《傳》，或有調和王氏説法與毛《傳》不同者，或有雖未引王氏説法，而實彌合王説與毛《傳》異解者；而《傳疏》致力於闡明古人行文用例，則下開俞樾在文法上的研究，成就俞氏《古書疑義舉例》一書，由此亦知《傳疏》於學術發展上所具承先啓後之地位。"③

---

① 程瑩《馬瑞辰〈毛詩傳箋通釋〉的訓詁特色》，《樂山師範學院學報》2007 年第1 期。

② 虞萬里《〈詩經小學〉研究》，《辭書研究》1985 年第6 期。

③ 林慧修《陳奐之〈詩經〉訓詁研究》，臺灣世紀大學碩士研究生論文，2007 年，頁26。

## 七、語文學詮釋方法的反正與今文詩學的發生

到 19 世紀初,今文經學在社會環境和學術追求兩股勢力的推動下漸漸興起,"這時的制度問題和社會問題爲創造一個有學術生氣的新時期提供了動力"①。羅檢秋以爲:"乾嘉年間,一些學者爲了彌補經學的義理空間,開始從今文經尋找儒學的'微言大義',常州學派正是在適應經學義理化的需要中應運而興,薪火益盛。加之,道咸時期社會變局,經世致用思潮蓬勃興起,今文經學亦由常州而擴及湘、粵等地,清代學術結構隨之改觀,思想新潮亦奔騰向前。"②這一時期學術轉變表現在兩個方面,一是隨着國家社會形勢的變化,晚清政府的政治實踐在很多方面表現出難以爲繼的狀態,國家對學術的影響力正在下降,《四庫全書》編撰形成的國家影響力也漸漸削弱。二是學術界對於"折中主義"詮釋實踐中專注於"漢學"表現出强烈的不滿。正如方東樹所指出的,近世漢學,辟宋儒,攻朱熹,"數十年間承學之士,耳目心思,爲之大障。歷觀諸家之書,所以標宗旨,峻門户,上援通賢,下耆流俗,衆口一舌,不出於訓詁、小學、名物、制度。棄本貴末,違戾詆誣,於聖人躬行求仁修齊治平之教,一切抹煞。名爲治經,實足亂經;名爲衛道,實則叛道"③。這種現象違背了《四庫全書》所倡導的"折中主義"儒學詮釋思想,也嚴重脱離了戴震由字通其辭,由辭通其道的語言哲學的追求。占統治地位的考證之學,以及語言學詮釋方法隨着段玉裁、王念孫等大家的去世,也漸式微。代之而起的是桐城學派和常州學派。桐城派的姚鼐認爲士人"相率而競於考證訓詁之途,自名漢學,穿鑿瑣屑,駁難猥雜。其行曾不能望見象山陽明之倫,其識解更卑於永嘉,而輒敢上詆程朱,豈

---

① 　費正清編,中國社會科學院歷史研究所譯《劍橋中國晚清史》,北京:中國社會科學出版社,1985 年,頁 156。
② 　羅檢秋《從清代漢宋關係看今文經學的興起》,《近代史研究》2004 年第 1 期。
③ 　方東樹《漢學商兌·序例》,上海:商務印書館,1937 年,頁 1。

非今日之患哉!"①常州學派在莊存與、孫逢禄前後,也有少數學者考證西漢流行的今文經。一些人發現了今文經學的價值。劉逢禄在《春秋》三傳中獨崇《公羊傳》,重視闡發"微言大義"。這一學術追求適應了嘉道年間的學術潮流和社會需要。

應當說在"漢學"大興的乾嘉時期,今文經學以校勘、輯佚、語言學方法也進行了大量的文獻整理。自乾隆初期范家相輯成《三家詩拾遺》到清末王先謙《詩三家義集疏》問世,今文《詩》學在文獻整理上也取得了一些重大成果。據洪湛侯先生統計今文《詩》學專著共有 22 種,加上王謨、黄奭、馬國翰、王仁俊等輯佚叢書的詩緯輯本,《韓詩外傳》校注本,將達六十種以上。② 以考據之法研究今文,爲後期魏源《詩古微》的編撰提供了文獻支持。

魏源《詩古微》是清代今文經學的代表作品,林美蘭把魏源的創作動機歸結爲"發揮《詩》之微言大義""繼承西漢以《詩》諫世之傳統"③,這個結論比較可靠,也更適合嘉道以來今文學家微言大義,通經致用的學術追求。全書共十九卷,分上、中、下三篇,上篇六卷通語全經大誼,中編十卷答問逐章疑難,下篇三卷輯古序,演外傳。全書對《詩經》的基本問題表示了自己的看法,提出:"孔子有正樂之功,無删詩之事";四家皆有古序,四家皆源於子夏孟荀;詩全入樂;詩教與樂教合一;霸者陳詩説。在前人輯佚的基礎上,論述四家異同,批判《毛序》之美刺、正變、世次説,考證異文。魏源以昭明周公、孔子救世思想爲目的,力求擺脱傳注,追求經文中的微言大義,反對斷章取義,煩瑣考證,在當時經學界產生了很大影響。

洪湛侯先生總論今文《詩學》説:"清代今文詩學,其内容雖與古文詩學迥殊,自與'詩經清學'有別,但從整理方法、考釋手段以及多數著作的考辨内容來看,它受到古文詩學的影響,是非常明顯的。"此論值得

---

① 姚鼐《惜抱軒全集·安慶府重修儒學記》,北京:中國書店,1991 年,頁 308。
② 洪湛侯《詩經學史》,北京:中華書局,2002 年,頁 608—609。
③ 林美蘭《魏源〈詩古微〉研究》,臺北:花木蘭文化出版社,2008 年,頁 17、23。

關注。從詮釋學視角來看，魏源詮釋方法仍不脱文獻學詮釋與語言學詮釋模式，雖間采宋學方法，但并没有形成完整的有價值的詮釋體系。之後西學東漸，顧頡剛"疑古學派"以《詩經》爲"古代民歌"立論，從民俗學、文學、社會學視角詮釋《詩經》，開創了《詩經》詮釋新路徑。

# 參考文獻

## 一、古籍

### （一）經部

1. 孔安國傳，陸德明音義，孔穎達疏《尚書注疏》，《景印文淵閣四庫全書》第 54 冊，臺北：臺灣商務印書館，1986 年。

2. 毛亨傳，鄭玄箋，孔穎達疏《毛詩注疏》，《景印文淵閣四庫全書》第 69 冊，臺北：臺灣商務印書館，1986 年。

3. 鄭玄注，孔穎達疏《禮記注疏》，《景印文淵閣四庫全書》第 116 冊，臺北：臺灣商務印書館，1986 年。

4. 鄭玄注，賈公彥疏《周禮注疏》，上海：上海古籍出版社，1977 年。

5. 鄭玄著，皮錫瑞疏證《六藝論疏證》，《師伏堂叢書》，清刻本。

6. 許慎撰，段玉裁注《說文解字注》，上海：上海古籍出版社，1981 年。

7. 許慎異義，鄭玄駁《駁五經異義》，《景印文淵閣四庫全書》第 182 冊，臺北：臺灣商務印書館，1986 年。

8. 韓嬰撰，許維遹校釋《韓詩外傳集釋》，北京：中華書局，1980 年。

9. 杜預注，孔穎達疏《春秋左傳注疏》，《景印文淵閣四庫全書》第 144 冊，臺北：臺灣商務印書館，1986 年。

10. 何晏集解，皇侃義疏《論語集解義疏》，《景印文淵閣四庫全書》第 195 冊，臺北：臺灣商務印書館，1986 年。

11. 何休解詁，徐彥疏《春秋公羊傳注疏》，《景印文淵閣四庫全書》

第 145 册,臺北:臺灣商務印書館,1986 年。

12. 陸璣《毛詩草木鳥獸蟲魚疏》,《續修四庫全書》第 71 册,上海:上海古籍出版社,2002 年。

13. 劉寶楠《論語正義》,北京:中華書局,1986 年。

14. 陸德明《經典釋文》,北京:中華書局,1983 年。

15. 吕祖謙《吕氏家塾讀詩記》,《景印文淵閣四庫全書》第 73 册,臺北:臺灣商務印書館,1986 年。

16. 歐陽修《詩本義》,《四部叢刊》本第三編,上海:上海商務印書館,1936 年。

17. 朱熹《詩經集傳》,《景印文淵閣四庫全書》第 72 册,臺北:臺灣商務印書館,1986 年。

18. 鄭樵《六經奥論》,《景印文淵閣四庫全書》第 184 册,臺北:臺灣商務印書館,1986 年。

19. 張次仲《待軒詩記》,《景印文淵閣四庫全書》第 82 册,臺北:臺灣商務印書館,1986 年。

20. 朱倬《詩疑問》,通志堂經解本,康熙十九年刻本。

21. 朱倬《詩經疑問》,《景印文淵閣四庫全書》第 77 册,臺北:臺灣商務印書館,1986 年。

22. 王質《詩總聞》,《景印文淵閣四庫全書》第 72 册,臺北:臺灣商務印書館,1986 年。

23. 何楷《詩經世本古義》,《景印文淵閣四庫全書》第 81 册,臺北:臺灣商務印書館,1986 年。

24. 何鼎《毛詩名物圖説》,《續修四庫全書》第 62 册,上海:上海古籍出版社,1986 年。

25. 胡承珙《毛詩後箋》,《續修四庫全書》第 63 册,上海:上海古籍出版社,1993 年。

26. 胡一桂《詩集傳附録纂疏》,《續修四庫全書》第 57 册,上海:上海古籍出版社,1993 年。

27. 黄侃《文字聲韻訓詁筆記》,上海:上海古籍出版社,1983 年。

28. 蔣悌生《五經蠡測》,《景印文淵閣四庫全書》第 184 冊,臺北:臺灣商務印書館,1986 年。

29. 季本《詩説解頤》,《景印文淵閣四庫全書》第 79 冊,臺北:臺灣商務印書館,1986 年。

30. 勞孝輿《春秋詩話》,《叢書集成新編》第 56 冊,臺灣:新豐出版社,1984 年。

31. 梁益《詩傳旁通》,《景印文淵閣四庫全書》第 76 冊,臺北:臺灣商務印書館,1986 年。

32. 梁寅《詩演義》,《景印文淵閣四庫全書》第 78 冊,臺北:臺灣商務印書館,1986 年。

33. 廖平《今古學考》,《續修四庫全書》第 179 冊,上海:上海古籍出版社,2002 年。

34. 陸奎勛《陸堂詩學》,《四庫未收書目》第 77 冊,濟南:齊魯出版社,1997 年。

35. 馬瑞辰《毛詩傳箋通釋》,《續修四庫全書》第 68 冊,上海:上海古籍出版社,1993 年。

36. 皮錫瑞《經學通論》,北京:中華書局,1954 年。

37. 皮錫瑞《六藝論疏證》,《續四庫全書》第 171 冊,上海:上海古籍出版社,2001 年。

38. 阮元《毛詩注疏校勘記》,《續修四庫全書》第 180 冊,上海:上海古籍出版社,1993 年。

39. 史榮《風雅遺音》,《續修四庫全書》第 62 冊,上海:上海古籍出版社,2001 年。

40. 王引之《經傳釋詞》,黃侃、楊樹達批本,太原:岳麓書社,1982 年。

41. 魏源《詩古微》,長沙:岳麓書社,2004 年。

42. 吳澄《書纂言》,《景印文淵閣四庫全書》第 61 冊,臺北:臺灣商務印書館,1986 年。

43. 閻若璩《毛朱詩説》,《叢書集成續》第 5 冊,上海:上海書店出版社,1994 年。

44. 閻若璩《五經雜義》,《續修四庫全書》第 172 冊,上海:上海古籍出版社,2001 年。

45. 嚴虞惇《讀詩質疑》,《景印文淵閣四庫全書》第 87 冊,臺北:臺灣商務印書館,1986 年。

46. 戴德《大戴禮記》,《景印文淵閣四庫全書》第 128 冊,臺北:臺灣商務印書館,1986 年。

47. 戴震《毛鄭詩考正》,《續修四庫全書》第 63 冊,上海:上海古籍出版社,2001 年。

48. 段玉裁《毛詩故訓傳定本》,《續修四庫全書》第 64 冊,上海:上海古籍出版社,2001 年。

49. 段玉裁《說文解字注》,鄭州:中州古籍出版社,2006 年。

50. 段玉裁《周禮漢讀序》,《續修四庫全書》第 80 冊,上海:上海古籍出版社,1983 年。

51. 馮復京《六家詩名物鈔》,《景印文淵閣四庫全書》第 76 冊,臺北:臺灣商務印書館,1986 年。

52. 方東樹《漢學商兌》,《續修四庫全書》第 951 冊,上海:上海古籍出版社,2001 年。

53. 陳喬樅《齊詩遺說考》,《續修四庫全書》第 76 冊,上海:上海古籍出版社,2001 年。

54. 朱駿聲《說文通訓定聲》,《續修四庫全書》第 220 冊,上海:上海古籍出版社,2001 年。

**(二) 史部**

55. 司馬遷《史記》,北京:中華書局,1962 年。

56. 班固《白虎通義》,《叢書集成》第 239 冊,上海:商務印書館,1935 年。

57. 班固《漢書》,上海:上海書店、上海古籍出版社,1986 年。

58. 班固撰,顏師古注《漢書》,北京:中華書局,1962 年。

59. 韋昭《國語》,《景印文淵閣四庫全書》第 406 冊,臺北:臺灣商務印書館,1986 年。

60. 范曄《後漢書》,上海:上海古籍出版社、上海書店出版社,1986 年。

61. 不著撰人《廟學典禮》,《景印文淵閣四庫全書》第 648 冊,臺北:臺灣商務印書館,1986 年。

62. 晁公武《郡齋讀書志》,《景印文淵閣四庫全書》第 674 冊,臺北:臺灣商務印書館,1986 年。

63. 杜佑《杜氏通典二百卷》,嘉靖十八年刊本。

64. 房玄齡《晋書》,北京:中華書局,1962 年。

65. 郭璞注《山海經》,影印北京圖書館宋淳熙七年池陽郡齋刻本。

66. 李延壽《北史》,上海:上海古籍出版社、上海書店出版社,1986 年。

67. 魏徵等《隋書・經籍志》,上海:上海古籍出版社、上海書店出版社,1986 年。

68. 吳兢《貞觀政要》,《四庫全書薈要》第 205 冊,吉林出版集團有限公司,2005 年。

69. 歐陽修《新唐書》,北京:中華書局,1962 年。

70. 李心傳《建炎以來繫年要錄》,《景印文淵閣四庫全書》第 326 冊,臺北:臺灣商務印書館,1986 年。

71. 李燾《續資治通鑒長編》,《景印文淵閣四庫全書》第 317 冊,臺北:臺灣商務印書館,1986 年。

72. 劉知幾《史通》,《景印文淵閣四庫全書》第 685 冊,臺北:臺灣商務印書館,1986 年。

73. 王堯臣、王洙、歐陽修《崇文總目》,《景印文淵閣四庫全書》第 674 冊,臺北:臺灣商務印書館,1986 年。

74. 宋濂、王禕《元史》,北京:中華書局,1962 年。

75. 馬端臨《文獻通考》,《景印文淵閣四庫全書》第 610 冊,臺北:臺灣商務印書館,1986 年。

76. 永瑢、紀昀等《四庫全書總目》,《景印文淵閣四庫全書》第 1

冊,臺北:臺灣商務印書館,1986年。

77. 徐松輯《宋會要輯稿》,北京:中華書局,1957年。

78. 脫脫《宋史》,北京:中華書局,1962年。

79. 鄭樵《通志》,《景印文淵閣四庫全書》第372冊,臺北:臺灣商務印書館,1986年。

80. 朱彝尊《經義考》,《景印文淵閣四庫全書》第680冊,臺北:臺灣商務印書館,1986年。

81. 趙翼《廿二史札記》,《續修四庫全書》第453冊,上海:上海古籍出版社,2001年。

82. 柯紹忞《新元史》,上海:開明書店,1935年。

83. 劉錦藻《皇朝續文獻通考》,《續修四庫全書》第819冊,上海:上海古籍出版社,2001年。

84. 張之洞撰,范希曾補正《書目答問補正》,上海:上海古籍出版社,2001年。

85. 朱彝尊《經義考》,《景印文淵閣四庫全書》第680冊,臺北:臺灣商務印書館,1986年。

86. 黃宗羲《全祖望》,《宋元學案》,杭州:浙江古籍出版社,1992年。

87. 黃宗羲《明儒學案》,北京:中華書局,1985年。

88. 梁啓超《先秦政治思想史》,北京:北京聯合出版公司,2013年。

89. 梁啓超《清代學術概論》,北京:中國人民大學出版社,2009年。

90. 劉師培《經學教科書》,北京:中國人民大學出版社,2011年。

91. 劉師培《清儒得失論》,石家莊:河北教育出版社,1996年。

92. 趙爾巽等《清史稿》,北京:中華書局,1977年。

**(三) 子部**

93. 葉適《習學記言》,《景印文淵閣四庫全書》第849冊,臺北:臺灣商務印書館,1986年。

94. 周琦《東溪日談錄》,《景印文淵閣四庫全書》第 714 册,臺北:臺灣商務印書館,1986 年。

95. 荀況撰,楊倞注《荀子》,《景印文淵閣四庫全書》第 695 册,臺北:臺灣商務印書館,1986 年。

96. 董仲舒《春秋繁露》,《景印文淵閣四庫全書》第 181 册,臺北:臺灣商務印書館,1986 年。

97. 桓寬《鹽鐵論》,《景印文淵閣四庫全書》第 695 册,臺北:臺灣商務印書館,1986 年。

98. 章學誠《文史通義》,上海:上海書店,1988 年。

99. 全祖望《全謝山先生經史問答》,清刻本。

100. 陸賈《陸子》,《叢書集成初編》第 518 册,北京:中華書局,1985 年。

101. 真德秀《文章正宗》,《景印文淵閣四庫全書》第 1345 册,臺北:臺灣商務印書館,1986 年。

102. 劉勰《文心雕龍》,《景印文淵閣四庫全書》第 1478 册,臺北:臺灣商務印書館,1986 年。

103. 王肅《孔子家語》,廣州:廣州師範大學出版社,1998 年。

104. 徐干《中論·原序》,《景印文淵閣四庫全書》第 696 册,臺北:臺灣商務印書館,1986 年。

105. 釋道安、釋僧祐《出三藏記集》,北京:中華書局,1995 年。

106. 梁孝元帝《金樓子》,《景印文淵閣四庫全書》第 848 册,臺北:臺灣商務印書館,1986 年。

107. [日]遍照金剛《文鏡秘府論》,北京:人民文學出版社,1975 年。

108. 吳納著,于北山點校《文章辨體序說》,北京:人民文學出版社,1962 年。

109. 司馬光《溫國文正司馬公文集》,上海:商務印書館,1936 年。

110. 張載《張子全書》,《景印文淵閣四庫全書》第 697 册,臺北:臺灣商務印書館,1986 年。

111. 程顥、程頤撰，朱熹編《二程遺書》，《景印文淵閣四庫全書》第698 冊，臺北：臺灣商務印書館，1986 年。

112. 朱熹撰，李光地、熊賜履編《御制朱子全書》，《景印文淵閣四庫全書》第 721 冊，臺北：臺灣商務印書館，1986 年。

113. 周中孚《鄭堂讀書記》，《續修四庫全書》第 924 冊，上海：上海古籍出版社，2001 年。

114. 湛若水《格物通》，《景印文淵閣四庫全書》第 716 冊，臺北：臺灣商務印書館，1986 年。

115. 顧炎武《日知錄》，《景印文淵閣四庫全書》第 858 冊，臺北：臺灣商務印書館，1986 年。

116. 章學誠著，葉瑛校注《文史通義校注》，北京：中華書局，1985 年。

117. 黃侃《文心雕龍札記》，北京：中國人民大學出版社，2009 年。

**（四）集部**

118. 嚴可均輯《全後漢文》，北京：商務印書館，1999 年。

119. 嚴可均輯《全晉文》，北京：商務印書館，1999 年。

120. 蕭統編，李善注《文選》，上海：上海古籍出版社，1986 年。

121. 董誥《欽定全唐文》，《續四庫全書》第 1634 冊，上海：上海古籍出版社，2002 年。

122. 魏徵《群書治要》，上海：商務印書館，1936 年。

123. 章如愚《群書考索》，《景印文淵閣四庫全書》第 938 冊，臺北：臺灣商務印書館，1986 年。

124. 王安石《臨川文集》，《景印文淵閣四庫全書》第 1105 冊，臺北：臺灣商務印書館，1986 年。

125. 朱熹《晦庵集》，《景印文淵閣四庫全書》第 1144 冊，臺北：臺灣商務印書館，1986 年。

126. 蘇天爵《滋溪文稿》，《景印文淵閣四庫全書》第 1214 冊，臺北：臺灣商務印書館，1986 年。

127. 阮元《揅經室外集》，上海：商務印書館，1936 年。

128. 楊士奇《東裏集》,《景印文淵閣四庫全書》第 1238 冊,臺北:臺灣商務印書館,1986 年。

129. 楊士奇、黃淮編《歷代名臣奏議》,《景印文淵閣四庫全書》第 434 冊,臺北:臺灣商務印書館,1986 年。

130. 劉壎《隱居通議》,《景印文淵閣四庫全書》第 866 冊,臺北:臺灣商務印書館,1986 年。

131. 劉祁《歸潛志》,《景印文淵閣四庫全書》第 1040 冊,臺北:臺灣商務印書館,1986 年。

132. 王惲《秋澗集》,《景印文淵閣四庫全書》第 1200 冊,臺北:臺灣商務印書館,1986 年。

133. 蘇天爵《滋溪文稿》,《景印文淵閣四庫全書》第 1214 冊,臺北:臺灣商務印書館,1986 年。

134. 納蘭性德《通志堂集》,上海:上海古籍出版社,1979 年。

135. 戴表元《剡源文集》,《景印文淵閣四庫全書》第 1194 冊,臺北:臺灣商務印書館,1986 年。

136. 薛瑄撰,谷中虛輯《薛文清公要言二卷》,《續修四庫全書》第 935 冊,上海:上海古籍出版社,2001 年。

137. 吳與弼《康齋集》,《景印文淵閣四庫全書》第 1251 冊,臺北:臺灣商務印書館,1986 年。

138. 陳獻章撰,湛若水校定《陳白沙集》,《景印文淵閣四庫全書》第 1246 冊,臺北:臺灣商務印書館,1986 年。

139. 王守仁撰,錢德洪原編《王文成全書》,《景印文淵閣四庫全書》第 1625 冊,臺北:臺灣商務印書館,1986 年。

140. 黃宗羲《南雷文定前集》,《續修四庫全書》第 1397 冊,上海:上海古籍出版社,2002 年。

141. 黃宗羲《明儒學案》,《景印文淵閣四庫全書》第 457 冊,臺北:臺灣商務印書館,1986 年。

142. 戴震《戴氏遺書十五種》,乾隆曲阜孔氏微波榭刊本。

143. 戴震撰,張岱年主編《戴震全書》,合肥:黃山書社出版社,

1991 年。

144. 劉克莊《後村集》，《景印文淵閣四庫全書》第 1180 冊，臺北：臺灣商務印書館，1986 年。

145. 戴表元《剡源文集》，《景印文淵閣四庫全書》第 1194 冊，臺北：臺灣商務印書館，1986 年。

146. 吳萊撰，宋濂編《淵穎集》，《景印文淵閣四庫全書》第 1209 冊，臺北：臺灣商務印書館，1986 年。

147. 崔銑《洹詞》，《景印文淵閣四庫全書》第 1267 冊，臺北：臺灣商務印書館，1986 年。

148. 高攀龍撰，陳龍正編《高子遺書》，《景印文淵閣四庫全書》第 1292 冊，臺北：臺灣商務印書館，1986 年。

149. 李光地等《御纂周易折中》，《景印文淵閣四庫全書》第 38 冊，臺北：臺灣商務印書館，1986 年。

150. 王符著，汪繼培校《潛夫論校正》，北京：中華書局，1985 年。

151. 黎靖德編《朱子語類》，北京：中華書局，1986 年。

152. 王夫之《張子蒙正注》，北京：中華書局，1975 年。

153. 顧炎武《亭林文集》，上海：商務印書館，1937 年。

154. 朱彝尊《曝書亭集》，《景印文淵閣四庫全書》第 1318 冊，臺北：臺灣商務印書館，1986 年。

155. 費密《費氏遺書》，成都怡蘭堂刊本，1920 年。

156. 劉克莊《後村集》，《景印文淵閣四庫全書》第 1180 冊，臺北：臺灣商務印書館，1986 年。

157. 全祖望《鮚埼亭集》，上海：商務印書館，1936 年。

158. 段玉裁《經韻樓集》，《續修四庫全書》第 1435 冊，上海：上海古籍出版社，2001 年。

159. 陳鱣《經籍跋文》，《叢書集成》第 50 冊，上海：商務印書館，1935 年。

160. 汪喜孫《汪氏學行記》，北京：中國書店，1925 年。

161. 章學誠《章氏遺書》，上海：商務印書館，1936 年。

162. 臧庸《拜經堂文集》,《續修四庫全書》第 1491 冊,上海:上海古籍出版社,2001 年。

163. 姚鼐《惜抱軒全集》,北京:中國書店,1991 年。

164. 顧炎武《亭林文集》,《續修四庫全書》第 1402 冊,上海:上海古籍出版社,2001 年。

165. 焦竑編《升庵外集》,臺北:臺灣學生書局,1971 年。

166. 劉師培《左盦外集》,寧武南氏校印,1934 年。

## 二、現當代學術專著

167. 陳良運《中國詩學批評史》,南昌:江西人民出版社,1995 年。

168. 程元敏《三經新義輯考匯評》,上海:華東師範大學出版社,2011 年。

169. 馮浩菲《中國古籍整理體式研究》,北京:高等教育出版社,2003 年。

170. 顧頡剛《古史辯第三冊》,北京:北平樸社,1931 年。

171. 葛兆光《七世紀至十九世紀中國的知識、思想與信仰》,上海:復旦大學出版社,2000 年。

172. 葛兆光《道教與中國文化》,上海:上海人民出版社,1987 年。

173. 葛兆光《中國思想史》,上海:復旦大學出版社,2000 年。

174. 洪湛侯《詩經學史》,北京:中華書局,2002 年。

175. 侯外廬《中國思想通史》,北京:人民出版社,1957 年。

176. 侯外廬等編《宋明理學史》,北京:人民出版社,1984 年。

177. 胡適、歐陽哲生編《胡適選集》,長春:吉林人民出版社,2005 年。

178. 胡適《胡適文集》,北京:北京大學出版社,1998 年。

179. 胡適《中國哲學思想論集》,臺北:水牛圖書出版事業有限公司,1976 年。

180. 賀昌群《魏晉清談思想初論》,北京:商務印書館,1999 年。

181. 胡樸安《詩經學》,《萬有文庫》第 1001 册,上海:商務印書館,1929 年。

182. 郝桂敏《宋代〈詩經〉文獻研究》,北京:中國社會科學出版社,2006 年。

183. 黄焯《毛詩鄭箋平議》,武漢:武漢大學出版社,2008 年。

184. 金毓黻《中國史學史》,石家莊:河北教育出版社,2003 年。

185. 賈志揚《宋代科舉》,臺北:東大圖書股份有限公司,1995 年。

186. 蔣見元、朱傑人著《詩經要籍解題》,上海:上海古籍出版社,1996 年。

187. 姜廣輝《中國經學思想史》,北京:中國社會科學出版社,2010 年。

188. 江慶柏等整理《四庫全書薈要總目提要》,北京:人民文學出版社,2009 年。

189. 李山《詩經的文化精神》,北京:東方出版社,1997 年。

190. 李春青《在文本與歷史之間》,北京:北京大學出版社,2005 年。

191. 劉毓慶《雅頌新考》,太原:山西高校聯合出版社,1996 年。

192. 劉毓慶《從經學到文學——明代〈詩經〉學史論》,北京:商務印書館,2001 年。

193. 劉毓慶《先秦—元代詩經著述考》,北京:中華書局,2002 年。

194. 劉毓慶《詩義稽考》,北京:學苑出版社,2006 年。

195. 劉毓慶、賈培俊《歷代詩經著述考(明代)》,北京:中華書局,2008 年。

196. 劉毓慶、郭萬金《從文學到經學——先秦兩漢詩經學史論》,上海:華東師範大學出版社,2009 年。

197. 劉汝霖《東晉南北朝學術編年》,上海:華東師範大學出版社,2010 年。

198. 林慶彰《明代考據學研究》,臺北:臺灣學生書局,1983 年。

199. 林慶彰《清初的群經辨偽學》,北京:文津出版社,1990 年。

200. 林慶彰《明代經學研究論文集》,臺北:文史哲出版社,1994 年。

201. 林葉連《中國歷代詩經學》,臺北:花木蘭文化出版社,2006 年。

202. 林美蘭《魏源〈詩古微〉研究》,臺北:花木蘭文化出版社,2008 年。

203. 羅根澤《文學批評史》,上海:上海書店出版社,2003 年。

204. 馬承源《上海博物館藏戰國楚竹書》,上海:上海古籍出版社,2001 年。

205. 蒙文通《論經學遺稿》,南寧:廣西師大出版社,2010 年。

206. 馬銀琴《兩周詩史》,北京:社會科學文獻出版社,2006 年。

207. 潘重規《敦煌詩經卷子研究論文集》,香港:新亞研究所,1970 年。

208. 錢穆《中國學術思想史論叢》,臺北:東大圖書有限公司,1976 年。

209. 錢穆《中國近三百年學術史》,北京:九州出版社,2011 年。

210. 錢鍾書《管錐編》,北京:中華書局,1979 年。

211. 漆俠《宋學的發展和演變》,保定:河北大學出版社,2009 年。

212. 饒宗頤《郭店楚簡國際學術研討會學術論文集》,武漢:湖北人民出版社,2000 年。

213. 容肇祖《明代思想史》,濟南:齊魯出版社,1992 年。

214. 沈文倬《宗周禮樂文明考論》,杭州:杭州大學出版社,1999 年。

215. 唐蘭《西周青銅器分代史征》,北京:中華書局,1986 年。

216. 湯用彤《魏晋玄學論稿》,上海:上海古籍出版社,2001 年。

217. 檀作文《朱熹詩經學研究》,北京:學苑出版社,2003 年。

218. 汪耀楠《注釋學綱要》,北京:語文出版社,1997 年。

219. 王岳川《現象學與解釋學》,濟南:山東教育出版社,1999 年。

220. 王國維《觀堂集林》,北京:中華書局,1961 年。

221. 王明蓀《元代士人與政治》,臺北:臺灣學生書局,1992 年。

222. 吳哲夫《四庫纂修研究》,北京:國立故宮博物院,1980 年。

223. 夏傳才《詩經研究史概要》,鄭州:中州書畫出版社,1982 年。

224. 夏傳才《詩經語言藝術》,北京:語文出版社,1985 年。

225. 夏傳才、董治安《詩經要籍提要》,北京:學苑出版社,2003 年。

226. 徐中舒《左傳選》,北京:中華書局,1963 年。

227. 謝維揚、朱淵清《新出土文獻與古代文明研究》,上海:上海大學出版社,2004 年。

228. 楊家駱《四庫全書學典》,北京:世界書局,1936 年。

229. 楊向奎《宗周社會與禮樂文明》,北京:人民出版社,1992 年。

230. 楊伯峻、陰法魯等《經書淺談》,北京:中華書局,1984 年。

231. 楊慎之、黃麗墉編《魏源思想研究》,長沙:湖南人民出版社,1987 年。

232. 楊義《中國敘事學》,北京:人民出版社,1997 年。

233. 余嘉錫《四庫提要辨證》,北京:科學出版社,1958 年。

234. 余英時《中國思想傳統的現代詮釋》,臺北:聯經出版公司,1987 年。

235. 章太炎《國學演講録》,臺北:中華書局,2013 年。

236. 張舜徽《蒿盦隨筆》,北京:中華書局,1986 年。

237. 張舜徽《漢書藝文志通釋》,武漢:湖北教育出版社,1990 年。

238. 張素卿《敘事與解釋——〈左傳〉經解研究》,臺北:花木蘭文化出版社,2008 年。

239. 中國社會科學院整理《續修四庫全書總目提要》,北京:中華書局,1993 年。

240. 張豈之《中國思想史》,西安:西北大學出版社,1989 年。

241. 張秀民《中國印刷術》,杭州:浙江古籍出版社,2006 年。

## 三、漢譯專著

242.〔日〕家井真著,陸越譯《詩經原意研究》,南京:江蘇人民出版社,2012年。

243.〔美〕魯惟一《劍橋秦漢史》,北京:中國社會科學出版社,1992年。

244.〔法〕保羅·科利爾《解釋學與人文科學》,石家莊:河北人民出版社,1987年。

245.〔德〕漢斯·羅伯特·堯斯著,朱立元譯《審美經驗論》,北京:作家出版社,1992年。

246.〔法〕米·杜夫海納著,韓樹站譯《審美經驗現象學》,北京:文化藝術出版社,1996年。

247. 馮友蘭著,趙復三譯《中國哲學簡史》,天津:天津社會科學出版社,2005年。

248.〔荷〕F. R. 安克施密特著,田平原理譯《叙述邏輯》,北京:大象出版社、北京出版社,2012年。

249.〔法〕米歇爾·福柯著,莫偉民譯《詞與物》,上海:上海三聯書店,2001年。

250.〔美〕傅海波、崔德瑞編,史衛民等譯《劍橋中國遼西夏金元史》,北京:中國社會科學出版社,1998年。

251.〔德〕伽達默爾著,洪漢鼎譯《真理與方法》,上海:上海譯文出版社,1999年。

252.〔德〕海德格爾著,孫周興選譯《海德格爾選集》,上海:上海三聯書店,1996年。

253.〔美〕費正清編《中國社會科學院歷史研究所譯》,《劍橋中國晚清史》,北京:中國社會科學出版社,1985年。

254. 洪漢鼎主編《理解與解釋——詮釋學經典文選》,北京:東方出版社,2006年。

# 四、碩博論文

255. 張居三《〈國語〉研究》,東北師範大學博士論文,2008年。

256. 曾小夢《先秦典籍引詩考論》,陝西師範大學博士論文, 2008年。

257. 沈薇薇《鄭玄〈詩經〉學研究》,東北師範大學博士論文, 2008年。

258. 郭德静《元代官學研究》,雲南師範大學碩士研究生論文, 2004年。

259. 游帥《呂留良著述考論》,河北大學碩士研究生論文, 2014年。

260. 納秀艷《王夫之〈詩經〉學研究》,陝西師範大學博士研究生論文,2014年。

261. 林紅《錢澄之〈田間詩學〉研究——以王夫之、孫承澤爲參照視野》,暨南大學碩士研究生論文,2010年。

262. 周挺啓《錢澄之〈田間詩學〉研究》,華東師範大學博士論文, 2013年。

263. 張一兵《明堂制度研究——明堂制度的源流》,吉林大學博士論文,2004年。

264. 殷衍韜《顧鎮〈虞東學詩〉文獻學研究》,廣西大學碩士論文, 2013年。

265. 王寅《李光地與清初經學》,南開大學博士論文,2013年。

266. 周懷文《毛奇齡研究》,山東大學博士論文,2010年。

267. 孫向召《乾嘉〈詩經〉學研究》,揚州大學博士論文,2013年。

268. 房瑞麗《清代三家〈詩〉研究》,復旦大學博士論文,2007年。

269. 李慧玲《阮刻〈毛詩注疏(附校勘記)〉研究》,華東師範大學博士論文,2008年。

270. 林慧修《陳奐之〈詩經〉訓詁研究》,臺灣世紀大學碩士研究生論文。

271. 江林《詩經與宗周禮樂文明》，浙江大學博士論文，2004 年。

## 五、論集、期刊論文

272. 曹道衡《讀戰國楚竹書〈孔子詩論〉》，《北京大學學報（哲學社會科學版）》2002 年第 3 期。

273. 倉修良、夏瑰琦《明清時期"六經皆史"説的社會意義》，《歷史研究》1983 年第 6 期。

274. 蔡守湘《試評古人的比興説》，《山西大學學報》1989 年第 6 期。

275. 陳夢家《古文字中的商周祭祀》，《燕京學報》1936 年第 6 期。

276. 陳桐生《哲學・禮學・詩學──談〈性情論〉與〈孔子詩論〉的學術聯繫》，《中國哲學史》2004 年第 4 期。

277. 陳寶三《毛詩注疏之詩經詮釋及其得失》，《臺大中文學報》2004 年第 20 期。

278. 陳來《〈論語〉的德行倫理體系》，《清華大學學報》2011 年第 1 期。

279. 陳才《朱子於〈詩經〉之涵泳、玩味析論》，《古代文學理論研究》第 39 輯，2014 年。

280. 池昌海《新論〈詩經〉中"興"的特點與類型》，《浙江大學學報（人文社會科學版）》2010 年第 5 期。

281. 陳國安《論清代詩經學之發展》，《江蘇大學學報（社會科學版）》2008 年第 4 期。

282. 陳國安《段玉裁詩經學論略》，《福州大學學報（哲學社會科學版）》2009 年第 4 期。

283. 崔海亮《經學詮釋與學統觀──以全祖望對"經學即理學"命題的詮釋爲中心》，《船目學刊》2012 年第 2 期。

284. 程瑩《馬瑞辰〈毛詩傳箋通釋〉的訓詁特色》，《樂山師範學院學報》2007 年第 1 期。

285. 大野圭介文著,李寅生譯《評夏傳才〈詩經研究史概要〉》,《唐山高等專科學校學報》1999 年第 1 期。

286. 董家興《惠棟在〈四庫全書總目〉中的地位初探》,《第二屆青年經學演討會論文集》第 105 期。

287. 傅毓鈐《試論段玉裁研究詞義的方法》,《辭書研究》1986 年第 4 期。

288. 龔延明《論宋代皇帝與科舉》,《浙江學刊》2013 年第 3 期。

289. 郭萬金《〈詩經〉研究六十年》,《文學評論》2010 年第 3 期。

290. 韓宏韜《〈詩經〉篇名正變》,《唐都學刊》2005 年第 4 期。

291. 韓立群、周小艷《〈六家詩名物疏〉:〈詩經〉名物疏集大成之作》,《河北學刊》2013 年第 6 期。

292. 胡奇光《試論段玉裁語言學思想的特點》,《復旦學報》1981 年第 6 期。

293. 郝虹《從"陽儒陰法"到"禮法之治"的中間環節:漢末社會批判思潮》,《山東大學學報》2011 年第 1 期。

294. 蔣方、張忠智《試論〈毛詩正義〉之"文勢"》,《北方論叢》2003 年第 4 期。

295. 蔣秋華《郝敬的詩經學》,《中央文哲研究集刊(臺灣)》1983 年第 12 期。

296. 林慶彰《臺灣近四十年詩經學研究概況》,《文學遺產》1994 年第 4 期。

297. 廖名春《郭店楚簡與〈詩經〉》,《文學前沿》2000 年第 1 期。

298. 劉毓慶《〈毛詩〉派興起原因之探討》,《文藝研究》2009 年第 2 期。

299. 劉毓慶《〈毛傳〉的"戰國遺孤"角色及其理性精神》,《文藝研究》2007 年第 1 期。

300. 劉毓慶《論徐光啓〈詩〉學及其貢獻》,《中國典籍與文化》2004 年第 1 期。

301. 劉成群《元代新安理學從"羽翼朱子"到"求真是"的轉向》，《江漢論壇》2012 年第 1 期。

302. 劉新民《段玉裁的小學思想和"段學"書目》，《圖書情報工作》2001 年第 1 期。

303. 李革新《在遮蔽與無蔽之間——海德格爾現象學的一種理解》，《復旦學報(社會科學版)》2003 年第 2 期。

304. 李霞《論新安理學的形成、演變及其階段性特徵》，《中國哲學史》2003 年第 1 期。

305. 李家樹《明李先芳的〈讀詩私記〉》，《詩經研究叢刊(第一輯)》2001 年第 1 期。

306. 李慶《顧千里對校勘學的貢獻》，《復旦學報(社會科學版)》1984 年第 3 期。

307. 李世萍《鄭玄〈毛詩箋〉校勘成就初探》，《古籍整理研究學刊》2007 年第 9 期。

308. 李暢然《戴震解經方法論發微——以〈與是仲明論學書〉爲中心》，《文史哲》2014 年第 4 期。

309. 林慶彰《呂柟〈毛詩説序〉研究》，《詩經研究叢刊》2008 年第 1 期。

310. 羅檢秋《從清代漢宋關係看今文經學的興起》，《近代史研究》2004 年第 1 期。

311. 羅檢秋《晚清漢學的源流與衍變》，《光明日報·理論週刊》2006 年 6 月 5 日，第 11 版。

312. 婁毅《從方法論看戴震的訓詁研究》，《河北大學學報》2006 年第 1 期。

313. 蒙文通《論〈國語〉〈家語〉皆爲春秋》，《圖書集刊·四川省立圖書館編輯》1942 年第 3 期。

314. 馬銀琴《齊桓公時代〈詩〉的結集》，《文學遺產》2004 年第 3 期。

315. 馬銀琴《再議孔子删〈詩〉》，《文學遺產》2014 年第 5 期。

316. 馬銀琴《西周早期的儀式樂歌與周康王時代詩文本的第一次結集》,《詩經研究叢刊》2002 年第 1 期。

317. 馬銀琴《周宣王時代的樂歌與詩文本的結集》,《詩經研究叢刊》2003 年第 2 期。

318. 馬來平《明末清初科學與儒學關係研究的若干方法論問題》,《自然辯證法通訊》2015 年第 4 期。

319. 梅約翰《早期中國文本詮釋的折衷方式——以〈論語〉爲例》,《中國哲學史》2004 年第 2 期。

320. 秦尚偉《〈論語〉中"禮"的道德意蘊探析》,《湖北社會科學》2009 年第 6 期。

321. 戚學民《"儒林列傳"與"漢學師承"——〈漢學師承記〉的修撰及漢宋之爭》,《清華大學學報》2007 年第 1 期。

322. 沙先一《〈毛詩六帖講意〉與明代詩經學》,《中國典籍與文化》2004 年第 1 期。

323. 童書業《〈國語〉與〈左傳〉問題研究》,《浙江圖書館館刊》1935 年第 2 期。

324. 湯一介《再論中國解釋學》,《中國社會科學》2000 年第 1 期。

325. 湯一介《論儒家的"禮法合治"》,《北京大學學報》2012 年第 5 期。

326. 譚興德《〈齊詩〉"四始五際"與漢代政治》,《貴州文史叢刊》2000 年第 5 期。

327. 王澤民《春秋時代士階層的崛起及其社會文化性格》,《西北民族學院學報(哲學社會科學版)》1995 年第 4 期。

328. 吳建偉《〈左傳〉采詩的結構性係年》,《西北第二民族學院學報》2000 年第 4 期。

329. 吳建民《〈文心雕龍·定勢〉篇述評》,《江蘇大學學報》2004 年第 2 期。

330. 吳根友《在"求是"中"求道"——"後戴震時代"與段玉裁的學術定位》,《陝西師範大學學報(哲學社會科學版)》2011 年第 1 期。

331. 夏傳才《先秦〈詩經〉研究的幾個問題》,《文學遺産》1984 年第 1 期。

332. 夏傳才《〈詩經〉出土文獻和古籍整理》,《河北師範大學學報(哲學社會科學版)》2005 年第 1 期。

333. 徐中舒《西周墻盤銘文箋釋》,《考古學報》,1978 年。

334. 徐正英、馬芳《清華簡〈周公之琴舞〉組詩的身份確認及其詩學史意義》,《復旦學報(社會科學版)》2014 年第 1 期。

335. 肖鷹《〈詩經〉"德"範疇的形上義蘊》,《中國哲學史》2007 年第 2 期。

336. 楊朝明《魯國禮樂傳統研究》,《歷史研究》1995 年第 3 期。

337. 楊静剛《王念孫〈廣雅疏證〉通假釋例》,《人文中國學報》2012 年第 18 期。

338. 虞萬里《〈詩經小學〉研究》,《辭書研究》1985 年第 6 期。

339. 張林川、周春健《〈左傳〉引〈詩〉範圍的界定》,《湖北大學學報(哲學社會科學版)》2004 年第 3 期。

340. 張平轍《西周共和行政真相揭秘——以共和行政時期的兩具標準青銅器爲中心》,《西北師範大學學報》1992 年第 4 期。

341. 張華林、曾毅《孔子"王"化與司馬遷"孔子刪〈詩〉"説的形成》,《文藝評論》2013 年第 6 期。

342. 張華林、滕興才《從編〈詩〉方式與目的論司馬遷"孔子刪詩"説的提出》,《古籍整理研究學刊》2014 年第 5 期。

343. 張西恒《淺析〈唐律疏議〉"禮法結合"完成的原因及其歷史影響》,《長春工業大學學報》2013 年第 1 期。

344. 張輝《朱熹〈詩集傳序〉論説》,《文藝理論研究》2013 年第 2 期。

345. 張祝平《八股文探源——〈詩義集説〉中元代"股體"詩義著者考略》,《歷史檔案》2012 年第 1 期。

346. 張祝平《蔡燕蔣玲元代科舉〈詩經〉試卷檔案的價值》,《中國典籍與文化》2007 年第 81 期。

347. 趙沛霖、王振德《先秦詩歌命題方式論考》,《河北大學學報》1980 年第 1 期。

348. 趙沛霖《〈詩經〉學的神聖化與元代〈詩經〉研究》,《中州學刊》2002 年第 7 期。

349. 周予同《從孔子到孟荀——戰國時的儒學傳經》,《學術月刊》1979 年第 4 期。

350. 曾軍《從〈緇衣〉的三種文本看"引〈詩〉釋禮"的詮釋方法》,《江淮論壇》2007 年第 4 期。

351. 鄒其昌《論朱熹"諷誦涵泳"的心理流程》,《湖北大學學報(哲學社會科學版)》2005 年第 6 期。